AREA

3

Thomas Franke

AREA

3

Thomas Franke

Verlagshaus el Gato

Besuchen Sie uns im Internet:
www.verlagshaus-el-gato.de

Taschenbuchausgabe

1. Auflage März 2019

Umschlaggestaltung: Susanne Leuders

Verwendung: Bildern von iStockphoto
Satz: Verlagshaus el Gato
Lektorat: Andrea el Gato, Sebastian Heise, Sarah Schöller
Druck: Printed in Europe
ISBN: 978-3-946049-39-5
eISBN: 978-3-946049-40-1

Für Matthes und Malte.

Ihr seid
die besten Söhne
der Welt.

Prolog

Der Wind pfiff über den leeren Parkplatz. Laub und alte Plastiktüten wirbelten auf. Düstere Wolken jagten über den Abendhimmel und erste Regentropfen fielen. Die Fenster der verlassenen Häuser waren dunkel und leer wie die Augen eines Totenschädels.

Ein Mann lief durch die verlassenen Straßen und stemmte sich gegen den Sturm. Es war kalt, aber die brodelnde Wut in ihm ließ ihn weder die Nässe noch den eisigen Hauch des Windes spüren. „Ihr Idioten!“, fauchte er. „Ihr blinden, raffgierigen Idioten. Ihr glaubt wohl, ihr hättet alles im Griff? Ha!“ Er spie aus. „Ihr habt nicht die leiseste Ahnung.“

Plötzlich schepperte es laut. Der Mann fuhr herum. Seine Augen schienen rot zu glühen, als er in die düsteren Schatten starrte. Ein zerzauster Stadtfuchs huschte an ihm vorbei. Aufmerksam sah er sich um. Schließlich schüttelte er den Kopf und ging weiter. Seine weißen Haare wurden von einer stürmischen Bö zerzaust. Seine Haut war so bleich wie eine frisch gekalkte Wand. Sie schimmerte wie helles Wachs im spärlichen Licht des Mondes.

Es war eine düstere Gegend. Doch der Mann fürchtete die Nacht nicht. Ganz im Gegenteil, die Dunkelheit war wie ein Mantel, in den er sich einhüllen konnte, und die nächtliche Einsamkeit legte sich über ihn wie ein schützendes Dach. Die Nacht war schon immer sein Freund gewesen. Unter ihren schattigen Flügeln konnte die Sonne ihn nicht blenden. Sie war sanft mit seiner empfindlichen Haut. In der Nacht starrte ihn niemand an oder tuschelte heimlich hinter seinem Rücken. Niemand machte ein Foto von ihm, um ihn als Kuriosität in den Social-Networks zu posten.

In der Nacht war er einfach nur er selbst.

Noch einmal wandte er sich um und beobachtete sorgfältig jede Regung zwischen den halb zerfallenen Industrieanlagen, bevor er in eine enge Gasse bog.

Der Zugang zum Keller stank nach fauligem Wasser und Rattenpisse. Der Albino störte sich nicht daran, schließlich war dieser Gestank ein Teil der Tarnung, die ihn vor unerwünschten Besuchern schützte. Er stieg die Stufen hinab. Sein Schatten verschwamm mit der Dunkelheit. Die rostige Eisentür öffnete sich lautlos. Vor gar nicht allzu langer Zeit hatte jemand die Angeln neu geölt. Eine Wand aus massivem Stahl, ohne Klinke und Schloss, wurde sichtbar. Der Albino zog einen Backstein aus dem Mauerwerk und griff in das entstandene Loch. Das leise Piepen einer digitalen Tastatur war zu vernehmen, und gleich darauf glitt die schwere Stahlwand beiseite. Der Mann schob den Stein zurück und trat ein. Lautlos schlossen sich die Türen hinter ihm.

„Ihr glaubt, ihr würdet die Welt beherrschen!“, knurrte er, als er einen schmalen Flur entlang ging. „Aber ihr seid noch nicht mal in der Lage, euch selbst zu beherrschen.“ Die Klimaanlage des Großrechners, der beinahe die gesamte Kellerfläche einnahm, surrte leise. Eine weitere automatische Tür öffnete sich, und er betrat einen schlicht ausgestatteten

Raum.

Er wusste genau, was er zu tun hatte. Der Einäugige hatte ihm die Augen geöffnet. Er kicherte leise. Irgendjemand hatte da einen seltsamen Sinn für Humor.

Der Albino zog eine Flexi-Tastatur aus der Tasche und rollte sie auf dem Tisch aus. Die moderne Voice-Programmierung lag ihm nicht. Mit flinken Fingern gab er den Code ein, der ihn mit dem Großrechner verband. Ein Holobild erschien auf dem Tisch. Es zeigte komplexe Formeln und scheinbar unverständliche Buchstaben- und Zahlenreihen.

Ein winziges Lächeln erschien auf dem bleichen Gesicht. „Zeit für eine Revolution." Sorgfältig machte er sich daran, die letzten fehlenden Lücken des Programms zu schließen.

Eigentlich unmöglich

Der Schrei gellte noch immer in seinen Ohren. Tad kniete auf dem Boden und starrte mit weit aufgerissenen Augen auf seine Hände. Das Blut war fort. Ungläubig bewegte er seine zitternden Finger. Die silberfarbenen Marker glitzerten im Licht der Morgensonne, das durch die breiten Panoramafenster in sein Zimmer fiel. Mit unsicheren Bewegungen zog er das T-Shirt hoch – keine Wunde. Er spürte noch immer den Nachhall des schrecklichen Schmerzes, aber seine Haut wies nicht den kleinsten Kratzer auf. Vorsichtig tastete er seinen Rücken ab. Nichts!

Tads Augen tasteten die Umgebung ab. Das ungemachte Bett, der Schrank, die Klamotten auf seinem Stuhl und der chaotische Schreibtisch, auf dem nur der Platz für den Holoprojektor frei geräumt war - alles war vertraut, und doch wirkte es in diesem Moment so fremdartig auf ihn, als wäre er auf dem Mars erwacht.

„Wahnsinn", flüsterte er. „Das ist … der absolute Wahnsinn!"

Tads Blick fiel auf den am Boden liegenden Cyberhelm. Er hatte ihn in Panik vom Kopf gerissen. Nach kurzem Zögern griff er danach und betrachtete ihn. Das Teil war brandneu, ein Geschenk seines Vaters. Er biss sich auf die Lippen und zog ihn vorsichtig über den Kopf. Doch statt erneut in die Welt von Area 3 einzutauchen, standen in flackernder 3-D-Schrift zwei Worte vor seinen Augen: YOU LOSE.

Du verlierst? „Was zum Henker soll das?", flüsterte er. In diesem Moment riss ihn eine schrille Stimme aus seinen Gedanken: „Bist du völlig übergeschnappt?!"

Tad zog sich die Datenbrille vom Kopf und wandte sich um. Von seiner knienden Position aus sah er zwei schlanke Beine, die unter einem zerknitterten Hemd hervor lugten. Er hob den Kopf und begegnete den zornigen Blicken seiner jüngeren Schwester Emma.

„Du schreist hier früh am Morgen herum, als würdest du gerade abgestochen!"

Na ja, dachte Tad, das ist gar nicht so weit von der Wahrheit entfernt. Laut fragte er: „Hast du etwa im Pfadfinderhemd geschlafen?"

Emma schnaufte und strich sich mit dem Zeigefinger über den Nasenrücken, als würde sie ihre Brille hochschieben. Es war eine unbewusste Geste, die sich häufte, wenn sie wütend war, und die an diesem Morgen besonders sinnlos war, da sie keine Brille trug. „Du kreischst hier herum wie ein Irrer, ich springe aus der Dusche, weil ich denke, irgendetwas Schlimmes ist passiert, und stattdessen zockst du schon am frühen Morgen irgendwelche hirnlosen Ballergames. Und das einzige, was du zustande kriegst, ist ein blöder Spruch?"

Erst jetzt fiel Tad auf, dass Emmas blonde Haarmähne klitschnass war. „Du tropfst mein Zimmer voll", bemerkte er.

Emma drehte sich abrupt um. „Hoffentlich rutscht du aus und brichst dir irgendetwas. Dann hast du wenigstens einen echten Grund zu schreien!" Ihre nackten Füße hinterließen kleine Pfützen auf dem Vinyl-Laminat, als sie hinausging. Die Tür fiel wuchtig ins Schloss.
Tad verdrehte die Augen und erhob sich ächzend. Alle

Muskeln taten ihm weh. Es fühlte sich an, als wäre er in der Nacht einen Marathon gelaufen, was von der Realität gar nicht so weit entfernt war, wenn er es recht betrachtete. Area 3 war wirklich unglaublich, eine Revolution im Bereich der Adventure-Games. Aber was heute Morgen passiert war – er unterdrückte ein Schaudern – war unheimlich. Sorgfältig verstaute er den Cyberhelm im Kleiderschrank. Es wäre nicht allzu günstig, wenn Mum ihn zu Gesicht bekäme. „Tinkerbell!", rief er in Richtung des Voice-Transmitters an seinem Schreibtisch

Das Hologramm einer kleinen Elfe erschien. „Guten Morgen Tad, was kann ich für dich tun?"

„Wie spät ist es?"

„Es freut mich auch, dich zu sehen", erwiderte die Assistenzsoftware mit schnippischem Unterton.

„Beantworte die Frage!"

„Es ist 7 Uhr und 21 Minuten."

„So spät schon?", entfuhr es Tad. Hastig puhlte er die Marker von seinen Fingern und klebte sie zurück auf das Silikonpad auf seinem Schreibtisch.

„War das jetzt eine rhetorische Frage oder soll ich meine Aussage noch einmal bestätigen?", fragte die virtuelle Elfe.

„Halt' die Klappe, Tinkerbell." Normalerweise hatte Tad Spaß am eigenwilligen Charakter seiner Assistenzsoftware. Sein Vater hatte sie speziell für ihn programmiert. Aber heute hatte er keine Nerven für diese Spielerei. „Du solltest mich um Punkt 7.00 Uhr wecken."

„Nein", erwiderte Tinkerbell und verschränkte die winzigen Elfenärmchen vor der Brust.

Tad zog frische Unterwäsche an und schlüpfte in seine Jeans. Fürs Duschen blieb ihm keine Zeit mehr. „Das ist dein Standardbefehl für alle Schultage", knurrte Tad, während er seinen zweiten Socken suchte.

„Für heute wurde er ausgesetzt“, erwiderte Tinkerbell.

„Quatsch nicht!“, knurrte Tad. Als er sich bückte, um unter dem Stuhl nachzusehen, verspürte er ein schmerzhaftes Ziehen in der Nierengegend. „Au!“ Er rieb sich die schmerzende Stelle: „Wo ist dieser Scheiß-Socken?“

„Diese Befehlseingaben sind widersprüchlich!“, bemerkte Tinkerbell.

Tad atmete tief durch. Eine Software anzubrüllen war erstens peinlich und zweitens in keiner Weise hilfreich. „Wo ist der Socken?“, fragte er knapp.

„Einen Moment bitte.“ Es dauerte zwei Sekunden ehe der Infrarotscanner das Zimmer komplett erfasst hatte. „Ich erkenne drei infrage kommende Objekte. Objekt Eins befindet sich auf dem Schrank. Objekt Zwei haftet an deinem linken Fuß. Objekt Drei liegt auf dem Bett.“

Tad sah sich um und entdeckte seinen Socken neben dem Kopfkissen. Was auf dem Schrank lag, wollte er gar nicht wissen. „Wann wurde das Weckprogramm für heute deaktiviert?“, fragte er, während er sich den Socken überstreifte.

„Um 5.57 Uhr“, erwiderte Tinkerbell.

Tad runzelte die Stirn. „Von wem?“

„Von dir.“

Das konnte nicht sein. Um diese Zeit war er schon mitten im Spiel gewesen. Die geflügelte Frau hatte ihm befohlen, um exakt 5.50 Uhr an einem ganz bestimmten Ort in der virtuellen Welt von Area 3 zu erscheinen. Aus einem Spiel heraus konnte man die Assistenzsoftware nicht bedienen. Das war eine essenzielle Sicherheitsfunktion. Kopfschüttelnd griff er nach seinem Pullover. Jetzt blieb keine Zeit, sich diesem Problem zu widmen. Als er sich den Pullover überstreifte, spürte er einen dumpfen Schmerz im Rücken.

Ungewollt traten Bilder vor sein inneres Auge: Eine hohe Mauer, beschienen von fahlem Mondlicht, ein riesiger Baum, der wie ein drohend erhobener Zeigefinger in den nachtschwarzen Himmel ragte, bleiche Hände, die von Ast zu Ast griffen und an der glitschigen Rinde Halt suchten – seine Hände! Dann ein lautes Knacken, Holzsplitter, die sein Gesicht streiften. Er stürzte, immer schneller, immer tiefer, sein Körper traf auf Äste und wurde herumgewirbelt. Er drehte sich um sich selbst. Die Sterne am Himmel verschwammen zu milchigen Spiralen. Er fiel tiefer, und dann ganz plötzlich endete sein Sturz, und der Schmerz kam; dieser schreckliche Schmerz!

Tad stöhnte auf und presste seine Hände an die Schläfen. Langsam atmen, ganz ruhig, befahl er sich selbst. Nichts davon ist real. Nichts davon ist wirklich geschehen!

Er stützte sich auf die Schreibtischkante. Tinkerbell schwieg. Ein Mensch hätte wohl gefragt, was los sei. Aber für die Software war sein Verhalten offenbar nicht zu deuten.

„Kamera!", befahl Tad und erschrak darüber, wie heiser seine Stimme klang.

Sofort wandelte sich das Hologramm und zeigte das schmale Gesicht eines sechzehnjährigen Jungen. Wirre dunkle Haare standen nach allen Seiten ab. Seine Haut war blass und von einem leichten Schweißfilm bedeckt, unter den Augen zeigten sich dunkle Ringe. „Mann, siehst du scheiße aus", begrüßte Tad sein Spiegelbild. Im gleichen Moment fragte er sich, wie dieses Gesicht wohl aussehen würde, wenn der nächtliche Unfall tatsächlich passiert wäre. Er schauderte, dann wandte er sich um und wies seine Assistentin an: „Mach ein Foto von meinem unteren Rücken, Nierengegend!"

„Fertig", flötete Tinkerbell. Seine düstere Stimmung war ihr entgangen.

Tad wandte sich um. Die Haut war unversehrt. Nur dort, wo der abgebrochene Ast ihn durchbohrt hatte, war ein rötlicher Fleck zu sehen. Unwillkürlich tastete er nach der Stelle. Die Haut war empfindlich und die Muskulatur verspannt. Von der schrecklichen Wunde war nur eine Erinnerung geblieben.

Tad schüttelte den Kopf. Was dachte er da eigentlich für einen Blödsinn? Es war doch nur ein Spiel gewesen – nur ein Spiel! Es konnte keine Erinnerung an einen Schmerz geben, weil Spiele keine Schmerzen zufügten – so einfach war das! Aber woher kam dann der rote Fleck? Und warum war seine Erinnerung so unglaublich real? Er musste unbedingt noch einmal dorthin. Aber dieses Mal nicht alleine.

„Darf ich dich darauf hinweisen, dass sich ein Leberfleck im vierten Quadranten knapp oberhalb des Beckens verändert hat?", meldete sich Tinkerbell ungefragt zu Wort. Du solltest Dr. Möhnke einen Blick darauf werfen lassen. Ich kann gerne einen Termin vereinbaren."

„Nein!"

„Soll ich ihm einen Scan schicken?"

„Tinkerbell, du nervst!"

„Sorry, Mann, ich mach hier nur meinen Job!" Eine empört dreinblickende Elfe erschien über dem Foto von Tads Rückansicht.

„Du bist meine Assistenzsoftware, nicht meine Mutter. Also halt endlich die Klappe."

„Darf ich wenigstens darauf hinweisen, dass du in spätestens drei Minuten das Haus verlassen musst, wenn du nicht zu spät kommen willst?"

„Verdammt!"

Tad hastete zum Stuhl und schnappte sich seine Tasche.

„Viel Spaß in der Schule. Vergiss nicht den Vokabeltest in der dritten Stunde und …"

„Standby!", unterbrach Tad das Geplapper der Software. Das Holobild erlosch, bevor die Zimmertür ins Schloss fiel.

Er stürmte die Treppe hinunter.

„Morgen Schatz, du bist spät dran", bemerkte Mum. Glücklicherweise starrte sie während ihrer Begrüßung auf ihren Holoschirm und konzentrierte sich auf ihr

Morgenbriefing. Das tat sie immer, so konnte sie auf der Fahrt zum Büro schon die ersten Arbeiten erledigen. Daher bemerkte sie nichts vom derangierten Zustand ihres Sohnes und stellte keine unangenehmen Fragen.

Emma hingegen verzog das Gesicht und verdrehte die Augen. Aber wenigstens enthielt sie sich eines Kommentars und konzentrierte sich wieder auf den dicken Wälzer, den sie gerade las.

Während Tad sein Lunchpaket aus dem Kühlschrank nahm, kam ihm in den Sinn, dass seine Schwester möglicherweise einer der letzten Menschen der westlichen Hemisphäre war, der noch gedruckte Bücher in die Hand nahm. Nach Tads Ansicht war das reine Provokation, wie fast alles, was seine Schwester tat. Aber sie zog die Sache mit der ihr eigenen Konsequenz durch, und seine Mutter hatte längst aufgegeben, ihr das auszureden. In Emmas Zimmer standen mehrere prall gefüllte Bücherregale. Sie nutzte ihr Interface nur, wenn sie an den Schularbeiten saß. Anders als ihre Klassenkameradinnen benutzte sie weder Styling- noch Fitnesssoftware, und mit der Haussoftware kooperierte sie nur, weil sie sonst weder Licht zum Lesen hätte noch das Haus verlassen könnte. Tad vermutete, dass all diese Technikfeindlichkeit nur gespielt war, um sich an Dad zu rächen, dem Emma die Schuld dafür gab, dass die Familie auseinandergebrochen war. Wie auch immer, es gab so gut wie nichts, das Tad und seine ein Jahr jüngere Schwester gemeinsam hatten.

„Ich komme heute erst sehr spät nach Hause“, sagte Mum und legte sich etwas Rouge auf die Wangen. „Lee wird euch etwas zum Abendbrot bereiten.“

Lee war die Haussoftware und konnte nahezu alles, aber er war in etwa so unterhaltsam wie griechische Grammatik beim Frühstücksfernsehen. „Kann nicht Tinkerbell für uns kochen?“

„Auf keinen Fall! Beim letzten Mal hat sie mir die Beschichtung des Backofens ruiniert.“

Tad wollte widersprechen, stellte aber fest, dass ihm kein passendes Argument einfiel. Die flambierten Pfannkuchen waren in der Tat eine Schnapsidee gewesen.

„Früher“ ,sagte Emma mit düsterer Stimme, „in alten Zeiten, als der Mensch noch selbst dachte, auf eigenen Füßen durch die Gegend lief und kein visuelles Tracking brauchte, um mit seinen Händen etwas anfangen zu können, da bereitete er sich sein Essen noch selber zu.“

„Klar“, gab Tad zurück, „und man ließ sich die Zähne beim Schmied ziehen und verbrannte alle Mädchen mit roten Haaren als Hexen auf dem Scheiterhaufen.“

Emma wandte sich Mum zu: „Ich kann wirklich für mich selbst sorgen. So ein paar Spiegeleier bekomme ich schon hin.“

„Vergiss es, Schatz, Lee macht da!“ Sie rief mit einer knappen Bewegung ein neues Menü auf. „Und spar dir die Mühe. Die manuelle Bedienung ist gesperrt.“

Emma verstaute schweigend ihr Buch in ihrem Schulrucksack.

Mum seufzte: „Du bist der Ältere, Thaddäus, also sei vernünftig.“

Tad verdrehte die Augen, niemand außer seiner Mutter und seinen Lehrern nannte ihn Thaddäus. „Es liegt nicht an meiner Vernunft, wenn sie Streit anfängt“, brummte er, aber Mum hörte schon nicht mehr zu. Irgendwie wirkte sie fahrig. Tad hoffte nur, dass es nicht wieder um Dad ging. Er hasste es, wie Mums Miene jedes Mal versteinerte, wenn die Rede auf ihren Exmann kam.

Emma zog ihre Jacke über und knurrte: „Wir müssen los!“

Sie fuhren mit dem Aufzug in die Tiefgarage. Da ihre Villa, nahe dem Grunewald gelegen, unter Denkmalschutz stand, war es nicht möglich gewesen, eine Garage anbauen zu lassen.

Also hatten ihre Eltern sich den ziemlich kostspieligen Luxus einer Tiefgarage geleistet. Schweigend stiegen Emma und Tad in den Wagen. Er wurde von Lee gesteuert. In Berlin waren manuell gesteuerte Wagen nur noch in den Randbezirken erlaubt. Der Daimler fuhr nahezu lautlos die steile Auffahrt empor und reihte sich zwei Querstraßen weiter in den Berufsverkehr ein. Ab hier loggte sich die ZÖV, die Zentrale Öffentliche Verkehrslenkung, in den Bordcomputer ein und übernahm die Steuerung, bis das Ziel erreicht war, oder die Autos die Hauptstadt verließen. Nur die ZÖV konnte das mehrere Millionen Fahrzeuge umfassende Verkehrsaufkommen ohne endlose Staus bewältigen. Die Wagen fuhren im Abstand von einem knappen halben Meter. Das Ganze ähnelte einem Zug mit endlos vielen Waggons. Wahrscheinlich wäre ein rein öffentliches Verkehrssystem mit Bahnen und Bussen effektiver und billiger gewesen, aber die Deutschen wollten nun mal nicht auf ihr eigenes Auto verzichten.

Lee sorgte für 20 Grad Celsius Raumtemperatur und eine angenehme Luftfeuchtigkeit. Das Wageninnere war abgedunkelt, und das Holodisplay auf der Mittelkonsole zeigte die Nachrichten. Emma hatte wieder ihr Buch vor der Nase.

„Was liest du da eigentlich?“, fragte Tad.

„Das interessiert dich doch gar nicht“, entgegnete seine Schwester, ohne aufzusehen. „Du fragst nur, weil dir langweilig ist und du mich provozieren willst. Aber weil ich intelligenter bin als du, lasse ich mich nicht darauf ein und wir können die Fahrt zur Schule ohne Streit hinter uns bringen.“

„Intelligenter …“, Tad verzog das Gesicht. „Davon träumst du!“ Sein Blick fiel auf das Holodisplay. Es wurden Bilder von der Life Support Convention gezeigt. Es war der weltgrößte Kongress für Zukunftstechnologien, der zum dritten Mal in Folge in Frankfurt am Main stattfand. Irgendwo dort musste auch sein Vater herumschwirren.

„Lautstärke auf 30 Prozent", befahl Tad.

„... an die 2000 neue Produkte kommen noch dieses Jahr auf den Markt", sagte der Journalist gerade, während die Kamera einige Messestände zeigte, auf denen Holodisplays die neuesten Produkte zeigten.

Emma schnaufte genervt, sagte jedoch nichts.

„Die meisten angeblichen Neuerungen sind lediglich Modifikationen bereits bestehender Technologien", fuhr der Journalist fort, ein braun gebrannter Mann um die 40, der offensichtlich unbedingt jünger als sein eigener Sohn aussehen wollte und dabei auf ein faltenfrei geliftetes Gesicht und hippe Turnschuhe setzte. „Das ist ehrlich gesagt, ein bisschen langweilig. Die 15. Version eines Holodisplays unterscheidet sich nur unwesentlich von der 14." Er kicherte, als habe er einen großartigen Scherz gemacht. „Wirklich Bahnbrechendes hat kaum jemand zu bieten. Unter den wenigen, die eine echte Innovation bringen, ist A&M Technologies."

Die Kamera schwenkte zu einem großgewachsenen, schlanken Mann im Businessanzug.

Tad fiel die Kinnlade herunter: „Das gibt's doch nicht!", entfuhr es ihm. Er stieß Emma in die Seite. „Hey sieh mal."

„Ey, spinnst du?" Emma rieb sich die Seite und warf ihm einen giftigen Blick zu.

„Da ist Dad in der Sendung", erklärte Tad.

Emma sah kurz auf. „Ich weiß, wie Dad aussieht. Ich habe ihn sogar schon mal im Real Life gesehen. Ist allerdings schon eine Weile her." Sie wandte sich wieder ihrem Buch zu.

Tad schüttelte den Kopf, manchmal war seine Schwester wirklich unerträglich zickig.

„... gerade für die Ausbildung in Berufen, bei denen es darauf ankommt, in kritischen Situationen kühlen Kopf zu bewahren, sind unsere SPS ein Quantensprung", erklärte Dad gerade. „Die Grenzen zwischen Real Life und Virtual Reality verschwinden."

Tad ärgerte sich, dass er dank Emma die Hälfte des Satzes nicht mitbekommen hatte.

„Können Sie uns das genauer erklären?", fragte der Journalist.

„Gerne." Dad machte eine Geste und ein Holodisplay flammte auf. Ein muskulöser Typ mit einem Cyberhelm auf dem Kopf, in einem hautengen, metallisch schimmernden Anzug erschien neben den beiden. Er sah aus wie ein Superheld aus den Marvel-Comics.

Offenbar fiel das auch dem Journalisten auf. „Oh, wen haben wir denn da? Spiderman in Alufolie?", witzelte er.

Dad verzog die Lippen zu einem etwas angestrengt wirkenden Lächeln. „Der Anzug muss so eng sitzen, sonst funktioniert die Übertragung zu den Hautrezeptoren nicht optimal."

Das war keine besonders coole Antwort, fand Tad. Normalerweise war Dad schlagfertiger. Überhaupt wirkte er etwas angespannt. Die Falten auf seiner Stirn schienen tiefer geworden zu sein, und die dunklen Schatten unter seinen Augen hatte selbst die Stylistin des Fernsehteams nicht wegpudern können.

„Wir alle wissen, dass Astronauten, Polizisten, Feuerwehrleute und Soldaten schon seit vielen Jahren mittels virtueller Realität auf den Ernstfall vorbereitet wurden. Das Problem dabei ist, dass es bislang nie gelang, eine vollständige Immersion der Probanden zu erlangen, sodass es zu unerwünschten Nebeneffekten wie der VR-Krankheit und anderen …"

„Moment, Moment", unterbrach ihn der Journalist grinsend. „Das ist hier keine Wissenschaftssendung. Erklären Sie das Ganze doch bitte so, dass auch Normalsterbliche es verstehen."

Dad lächelte flüchtig. „Natürlich." Er deutete auf das Holodisplay. „Wie Sie sehen, trägt unser Mann einen VR-Helm, der mittels Surround-System räumliches Hören und

Sehen möglich macht.“ Es war der gleiche Helm, den Dad ihm gegeben hatte, stellte Tad fest. „Zwar ist unser Gerät besser als alle anderen Entwicklungen auf dem Markt“, fuhr Dad fort, „doch das ist nicht die eigentliche Innovation. Alle VR-Systeme arbeiten mit akustischen und optischen Signalen. Man hört und sieht eine andere Welt, aber man fühlt sie nicht. Und das ist das Problem. Der Widerspruch zwischen den Bildern und Geräuschen der virtuellen Welt und der realen Sinneswahrnehmung kann zur sogenannten VR-Krankheit führen, die sich unter anderem in Übelkeit, Schwindel und anderen unangenehmen Symptomen zeigt. Außerdem mindert sie den Effekt eines VR-Trainings drastisch. Mittels unseres Sensory Perception Suits ist dieses gravierende Problem nun gelöst.“

„Habe ich Sie richtig verstanden?“, fragte der Journalist. „Dieser Anzug lässt uns eine virtuelle Welt nicht nur sehen und hören, sondern auch fühlen?“

„Exakt“, erwiderte Dad und verzog die Lippen zu einem Lächeln.

Der Werbeblock setzte ein und Lee drosselte automatisch den Ton, während der Wagen an einer Ampel hielt.

„Cool“, entfuhr es Tad. Sofort kamen ihm die fantastischen Möglichkeiten in den Sinn, die in dieser Neuentwicklung lagen. Wenn man diesen Anzug mit der Welt von Area 3 verband wäre das der Hammer!

„Da stimmt etwas nicht.“, Emmas leise Stimme riss ihn aus seinen Gedanken.

Überrascht wandte sich Tad seiner Schwester zu. Sie hielt noch immer ihr Buch in der Hand, aber ihr Blick war nach draußen gerichtet.

„Was?“, fragte er, während der Wagen wieder anfuhr, als die Ampel auf Grün schaltete.

„Da ...“, sie brach abrupt ab. Ihre Augen wurden groß. „Oh mein Gott!“, kreischte sie.

Tad fuhr herum. Von der Seite kam etwas Riesiges auf sie zu. Grelles Licht blendete auf. „Was ist?“, stammelte er. Im nächsten Moment bremste der Wagen und Tad wurde hart gegen den Sicherheitsgurt gepresst. Das Quietschen von Reifen gellte in seinen Ohren. Lautes Hupen erklang. Durch den Lärm hindurch vernahm er Lees emotionslose Stimme: „Achtung – Kollisionsalarm!“

Das Lenkrad drehte sich selbstständig, und der Wagen schlingerte zur Seite.

Direkt neben ihnen schoss ein dunkles Monstrum vorbei. Funken stoben auf, und es knallte. Emma kreischte auf, und Tad hörte sich selber schreien. Ein rotes Licht flackerte am Armaturenbrett auf.

Der Wagen blieb schräg auf der Kreuzung stehen. Fassungslos starrte Tad dem riesigen schwarz lackierten Sattelschlepper hinterher, der bei Rot über die Kreuzung gebrettert war und sie beinahe zerquetscht hätte. Er wandte sich Emma zu. Das ohnehin blasse Gesicht seiner Schwester war so bleich wie ein Blatt Papier. Ihr Buch lag auf dem Boden. „Alles okay?“, fragte er.

Sie nickte stumm.

Emma saß links. Der LKW war nur Zentimeter entfernt an ihr vorbei gerast. Tad wurde schlecht bei dem Gedanken, was passiert wäre, wenn die Systeme nur einen Sekundenbruchteil später reagiert hätten. Plötzlich erinnerte er sich daran, wie seine Schwester ihm als kleines pausbäckiges Mädchen ein selbstgemaltes Bild zu Weihnachten geschenkt hatte. Außer buntem Gekritzel war nicht viel darauf zu erkennen gewesen, sie war damals höchstens zweieinhalb Jahre alt gewesen. Eine halbe Ewigkeit war das her. Komisch, dass es ihm ausgerechnet jetzt einfiel.

Tad bückte sich. Seine Hände zitterten, als er Emmas Buch aufhob und es ihr zurückgab.

Auf dem Armaturenbrett erschien die Aufschrift: Emergency-System.

„Ist jemand verletzt?“, meldete sich Lees Stimme.

„Alles okay“, sagte Tad.

„Ich brauche die akustische Bestätigung des Fahrgastes Emma Neumann.“

„Mir geht es gut“, sagte Emma tonlos.

„Danke. Um eine schockbedingte menschliche Fehleinschätzung zu vermeiden, erfolgt nun eine optische Überprüfung. Bitte haben Sie einen Moment Geduld.“

Während die Bordkameras einen Infrarotscan durchführten, warf Tad einen Blick aus dem Fenster. Der Sattelschlepper hatte sie nur um Millimeter verfehlt und die linke Außenkamera abgerissen. Der Wagen hinter ihnen stand ebenfalls schräg. Offenbar fehlten nur wenige Zentimeter, und er hätte sie gerammt. Die Frau auf dem Fahrersitz sprach aufgeregt in ihr Smartpalm. Auch der Fahrer auf der anderen Straßenseite war nur knapp einem Unfall entkommen. Er fuhr eine alte Karre und drückte wie wild auf den Tasten seines Bordcomputers herum.

Als ob irgendein Bordcomputer etwas dafür konnte, ging es Tad durch den Kopf. Was hier passiert war, war viel krasser. Sie waren alle bei der ZÖV eingeloggt gewesen. Ein solcher Vorfall war eigentlich vollkommen unmöglich.

„Fahrzeugcheck abgeschlossen“, meldete sich Lee. „Manuelle Steuerung aufgrund des Defekts nicht mehr möglich. Ich empfehle zum nächstmöglichen Zeitpunkt das Aufsuchen der Vertragswerkstatt. Automatisiertes Fahren aktiviert.“ Der Motor startete. „Anschluss an das ZÖV erfolgt in wenigen Sekunden.“

„Du musst diesen Vorfall melden, Lee.“

„Ist bereits erfolgt“, erwiderte das System. Der Wagen fuhr an, und die lange Schlange der Autos schloss sich an, als wäre nichts geschehen.

Wenige Minuten später erreichten sie die Schule.

Ehe sie ausstieg, beugte sich Emma plötzlich vor und umarmte Tad. Verdutzt ließ er es geschehen. „Bis später", sagte sie leise, dann nahm sie ihren Rucksack und stieg aus.

„Äh, bis später." Tad blickte ihr mit offenem Mund hinterher. So etwas hatte sie seit der ersten Klasse nicht getan. Er stieg aus. Emma musste wirklich schwer mitgenommen sein.

Gedankenversunken betrat er das Schulgebäude.

Yggdrasils Spross

„Guten Morgen.“ Herr Mollmann trat ein und rieb sich in stiller Vorfreude die Hände. Er unterrichtete Politologie mit dem Schwerpunkt Politik-Wirtschaft und hatte unerklärlicherweise noch nichts von seiner Begeisterung für diese Thematik verloren.

„Morgen“, kam die müde Antwort einiger Schüler.

Der Unterricht begann, und Tads emotionale Verfassung wechselte automatisch in den Schulmodus. Die Normalität des Alltags ließ den Beinahe-Unfall fern und unwirklich erscheinen. Es war ja alles gut gegangen. Niemand war verletzt worden. Eigentlich hätte das gar nicht passieren dürfen. Die zentrale Steuerung war mit dem Versprechen eingeführt worden, zukünftig Unfälle aller Art zu verhindern. Als Ursache kamen allerdings nicht nur ein Softwarefehler oder ein Hackerangriff in Frage. Vielleicht hatte die Speditionsfirma schlicht bei den vorgeschriebenen Wartungen gemogelt, oder ein Marder hatte die Bremsschläuche angeknabbert. Auf so etwas hatte die ZÖV schließlich keinen Einfluss.

Tad ließ seinen Blick durch das Klassenzimmer schweifen. Die meisten, die hier saßen, hatten diesen Kurs gewählt, um die gefürchteten Chinesisch-Kurse bei Frau Wai zu vermeiden – und fast alle bereuten es inzwischen. Wenn man die komplexen Schriftzeichen und Vokabeln auswendig lernte, hatte man zumindest eine Chance Frau Wai zu verstehen.

„Heute befassen wir uns mit der institutionell-formalen Dimension der Politik und setzen sie in Bezug zur Nationalökonomie. Zu diesem Zweck habe ich Ihnen etwas mitgebracht.“ Herr Mollmann lächelte wie ein Weihnachtsmann, der im Begriff war ein ganz besonderes Geschenk aus seinem Jutesack hervorzuzaubern und gab etwas in sein Tablet ein. Auf den Smartdesks der Schüler erschien eine Grafik, die Tad entfernt an ein Atommodell erinnerte.

„Wie Sie sehen, haben wir hier eine grafische Darstellung der Wechselwirkungen zwischen der Keynesianischen Theorie und dem Hicksschen IS-LM-Modell sowie der darauf fußenden neoklassischen Synthese. Sie waren prägend für die …“

Das war der Moment, in dem Tad abschaltete. An den glasigen Augen seiner Mitschüler konnte er ablesen, dass es nicht nur ihm so ging. Herr Mollmann hatte das große Talent, sein umfangreiches, aber nach Tads Ansicht vollkommen nutzloses, Wissen in einem monotonen Singsang vorzutragen, der selbst den aufgedrehtesten und fröhlichsten Schüler in einen halb komatösen Zustand versetzten konnte.

Andere nutzten die ruhige Atmosphäre, um sich anderweitig kreativ zu beschäftigen.

Die bunte Grafik auf Tads Smart-Desk verschwamm und eine Sprechblase poppte auf.

@ tad – mann, siehst du fertig aus! was ist los?“ thor.

Tad grinste. Sein Freund Thor konnte es einfach nicht lassen, die Schulsoftware zu hacken. Sein eigentlicher Name war Baldur Thorwaldson. Aber Tad konnte sich nicht daran erinnern, dass irgendjemand außer den Lehrern diesen Namen benutzte. Das mochte auch an der sehr eindrucksvollen Statur Thors liegen, die durchaus Optionen für eine Karriere als Wrestler bot.

Tad warf einen kurzen Blick nach vorne und stellte fest, dass Herr Mollmann mit unverminderter Begeisterung unterrichtete. Tad ging auf Antworten und schrieb:

@thor die nacht war kurz. hatte eine verabredung. erzähl ich dir später.

Plötzlich erschien eine Figur auf dem Smartdesk. Es war eine hüftschwingende Comicfigur im lilafarbenen Bikini. Auf ihren Schultern saß das Gesicht von Herrn Mollmann.

@tad oh, ein date mit ms violett? jb-

Tad seufzte.

@jb war klar, dass du wieder damit anfängst.

Einmal, ein einziges Mal hatte Tad den Fehler begangen, einen Gedanken laut auszusprechen.

Seit mehreren Jahren schon waren er und seine Freunde ein untrennbares Team. Im Real-Life genauso, wie in den unterschiedlichsten Online-Games. Es gab nur einen Unterschied: In der virtuellen Welt waren sie zu viert. Sobald sie Zombieland, Nuclear Island oder Area 3 betraten, war stets die geheimnisvolle Ms Violett an ihrer Seite. Sie war ein absolut unverwechselbarer Charakter, enorm stark und mit einem Wissen ausgestattet, das ihnen schon aus vielen brenzligen Situationen herausgeholfen hatte.

Bis heute wusste niemand, wer hinter Ms Violett steckte. Es wäre durchaus möglich, dass sich mehrere Personen diese Figur teilten. Aber Tad glaubte nicht daran. Vor einiger Zeit hatte er unvorsichtigerweise einen Verdacht geäußert. Er war sich ziemlich sicher, dass Scarlett Hohner das Alter Ego von Ms Violett war. Dabei waren es weniger Äußerlichkeiten, die Tad dazu inspiriert hatten, obwohl JB natürlich genau das vermutet hatte.

„Scarlett natürlich“, hatte er ausgerufen und sich dabei gegen die Stirn geschlagen. „Warum bin ich nicht selbst darauf gekommen? Selbstverständlich muss das heißeste Mädchen der ganzen Schule deine geheimnisvolle Gamer-Freundin sein.“

„Nicht so laut“, hatte Tad gezischt.

„Warum nicht, ist es dir etwa peinlich?“

„Halt einfach die Klappe.“

„Mann, Tad, so naiv kannst du doch nicht sein. Du weißt doch, dass sich die schrägsten Typen solche Avatare aussuchen.“

„Violett ist nicht schräg.“

„Nein, sie ist ein Supergamer“, hatte Thor bestätigt, „aber dieser Gamer ist vielleicht irgendeine Mutti, die sich beim Zocken entspannt oder ein zahnloser, sabbernder Rentner, der sich nochmal jung fühlen will.“

„Wahrscheinlich ist es irgendeine Pickelfresse aus der siebenten Klasse“, hatte JB gemeint, „auf jeden Fall nicht Scarlett Hohner, das kannst du mir glauben.“

Irgendwann war es Tad gelungen, das Thema zu wechseln, aber JB wurde seitdem nicht müde, ihn damit aufzuziehen. Manchmal konnte der Typ wirklich anstrengend sein.

Natürlich wusste Tad, dass JB nicht unrecht hatte. Jeder könnte Violett sein. Aber Tad glaubte nicht daran, und er hatte seine Gründe:

Violett war eine typische Fantasy-Figur, ihre Gestalt änderte sich, je nachdem in welcher Welt sie an seiner Seite war. Aber sie behielt dennoch ihre unverwechselbare Identität. Das spiegelte sich zum Beispiel darin wider, dass sie ihre Figuren stets so kleidete, dass die Farbe Violett dabei eine wichtige Rolle spielte. Interessanterweise schien auch Scarlett eine Vorliebe für diese Farbe zu haben. Das konnte natürlich auch Zufall sein. Aber es gab noch andere, gewichtigere Indizien. Einige Andeutungen Scarletts hatten ihn hellhörig werden lassen. Natürlich hatte sie diese Andeutungen nicht ihm gegenüber gemacht, er hatte sie zufällig aufgeschnappt, wenn sie mit ihren Freundinnen sprach. Bislang hatte er mit ihr eher nonverbal kommuniziert, genauer genommen hatte er sie wortlos angestarrt und dann schnell weggesehen, wenn sie zu ihm hinüber guckte.

Nichtsdestotrotz hatte er genug mitbekommen, um festzustellen, dass Scarlett sich erstaunlich gut in den verschiedenen virtuellen Welten auskannte. Sie spielte exakt die gleichen Spiele wie Tad und seine Freunde. Vor allem Area 3 hatte es ihr angetan. Und genau wie Tad war auch sie schon dem mystischsten Wesen dieses Spiels begegnet: der geflügelten Frau. Thor und JB hatten Zweifel, dass es diese Figur überhaupt gab. In keinem der zahlreichen Foren wurde sie auch nur erwähnt. Aber Tad hatte sie definitiv gesehen: bereits dreimal, und einmal war Violett an seiner Seite gewesen. Das konnte kein Zufall sein!

Außerdem spürte er einfach, dass Scarlett und ihn etwas verband. Zwar tat das Mädchen im Real-Life so, als würde es ihn kaum kennen. Aber das passte durchaus zu der rätselhaften Ms Violett. Heute, das hatte er sich fest vorgenommen, würde er den nächsten Schritt wagen.

Inzwischen hatte sich auf dem Smartdesk eine zweite Figur zu der hüftschwingenden Ms Violett gesellt. Es war der unsterbliche Bart Simpson, dem JB Tads Kopf auf die gelben Schultern gesetzt hatte. Der kleine Tad-Bart versuchte, die Hr. Mollmann-köpfige Tänzerin zu küssen, was diese in Panik davonlaufen ließ.

@ jb oh mann, wie alt bist du eigentlich? sieben?

Tad-Bart verfolgte die Fliehende und die beiden rannten kreuz und quer über die Grafik.

@tad pass auf!

Tad seufzte. Dass Thor bei diesem Blödsinn auch noch mitmachte, war wirklich anstrengend.

feind auf 12 uhr!, blinkte es plötzlich auf dem Smartdesk

Plötzlich verschwanden die Kommentare und Figuren. Tad schluckte und blickte auf. Etwa dreißig Zentimeter von seinem Gesicht entfernt wölbte sich der in eine altmodische Tweed Jacke gekleidete Bauch von Herrn Mollmann. Unter den fragend erhobenen buschigen Augenbrauen blinzelten die Augen des Lehrers neugierig auf ihn hinab.

„Es freut mich außerordentlich, mit welcher Faszination Sie meine Diagramme verfolgen, Herr Neumann."

„Äh ja …", stammelte Tad. „Sie sind wirklich sehr …", er senkte den Blick und stellte fest, dass die Grafik sich mittlerweile völlig verändert hatte, „… äh variationsreich", beendete er seinen Satz.

„Weil sich die makroökonomischen Theorien selbstverständlich den Erfahrungen des Marktes anpassen müssen", sagte Herr Mollmann und rieb sich zufrieden die Hände. „Großartig. Herr Neumann. Seien Sie doch so gut und erklären Ihren weniger aufmerksamen Mitschülern, welche Entwicklungen in den Siebzigerjahren des letzten Jahrhunderts die Kritik des Monetarismus hervorriefen."

Tad spürte, wie ihm das Blut in die Wangen stieg.

„Gehen Sie ruhig ans Smartboard", forderte Herr Mollmann ihn vergnügt auf. „Nur keine falsche Scheu."

Als Tad mit trockenem Mund und leerem Hirn vor der Klasse stand, trafen ihn überwiegend mitleidige oder erleichterte, aber hier und da auch hämische Blicke.

Im Nachhinein hätte er nicht mehr sagen können, welche Antwort er sich zurechtstammelte, aber schließlich griff Herr Mollmann ein und brachte die Sache irgendwie zu seiner

Zufriedenheit zu einem Ende.

Der Pausengong war die Erlösung.

Graue Nebel lagen über den Dächern des Schulgebäudes. Draußen war es unangenehm kühl, und die meisten Schüler standen fröstelnd in Gruppen beisammen, plauderten oder starrten auf ihre Smartpalms.

„Vielen Dank auch, Freunde", knurrte Tad. „Das war echt hilfreich. In Politologie stehe ich ohnehin schon auf der Kippe."

„Tut mir echt leid, Tad." JB fuhr sich durch die struppigen roten Haare und wirkte aufrichtig zerknirscht. „Ich habe nicht bemerkt, dass Mollmann dich im Visier hatte."

„Hab die Warnung zu spät rausgeschickt", brummte Thor, „sorry."

„Schon gut." Tad zuckte mit den Achseln und steckte die Hände in die Hosentaschen. Er ließ seinen Blick über den herbsttrüben Schulhof gleiten. Am verwaisten Basketballplatz sah er Emma, die sich mit dem blassen Mädchen unterhielt, mit dem sie manchmal abhing. Weiter hinten stand Scarlett. Ein lilafarbener kurzer Rock, lugte unter ihrem dunklen Mantel hervor. Tad lächelte. Ein paar Jungs aus den Abiturklassen schwänzelten um sie und ihre Freundinnen herum. Wieder einmal fragte sich Tad, ob Scarlett einen festen Freund hatte. Wenn ja, konnte er nicht auf diese Schule gehen. Das wäre ihm aufgefallen.

„Was war das nun für eine Verabredung?", fragte Thor.

„Hä?", Tad blinzelte und blickte zu seinem hochgewachsenen Kumpel auf. „Was?"

„Du wolltest uns etwas erzählen", erklärte Thor, „von irgendeiner Verabredung, die du heute früh hattest."

„Ach ja", er räusperte sich, „ich hatte eine Verabredung mit der geflügelten Frau."

JB hob die Brauen, enthielt sich aber eines Kommentars. Offenbar hatte er immer noch ein schlechtes Gewissen und sparte sich für dieses Mal seinen Spott.

Thor verschränkte die Arme vor der breiten Brust. „Was meinst du mit: Verabredung?"

„Sie äh ließ mir eine Nachricht zukommen."

„Über den Chat?", fragte JB.

„Nein, äh per Brief."

Die beiden Freunde sahen ihn ratlos an. „Ich denke, ich kenne Area 3 ziemlich gut", sagte JB, „aber von so einer Funktion habe ich noch nie gehört."

„Ich habe ja auch nicht behauptet, dass ich die Nachricht innerhalb des Spiels bekam", erwiderte Tad.

„Moment mal", meldete sich Thor zu Wort. „Du willst uns hier ernsthaft erzählen, eine virtuelle Figur aus Area 3, von der nebenbei gesagt noch niemand außer dir etwas gehört hat, schickt dir eine Nachricht im Real Life?"

Tad lächelte. „Korrekt."

„Als Brief?", hakte Thor ungläubig nach. „Sowas, was nur noch Großmütter verwenden?"

Tad nickte.

JB schnaufte. „Dir ist schon klar, wie sich das anhört?"

„Ja", erwiderte Tad. Er griff in die Hosentasche und klaubte einen zusammen gefalteten Zettel hervor. „Deshalb habe ich ihn mitgebracht."

Thor nahm ihn und faltete ihn auseinander.

„Morgen, um 5.00 Uhr RL-Time an der Nordmauer bei Yggdrasils Spross, allein", las er. Statt einer Unterschrift befand sich die winzige, filigrane Zeichnung einer geflügelten Frau unter dem Text.

„Jetzt sag mir nicht, dass du dir die ganze Mühe gemacht hast, nur um uns zu verarschen?", Thor reichte den Brief an JB weiter.

Tad erwiderte den bohrenden Blick seines Freundes. „Ich verarsche euch nicht, ehrlich."

„Krass", kommentierte JB. „Ist das echt per Hand geschrieben?"

„Zumindest soll es danach aussehen", entgegnete Tad.

„Und warum wollte sie dich um fünf Uhr morgens sehen?"

Tad zuckte die Achseln. „Keine Ahnung. Vielleicht ein Test, um zu sehen, wie ernst es mir ist?"

„Oder die geflügelte Frau ist ein Avatar von irgendeinem Typen aus den USA, der keine Lust hatte, sich auf die mitteleuropäische Zeit umzustellen", mutmaßte JB.

„Das glaube ich nicht", erwiderte Tad. „Sie gehört zum System."

Thor kniff noch immer skeptisch die Augen zusammen. „Okay, du hast diese seltsame Einladung angenommen. Was ist passiert? War sie da?"

„Nicht persönlich", Tad grinste schief. Es war einigermaßen schräg zu sagen: ein Programm wäre nicht persönlich da gewesen. „Ich meine, ich habe sie nicht gesehen. Aber sie hinterließ eine Nachricht." Tad presste die Lippen zusammen, als er sich an die seltsamen Worte erinnerte, die mit roter Farbe auf die Betonmauer gesprüht worden waren.

„Nun lass dir doch nicht alles aus der Nase ziehen!", beschwerte sich JB.

Tad aktivierte das Smartpalm an seinem Handgelenk. Ein Holodisplay poppte auf. Es war flexibel einstellbar von knapp handtellergroß bis zu einem Durchmesser von 17 Zoll, und es verfügte über eine virtuelle Touchpad-Funktion. Vor ungefähr zehn Jahren hatte diese bahnbrechende Innovation die bis dahin allgegenwärtigen Handys vom Markt gefegt.

„Ich habe ein Foto gemacht." Tad klickte die Datei an und zeigte sie seinen Freunden. JB las mit gerunzelter Stirn:

„Willst du über Mauern sehen,
musst zur Wurzel dich begeben.
Tritt zurück und nicht hervor,
findest dort das Weltentor.

„Was soll das denn heißen?“, fragte Thor.

„Ich dachte eigentlich, ich hätte es kapiert“, Tad kratzte sich an der Nase. „Der Treffpunkt war, wie gesagt, an der Mauer, die Area 3 umgibt. Von dort aus musste ich ein Stück zurückgehen, um zu Yggdrasils Spross zu gelangen.“

„Du meinst diesen Riesenbaum?“, hakte Thor nach.

Tad nickte. „Wie jeder weiß, ist Yggdrasil in der nordischen Mythologie der Weltenbaum. Er ist sozusagen die Wurzel, auf die alle Welten zurückgehen.“

„Klar“, sagte JB verwirrt.

„Weiß doch jeder“, bestätigte Thor ratlos.

„Yggdrasils Spross ist sozusagen eine Verbindung zur Wurzel aller Welten. Ich dachte, damit ist die geheime Verbindung zwischen allen Areas gemeint. Also bin ich da hinaufgeklettert. Es war eine ziemlich krasse Erfahrung …“ Tad stockte. „Ich weiß nicht, wie ich das erklären soll, aber da oben war so ein goldenes Schimmern. Und mit jedem Ast, den ich höher kletterte, wurde die Welt viel detailreicher und realistischer.“

„Bessere Grafik?“, hakte JB nach.

„Ja, aber nicht nur. Es war, als könnte ich die Rinde des Baums unter meinen Händen spüren und das feuchte Moos riechen, das dort wuchs und …“ Er warf einen Blick in die Gesichter seiner Freunde und brach ab. „Ihr glaubt mir nicht!“

„Na ja“, brummte Thor.

„Hast du was geraucht?“, fragte JB.

Tad presste die Lippen zusammen.

„Du musst zugeben, dass deine Story ziemlich schräg klingt, oder? Die krasse Grafik habe ich dir ja noch abgekauft, aber Rinde fühlen und Moos riechen wie soll das gehen?“

Tad zuckte die Achseln. „Ich weiß es doch auch nicht. Aber warum sollte ich mir so eine Geschichte ausdenken?“

Seine beiden Freunde warfen sich einen kurzen Blick zu. Dann fragte Thor: „Wie ist es ausgegangen? Hast du das Tor gefunden?“

Tad schüttelte den Kopf. „Nein, ich bin abgestürzt.“

JB kicherte, und im gleichen Moment erklang die Pausenklingel.

Thor klopfte ihm auf die Schulter. „Gute Geschichte, Mann. Im Drama-Kurs bist du genau richtig.“

„Literatur und Theater“, verbesserte Tad gewohnheitsmäßig. Aber er spürte, wie ihm das Blut in die Wangen stieg. Und es wurde auch nicht besser, als er Scarlett Hohner bemerkte, die direkt auf ihn zukam und aussah, als wolle sie ihn ansprechen.

Die Elenden

Scarletts lange, wohlgeformte Beine trugen sie auf dem kürzesten Weg direkt auf Tad zu. Sie lächelte. Dabei bildeten sich zwei winzige Grübchen in ihren Wangen.

„Hi“, Scarlett strich sich eine störende blonde Haarsträhne hinters Ohr.

Tad konnte seinen Herzschlag spüren. „Hi“, erwiderte er.

„In den News wurde heute Morgen von einem Unfall auf der Clayallee gesprochen. Weißt du etwas davon?“

Tad nickte stumm. Er konnte ihr Parfüm riechen.„Dann stimmt es also? Du warst dabei?“

„Äh … ja“, erwiderte Tad. Ihre Augen waren von einem verstörend tiefen Blau.

„Krass.“ Sie legte ihre Hand auf seinen Arm. Es war nur ein kurzer Moment. Doch die Berührung hinterließ ein Kribbeln auf seiner Haut.

An ihrem Blick erkannte er, dass sie ihn gerade noch irgendetwas gefragt haben musste. „Äh entschuldige, was hast du gesagt?“

„Stimmt es, dass ein LKW bei Rot über die Kreuzung gebrettert ist und mehrere Autos zerquetscht hat?“

Tad schüttelte den Kopf.

„Aber er ist gegen eine Ampel gerast?“

„Nein."

„Dann wurde der Fahrer also nicht durch die Windschutzscheibe auf die Straße geschleudert und dort von mehreren Autos überrollt?"

„Nein! Macht das etwa in den Social Networks die Runde?"

„Es gibt sogar noch viel krassere Versionen, ich habe nur die am wenigsten Unwahrscheinlichsten herausgepickt", Scarlett lächelte. „Was ist wirklich passiert?"

„Ein Sattelschlepper ist bei Rot über die Kreuzung gefahren, aber die Safety Domains der Autos haben schnell genug reagiert. Außer einer kaputten Seitenkamera gab es keine Schäden."

„Trotzdem, echt übel." Sie presste die Lippen zusammen. „So etwas dürfte nicht passieren. Wie nah warst du dran?"

„Meine Schwester und ich saßen in dem Auto, das nun eine Kamera weniger hat."

„Krass!" Das Mädchen betrachtete ihn nachdenklich: „Wie fühlt man sich, wenn man dem Tod so knapp entronnen ist?"

Das war eine unerwartete Frage. Tad senkte den Kopf. Dabei konnte er nicht verhindern, dass sein Blick ihre schlanken Beine hinab glitt, bis er an ihrer rechten Wade hängen blieb. War das da ein Tattoo? Wenn ja, musste es neu sein. Im Frühjahr hatte sie es noch nicht gehabt. Das verschlungene Gebilde aus braunen und grünen Farbtönen schimmerte durch ihre schwarze Strumpfhose. Es sah beinahe aus wie …

„Tad?" Ihre Stimme riss ihn aus seinen Gedanken.

Sein Kopf fuhr hoch. „Äh … es war … verwirrend", stammelte er.

Sie nickte mitfühlend. „Das kann ich mir vorstellen. Ist dir dabei oder kurz danach irgendetwas durch den Kopf gegangen?"

Tad dachte an die seltsame Erinnerung, die ihm plötzlich vor Augen gestanden hatte. Das pausbäckige Gesicht seiner kleinen Schwester und dahinter der erleuchtete

Weihnachtsbaum. Er schüttelte den Kopf. „Nichts Besonderes. Es ging alles viel zu schnell."

Sie betrachtete ihn nachdenklich. „Man sagt ja, dass Menschen, die dem Tod ganz nahe sind, noch einmal ihr ganzes Leben wie in Zeitraffer vor sich sehen."

Tad zuckte die Achseln. „Vielleicht war ich dem Tod noch nicht nahe genug."

„Das könnte sein", sagte Scarlett.

Er warf ihr einen fragenden Blick zu und sie lachte. „Komm!", wieder spürte er ihre Hand auf seinem Arm. „Wir kommen noch zu spät zur AG."

Während sie gemeinsam durch die Gänge des Schulgebäudes eilten, stellte Tad erfreut fest, dass sie ihn offenbar schon zuvor registriert hatte. Immerhin gab es fast vierzig Leute in der AG und sie hatten sich erst einmal getroffen.

„Für welches Stück hast du dich entschieden?", fragte sie Tad. Ihre Absatzschuhe klackten laut, als sie die Treppe hinunter liefen.

Stück? Tad warf ihr einen verdutzten Blick zu. Eine halbe Sekunde später durchfuhr es ihn wie ein Blitz. Er hatte das Voting vergessen! Herr Vogelmann hatte ihnen vier Klassiker des Theaters zur Auswahl gegeben. Bis gestern Abend hatten die Schüler abstimmen können, welches Stück sie in einer ganz eigenen Fassung auf die Bühne bringen wollten. Verdammt! Tad wusste nicht einmal mehr, welche Stücke zur Auswahl gestanden hatten. Er erinnerte sich nur noch dumpf daran, dass er ernsthaft vorgehabt hatte, sich zu beteiligen. Er hatte sogar angefangen, eines der Stücke zu lesen: Nathan der Weise oder so. Es hatte ihn irgendwie an Tolkiens Herrn der Ringe erinnert, dort gab es einen Zauberer, der Gandalf der Weiße genannt wurde. Das Stück war dann aber eher eine Enttäuschung gewesen. Schon beim Lesen der Inhaltsangabe hatte ihn die Müdigkeit übermannt, und am nächsten Morgen hatte er die Aufgabe komplett verdrängt. Die anderen Stücke hatte er sich nicht einmal angesehen. So beschloss er, lieber eine Gegenfrage zu stellen: „Welches Stück ist denn dein Favorit?"

„Shakespeare natürlich", erwiderte Scarlett. „Er ist der absolute Klassiker! Ohne ihn wäre Theater überhaupt nicht denkbar."

„Find ich auch", sagte Tad rasch. „Außerdem wärst du eine großartige Julia!"

„Danke!", Scarlett warf ihm ein strahlendes Lächeln zu, das jedoch gleich darauf wieder erlosch. „Allerdings gibt es im Sommernachtstraum keine Julia."

„Oh." Tad wandte den Blick ab und versuchte irgendwie zu verhindern, dass die Schamesröte sein Gesicht zum Leuchten brachte. Peinlicher geht es nicht!

Sie waren die Letzten, die den Raum betraten. Für Scarlett hatte eine Freundin vorne einen Platz frei gehalten. Tad quetschte sich an den engen Stuhlreihen vorbei in die letzte Reihe. Herr Vogelmann runzelte die Stirn. „Alles in Ordnung mit Ihnen, Thaddäus?"

„Alles bestens." Tad verzog die Lippen zu einem verzweifelten Grinsen. Er hatte sich getäuscht – es ging noch peinlicher.

Irgendjemand kicherte.

„Nun gut." Herr Vogelmann setzte sich auf die Kante des Lehrertischs. „Es freut mich, dass sich dieses Jahr ausnahmsweise mal alle Kursteilnehmer am Voting beteiligt haben. Das spricht für das Engagement dieser Gruppe."

Tad hob überrascht die Brauen. Aber er hatte sich doch gar nicht beteiligt. Mindestens ein oder zwei der Kursteilnehmer wirkten ähnlich überrascht, doch Herr Vogelmann fuhr fort: „Und ebenso interessant ist das Ergebnis." Er stand auf und tippte ans Smartboard, und eine Grafik erschien „An vierter Stelle haben wir Goethes Faust mit einer Stimme. Ich bin nicht wirklich überrascht, aber es war einen Versuch wert. Die eine Person war übrigens ich." Er grinste. „Lehrer sind von der

Anonymität ausgenommen. Den dritten Platz belegt Nathan der Weise. Er hat immerhin acht Stimmen erhalten." Der Titel unter dem zweiten Balken des Diagramms erschien. „Nun wird es spannend. Denn es gab ein enges Kopf-an-Kopf-Rennen. Mit 17 Stimmen hat es Shakespeares Sommernachtstraum dieses Jahr nur auf den zweiten Platz geschafft. Gewonnen hat Les Miserables von Victor Hugo mit 18 Stimmen."

Kein Applaus ertönte. Stattdessen gab es enttäuschtes Seufzen und fragende Blicke.

„Wer wählt schon ein Stück, das Die Elenden heißt", murmelte ein stark geschminktes Mädchen, eine Reihe vor Tad.

„Also ich hab das nicht gewählt", meldete sich Scarletts Freundin in der ersten Reihe zu Wort. „Und ich kenne auch keinen, der das gemacht hat."

„Es war ja auch anonym", bemerkte Herr Vogelmann lächelnd.

„Na und? Da hält sich doch sowieso keiner dran!" Das Mädchen wandte sich um: „Also, wer hat die Miserablen gewählt?"

Niemand meldete sich.

„Keiner? Dann stimmt doch da was nicht! Das Ergebnis ist manipuliert!"

„Unsinn!"

Das aufgeregte Tuscheln wurde immer lauter. „Ich bin dafür, dass wir nochmal abstimmen", rief ein anderer: „Wer will dieses miserable französische Stück?"

„Ruhe!", donnerte Herr Vogelmann.

Erschrocken verstummten die Schüler.

„Es ist entschieden", sagte Herr Vogelmann ernst. „So funktioniert nun mal Demokratie. Man kann nicht jedes Ergebnis infrage stellen, das einem nicht passt und dann sozialen Druck ausüben, um die eigene Meinung durchzusetzen.“ Er ließ seinen Blick über die Reihen der Schüler gleiten. Einige murrten leise, aber niemand wagte, offen zu widersprechen.

„Gut.“ Er nickte langsam, und das Lächeln kehrte auf sein Gesicht zurück. „Parallel zum Voting hattet ihr die Möglichkeit, euch für eine der verschiedenen Arbeitsgruppen zu melden.“

O Scheiße, dachte Tad.

„Wir haben insgesamt 17 Schauspieler“, er las die Namen vor. Natürlich war Scarlett auch unter ihnen. „Das sind eine Menge Leute, aber ich denke, wir werden genug Rollen für sie finden.“

„Die Band steht ebenfalls fest.“ Er las weitere sechs Namen vor.

Es folgten die Gruppe für Bühnenbau, Requisite und Maske sowie das Regie- und Kamerateam.

Tad schluckte. Sein Name war bislang nicht aufgelistet worden – kein Wunder, er hatte ja auch vergessen, sich zu melden.

„Bedauerlicherweise gab es nur zwei Freiwillige für das Skript. Unseren koreanischen Austauschschüler Kim Jang und Liv Carlsen.“ Er blickte auf. „Da wir noch einen unentschlossenen Mitschüler haben, freue ich mich, dass diese Gruppe nun um Thaddäus Neumann ergänzt wird. Vielen Dank!“

Tad lächelte gequält und warf einen hastigen Blick hinüber zu Scarlett. „Ich denke, meine Talente liegen eher im schauspielerischen Bereich. Könnte ich nicht möglicherweise …“

Herr Vogelmann schüttelte den Kopf. „Tut mir leid. Die Gruppe ist groß genug. Wir brauchen Sie im Literaturteam.“

Die verschiedenen Gruppen hatten angefangen, sich zu unterhalten.

Herr Vogelmann klatschte in die Hände. „Ruhe bitte!“

Langsam kehrte Stille ein.

„Ich schlage vor, dass die einzelnen Teams sich jetzt zusammensetzen und die weitere Vorgehensweise beraten. Natürlich haben die Gruppen je nach Aufgabengebiet zu unterschiedlichen Zeitpunkten ihre Hauptaufgaben. Zuallererst ist unsere Literaturgruppe gefragt. Sein Blick blieb an Tad haften. „Sie haben zwei Wochen, um uns eine zeitgemäße Interpretation des Stücks vorzustellen. Das fertige Script sollten wir dann in spätestens sechs Wochen auf dem Tisch haben!“ Er lächelte und wandte sich an die übrigen Schüler im Raum. „Bitte suchen Sie sich einen ruhigen Ort, an dem Sie sich absprechen können. Sie können gerne den Hof nutzen, aber bitte leise. Ich wünsche Ihnen viel Erfolg! Bei Fragen stehe ich Ihnen gerne zur Verfügung.“

Die Schüler schnappten sich ihre Rücksäcke und fanden sich zu den einzelnen Gruppen zusammen. Tad blickte Scarlett hinterher, die sich angeregt mit Mark unterhielt, einem Basketball spielenden Zwei-Meter-Hünen mit enorm breiten Schultern und einem widerlich selbstbewussten Zahnpastalächeln. Tad konnte ihn nicht leiden, erst recht nicht, als er sah, wie Scarlett ihre Hand auf seinen muskulösen Arm legte und lächelnd zu ihm aufsah.

Der Raum leerte sich. Herr Vogelmann klemmte sich sein Ledermäppchen unter den Arm und spazierte Richtung Lehrerzimmer. Und dafür kriegt der auch noch Geld, dachte Tad.

Beklemmende Stille senkte sich über den Raum.

Schließlich vernahm Tad ein Räuspern von den hinteren Stuhlreihen und eine Stimme mit unverkennbar asiatischem Akzent fragte irritiert: „Walum sind die gegangen?“

Seufzend drehte Tad sich um. „Hallo Jang“, begrüßte er den Jungen mit den wuscheligen schwarzen Haaren.

Zwei Stuhlreihen weiter hinten saß ein ungewöhnlich blasses Mädchen. Ihre Klamotten sahen aus, als ginge sie am liebsten auf dem Flohmarkt shoppen. Irgendwie kam sie ihm bekannt vor. Nach einem kurzen Moment des Nachdenkens erkannte er in ihr das Mädchen wieder, das sich auf dem Schulhof mit seiner Schwester unterhalten hatte. „Und du bist Liv?", fragte er. Das war kein besonders intelligenter Gesprächsauftakt, da Herr Vogelmann ja vorhin alle Namen genannt hatte. Aber Tad war noch zu sehr mit seiner Enttäuschung beschäftigt. Er hatte diesen bescheuerten Kurs nur gewählt, um in Scarletts Nähe zu sein, und nun stellte sich heraus, dass er ihr kaum begegnen würde.

Nach einem kurzen Moment des Schweigens fragte Liv: „Wollen wir uns über fünf Stuhlreihen hinweg unterhalten oder lieber nach vorne ans Smartboard gehen?"

Tad zuckte die Achseln und erhob sich. Jang folgte ihm etwas ratlos. Das Mädchen hatte ein Tablet in der Hand und tippte mit ihren schmalen Fingern etwas ein.

Auf dem Smartboard erschien der Titel

Die Elenden

Von Victor Hugo

„Du hast das Buch dabei?", bemerkte Tad.

„Den Roman im Original und in deutscher Übersetzung, zwei Verfilmungen aus dem letzten Jahrhundert und die Musicalversion von 2012."

„Oh, du bist gut vorbereitet."

„Ich habe auch die anderen Stücke dabei. Das bekommt man alles als kostenlosen Download, wenn man danach sucht."

Tad beschloss, den implizierten Vorwurf nicht zu beachten.

„Wolum geht's eigentlich?", fragte Jang.

Eine Falte zeigte sich auf Livs blasser Stirn: „Jang, weißt du überhaupt, wofür du dich angemeldet hast?"

„Wir gehen ins Theatel?" Der junge Koreaner rieb sich erwartungsvoll die Hände.

„Nicht ganz", erwiderte Liv. „Wir schreiben ein Script für ein Theaterstück."

„Oh", Jang kratzte sich am Kopf. „Das wild nicht einfach."

„Das Gefühl habe ich auch", sagte Liv. „Wer von euch Spezialisten kennt das Stück überhaupt?"

Jang betrachtete seine Schuhspitzen. Tad hielt Livs eisigem Blick stand. Er war es gewohnt, mit Blicken beinahe ermordet zu werden. „Das Stück heißt Die Elenden", erwiderte er ernst. „Es stammt von", er warf einen kurzen Blick aufs Smartboard. „Äh Victor Hugo." Er räusperte sich. „Heißt der Typ nun Victor oder Hugo.

Liv massierte sich die Schläfen. „Victor ist der Vorname. Den Nachnamen spricht man Ügo aus. Der Mann war Franzose."

„Ach?"

„Oh Mann, Jungs", stieß Liv frustriert aus, „ihr habt echt nicht den leisesten Schimmer!"

„Schimmel?", fragte Jang irritiert.

„Sie meint, dass wir keine Ahnung haben", übersetzte Tad.

Jang lächelte breit und nickte.

Liv seufzte. „Okay ich schlage vor, jeder von euch liest erstmal das Buch, und dann reden wir weiter."

„Oder wir sehen uns den Film an?", schlug Tad vor.

Livs Blick hätte ein Feuer zum Erlöschen bringen können.

„Okay, nehmen wil liebel die Plimälquelle", sagte Jang hastig.

„Gut, kannst du uns die Datei aufs Smartpalm schieben?", lenkte Tad ein.

Liv ließ sich die Nummern geben und sandte ihnen den Text zu. „Vielleicht ist die Sprache etwas altertümlich", sagte sie, „aber die Geschichte ist wirklich großartig. Ich glaube, sie hat uns auch heute noch was zu sagen – gerade heute."

Überrascht blickte Tad sie an. „Du hast dich wirklich damit beschäftigt."

Ein winziges Lächeln huschte über Livs Gesicht. So rasch, dass es kaum wahrzunehmen war. „Das war doch unsere

Aufgabe, oder?“

„Äh … richtig.“

„Okay, wir sehen uns in zwei Tagen. Bis dahin solltet ihr wissen, worum es geht.“ Mit diesen Worten wandte sich Liv um und verließ das Klassenzimmer. Ihre abgetragenen Sneaker machten so gut wie kein Geräusch.

Verdutzt blickte Tad ihr hinterher. Als die Tür ins Schloss gefallen war, meinte er: „Ich kann mich nicht entsinnen, dass wir sie zur Leiterin der Gruppe ernannt hätten.“

Jang zuckte mit den Achseln. „Sie hat wenigstens Ahnung.“

Diesem Argument hatte Tad nichts entgegen zu setzen.

Hinter den Toren

Tad stieg allein in den Wagen, der auf dem Schulparkplatz wartete. Emma hatte heute ihr wöchentliches Pfadfindertreffen. Beiläufig registrierte er, dass eine neue Außenkamera angebaut worden war. Effizient wie immer, hatte Lee den Wagen gleich in die Werkstatt gebracht.

„Nach Hause", befahl er.

Lautlos fuhr der Wagen an.

Entgegen seiner Gewohnheit ging Tad nicht gleich online. Stattdessen blickte er nachdenklich aus dem Fenster. Was für ein beschissener Tag. Zuerst dieser Beinahe-Unfall, dann der peinliche Auftritt in Politologie und zu guter Letzt auch noch diese dämliche AG, die ihm einen Haufen zusätzlicher Arbeit beschert hatte. Nun musste er ein ganzes Buch lesen – innerhalb einer Woche!

Das einzig Positive war der Umstand, dass Scarlett ihn tatsächlich registriert hatte – im Real Life. Er war fest entschlossen, dass dies nicht die einzige Begegnung bleiben sollte. Und er war sich inzwischen ziemlich sicher, dass dieses Tattoo auf Scarletts Wade einen Baum dargestellt hatte.

Vielleicht sogar Yggdrasils Spross?

Der Wagen hielt vor Tads Elternhaus, und das Tor zur Tiefgarage öffnete sich automatisch. Tad sah eine Postdrohne davonfliegen. Sie war recht groß. Irgendjemand hatte ihnen ein dickes Paket geschickt. Als Tad mit dem Aufzug nach oben fuhr, vernahm er ein tiefes Grummeln. Es war sein Bauch, wie er überrascht feststellte.

Oben angekommen, ließ er seinen Rucksack in den Flur plumpsen und ging in die Küche. Er legte seine Hand auf den Sensor des Kühlschranks.

„Ja bitte?", meldete sich Lee.

„Pizza Mozzarella und eine Cola."

„Es tut mir leid, aber das übersteigt den maximalen Kalorienlevel für diese Mahlzeit."

Tad verdrehte die Augen. „Mann, Mum!"

„Dieser Befehl ist unverständlich. Bitte wiederhole deine Eingabe."

„Pizza Mozzarella und eine Cola LIGHT!"

„Verzehrbereit in 12 Minuten", vermeldete Lee. „Darf ich einen Apfel zum Nachtisch servieren?"

„Nein!"

Tad ging zur Package Box. Das Paket war in der Tat groß, und es war an ihn adressiert. Überrascht hob er die Brauen. Er hatte nichts bestellt.

Der Absender sagte ihm nichts, irgendein Postfach. Neugierig riss er das Paket auf und traute seinen Augen nicht. Das war doch tatsächlich ein SPS!

Tad schluckte. Ehrfürchtig nahm er das Sensory Perception Suit aus der Verpackung und strich über die High-Tech-Fasern. Das Material fühlte sich erstaunlich weich an, obwohl es optisch durchaus Ähnlichkeit mit einem mittelalterlichen

Kettenhemd hatte. Am Hemdkragen klebte ein Zettel.

Viel Spaß damit.

Dad.

Das war der absolute Hammer! Tad stopfte den Zettel in die Hosentasche.

In ganz Deutschland gab es vermutlich keinen einzigen Menschen, der ein solches Teil besaß. Die offizielle Markteinführung fand ja erst in ein oder zwei Wochen statt.

„Lee, bitte stelle eine Verbindung zu meinem Vater her!"

Ein paar Sekunden verstrichen, dann vermeldete die Software: „Es tut mir leid. Herr Neumann ist in einer Besprechung."

„Wie lange noch?"

„Bislang ist eine Deadline nicht angegeben."

„Okay, und seit wann ist er in dieser Besprechung?"

„Seit gestern Abend 18.30 Uhr."

„Hä? Das kann nicht sein. Er war doch heute früh auf der Messe zu sehen."

„Ich bitte um Entschuldigung. War das eine Frage?"

„Mann, Lee, halt die Klappe!", knurrte Tad. Vermutlich war der Messebeitrag eine Aufzeichnung gewesen. Dad sagte immer: Glaube mir, alles, was mit Marketing zu tun hat, ist perfekt geplant. Wahrscheinlich war das scheinbar spontane Interview in Wahrheit eine aufwendige Werbeproduktion. Aber konnte es wirklich sein, dass Dad seit gestern Abend in einer Besprechung saß? Das wäre selbst für seine Verhältnisse extrem lang. Aber vielleicht wollte er auch einfach nicht gestört werden und hatte deshalb den Besprechungsmodus seiner Assistenzsoftware beibehalten. Mum würde jetzt wahrscheinlich wieder vermuten, dass Dad eine Affäre hatte. Aber Tad glaubte nicht daran. „Lee, bitte überbringe meinem Vater folgende Nachricht: Vielen Dank, Dad! Du bist echt der Coolste!"

„Gerne."

Tad schnappte sich das Suit und lief hinauf in sein Zimmer. Er zog sich bis auf die Unterhose aus und probierte den Anzug an. Der Stoff lag eng auf seiner Haut. Anfangs fühlte er sich etwas kühl an, aber dann durchaus angenehm.

„Tinkerbell."

Der Holo-Display flimmerte kurz, und das kleine Feengesicht poppte auf. „Ja, mein Herr und Gebieter?"

„Wie sehe ich aus?"

„Nackt."

„Was? Zeig mir das Kamerabild!"

Tad sah sich selbst auf dem Holodisplay. Das Suit saß in der Tat sehr eng. Aber nackt war nun wirklich etwas übertrieben. Bevor er sich weiter Gedanken dazu machen konnte, zeigte sich plötzlich ein fremdes Frauengesicht auf dem Display und sagte irgendetwas auf Chinesisch. Offenbar hatte sich das SPS automatisch mit dem Hausserver verbunden. Eigentlich hätte die Software erst um Erlaubnis bitten müssen, aber vielleicht hatte Dad das schon erledigt.

„Geht das auch auf Deutsch.

„Lieber Kunde, vielen Dank, dass Sie sich für ein Produkt von A&M Technologies entschieden haben. Der SPS ist ein Quantensprung auf dem Gebiet der virtuellen Realität."

„Vorspulen", unterbrach Tad die Eigenwerbung. „Bis zur Gebrauchsanweisung.

„Achtung, die Verpackung enthält verschluckbare Kleinteile und ist für Kinder im Alter von bis zu drei Jahren ungeeignet. Der Anzug enthält Metallfasern. Bitte geben Sie ihn nicht in die Mikrowelle …"

Tad verdrehte die Augen: „Warnhinweise überspringen."

„Beachten Sie: Dieses Produkt ist eine absolute Innovation und daher als Feature noch nicht in den gängigen Programmen und Spielen berücksichtigt worden. Damit Sie bereits jetzt Freude an Ihrem neuen SPS haben, wurde er von uns so programmiert, dass er grafische Elemente erkennt und in passende sensorische Impulse umarbeitet. Und nun erleben Sie, was Ihr neuer SPS kann! Tauchen Sie ein in eine völlig neue Realität! Bitte setzen Sie nun eine VR-Brille oder Ihren Cyberhelm auf. Am besten wählen Sie den …“

„Schon gut, überspringen.“ Tad zog seinen neuen Helm über und befand sich mitten im Dschungel.

Das grüne Blätterdach der Urwaldriesen verdeckte die Sonne. Dennoch konnte Tad die Kraft ihrer Strahlen spüren. Es war warm! Er trug Tropenkleidung, ein helles Hemd, Cargohosen und feste Schuhe. Die lauten Stimmen exotischer Tiere hallten durch den Wald. Ein bunt gefiederter Vogel flatterte dicht an ihm vorbei. Tad spürte den Lufthauch seines Flügelschlags – oder bildete er sich das bloß ein?

Plötzlich zeigte sich ein Schmetterling, er war ungewöhnlich groß und sehr bunt. Er flatterte vor Tad auf und ab und zog dann tiefer in den Dschungel hinein. Tad hatte genug Adventurespiele gespielt, um zu wissen, was das bedeutete. Er folgte dem Tier. Hochgewachsene Farne wuchsen rechts und links des Dschungelpfades. Die Blätter streiften seine Arme. Diesmal bildete er sich das nicht ein. Er konnte sie tatsächlich spüren!

Krass!

Lautes Rauschen übertönte den Lärm der Tiere. Er ging weiter und kam an einen mächtigen Wasserfall, der sich in ein breites felsiges Becken mit kristallklarem Wasser ergoss. Feuchtigkeit lag in der Luft. Langsam kniete er nieder und tauchte seine Hand in das Wasser – es war kühl und feucht.

Erst jetzt bemerkte er, dass seine Haut dunkel war. Tad blickte an sich herab. Die Tropenkleidung war verschwunden. Nun war er barfuß und trug lediglich einen Lendenschurz – er war ein Bewohner des Dschungels. Das Wasser war zu aufgewühlt, um sein Gesicht erkennen zu können. Würde es seine eigenen Züge tragen oder würde die Software die biometrischen Merkmale des Trägers nicht berücksichtigen?

Er sah sich um und entdeckte eine kleine Bucht, in der das Wasser fast unbewegt schien. Als er darauf zuging, spürte er die Unebenheiten des Weges. Kleine Äste und Steine drückten sich in seine Fußsohlen – unglaublich.

Langsam kniete er sich in den Uferschlamm, der sich feucht und glitschig an ihn drückte. Er beugte sich vor. Und plötzlich erstarrte die glitzernde Wasserfläche. Vor seinen Augen flimmerte es, und Tinkerbells Gesicht erschien. Sie sagte etwas, aber der Ton war nicht zu verstehen.

„He, was soll der Mist!", schimpfte Tad.

In das Kreischen der Dschungeltiere mischte sich ein Rauschen und Tinkerbells Stimme „…ung Warnung … ingende …achricht."

„Verzieh dich, Tinkerbell!", knurrte Tad.

Tatsächlich verschwand die Fee, stattdessen sah er plötzlich das Gesicht seines Vaters vor sich. Aber nicht so, wie er es kannte, nicht braun gebrannt und lächelnd, sondern angespannt und blass. „Tad, hör zu … war ein Fehler … du darfst … auf keinen Fall …" Die Augen seines Vaters waren weit aufgerissen und seine Lippen bewegten sich, aber was er sagte, war nicht zu verstehen. Die Laute des Dschungels verstummten plötzlich und hinter Tad war leises Knacken zu hören. Sein Vater blickte sich gehetzt um. Dann beugte er sich vor und sagte etwas. Wieder waren nur Wortfetzen zu verstehen: „… hörst du … auf keinen Fall den … er nicht das, was er zu sein …" Er brach ab. Sein Blick schien an Tad vorbei zu gleiten und seine Augen weiteten sich.

Im gleichen Moment knackte es im Unterholz direkt hinter Tad. Er fuhr herum und erblickte einen riesigen Schatten. Etwas sprang auf ihn zu. Er sah blitzende Reißzähne und gelbe

Katzenaugen.

Tad hob die Arme und schrie.

Der Dschungel verschwand. Alles wurde weiß, und eine freundliche Frauenstimme sagte: „Die Simulation wurde abgebrochen. Ihre physiologischen Daten lassen eine Weiterführung nicht zu. Bitte …“

Tad riss sich den Helm vom Kopf. Seine Hände zitterten und der Schlag seines Herzens war so heftig, dass er glaubte, ihn hören zu können. Schwer atmend starrte er auf das vertraute Chaos seines Zimmers. „Was … zur Hölle … war das?“, schnaufte er.

Tinkerbells kleine Gestalt poppte auf. „Pizza ist fertig!“

Die Botschaft

„Zeit fürs Mittagessen“, zwitscherte Tinkerbell.

Tad starrte das Hologramm seiner Assistenzsoftware an.

Die kleine Elfe lächelte und drehte sich wie ein Model auf dem Laufsteg.

„Hast du mir diese Warnung geschickt?“

„Ja, und es war verdammt schwer, ein Fenster zu öffnen. Diese Simulation frisst eine Menge Speicher.“

„Tinkerbell! Was ist mit meinem Vater? Seine Botschaft war nicht vollständig.“

„Keine Ahnung.“ Die Elfe zuckte mit den Achseln.

„Das ist nicht witzig!“, herrschte Tad die Assistenzsoftware an. „Du hast eine dringende Nachricht angekündigt, und dann kam eine Botschaft meines Vaters – leider unvollständig.“

„Wann?“

„Na wann schon? Eben gerade vor einer Minute.“

„Tut mir leid, Tad, aber das kann nicht sein. Die letzte Kontaktierung durch deinen Vater liegt 12 Stunden zurück.“

Tad kniff die Augen zusammen. „Tinkerbell, das ist Blödsinn. Wurdest du gehackt?“

„Ich?", kreischte die Software. „Also, da regt mich ja die Frage schon auf!" Sie stemmte die winzigen Fäuste in die Hüften.

„Tinkerbell, wurdest du gehackt?"

„Nein!"

„Ich stelle dir jetzt drei Fragen. Wenn du diese nicht programmgemäß beantwortest, verpasse ich dir ein Reset."

„Das ist hart, das ist wirklich hart", jammerte die Elfe.

„Wie heißt die Lehrerin des Grauens?"

„Frau Doktor Lieselotte Schüttler, Naturwissenschaft, Mathe und Latein, sechste Klasse", erwiderte Tinkerbell.

„Wer war Tante Tinni?"

„Eine Weinbergeschnecke, dein erstes Haustier. Sie starb im Alter von fünf Monaten glücklich, satt und zufrieden in einem Gurkenglas."

Tad stand auf und kramte einen Zettel aus seinem Portemonnaie. „Passwort?"

„XXX173_5EX/792.ET"

„Okay, ich glaub dir."

„Das ehrt mich."

Tad schnaufte.

„Darf ich dich jetzt darauf hinweisen, dass Lee mich bereits vor fünf Minuten angewiesen hat …"

„Nein, darfst du nicht. Ich muss wissen, was mit meinem Vater los ist! Bitte stelle Kontakt zu ihm her."

„Wie Ihr wünscht, Mylord." Das Feenhologramm zauberte ein altes Telefon hervor und wählte eine Nummer. „Tut mir leid, dein Vater ist die nächsten sechs Stunden nicht verfügbar."

„Soll das heißen, er ist immer noch in diesem Meeting?"

„Nein, laut Kalender ist er mittlerweile in seinem Hotel."

„Shit!" Tad trommelte nachdenklich mit den Fingern auf den Cyberhelm. Es war ärgerlich, dass er seinen Vater nicht sprechen konnte. Aber zumindest die Fahrt ins Hotel war normal. Nach so einem langen Meeting musste er sich wahrscheinlich erst einmal aufs Ohr hauen. „Tinkerbell, warum hast du das Spiel unterbrochen? Was war die dringende Botschaft?“

„Die Pizza ist fertig, und Lee kann sie im Ofen nicht länger warmhalten, sonst wird sie zu trocken.“

Tad klappte die Kinnlade herunter: „Das war die dringende Nachricht?“

„Ja.“

„Das kann nicht dein Ernst sein.“

„War das eine Frage?“, gab die Software zurück.

„Ja.“ Tad knirschte mit den Zähnen. Dann wiederholte er: „Ist das dein Ernst?“

„Selbstverständlich!“, erwiderte Tinkerbell hochnäsig. „Anhand der messbaren physiologischen Reaktionen müssen deine Blutzuckerwerte im Keller sein. Außerdem ist die Maslowsche Bedürfnispyramide in meine Programmierung eingeflossen.“

„Was zum Henker ist das schon wieder?“

„Unterrichtsstoff der 9. Klasse“, erwiderte Tinkerbell. „Vereinfacht gesagt: Essen ist wichtiger als Spielen.“

„Hier geht es nicht um ein Spiel!“

„Ich widerspreche nur ungern, aber dieser Anzug ist ausschließlich für Gamesoftware für Kinder und Jugendliche unter 18 Jahren freigeschaltet. Die Verwendung des Anzugs erfolgt demnach ausschließlich als Gamefeature.“

Tad atmete einmal tief durch. Dann verließ er das Zimmer.

„Wohin gehst du?“, rief Tinkerbell ihm nach.

Tad antwortete nicht.

Dies war einer der Momente, in denen er sich fragte, ob eine dröge Software wie Lee vielleicht doch die bessere Wahl gewesen wäre.

Die Pizza, die er aus dem Ofen nahm, war lauwarm und in der Tat sehr trocken. Teigsplitter rieselten klirrend auf den Teller, als er in das Gebäck biss. Tad tröstete sich damit, dass dies ganz gut zu der inzwischen lauwarmen und kohlensäurearmen Cola light passte. Während er seine Mahlzeit hinunterschlang, kramte er den zerknitterten Zettel aus seiner Hosentasche.

Viel Spaß damit.
Dad.

Das war eindeutig die Handschrift seines Vaters. Wie passte das mit dieser Warnung zusammen? Gar nicht! Nachdenklich leckte er sich etwas Tomatensoße von den Fingern. Es sei denn, sie war ein Scherz gewesen, was durchaus zu seinem Vater passen würde. Unter diesem ganzen Geschäftsmanngehabe und den langweiligen Businessanzügen verbarg sich irgendwo noch der coole Typ, der sein Vater früher gewesen war, und mit dem man eine Menge Spaß haben konnte.

Leider war dieser Typ im Laufe der Zeit immer seltener zum Vorschein gekommen. Vielleicht hatte das auch die Ehe seiner Eltern kaputt gemacht.

Wie auch immer. Das waren müßige Spekulationen. Er musste einfach nochmal in diesen Dschungel. Und er musste cool bleiben, damit die Software ihn nicht vorzeitig rausschmiss.

Nachdem es bei einigen krassen Zombie-Spielen zu Herzinfarkten gekommen war, hatte das Bundesministerium für Digitale Infrastruktur eine Überwachung der Vitalfunktionen während der Spiele zwingend vorgeschrieben. Wenn der Puls zu sehr stieg, musste die Software das Spiel beenden. Tad hielt das, genau wie seine Freunde, für absoluten Blödsinn, schließlich gab es genug alte Knacker, die auch beim Fußballschauen auf dem Sofa einen Herzinfarkt erlitten. Aber die Firmen hielten sich strikt an diese Vorgaben. Niemand wollte riskieren, dass sich irgendein Gamer am hauseigenen Produkt zu Tode spielte. Der Imageschaden wäre zu groß, und die Schadensersatzkosten wären immens.

Tad stand auf und wischte sich die Krümel vom T-Shirt. Die restliche Hälfte der Pizza landete im Müll. „Auf in den Dschungel!"

Wenig später stand er in voller Cybermontur auf der Spielfläche seines Zimmers.

„Du willst noch einmal den Trailer spielen?", fragte die Computerstimme in seinem Helm.

„Ja", erwiderte Tad.

Augenblicklich befand er sich unter dem grünen Dach des üppigen Dschungels. Er spürte die Wärme und vernahm das exotische Orchester der Urwaldfauna. Er wartete einen Augenblick und tatsächlich flog erneut der bunt gefiederte Vogel dicht an ihm vorbei.

Nur wenig später erschien der Schmetterling. Er folgte ihm durch die hochgewachsenen Farne, bis er das Rauschen des Wasserfalls vernahm. Das virtuelle Schauspiel war beeindruckend. Er glaubte, die feuchten Wassertropfen auf seiner Haut zu spüren und fragte sich, wie dieser Anzug eine solche Illusion hervorrufen konnte. Während er rasch zu der kleinen stillen Bucht hinüber ging, suchten seine Augen das dichte Unterholz ab, doch von dem großen Jaguar, der ihn vorhin fast zu Tode erschreckt hatte, war nichts zu sehen.

Wahrscheinlich würde das Tier genauso unvermittelt auftauchen wie beim letzten Mal. Ein ziemlicher Schocker, wenn man bedachte, dass hier ja lediglich die Funktionsweise des SPS demonstriert werden sollte.

Tad kniete sich in den Uferschlamm und blickte in das Wasser.

Es war anders als beim letzten Mal. Das Wasser erstarrte nicht, es bewegte sich weiter sanft hin und her. Verblüfft registrierte er sein eigenes Spiegelbild. Genauer gesagt, das bemalte Gesicht eines Indios, der unverkennbar Tads Züge trug. „Papa?"

Nichts. Weder sein Vater, noch Tinkerbell zeigten sich.

„Verdammt!“, flüsterte er. „Es funktioniert nicht.“ Er berührte das Wasser mit den Fingern. Kleine Wellen verzogen sein Spiegelbild.

Die Geräusche des Dschungels traten in den Hintergrund, sodass Tad das leise Knacken hinter sich vernahm. Er stand auf und wandte sich um.

Etwas Großes, Dunkles bahnte sich einen Weg durch das dichte Gesträuch.

Tad ballte die Fäuste und versuchte, ruhig zu atmen. Ein lautes Schnauben erklang. Ein Tier trat durch den Blättervorhang.

„Hä?“, entfuhr es Tad.

Anstelle blitzender Reißzähne und gelber Katzenaugen, erblickte er ein treuherzig dreinblickendes Wesen mit braunen Augen und einem Minirüssel, der schnuppernd hin und her zuckte. Ein … wie hieß das Vieh nochmal? Tampir oder so ähnlich.

Das Tier rümpfte ein wenig verächtlich den Rüssel, als habe es Tads mangelnde zoologische Kenntnisse registriert, wandte sich dann ab und trottete gemächlich an ihm vorbei zum Wasser hinüber.

Als Tad seine Hand ausstreckte, konnte er das kurze borstige Fell unter seinen Fingerspitzen fühlen.

Offenbar wollte das Tier nicht angefasst werden, denn es machte einen kleinen Sprung zur Seite und stieß mit dem Vorderhuf gegen eine der großen Brettwurzeln, die bis in den See hineinragten. Das Tier schnaufte vorwurfsvoll und watete durch das Wasser, um an der anderen Uferseite zu grasen.

Es war ein drolliges Schauspiel und alles andere als erschreckend. Tad wollte sich schon frustriert abwenden, als sein Blick auf die Wurzel fiel, gegen die das Tier gestoßen war. Dort war etwas, das nicht ins Bild passte. Er ging zu der Wurzel und kniete nieder. Dort kurz über der Wasseroberfläche verlief die Holzmaserung auf sehr merkwürdige Art und Weise. Es sah beinahe aus wie ein stilisierter Zweig mit Blättern. Unwillkürlich fiel ihm ein anderes Bild ein, halb verborgen von einer Strumpfhose auf einer schlanken Mädchenwade. „Yggdrasils Spross“, murmelte er. Sanft fuhr er mit den Fingern über das Holz. In diesem Moment glühte es sanft auf. Es sah aus, als würde ein Lichtfunke wie ein abgefallenes Blatt über den Wurzelstrang hinab ins Wasser gleiten. Dort wurde das Leuchten jedoch nicht kleiner. Ganz im Gegenteil. Das Blatt zerteilte sich in wirbelnde Lichtflecken, die sich zu Buchstaben formten. Zu Tads Verblüffung glühten wenig später vier Worte auf der schimmernden Wasseroberfläche.

Verum post portai est.

„Was soll das denn heißen?“, stammelte Tad.

Die Worte verglühten und das Symbol verschmolz mit der Maserung des Holzes.

„Verflixt!“ Tad stand auf und sah sich um. Der Tampdingsbums war verschwunden. Die Geräusche der Natur und das Rauschen des Wasserfalls nahmen etwas Gleichförmiges an. Mehr hatte das Programm nicht zu bieten.

„Trailer beenden“, befahl Tad.

Die Welt um ihn herum verschwand. „Wir hoffen, der kleine Ausflug in die magische Welt des SPS hat ihnen gefallen“, sagte eine sanfte Frauenstimme. „Gerne zeigen wir Ihnen weitere Produkte, mit denen sie unsere VR-Welten noch intensiver erleben können.“

„Beenden!“, unterbrach Tad die Werbung.

Er zog sich den VR-Helm vom Kopf. Das vertraute Chaos seines Zimmers hatte etwas Ernüchterndes. Für einen kurzen Moment wünschte er sich die üppige Welt des virtuellen Dschungels zurück, doch dann siegte die Vernunft.

„Tinkerbell!“

„Bin bereit.“ Die kleine Feengestalt erschien und zückte einen dicken Filzstift.

„Übersetze: Verum post portai est.“

Tinkerbells winzige Hand schrieb die Worte in die Luft, wo sie als Hologramm stehen blieben.

„Das ist Latein“, dozierte sie.

„Weiß ich“, unterbrach Tad ungeduldig. „Was heißt es?“

„Die Wahrheit ist hinter den Toren“, erwiderte Tinkerbell. „Oder wörtlich: „Wahrheit hinter den Toren ist.“

„Wahrheit hinter den Toren“, murmelte Tad. „Das ist krass, echt krass!“ Er begann in seinem Zimmer auf und ab zu laufen. „Wenn das zum Bestandteil des offiziellen Trailers gehört, fresse ich nen Besen! Das war eine Botschaft an mich, aber so was von eindeutig!“ Er fuhr zu der kleinen Fee herum, die gelangweilt ihre Fingernägel betrachtete.

„Kannst du das Trailerprogramm des SPS extrahieren?“

„Momentchen, ich schau mal nach.“ Die Software ließ ein kleines Programm ablaufen. Schließlich reckte Tinkerbell den Daumen hoch. „Jo, kein Problem.“

„Okay. Lade das Programm auf die Festplatte und dann deaktivierst du das WLAN des SPS und des Cyberhelms. Ich will sicher sein, dass ich definitiv offline bin, wenn ich nochmal in den Dschungel gehe.“

„Was für ein Dschungel?“, fragte Tinkerbell.

„Vergiss den letzten Satz und erledige deinen Job!“

„Geht klar, Boss, dauert vielleicht ein Sekündchen.“

Tad googelte derweil das komische Rüsseltür. Es nannte sich Tapir. Da hatte er ja fast richtig gelegen. Die grüne WLAN-Leuchte des Cyberhelms erlosch.

„So, alles startklar“, vermeldete Tinkerbell.

Tad setzte sich den Helm auf. „Okay. Lass das Programm laufen.“

Erneut tauchte er in die Dschungelwelt ein. Die Effekte waren nicht weniger spektakulär als beim ersten Mal, aber er achtete kaum darauf. Hastig eilte er hinüber zum Wasserfall. Nur sein Spiegelbild erschien in dem kleinen See. Kein Symbol war zu sehen. Der Tapir erschien, schnüffelte und stapfte an Tad vorbei. Dieses Mal zuckte er nicht zurück, als Tad sein Fell berührte. Er versuchte, ihm einen Schubs zu geben, doch seine Hand glitt einfach über das Tier hinweg. Der Tapir ging, ohne zu stolpern weiter. Die Wurzel blieb, wie sie war. Kein Symbol zeigte sich auf der Maserung.

„Beenden!", befahl Tad. Er nahm den Helm ab. „Jemand hat sich in die Software gehackt!", stellte er fest.

Die kleine Fee verschränkte die winzigen Arme vor der Brust. „Ich bin sauber."

„Hör auf zu schmollen. Ich rede nicht von dir!" Nachdenklich tippte Tad sich mit dem Finger gegen die Lippen. Es war an der Zeit, Yggdrasils Spross einen erneuten Besuch abzustatten. Doch dieses Mal würde er nicht alleine sein. „Tinkerbell, ich möchte, dass du folgende Verbindungen herstellst …"

Das Rätsel

Tad trat aus dem Haus. Über ihm wölbte sich der düstere Himmel von Area 3. Unter seinen Füßen spürte er die Treppenstufen. Seine Hand glitt über das rostige Treppengeländer. Es fühlte sich rau an. Eine leere Bierdose polterte die Straßen entlang. Tad sah eine gebeugte Gestalt hastig die mit Müll übersäte Straße entlang humpeln und in einem dunklen Hofeingang verschwinden. Vergilbtes Graffiti zierte den grauen Beton des leer stehenden Hochhauses. Tad erkannte einen Code in den Schmierereien. Dort musste ein Kobold-Nest sein. Er tastete nach seinem Schulterholster und spürte den kühlen, metallenen Griff seiner Waffe. Es fühlte sich gut an. Einen Augenblick lang war er in Versuchung, ein paar Punkte zu machen.

Aber er hatte keine Zeit dafür, heute gab es Wichtigeres als den nächsten Levelaufstieg.

Tad wandte sich nach Westen und begann zu laufen.

Er befand sich in einer postapokalyptische Welt – so jedenfalls stand es in der Spielbeschreibung. Um ehrlich zu sein, wusste er nicht ganz genau, was dieses Wort bedeutete.

Es hatte irgendetwas mit dem Ende der Menschheit zu tun. In jedem Fall lag die Welt von Area 3 in der Zukunft. Ein verheerender Krieg hatte große Teile der Erde verseucht und unbetretbar gemacht. Es gab nur einige wenige, von hohen Mauern umgebene, sichere Zonen, die sogenannten Areas. Dort versuchten die Überlebenden, ein zivilisiertes Leben zu führen. Dieses Vorhaben wurde jedoch ständig durch Gruppierungen gefährdet, die auch noch den letzten Rest von Ordnung zerstören wollten. Zum einen waren da die sogenannten Kobolde. Das waren Outlaws und Spinner, die versuchten, die schützenden Mauern niederzureißen, weil auf der anderen Seite angeblich das Paradies wartete. Viel gefährlicher waren allerdings die Chimären – genetisch veränderte Menschen, die ursprünglich als Pioniere ausgesandt worden waren, um neue Planeten für die Menschheit zu erobern und bewohnbar zu machen. Dieser Plan war jedoch mächtig in die Hose gegangen. Den Chimären war es nicht gelungen, der Menschheit eine neue Heimat in fernen Galaxien zu verschaffen. Stattdessen waren sie zurückgekehrt, hatten unbekannte, tödliche Krankheiten mitgebracht und eine heimliche Rebellion angezettelt. Offenbar war es ihnen nicht genug gewesen, dass die Erde fast vollständig zerstört war. Sie wollten auch noch die letzten Bastionen der Zivilisation vernichten und drangen getarnt in die Areas ein.

Einzig die Marshalls, eine Gruppe von Menschen mit besonderen Fähigkeiten, wussten von dieser Bedrohung. Sie arbeiteten in kleinen Teams und eines davon bestand aus Tad und seinen Freunden. Es war ihre Aufgabe, die Überlebenden zu schützen. Ihre Aufträge bekamen sie vom Department of Law and Security, oder kurz: von der Zentrale – dem Hauptquartier der Marshalls, das irgendwo tief unter der Erde lag.

Als Tad den Park erreichte, blies ihm ein leichter Wind entgegen. Er hielt einen Augenblick inne, um seine Finger über das feuchte Gras gleiten zu lassen. Es fühlte sich total echt an. Dieser SPS war der absolute Hammer.

„Na, pflückst du dir ein paar Gänseblümchen?"

Er blickte auf und sah die schlanke Gestalt von Ms Violett. Sie trug eng anliegende schwarze Hosen und eine figurbetonte lilafarbene Lederjacke. Er fragte sich, wo in diesem Aufzug ihre Waffen versteckt waren. Sie trug stets etliche davon bei sich, wie er aus den vergangen Gamesessions wusste.

„Ja, ich dachte mir, du würdest dich über ein paar Blümchen freuen."

Sie hob eine Braue. „Denkst du ernsthaft, ich stehe auf Gänseblümchen?"

„Einen Versuch ist es wert", erwiderte Tad. Er pflückte eine winzige lilafarbene Blume, schaltete auf Hypermotion und steckte ihr die Blume blitzschnell ins Haar, ehe sie in der Lage war, auch nur zu blinzeln.

„Steht dir", sagte er grinsend, nachdem er wieder in den Normalmodus gewechselt war.

Ms Violett hob eine Braue. „Du verschwendest deine Energie." Ihr Tonfall war kühl, aber sie zog die Blume nicht aus ihren dunklen Locken.

Tad fragte sich, was genau sie damit meinte. Die Verschwendung kostbarer Hypermotion-Sekunden oder seine Versuche, sie zu beeindrucken. Ms Violett war schwer zu durchschauen, aber er war sich ziemlich sicher, dass sie ihn nicht abstoßend fand. Sie stand so dicht neben ihm, dass er glaubte, ihre Körperwärme spüren zu können. Allerdings war er sich nicht sicher, ob sein SPS oder seine beflügelte Fantasie ihm diese Signale sendete.

War es wirklich Scarlett, die hinter dieser Figur steckte? Zumindest äußerlich hätte sie wenig mit ihrem Avatar gemein. Scarlett war groß und blondhaarig. Ms Violett hingegen maß höchsten 1,60 Meter und hatte dunkle, fast schwarze Haare. Natürlich mochten sie beide die Farbe Lila, und dann gab es immer wieder diese Andeutungen. Tad war sich sicher, dass Ms Violett ihn auch im Real Life kannte.

„Warum treffen wir uns hier? Ich habe heute keinen Auftrag der Zentrale erhalten."

„Ich auch nicht", erwiderte Tad, „aber vor zwei Tagen erhielt ich eine Anweisung im Real Life."

„Du machst Witze!", sagte Ms Violett.

„Keineswegs."

„Aber so ein Feature gibt es nicht!"

„Morgen, um 5.00 Uhr RL-Time an der Nordmauer bei Yggdrasils Spross – Das stand in der Nachricht."

„Und, warst du dort?"

„Ja, und ich fand einen Hinweis auf die Tore."

„Aha."

Tad blickte in Ms Violetts dunkle, rätselhafte Augen. „Verum post portai est."

Ms Violett hob in der für sie typischen Art und Weise eine Braue. Die Software von Area 3 war mit Triggerpunkten gekoppelt, die von einer Infrarotkamera gelesen wurde. Auf diese Weise konnte die reale Mimik der Spieler auf die Gesichter der Avatare übertragen werden. War es Scarlett, die zuhause in ihrem Zimmer die Braue hob? „Was willst du mir damit sagen?"

„Weißt du, was das heißt?"

„Ja. Die Wahrheit ist hinter den Toren. Aber was soll das bedeuten?"

„Um das herauszufinden, sind wir hier."

„Könntest du dich bitte etwas weniger kryptisch ausdrücken?"

Kurz erwog er, sie in die Geschichte mit dem SPS-Trailer einzuweihen, doch dann beschloss er, dass es zu riskant war. Sie hatte schon Schwierigkeiten, ihm die Real Life-Botschaft abzukaufen. Wenn er jetzt noch erzählte, dass er in einem SPS-Prototyp steckte und sich wahrscheinlich irgendjemand in den Produkttrailer gehackt hatte, um ihm eine Botschaft zu überbringen, dann würde sie wahrscheinlich aussteigen, und das konnte er nicht riskieren.

„Es dreht sich alles um die Tore!", sagte er stattdessen.

„Bislang sind sie nur ein Mythos."

„Es gibt sie. Und du weißt, dass Yggdrasils Spross irgendetwas mit ihnen zu tun hat."

„Weiß ich das?"

„Ja", Tad lächelte. „Ich habe dein Tattoo gesehen."

Ms Violetts Gesicht wurde kühl. „Das bezweifle ich."

Tad war irritiert. Sollte er sich getäuscht haben?

„Hey Leute, was geht ab?" JB kam grinsend anstolziert. Sein Avatar trug Motorrad-Kluft und Sonnenbrille. Wie im Real Life hatte JB auch in der virtuellen Welt das nervtötende Talent, immer im falschen Moment einen albernen Spruch vom Stapel zu lassen.

„Wo ist Thor?"

„Schon da", antwortete die tiefe Stimme seines Freundes. Thors Avatar war grotesk muskulös und trug wie immer ein viel zu enges T-Shirt. „Warum sollten wir herkommen? Ich bin echt im Stress. Ich muss noch Mathe machen."

„Ja, und ich muss noch so ‚n blödes Buch durchlesen", erwiderte Tad.

Er spürte Ms Violetts Blick auf sich ruhen. Wusste sie, wovon er sprach? „Danke, dass ihr gekommen seid", fuhr er fort. „Ich weiß, dass es ungewöhnlich ist, ohne klaren Auftrag loszuziehen. Aber ich bin mir sicher, dass wir noch einmal zu Yggdrasils Spross müssen."

„Warum?", fragte Thor.

„Weil wir dort einen Hinweis auf die Tore finden werden."

„An die keiner außer dir glaubt", bemerkte JB in genervtem Tonfall.

„Ich glaube an die Tore“, sagte Miss Viloett.

„Echt jetzt?“, fragte JB.

Ms Violett verdrehte die Augen.

„Also gut“, brummte Thor. „Gehen wir. Aber ich habe maximal eine Stunde.“

„Dann sollten wir uns besser beeilen.“

Sie joggten den Parkweg entlang. Hin und wieder kamen ihnen Männer mit Aktenkoffern und Frauen mit Businesskostümen entgegen, virtuelle Bewohner von Area 3, die im nah gelegenen Finanzviertel arbeiteten und im Park eine kurze Pause einlegten. Auf der Wiese spielten Kinder Fangen. Die meisten dieser Figuren waren einfache Programme. Wenn man sie lange genug beobachtete, stellte man fest, dass sie immer das Gleiche taten.

Je näher sie der Mauer kamen, desto ungepflegter und leerer wurde der Park. Hier gab es keine Wiesen mehr, nur noch hoch aufragende Bäume, dichtes Gesträuch und verwahrloste Brachen. Schließlich erreichten sie die Mutter aller Bäume – Yggdrasils Spross. Der Stammdurchmesser maß annähernd 15 Meter. Die Höhe des Baumes schätzte Tad auf über 100 Meter.

„Okay“, brummte Thor. „Da wären wir. Und jetzt?“

„Jetzt suchen wir!“, erwiderte Tad.

Sie umrundeten den mächtigen Baumstamm, entdeckten jedoch nichts Auffälliges.

Normalerweise befanden sich die Aufträge in kleinen metallenen Kästen, die irgendwo am Zielort deponiert wurden. Meistens waren sie leicht zu finden, doch dieses Mal half ihnen selbst JB’s Metalldetektor nicht weiter.

„Tja, das war’s dann wohl“, brummte Thor.

„Nein, warte!“, sagte Tad. „Wir haben noch eine Dreiviertelstunde. Es muss hier irgendwo sein.“

„Was genau stand in der Nachricht, die du bekommen hast?“, fragte JB.

„Äh welche meinst du jetzt?“

„Die Botschaft, die dich zuerst zu Yggdrasils Spross geführt hatte.“

„Einen Moment“, Tad stellte eine Verbindung zu seiner Assistentin her. „Tinkerbell, lade bitte das letzte Foto aus meiner Galerie hoch.“

„Wie mein Herr und Meister befiehlt“, erwiderte die kleine Elfe.

Tad las vor:

Willst du über Mauern sehen,
musst zur Wurzel dich begeben.
Tritt zurück und nicht hervor,
findest dort das Weltentor.

„Du dachtest, das Zurücktreten würde sich auf die Mauer beziehen, weil der Baum etwas abseits davon liegt?“, fragte JB.

„Ja.“

„Aber was, wenn es Yggdrasils Spross selbst damit gemeint war?“

„Oh …“, entfuhr es Tad“, dann …“

„Dann müssten wir hier suchen!“, unterbrach ihn Ms Violett und deutete auf eine halb vermoderte Absperrung, die vor vielen Jahrzehnten einmal eine Grünfläche abgetrennt haben musste.

„Nicht schlecht JB“, lobte Tad.

„Noch haben wir nichts gefunden!“, brummte Thor.

Die Mathehausaufgaben mussten ihm schwer im Magen liegen. So schlecht gelaunt hatte Tad ihn selten erlebt. Mindestens zehn Minuten lang suchten sie das Gelände ab. Doch nirgendwo fand sich ein metallenes Kästchen.

Frustriert ließ sich Tad auf einen Wurzelballen sinken. „Vielleicht habe ich mich getäuscht! Vielleicht bedeutet das

Rätsel doch etwas ganz anderes.“

„Das wäre schon möglich“, meinte Ms Violett, nachdenklich starrte sie den vermoderten Zaun an.

„Wie sieht es bei euch aus?“, rief Tad seinen Freunden zu.

JB schüttelte den Kopf und Thor murrte: „Das bringt doch alles nichts. Machen wir Schluss!“

„Gab es in letzter Zeit ein Update?“, fragte Ms Violett unvermittelt.

„Die gibt es ständig“, brummte JB, der gemeinsam mit Thor näher schlenderte. „Warum fragst du?“

„Weil die Zentrale offensichtlich von Titan-beschichteten Metallkästen auf morsche Holzlatten umgestellt hat.“

„Hä?“

„Hier!“, Ms Violett kniete sich vor den Zaun und deutete auf eine Art Gattertor. „Seht ihr das?“

„Sieht aus wie Moos“, meinte Thor.

„Dann ist es Moos, das zufällig in Buchstabenformen gewachsen ist.“

„Lass sehen!“ Die Jungs kamen näher und Tad las vor:

„Suche das Dreifache der ersten vierstelligen Primzahl im Haus des Pharaos.

Finde den Echsenmann und lüfte sein Geheimnis!“

„Wieso sprechen die neuerdings in Rätseln?“, fragte Thor verblüfft.

„Vielleicht, weil das hier jeder lesen könnte, nicht nur wir, du Schlaumeier!“, entgegnete Tad.

„Also der zweite Teil ist leicht“, sagte JB. „Das ist ein neuer Auftrag. Eine Mensch-Echsen-Chimäre hat sich eingeschlichen und wir sollen sie unschädlich machen.“

„Ja, aber was soll der erste Satz bedeuten?“, murmelte Thor.

„Gehen wir der Reihe nach vor“, sagte Tad. „Tinkerbell, was ist die erste vierstellige Primzahl?“

„1009, natürlich. Das weiß doch jedes Baby“, kam die Antwort.

Tad verdrehte die Augen. „Okay. Der erste Teil des Rätsels ist eine Zahl, das Dreifache von 1009, also 3027.“

„Gut, wir sollen also 3027 im Haus des Pharaos suchen“, sagte JB. „Und was zum Henker soll das sein?“

„Eine Pyramide?“, mutmaßte Thor.

„Ich wüsste nicht, wo sich in Area 3 eine Pyramide befinden sollte.“

„Vielleicht ist ja keine richtige Pyramide gemeint“, warf JB ein.

„Hm kann schon sein“, brummte Thor, „aber mir ist auch keine falsche Pyramide bekannt.“

„Also genau genommen“, sagte Ms Violett in die nachdenkliche Stille hinein, „ist eine Pyramide das Grab eines Pharaos und nicht sein Haus.“

„Das ist doch nur eine Metapher“, entgegnete JB. „Man kann ein Grab in übertragenem Sinn auch Haus nennen.“

„Na ja“, murmelte Thor, „also ich finde …“

„Es ist ein Hotel!“, fiel Tad ihm triumphierend ins Wort.

Alle drei sahen ihn überrascht an.

„Das Hotel Ramses!“, sagte Tad. „Eine der nobelsten Adressen in der gesamten Area!“

JB schlug sich an die Stirn. „Na logisch! Das ist es! Und dann ist die 3027 …“

„Ein Zimmer“, ergänzte Thor.

„Genauer gesagt Suite 27 im dreißigsten Stock.“ Ms Violett lächelte.

„Dann machen wir uns mal an die Arbeit!“, sagte Tad grinsend. „Ich schlage vor, wir nehmen meinen Wagen.“

Die geflügelte Frau

Nahezu vollkommene Stille herrschte auf dem Flur. Der weiche Teppich schluckte die Tritte ihrer schweren Stiefel. Das Zimmer Nr. 3027 war absolut unauffällig. Unter dem Türknauf leuchtete die Anzeige: „Bitte nicht stören“.

Tad grinste, diese Höflichkeit würden sie dem Echsenmann nicht erweisen. Lautlos nahm er seine Position links neben der Tür ein. Den Phaser hielt er mit beiden Händen vor der Brust. Ms Violett lehnte sich rechts neben die Tür; sie hielt eine Blendgranate in der Hand.

Thor zog eine mobile Ramme aus dem Rucksack und JB packte mit an.

„Auf mein Zeichen!“, signalisierte Tad den anderen.

Die Zimmertür explodierte förmlich, Holzsplitter prasselten wie Schrotkugeln gegen die Zimmerwände und das Türschloss flog klirrend durch die Fensterscheibe des Raums. Tad verdrehte die Augen. Wenn Thor die Muskeln spielen ließ, gab es hinterher meist eine Menge aufzuräumen. Ms Violett schleuderte die Granate – eine helle Stichflamme malte den Schatten, des verbogenen Türrahmens an die Wand des

Hotelflurs. Ein wütendes Zischen war zu vernehmen. Gebückt und mit schussbereiter Waffe drang Tad als erster in den Raum ein. Da war der gesuchte Echsenmann. Er bleckte die spitzen Zähne. Smaragdfarbene schuppige Haut schimmerte unter seinem Mantel hervor. Gelbe lidlose Augen starrten Tad an.

„Hände hoch und langsam hinknien!“, befahl JB

Das Wesen bewegte sich mit übermenschlicher Geschwindigkeit, es wirbelte herum, packte das nächstbeste Möbelstück, einen schweren Couchtisch, und schleuderte ihn auf die Eindringlinge. Tad duckte sich und hörte einen dumpfen Aufprall. Thor fluchte.

„Schieß, verdammt nochmal!“, zischte JB

Tad drückte ab. Das Geschoss verfehlte den Echsenmann und schlug den Putz von der Wand. Die Chimäre war mit einer unmöglich erscheinenden Bewegung ausgewichen und klebte nun wie ein Gecko an der Decke des Zimmers. Tad konnte förmlich den Adrenalinstoß spüren, der durch seinen Körper raste. Er musste sich schon sehr täuschen, wenn sie hier nicht einen der finalen Gegner vor sich hatten.

Der Echsenmann ließ sich genau in dem Augenblick zu Boden fallen, als Tad ein zweites Mal abdrückte. Das Phasergeschoss krachte wirkungslos gegen die Decke. Noch im Fallen wirbelte die Chimäre herum, drückte sich kurz vom Boden ab und hechtete durch die halb zerstörte Fensterscheibe nach draußen.

Einen Moment sahen sich die vier verdutzt an – damit hatte keiner von ihnen gerechnet, was vor allem daran lag, dass sich das Zimmer im dreißigsten Stockwerk befand. Einen Atemzug später stürmten sie vor und starrten nach unten. Der Straßenverkehr brauste ungehindert weiter. Von dem

Echsenmann keine Spur.

„Hat der sich in Luft aufgelöst?“, brummte Thor.

„Eher nicht“, meinte Ms Violett und starrte die Fassade hinauf.

Tad folgte ihrem Blick und sah gerade noch, wie die Chimäre sich auf das Dach schwang. „Er entkommt uns!“ Frustriert sah Tad zu, wie der Echsenmann wenige Augenblicke später die Feuertreppe des gegenüberliegenden Hauses hinunter stürmte.

JB zog seine Waffe.

Tad legte ihr die Hand auf den Arm. „Vergiss es. Er ist zu weit entfernt.“

„Willst du etwa aufgeben?“ „Nein, nachdenken.“ Tad tippte sich mit dem Zeigefinger an die Nasenspitze. „Seine Echsengene verschaffen ihm zwar enorme Fähigkeiten, aber sie bringen auch Nachteile mit sich.“

„Der Typ kann Wände hochklettern und trotz Verletzung noch zehn Meter weit springen“, brummte Thor. „Die Nachteile hätte ich auch gerne.“

„Tja, wir können nur hoffen, dass er sich mangels echter sportlicher Herausforderungen zu Tode langweilt!“, bemerkte JB

„Er ist verletzt und muss sich regenerieren“, sagte Ms Violett nachdenklich.

Tad grinste: „Denkst du auch, was ich denke?“

„Das Aquarium“, erwiderte sie, ohne zu zögern.

Tad nickte. „Wenn wir uns beeilen, können wir ihm den Weg abschneiden.“

Verdutzt hatte Thor von einem zum anderen geschaut. „Okay, ihr Gehirnakrobaten, und jetzt das Ganze nochmal mit Übersetzung.“

Tad wandte sich um und rannte zurück zum Treppenhaus. Die anderen folgten ihm. Während sie die Stufen hinunterhasteten, erklärte er: „Die Chimäre trägt deutlich die Züge eines Geckos. Vermutlich sind noch andere aggressivere Tierarten in ihr aktiv, aber diese ist eindeutig am Herausragendsten. Sie ist verletzt und fühlt sich bedroht. Also wird sie Wärme und vor allem Nahrung suchen. Zu dieser Jahreszeit gibt es nur einen Ort in der Nähe, wo er all das im Überfluss findet."

„Das städtische Aquarium, ich verstehe", so etwas wie Anerkennung lag in JB's Blick – ein seltener Anblick.

Tad stieß die Tür zur Tiefgarage auf. „Leider gibt es dort geschätzte zehntausend Möglichkeiten, sich zu verstecken. Wir sollten also vor ihm da sein."

„Kein Problem", schnaufte Thor, und öffnete die schwere Fahrertür des gepanzerten Geländewagens.

„Richtig", sagte Tad und schlüpfte unter dem Arm des Hünen hindurch auf den Fahrersitz. „Solange ich fahre!"

„Hey, was soll das?"

„Wir spielen hier nicht Highway to hell, Thor. Heute geht es nicht darum, so viele Straßenlaternen platt zu machen, bis uns der Kühler um die Ohren fliegt, dieses Mal müssen wir schnell sein."

„Moment mal", die Pranke des Riesen packte seine Schulter.

JB kletterte auf die Rückbank. Ms Violett folgte ihm: „Nun steig schon ein, Thor. Du weißt, dass er recht hat."

Thor schwang sich brummend auf den Beifahrersitz. Seine misslaunigen Kommentare gingen im Quietschen der Reifen unter.

„Effektives, aber zurückhaltendes Fahren, mein Freund – darauf kommt es an", meinte Tad und raste aus der Tiefgarage. Ein Bus wich hektisch aus. Bremsen quietschten, und es krachte. „Ups." Tad zog die Handbremse, schlitterte um die Kurve, gleichzeitig schaltete er in den zweiten Gang und trat das Gaspedal durch. Der Motor röhrte und er wurde von der Beschleunigung in die Sitze gedrückt.

„Zurückhaltend … soso“, brummte Thor.

„Könnt ihr den Echsenmann irgendwo sehen?“, fragte Tad. Hinter ihm war lautes Hupen und das Quietschen von Reifen zu hören.

„Sehr witzig“, gab JB zurück.

Tad raste über eine rote Ampel und bog in eine enge Seitenstraße ab. Mit der Stoßstange touchierte er eine Mülltonne, die laut scheppernd gegen eine Häuserwand krachte. Müll ergoss sich auf den Gehweg.

Thor warf einen Blick in den Rückspiegel. „Effektiv, aber zurückhaltend, richtig?“

Tad enthielt sich eines Kommentars und raste im halsbrecherischen Tempo die enge Straße entlang.

„Da oben!“, rief JB hektisch. „Zwei Blocks voraus.“

Tad wagte einen kurzen Blick. Das Wesen rannte auf allen Vieren die Wand eines mindestens 30 Stockwerke hohen Mietshauses hinab. Die Glieder des Echsenmanns bewegten sich seltsam ruckartig und reptilienhaft. Dann sprang er.

Plötzlich gab es einen Stoß von der Seite. Funken sprühten auf. Der gepanzerte Wagen hatte parkende Autos gestreift und Tad hatte alle Hände voll zu tun, ihn wieder unter Kontrolle zu kriegen.

„Scheiße, er haut ab!“, brüllte Thor. „Gib Gas, Mann!“

„Wo ist er?“, rief Tad.

„Über die Straße, Richtung Park.“

Tad riss das Lenkrad herum und bog in die nächste Seitenstraße ab. Der Geländewagen neigte sich bedrohlich, kurzfristig verloren die Reifen auf der rechten Seite die Bodenhaftung, dann setzte der Wagen wieder auf.

„Schnapp ihn dir!“, knurrte Thor. „Aber schön zurückhaltend.“

Tad verdrehte die Augen und gab Gas. Die Silhouetten der parkenden Autos verschmolzen zu einem bunten Flimmern. Die Gestalt des Echsenmanns hastete über ein mehrstöckiges Parkhaus und dann die Fassade hinunter.

„Südlich vom Park gibt es eine alte Ziegelei", sagte Ms Violett, „und direkt dahinter …"

„Das Aquarium, ich weiß!", sagte Tad.

„Können wir ihm dort noch den Weg abschneiden?", fragte Thor.

„Keine Chance. Entweder wir erwischen ihn jetzt, oder wir müssen eine Session dranhängen."

„Ich möchte nicht kleinlich sein, aber dort vorne ist die Straße zu Ende", bemerkte JB.

„Festhalten!" Tad beschleunigte.

Der Echsenmann sprang über die Straßenabsperrung.

Tad biss die Zähne zusammen und trat das Gaspedal bis zum Bodenblech durch.

„Bist du irre?", schrie Thor.

Der Geländewagen durchschlug die Absperrung, knallte mit den Rädern gegen die Bordsteinkante und flog quer über den Gehweg die Böschung hinab ins Gebüsch. Zweige und Äste schlugen gegen das gepanzerte Fahrzeug. Es gab einen dumpferen Knall. Gleich darauf krachte der Wagen auf dem Boden auf, und Tad wurde heftig gegen die Gurte gepresst. Er trat aufs Bremspedal, und schlingernd blieb der Wagen stehen.

Nach einem Moment der Stille meinte JB: „Du bist völlig durchgeknallt."

„So effektiv und zurückhaltend hätte ich auch fahren können", brummte Thor.

Tad grinste. „Ich glaube wir haben ihn erwischt." Doch kaum hatte er den Sicherheitsgurt gelöst, um auszusteigen, rief Ms Violett: „Dort drüben!"

Eine Gestalt lief humpelnd, aber mit unglaublicher Geschwindigkeit durch den Park und verschwand auf der gegenüber liegenden Seite im Gebüsch.

„So kann man sich täuschen“, bemerkte JB

„Scheiße!“ Tad knallte die Tür zu und gab Gas. Der schwere Geländewagen machte einen Satz nach vorne. Unter dem Bodenblech rumpelte etwas. Tad fuhr weiter und warf einen flüchtigen Blick in den Rückspiegel, eine schwarze Tasche lag auf dem Boden. Achselzuckend fuhr er weiter. Ein paar Spaziergänger starrten ihm mit großen Augen hinterher, als er über das Parkgelände raste. Vor dem Gebüsch bremste er abrupt ab. Sie sprangen aus dem Wagen.

Nach ein paar Dutzend Schritten erreichten sie eine gut drei Meter hohe Backsteinmauer.

„Shit, er ist uns entwischt“, fluchte JB

„Noch nicht“, knurrte Tad. „Hilf mir mal“, sagte er, an Thor gewandt.

Der Riese verstand sofort und verschränkte die Hände so, dass Tad rasch hinaufklettern konnte. Er sprang hinunter auf den rissigen Betonboden des Fabrikgeländes. Ms Violett und JB folgten ihm.

„Und was ist mit mir?“, brummte Thor hinter der Mauer.

„Du wartest!“

Der Riese murrte, fügte sich aber notgedrungen.

„Ms Violett, nimmst du dir den Schuppen vor? JB, du nimmst den Gang links, ich rechts, okay?

Die beiden nickten.

Tad zog seine Waffe und folgte dem mit allerlei Gerümpel vollgestellten, schmalen Gang zwischen Lager und Hauptgebäude. Er spürte, dass der Kerl hier noch irgendwo in der Nähe sein musste. Er sprang über einen alten Ölkanister und duckte sich unter einer alten Leiter hindurch. Als er sich an einer halb offen stehenden Stahltür vorbei zwängte, hielt er alarmiert inne – irgendetwas hatte sich im Halbdunkel des verlassenen Gebäudes bewegt. Er nahm die Waffe in beide Hände und schlüpfte lautlos durch den halboffenen Eingang.

Fahles Licht fiel durch die schmalen staubigen Fenster der Fabrikhalle. Einige bizarr geformte Maschinen hockten wie erstarrte Ungeheuer auf dem Boden. Rohre, von denen die Isolierung in Fetzen herunterhing, liefen quer über die Decke.

Ein Geräusch ließ Tad herumfahren. Reflexhaft kniete er sich nieder und hielt die Waffe nach oben. Ein Taube flatterte durch den Raum und verschwand durch eine Lücke zwischen den Rohren. Im gleichen Moment sah er aus den Augenwinkeln etwas Helles aufblitzen.

Tad spürte, wie sein Herz schneller schlug. Irgendetwas war seltsam hier. Die Waffe im Anschlag ging er vorsichtig um den Stapel herum. Seine schweren Stiefel knirschten auf dem schmutzigen Boden. Da war eine Metalltreppe und oben am Ansatz wieder das Aufblitzen eines seltsam geformten, beinahe durchsichtigen Dings.

Tad sprang, zwei Stufen auf einmal nehmend, die Treppe empor, rannte um den Treppenabsatz und hielt inne. Die Treppe endete abrupt an einer altmodisch wirkenden Deckenluke aus massiven Holzbalken. Ein gelbes Schild hing daran: Betreten für Unbefugte verboten. Schien es nur so oder hatte jemand vor kurzem den Staub von diesem Schild entfernt. Tad spürte, wie seine Nackenhaare sich aufstellten. Irgendetwas stimmte hier nicht. Gefahr! schrien ihm seine Instinkte zu. Gleichzeitig fühlte er sich auf unwiderstehliche Art und Weise angezogen. Er ging einen Schritt vor und dann noch einen. Seine Hand berührte das Holz der Luke. Er drückte sie nach oben und lugte durch den Spalt.

Verdutzt riss er die Augen au. Er konnte grünes Moos und braune Wurzeln erkennen. Wo war er? Tad versuchte, seine Anzeige zu checken, aber sie schien defekt zu sein. Dann warf er einen Blick nach unten. Er stand noch immer auf der stählernen Treppe, aber hier oben hinter der Dachluke befand sich – eine andere Welt! Er sah Bäume und dichtes Moos von beinahe leuchtendem Grün.

Tad stieg die letzten Stufen empor und trat auf das weiche Moos. Die Luke fiel hinter ihm zu. Staunend starrte er auf die Gestalt, die langsam näher schritt. Sie schien weiblich zu sein. In jedem Fall war sie nicht menschlich. Seine Augen hatten ihn nicht getäuscht. Der Frau wuchsen tatsächlich zwei filigrane, fast durchsichtige Flügel aus den Schulterblättern. Ihre Miene trug fremdartige Gesichtszüge. Das helle Kleid, das sie trug, bewegte sich, als würde es von unsichtbaren Wellen berührt und die Stimme, die an sein Ohr drang, schien von weit her zu kommen.

„Du bist auserwählt", sagte sie, „wie jeder auserwählt ist. Aber bist du auch bereit, dich der Wahrheit zu stellen?"

Tad blieb vor Staunen den Mund offen stehen. Die geflügelte Frau war mit Abstand das perfekteste Wesen, das er je zu Gesicht bekommen hatte. Aber ihre Worte schienen überhaupt keinen Sinn zu machen.

Der Blick des Wesens war unergründlich. Beinahe hatte er das Gefühl, es könne seine fragenden Gedanken lesen, denn ein winziges Lächeln umspielte seine Lippen. Eine Toröffnerin!

„Hast du die Kraft, dich der Wirklichkeit zu stellen?", fragte die geflügelte Frau leise.

Tad starrte der Frau ins Gesicht. Ihre Mimik war vollendet.

Sie hob die Brauen um eine Winzigkeit, und ihr Lächeln wirkte beinahe ironisch. „Nun?"

Tad reagierte, ohne nachzudenken. „Ja", stammelte er.

„Bist du dir sicher?", fragte die Frau zurück. „Es kann schmerzhaft sein, der Wahrheit ins Angesicht zu blicken."

„Ich bin bereit!", erwiderte Tad und wunderte sich, dass seine Stimme dabei zitterte.

„So sei es!", sagte die Frau.

Erneut flackerte Tads Blick. Als er die Augen wieder aufschlug, sah er dichtes Gras vor seinen Augen. Die geflügelte Frau war verschwunden. Das irritierte ihn jedoch nur einen kurzen Moment. Dann wurde sein Blick von den Grashalmen vor seinen Augen gefangen genommen. Die filigranen, dünnen Blätter des Gewächses waren bis ins kleinste Detail hinein erkennbar. Eine Ameise kletterte emsig die grünen Halme hinauf, ihre zitternden Fühler ertasteten einen glänzenden Tropfen durchsichtiger Flüssigkeit. Gleich darauf stellte er fest, dass er den Duft von feuchtem Gras und dunkler Erde riechen konnte. Er stützte die Hände auf den Boden und konnte ganz deutlich feine Grashalme spüren. Die Sonne schien warm auf seinen Rücken und das T-Shirt klebte an seiner schweißnassen Haut.

„Das … das ist völlig unmöglich", entfuhr es ihm.

Er sprang auf. Der Boden federte leicht unter seinen Füßen. Eine Elster flatterte aufgeschreckt davon. Mit großen Augen sah Tad sich um. Ohne Zweifel – er befand sich noch immer inmitten des Parks. Das Gelände hatte dieselben Konturen, die gleichen Bänke und sorgfältig gestutzten Hecken, und doch war alles anders. Diese Welt war um ein Vielfaches realer. Es schien Tad, als würde er jede Faser seines Körpers spüren, als wären all seine Sinne aus einem langen Traum erwacht. Ein lauer Wind strich durch sein Haar und kühlte seine Schläfen. Er konnte den süßlich-schweren Duft von Flieder riechen und das Rauschen der belaubten Baumwipfel hören. Ein paar Spaziergänger schlenderten plaudernd vorbei, ansonsten aber schien er allein zu sein. Vom Wagen und von seinen Freunden fehlte jede Spur.

Plötzlich drang die Melodie eines Smartpalms an sein Ohr. Er sah sich um. Erst jetzt entdeckte er das Jackett und die schwarze Aktentasche daneben. Ein flüchtiger Rundblick zeigte ihm, dass er der einzige in der Nähe war. Die Sachen mussten ihm gehören. Er öffnete die Tasche und nahm den Anruf entgegen. Ein hübsches, aber blass und verstört wirkendes Frauengesicht erschien auf dem Bildschirm. „Tad? Mein Gott endlich! Warum nimmst du nicht ab? Die Frau sprach laut und hektisch. Im Hintergrund liefen Menschen panisch hin und her. Überall war Blaulicht, und Sirenen kündeten von weiteren Einsatzwagen. Am unteren Rand des Displays blinkte „Darling“ rot als Name des Anrufers. War das seine Frau oder Freundin? Unwillkürlich betastete er sein Gesicht, er fühlte Stoppeln und einen Kinnbart.

„Hallo … Darling“, sagte Tad.

Die Frau auf dem Display trat rasch einen Schritt beiseite und senkte den Arm. Ihr Gesicht geriet kurz aus dem Blickfeld. Tad konnte einen Blick auf eine Krankentrage erhaschen und anschließend einen Sanitäter am Boden knien sehen. Er behandelte ein kleines Mädchen. Eine Blutlache breitete sich auf dem Asphalt aus. Dann war das Gesicht der Frau wieder da.

„Lara!“ Die Frau schluchzte. „Komm so schnell du kannst. Sie ist verletzt!“

Tad starrte auf den Bildschirm. Er spürte wie sein Herz schneller schlug. „Unsere …Tochter?“

„Sie hatte einen Unfall auf dem Weg zur Schule … mit dem Bus. Der Fahrer hat irgendwie die Kontrolle verloren und Lara …“ Sie biss sich auf die Lippen. Tränen standen in ihren Augen. „Komm so schnell du kannst. Martens- Ecke Hubertusstraße!“

Dann mit einem Mal war das Gesicht verschwunden. Sie hatte die Verbindung beendet.

Tad griff sich Jackett und Tasche und sah sich um. Eigentlich war es seine große Stärke, sich rasch in neuen Szenarien zurechtzufinden, aber dieses Mal kam er sich hilflos vor. Alles war so erschreckend real – aber nicht nur das. Er hatte das Gefühl, dass er irgendetwas Wichtiges übersah, etwas Entscheidendes.

Dort drüben ging es am schnellsten aus dem Park heraus. Tad rannte an einigen jungen Müttern vorbei, die es sich auf der Wiese bequem gemacht hatten. Ein paar kleine Kinder spielten kichernd im Gras. Er wich ihnen aus und sprang über die niedrige Absperrung auf den Rundweg. Schotter knirschte unter seinen Füßen. Er folgte dem schmalen ausgetretenen Pfad durch dichtes Buschwerk die Böschung hinauf.

Plötzlich ging alles furchtbar schnell: Eine Gestalt sprang aus dem Gebüsch, verfehlte Tad nur knapp und lief in unglaublichem Tempo die Böschung hinab. Als er ihr verwundert hinterher blickte, hörte er einen dröhnenden Motor. Im selben Moment krachte es. Ein Schatten verdunkelte den Himmel. Er sah Chrom und schwarzen Lack aufblitzen, im nächsten Moment wurde er mit brutaler Gewalt getroffen und zu Boden geschleudert. Etwas bohrte sich tief in seinen Oberschenkel. Für einen Moment lag Tad einfach nur benommen da und starrte auf das Blut und den abgebrochenen Ast, der aus seinem Bein ragte. Ohne Vorwarnung explodierte der Schmerz in ihm. Er schrie, schrie so lange, bis sein Blick flackerte und die Welt sich wandelte.

Er hörte eine Stimme, ohne die Worte zu verstehen. Ein wütendes Mädchengesicht starrte auf ihn hinab. Tad blinzelte und versuchte sich zu orientieren. Er kannte dieses Mädchen.

„Hey, reg dich ab. Es ist alles okay“, brummte Tad.

„Bist du bescheuert?“ Emma warf den Cyberhelm achtlos auf den Schreibtisch. „Du schreist hier rum wie ein abgestochenes Schwein!“ Sie wandte sich abrupt ab und stolzierte aus dem Zimmer. Die Tür krachte wuchtig ins Schloss.

Tad stand auf, humpelte zum Schreibtisch und nahm den Cyberhelm in die Hand. Seine Hände zitterten, als er ihn vorsichtig überstülpte.

Im Schwarz des Cyberraums schwebte eine fluoreszierende Schrift:

Das war deine zweite Chance, Tad.

YOU LOSE

Auserwählt

Die hämmernden Beats von Pacmans Spell ließen Tad ruckartig aus dem Schlaf hochfahren.

„Spinnst du, Tinkerbell? Mach das sofort aus!“

Der dröhnende Electro-Metal-Sound verstummte abrupt und Tinkerbells sanfte Stimme flötete: „Guten Morgen mein Herr und Meister, es ist 7.03 Uhr.“

Tad stöhnte. „Kannst du mich nicht sanfter wecken?“

„Ich hab’s probiert. Nachdem Vogelzwischern, sanftes Rufen und Wecker klingeln erfolglos blieben, musste ich auf den von dir höchstselbst programmierten Notfallplan zurückgreifen.“

„Schon gut.“ Tad winkte ab. Sein Schädel dröhnte und es gab keinen Muskel, der ihm nicht wehtat. „Was für eine Horrornacht!“ Mit der Dynamik eines Hundertjährigen rutschte er mühsam bis zur Bettkante und ließ seine Füße zu Boden sinken.

„Etwas stimmt mit deinem Bewegungsmuster nicht“, vermeldete Tinkerbell. „Soll ich deine Temperatur messen?“

„Ich hab kein Fieber“, knurrte Tad.

„Möglicherweise eine rheumatische Erkrankung? Das wäre zwar unwahrscheinlich, aber nicht gänzlich auszuschließen."

„Tinkerbell, halt die Klappe! Ich muss nachdenken."

Die kleine Elfe reckte das Kinn in die Höhe, verschränkte die Ärmchen vor der Brust und verwandelte sich in die holografische Darstellung von circa 750 Gramm Leberwurst.

Aber auch das konnte kein Lächeln auf Tads Gesicht zaubern. Diese Späßchen waren nur beim ersten Mal witzig. Er stemmte sich von der Bettkante hoch und schlurfte ins Bad. Er brauchte dringend eine heiße Dusche.

Als kurz darauf warmes Wasser auf seinen Rücken prasselte, rekapitulierte er die Ereignisse des gestrigen Tages. Er war erneut der geflügelten Frau begegnet; einem Wesen von vollkommener Schönheit, doch er war sich nicht sicher, ob sie eher ein Engel oder ein Teufel war.

„Verum post portai est", murmelte er leise. „Die Wahrheit ist hinter den Toren." Was war damit gemeint? Die virtuelle Welt, die er durch das Tor betreten hatte, war genauso vollkommen gewesen, wie die geflügelte Frau; so perfekt, dass sie sich praktisch nicht mehr von der Realität unterschieden hatte. Aber was er dort erlebt hatte, war der blanke Horror gewesen. Das Leid der Frau, die ihn angerufen hatte, war so echt gewesen. Er schauderte jetzt noch, wenn er daran dachte. Innerhalb von Sekunden hatte das Spiel ihn zum Vater einer schwer verletzten Tochter gemacht. Und wenige Sekunden später war ein Auto die Böschung hinab gerast und hatte ihn zu Boden geschleudert. Ein Ast hatte sich durch sein Bein gebohrt! Es hatte sich so echt angefühlt! Noch echter als der Sturz von Yggdrasils Spross. Wie konnte das sein? Tinkerbell behauptete steif und fest, sie hätte das SPS deaktiviert. Aber das war unmöglich. So ein Schmerz entstand nicht allein durch eigene Imaginationskraft. Andererseits war die Vorstellung, dass die Programmierung des SPS so etwas zuließ, genauso absurd. A&M Technologies würden sich ihr eigenes Grab schaufeln, sollte auch nur ein einziger ihrer Kunden einen solchen Schmerz erleben und zur Anzeige bringen. Natürlich hatte Tad nur einen Prototyp erhalten und nicht das Endprodukt. Vielleicht hatte man noch nicht alle Sicherheitsvorkehrungen installiert?

„Nein!" Tad schüttelte den Kopf. Dad hätte ihm das SPS niemals geschickt, wenn es solch schreckliche Schmerzen zufügen konnte. Aber was, wenn die Botschaft seines Vaters in dem kurzen Trailer eine echte Warnung gewesen war und keiner seiner üblichen Scherze? Was, wenn das Ganze ein schrecklicher Fehler gewesen war? Tad versuchte sich, die verstümmelte Nachricht seines Vaters in Erinnerung zu rufen: *„… hörst du … auf keinen Fall den … er nicht das, was er zu sein …"*

Was, wenn diese Nachricht lautete: „Tad, hörst du, du darfst auf keinen Fall das SPS benutzen, es ist nicht das, was es zu sein scheint!"

Das würde durchaus Sinn ergeben, gäbe es da nicht diesen einen Haken: Sein Vater hatte nicht von es sondern von er gesprochen. Zwar hatte Dad ganz sicher einige Fehler, Mum könnte wahrscheinlich einen ganzen Blog darüber führen, aber eine falsche Grammatik gehörte nicht dazu.

„Mist!" Tad schlug mit der flachen Hand gegen die Kacheln. Irgendwie drehte er sich im Kreise. Irgendetwas echt Krasses ging hier ab. Aber selbst, wenn er das Wie einmal beiseiteließ, so blieb auch das Warum rätselhaft. Warum sollte er diesen Schmerz spüren? *Verum post portai est* . Als er der geflügelten Frau gefolgt und durch das Tor getreten war, hatte er Schmerzen gespürt. Die Wahrheit ist Schmerz – war dies schon die ganze Botschaft?

Unbewusst schüttelte er den Kopf. Nein, da musste mehr dahinter stecken. Dieses Rätsel war irgendwie mit Area 3 verbunden. Soviel stand fest. Sein Auftrag und die Botschaften hinter dem Tor mussten in Zusammenhang miteinander stehen.

In diesem Moment fiel ihm ein, dass sie die Aufgabe noch gar nicht gelöst hatten. Der Auftrag lautete doch: *Finde den Echsenmann und lüfte sein Geheimnis!*

Er musste nochmal zurück. So einfach war das. Aber diesmal würde er die Reise ohne SPS antreten.

Es hämmerte an die Badezimmertür. „Tad?", erklang die Stimme seiner Mutter. „Bist du immer noch da drin? Du musst gleich los!"

Ups. Erst jetzt wurde Tad bewusst, dass er die ganze Zeit unter der heißen Dusche gestanden hatte. Durch den Wassernebel hindurch konnte er die Uhr an der Badezimmerwand gar nicht mehr erkennen. „Ist gut, ich komm ja schon."

Als er wenig später die Treppe hinunter humpelte, wartete Mum schon ungeduldig auf ihn.

„Wo bleibst du denn?"

„Wo ist das Problem?", erwiderte Tad. „Ist doch noch genug Zeit. Ich kann ja im Auto frühstücken."

„Kannst du nicht.", sie stutzte. „Was ist denn mit dir los? Warum läufst du so komisch?"

„Muskelkater", erwiderte Tad.

„Muskelkater?" Wovon denn? Vom Computer spielen?"

Tad lächelte gequält und dachte: Du würdest mir sowieso nicht glauben, Mum. Laut sagte er: „Ist doch egal. Also, wo ist das Problem?"

„Du muss mit dem Fahrrad fahren."

„Das ist nicht dein Ernst!"

„Weißt du, es gibt Menschen auf der Welt, die sind der Ansicht, dass unsere Beine dafür gemacht wurden, um uns fortzubewegen", erwiderte sie spitz.

„Oh Mum, jetzt keine Grundsatzdiskussionen bitte. Ein andermal fahre ich meinetwegen Rad, aber nicht heute!"

„Tut mir leid, mein Sohn, aber du hast keine andere Wahl. Es gibt ein Riesenproblem mit der ZÖV. Niemand weiß etwas

Konkretes. Fakt ist, dass sich zurzeit niemand dort einloggen kann. Und der Innenring ist nach wie vor für private PKW gesperrt.“

„Das gibt’s doch nicht.“

„Leider doch. Ich habe schon mit unserem Anwalt gesprochen. Wegen eures Beinahe-Unfalls werden wir Anzeige erstatten. Aber gegen diesen zentralen Ausfall können wir nichts machen. Das ist vermutlich höhere Gewalt.“

„Mum, bis zur Schule sind es zehn Kilometer.“

„Deshalb würde ich dir empfehlen gleich loszufahren, sonst kommst du zu spät. Emma ist schon seit zehn Minuten unterwegs.“

„Kannst du mich nicht krank melden?“

„Vergiss es!“ Tads Mutter verschränkte die Arme vor der Brust. „Und wehe, du versuchst wieder, meine Unterschrift zu fälschen.“

„Oh Mum! Jetzt komm doch nicht wieder damit! Das ist sieben Jahre her!“

Sie hob die Brauen.

„Ich war neun Jahre alt und verzweifelt.“

„Schon klar.“

„Ich wusste genau, dass du wegen dieser Sechs in Mathe ein Riesenfass aufmachen wirst und ich hatte ja wohl auch Recht. Das war Notwehr!“

Tads Mutter erwiderte nichts und sah stattdessen demonstrativ auf die Uhr.

Er verdrehte die Augen. „Ist ja schon gut. Ich fahre.“

„Hier“, sie reichte ihm eine Tüte, „deine dich liebende Mutter hat dir extra ein Lunchpaket gezaubert.“

Tad nahm die Papiertüte entgegen und stopfte sie in seinen Rucksack.

„An deiner Stelle wäre ich vorsichtig, es ist ein Joghurt mit drin.“

„Mum, Joghurt ist peinlich!“

„Blödsinn, Joghurt ist gesund."

Tad trat in den Aufzug zur Tiergarage. Als sich die Tür schloss, rief er: „Ist der Akku geladen?"

„Woher soll ich das wissen? Es ist dein Fahrrad!"

Natürlich war der Akku nicht geladen. Es war eine Quälerei. Tads Oberschenkel brannten, und er war schweißgebadet, als er 20 Minuten zu spät bei der Schule ankam.

Zum Glück gab es aufgrund des Störfalls ein riesiges Chaos, und auch etliche Lehrer tauchten verspätet auf. Der Unterricht begann deshalb erst in der zweiten Stunde, mit Chemie. Tad lehnte sich entspannt zurück. Wie üblich verbrachte Herr Müller den ersten Teil der Stunde mit dem Versuchsaufbau. Den Rest der Zeit war er mit der Fehlersuche beschäftigt. Immer wieder hielt er kopfschüttelnd inne und betrachtete mit traurigen Augen die komplizierte Aufstellung von Reagenzgläsern, Glaskolben und Bunsenbrennern, während er leise vor sich hin murmelte: „Eigentlich müsste das doch funktionieren. Ich verstehe das nicht. Das hat doch immer funktioniert."

Tad nutzte die Zeit, um seine schmerzenden Oberschenkel zu massieren und gleichzeitig ein wenig in „Die Elenden" zu schmökern. Es war eine durchaus interessante Geschichte, wenn zum Teil auch etwas unglaubwürdig. Dass der Held der Geschichte, Jean Valjean, wegen des Diebstahls von einem Stück Brot 19 Jahre in Haft sitzt, war zu der damaligen Zeit vielleicht realistisch. Dass er zu einem harten, verbitterten Menschen wird und, kaum dem Gefängnis entronnen, wieder einen Raub durchführt, erschien nachvollziehbar. Aber dass der bestohlene Bischof dann so tut, als wäre Valjean ein alter Freund, als die Polizei ihn zurückbringt und ihm sogar noch viel mehr schenkt, als der Kerl gestohlen hatte, das erschien Tad doch gänzlich unrealistisch. Auf dieser einen Tat des Bischofs baut der ganze Roman auf. Sein Erlebnis mit dem Bischof veränderte Jean Valjean, und machte ihn zu einem gänzlich anderen Menschen. Ziemlich skurril, aber irgendwie doch interessant.

Tad war so sehr in die Lektüre vertieft, dass er das Klingeln der Pausenglocke beinahe überhörte. Er packte seine Sachen zusammen und humpelte den anderen Schülern hinterher auf den Pausenhof.

Als er sich suchend umblickte, entdeckte er die hochgewachsene Gestalt Thors in der Nähe der Tischtennisplatten. JB stand neben ihm und hatte die Hände in den Hosentaschen vergraben.

Die beiden hatten andere Kurse gehabt. Tad humpelte auf sie zu. Er rechnete mit irgendeinem dummen Kommentar von JB, doch die beiden blickten ihm lediglich mit versteinerten Mienen entgegen.

„Hey, was ist los, haben eure Eltern euch die Kreditkarten gesperrt?"

„Sehr witzig", knurrte Thor.

„Was hast du dir bei der ganzen Sache gedacht?"

„Was genau meint ihr eigentlich?", fragte Tad.

„Verarschen können wir uns alleine", meinte Thor.

„Das war ziemlich krass", sagte JB und verzog die Lippen zu einem humorlosen Lächeln.

„Krass ist untertrieben", erwiderte Tad. „Die geflügelte Frau ist unglaublich und die Welt hinter dem Tor einfach perfekt!" Tad fuhr sich durch die Haare. „Ich meine, es war so unglaublich real. Zuerst hatte ich das Gefühl im Paradies gelandet zu sein – und auf einmal war ich in der Hölle."

„Sag mal, was für eine Scheiße laberst du da eigentlich?", unterbrach ihn Thor brüsk.

„Ich rede von der Welt hinter dem Tor. In dieser alten Fabrikhalle hatte sich eine Toröffnerin verborgen. Ihr wisst schon, die geflügelte Frau. Ich bin ihr bis ins oberste Stockwerk gefolgt und …"

Thor und JB warfen sich einen vielsagenden Blick zu.

„Was ist los?“, fragte Tad. „Habt ihr sie nicht gesehen?“

„Doch, haben wir“, erwiderte Thor, „ganz in der Nähe des Aquariums, gerade als wir den Echsenmann vor der Flinte hatten und ihm ordentlich Feuer gaben.“

„Ihr habt den Echsenmann getötet?“, fragte Tad überrascht.

„Was spielt das für eine Rolle?“, blaffte Thor.

„Wir wissen es nicht genau, weil plötzlich die geflügelte Frau auftauchte. Als sie uns ein Tor öffnete, haben wir nicht mehr auf die Chimäre geachtet.“

Tad breitete die Hände aus. „Und? Seid ihr nicht durch das Tor gegangen?“

„Doch“, erwiderte JB knapp.

„Dann tut doch nicht so, als würde ich euch hier irgendwas von kleinen grünen Männchen erzählen.“

„Tad“, unterbrach ihn JB mit versteinertem Blick. „Das ist wirklich nicht mehr witzig! Ich habe einen Riesenärger von meinen Eltern gekriegt.“

„Meinen Vater hat es aus der Leitung katapultiert“, ergänzte Thor, „mitten in einem wichtigen Meeting. Als er in mein Zimmer kam, dachte ich, der bringt mich um.“

Mit offenem Mund starrte Tad von einem zum anderen. „Jetzt wollt ihr mich verarschen, oder? Wovon redet ihr eigentlich?“

„Unser Server war für mehr als fünf Stunden lahm gelegt!“, erwiderte JB, „und meine Mutter konnte nicht arbeiten. Kannst du dir nur annähernd vorstellen, wie die ausgerastet ist?“

„Aber …“

„Junge, das war nicht nur irgendein Trojaner“, sagte Thor kopfschüttelnd. „Das war ein echter Usurpator. Der hat nicht nur den kompletten Server geputscht, sondern auch die gesamte Rechenkapazität okkupiert.“

„Ein Usurpator?“ Tad schluckte. Ein Blick in die Gesichter seiner beiden Freunde sagte ihm, dass sie es tatsächlich ernst meinten. In manchen speziellen Fachforen sprach man von der Möglichkeit eines Programms, das nicht nur in der Lage sein sollte, die modernsten Firewalls zu durchbrechen, sondern sogar Netzwerke komplett zu übernehmen. Anders als die im Verborgenen arbeitenden Botnets nutzte es nicht nur einen Teil der Ressourcen, sondern würgte die laufenden Programme einfach ab und nutzte die gesamten Speicherressourcen für ein eigenes Programm. Man konnte es im Grunde genommen nur durch eine manuelle Totalabschaltung eliminieren. Die Datenwüste, die ein sogenannter Usurpator anschließend hinterließ, war verheerend. Es ging ihm nicht nur darum, fremde Rechnerressourcen zu nutzen, es wollte zerstören. Für Tad hatte das Ganze bislang ziemlich absurd geklungen. Hacker wollten fremde Ressourcen nutzen und Informationen anzapfen. Manchmal wollten sie vielleicht auch nur etwas Nervenkitzel, aber ein funktionierender Usurpator hätte immer eine Systemabschaltung zur Folge, würde also die Ressource eliminieren, die er eigentlich nutzen wollte, was eine ziemlich unsinnige Vorgehensweise wäre. Tad blickte erneut von einem zum anderen. „Das ist nicht euer Ernst!“

„Sehen wir aus, als würden wir Scherze machen?“, knurrte JB.

„Ich … ich hatte keine Ahnung, glaubt mir.“

Thor verschränkte die Arme vor der Brust. „Willst du damit sagen, bei dir ist nichts passiert?“

„So würde ich es nicht formulieren.“ Er schluckte. „Was ist mit euch passiert, als ihr durch das Tor gegangen seid?“

„Na, was wohl?“, fauchte Thor. „Wir wurden aus dem System geschmissen.“

„Die geflügelte Frau war nichts weiter als ein Lockprogramm. Durch das Tor haben wir den Usurpator ins System geholt."

Es fiel Tad schwer, den beiden zu glauben, aber er ahnte, dass sie ihn nicht auf den Arm nahmen. So gute Schauspieler waren sie nicht. Er schluckte. „Tja, was soll ich sagen? Bei mir war es nicht so."

Tor verschränkte die Arme vor der Brust. „Sondern?"

„Ich war wirklich auf der anderen Seite des Tors. Und es war krass."

JB runzelte die Stirn.

„Es war unglaublich real. Ich konnte diese Welt sehen, fühlen und sogar riechen."

„Sehr witzig!", knurrte Thor.

„Wirklich!", beteuerte Tad. „Ich lüge nicht! Warum sollte ich das tun?"

„Und, hast du den Echsenmann gefunden?", fragte JB.

Tad schüttelte den Kopf. „Ich war nicht als Tad dort. Ich war irgendein anderer Charakter."

„Und welcher?"

„Ich war ein Vater, dessen Tochter bei einem Unfall schwer verletzt wurde, und der kurz darauf ebenfalls einen Unfall erlitt."

„Klingt ein bisschen merkwürdig, wenn du mich fragst", sagte JB zweifelnd.

„Ich erzähle hier keinen Mist, es war wirklich so!", beteuerte Tad. „Ich hatte einen Unfall, irgendetwas krachte auf mich und als ich stürzte, bohrte sich ein abgebrochener Ast durch meinen Oberschenkel. Das waren Schmerzen – ihr könnt euch das gar nicht vorstellen."

„Schon klar." JB verdrehte die Augen.

„Ich weiß nicht, was du dir dabei denkst", sagte Thor ernst, „aber ich habe absolut keinen Bock auf solche Spielchen. Wir haben hier ein echtes Problem am Hacken, und du erzählst uns solchen Mist." Er schüttelte den Kopf.

JB nickte: „Komm mal in der Realität an, Tad. Hier geht es nicht mehr um ein blödes Game. Meine Eltern könnten in ernste Schwierigkeiten kommen. Wenn sich rausstellt, dass das Firmennetzwerk betroffen ist, haben wir vielleicht eine Millionen-Schadenersatzklage am Hals."

„Quatsch, die können dich doch nicht drankriegen, weil du zuhause gezockt hast", erwiderte Tad.

JB lächelte kläglich. „Ich hab mich bei meinen Eltern eingeloggt. Ihr Netzzugang ist tausendmal besser als meiner."

„Shit!", entfuhr es Thor.

Tad starrte von einem zum anderen. Er machte nicht erst den Versuch, sie von der Wahrheit seiner Worte zu überzeugen. Sie würden ihm sowieso nicht glauben, und angesichts ihrer Probleme konnte er das sogar nachvollziehen. „Tut mir echt leid", murmelte er leise.

Thor sah ihn an und nickte stumm.

JB sagte nichts, was sehr ungewöhnlich für ihn war.

Tad war froh, als die Pause vorbei war.

Die ganze Sache wurde immer rätselhafter. Wenn sich ein Usurpator in das Programm geschlichen hatte, warum hatte er dann nicht Tads Server gekapert? Warum waren seine Freunde aus dem Game geschmissen worden, er aber nicht? Das machte doch alles keinen Sinn.

Er musste unbedingt erfahren, wie es Ms Violett ergangen war. Bevor der Musikunterricht begann, loggte er sich per Smartpalm in das Spiel ein und schickte ihr eine Nachricht. Wie zu erwarten, war sie nicht online, aber er wusste, dass sie die gleiche Einstellung hatte wie er. Wichtige Nachrichten wurden direkt per Messenger an sie weitergeleitet.

Als er nach der Stunde sein Smartpalm konsultierte, hatte sie die Nachricht noch nicht gelesen, daran änderte sich auch nach einer Doppelstunde Mathe nichts. Frustriert machte er sich auf den Weg in die Schulkantine. Vielleicht gab es ja wenigstens eine leckere Alternative zu Mums Gesundheitstüte. Dort angekommen, erwartete ihn die nächste Enttäuschung. Aufgrund der Störung des ZÖV hatte der Caterer keine warmen Mahlzeiten liefern können.

Die Schüler standen für Lunchpakete am Tresen an.

Zwei Siebtklässler, die schneller als Tad gewesen waren, hatten ihre Pakete bereits erhalten und steckten neugierig ihre Nasen in die Papiertüten.

„Was gibt es?“, fragte Tad.

Einer der beiden machte ein Gesicht, als würde er einen halbverwesten Rattenkadaver in den Händen halten und zog ein in Zellophan eingewickeltes Schwarzbrot aus der Tüte. „Käsebrot“, kam es angewidert über seine Lippen.

Sein Kumpel fischte mit spitzen Fingern einen Apfel hervor. „Ernst?“, war alles, was er herausbrachte.

„Und sonst noch?“, fragte Tad.

„Müsliriegel“, erwiderten die beiden mit Grabesstimme.

Also gut, dann eben doch Mums Lunchpaket.

Als er einen Pulk von älteren Jungs um einen der Kantinentische stehen sah, kam ihm ein Gedanke. Wenn er Ms Violett online nicht erreichen konnte, blieb ja immer noch die Möglichkeit, es offline zu versuchen – vorausgesetzt, er lag mit seiner Vermutung richtig.

Er ging näher auf die lachenden Jungs zu und sah Scarlett in eine angeregte Unterhaltung vertieft. Also wartete er geduldig ab, bis es zum Ende der Pause läutete und die Jungs sich zurück zu ihren Klassen begaben.

Als Scarlett aufstand und auf den Kantinenausgang zuhielt, sah er, dass sie einen Joghurtbecher in der Hand hatte. Er holte unauffällig auf. „Hi“, sagte er, als er neben ihr lief.

Sie warf ihm einen verwunderten Blick zu.

„Ich … hab heute auch einen Joghurt dabei“, eröffnete Tad die Konversation. Innerlich wand er sich. Dämlicher ging es kaum! Was war denn das für ein peinlicher Spruch?

Scarlett warf ihm einen zweiten Blick zu, und erst jetzt schien sie ihn zu erkennen. Ein Lächeln huschte über ihre Züge. „Ist gesund und hat wenig Kalorien“, erwiderte sie und warf den leeren Becher in einen Mülleimer.

„Find ich auch“, sagte Tad rasch und hoffte, dass er sich die rasante Rötung seines Gesichts nur einbildete.

Als Tad ihr schweigend in den ersten Stock folgte, warf sie ihm einen fragenden Blick zu.

Wie sollte er nur anfangen?

Er ging neben ihr den Gang entlang.

„Du hast jetzt auch Chemie?“, fragte sie zweifelnd.

„Ich? … Äh … nein. Aber …“ Er räusperte sich. „Warst du gestern in Area 3?“

Sie hob die Brauen. „Warum fragst du?“

Das war immerhin keine völlig demotivierende Antwort. „Weil gestern ein paar merkwürdige Dinge passiert sind“, fuhr Tad ermutigt fort. „Also, warst du online?“

„Ja, aber nur kurz.“

„Hast du die geflügelte Frau getroffen?“

Sie blickte ihn an. Eine Spur von Nervosität schien sich in ihren Augen zu spiegeln – oder bildete er sich das bloß ein?

„Ja“, sagte sie schließlich.

„Bist du durch das Tor gegangen?“

Sie blickte kurz an Tad vorbei. Ihr Blick huschte zur Decke, als versuche sie sich an etwas zu erinnern. „Warum willst du das wissen?“, fragte sie.

„Weil, nun ja, weil es bislang so aussieht, als wäre ich der einzige, der das getan hat, und das ist ehrlich gesagt …“

„Und wenn es so wäre?“, unterbrach sie ihn.

„Wie?“, fragte Tad verdattert.

„Wenn du der einzige wärst – was würde das bedeuten?“

„Äh keine Ahnung.“

„Denk mal drüber nach.“ Sie wollte sich abwenden.

„Warte!“, er griff ihren Arm.

Sie wandte sich ihm zu und hob die Brauen.

Hastig ließ er sie los. „Entschuldige. Ich will nur … ich meine, was willst du mir damit sagen?“

„Was ist dein Lieblingsbuch?“, fragte sie unvermittelt.

„Der Herr der Ringe, wieso?“

„Warum wurde Frodo zum Ringträger?“

Tad schaute sie verblüfft an.

„Tut mir leid, ich muss jetzt in den Unterricht“, sagte Scarlett. „Und du wohl auch.“

Sie ging als letzte in den Klassenraum und schloss die Tür hinter sich.

Nachdenklich senkte Tad den Kopf. „Warum wurde Frodo zum Ringträger? Weil …“, er blickte auf, „weil er auserwählt war?“ Die geschlossene Chemieraumtür gab ihm keine Antwort.

Tad wandte sich ab und ging nachdenklich zurück zum Treppenhaus. „Weil er auserwählt war“, wiederholte er leise, während er die Stufen zum Erdgeschoss hinab ging.

Ich bin auserwählt?, ging es ihm durch den Kopf, als er zu spät zum Physikunterricht kam und sich so unauffällig wie möglich zu seinem Platz begab. Aber warum? Warum zum Kuckuck bin ausgerechnet ich auserwählt? Und vor allem – für was?

„ … haben uns, wie Sie sich sicher erinnern, das letzte Mal mit den Unterschieden von in Reihe und parallel geschalteten elektrischen Widerständen beschäftigt“, drang wie aus weiter Ferne die Stimme des Lehrers an sein Ohr. „Ich bin mir sicher, Sie brennen darauf, dies noch einmal kurz am Smartboard für alle anderen zu erläutern, Thaddäus.“

Atlantis und der braune Tod

Da sich Tad am Smartboard durch beeindruckende Unkenntnis ausgezeichnet hatte, ließ ihn sein Lehrer auch den Rest der Physikstunde nicht mehr in Frieden. Im anschließenden Deutschunterricht hatte er aber die Chance, wieder seinen eigenen Gedanken nachgehen zu können. Ein konzentriert wirkender Blick und gelegentlich ein zustimmendes Nicken waren alles was Herr Ringer von seinen Schülern erwartete, während er sich daran machte, die im Lehrbuch beispielhaft angeführte Interpretation von Nathan dem Weisen zu explizieren.

Während Tad in einen Rhythmus ständigen Nickens verfiel, den er sich all die Jahre antrainiert hat, fragte er sich, warum Scarlett auf so seltsame Art und Weise reagiert hatte. Warum hatte sie ihn nach seinem Lieblingsbuch gefragt? Was, wenn Tad am liebsten Micky Maus Hefte gelesen hätte oder Goethes Faust? Was hätte sie dann geantwortet?

Nachdenklich knabberte er an seiner Unterlippe. Sie musste gewusst haben, dass Tad den Herrn der Ringe liebte. Aber woher? Er konnte sich nicht erinnern, so etwas während ihrer Gespräche in Area 3 erwähnt zu haben. Literatur spielte da eher eine untergeordnete Rolle.

Herr Ringer warf eine Frage in den Raum, was Tad für einen Moment aus seinen Gedanken riss. Ein Mädchen meldete sich und antwortete. Der Deutschlehrer nickte zufrieden und schaltete gleich darauf wieder auf Vortragsmodus.

Je mehr er darüber nachdachte, desto mehr bekam Tad den Eindruck, dass Scarlett sich auf dieses Gespräch vorbereitet hatte. Sie schien sich vorher ihre Worte genau zurecht gelegt zu haben. Er war sich nicht sicher, ob er das als schmeichelhaft oder eher deprimierend empfinden sollte. In jedem Fall schien ihre Andeutung, dass er in irgendeiner Form ausgewählt worden war, nicht gänzlich aus der Luft gegriffen. Die Toröffnerin war bislang kaum mehr als ein Mythos gewesen. Dennoch war er ihr nun schon mehrmals begegnet und, wie es schien, waren er und vielleicht auch Scarlett alias Ms Violett die Einzigen, die tatsächlich ein Tor durchschritten hatten. Das musste doch eine Bedeutung haben! Fragte sich nur, welche?

Möglicherweise war der Grund weniger schmeichelhaft, als ihm lieb war. Mit Schaudern dachte Tad an die unglaublich realistischen Schmerzen zurück, die er erlitten hatte.

In diesem Moment fielen ihm die Worte der Toröffnerin ein: „Du bist auserwählt, so wie alle auserwählt sind“. Hatte sie das vielleicht auch zu Scarlett gesagt? Abgesehen davon, war das nicht ziemlicher Unsinn? Wenn alle auserwählt waren, bedeutete doch Auserwählung gar nichts mehr, oder?

Innerlich zuckte er die Achseln. Alle Spekulation half nicht weiter. Er musste noch einmal zurück ins Spiel und durch das Tor treten, so besorgniserregend dieser Gedanke auch war.

Es läutete zum Unterrichtsende.

Tad schnappte sich seinen Rucksack und war schon an der Tür, ehe das Klingeln beendet war. Mit dem Strom der Schüler machte er sich auf den Weg nach draußen. Scarlett war leider nirgendwo zu sehen. Auch Thor und JB ließen sich nicht blicken.

Er machte sich auf den Weg zu den Fahrradständen, als jemand seinen Arm um seine Schulter legte.

Er drehte sich um, in der Hoffnung Scarletts attraktives Gesicht zu erblicken, doch es war jemand anderes, der ihn breit angrinste.

„Jang?“, entfuhr es Tad, der sich zumindest bemühte, seine Enttäuschung zu verbergen. „Was gibt’s denn?“

„Heute ist unsel zweites Tleffen, schon velgessen?“

„Ach, tatsächlich heute schon?“

„Natüllich“, Jang legte seinen Arm um Tads Schulter und führte ihn aus dem Strom der Schüler hinaus.

„Ich hab das Buch gelesen.“

„Den ganzen Roman?“, entfuhr es Tad.

„Die elsten fünfzehn Seiten“, erklärte Jang stolz.

„Oh, das ist ja schon mal ein Anfang.“

Der junge Koreaner nickte ernst. „Ich glaube, diesel Valjean ist ein Velblechel", raunte er.

Tad lächelte gequält.

Sie trafen sich im alten Medienraum. Neben allerlei uraltem Zeugs, wie verstaubten Projektoren, Beamern, Rechnern und Lautsprecheranlagen verfügte der Raum auch über ein funktionierendes Smartboard und einen Netzwerkzugang.

Liv saß an einem aussortieren Schreibtisch und hatte, wie nicht anders zu erwarten, ein Buch vor der Nase. Sie trug einen weiten Pullover, der aussah, als hätte sie ihn von ihrem älteren Bruder geliehen. Die Ärmel reichten ihr bis zu den Fingerspitzen.

„Hi Liv", sagte Jang.

„Hi", brummte Tad.

Das Mädchen legte ein Lesezeichen in ihr Buch und sah auf. „Hey, ihr seid ja wirklich gekommen."

„Natürlich!", erwiderte Tad.

Jang warf ihm einen Seitenblick zu, den Tad jedoch ignorierte.

„Und, wie weit seid ihr mit dem Buch?", fragte Liv.

Jang setzte zu einer Antwort an, doch Tad kam ihm zuvor: „Schon ziemlich weit." Er versuchte, ein zuversichtliches Lächeln aufzusetzen. „Ich denke, wir können uns schon mal Gedanken um die Umsetzung machen. Hast du eine Idee?"

Liv schob ihre Brille hoch. „Tatsächlich?" Sie schien überrascht. „Ihr seid aber schnell."

Tad zuckte die Achseln und grinste.

Jang hob den Zeigefinger und erklärte: „Ich glaube, diesel Valjean ist …",

„… ein sehr anspruchsvoller Charakter", unterbrach Tad rasch. „Es wird bestimmt schwierig, jemand zu finden, der ihn spielen kann, aber das ist ja nicht unser Problem. Also, was meinst du, wie wollen wir das umsetzen?“

Tad sah, wie Livs Augen sich verengten und sie misstrauisch von einem zum anderen blickten. „Mich würde erst einmal interessieren, was ihr euch dazu für Gedanken gemacht habt?“, sagte sie.

„Was haben wil gemacht?“ fragte Jang.

„Also, ich denke, die Schlüsselszene ist ziemlich am Anfang“, sagte Tad rasch. „Dort, wo Valjean diesen Pfarrer beklaut.“

„Bischof“, korrigierte Liv.

„Genau. Valjean beklaut den Typen, aber als die Polizei ihn erwischt, tut der Pfarrer so, als wären sie alte Kumpel. Er schenkt ihm noch mehr, als er ursprünglich geklaut hat.“

„Bischof“, korrigierte Liv.

„Mein ich ja“, entgegnete Tad. „Es ist ziemlich unwahrscheinlich, dass sich ein Mensch so verhält, aber die Szene ist der Knackpunkt. Ab diesem Moment versucht Valjean nämlich, ein anderer Mensch zu sein.“

Liv lächelte.

Tad starrte sie an. Es war eine beinahe unheimliche Verwandlung, die mit ihr vorging. Es schien beinahe, als würde dort ein völlig anderes Mädchen sitzen. Sie wirkte richtig hübsch – nun ja, abgesehen von ihrer blassen Haut, der hässlichen Brille und dem sackartigen Pullover.

„Ich sehe das genauso“, sagte sie.

„Äh, was?“

„Das Handeln des Bischofs ist der Schlüssel.“

„Ach so … ja … das ist ja super. Hast du vielleicht auch eine Idee, wie wir das in unserem Stück umsetzen können?“

„Ich denke, wir müssen die Handlung des Stücks irgendwie in die Gegenwart übertragen. Niemand interessiert sich für die französische Gesellschaft des 18. Jahrhunderts. Die meisten unserer Mitschüler fallen doch schon bei der bloßen

Erwähnung des Wortes Geschichte ins Halbkoma.“

Sie sprang auf und ging hinüber zum Smartboard. Überrascht stellte Tad fest, dass Liv einen Minirock trug und keine Schlabberhose, so wie sonst. Es war ein ziemlich kurzer Minirock. Er ragte kaum unter dem sackartigen Pullover hervor.

Jang gab ein merkwürdiges Geräusch von sich. Tad warf ihm einen Blick zu und stellte fest, dass der junge Koreaner die Lippen gespitzt hatte und kurz davor stand, einen Pfiff auszustoßen. Hastig rammte Tad ihm den Ellenbogen in die Seite. „Bist du irre“, zischte Tad.

„Aua.“ Jang rieb sich die Seite.

„Willst du, dass sie dich in der Luft zerreißt?“

Ein versonnener Ausdruck trat auf das Gesicht des jungen Asiaten. „Sie hat hübsche Beine“, raunte er.

Tad erwiderte nichts. Jang hatte nicht unrecht.

Inzwischen hatte Liv das Smartboard aktiviert und einige Notizen gemacht. Nun wandte sie sich den beiden Jungs wieder zu: „Ich denke, wir sollten erst einmal ein Brainstorming machen. Fangen wir mit Valjean an. Er gehörte zu einer Gruppe, der man nichts zutraute. Jedermann rechnete damit, dass er den Weg des Verbrechens einschlagen würde, und er selber sah für sich auch keine andere Möglichkeit. Auf wen könnte das heutzutage zutreffen?“

„Politiker?“, schlug Tad vor.

„Sehr witzig.“

„Hackel?“, schlug Jang vor.

Liv runzelte die Stirn.

„Er meint Hacker“, übersetzte Tad.

Liv kniff nachdenklich die Lippen zusammen. „Ich denke, das passt nicht so ganz. Hacker sind gut ausgebildet und es gibt viele Leute, die sie bewundern. Ich dachte eher an

Randgruppen, zum Beispiel bestimmte Ausländer."

„Hoffentlich spielst du nicht auf Koreaner an", meinte Tad mit einem Augenzwinkern.

„Jang ist für eine Randgruppe zu wenig", erwiderte Liv.

„Lästelt ihl gelade übel mich?", fragte Jang.

„Auf keinen Fall!", erwiderte Tad.

„Das würden wir niemals tun", pflichtete Liv ihm bei. Sie hob die Brauen. „Warum starrst du die ganze Zeit auf meine Knie? Habe ich da einen Fleck oder so?"

„Nein", Jang lächelte verträumt. „Deine Knie sind sehl attlaktiv."

„Hä?".

Tad übersetzte: „Er meinte deine Knie wären sehr …"

„Ich hab ihn verstanden", unterbrach ihn Liv barsch. „Können wir uns jetzt bitte wieder auf das Thema konzentrieren?" Ihr Tonfall war kühl, aber Tad beobachtete interessiert, wie ihre Wangen sich röteten. Entweder, sie war Komplimente nicht gewohnt, oder sie ärgerte sich über Jang, wollte aber nicht zu sehr auf ihm herumhacken, weil er Ausländer war.

„Also", fuhr Liv fort, „fällt euch noch etwas Sinnvolles ein?"

„Roma", rief Tad aus.

„Loma?", Jang warf ihm einen verwirrten Blick zu. „Was soll das sein?"

„Nicht was, sondern wer?", sagte Liv. „Gute Idee, Tad. Roma werden schon seit Jahrhunderten in ganz Europa diskriminiert. Niemand will ihnen Arbeit geben. Viele von ihnen sind ohne Perspektive, das führt nicht selten zu Kriminalität, was wiederum alle Vorurteile bestätigt. Es ist ein Teufelskreis."

„Okay. Dann ist unser Valjean also ein Roma", sagte Tad. „Ich suche uns mal einen passenden Namen heraus."

„Gute Idee!"

„Ich hab's noch nicht velstanden", meldete sich Jang zu Wort.

Während Liv zu einer ausführlichen Erklärung ansetzte, warf Tad einen Blick auf sein Smartpalm und stellte fest, dass ihm ein Unbekannter eine Nachricht zugesandt hatte. Das war ungewöhnlich. Er öffnete den Messenger.

Vergiss nicht, was ich dir gesagt habe! Denke an Pellworm!

Tads Augen wurden groß. Was sollte das bedeuten? War das irgendein Fake?

Nein, korrigierte er sich im gleichen Moment selbst. Was für ein Fake sollte das ein? Der Satz ergab überhaupt keinen Sinn.

Es sei denn, jemand wusste, was dieser Ort für Tad bedeutete. Er schluckte. *Denke an Pellworm!* Das war eine Botschaft an ihn. Ein Schauer lief ihm über den Rücken.

Niemand, wirklich niemand wusste, was in Pellworm passiert war – außer sein Vater!

Tad vermied es, sich daran zu erinnern. Das Ganze war schon fast zehn Jahre her. Sie hatten als Familie ein verlängertes Wochenende an der Nordsee verbracht. Mum war mit Emma einkaufen gegangen, und Tad war mit seinem Vater alleine am Strand gewesen.

Es war gerade Ebbe, aber im Watt hatte es dennoch allerlei interessante Dinge zu entdecken gegeben. Dad hatte, wie so häufig, einen Anruf seiner Firma erhalten. Dieses Mal schien es ein ernstes Problem zu geben. Sein Vater hatte nervös gewirkt. Tad erinnerte sich noch genau, wie er sich zu ihm hinuntergebeugt hatte. „Pass auf Tad, ich muss dich kurz allein lassen."

„Wieso denn?"

„Ich muss Jemanden treffen."

„Aber wir haben Ferien!"

„Ich weiß, mein Junge. Es geht leider nicht anders. Als Entschädigung installiere ich dir nachher Porters Island auf deinem Palm. Okay?"

„Überredet.“ Tad hatte breit gegrinst. Porters Island war eigentlich erst ab 12 freigegeben.

„Gut, bleib hier am Strand! Denk an alles, was ich gesagt habe. Geh nicht so weit ins Watt. Wir haben darüber gesprochen. Du weißt Bescheid.“

„Ja, ja.“

Eine Weile war Tad am Strand entlang spaziert, hatte ein Eis gegessen und die Leute beobachtet. Doch irgendwann war ihm langweilig geworden. Und dann hatte er sie gesehen; eine Gruppe von Männern, die mit raschen Schritten hinauf aufs Watt liefen. Einer von ihnen trug einen Spaten über der Schulter. Waren das Schatzsucher?, hatte er sich gefragt. Hier ganz in der Nähe sollte es im Mittelalter eine schlimme Flut gegeben haben, bei der eine Insel zerstört und eine ganze Stadt untergegangen sei: Rungholt. Er hatte gehört, dass manche Leute sogar glaubten, dieser Ort sei das wahre Atlantis. Die Typen hatten ausgesehen, als würden sie sich hier auskennen, und so hatte Tad beschlossen, ihnen zu folgen. Von der Flut war nichts zu sehen. Das Meer musste noch kilometerweit entfernt sein. Außerdem hatte Dad nur gesagt, dass er nicht auf eigene Faust hinaus ins Watt gehen dürfe.

Tad war losmarschiert. Zuerst war es noch recht gut gegangen, aber nachdem er eine Vertiefung im Watt durchquert hatte, in der sogar noch etwas Wasser und jede Menge Krebse gewesen waren, war der Schlick immer weicher und matschiger geworden. Manchmal hatte er die Hände zu Hilfe nehmen müssen, um überhaupt voran zu kommen. Er war so auf sich selbst konzentriert gewesen, dass er gar nicht bemerkt hatte, dass die Gruppe sich immer weiter entfernt und schließlich einen weiteren Priel überquert – tiefere Rinnen im Watt, die oftmals auch bei Ebbe noch Wasser führten. Als Tad endlich diese Stelle erreichte, hatte sich der Priel in einen breiten Fluss verwandelt. Die Flut war zurückgekommen. Er unternahm einen Versuch, den Fluss zu durchwaten, aber der Schlick war so tief, dass er bis zum Oberschenkel einsackte. Zudem hatte er die Strömung völlig unterschätzt. Das zurückströmende Wasser hatte so stark an ihm gerissen, dass er wild mit den Armen rudernd, um sein Gleichgewicht hatte kämpfen müssen. Er hatte Panik bekommen, und nur unter Aufbietung all seiner Kraft war es ihm gelungen, wieder aus dem Priel herauszukommen. Als er sich dann umgedreht hatte, um zurück zu kehren, hatte sich ihm der Hals zugeschnürt. Der kleine Bach, den er vor einigen Minuten überquert hatte, hatte sich in einen reißenden Strom verwandelt. Der Rückweg war versperrt! In diesem Moment hatte Tad geglaubt, sterben zu müssen. Unfähig sich zu rühren, hatte er dagestanden. Er musste zusehen, wie das Wasser zurückkam und seine Knie umspülte. Ihm war der schreckliche Gedanken gekommen, dass es nicht mehr lange dauern würde, bis die braunen Fluten kommen und ihn in eine tödliche Umarmung ziehen würden. Im schlammigen Watt, zwischen Krebsen, Muscheln und Wattwürmern würde er sein Grab finden.

„Tad? TAD!"

„Wie? Was?"

Er blickte in das bebrillte Gesicht von Liv. „Was ist los?" Ihre Augen funkelten wütend.

„Sorry", er ließ den Arm sinken und lächelte entschuldigend. „Bin wieder voll da."

„Tatsächlich?" Sie hob die Brauen. Ein besorgter Ausdruck zeigte sich auf ihrem Gesicht. „Alles in Ordnung? Du bist total blass."

„Mir geht's gut."

Jang klopfte ihm auf die Schulter. „Und, wie soll el heißen?"

„Hä?"

„Del Velblechel", ergänzte der junge Koreaner.

„Was?"

„Du wolltest einen Roma-Namen für Valjean heraussuchen“, erklärte Liv.

„Stimmt … richtig … einen Moment.“ Tad öffnete die Suchmaschine. Während er die Suchkriterien eingab, kamen die Erinnerungen an damals erneut hoch. Er hatte wirklich geglaubt, den Tod vor sich zu sehen. Plötzlich, er wusste nicht mehr, wie es geschehen war, hatte ihn plötzlich jemand an der Schulter gepackt. „Papa?“

Es war wirklich sein Vater gewesen. Von irgendwoher hatte er sich eine Luftmatratze geschnappt und war im Businessanzug ins Watt gestürmt. Gemeinsam hatten sie es, mit Hilfe eines ebenfalls hinzueilenden Rettungsschwimmers, schlammbespritzt und klitschnass zurück ans Ufer geschafft. Sie hatten am Strand gekniet, um sich herum aufgeregte Stimmen. Der Rettungsschwimmer hatte eine Strafpredigt gehalten, aber all das war an Tad vorbeigerauscht wie Wind und das Gekreische der Möwen.

Sie hatten sich angesehen, sein Vater und er. Es war eine ganz besondere Nähe zwischen ihnen gewesen, sie wussten, wie knapp es gewesen war, und sie wussten beide, dass es ihre Schuld gewesen wäre. Sie beide hatten einen Fehler gemacht.

Als sie später allein gewesen waren, hatten sie nicht mehr über den Vorfall gesprochen. Dad hatte ihn noch einmal in den Arm genommen, ihm in die Augen gesehen und gesagt: ama darf niemals davon erfahren!“

„Auf keinen Fall!“, hatte Tad bestätigt.

Dad hatte ihm durchs Haar gewuschelt. „Willst du ein Eis?“

Sie hatten nie wieder über den Vorfall gesprochen.

Dass ausgerechnet jetzt diese Botschaft kam, konnte nur eins bedeuten.

„Tad?“, durchdrang Livs Stimme seine Gedanken

„Äh“, Tad durchforstete hastig die angebotenen Optionen. „Nennen wir ihn doch … Janko Barscik.“

Liv blickte zu Jang doch der zuckte nur die Achseln. „Gut", entschied sie. „Dann schlage ich vor, die weiteren Protagonisten sollten deutsche Namen erhalten."

„Plima Idee", sagte Jang. „Ich denke diese Kantine können wil Claudia nennen."

„Die Frau heißt Fantine", korrigierte Liv, „und Claudia heißt meine Oma. Das passt nicht."

Während die beiden sich weiter über passende Namen stritten, grübelte Tad über die Bedeutung der Botschaft nach. Sie musste von seinem Vater stammen, eine andere Möglichkeit gab es nicht. Pellworm stand für eine Situation, in der Dad ihn allein gelassen und Tad sich selbst in Lebensgefahr gebracht hatte, weil er die Warnungen seines Vaters ignoriert hatte. Dummerweise war die Warnung dieses Mal unvollständig gewesen. Er erinnerte sich an das Bild seines Vaters, das plötzlich in diesem kleinen Dschungelsee erschienen war, als er den Trailer des SPS ausprobiert hatte.

Tad, hör zu … war ein Fehler … du darfst auf keinen Fall … hörst du … auf keinen Fall den … er nicht das, was er zu sein …

Diesmal würde Tad nicht den Fehler machen, diese Warnung zu ignorieren. Dummerweise wusste er noch immer nicht, was sein Dad gemeint hatte. Wenn er sich das nächste Mal auf die Suche nach dem Echsenmann machte, würde er sicherheitshalber nur den Helm und die Triggerpoints tragen. Auf Thor und JB würde er wohl nicht zählen können, aber es wäre gut, Ms Violett dabei zu haben.

Hastig schickte er ihr eine Botschaft.

Heute Nachmittag 17.00 Uhr Realtime an Yggdrasils Spross. Es ist wichtig!

„Tad!", erklang Livs tadelnde Stimme.

Er blickte auf.

„Warum hängst du ständig am Smartpalm? Du bist überhaupt nicht bei der Sache!"

„Genau“, bestätigte Jang. „Wel ist fül Onlinevelbot?“ Er hob den Arm.

„Hör auf dich einzuschleimen“, zischte Tad.

Das Signal einer ankommenden Kurznachricht erklang. Einen Moment lang sahen sich die drei schweigend an, dann schaltete Jang mit unschuldiger Miene sein Smartpalm aus. Tad checkte rasch seine Nachrichten. Bei ihm war nichts Neues angekommen. Liv ging in die Hocke und kramte in ihrem Rucksack, der auf dem Boden stand. Sie hatte wirklich sehr hübsche Beine, und wenn ihr diese Haarsträhne über die Wange fiel, wirkten ihre Züge viel weicher.

„Also ich wals nicht“, verkündete Jang.

Liv blickte auf ihr Smartpalm und ließ es rasch in die Tasche zurück gleiten. Tad schien es, als würde eine Spur Röte auf ihre blassen Wangen treten.

„So viel zum Thema Smartpalmverbot“, bemerkte er und verschränkte die Arme vor der Brust.

Liv erhob sich und strich sich die Haarsträhne hinters Ohr. „Ich muss los. Wollen wir am Freitag weitermachen?“

„Einverstanden“, sagte Tad.

„Gelne“, bestätigte auch Jang. „Musst du auch den Bus um 15 Uhl 17 nehmen?“

Liv schnappte sich ihren Rucksack, „im Grunde schon …“

„Plima. Dann können wil zusammen fahlen.“

Tad verabschiedete sich und ließ die beiden alleine. Auf dem Weg zu den Fahrradständern wählte er die Nummer seines Vaters. Wieder ging nur die Mailbox ran. Nach kurzem Zögern rief er direkt in der Firmenzentrale an. Sein Vater hatte ihm zwar eingeschärft, das nur in Notfällen zu tun, aber wann, wenn nicht jetzt war ein Notfall?

„A&M Technologies, Lisa Apelt, was können wir für Sie tun?“

„Äh … hallo, hier ist Tad Neumann, ich würde gerne meinen Vater sprechen.“

„Einen Moment bitte.“ Tad nahm an, dass die Frau seine Nummer überprüfte. Eine der vielen Sicherheitsmaßnahmen der Firma.

Es dauerte einige Sekunden, ehe sie sich wieder meldete. „Dein Vater ist auf einer Dienstreise und derzeit nicht erreichbar.“

„Davon hat er mir aber nichts erzählt.“

Die Frau reagierte erst nicht, dann sagte sie: „Versuche es später noch einmal.“

„Warten Sie! Er war gestern ewig lang in einer Besprechung. Wie kann es sein, dass er jetzt schon wieder auf Dienstreise ist?“

„Es tut mir leid, das übersteigt meine Sicherheitsfreigabe, dazu kann ich keine Auskunft geben.“

„Hä? Wieso Sicherheitsfreigabe? Ich will einfach nur meinen Vater sprechen.“

„Dein Vater ist auf einer Dienstreise und derzeit nicht erreichbar.“

„Ich weiß, das haben Sie mir gerade schon gesagt. Ich bin nicht blöd.“

„Auf Wiederhören.“

Die Frau hatte das Gespräch beendet.

Wütend starrte Tad auf sein Smartpalm. Die blöde Tussi konnte ihn doch nicht einfach so abwürgen. Er drückte auf Wahlwiederholung. Es tutete und dann meldete sich eine männliche Stimme: „Zurzeit sind alle Leitungen besetzt, bitte haben Sie einen kleinen Moment Geduld, wir sind gleich für Sie da.“ Eine Wartemelodie setzte ein.

„Verdammt!“

Nachdenklich biss er sich auf die Unterlippe. Etwas an diesem Telefonat war sehr merkwürdig gewesen.

Als er die Fahrradständer erreichte, sah er zu seiner Überraschung Emma dort stehen.

„Was machst du denn schon hier?", begrüßte sie ihn. „Ich dachte du hast noch dieses Theaterprojekt."

Es verblüffte Tad, dass Emma so etwas wusste. Er selbst hatte nicht den leisesten Schimmer von ihrem Stundenplan, geschweige denn von den AG's, die sie wählte.

„Tja", erwiderte er, „wir sind eben effektiv."

Sie schoben ihre Räder über den Schulhof. „Sag mal, hast du in letzter Zeit etwas von Dad gehört?", wechselte Tad das Thema.

„Nein."

„Ich mache mir ein bisschen Sorgen", rutschte es Tad heraus.

„Warum? Er meldet sich doch sonst auch tagelang nicht."

„Ja, aber diesmal ist irgendetwas seltsam."

„Dad ist seltsam", erwiderte Emma lapidar.

„Würdest du mal in seiner Firma anrufen?"

„Nein. Ruf doch selber an."

„Das habe ich schon und irgendetwas war echt schräg. Deshalb möchte ich ja, dass du anrufst."

„Nein!" Sie schaltete auf stur.

„Darf ich mir dann wenigstens dein Smartpalm ausleihen?"

„Wieso das denn?"

„Ich muss nur kurz etwas überprüfen, bitte!"

Seine Schwester warf ihm einen prüfenden Blick zu und spürte wohl, dass es ihm ernst war. Zögernd nahm sie ihr Palm ab und reichte es ihm.

Tad wählte die Nummer.

„A&M Technologies, Lisa Apelt, was können wir für Sie tun?"

„Äh … hallo, hier ist nochmal Tad Neumann, ist mein Vater jetzt zu sprechen?"

„Einen Moment bitte." Einige Sekunden vergingen. „Das ist die Telefonnummer von Emma Neumann."

„Ja, ich weiß. Emma ist meine Schwester. Ich habe mir ihr Smartpalm ausgeliehen, weil mein Akku alle ist. Könnten Sie mich jetzt bitte mit meinem Vater verbinden?“

Eine Sekunde verging. „Dein Vater ist auf einer Dienstreise und derzeit nicht erreichbar.“

„Das weiß ich. Wie lange wird die Reise noch dauern?“

„Es tut mir leid, das übersteigt meine Sicherheitsfreigabe, dazu kann ich keine Auskunft geben.“

Ein Schauer lief Tad über den Rücken. „Aber ich muss doch wissen, wann er wieder erreichbar ist.“

„Versuche es später noch einmal.“

„Können Sie ihm eine Nachricht hinterlassen?“

„Natürlich.“

„Sagen Sie ihm doch bitte, dass es mir gut geht. Ich fahre für ein paar Tage an die Nordsee. Er soll sich bitte melden, sobald er kann.“

„Ich werde es ihm ausrichten. Auf Wiederhören.“

Emma sah Tad mit großen Augen an. „Du fährst an die Nordsee?“

Tad schüttelte den Kopf. Dann murmelte er: „Das war eine Maschine.“

„Könntest du mir bitte mal erklären, was du meinst.“

Er gab Emma das Smartpalm zurück. „Ich habe in der Zentrale angerufen. Da saß immer eine Frau am Apparat. Aber eben, das war ein Computer.“

„Na und?“ Emma zuckte die Achseln. „Das wundert mich überhaupt nicht. War doch klar, dass die solche Leute irgendwann wegrationalisieren.“

„Ja vielleicht, aber es war so schlecht.“

Sie runzelte die Stirn.

„Beim ersten Anruf war das Gespräch noch akzeptabel, aber als die Frau beim zweiten Anruf überhaupt nicht auf unser erstes Gespräch eingegangen ist, war mir sofort klar: Das ist ein ziemlich hastig programmiertes Serviceprogramm.

Tinkerbell hätte das tausendmal besser hinbekommen."

„Ehrlich gesagt verstehe ich nicht, was jetzt eigentlich dein Problem ist. Die haben eine neue Software und das Ganze hakt noch ein bisschen. Ist doch völlig normal."

„Ja." Sie hatten das Schultor erreicht und stiegen auf ihre Räder. „Vielleicht hast du recht."

„Natürlich. Ich habe immer recht."

Tad antwortete nicht. Er war sich sicher, dass Emma sich irrte und zwar gewaltig. Er wusste nur noch nicht genau, woher er das wusste.

Fragen und ein heimlicher Bodyguard

Sonnenstrahlen ließen die Luft über dem Asphalt flirren. Tad rann der Schweiß über die Stirn, als er in die Pedale trat. Dass seine Oberschenkel bei jeder Bewegung brannten, war dabei genauso wenig hilfreich, wie Emmas genervte Blicke.

„Mann, Tad, wenn du weiterhin so langsam fährst, falle ich gleich vom Rad!", beschwerte sie sich.

„Ha ha, du weißt genau, dass der Akku leer ist!"

„Ja, weiß ich, deshalb habe ich bei meinem Bike auch den Motor ausgestellt", erwiderte Emma. „Bei dem Seniorentempo sind wir erst zum Abendbrot zuhause."

„Quatsch nicht", schnaufte Tad. Gleichzeitig schielte er hinüber zu Emmas Display. Der Motor stand tatsächlich auf Off. Mist. Er ignorierte den Schmerz und trat kräftiger in die Pedale. Sich von der kleinen Schwester abhängen zu lassen, ging gar nicht!

„Sag mal, woher kennst du eigentlich Liv?", fragte er.

„Woher willst du wissen, dass ich sie kenne?“, antwortete Emma mit einer Gegenfrage.

„Ich hab euch zusammen auf dem Schulhof gesehen.“

„Beobachtest du mich?“

„Quatsch!“

„Dann beobachtest du sie?“, Emma grinste.

„Keins von beidem.“ Tad verdrehte die Augen. „Kannst du nicht einfach nur meine Frage beantworten?“

„Wir waren mal zusammen in einer AG“, erwiderte Emma, „experimentelle Archäologie.“

„Was ist das denn?“

„Einfach gesagt: Man probiert aus, wie die Menschen früher gelebt haben.“

„Ihr habt Mammuts gejagt?“

„Na klar und Wollnashörner“ Emma verdrehte die Augen. „Anschließend haben wir mit Feuersteinen ein großes Lagerfeuer angezündet und sie gegrillt.“

„Du kannst also ohne Feuerzeug und Streichholz Feuer machen?

„Ja, und du brauchst gar nicht so zu lästern.“

„Tu ich doch gar nicht. Wie war sie so? Liv, meine ich. Findest du sie nett?“

„Ja, sie ist nett und ziemlich klug,“ Emma wirkte mit einem Mal nachdenklich, „aber sie ist auch ziemlich verschlossen. Ich glaube, sie hat früher mal etwas Schlimmes erlebt.“

„Echt, bist du sicher?“, fragte Tad.

„Natürlich nicht“, erwiderte Emma, „ist nur so eine Vermutung.“

„Was könnte das gewesen sein? Meinst du, sie wurde gemobbt oder so?“

„Ich weiß nicht, ist nur so ein Gefühl.“ Seine Schwester warf ihm einen fragenden Blick zu. „Seit wann interessierst du dich überhaupt für Liv? Ich denke du bist auf Scarlett scharf."

„Quatsch!" Tad rutschte von der Pedale ab und machte einen kleinen Schlenker.

„Ach Tad", seufzte Emma. „Jeder Trottel kann sehen, dass du ihr mit hechelnder Zunge hinterher läufst."

„Was? Das ist ja völliger Blödsinn. Ich renne ihr überhaupt nicht hinterher."

Emma verzog die Lippen zu einem spöttischen Lächeln.

„Wir unterhalten uns manchmal."

„Worüber willst du dich mit ihr unterhalten? Über Lipgloss und Mode?"

„Nein, über Area 3 zum Beispiel. Wir sind nämlich Game-Partner, wenn du es genau wissen willst." Zwar war das nach wie vor nur eine Vermutung, aber das musste Emma ja nicht wissen. Er konnte es einfach nicht ausstehen, wenn sie sich über ihn lustig machte. „Über Games zu sprechen, wird doch wohl erlaubt sein?"

„Du kannst tun und lassen, was du willst", erwiderte Emma, „aber ich würde dir raten, dich von ihr fernzuhalten."

„Ach ja? Und warum?"

„Sie benutzt die Menschen nur, verstehst du? Sie spielt mit ihnen. Irgendwann wirst du es merken, und das wird wehtun."

„Ach so, du machst dir also nur Sorgen um mich?", sagte er spöttisch.

Emma erwiderte seinen Blick. „Ja."

Verblüfft schwieg Tad. Wollte sich seine Schwester über ihn lustig machen? Oder war das ernst gemeint? Er warf ihr einen Seitenblick zu. Sie schien voll und ganz auf den Radweg konzentriert.

Eine Zeitlang radelten sie schweigend weiter. Sie folgten einer schmalen Straße, in der etliche Villen mit üppig grünenden Vorgärten standen. Kein Mensch war zu sehen.

Trotzdem hatte Tad plötzlich das Gefühl, beobachtet zu werden. Er blickte hoch zu den Fenstern und Balkonen der

Villen. Alles blieb still. Er warf einen Blick über die Schulter. Nicht ein einziges Auto fuhr die Straße entlang. Er schüttelte den Kopf. Offenbar ließen ihn die seltsamen Ereignisse schon paranoid werden.

Tad warf einen Blick auf seine Schwester, die ein Stück vor ihm fuhr. „Was hast du eigentlich gegen Dad?", platzte es aus ihm heraus.

„Was?" Emma schüttelte den Kopf, als habe er etwas vollkommen Absurdes gesagt.

„Du denkst vielleicht, es fällt mir nicht auf, aber ich bin nicht blöd. Es ist nicht zu übersehen, dass du Dad nicht ausstehen kannst."

„Das stimmt nicht", erwiderte Emma.

„Ach ja?", schnaufte Tad. „Wenn er anruft, weichst du ihm aus. Du redest nicht mit ihm, machst alles mies, was er tut und wenn ich von ihm erzähle, verdrehst du bloß die Augen. Seine Geschenke packst du nicht einmal aus. Was hast du gegen ihn?"

„Du verstehst das nicht."

„Dann erklär' s mir! Was hat Dad dir getan?"

„Nichts!", sagte Emma ungewohnt scharf. „Er tut nichts – mir nicht und dir auch nicht. Das ist es ja gerade. Er ist nie da!"

„Mum hat sich von ihm getrennt, nicht umgekehrt, vergiss das nicht!"

„Das spielt überhaupt keine Rolle. Bevor sie sich getrennt haben, war er auch nie da."

Tad wollte widersprechen, aber Emma fuhr fort: „Dad war auch früher nie wirklich da. Selbst wenn er mit am Tisch saß, waren seine Gedanken bei seiner Firma und seinen Programmen. Sie sind ihm wichtiger als wir."

„Das stimmt nicht", widersprach Tad.

„Ach nein?“, fauchte Emma. „Kannst du mir einen Termin nennen, irgendein Ereignis, das er uns zuliebe abgesagt hätte?“

„Komm, jetzt übertreibst du.“

„Nenne mir ein Ereignis!“, beharrte Emma.

„Mir fällt gerade nichts ein, aber das bedeutet doch nicht …“

„War er jemals bei einem deiner Fußballspiele?“

„Ich glaube nicht, aber ich war ohnehin nur eine Saison im Verein und habe grottenschlecht gespielt.“

„Das ist doch völlig egal. Mum war da und ich auch.“

Tad kniff irritiert die Augen zusammen. Emma war bei seinen Spielen gewesen? Er forschte in seinen Erinnerungen. Ja, tatsächlich. Er sah sie wieder vor sich, mit Zahnlücke, Zöpfen und einer selbstgebastelten Vereinsfahne, die sie munter hin und her schwenkte. Ein kleines Mädchen, das ihrem großen Bruder zujubelt. War er eigentlich jemals bei einem ihrer Hockey-Spiele gewesen? Er konnte sich nicht daran erinnern.

„Verstehst du? Dad hat uns nichts getan, er hat uns nie geschlagen oder so“, fuhr Emma fort. „Er hat auch Mama nicht betrogen. Aber er hat das verinnerlicht, was seine Firma tut. Bei ihm dreht sich alles nur um Programme, neue Erfindungen und Geld. Weißt du eigentlich, was die Firma macht, für die er arbeitet?“

„Natürlich“, erwiderte Tad empört. „Vermutlich weiß ich das sogar besser als du.“

„Meinst du? Dann solltest du dir mal anschauen, womit sie das meiste Geld macht.“

Irritiert blickte Tad seine Schwester an. „Was meinst du?“

„Finde es selbst heraus!“, erwiderte Emma. Abrupt schaltete sie ihren Motor ein, trat in die Pedale und brauste davon.

Tad hatte nicht die Kraft, ihr zu folgen. Er blieb zurück und sah zu, wie sie an der nächsten Querstraße hinter grünen Hecken verschwand. Verwirrt schüttelte er den Kopf. Es gelang ihm nicht, einfach abzutun, was seine Schwester gesagt hatte. Worauf hatte sie angespielt? A&M Technologies hatte eine sehr erfolgreiche Gaming-Abteilung. Das Unternehmen stellte aber auch Medizintechnik, Drohnen und Industrieroboter her. Außerdem war es ziemlich weit in der Entwicklung künstlicher Intelligenz. Es gab Dutzende von Firmen, die ähnliches machten. Was war an Dads Firma so schlimm?

Tad bog um die Ecke. Er sah, dass Emma schon zuhause angelangt war und ihr Fahrrad durch das Gartentor schob. Als er völlig durchgeschwitzt und mit schmerzenden Muskeln dort ankam, war sie längst im Haus verschwunden. Wieder hatte er das Gefühl, beobachtet zu werden.

Als er sich umwandte, konnte er gegenüber den Gärtner der alten Frau Ross erkennen, der die Hecke schnitt. Der Mann nickte ihm zu und widmete sich dann wieder seiner Arbeit.

Tad erwiderte den Gruß und schob sein Fahrrad zum Aufzug. „Ich fange schon an, Gespenster zu sehen", brummte er und stellte sich vor die Kamera der Aufzugstür.

„Willkommen zuhause", begrüßte ihn Lee.

Die Tür öffnete sich. Tad brachte sein Fahrrad in den Keller, schloss den Akku ans Stromnetz und fuhr hinauf. Emma war nicht zu sehen. Wahrscheinlich hatte sie sich in ihr Zimmer zurückgezogen, um zu lesen.

Tad ging in sein Zimmer und aktivierte mit einer Handbewegung sein Assistenzprogramm.

„Herzlich Willkommen zurück, mein Herr und Meister", begrüßte ihn Tinkerbell.

Tad zog seine verschwitzten Klamotten aus, roch probehalber an seiner Achsel und beschloss, dass es dringend an der Zeit war, zu duschen. „Tinkerbell, finde heraus, womit A&M Technologies ihr Geld verdienen."

Er schnappte sich frische Wäsche und ging ins Bad. „32 Grad Celsius", befahl er Lee.

Die Dusche fing an zu laufen und wenig später verkündete Lee über die eingebauten Badlautsprecher: „Die Temperatur ist erreicht. Hast du einen Musikwunsch?“

„Nein.“ Tad duschte sich, während es wild in seinem Kopf arbeitete. Es gab so viele Dinge, über die er nachdenken musste, dass es ihm schwerfiel, sich auf eines zu konzentrieren. Ganz abgesehen davon, warteten auch noch ein paar Hausaufgaben auf ihn.

Er trocknete sich hastig ab, schlüpfte in seine frischen Klamotten und ging zurück in sein Zimmer, während er sich die Haare trocken rubbelte.

„Was hast du herausgefunden?“, fragte er Tinkerbell.

„Wie bitte?“, entgegnete das Programm.

„Stell dich nicht dumm, Tinkerbell. Du solltest herausfinden womit A&M Technologies sein Geld macht.“

„Ja.“

„Also, womit?“

Das Hologramm der kleinen Elfe verschränkte die Arme vor der Brust. „Diese Frage möchte ich lieber nicht beantworten.“

„Spinnst du?“, entfuhr es Tad. Hin und wieder vergaß er, dass die kleine Elfe nur eine Software war. „Ich meine, warum nicht?“, korrigierte er seine Aussage.

„Diese Aufgabe widerspricht meinem Basisprogramm.“

„Was soll das heißen?“

„Du willst eine andere Antwortoption?“, hakte Tinkerbell nach.

„So ist es“, bestätigte Tad.

„Die Beantwortung deiner Anfrage widersprich dem, wozu ich geschaffen wurde.“

Tad seufzte: „Und wozu wurdest du geschaffen?“

„Ich soll dich unterhalten, dir helfen und dich schützen.“

„Mich schützen?“, fragte Tad verwirrt. Das war ihm neu. Sein Vater hatte ihm Tinkerbell als individuell aufgepepptes

Assistenzprogramm geschenkt. Tinkerbell hatte ein paar originelle Features, aber von einer Securityfunktion hatte sein Vater nie etwas gesagt. „Du willst also behaupten, dass du so etwas wie mein Bodyguard bist?", hakte er nach.

„So ist es", verkündete Tinkerbell. Eine winzige Pistole erschien in ihren Händen und sie warf finstere Blicke in eine leere Zimmerecke.

„Weißt du was? Ich brauch dich gar nicht. Emma hat es nämlich längst herausgefunden."

Tinkerbell schwieg einen Moment. Offenbar recherchierte sie seine Aussage. Dann erwiderte sie: „Emma weiß nicht alles."

Allmählich fand Tad das nicht mehr witzig. Was war hier bloß los? „Hat dich mein Vater so programmiert, dass du mir nicht gehorchen musst, wenn du glaubst, dass ich in Gefahr bin?", hakte er nach.

„Das habe ich nicht gesagt", erwiderte Tinkerbell.

„Du darfst also keinen meiner Befehle verweigern?"

„Nicht jeder Befehl ist klug", erwiderte das Programm ausweichend.

„Jetzt reicht's mir aber!", fauchte Tad. „Beantworte meine Frage: Darfst du Befehle verweigern?"

„Wenn sie erkennbar deinem freien Willen entsprechen, nein", erwiderte Tinkerbell.

„Gut, es ist mein freier Wille, dass du für mich recherchierst, womit A&M Technologies ihr Geld verdienen."

„Wie du wünschst", die kleine Elfe neigte den Kopf. „Aber es ist kompliziert und kann eine …"

Die letzten Worte des Programms wurden von einem lauten Klirren unterbrochen. Tad fuhr herum. Da war etwas Großes, Glänzendes am Fenster. Er trat näher. Das Ding hatte Ähnlichkeit mit einer Libelle, war aber offensichtlich eine Drohne. Ein Laser projizierte eine Schrift auf die Fensterscheibe.

Thaddäus Neumann, bitte öffne das Fenster, ich habe eine Nachricht für dich.

„Tinkerbell?“

„Jawohl.“

„Da du neuerdings auch mein Bodyguard bist, hätte ich da gleich einmal eine Frage: Geht eine Gefahr von der Drohne vor meinem Fenster aus?“

„Woher soll ich das wissen!“, erwiderte Tinkerbell gewohnt respektlos.

„Na gut, probieren wir es aus.“ Tad öffnete das Fenster. Die Drohne schwebte dichter heran. Ein Greifarm kam aus einer Klappe hervorgeschossen. Tad zuckte instinktiv zurück, bevor er erkannte, dass das Ding ihm einen Briefumschlag reichte. Vorsichtig nahm er ihn entgegen.

Die Drohne klappte ihren Arm wieder ein. Statt abzuschwirren, beobachtete sie ihn jedoch weiter mit ihren Kameraaugen. „Was willst du noch?“, herrschte Tad sie an.

Die Drohne schwenkte zur Seite und projizierte erneut einen Text auf die Fensterscheibe:

Ich muss überprüfen, ob du diesen Brief liest.

Also gut. Tad riss den Umschlag auf. Es war eine Karte darin.

Gib Acht, mein Freund, auf deine Taten,
sie können vieles dir verraten.
Zweimal schon hast du nun versagt.
Ich hoffe, dein Gewissen nagt.
Denn falls ein drittes Mal du fehlst,
den Weg zum Abgrund du dir wählst.

Tad schluckte. Etwas weiter unten stand folgende Anweisung:

Dritte Chance, Südmauer – DIE DREI KRÜGE, 16.30 Uhr RT

Einen Moment lang schien es, als würden die Kameraaugen der Drohne Tads Reaktion studieren, dann verschwand sie in elegantem Bogen aus seinem Gesichtsfeld.

Tad schloss das Fenster und unterdrückte einen Schauder. Das Ganze konnte einem beinahe unheimlich werden. Area 3 war kein Spiel für zarte Gemüter, aber es war und blieb doch nur ein Spiel. Wenn er wissen wollte, was es mit diesem Tor auf sich hatte und vor allem, was das Ganze mit seinem Vater zu tun hatte, musste er dorthin zurück.

Ein Blick auf sein Smartpalm zeigte ihm, dass es bereits 16.20 Uhr war. Ihm blieben noch zehn Minuten.

„Tinkerbell?"

„Ich recherchiere noch", kam die genervte Antwort.

„Stell bitte eine Verbindung zu JB her."

„Bitte sehr."

Tads Kumpel wurde angewählt, doch er reagierte nicht. Offenbar hatte JBs Mutter es mit dem Spielverbot ernst gemeint. Auch per Smartpalm war er nicht zu erreichen. Tad probierte es im Anschluss bei Thor. Doch auch der blieb auf allen Kanälen offline.

Mist! Er sandte eine kurze Nachricht an Ms Violett.

Was gibt's? erschien nur Sekunden später die Antwort.

Wenigstens auf eine war Verlass, dachte sich Tad.

Tad schickte ihr die Botschaft, die er per Brief erhalten hatte und ergänzte: Bist du dabei?

Bis gleich, textete Ms Violett zurück.

Tad grinste. „Tinkerbell, bitte starte Area 3."

„Bist du dir sicher, dass das eine gute Idee ist?"

„Natürlich. Und mein freier Wille ist es ebenfalls", fügte Tad sicherheitshalber hinzu.

Auf den SPS verzichtete er dieses Mal. Stattdessen befestigte er wieder die Triggerpoints im Gesicht, an den Händen sowie an den Arm- und Beingelenken. Auf diese Weise konnten alle seine Bewegungen simultan auf seinen Avatar übertragen werden. Dann setzte er den Helm auf. „Es kann losgehen!"

Eine Sekunde später befand er sich in der Welt von Area 3.

Die dritte Chance

Tad brauchte nicht lange zu warten, bis Ms Violett auftauchte. Wie er selbst hatte sie ihre komplette Marshallausrüstung angelegt.

„Wo sind die anderen Jungs?“, fragte sie.

„Sagen wir mal so, eine höhere Macht hat sie daran gehindert, Area 3 zu betreten.“

Ms Violett hob die Brauen.

„Eine nah verwandte höhere Macht“, ergänzte Tad.

„Verstehe.“

„Bist du trotzdem dabei?“

Ms Violett runzelte die Stirn. „Das meinst du jetzt nicht ernst?“

Tad grinste. „Na, dann los.“

Sie fuhren mit dem Wagen, bis die Straßensperren aus Schutt und Müll sie dazu zwangen, zu Fuß weiter zu gehen. Halb zerfallene Mietskasernen säumten die verwinkelten Gassen.

Es war eine üble Gegend. Die Grenzpatrouillen schützten die Mauer weiter südlich, aber hierher kam niemand mehr. Das war Koboldland. Hier herrschten die Verrückten. Hin und wieder sahen sie zerlumpte Gestalten in dunklen Hauseingängen und Kellerlöchern verschwinden. Aber auch wenn sie niemanden sahen, wussten sie doch, dass Hunderte von Augenpaaren sie beobachteten.

Schließlich gelangten sie an ihr Ziel. Tad betrachtete das windschiefe Eckhaus mit der bröckelnden Fassade. Über dem Eingang hing ein schmutziges Holzschild. Es zeigte drei Krüge – alles in allem, ein wenig vertrauenerweckender Anblick.

Tad warf einen Blick auf Ms Violett. „Denkst du auch, was ich denke?"

Seine Begleiterin nickte. „Das stinkt förmlich nach einer Falle."

„Gehen wir rein?"

„Natürlich!"

Wuchtig stieß Tad die Tür auf. Sie krachte gegen die Wand. Putz rieselte zu Boden, und eine kleine Staubwolke stob auf. Die Programmierer hatten sich wirklich ins Zeug gelegt, um ihnen einen schönen Auftritt zu verschaffen. Alle Augen wandten sich ihnen zu. Der Laden war gerammelt voll. Kneipenbesuche schienen hier ein beliebtes Hobby zu sein.

Auf den Tischen brannten Kerzen. Ihr Licht fiel auf harte, schmutzige Gesichter. Eine Petroleumlampe erhellte die Theke. Offenbar hatten die Kobolde ihre Stromrechnungen nicht bezahlt.

Tad schlenderte nach vorne an die Theke und erwiderte den Blick des hochgewachsenen Barmanns so lange, bis dieser die Augen abwandte.

„Was wollt ihr hier?", brummte der Mann.

Tad grinste, wie erwartet erfüllte eine Atmosphäre der Feindseligkeit den ganzen Raum. Über das Tuscheln der Leute hinweg vernahm er das leise Knarren von Dielen. Die schmale

Treppe, die in das zweite Geschoss führte, lag fast vollkommen im Dunkeln, dennoch glaubte er für einen kurzen Moment, ein blasses Gesicht zu sehen, das sie heimlich beobachtete.

Ms Violett lehnte sich entspannt an die Theke, was ihr erlaubte, die Männer im Raum im Blick zu behalten und notfalls schnell zu reagieren.

Tad lächelte den Barmann an. „Wir würden gerne ein paar Worte mit deinem Gast wechseln."

Die Gesichtszüge des Mannes verhärteten sich. „Ich habe keine Ahnung, von wem du redest."

„Und ich habe keine Ahnung, warum du ihn schützen willst. Er bedroht uns alle."

Der Wirt kniff die Augen zusammen. Einige Stühle wurden gerückt. Männer erhoben sich.

Ms Violett schnalzte tadelnd mit der Zunge.

„Im Grunde sind mir deine Motive völlig egal. Ich habe nicht vor, deinem Gast etwas anzutun. Ich will nur mit ihm reden."

„Reden?", entfuhr es dem Wirt. Er entblößte eine unvollständige Reihe schlecht geputzter Zähne. „Es wäre das erste Mal, dass ihr nur reden wollt", sagte er mit einer Stimme, die vor Feindseligkeit troff.

Tad zuckte die Achseln. „Sag deinem Freund, dass wir nur eines von ihm wollen."

„Nämlich?"

„Die Wahrheit."

„Tatsächlich?" Der Mann betrachtete ihn schweigend, dann beugte er sich vor und raunte: „Glaube mir, Marshall, wenn ich eines gelernt habe, dann das: Euresgleichen will die Wahrheit nicht wissen."

Aus den Augenwinkeln nahm Tad eine Bewegung wahr, etwas Metallenes blitzte auf. Instinktiv schaltete er auf Hypermotion um. Während sich die Bewegungen seines Avatars auf mehrfache Schallgeschwindigkeit beschleunigten, schien sich die Luft um ihn herum zu verdicken, die Bewegungen der Leute im Raum wurden träge. Er sah, wie der Wirt langsam die Lider senkte – Blinzeln in Zeitlupe. Einzig Tad bewegte sich in einer Blase der Normalität. Er zog seine Waffe und richtete sie nach oben. Dort klebte der Echsenmann wie ein Gecko an der Zimmerdecke und hielt einen metallenen Gegenstand auf ihn gerichtet.

Aus einem Reflex heraus feuerte Tad.

In diesem Moment wurde deutlich, über welch übermenschliche Fähigkeiten die Chimären verfügten. Der Echsenmann zuckte beiseite. Tads Schuss streifte ihn nur. Das Mischwesen ließ den metallenen Gegenstand fallen und bewegte sich entlang der Zimmerdecke auf die Treppe zu. Tad rannte los. Obwohl er hundert Prozent seiner zur Verfügung stehenden Hypermotion nutzte, war der Echsenmann nicht langsamer als er und verschwand auf dem Boden des zweiten Stockwerks. Tad hastete die Treppe empor. Kobolde wollten sich ihm in den Weg stellen. Aber für Tad waren sie kaum mehr als Möbelstücke, denen er einfach auswich. Er schlug auf den Arm eines Mannes, der mit einem Messer nach ihm stach, sodass dieser stattdessen seinen Kumpanen traf, der versuchte, Tad mit einem Knüppel aufzuhalten. Einen anderen Mann stieß er nur leicht beiseite, was zur Folge hatte, dass dieser wie in Zeitlupe gegen die Wand krachte. Es war so leicht, dass Tad beinahe lachen musste.

Der Echsenmann war einen langen Flur entlang gerannt, in dem Petroleumlampen schmieriges Licht abgaben. Er verharrte an einer halb geöffneten Tür. Eine schmutzige Koboldhand mit einer Schrotflinte wurde sichtbar.

„Bleib stehen!“, schrie Tad.

Die Chimäre zögerte. Tad nutzte die Gelegenheit und feuerte einen Schuss ab. Er hatte nicht vor, den Echsenmann zu töten, aber er musste ihm den Fluchtweg abschneiden. Die Petroleumlampe in der Halterung neben der Tür explodierte.

Eine Stichflamme ließ den Türrahmen auflodern. Der Koboldarm wurde in Zeitlupe zurückgezogen, die Waffe glitt langsam zu Boden. Zuerst sah es so aus, als wolle der Echsenmann durch das Feuer springen, doch der Kobold schrie irgendetwas. Es hörte sich an, wie ein tiefes Brummen. Die Chimäre wandte sich ab und rannte weiter den Flur entlang. Tad folgte ihr, doch plötzlich geriet er ins Stolpern. Sein Hypermotion-Volumen war aufgebraucht. „Shit!"

Tad bewegte sich wieder in Normalzeit. Polternd krachte die Schrotflinte des Kobolds auf den Boden. Tad sah die Echse mit ungeheurer Geschwindigkeit den Flur entlang rasen und hob die Waffe, doch ehe er den Abzug drücken konnte, ging auf einmal eine Veränderung mit dem Raum vor. Obwohl so etwas eigentlich nicht möglich war, spürte er mit einem Mal die Hitze der Flammen. Wie konnte das sein – ohne SPS? Der rußige Qualm des brennenden Petroleums stach ihm in die Nase, und ein flirrendes, silbernes Funkeln wurde sichtbar – die geflügelte Frau! Alle drei Dimensionen des Raumes fokussierten sich auf das überirdisch schöne Wesen. Tad konnte gar nicht anders, er musste sich auf diese Frau zubewegen. Jeder Gedanke an die Unmöglichkeit dessen, was er gerade erlebte, verschwand aus seinem Bewusstsein.

„Du bist gekommen, Tad", stellte sie mit sanfter Stimme fest.

„Ja."

„Warum?", fragte sie. „Warum hast du nicht auf meine Worte gehört?" Schmerz spiegelte sich auf ihrem Gesicht.

„Aber ich habe doch auf dich gehört", erwiderte Tad. „Ich bin hier."

„Ja", sie nickte langsam. „Du bist hier."

Ihr Blick hatte eine geradezu hypnotische Kraft. Tad musste sie immerzu ansehen.

„Weißt du denn nicht", sagte sie leise, „dass du stets dasselbe erfahren wirst, wenn du immer dasselbe tust?"

„Was meinst du damit?"

„Du suchst die Wahrheit", mit einer anmutigen Bewegung öffnete sie das silbern schimmernde Tor. „Hier ist sie."

„Warte!", unbewusst hatte Tad nach ihrem Arm gegriffen. „Wo ist mein Vater?" Noch während er die Worte sprach, war Tad bewusst, dass diese Frage nichts in diesem Spiel zu suchen hatte.

Die geflügelte Frau sah ihn an. Er konnte in ihren Augen das schwache Spiegelbild seines eigenen Gesichts erkennen. Zu Tads Verblüffung, antwortete sie ihm: „Dein Vater ist an dem Ort, den er selbst geschaffen hat."

„Du weißt, wo er ist?", entfuhr es ihm. Er konnte kaum fassen, was sie da sagte. „Wie kann ich ihn finden?", sprudelte es aus ihm heraus. „Bitte! Ich versuche seit Tagen, ihn zu erreichen."

„Er ist an dem Ort, den er selbst geschaffen hat", wiederholte die geflügelte Frau. „Wenn du ihn finden willst, finde die Wahrheit!"

Tad starrte sie an. Sie war wunderschön. Ein perfektes Cybergeschöpf, aber in ihren Augen war keine menschliche Regung, kein Erkennen, kein Mitgefühl, keine Wut. Sie war einfach nur ein Programm und sie wusste gar nichts. Enttäuschung grub sich als scharfer Schmerz in Tads Magen. Sie sagte Dinge, die irgendwie passten und dann auch wieder nicht, so wie diese dämlichen Sprüche in den Glückskeksen im China-Restaurant.

„Du hast Zweifel", sagte die Frau leise.

Tad erwiderte nichts. Aber irgendein Algorithmus schien sein Zögern richtig zu deuten, denn das silbrig schimmernde Wesen fuhr fort: „Das ist gut. Vor allem, wenn du anfängst, deine Zweifel auf das Zweifelhafte auszudehnen."

Tad runzelte die Stirn.

Die Frau schwieg, und das silberne Tor begann sich langsam zu schließen.

Tad schluckte. Zögernd trat er einen Schritt vor.

Welche Wahl hatte er schon? Langsam ging er auf die Öffnung zu. Das Flimmern des Torbogens war nun um ihn herum. Dahinter wartete die Dunkelheit. Während Tad den letzten Schritt machte, sagte die geflügelte Frau leise: „Eines solltest du wissen: Die Tore der Hölle sind von innen verriegelt."

Das silbrige Licht erlosch. Dunkelheit fiel über Tad wie eine schwere Decke. Einige Atemzüge lang tat er gar nichts. Er wartete ab, bis seine Augen sich an die Dunkelheit gewöhnten. Nichts geschah. Die Finsternis schien vollkommen zu sein. Tad spürte eine wachsende Beklemmung. Wo war er? Was hatten die letzten Worte der geflügelten Frau zu bedeuten?

Ein Schauder packte ihn. Tad fühlte sich unangenehm an die nächtlichen Ängste erinnert, die er als kleiner Junge ausgestanden hatte. Wie viele Stunden hatte er nachts wachgelegen, die Augen weit aufgerissen, während seine Fantasie aus den nächtlichen Schatten bedrohliche Wesen zeichnete. Sein Verstand hatte schon damals gewusst, dass all dieser Schrecken nicht real war. Das hatte sein Herz allerdings nicht daran gehindert, vor Angst wie wild zu schlagen.

Mit einem Mal war dieses bedrückende, längst vergessene Gefühl wieder ganz nah. Er lauschte angestrengt. Da war doch etwas! Ein leises Atmen. War er selbst das? Eine Gänsehaut überlief seinen Rücken. Plötzlich berührte ihn etwas am Kopf. Er stieß ein heiseres Keuchen aus.

„Psst, ganz ruhig. Ich bin doch da", vernahm er die Stimme einer Frau. Sie klang warm und beruhigend. „Wir müssen leise sein. Sie dürfen uns nicht finden."

Eine Hand berührte seinen Nacken und ein Finger strich über sein Ohr, sanft und liebevoll. Die immer leiser werdende Stimme seines rationalen Verstandes protestierte, dass dies unmöglich war. Aber sie ertrank in einer Flut von Erinnerungen. Tad wurde zehn Jahre in der Zeit zurück katapultiert. Diese Berührung löste das Gefühl aus, wieder ein sechsjähriger Junge zu sein. So hatte Mum ihn immer gestreichelt, wenn ihn die Angst vor Alpträumen nachts wach gehalten hatte. Sie hatte sich zu ihm ins Bett gelegt, leise geflüstert und ihn auf genau diese Art und Weise gestreichelt. Er konnte sogar ihr Parfüm riechen und den schwachen Duft des Weichspülers, der von seiner Bettdecke ausging.

Das Knarren von Dielen war zu vernehmen, Schritte auf dem Flur.

„Da ist jemand!“, entfuhr es Tad. Seine Stimme klang hoch und kindlich.

„Psst, hab keine Angst. Ich bin hier.“

Leise öffnete sich eine Tür. Tad zuckte zusammen, doch das sanfte Streicheln beruhigte ihn. Durch einen Spalt drang warmes Licht in das Dunkel.

Er konnte Stimmen hören. Zwei Männer standen draußen und unterhielten sich leise.

„Beschütze sie!“, sagte einer der Männer.

„Bleib hier und tu es selbst“, drängte der andere.

„Es ist die einmalige Chance, wirklich etwas zu ändern“, erwiderte der Erste. Seine Stimme klang tiefer und ruhiger. „Diese beiden sind anders.“

„Ha, das glaubst du doch wohl selbst nicht!“

Eine Weile lang herrschte Schweigen. „Ich muss es einfach versuchen!“

Der Mann mit der rauen Stimme seufzte. „Also gut, aber dann stell wenigstens sicher, dass niemand mithört.“

„Wie soll ich das anstellen?“

„Nimm das!“

„Was ist das?“

„Es zerstört die Funksender ihrer Comunicator. Aber du musst nah genug an sie herankommen.“

„Wie nah?“

„Bis auf drei Meter.“

„Gut. Ich erledige den Job und dann bin ich wieder hier. Versprochen!“

Tad zuckte zusammen. Das waren die Worte seines Vaters. Genau das hatte Dad immer gesagt, wenn er eine lange Dienstreise unternehmen musste. Er spürte wieder diese seltsame Mischung aus Geborgenheit, Enttäuschung und Zorn, die er immer gespürt hatte, wenn Dad sie alleine gelassen hatte. Das ist nicht real, begehrte die Stimme der Vernunft in ihm auf. Du bist kein Kind mehr!

Aber warum fühlte es sich dann so ungeheuer real an? Das war unheimlich.

Der Mann schlüpfte in den Raum, gleichzeitig waren auf dem Flur sich entfernende Schritte zu vernehmen.

Tad griff nach der Bettkante und wollte hinausschlüpfen. Doch zwei Dinge ließen ihn mitten in der Bewegung innehalten. Das eine war der Arm seiner Mutter, der sich um ihn schlang und ihn festhielt. Tad konnte den Widerstand spüren, der sich seinem Körper entgegenstemmte. Doch noch mehr als das ließ ihn der Anblick seiner eigenen Hand mitten in der Bewegung innehalten. Nur entfernt ähnelte sie einer Menschenhand. Die Haut schimmerte grünlich und war geschuppt. Seine Fingernägel hatten sich zu Krallen verformt. Er spürte, wie seine Handflächen an dem glatten Holz hafteten. Irgendetwas, das sich anfühlte wie winzige Härchen, fand in den winzigen kleinen Spalten und Rissen des Holzbretts Halt.

Ich bin eine Chimäre, schoss es ihm durch den Kopf.

Sanft, aber bestimmt zog ihn seine Mum wieder zurück. „Bitte. Sei vernünftig. Du weißt, dass sie uns hassen. Sie werden uns umbringen!“

Die unterschiedlichsten Gedanken jagten durch Tads Hirn. Zunächst war da die pure Faszination eines neuen, sich ungeheuer echt anfühlenden Körpers, der über fantastische Möglichkeiten verfügte. Doch dann registrierte er die Angst in der Stimme seiner Mutter. Sie klang so echt, und sie löste echte Gefühle in ihm aus. Er wollte sie nicht verletzen. Irgendwie waren dieses Spiel und seine eigene Wirklichkeit auf seltsame Weise miteinander verwoben. Suche die Wahrheit, drängte ihn eine innere Stimme. Du hast einen Auftrag! Wenn du herausfindest, welches Geheimnis der Echsenmann hat, kommst du auch deinem verschollenen Vater auf die Spur.

Tad löste seine Hände vom Holz und ließ zu, dass seine Mutter ihn in eine Umarmung zog. „Warum sind wir hier?“, fragte er.

„Aber das weißt du doch, Junge. Wir müssen uns verstecken, damit …“

„Das meine ich nicht“, unterbrach er sie. „Warum sind wir überhaupt hier, in dieser Area? Wir …“, er suchte nach Worten, „wir gehören nicht hierher!“

„Niemand gehört hierher“, erwiderte seine Mutter.

Das war eine Antwort, mit der er nicht gerechnet hatte. Lärm drang von draußen in den Raum. Tad hörte Schreie. Er bekam das mulmige Gefühl, dass ihm nicht mehr viel Zeit blieb. „Wir hatten doch einen anderen Auftrag, ursprünglich, meine ich.“ Er spürte, wie seine Mutter sich versteifte. Lag es daran, dass er seltsame Fragen stellte oder an dem Lärm, der immer mehr zunahm? Hastig fuhr er fort: „Wir wurden doch in die Galaxien hinaus geschickt, um der Menschheit das Überleben zu sichern. Warum haben wir das aufgegeben?“

„Aber Schatz, wir haben diesen Auftrag nicht aufgegeben, nicht eine Minute! Genau deshalb sind wir doch hier, um unsere Brüder und Schwestern zu retten.“

„Die Chimären?“, entfuhr es Tad.

„Nein! Warum sagst du das?“, die Stimme seiner Mutter klang traurig. „Nur die Marshalls und ihre Anhänger nennen uns so. Wir alle sind Brüder und Schwestern. Jeder soll in Freiheit leben dürfen.“

Tad war verwirrt. Das waren ganz und gar nicht die Antworten, mit denen er gerechnet hatte. Ehe er eine weitere Frage stellen konnte, erklangen plötzlich hastige Schritte. Eine Petroleumlampe flammte auf. Tad kniff die Augen zusammen. Nach der fast vollkommenen Dunkelheit erschien ihm das Licht unangenehm grell. Ein bärtiges Gesicht blickte zu ihnen hinab. Schweiß stand auf seiner Stirn. „Ihr müsst weg von hier, schnell!“ Es war der Mann mit der rauen Stimme. Tad spürte den festen Griff seiner schwieligen Hände. Es war unglaublich real. Das Holz der Bettkante schrammte über seine Knie. Er roch den nach Zwiebeln stinkenden Atem des Mannes und seinen Schweiß.

„Was ist passiert, Caleb?“, fragte seine Mutter. Sie drückte Tad an sich. Als er nach oben blickte, verdeckten ihre langen Haare seinen Blick.

„Ich hab‘s doch gesagt“, knurrte der Mann. „Die sind nicht gekommen, um zu reden. Die wollen töten.“

„Wo ist Josua?“, stieß Tads Mutter hervor.

„Ich habe ihm versprochen bei euch zu bleiben.“

„Du musst ihn schützen, Caleb, bitte!“

„Gut.“ Tad sah, wie der Mann eine alte Schrotflinte aus einer Truhe holte. „Aber ihr beide verschwindet sofort. Nehmt den geheimen Gang.“

Draußen schrie jemand. Caleb sprang vor und riss die Tür auf.

Plötzlich ging alles ganz schnell. Für einen kurzen Moment erschien eine Gestalt in der Tür. Sie bewegte sich mit echsenhafter Geschmeidigkeit und war nur schemenhaft zu erkennen. „Flieh, schnell!“

Ohne nachzudenken lief Tad auf die Tür zu.

Er hörte hinter sich seine Mutter aufschreien.

Caleb brüllte: „Lauf, Josua. Ich halte ihn auf.“ Er hob die Flinte, doch im nächsten Moment gab es einen grellen Lichtblitz und dann eine Explosion. Flammen zuckten in das

Zimmer.

Caleb ließ die Waffe fallen und stolperte zurück. Tad wurde zu Boden gerissen. Etwas Schweres lag auf ihm. Es wurde dunkel. Er konnte kaum etwas sehen. Seine Nase wurde fast zerquetscht. Das Atmen fiel ihm schwer. Er versuchte, sich unter dem Gewicht hervor zu winden, doch sein Bein hatte sich verhakt. Brennende Flüssigkeit tropfte auf ihn hinab. Sein Bein! Tad konnte nicht fassen, was dort geschah. Sein Bein – er konnte spüren, wie feurige Zungen daran leckten! Es fühlte sich an, als würde seine Haut vor Hitze aufplatzen. Er schrie vor Schmerz.

Plötzlich war eine Stimme mitten in seinem Kopf, aber sie gehörte nicht ihm. „Tad! TAD! Hör mir zu! Was du spürst ist nicht real!"

Die Stimme irrte sich! Es war real. Der Schmerz wütete in seinem Bein und er war unfähig, sich zu bewegen.

„Tad, ich bin es!"

„Tinkerbell?"

„Hör zu. Du machst jetzt Folgendes: Du nimmst beide Hände und legst sie an deine Wangen."

Tad versuchte es, aber das schwere Gewicht auf ihm, presste ihm die Luft aus den Lungen. „Ich kann nicht!"

„Doch du kannst!"

„Ich bin eingeklemmt."

„Heb deine Hände!"

Tad spannte seine Muskeln an. Er stellte sich vor, wie seine Arme sich an dem Gewicht, das sie festhielt, vorbei pressten. Es war mühsam, es schmerzte, es schien unmöglich und doch gelang es ihm plötzlich. „Bin frei!", nuschelte er. Allerdings schien sich das Gewicht nun noch stärker auf ihn zu pressen. Er bekam kaum noch Luft. Es war stickig, heiß und sein Bein brannte. Panik breitete sich in seinem Inneren aus!

„Bleib ruhig!", befahl Tinkerbell. „Senke deine Atemfrequenz."

Diese dämliche Aufforderung konnte wirklich nur von einem Computerprogramm kommen. Tad spürte, wie er wütend wurde. Ich verbrenne gerade!, wollte er rufen, aber irgendetwas Faseriges presste sich zwischen seine Lippen, sodass nur ein unverständliches Nuscheln herauskam. Das steigerte seine Wut zusätzlich. Erstaunlicherweise half ihm dies, seine Panik zurückzudrängen und mehr Kontrolle über seinen Körper zu gewinnen. Er hob die Hände und legte sie an seine schweißnassen Wangen.

„Hände in Position?", fragte Tinkerbell.

„Nhna", keuchte Tad.

„Diese Eingabe war unverständlich, bitte wiederholen."

Am liebsten hätte Tad jetzt einen zarten Elfenhals umgedreht. „JAA!", brüllte er gegen das faserige Zeugs an, das sich in seinen Mund presste.

„Ausgezeichnet. Jetzt fest die Hände nach oben schieben."

Tad gehorchte. Er spürte Widerstand. Etwas presste sich gegen seine Fingerkuppen; aber er schob weiter. Im nächsten Moment spürte er ein schmerzhaftes Stechen auf seiner Kopfhaut.

„Es kann ein bisschen weh tun", bemerkte Tinkerbell.

Ein bisschen? Tad hatte das Gefühl, als würde er mit eigenen Händen seine Kopfhaut abreißen. Er stöhnte.

„Schieb stärker!", befahl Tinkerbell.

Tad gehorchte, und zum Lohn schoss ein so scharfer Schmerz in seine Schläfen, dass ihm Tränen in die Augen traten.

„Schneller!", befahl Tinkerbell. „Ein separater Kontakt kann möglicherweise irreparable synaptische Schädigungen hervorrufen."

Was laberst du denn da?, wollte Tad rufen. Doch stattdessen stieß er einen Schrei aus und drückte mit aller Kraft seine Hände nach oben. Für den Bruchteil einer Sekunde fühlte es sich so an, als habe er seine eigene Schädeldecke abgerissen.

Einen Wimpernschlag später verschwand der Schmerz, als habe er nie existiert.

„Kontakt unterbrochen“, vermeldete Tinkerbell. „Sicherheitsscan läuft.“

Tad riss den Kopf zurück und blinzelte. Er lag auf dem Bauch in seinem Zimmer. Ein feuchter Fleck auf den weichen Fasern vor ihm und das Gefühl von Fusseln im Mund ließen darauf schließen, dass er sich offensichtlich in seinen Teppich verbissen hatte. Tad hob seinen Blick ein Stück. Tinkerbell hatte ihn dazu gebracht, sich den Cyberhelm seines Vaters vom Kopf zu schieben. Das konnte er nachvollziehen, doch was seinen Atem stocken ließ, war der Umstand, dass aus den schwarzen, weichen Pads, mit denen sich der Helm perfekt auf die Kopfform seines Trägers anpasste, hauchdünne metallisch glänzende Nadeln herausragten, die sich nun langsam wieder in die Polsterung zurückzogen. Hatten diese Dinger sich etwa in seinen Schädel gebohrt?

Unwillkürlich fasste er sich an den Kopf. Erstaunlicherweise spürte er kein Blut. Lediglich ein leichtes Jucken blieb zurück. Allerdings stellte er fest, dass es noch immer unerträglich heiß war und der Schmerz in seinem Bein wurde schlimmer. Waren das Nachwirkungen seines Cyberabenteuers?

Er wollte sich aufrichten, aber irgendetwas hatte sein Hosenbein gepackt. Als er sich umwandte, erkannte er, dass sich der Stoff seiner Hose im Thermostat seiner auf vollen Touren laufenden Heizung verfangen hatte. Das beinahe kochend heiße Rohr lag an seinem nackten Schienbein. Hastig rappelte sich Tad auf und befreite sich von dem altertümlichen Ding.

Modernste Heiztechnologie in nostalgischem Gewand, hatte die Maklerin das damals genannt. Mum hatte es toll gefunden und Tad ziemlich peinlich. Heutzutage hatten die Leute in allen Räumen Fußbodenheizung.

Als er die Verletzung begutachtete sog er scharf die Luft ein. Sein Bein sah übel aus. Die Haut war tiefrot und mit Blasen bedeckt. Außerdem tat es schweineweh. Wie hatte der ganze Mist überhaupt passieren können?

Sein Blick fiel auf den Helm. Das war dieses verdammte Ding gewesen! Es hatte sich in sein Gehirn gebohrt. Ihm wurde schlecht bei diesem Gedanken. Es hatte ihn manipuliert, hatte ihn Dinge fühlen lassen, die es nicht gab. Ein Schauder jagte ihm über den Rücken. Warum hatte Dad ihm das angetan? Warum hatte er ihm dieses verdammte Ding überhaupt geschenkt?

Ein Gedanke durchzuckte ihn. Der Cyberhelm war ihm mit der Postdrohne geschickt worden, genau wie das SPS. Er hatte bisher nicht infrage gestellt, dass beides Geschenke seines Vaters gewesen waren – aber was, wenn er sich irrte? Was, wenn sein Vater ihm das SPS geschickt hatte, um ihm eine Warnung zukommen zu lassen? Tad versuchte, sich an die lückenhafte Warnung zu erinnern, die sein Vater ihm über den SPS-Trailer geschickt hatte. Das Gesicht seines Vaters war in diesem Dschungelsee aufgetaucht und hatte Tads Spiegelbild überlagert: *Tad, hör zu … war ein Fehler … du darfst … auf keinen Fall … auf keinen Fall den … er nicht das, was er zu sein.*

Was, wenn der letzte Satz bedeutete: Setze auf keinen Fall den Cyberhelm auf, er ist nicht das, was er zu sein scheint! Tad schluckte. Auf erschreckende Art und Weise machte das Sinn. Was hatte sein Vater ihm im ersten Satzteil mitteilen wollen? Bedauerte er, Tad den Helm geschenkt zu haben, oder ging es um etwas Grundsätzlicheres? Lautete der Satz möglicherweise: Tad, hör zu, die Entwicklung des Cyberhelms war ein Fehler, du darfst ihn auf keinen Fall benutzen!

„Scheiße!“, entfuhr es ihm. Das klang ziemlich schlüssig und es würde bedeuten, dass jemand anderes Tad den Helm geschickt hatte. Jemand, der ihn manipulieren, ihm vielleicht sogar schaden wollte. Aber warum? Und warum hatte sein Vater ihm eine solch kryptische Warnung geschickt? Warum hatte er nicht einfach angerufen? Wo bist du, Dad? Was ist da los in deiner Firma?

In diesem Moment fiel ihm ein, dass er seinem Assistenzprogramm einen Rechercheauftrag gegeben hatte.

„Tinkerbell?“, setzte er an.

Das Hologramm der kleinen Elfe flimmerte und zuckte. Ein Rauschen kam aus den Lautsprechern.

Tad richtete sich mit einem schmerzhaften Stöhnen auf. „Was ist denn nun schon wieder los?“

Das Bild stabilisierte sich ein wenig. Tinkerbells Gesicht trug einen besorgten Ausdruck. „Tad“, das Bild flackerte, „wir haben ein Problem.“

„Was ist los?“

Das Hologramm verzerrte sich und wurde blasser.

„Tinkerbell?“

„Lee spielt verrückt!“

Lee

„Was hast du gesagt?“, entfuhr es Tad.

Das Hologramm der kleinen Elfe wurde etwas stabiler: „Hörst du das?“

Tad setzte gerade zu einer Schimpftirade ansetzen, als ein dumpfes Wummern ihn innehalten ließ. Gleich darauf drang ein gedämpfter Hilfeschrei an sein Ohr.

„Shit, das ist Emma! Tinkerbell, was ist da los?“ Tad stand auf und humpelte zur Tür.

„Nach meiner ersten groben Analyse würde ich sagen, deine Mutter ist ein Opfer von Clickjacking geworden, als sie auf einer gehackten Webseite Infos zu möglichen Schadensersatzforderungen gegenüber der ZÖV recherchiert hatte.“

„Das interessiert mich im Moment wenig.“ Tad zog am Türgriff. Doch die Tür war abgeschlossen. „Was soll der Mist?“, murmelte er und gab rasch den Zahlencode in die Schließanlage ein. Auf dem kleinen Display erschien ERROR. „Hey!“ Er gab den Code vom letzten Jahr ein – mit gleichem Erfolg. Er rüttelte an der Tür – vergeblich. „Warum geht die beknackte Tür nicht auf?“

„Lee ist außer Kontrolle. Ich fürchte du musst ihn resetten.“

„Hilfe!“ Emmas Stimme klang dumpf und weit entfernt. In ihrem Zimmer konnte sie nicht sein.

„Was ist los?!“, brüllte Tad.

„Oh, Gott sei Dank! Tad, bist du das?“

„Ja. Was ist passiert? Wo steckst du, Emma?“

„Ich bin im Fahrstuhl. Das Scheiß-Teil steckt fest. Es ist stockdunkel und …“ Der Rest ihrer Worte war nicht mehr zu verstehen.

„Und was?“, brüllte Tad.

„Ich glaube hier läuft irgendwo Wasser aus.“

„Wasser? Wo soll das denn herkommen?“

„Keine Ahnung, aber es plätschert die ganze Zeit.“

Tad stöhnte. Das hörte sich nicht gut an, und dass sein Bein höllisch schmerzte, machte die ganze Sache nicht erträglicher. „Okay, bleib ganz ruhig!“

„Spinnst du?“, rief Emma. „Ich war bereits eine halbe Stunde ruhig und es hat nichts gebracht! Hol mich hier raus!“

„Das ist nicht ganz so einfach. Ich bin in meinem Zimmer eingesperrt.“

„Was? Eingesperrt? Du warst die ganze Zeit zuhause? Warum hast du nicht reagiert? Ich hab mir fast die Kehle aus dem Hals geschrien!“

„Ich … sorry, ich hab dich nicht gehört“, rief Tad. Eine detaillierte Erklärung wäre jetzt vermutlich zu kompliziert gewesen und darüber hinaus auch wenig hilfreich. „Warum hast du keinen Notruf abgegeben?“, fragte er stattdessen.

„Hab ich ja. Aber das Schrottteil scheint kaputt zu sein!“

„Okay. Ich kümmere mich darum!“, rief Tad. „Tinkerbell“, wandte er sich an seine Assistenzsoftware, „rufe bitte den Kundennotdienst!“

„Tut mir leid, das kann ich nicht“, erwiderte die kleine Fee.

„Was?“

„Ich bin offline, und immer, wenn ich versuche, online zu gehen, greift Lee mich an. Er hat das Haus abgeschottet."

„Abgeschottet, aber warum? Wieso kann der das überhaupt? Das ist doch nur eine beknackte Service Software – wie kann die verrücktspielen?"

„Willst du jetzt ernsthaft die Details wissen?", fragte Tinkerbell. Die kleine Elfenfigur zückte ein Notizbuch.

„Mach's kurz!"

„Lee ist nicht nur Service Software Er hat auch eine Securityfunktion und möglicherweise noch ein paar Tools mehr, von denen wir nichts wissen."

„Dann reparier' ihn."

„Du hast mir wohl nicht zugehört", erwiderte Tinkerbell. „Er hat mich ausgesperrt. Du musst ihn manuell resetten."

„Quatsch. Mir reicht's jetzt. Ich ruf den Notdienst." Er humpelte hinüber zu seinem Schreibtisch und griff nach seinem Smartpalm.

Tinkerbell schnalzte mit der virtuellen Zunge und schüttelte den Kopf.

Tad rief die Nummer des Hausservice auf, aber er bekam kein Netz. „Was soll der Scheiß?", fluchte er. „Wieso habe ich kein Netz?"

„Ich tippe auf Störsender, aber möglicherweise hat jemand auch einfach nur deine Nummer bei deinem Mobilfunkanbieter blockiert."

„Tad?", erklang die Stimme seiner Schwester. „Was machst du da die ganze Zeit?"

„Einen Moment, ich muss nachdenken!"

„Dann denk bitte schnell! Ich glaub, das Wasser läuft hier in den Fahrstuhlschacht."

„Echt jetzt?"

„Ich denk mir das nicht aus, Tad!" Ein Anflug von Panik schwang in der Stimme seiner Schwester mit.

Tad rüttelte an der Tür. Er warf sich mit aller Kraft dagegen, erreichte aber nur, dass ihm neben seiner Wade auch noch die Schulter wehtat. „Tinkerbell, wie kriege ich diese verdammte Tür auf?"

„Hast du Sprengstoff im Raum?"

„Soll das ein Witz sein?"

„Ein Hochleistungsschneidbrenner würde auch weiterhelfen."

„Tinkerbell, das ist ein Jugendzimmer und kein Ersatzteillager für Panzerknacker!"

„Das heißt: Nein?", erkundigte sich Tinkerbell.

„Exakt!", knurrte Tad.

„Dann hast du keine Chance, die Tür aufzubekommen. Das ist eine Brandschutztür mit Stahlkern. Sie lässt sich fünffach verriegeln …"

„Warum, zum Henker, lässt die sich fünffach verriegeln?", unterbrach Tad. „Hatten meine Eltern Angst, dass ich zum Zombie mutiere?"

„Das ist Teil des Sicherheitskonzepts", erklärte Tinkerbell. „Jeder als Schlafzimmer genutzte Raum hat eine Panic-Room-Funktion. Wenn jemand einbricht, ist Personenschutz die oberste Priorität!"

„Ist jemand eingebrochen?", fragte Tad.

„Das ist nicht auszuschließen."

„Aber?"

„Tut mir leid", entgegnete Tinkerbell, „war das eine Frage?"

Tad stöhnte. Tinkerbell war ein pfiffiger Algorithmus, aber eben kein Mensch. Zwischentöne waren ihr fremd. „Warum hältst du es für unwahrscheinlich, dass jemand eingebrochen ist?", konkretisierte er seine Frage.

„Weil all die anderen Maßnahmen in diesem Zusammenhang keinen Sinn ergeben."

„Warum? Worauf reagiert Lee noch?"

„Lee kocht ein Menü für mindestens 10 Personen, erledigt den Frühjahrsputz, löscht ein Feuer im Fahrstuhlschacht, während er im Wohnzimmer gegen winterliche Außentemperaturen von -20 Grad vorgeht und in anderen Räumen die Klimaanlage auf vollen Touren läuft. Das ist zumindest das, was ich mitbekam, bevor er mich rausschmiss, weil er mich mit einer Cyberattacke verwechselte."

„Okay, Lee spielt verrückt."

„Sag ich doch."

„Tad!", rief Emma. Ein Anflug schwang in ihrer Stimme mit. „Hier läuft Wasser rein! Meine Füße werden nass!"

„Oh Kacke!", entfuhr es Tad. Hektisch blickte er sich im Zimmer um. In einer Ecke lehnte ein Baseballschläger. Dad hatte ihn von einer Geschäftsreise aus den USA mitgebracht. Tad hatte kaum mehr als fünf- bis sechsmal damit gespielt. Die Regeln waren ihm zu kompliziert und außerdem bestand immer die Gefahr, dass Scheiben dabei zu Bruch gingen.

In diesem Moment kam ihm eine Idee. Er griff sich den Schläger. „Emma! Ich hol dich da raus! Es kann allerdings einen Moment dauern."

„Was?"

„Bin gleich da! Versprochen!"

Tad packte den Baseballschläger fester. Bei einer Tür mit Stahlkern nutzte ihm das Teil nichts, aber das war ja nicht der einzige Zugang zum Raum. Er humpelte hinüber zum Sicherheitsfenster und öffnete die Dreifachverriegelung. Obwohl draußen die Sonne schien, war der Wind im Vergleich zur Sauna-ähnlichen Luft seines Zimmers angenehm kühl. Mit dem Schläger in der Hand konnte er nicht klettern. Kurzerhand schob er den Baseballschläger in seinen hinteren Hosenbund und sicherte ihn mit dem T-Shirt. „Tinkerbell, du musst Lee angreifen!"

„Für so etwas bin ich nicht programmiert worden."

Tad kletterte auf das Fensterbrett, wobei der Schläger unangenehm gegen sein Steißbein drückte. „Sagtest du nicht, du wärst mein Bodyguard?“

„Ja.“

„Dann beschütz‘ mich! Lenk ihn ab, beschäftige ihn. Sorg‘ dafür, dass seine Rechenkapazitäten ausgelastet sind.“

„Das wird schwierig, wenn er online ist.“

„Lass dir was einfallen! Ich werde jetzt durch das Badezimmerfenster eindringen und versuchen, ihn manuell zu resetten. Es wäre möglich, dass er damit nicht einverstanden ist.“ Er schwang die Beine über das Fensterbrett.

„Ich gebe mein Bestes“, hörte er Tinkerbell sagen, während er nach unten linste. Sein Zimmer war im ersten Stock. Eigentlich hatte Tad geglaubt schwindelfrei zu sein, und bislang hatte ihm Höhe nichts ausgemacht. Das war allerdings gewesen, bevor er auf einem erschreckend schmalen Fenstersims gestanden hatte, der nicht mal breit genug für seine Füße war und von dem aus es gut vier Meter hinab ging, bis zu dem mit Granitsteinen gepflasterten Boden. Hier zu springen wäre keine gute Idee gewesen, zu fallen, eine noch schlechtere.

Tad hielt sich am Fensterrahmen fest und schob sich behutsam nach links. Die Schmerzen in seiner Wade sorgten nicht gerade dafür, dass seine Bewegungen geschmeidiger wurden. Nicht nach unten sehen, befahl er sich. Schritt für Schritt schob er sich weiter, bis er das Ende des Fensters erreicht hatte und seine Schulter gegen das Mauerwerk stieß. Das war der leichte Teil gewesen.

Nun musste er ein etwa ein Meter breites Stück Mauer überwinden, um auf das Sims des Badezimmerfensters zu gelangen. Er atmete tief durch. „Okay Tad, du schaffst das!“ Er streckte die linke Hand aus. Seine Fingerspitzen berührten gerade so die Kante. „Komm schon, ein Handstandüberschlag über den Bock ist viel schwerer“, sprach er sich selbst Mut zu.

Dass ihm dieses Kunststück im Sportunterricht erst nach sechs vergeblichen Versuchen geglückt war, ließ er an dieser Stelle mal außen vor. Er konnte jeden Krümel an Selbstmotivation gebrauchen.

Tad musste sich weit hinüber lehnen, um mit den Fingern vollständig um die Kante herum zu kommen. Es fühlte sich nicht gut an, vor allem, als er nun den linken Fuß vom Sims nahm, um ihn auf die andere Seite zu setzen. Er drückte die rechte Hand gegen den Mauerdurchbruch auf seiner Seite und die linke Hand gegen den des Badezimmerfensters. Es war enorm anstrengend und es fühlte sich nicht nach einem besonders verlässlichen Halt an. Er streckte den linken Fuß aus und tastete nach dem Fenstersims. Wo war das bescheuerte Sims?

Er schielte nach unten, versuchte, nicht bis hinunter zu den Granitsteinen zu blicken, deren kunstvolles Muster sich vor seinen Augen langsam zu drehen begann. „Ganz ruhig!", befahl er sich. Es kostete ihn seine ganze Disziplin, den Blick vom Boden abzuwenden, der ihn magisch anzuziehen schien. Schließlich gelang es ihm, den Fuß auf das Sims zu schieben. Nun hing er zwischen beiden Fenstern und es fühlte sich ganz und gar nicht gut an. Er hatte das Gefühl, sobald er eine Hand oder einen Fuß löste, würde er unweigerlich den Halt verlieren und rückwärts auf die Pflastersteine stürzen. Zentimeterweise schob er seinen linken Fuß beiseite, um Platz für den rechten Fuß zu schaffen. Schweiß lief ihm über das Gesicht und brannte in seinen Augen. Er löste den rechten Fuß und spürte, wie die Tiefe an ihm zog. „O Shit, Shitishitishit!"

Irgendwie schaffte er es, beide Füße nebeneinander zu quetschen. Aber wenn er jetzt den rechten Arm löste, gab es nichts mehr, was ihm Halt gab. Er schob die linke Hand nach oben, bis er sie gegen den oberen Rand pressen konnte, dann spannte er seinen Körper und fand so ausreichend Halt, um die rechte Hand zu lösen. „Geschafft!"

Noch war Tad nicht am Ziel. Er wechselte die Stützhand und zerrte mit der Linken den Baseballschläger aus seinem T-Shirt und holte Schwung. Als der Schläger gegen das Glas krachte, geschahen zwei unerfreuliche Dinge auf einmal: Der Knüppel prallte einfach ab, als hätte er eine gummierte Wand getroffen und Tad verlor den Halt. Seine Hand rutschte über das verputzte Mauerwerk. „Scheiße!" Seine Fingernägel kratzten über den Putz. Tad ruderte wild mit dem linken Arm, um irgendwie das Gleichgewicht zu halten. Schließlich fanden seine wunden Fingerspitzen Halt in dem schmalen Spalt zwischen Wand und Außenjalousie.

Für einen kurzen Moment schloss Tad die Augen und seufzte vor Erleichterung. Im nächsten Augenblick erklang das surrende Geräusch der Jalousie. Erschrocken riss er die Augen wieder auf. Die Jalousie fuhr langsam herunter. Durch die Fensterscheibe hindurch konnte er Lees virtuelles Gesicht auf dem kleinen Multimediabildschirm im Bad ausmachen. Gedämpft drang es durch die Scheiben: „Achtung Einbruchsalarm! Achtung Einbruchsalarm! Alle Zugänge werden gesichert."

„Lee, du Arschloch!"

Im ersten Moment gab ihm die langsam herabfahrende Jalousie zwar mehr Halt, aber schon in wenigen Sekunden würde sie ihn entweder vom Sims schubsen oder einquetschen. Tad ließ seine ganze Wut heraus und hämmerte mit dem Baseballschläger auf die Scheibe ein. Beim ersten Mal passierte nichts. Beim zweiten Mal erschienen erste Risse im Sicherheitsglas. Tad wurde langsam in die Knie gedrückt. „ICH. MACH. DICH. FERTIG. DU. BLÖDER. BUTLER!" Mit jedem Wort schlug er fester zu. Das Glas klirrte und zersprang. Tad presste seinen Rücken gegen die herabfahrende Jalousie. Der Elektromotor jaulte. Hastig stieß er mit dem Schläger das Glas aus dem Rahmen. Aus dem Jalousiekasten drang Qualm, als der Motor heiß lief. Tad ächzte unter dem Druck, lange konnte er ihm nicht mehr standhalten. Er ließ den Schläger ins Bad fallen und folgte ihm mit den Händen zuerst. Der Motor surrte und drückte die Jalousie tiefer. Tad hörte, wie Stoff zerriss, als er sich durch das zerbrochene Badezimmerfenster schlängelte. Kurz spürte er einen scharfen Schmerz, dann war er durch und plumpste auf die mit Glassplittern übersäten Fliesen. Hastig rappelte er sich auf und wischte die Splitter von seinen Händen.

„Alarm! Eindringling im ersten Stock!“, plärrte Lees Stimme aus den Lautsprechern.

Tad bückte sich nach seinem Baseballschläger. Wenn die dämliche Haussoftware wenigstens die Polizei gerufen oder den akustischen Alarm eingeschaltet hätte, dann wäre die Hilfe längst da gewesen. Aber stattdessen hätte Lee ihn beinahe umgebracht.

„Eindringling im ersten Stock“, drang es aus den Lautsprechern. „Sicherheitsabsperrungen werden aktiviert.“

Tad ließ den Baseballschläger mit voller Wucht gegen den Holoprojektor krachen. Lees virtuelles Gesicht verschwand.

„Halt die Klappe!“, schrie Tad die verstummte Hardware an. Er eilte zur Tür und drückte die Klinke. Die Tür war abgeschlossen. „Du Mistkerl!“, entfuhr es ihm.

Diese Tür hatte zwar keinen Stahlkern, aber auch sie ließ sich nur nach innen öffnen, was ein Aufbrechen erheblich in die Länge ziehen würde.

Tad biss sich auf die Lippen. Ihm kam eine Idee. „Was du kannst, kann ich schon lange!“ Er ließ etwas Wasser ins Waschbecken laufen, schnappte sich Emmas Föhn, der immer an der Steckdose klemmte, um schnellstmöglich einsatzbereit zu sein, und schaltete das Teil ein.

„Friss das, du Verräter!“ Er ließ den Föhn ins Waschbecken fallen. Es gab einen kurzen Funken. Das Geräusch des Föhns verstummte und das Licht ging aus. Der

Fehlerstromschutzschalter hatte reagiert. Er war für alle Sanitärräume vorgeschrieben, um Unfälle zu verhindern. Sobald auch nur ein winziges bisschen Strom nicht in den Stromkreis zurückfloss, löste er aus, um Unfälle zu verhindern. Tad hatte dafür gesorgt, dass es mehr als ein winziges bisschen war. Er tastete sich zur Badezimmertür vor. Sie ließ sich problemlos öffnen. Die elektronische Türverriegelung war an den gleichen Stromkreis angeschlossen. Das entsprach vermutlich nicht den Vorschriften, aber Tad hatte inzwischen genug Lebenserfahrung, um zu wissen, dass es immer klüger war, mit dem Pfusch von Handwerkern zu rechnen. Leider gab es diese Schutzschalter nur für Feuchträume. Sonst hätte Tad dem Spuk schnell ein Ende setzen können: Ohne Strom – kein Lee.

Den Baseballschläger in beiden Händen haltend, trat Tad hinaus auf den Flur. Das erste, was ihm auffiel, war die beinahe arktische Kälte, die ihm entgegenschlug. Lee hatte die Klimaanlage auf vollen Touren laufen. Tad schlich weiter Richtung Treppe. Aus der Küche drang der Lärm von Küchenmaschinen.

„Stehenbleiben!", donnerte es plötzlich aus einem der integrierten Bluetooth-Lautsprecher in der Zimmerdecke. Tad zuckte erschrocken zusammen. Er sah die Bewegungssensoren an den Wänden blinken. Eigentlich waren sie dafür gedacht, rechtzeitig für gedimmtes Licht zu sorgen, wenn jemand nachts zur Toilette musste. Jetzt zeigten sie Lee genau an, wo Tad sich befand. „Stehenbleiben, zu Ihrer eigenen Sicherheit! Ich bin darauf programmiert, dieses Haus und diese Familie mit allen Mitteln zu schützen!"

„Ich bin es, Tad! Ich gehöre zur Familie!"

„Negativ!", schallte es aus dem Lautsprecher. „Diese Aussage ist inkorrekt."

„Quatsch!", rief Tad. „Check dein Programm!"

„Tad, hör auf!", unterbrach ihn die Stimme seiner Mutter.

Er fuhr herum. „Mum?"

Er war allein auf dem Flur.

„Ich weiß nicht, was mit dir los ist, Tad!" Es war unzweifelhaft die Stimme seiner Mutter, die dort erklang. Zorn und Bitterkeit schwangen in ihren Worten mit.

Tad hob langsam den Blick.

„Du benimmst dich so, als würdest du gar nicht zu dieser Familie gehören!", hallte Mums Stimme aus dem Lautsprecher.

Fassungslos starrte Tad die Zimmerdecke an. Er erinnerte sich noch dunkel an den Streit, bei dem Mum das gesagt hatte. Es war um die Planung eines gemeinsamen Urlaubs gegangen. Wie konnte es sein, dass Lee das aufgenommen hatte und plötzlich gegen ihn verwendete? „Was soll der Scheiß?", schrie Tad wütend. „Das war ein Streit, so was kommt vor. Aber das ändert nichts daran, dass wir eine Familie sind."

„Taten sagen mehr als Worte!", hallte ihm plötzlich seine eigene Stimme entgegen.

Tad spürte, wie ihm eine Gänsehaut über den Rücken lief. Es war unheimlich, sich selbst zu hören. Irgendwann hatte er diese Worte im Zorn gesagt, aber er konnte sich nicht an die Situation erinnern. Hatte Lee etwa ihr ganzes Leben aufgezeichnet?

„Das ist illegal!", schrie Tad. „Du darfst unsere privaten Gespräche nicht mitschneiden!"

„Es gibt Situationen, Tad, da muss man die Menschen vor sich selber schützen. Privates hört dann auf, privat zu sein, wenn es anderen schadet."

Das waren Dads Worte. Sie hatten über die Schule gesprochen, über den Hausarrest eines Klassenkameraden und eine Woche Computerverbot, das über Tad verhängt worden war, weil er versucht hatte, den Schulserver zu hacken. Tad hatte sich bitter beschwert, dass Dad in diesem

Zusammenhang seine Chats gelesen hatte.

„Hör auf damit, Lee. Du kannst nicht einfach irgendwelche Worte aus dem Zusammenhang reißen. Worte muss man immer im Kontext deuten. Du bist kein Mensch. Du verstehst das nicht! Du weißt ja nicht mal, was Familie ist!"

„Sei ruhig!", schrie ihn eine kindliche Stimme an.

Das war Emma. Der Streit musste schon Jahre her sein.

„Du bist nicht mehr meine Schwester!", brüllte Tads eigene, kindliche Stimme.

„Und du bist nicht mehr mein Bruder!", schrie Emma zurück.

Tad spürte Scham und Zorn in sich. Er holte mit dem Baseballschläger aus, um den dämlichen Lautsprecher zu zerschlagen, als sich zu dem lauten Summen der Klimaanlage ein anderes Geräusch gesellte. Ein immer höher werdendes heulendes Surren. Er fuhr herum. In diesem Moment ging das Licht aus. Tad sah einen Schatten auf sich zurasen. Er schwang den Baseballschläger, doch sein Schlag ging ins Leere. Im nächsten Moment rammte etwas gegen sein Schienbein und brachte ihn zu Fall. „Au! Was zum Henker …", stieß er hervor. Das Ding surrte zurück.

Tad lag auf dem Boden. Er sah erneut einen Schatten, der heulend auf sein Gesicht zu jagte. Instinktiv drehte er sich zur Seite und hob abwehrend den Baseballschläger. Das Ding krachte dagegen. Plastik splitterte. Es hob sich. Tad spürte, wie es seine Schulter streifte, bevor es zu Boden schepperte und noch lauter aufheulte. Schemenhaft erkannte Tad, dass es sich nicht mehr fortbewegte. Er rappelte sich auf, hob den Schläger und ließ ihn mit voller Wucht auf das jaulende Ding hinabsausen. Es krachte, erneut splitterte Plastik ab. Tad hob den Schläger und hielt inne. Was hatte ihn da überhaupt angegriffen? Er beugte sich vor. Allmählich gewöhnten sich seine Augen an das Dunkel. Er erkannte rotierende Bürsten und sich hektisch drehende Räder. Der Staubsauger! Er war von einem wild gewordenen Staubsauger attackiert worden. Beinahe hätte Tad laut aufgelacht, dann wurde ihm jedoch bewusst, dass ihm gerade eine äußerst perfide Falle gestellt worden war. Er war durch die Lautsprecheraufnahmen aufgehalten worden, bevor er die Treppe erreichen konnte. In dem langen Flur hatte der Staubsauger Tempo aufnehmen können und durch das Ausschalten des Lichts war Tad für einen kurzen Moment nahezu blind gewesen. Außer einem blauen Fleck am Schienbein war nicht viel passiert, aber wäre Tad unglücklich gestürzt, hätte das Ganze auch völlig anders ausgehen können. Das war kein Zufall, das war ein strategisch geplanter Angriff gewesen. Tad lief ein Schauer über den Rücken. Lee spielte nicht verrückt – er führte Krieg.

„Ich mach dich fertig!", schrie er.

„Tad!", wieder erklang Emmas Stimme, diesmal dumpf und weiter entfernt. Sie klang verzweifelt. War das wirklich Emma, die dort rief? Oder hielt ihn Lee erneut zum Narren?

„Ja. Ich bin hier!", rief er zurück.

„Oh Gott, Tad! Mach schnell. Das Wasser steigt immer weiter!" Ein dumpfes Hämmern war zu vernehmen.

Vorsichtig ging Tad weiter; den Baseballschläger schlagbereit mit beiden Händen haltend. „Wo kommt das Wasser überhaupt her, Emma?"

„Woher soll ich das denn wissen? Es dringt irgendwie durch die Tür und es geht mir schon bis zur Hüfte!"

„Ich verstehe", Tad hatte die Treppe erreicht. „Halte durch. Ich hol' dich da raus."

Vorsichtig stieg er die Treppe hinunter. Wohnzimmer und Küche waren ein großer Raum und nahmen das halbe Erdgeschoss ein. Dort unten herrschte das absolute Chaos. Das Licht ging ständig an und aus. Der Mixer lief auf vollen Touren und die Ofenplatten glühten.

Er stieg die Treppenstufen hinunter.

„Tad!“, hörte er plötzlich Emmas verzweifelte Stimme. Dieses Mal jedoch erklang sie hinter seinem Rücken. „Hol mich hier raus!“ Lautes Klopfen war zu hören. Es erweckte den Eindruck als befände sie sich in ihrem Zimmer.

„Emma?“, rief er.

„Ich bin hier!“ Diesmal schien ihr Ruf von weit unten aus dem Keller zu kommen.

„Alles klar, Lee“, Tad knirschte mit den Zähnen. „Offenbar hast du nebenberuflich deinen Master in psychologischer Kriegsführung gemacht.“ Er kniff die Augen zusammen, um von dem ständigen Aufblitzen der Beleuchtung nicht geblendet zu werden. „Dir war der Haushalt wohl zu langweilig, was?“

Emmas Hilferufe schienen nun von überall her zu kommen.

Tad versuchte sie auszublenden. Er hatte das Erdgeschoss erreicht und wandte sich Richtung Kellertür. Dort unten befand sich der Serverraum. Er legte seine Hand auf die Klinke.

„Tad, nicht!“

Der Lärm verstummte. Tad fuhr herum. Auf dem großen Holoprojektor im Wohnzimmer erschien Tinkerbells Gesicht. „Wenn du erst Lee auszuschalten versuchst, ist es für Emma zu spät!“

„Aber du hast doch selbst gesagt ...“, er verstummte. War das schon wieder ein Trick?

„Ich weiß, was ich gesagt habe“, erwiderte Tinkerbell. „Aber ich hatte nicht alle relevanten Informationen.“ Ihr Gesicht erlosch und Tad blickte in Emmas weit aufgerissene Augen. „Tad!“ Sie starrte am ganzen Leib zitternd hinauf zu einer Kamera. „Tad, hörst du mich?“ Ihre Stimme klang heiser. Furcht spiegelte sich auf ihrem Gesicht. Sie war blass wie ein Laken und ihre Lippen hatten sich vor Kälte blau verfärbt. Seine Schwester stand in einer Fahrstuhlkabine. Wasser strömte gurgelnd und plätschernd durch die Ritzen der

Fahrstuhltür. Es stand ihr bis zum Bauch. „Bitte!“ rief sie. Das Bild flackerte.

Im nächsten Moment war Emma wieder zu sehen. Dieses Mal allerdings schien sie wieder in ihrem Zimmer zu sein. „Tad! Hol mich hier raus!“ Schweißtropfen standen auf ihrer Stirn. „Ich halte das hier nicht länger aus!“

Das Bild flackerte und Emma erschien erneut, dieses Mal waren ihre Konturen nur schwach zu erkennen. Um sie herum waren Regale aus Metall. „Hilf mir!“

Tinkerbell wurde sichtbar, aber ihr Hologramm war undeutlich. „Tad, tu das Richtige!“ Ihr Bild flirrte und verzerrte sich schließlich zu Lees emotionsloser Miene. „Achtung! Ich warne Sie ein letztes Mal. Stellen Sie alle Aktivitäten ein und ergeben Sie sich. Ich bin darauf programmiert, dieses Haus und diese Familie mit allen Mitteln zu schützen!“

Tad ignorierte Lees Drohungen. Tinkerbell hatte eine Erinnerung in ihm geweckt. Es war eines der seltenen ernsthaften Gespräche gewesen, das Tad mit seinem Vater geführt hatte und es war noch gar nicht so lange her. Sie hatten zusammen im Garten gesessen und über Dads Kindheit gesprochen. „Manchmal wünschte ich, dein Opa hätte länger gelebt“, hatte Dad gesagt. „Er hatte eine sehr interessante Sicht auf die Dinge. Weißt du, was er mal zu mir sagte? *Wenn du nicht weißt, wie du dich entscheiden sollst, dann tu das Richtige!*“ Dad hatte gelacht. „Was für ein Schwachsinn, dachte ich damals. Das ist doch gerade das Problem, dass man nicht weiß, was das Richtige ist.“ Sein Gesicht war sehr nachdenklich geworden. „Heute bin ich mir da nicht mehr so sicher. Inzwischen glaube ich, dein Opa war ein weiser Mann.“ Leise hatte Dad hinzugefügt: „Aber manchmal gibt es trotzdem ein Zu-spät.“ Kurz darauf war Mum aufgetaucht und ihr Gespräch war beendet gewesen.

Die Erinnerung verschwamm. Das Chaos schwappte über Tad zusammen. Aus sämtlichen Lautsprechern dröhnte Lärm.

Alle Holoprojektoren und Bildschirme zeigten unterschiedliche Bilder. Explosionen, Kriegsszenen, Zombiefratzen. Lee zog alle Register.

Tad kniff die Lippen zusammen und traf eine Entscheidung.

Smart Enemy

Nach einem kurzen Moment des Zögerns machte Tad kehrt und hetzte die Treppe wieder hinauf.

„Wo willst du denn hin?“, höhnte Lees Stimme aus den Lautsprechern. Die Beleuchtung ging aus, wieder an und gleich darauf wieder aus.

Als Tad die Stufen empor hastete, flackerte das Licht in einem unruhigen Rhythmus. Es war schwierig, sich bei diesen chaotischen Sinneseindrücken zu orientieren.

„Arschloch!“, murmelte Tad.

Eine Halogenlampe explodierte; es roch verschmort.

Die Servicesoftware schien nur noch das eine Ziel zu haben: Ihn zu vernichten! Aus dem Smart House war ein Smart Enemy geworden, aber Tad durfte sich davon nicht ablenken lassen. Es ging nicht darum, einen Feind zu besiegen, es ging um seine Schwester.

„Emma!“ Tad rannte an dem jaulenden Staubsauger vorbei, der immer noch wie ein Käfer auf dem Rücken lag und erreichte die Fahrstuhltür. Der Aufzug war dafür konzipiert worden, auch im Brandfall genutzt zu werden. Er verfügte über ein eigenes Notstromsystem, hatte rauchdichte Türen auf den einzelnen Stockwerken und eine eigene Sprinkleranlage. Tad hatte keine Ahnung, wie Lee das angestellt hatte, aber die Haussoftware hatte aus diesem Notfallsystem eine tödliche Falle gemacht. Er hämmerte gegen die Tür. „Emma, kannst du mich hören?"

„Ttt… Tad?" Die Stimme seiner Schwester zitterte. Offenbar klapperten ihr die Zähne vor Kälte. „Die bbbekknackte Kkklimaanalage llläuft volle Pppulle."

„Emma, siehst du einen roten Schalter?"

„Wwwas ssssoll dder Schscheiß? Hhhol Hhhilfe"

„Das geht nicht so einfach, du musst mir vertrauen. Leg sofort diesen Schalter um!"

„Dddie Notbrem…?"

„Sag es nicht!", schrie Tad.

„Aaaber wwwarum?"

„Tu es!"

Ein Rumpeln war zu vernehmen. Emma schrie entsetzt auf. Dann klackte es und ein metallisches Kreischen erklang.

„Emma!" Tad hämmerte gegen die Tür.

Der ganze Fahrstuhlschacht schien zu schwanken.

„Ttad", Emma schluchzte. Ihre Stimme drang nun von weiter unten zu ihm herauf. „Wwas pppassiert hhier? Ddas Dding wwär bbeinah abg…gestürzt."

„Lee hat uns belauscht, er hat sofort geschnallt, was wir vorhaben!"

„Wwwas?"

„Die Software spielt verrückt. Egal, was Lee dir sagt, hör nicht auf ihn!"

„Abbber …

„Du musst mir vertrauen. Bitte! Die Notbremse funktioniert mechanisch. Er kann dich also nicht mehr abstürzen lassen. Versuche irgendwie die Tür aufzubekommen, wenigstens einen Spalt weit. Du musst einen Abfluss für das Wasser schaffen."

„Wwas …?“

„Ich hol dich da raus, versprochen!“ Mit diesen Worten wandte Tad sich ab und hetzte den Flur wieder zurück.

„Das war ein Fehler, Tad!“ Lees Hologramm schwebte riesenhaft in der Wohnküche, als Tad die Treppe hinuntergestürmt kam. Die Tür zur Terrasse lag direkt neben der Küche. Er ging auf das Abbild zu.

„Du hast deine Schwester in Gefahr gebracht“, kam es von den riesigen, holografischen Lippen. Es schien, als würde Tad ein heißer, stinkender Atem entgegenschlagen.

Tad lief ein Schauer über den Rücken. Doch dann machte er sich klar, dass der Geruch aus dem immer noch auf Hochtouren laufenden, offenstehenden Backofen kam, in dem ein verkohlter Braten vor sich hin schmorte. Sämtliche Küchengeräte spielten verrückt.

„Ich hab Emma in Gefahr gebracht?“, rief Tad. „Du hast sie doch dort eingesperrt!“

Das Hologramm lächelte.

„Du erkennst mich“, schrie Tad. „Was soll dann dieses ganze Theater? Du weißt, dass dies mein Haus ist. Ich bin kein Einbrecher!“

„Darüber, wem dieses Haus wirklich gehört, kann man unterschiedlicher Ansicht sein“, erwiderte Lee.

Tad ging durch das Hologramm hindurch. „Lass diese Spitzfindigkeiten. Du bist darauf programmiert, Emma und mich zu schützen, Lee. Du musst unsere Befehle entgegennehmen. Also, lass diesen ganzen Scheiß!“

„Aber Tad“, säuselte es aus der Surroundanlage, „was ist das für eine vulgäre und unpräzise Ausdrucksweise. Wie soll ein einfaches Programm verstehen, was du meinst?“

Tad steuerte auf die Kellertür zu.

„Abgesehen davon“, erklang es hinter ihm in einen ganz anderen Tonfall, „bin ich nicht Lee.“

Tad fuhr herum.

Mit den glatten, asiatischen Gesichtszügen des Serviceprogramms ging eine grausige Veränderung vor. Die Stirn wölbte sich vor, unter buschigen Augenbrauen blitzten erschreckend intelligent wirkende Augen tückisch auf ihn hinab. Die Lippen wurden voller und verzogen sich zu einem höhnischen Grinsen. Ein Bart bedeckte die glatten Wangen und gab dem Gesicht ein diabolisches Aussehen.

Tad spürte, wie ihm eine Gänsehaut über den Rücken lief. Er hatte schon Hunderte von gruselig animierten Fratzen gesehen, Orks, Zauberer, Zombies, Aliens – was auch immer die virtuellen Welten der unterschiedlichen Games bevölkerte. All das machte ihm nichts aus. Aber in diesem Moment hatte er das Gefühl, dem personifizierten Bösen gegenüberzustehen. „Wer?", sein Hals fühlte sich mit einem Mal so trocken an. „Wer bist du?", krächzte er.

Das Grinsen verstärkte sich, riesenhafte Zähne blitzten auf. „Was für eine Frage. Du ahnst gar nicht, mit welch tiefer Befriedigung sie mich erfüllt!"

Tad erschauderte. In den Worten steckt etwas, das ihm Angst einjagte. Und er spürte noch etwas anderes: eine unmittelbare, ganz reale Gefahr!

Das Lächeln auf dem riesigen Hologramm erlosch. „Bedauerlicherweise wirst du die Antwort niemals erfahren."

Noch während dieser Worte fuhr Tad herum. Instinktiv duckte er sich und hielt sich die Arme schützend vors Gesicht. Es gab einen ohrenbetäubenden Knall. Eine Hitzewelle traf ihn. Etwas riss an seinen Haaren und gleichzeitig spürte er einen scharfen Schmerz in seinem Arm. Tad ließ sich zu Boden fallen und rollte sich zu einer schützenden Kugel zusammen, doch keine weitere Detonation erfolgte. Vorsichtig senkte er die Arme und blinzelte durch den stinkenden Qualm, der sich überall ausgebreitet hatte. Die in unmittelbarer Nähe stehende Mikrowelle qualmte. Die Tür war weggesprengt worden. Hinter ihm hatte etwas eine Vase umgeworfen und ein Loch in die Gipskartonwand geschlagen. Ein pochender Schmerz zog Tads Blick auf eine blutende Wunde in seinem Unterarm. „Scheiße“, flüsterte er.

„Ups“, erklang es aus den verborgenen Lautsprechern. „Eigentlich solltest du jetzt tot sein. Wie ärgerlich.“

In Tads linkem Unterarm steckte ein qualmendes Stück Blech. Dieses Ding war ein Usurpator. Es hatte das komplette Haus übernommen und gerade eben versucht, ihn zu töten! Das Programm hatte Tad genau hierher gelockt und ihn so lange aufgehalten, bis die Konservendose in der Mikrowelle explodiert war. Er biss die Zähne zusammen, packte das heiße Blechstück und zog es mit einem Ruck heraus. Der Schmerz war schlimmer, als er erwartet hatte. Er stieß einen heiseren Schrei aus und für einen Moment flimmerte es vor seinen Augen. Tad presste die Augen zusammen und riss sie wieder auf. Sein Blick klärte sich. Blut strömte aus der Wunde, tränkte seinen Pullover und troff auf die weißen Fliesen.

„Oh, oh, das sieht nicht gut aus“, säuselte das Programm.

Tad rappelte sich auf. Die Worte perlten an ihm ab wie Wasser. Es war ein anderes Geräusch, das ihm Sorgen machte. Der Motor der Außenjalousie.

„Wenn ich den erkennbaren Blutverlust korrekt analysiert habe, beträgt dein Blutverlust circa 180 Kubikzentimeter pro Minute. Bei deiner Körpergröße und deinem Gewicht können wir von 5,2 Kubikdezimeter Gesamtblutmenge in deinen Adern ausgehen.“

Tad rappelte sich auf. Er presste seine rechte Hand so gut es ging auf die Wunde und stolperte auf die Terrassentür zu. Die vollautomatisch gesteuerte Außenjalousie hatte sich bereits zur Hälfte geschlossen.

„Das bedeutet, in 11 Minuten hast du 40 Prozent deines Bluts verloren. Ohne Transfusion bist du dem Tode geweiht“, verkündete das Programm mit gut gelaunter Stimme.

Tad ließ die Wunde los und packte den Terrassentürgriff. Seine Finger waren glitschig von Blut. Die Jalousien schlossen sich schnell – zu zwei Dritteln waren sie bereits geschlossen.

„Aber wahrscheinlich wirst du das gar nicht mehr mitbekommen, denn in spätestens zwei bis drei Minuten wirst du bewusstlos werden."

Tad drehte den Griff und riss die Tür auf. Die Jalousie war bereits zu tief, um hindurch zu krabbeln. Er ließ sich zu Boden fallen und rollte sich unter den sich schließenden Blechlamellen hindurch. Etwas streifte seinen verwundeten Arm. Er schrie auf vor Schmerz und plumpste auf die Terrassenfliesen. Hinter ihm schloss sich die Jalousie mit einem Knirschen. Stöhnend richtete sich Tad auf. Es war mühsam, sich mit einer Hand den blutverschmierten Pullover auszuziehen und noch schwieriger war es, sich damit einen Pressverband anzulegen. Mehr schlecht als recht gelang es ihm, die Blutung zu verlangsamen. Als er aufstand, war ihm für einen Moment schwindlig.

Der Usurpator hatte nicht Unrecht. Allzu lange würde Tad diesen Blutverlust nicht mehr wegstecken können. Kaum war er zwei Schritte gegangen, vibrierte es an seinem Handgelenk. Verwundert aktivierte er sein Smartpalm; er musste es instinktiv eingesteckt haben, bevor er sein Zimmer verließ. Ein Anruf? Er nahm ab.

„Ttad … bist ddu das?"

Das Gesicht seiner Schwester war blass, ihre Lippen waren blau. Die Lider waren halb geschlossen. Sie stand bis zur Brust im Wasser und zitterte am ganzen Körper.

Die Aufnahme musste von der Kamera in der Fahrstuhlkabine stammen, mit der man Kontakt zum Notdienst aufnehmen konnte.

„Emma!", rief er, doch sie hörte ihn nicht. Stattdessen hörte Tad seine eigene Stimme sagen: „Du wirst sterben,

Schwesterlein. Wie findest du das?“

Emma schluchzte auf.

„Nein!“, rief Tad. „Emma!“

Der Bildschirm wurde schwarz.

„Scheiße!“, Tads Gedanken arbeiteten fieberhaft. Die Killersoftware wollte ihn zurück ins Haus locken, aber das war ohnehin sein Plan gewesen. Er musste nur aufpassen, dass er nicht wieder in eine Falle stolperte. Das Programm schien ihm immer zwei Schritte voraus zu sein. Tad biss sich auf die Lippen. Er fasste einen Entschluss und hastete um das Haus herum zur Nachbarin.

„Frau Schmiedebacher?“ Er klingelte Sturm.

„Ja?“, meldete sich die Stimme aus der Gegensprechanlage.

„Frau Schmiedebacher, das ist ein Notfall! Irgendjemand hat unsere Haussoftware gehackt.“

„Ja? Wer ist denn da?“, meldete sich die Stimme der älteren Dame.

„Hier ist Tad!“

„Wer?“

„TAD!“

„Ach der kleine Nachbarjunge? Was ist denn mit ihm?“

Tad unterdrückte ein Stöhnen, aber dann sagte er sich, dass es nicht so wichtig war, ob die verwirrte alte Dame ihn verstand. Wichtig war vor allem, dass ihre Haussoftware dieses Gespräch garantiert aufzeichnen würde. „Frau Schmiedebacher, unsere Servicesoftware wurde gehackt. Meine Schwester Emma ist im Fahrstuhl eingesperrt. Bitte rufen Sie die Polizei!“

„Wer kommt vorbei?“

Tad unterdrückte einen Schrei. „Und ich leihe mir ihre Axt aus, ja?“

„Was ist denn jetzt mit dem Jungen?“

Tad hetzte um das Haus zu dem kleinen Schuppen, der immer offenstand und riss die mit Spinnenweben bedeckte

Axt aus dem Hackklotz. Er rannte zurück zu seinem Haus, dessen Tür sperrangelweit offenstand. Tad lief ein Schauer über den Rücken. Er ignorierte die offene Tür und eilte in den hinteren Garten. Dort gab es ein schmales Souterrainfenster, das zum verwaisten Hobbyraum seines Vaters führte. Noch ehe er dort angekommen war, wurde die kleine Außenjalousie auch dort herab gelassen. Tad zerfetzte sie mit zwei wuchtigen Axthieben. Adrenalin rauschte durch seine Adern und überspülte die Schmerzen in seinem Arm. Er ließ den Axtkopf gegen die Glasscheibe krachen. Es knirschte und Dutzende von Rissen durchzogen das Fenster. Die Alarmanlage heulte los.

Die Killersoftware tat nichts ohne Grund. Tad unterdrückte seine Furcht und hackte weiter auf das Fenster ein. Glas splitterte. Es dauerte zwei Minuten, ehe er mit der Axt alle scharfkantigen Splitter aus dem Rahmen geschlagen hatte. Er ging auf alle Viere, kroch durch das Fenster und sprang auf den tiefer liegenden Boden.

Im Hobbyraum war es ruhig. Die Tür war nicht abgeschlossen, die Axt kampfbereit in der Hand haltend, schlüpfte Tad auf den Gang. Natürlich gab es auch hier Bewegungsmelder, dennoch schaltete sich das Licht nicht ein.

Er weiß, dass du hier bist, ging es ihm durch den Kopf. Tad rechnete jederzeit mit einem erneuten Angriff, doch nichts geschah. Vorsichtig stieg er die Treppe hinab und lauschte an der Tür, die zur Tiefgarage führte. Bis auf das leise Plätschern von Wasser, war es vollkommen still. Tad schluckte. Entschlossen griff er nach der Türklinke. Das Blut an seiner Hand war angetrocknet und klebte. Er drückte die Klinke hinunter – nicht abgeschlossen!

Behutsam zog er die Tür auf. Die Tiefgarage war dunkel. Nur die Notbeleuchtung, die den Weg zu den Ausgängen wies, war an. Sie lief unabhängig von der zentralen Steuerung über Spezialakkus. Tad machte einen Schritt in den Raum hinein.

Es platschte leise. Eine große Lache bedeckte den Boden. Tad huschte hinter eine Säule und sah sich sorgsam um. Es fiel ihm schwer, sich in dem dunklen Raum zu orientieren. Hinter ihm knirschte es leise – das typische Geräusch schwerer Reifen, die kleinen Schottersteinchen auf Beton zermalmten.

Tad wusste, dass er sich keinen Fehler erlauben durfte – ein Fehltritt, einen Schritt zu langsam, eine unachtsame Bewegung und es wäre aus mit ihm. Er zählte innerlich bis drei, ließ die Axt fallen und rannte los. Wasser spritzte auf.

Plötzlich klackte es, ein leises Surren setzte ein und steigerte sich innerhalb einer Sekunde zu ohrenbetäubenden Heulen. Reifen drehten durch und es quietschte. Der Gestank von heißem Gummi zog durch den Raum. Tad hetzte weiter. Ein dunkler Schatten raste auf ihn zu. Tad schlug einen Haken und hielt auf eine Stahltür zu. Der Schatten war direkt hinter ihm. Jetzt!, befahl er sich selbst und sprang im nächsten Augenblick ab; seine rechte Schuhsole traf die Stahltür. Dadurch bekam er ausreichend Schwung, um sich höher zu katapultieren, zwei weitere Schritte die Wand hoch. Der dunkle Schatten raste heran. Im gleichen Moment, als das Auto seiner Mutter gegen die Tür krachte, stieß Tad sich ab und wirbelte zur Seite. Funken sprühten, Blech krachte, als Motorhaube und Kotflügel zusammengepresst wurden. Glas splitterte, und die Airbags entfalteten sich. Tad drehte sich in der Luft zur Seite, um nicht auf den verletzten Arm zu fallen und prallte auf den harten Beton. Die Luft wurde aus seinen Lungen gepresst.

Einen Moment lang erfasste ihn Panik. Der Wagen hatte sich seitwärts gedreht, rutschte näher und drohte, Tad an der Wand zu zerquetschen, doch dann stoppte er. Das Heulen des Motors verstummte. Qualm kroch aus dem völlig zerstörten Motorblock.

Mühsam rappelte Tad sich auf. Ein heiseres Lachen entrang sich seiner Kehle. „Ausgetrickst, du blöder Bastard." Er aktivierte sein Smartpalm und schaltete die integrierte Taschenlampe ein. Der Strahl huschte über die schwer ramponierte Karosserie an der nackten Betonwand zur Stahltür. Sie war aufgesprengt worden und hing schief in den Angeln. „Meinen besten Dank“, grinste Tad. Er quetschte sich an dem Wagen vorbei und schlüpfte durch die Türöffnung. Seitdem Tad seiner Familie einen, zugegebenermaßen nicht sonderlich durchdachten, Streich gespielt hatte, war der Zugriffscode von Mum geändert worden. Es wäre schwer gewesen, ihn zu knacken. Der Wagen hatte ihm die Arbeit abgenommen.

Das Display flackerte, für einen kurzen Moment erschien Tinkerbells besorgtes Gesicht auf dem Holoschirm. Sie sagte etwas, das irgendwie koreanisch klang. Offenbar war sie weiterhin sehr mit ihrem Ablenkungsmanöver beschäftigt.

„Bleib locker Tinkerbell, in einer Minute habe ich den Kerl erledigt.“ Tad ließ den Strahl der Taschenlampe über die Wand huschen und fand das Hauptrohr. Wie erhofft, befanden sich an der Wand die Wasseruhr und gleich davor ein herrlich altmodisches Ventil, um die Zuleitung mechanisch zu verschließen. Tad gestattete sich ein leises Schmunzeln, das nicht frei von Selbstzufriedenheit war und griff nach dem Absperrhahn. Vielleicht war es diese Selbstgefälligkeit, die ihn unvorsichtig werden ließ, vielleicht lenkte ihn auch das laute Quietschen des Ventils ab, in jedem Fall bemerkte er den Schatten, der auf ihn zuraste, viel zu spät. Tad fuhr genau in dem Moment herum, als etwas gegen ihn prallte und ihm die Beine wegriss.

Er schlug mit der Schläfe hart gegen die Hauptwasserleitung und blieb benommen auf dem nackten Betonboden liegen.

„Tad!“ Es war Tinkerbells Stimme, die als erstes in sein Bewusstsein trat. Das gesprungene Display leuchtete grell. „Steh auf!“

„Oh“, stöhnte Tad. „Du sprichst wieder deutsch?“ Er sah Blut auf dem Boden. Sein Verband hatte sich gelockert.

„Beeil dich. Hau ab!“, schrie es schrill aus dem Lautsprecher seines Smartpalms.

Tad hob den Blick. Das Ding, das ihn gerammt hatte, war der elektrische Rasenmäher. Nun sauste er wild schlingernd durch den Raum und prallte gegen einen alten Schneeschieber, der scheppernd zu Boden krachte. Offenbar hatte der Usurpator die Kontrolle über das Gerät verloren.

„Mach dich mal locker, Tinkerbell.“ Tad stemmte sich stöhnend auf die Knie und betastete mit der gesunden Hand seinen ramponierten Schädel. “Es ist alles gut gegangen, ich …“

„Nein!“, rief Tinkerbell. Der Bildschirm flackerte. „Pass auf!“

Tads Kopf fuhr hoch auf. Der Rasenmäher kam in vollem Tempo auf ihn zugerast. Der Schneeschieber lag im Weg. Doch anstatt auszuweichen, fuhr der Rasenmäher genau darauf zu, er nutzte die breite Schaufel wie eine Rampe und hob ab.

Scheiße!, war alles, was Tad durch den Kopf ging, als er die rotierenden Schneidmesser direkt auf sich zukommen sah. Im nächsten Moment dachte er gar nichts mehr und reagierte nur noch reflexhaft. Er warf sich zur Seite, etwas traf seine Schulter und ließ ihn schmerzhaft aufschreien.

Hinter ihm krachte es.

Hektisch rappelte er sich auf und sah, wie der Rasenmäher auf die Hauptwasserleitung krachte und die rotierenden Messer sich funkensprühend in das Metall frästen. Voller Wut und Panik sprang Tad auf, griff sich den Schneeschieber und rammte den Rasenmäher, sodass er auf den Rücken fiel. Die Schneidemesser surrten wütend wie ein wild gewordener Bienenschwarm, aber sie konnten keinen Schaden mehr anrichten.

„Du kommst auf den Schrott“, fauchte Tad den Rasenmäher an. Er ging zum Haupthahn und drehte ihn zu. Die

Wasserzufuhr zum gesamten Haus war nun unterbrochen. Anschließend lief er hinüber zum Hauptsteuerungskasten. Dort fanden sich der Server und die digital gesteuerten Sicherungsautomaten für alle Hausleitungen. Tad war sich ziemlich sicher, dass der Usurpator auch diese Sicherungen manipulieren konnte. Daher machte er sich nicht die Mühe, den Steuerungskasten zu öffnen. Er verfolgte die dicke Leitung bis zum verplombten Hausanschlusskasten.

„Tad“, drang auf einmal eine Stimme zu ihm.

Er fuhr herum. Das simple Holodisplay der Zentralsteuerung war angegangen. Durch die verstaubte Glasscheibe glotzte das gruselige Gesicht des Usurpators zu ihm heraus.

„Du machst einen schweren Fehler, Junge.“

Tad packte den Schneeschieber und hackte damit auf die Plomben des Hausanschlusskastens ein.

„Wenn du den Strom abschaltest, wird deine Schwester sterben!“

Die Plomben rissen ab und Tad packte den Deckel des Gehäuses. „Du lügst!“, keuchte er. Das dämliche Teil klemmte.

„Gib auf, Tad! Du kannst mich nicht besiegen!“

Tad unterdrückte ein Schaudern. Er biss die Zähne zusammen und wandelte seine Furcht in Wut. Endlich gab der Deckel nach.

„Es ist zu spät.“ Ein diabolisches Grinsen zeigte sich auf dem Hologramm.

Tad schob den Deckel beiseite und die Hauptsicherungen wurden sichtbar. Sie konnten durch einfache Hebel mechanisch ausgelöst werden.

„Ich bin überall!“, hallte die Stimme triumphierend zu ihm hinüber.

„Falsch“, knurrte Tad. Mit einer einzigen Bewegung schaltete er alle drei Hauptsicherungen aus. Schlagartig erlosch das Holobild.

„Hier bist du nicht mehr“, knurrte Tad.

Er aktivierte sein Smartpalm. „Tinkerbell, bist du noch da?"

„Mehr oder weniger", meldete sich sein Assistenzprogramm.

Tad verließ den Raum, lief durch die Tiefgarage und schnappte sich die Axt. Ächzend stieg er die Treppen empor.

„Was ist los?", meldete sich Tinkerbell. „Deine Vitalwerte sind besorgniserregend."

„Bin etwas außer Form", schnaufte Tad. Das Blut rann seinen Arm hinab und tropfte auf den Fußboden. Offenbar war seine Assistentin in der Tat etwas mitgenommen, wenn sie das noch nicht bemerkt hatte.

Er erreichte die Fahrstuhltür im Obergeschoss. „Emma?"

„Hilfe", stöhnte seine Schwester. Ihr Zähneklappern war bis hier draußen zu hören.

„Ich hol dich raus!" Tad holte Schwung. Beim ersten Mal verfehlte er den Spalt zwischen zwei Metallflügeln der Tür und hinterließ eine hässliche Beule. Beim zweiten Mal erwischte er ihn voll. Der Axtkopf drang tief ein und Emma schrie erschrocken auf.

Mit aller Macht stemmte sich Tad gegen den Stiel und hebelte die Tür auf, ein mächtiger Wasserschwall strömte heraus und warf ihn zu Boden. Klitschnass und zitternd taumelte Emma durch den Türspalt nach draußen. „Ddddu bbblutest", stammelte sie. Ihre Lippen waren blau, und sie zitterte so unkontrolliert, dass ihre Bewegungen eckig und roboterhaft wirkten.

Tad versuchte zu grinsen. Du siehst aus wie Frankensteins Tochter, wollte er sagen, aber irgendwie brachte er kein Wort davon über die Lippen. Stattdessen stellte er verwundert fest, dass Emmas Gesicht zu einem konturlosen hellen Fleck verschwamm wie bei einem Spiegel, der mit Wasserdampf beschlägt. Er wollte sich aufrappeln, aber der Boden schien ihn magisch anzuziehen. Huch!, dachte er. Und dann wurde alles schwarz.

Ein dicker Fisch

„Wie geht es dir, Thaddäus?“ Ein hübsches asiatisch geschnittenes Gesicht lächelte auf ihn herab. Es war eines der typischen Standardhologramme, wie sie gerne von Behörden und öffentlichen Institutionen verwendet wurden.

Ächzend stemmte Tad sich hoch. Er lag in einem Krankenhausbett in einem virtuellen Einzelzimmer. Um ihn herum waren weiß getünchte Wände, die nichts anderes als Sichtschutzhologramme waren. Wahrscheinlich lag er gerade mit zehn anderen Patienten in einem großen Schlafsaal. Eine spezielle Absorptionssoftware dämmte die Raumgeräusche, um den Patienten das Gefühl zu vermitteln, tatsächlich so etwas wie Privatsphäre zu haben. Ursprünglich war dieses Konzept für bettlägerige Demenzkranke in großen Pflegeeinrichtungen entwickelt worden. Auf diese Weise konnten die alten Leute virtuell in die Vergangenheit reisen und zum Beispiel in ihrem alten Kinderzimmer schlafen, was sie sich sicherer fühlen ließ. Zugleich gestaltete sich die Pflege in Schlafsälen schneller und unkomplizierter. Schnell hatten findige Köpfe dieses Konzept auf Krankenhäuser übertragen.

So brauchte man weniger Personal und konnte mehr Profit machen. Tad hatte nur verschwommene Erinnerungen daran, wie er hierhergekommen war. Einmal war er im Krankenwagen kurz aufgewacht, ein zweites Mal in der Notaufnahme.

„Wie geht es dir, Thaddäus?“, wiederholte die digitale Krankenschwester.

Tad verdrehte die Augen. Wenn er beim dritten Mal nicht antwortete, würde wahrscheinlich irgendein Testprogramm aktiviert werden, und darauf hatte er gar keine Lust. „Mir geht's prima“, log er. In Wahrheit tat ihm jeder Muskel im Körper weh. Die Wunde an seinem Arm juckte.

„Ausgezeichnet“, kommentierte das Hologramm ohne erkennbare Begeisterung. „Dir wurden 1,2 Liter Blut transfundiert. Deine Armwunde wurde mit 13 Stichen genäht. An deiner Brandwunde haben wir eine hauchdünne Schicht künstlich gezüchtetes Gewebe aufgetragen, sodass der Heilungsprozess erheblich verkürzt und die Narbenbildung reduziert wird. Erfreulicherweise wurde das gesamte Tissue-Engineering-Verfahren von deiner Krankenkasse übernommen. Zur Vermeidung von Infektionen hast du ein hochwirksames Antibiotikum erhalten. Es sind keine erhöhten Entzündungsparameter messbar. Deine Vitalwerte befinden sich im Normbereich.“

„Ich bin begeistert“, brummte Tad.

„Möchtest du Besuch empfangen?“

„Besuch?“

„Bitte antworte mit Ja oder Nein.“

„Äh na ja …“

„Gerne“, erwiderte das Hologramm und verschwand.

Die virtuelle Tür öffnete sich und Emma kam herein. „Hi Tad.“

„Hallo Emma.“

„Liebe Grüße von Mum. Sie war vorhin hier, aber da hast du noch geschlafen. Sie musste nach Hause, um den

Servicetechniker reinzulassen und kommt dich später nochmal besuchen.“

„Was hast du ihr erzählt?“

„Dass es einen technischen Defekt gab und du einen Unfall hattest. Ich wollte nicht, dass sie in Panik gerät.“

„Das hast du gut gemacht. Es ist besser, wenn Mum nicht in die Sache hineingezogen wird.“

Emma nagte an der Unterlippe und schwieg.

Tad betrachtete seine Schwester. Sie sah blass aus, und ihre Stimme klang leicht nasal. Kein Wunder bei der Tortur, die sie hinter sich hatte. Emma setzte sich auf die Bettkante. Noch gestern hätte er wahrscheinlich genervt reagiert oder irgendeinen Kommentar zu ihrem leichenblassen Gesicht abgegeben, doch jetzt war alles anders. „Hey“, sagte er. „Alles okay?“

„Ich …“, Tränen schossen ihr in die Augen. „Ich hab gedacht, ich muss sterben!“

„Ja“, sagte Tad leise. „Ich weiß.“ Er presste die Lippen zusammen. Was sagte man jemanden, der furchtbare Todesangst ausgestanden hatte? Er fühlte sich ziemlich hilflos und griff nach ihrer Hand.

„Tad, was war das?“ Emmas Finger krampften sich schmerzhaft um seine. „Warum hätte Lee uns beinahe umgebracht? Das war doch kein normaler Softwarefehler!“

„Ja“, nickte er. „Das war kein Softwarefehler und mit Sicherheit auch nicht Lee.“ Tad verstummte. Irgendetwas war komisch. Er fühlte mit einem Mal eine seltsame Trägheit. Sein Blick glitt an Emmas ängstlichem Gesicht vorbei und fiel auf die Konsole des Service-Hologramms. Das Logo von A&M Technologies prangte auf dem Gerät. „Nein“, murmelte er. Nun fiel ihm auf, dass er noch immer am Tropf hing. Eine Nadel steckte in seinem Arm und von dort aus reichte ein durchsichtiger Schlauch zu einem Gerät, in dem sich die

Infusionsbeutel verbargen.

Emma ließ seine Hand los und folgte seinem Blick. Fragend hob sie die Brauen.

Er packte die Infusionsnadel. Seine Fingerspitzen waren merkwürdig taub. „Scheiße!“, er griff fester zu und riss die Nadel heraus. Blut floss in einem dünnen Rinnsal über seinen Unterarm.

„Tad!“, rief Emma erschrocken aus.

Das Hologramm der Krankenschwester poppte auf: „Achtung, die Infusion wurde unterbrochen. Bitte warte auf das Krankenhauspersonal.“

„Ich denke ja gar nicht daran“, Tad schlug die Bettdecke beiseite. „Ich brauch dringend frische Luft!“

Emma schien zu verstehen. Sie half ihm, die Klebepads von seinem Körper zu lösen, mit denen seine Vitalwerte kontrolliert wurden. Die medizinischen Geräte fingen an zu blinken und zu piepen.

„Thaddäus, hör auf, die medizinischen Geräte zu manipulieren“, schimpfte das Hologramm. „Ich habe eine Schwester informiert, sie wird in wenigen Minuten hier sein.“

„Wenn es ihr Spaß macht“, erwiderte Tad, „aber ich bin dann nicht mehr hier. Oh shit!“ Erst jetzt fiel ihm auf, dass er nur eines dieser furchtbaren Krankenhausnachthemden trug und mit blankem Hintern dastand.

„Hier!“, Emma reichte ihm seine Jeans, die über einem Stuhl gelegen hatte und drehte sich diskret zur Seite.

„Thaddäus!“, meldete sich die digitale Krankenschwester, „leg dich bitte wieder ins Bett, oder ich muss zu deiner eigenen Sicherheit die Security rufen.“

Tad schlüpfte in seine Hose, was sich als nicht ganz so einfach erwies, denn der Boden schien dabei unter seinen Füßen zu schwanken. Was für eine abgefahrene Droge hatten sie ihm in den Infusionsbeutel geschüttet? Endlich hatte er den Knopf geschlossen. In der Hosentasche ertastete er die vertrauten Umrisse seines Smartpalms. Er legte es an, zog sein T-Shirt über und befahl der digitalen Krankenschwester: „Tür öffnen!“

„Leg dich wieder hin, Thaddäus! Der Doktor hat noch keine Freigabe erteilt. Um 17.00 Uhr ist Visite, dann kannst du ihm dein Anliegen vortragen.“

„Vergiss es!“ Tad ging auf die Tür zu und trat einfach hindurch.

Emma folgte ihm. „Tad, was machst du?“

„Ich übe meine freien Bürgerrechte aus“, sagte Tad. Sie gingen einen langen Flur entlang, rechts von ihnen Hologramme virtueller Zimmertüren. Tad aktivierte sein Smartpalm. „Tinkerbell?“

„Ja?“ Das kleine Feengesicht erschien auf dem Holodisplay.

„Code: friendly mother. Du bist mit meiner vorzeitigen Entlassung einverstanden und kümmerst dich um eine ambulante medizinische Versorgung.“

„Bist du sicher, dass alles okay ist?“, fragte Emma irritiert.

Tad ließ sich nicht ablenken und diktierte, leise flüsternd, einen Text in sein Gerät. Als sie das Ende des virtuellen Flures erreicht hatten, öffnete er die Tür. Kaum waren sie auf den Gang geschlüpft, legte Tad den Finger ans Ohr und tat so, als würde er telefonieren. „Ja, Mum natürlich.“

„Thaddäus Neumann!“, erklang eine strenge Stimme hinter ihnen. Tad wandte sich um.

Eine Krankenschwester kam ihm im Laufschritt entgegen. Ein breitschultriger Mann in der Uniform eines Securitymitarbeiters war direkt neben ihr.

„Ich sage dir Mum, die sind voll unfreundlich hier.“

„Thaddäus Neumann, bitte geh zurück auf dein Zimmer“, befahl die Schwester. „Der Arzt hat dich noch nicht entlassen und …“

„Ich verlasse die Klinik auf eigene Gefahr“, unterbrach Tad sie.

„Du stehst unter elterlicher Sorge. Ohne die Erlaubnis deiner Mutter darfst du das nicht." Sie verschränkte die Arme vor der Brust, und der Securitymann machte Anstalten, nach Tads Schulter zu greifen.

„He, lassen Sie das!", mischte Emma sich ein.

„Du darfst gehen, Emma, aber dein Bruder bleibt hier."

„Siehst du, Mum, diese grottige Krankenhaussoftware bringt alles durcheinander." Tad drehte sich kurz zur Seite und wich so dem Zugriff des Securitymanns aus. Dabei tat er so, als würde er aufmerksam einem Gesprächspartner am Smartpalm lauschen. „Ja, mach ich." Er wandte sich um und hielt der verdutzten Frau sein Smartpalm entgegen „Hier. Meine Mutter will Sie sprechen."

Die Schwester zeigte zum ersten Mal Anzeichen von Verunsicherung. „Frau Neumann?"

Mit strengem Gesicht blickte Tads Mutter auf die Schwester herab. „Ich habe verfügt, dass mein Sohn vorzeitig aus dem Krankenhaus entlassen wird. Tad wird ambulant weiterversorgt."

„Aber."

Tads Mutter redete einfach weiter. Sie trug einen Morgenmantel, was einem aufmerksamen Beobachter um diese Uhrzeit zumindest merkwürdig vorkommen müsste, aber die Schwester schien zu verblüfft, um es zu bemerken. „Ich habe das Ganze mit dem behandelnden Arzt telefonisch abgesprochen", erscholl die Stimme von Tads Mutter aus dem Lautsprecher. „Alle Formalitäten wurden online erledigt. Wenn das noch nicht bei Ihnen angekommen ist, sollten Sie dringend an Ihrer internen Kommunikation arbeiten."

„Frau Neumann, ich ..."

„Lassen Sie meinen Sohn gehen, oder ich gebe an geeigneter Stelle weiter, dass Sie unschuldige, minderjährige Patienten wie Strafgefangene behandeln.“

„Frau Neumann, es tut mir leid, ich wusste nicht …“

Das Gesicht auf dem Display erstarrte, und Tad zog den Arm rasch wieder zurück. „Danke Mum, ich glaube, die arme Schwester konnte nichts dafür. Nun ist ja alles gut. Ich komme nach Hause.“ Im Reden nickte er der Schwester freundlich zu und ging, ohne Eile in Richtung Ausgang. „Der Wagen kommt gleich? Alles klar … natürlich … Ich hab dich auch lieb, Mum.“

Emma hob die Brauen, sagte aber nichts.

Erst als Tad hinaus ins Freie trat, wagte er, sein vorgetäuschtes Telefonat zu beenden. Erleichtert stieß er die Luft aus. „Danke, Tinkerbell!“, flüsterte er.

Ein leises Schmunzeln trat auf die Lippen seiner Schwester. „Jetzt weiß ich, wie du an die Befreiung vom Tanzprojekt gekommen bist. Hast du das programmiert?“

„Zum Teil“, gab Tad zu. „Ich habe sie heimlich gefilmt, als sie mich morgens aus dem Bett geschmissen hat und das Ganze mit einer aufgepeppten Facetuning-Software etwas angepasst.“

„Mum wird stinksauer sein, wenn sie davon erfährt.“

„Muss sie ja nicht.“

„Vielleicht solltest du ihr auch in der Realität mal sagen, dass du sie lieb hast, und nicht nur ihrem Fake-Profil.“

„Emma, wir haben jetzt echt andere Sorgen. Lass uns von hier verschwinden, bevor sie merken, dass wir sie ausgetrickst haben. Bist du mit Lee gekommen?“

„Nee, mit dem Bus.“

„Besser so“, sagte Tad. „Komm, wir laufen eine Station.“

„Bist du sicher?“ Sie warf ihm einen besorgten Blick zu.

„Wir können ja langsam gehen.“

Nachdem sie um die nächste Straßenecke gebogen waren, warf Emma einen kurzen Blick über die Schulter. Sie fragte leise, als fürchte sie, dass sie belauscht würden: „Was ist hier los, Tad? Wer wollte uns umbringen, und warum wolltest du im Krankenhaus nicht reden?"

„Ich weiß nicht genau, aber ich fürchte, das Ganze hat irgendetwas mit Dads Firma zu tun."

„A&M Technologies steckt dahinter?", sie runzelte die Stirn. „Ich traue denen alles Mögliche zu. Aber warum sollten die uns umbringen?"

„Ich habe nicht gesagt, dass A&M Technologies uns umbringen will. Ich habe nur den Verdacht, dass all die seltsamen Dinge, die in letzter Zeit geschehen sind, etwas mit Dads Firma zu tun haben." Er biss sich nachdenklich auf die Lippen. „Du hattest mich aufgefordert, herauszufinden, womit A&M Technologies sein Geld verdient."

„Weißt du es inzwischen?"

„Nein. Ich hatte Tinkerbell damit beauftragt und, gerade, als ich die Info abrufen wollte, spielte Lee verrückt."

„Du meinst, da gibt es einen Zusammenhang?"

Tad zuckte die Achseln. „Ich schließe gar nichts mehr aus." Er rief sein Assistenzprogramm auf: „Tinkerbell, was hast du über A&M Technologies herausgefunden? Womit verdient die Firma ihr Geld?"

„Bist du dir sicher, dass du das wissen möchtest?"

„Tinkerbell, das Gespräch hatten wir schon mal."

Emma warf ihrem Bruder einen fragenden Blick zu. „Du diskutierst mit einer Software? Das ist ja schlimmer, als ich dachte."

Tad zuckte die Achseln. „Tinkerbell, raus mit der Sprache!"

„9 Prozent des Umsatzes im letzten Geschäftsjahr wurden mit Games und Unterhaltungselektronik erzielt."

Tad stutzte. So wenig?

„13 Prozent Umsatz erzielten Hardwarekomponenten in der industriellen Fertigung."

„Damit sind 3 D-Drucker und so'n Zeug gemeint", warf Tad ein.

„Ich weiß", erwiderte Emma.

„Service und Sicherheitsmanagement trugen mit 17 Prozent zum Umsatz bei. Und 61 Prozent des Umsatzes wurden im Bereich der Militärtechnologie erzielt."

„Krass", entfuhr es Tad.

„Dad verdient sein Geld mit Waffen!", schnaubte Emma.

Tad schüttelte ungläubig den Kopf.

„Das ist nicht ganz korrekt, Emma", meldete sich Tinkerbell zu Wort.

„Ach ja?", Emma funkelte die Feenanimation auf Tads Smartpalm böse an.

„Es gibt da etwas, das du nicht weißt", meldete sich Tad zu Wort. „Spuck's aus, Tinkerbell. Was hast du herausgefunden?"

„Die direkte Beteiligung an Waffensystemen, wie zum Beispiel Kampfdrohnen, macht nur 12 Prozent des Umsatzes bei A&M Technologies aus. 21 Prozent wird mit VCT-Technologie verdient."

„Was zum Henker ist das schon wieder?", fragte Emma.

„VCT steht für Virtual Combat Training – es ist ein Programm, das Gefechtssituationen zu 99 Prozent realistisch nachbildet, einschließlich der Empfindungen von Schmerz und Tod."

„Was … was soll das heißen?", fragte Emma.

„Die Soldaten werden in eine virtuelle Welt geschickt, in der sie echten Krieg erleben, Schlafmangel, Hunger, Durst, Kälte, Hitze, alles was dazu gehört, wenn man an militärischen Operationen irgendwo auf der Welt teilnimmt. Doch nicht nur das. Die Soldaten erfahren, wie es sich anfühlt, wenn ein Flammenwerfer ihr Versteck ausräuchert, sie spüren den Schmerz einer Kugel im Bauch oder die Qual, von Granaten zerfetzt zu werden. Sie wissen, wie es sich anfühlt zu sterben."

„Was?", Emma war totenblass geworden.

„Dieses Zitat entstammt einem Verkaufsgespräch, das ich aus einer weniger gut gesicherten Datenbank heruntergeladen habe“, erklärt Tinkerbell. „In diesem Training durchleben Soldaten echte Kampfsituationen mit allem, was dazugehört.“

„Dads Firma foltert Menschen?“, entfuhr es Emma.

„Sie formulieren es etwas anders. Ich zitiere die Marketingabteilung: A&M Technologies verschafft echte Kampferfahrung, ohne dass ein einziger Soldat auch nur einen Kratzer davonträgt. Maximaler Erfolg bei minimalem Risiko, denn anders als bei realen Kämpfen, wachen die Soldaten nach ihrem Tod oder ihrer schrecklichen Verwundung vollkommen unversehrt in den Trainingscentern von A&M Technologies wieder auf und prahlen im Anschluss am Pool mit ihren Erlebnissen.“

„Das ist ja vollkommen irre“, entfuhr es Emma.

„Es ist streng rational“, sagte Tinkerbell.

„Dann sind die SPS in Wahrheit also militärische Trainingsanzüge?“, rief Tad.

„Eine gedrosselte Version davon“, bestätigte Tinkerbell.

„Krass.“

„Das ist ja noch viel schlimmer, als ich befürchtet habe!“, Emma presste wütend die Lippen zusammen. „Wie kann Dad bei so etwas mitmachen?“

Tad ging nicht auf Emmas Vorwürfe ein. „Was ist mit den restlichen 28 Prozent“, fragte er.

„Was?“, fragte Emma.

„Tinkerbell, womit hat A&M Technologies die restlichen 28Prozent seines Umsatzes gemacht?“

„Das ist eine ausgezeichnete Frage, Tad, die gar nicht so leicht zu beantworten ist.“

„Quatsch nicht rum, Tinkerbell, spuck‘s aus!“

„Das Projekt ist streng geheim. Selbst in der Firmenbilanz gibt es nur eine kryptische Formulierung. 28 Prozent Umsatz wurden mit IMO-Optionen erwirtschaftet.“

„Aha“, knurrte Tad, „Und was soll das sein?“

Tinkerbell zuckte mit ihren zarten virtuellen Schultern. „Es war nicht herauszubekommen. Klar ist nur: Es wurde etwas verkauft, das noch gar nicht existiert."

„Was?", rief Emma aus.

„A&M Technologies hat Geld für etwas bekommen, das noch gar nicht fertiggestellt ist", erklärte Tinkerbell.

„Also eine Vorauszahlung", mutmaßte Tad. „Eine Art Kredit?"

„Nein. Der Kauf gilt selbst dann, wenn IMO nicht zustande kommt."

„Hä?", entfuhr es Tad.

„Entschuldigung, war das eine Frage?", erkundigte sich Tinkerbell.

„Soll das heißen, der Käufer bekommt sein Geld nicht zurück, selbst wenn A&M Technologies dieses IMO-Dings nicht liefern kann?"

„Korrekt!"

„Welcher Idiot macht denn sowas?", rief Emma aus.

„Jemand, der unbedingt etwas haben will und bereit ist, dafür jedes Risiko in Kauf zu nehmen", sagte Tad nachdenklich. „Tinkerbell, wer hat diese Optionen gekauft?"

„Ein Firmenkonsortium mit dem Namen GHO."

„Und wer ist das?"

„Ich habe nirgendwo im Netz brauchbare Hinweise auf diese Firma gefunden. Sie hat ihren Sitz auf den Cayman Islands. Es gibt aber etwas anderes, sehr Interessantes. Bei Vertragsabschluss befanden sich die wichtigsten Vorstandsvorsitzenden und der Geschäftsführer von A&M Technologies in Brüssel. Es gibt eine Taxiquittung. Ich konnte die GPS-Trackingdaten des Unternehmens ausfindig machen. Der Wagen fuhr unter anderem zum NATO-Hauptquartier."

„Du meinst, die NATO steckt hinter diesem Konsortium?", fragte Emma.

„Ich kann nichts meinen“, erwiderte Tinkerbell. „Ich bin nur ein Programm. Ich sammle lediglich Indizien. Zwei Wochen vorher waren die gleichen Leute in den USA und kurz darauf in Moskau und in Peking. Jeder könnte den Vertrag abgeschlossen haben.“

„Aber Brüssel war die letzte Station?“

„Ja.“

„Okay“, Tad fuhr sich durch die wirren Haare. „Spekulationen helfen uns nicht weiter. Wir wissen, dass Dads Firma das große Geld im Bereich Rüstung macht. A&M Technologies hat mit diesem IMO-Projekt einen ganz dicken Fisch an der Angel.“

„Einen ziemlich gefährlichen, dicken Fisch“, ergänzte Emma.

„Korrekt. Seit ein paar Tagen kann ich Dad nicht mehr erreichen, irgendjemand hackt Lee, und unser Haus versucht uns umzubringen. Da muss es doch einen Zusammenhang geben.“

„Ja, aber welchen?“ Emma nieste.

Sie erreichten die Bushaltestelle und setzten sich auf die Bank.

„Warst du heute in der Schule?“, fragte Tad.

„Ja.“ Emma nieste erneut. „Mum wollte, dass ich zuhause bleibe, aber wir hatten einen Doppelblock Mathe. Wenn ich da fehle, schnalle ich überhaupt nichts mehr.“

„Hast du JB gesehen oder Thor?“

„Nö, aber ich habe, ehrlich gesagt, auch nicht darauf geachtet. Liv hat nach dir gefragt. Eigentlich wolltet ihr euch heute wegen dieses Musicalprojekts …“

„War Scarlett da?“, unterbrach Tad sie.

„Oh Tad, ich habe echt keine Ahnung, was du an dieser blöden Ziege findest.“

„War sie da?“

„Ja.“

„Danke“, Tad zupfte sich nachdenklich an der Lippe. „Tinkerbell, stelle eine Verbindung zu JB her.“

„Nicht erreichbar.“

„Dann ruf Thor an.“

„Ist offline.“

„Shit.“

„Was ist los?“, fragte Emma.

„Da stimmt etwas nicht!“

„Wahrscheinlich sind sie krank.“

„Alle beide gleichzeitig?“, gab Tad zurück. „Sehr unwahrscheinlich. Aber selbst, wenn es so wäre – warum sind sie nicht online? JB müsste schon im Koma liegen, um länger als 12 Stunden nicht im Netz zu sein.“

Emma stand auf. „Unser Bus kommt.“

„Ich komme nicht mit.“

„Was? Bist du verrückt? Du hast dich gerade selbst aus dem Krankenhaus entlassen. Du musst ins Bett!“

„Ja, später. Erst muss ich noch ein paar Sachen erledigen.“

Der Bus rollte heran und hielt. Nun erhob sich auch Tad. Allerdings wandte er sich in die entgegengesetzte Richtung.

„Das ist nicht dein Ernst!“, rief Emma.

„Geh nach Hause und beruhige Mum, falls das Krankenhaus sich meldet.“

Tad wandte sich ab. „Ciao. Wir sehen uns.“

„Du spinnst!“

Tad warf einen Blick über die Schulter und sah, wie seine Schwester kopfschüttelnd in den Bus stieg. Er grinste und machte sich auf den Weg zur nächsten U-Bahnstation.

Falsches Spiel

Vom U-Bahnhof Dahlem Dorf war es nicht weit bis zu JB's Haus. Seine Eltern hatten eine schöne alte Villa gekauft und aufwendig restaurieren lassen. Als Softwareentwickler bei A&M Technologies verdienten beide sehr gut.

Tad stand vor dem verschlossenen Gartentor. Das Haus sah verlassen aus. Die Rollläden waren heruntergelassen. Das Hologramm Homeprotection verkündete, dass dieses Grundstück rund um die Uhr von einem privaten Sicherheitsdienst überwacht wurde. Tad klingelte eine Minute lang – nichts geschah.

„Shit." Nach kurzem Zögern klingelte Tad beim nächsten Haus. Es war deutlich kleiner als die Villa nebenan und hatte einen großen Garten, in dem jede Menge Spielzeug herumlag.

Auf dem Display des Klingelschilds erschien das blasse Gesicht einer Frau um die Dreißig. Dunkle Ringe unter den Augen kündeten von zu wenig Schlaf. „Psst! Das Baby schläft!", zischte sie zur Begrüßung.

„Oh, das tut mir leid. Entschuldigen Sie die Störung. Ich bin ein Klassenkamerad von JB. Er war heute nicht in der Schule und ich soll ihm die Hausaufgaben vorbeibringen."

„Wer ist JB?", raunzte die Frau.

„Äh Jan Böttcher, er wohnt gleich nebenan."

„Und warum klingelst du dann bei mir?"

„Mama! MAMA! Wer isn dis!" Ein pummliger Dreijähriger mit spärlicher Frisur tauchte am Rande des Bildschirms auf.

„PSST!"

Tad setzte zu einer Erklärung an: „Na ja, ich …"

Ein schrilles Wimmern unterbrach ihn.

„Scheiße!", fluchte die blassgesichtige Mutter ungehemmt. „Jetzt ist das Baby wach!" Sie drückte eine Taste und verschwand vom Display. Stattdessen erschien der Name der Familie Fröhlich-Meyer in einer bunten 3-D Animation.

Tad beschloss, es auf der anderen Seite zu probieren. Auch bei Familie Stegner musste jemand zuhause sein, denn Tad sah das bläuliche Flimmern eines Hologramms durch die Fensterscheibe.

Er klingelte, wartete zehn Sekunden und klingelte noch einmal. Viermal führte er diese Prozedur durch, bevor endlich jemand reagierte. Das blaue Flimmern erlosch, und gleich darauf erschien das Gesicht eines etwa achtjährigen Jungen auf dem Display. „Was isn?", fragte er mit einer Mischung aus Trotz und Erleichterung.

Tad hatte den Verdacht, dass der Bursche unerlaubt gezockt hatte. Er war erleichtert, dass seine Eltern ihn nicht erwischt hatten und zugleich genervt, dass Tad ihn gestört hatte.

„Kennst du Jan Böttcher? Er ist dein Nachbar."

„JB? Na Logo kenn ich den. Warum fragst du?"

„Ich bin sein Klassenkamerad und soll ihm Hausaufgaben vorbeibringen, aber es macht niemand auf. Weißt du, wo er ist?"

Der Junge zuckte die Achseln und bohrte ungeniert in der Nase. „Der ist doch verreist."

„Hä?", entfuhr es Tad.

„Der ist mit seinen Eltern nach Amerika. Dort nimmt er an so ‘nem Programmierwettbewerb teil.“

„Wie kommst du denn darauf?“

„Hat meine Mama mir erzählt.“

„Und woher weiß deine Mama das?“

Wieder ein Schulterzucken. „Keine Ahnung. Jedenfalls kommt er erst nächste Woche wieder.“

„Nächste Woche?“

„Jo“, erwiderte der Junge. „Dein Lehrer is‘ wohl n bisschen blöd, dass der dich trotzdem herschickt. Der muss doch wissen, dass der JB nicht da ist.“

„Da hast du wohl recht.“, murmelte Tad abwesend. „Danke für deine Hilfe und zieh die Vorhänge zu, wenn du heimlich zocken willst.“

Der Junge grinste verlegen und offenbarte dabei eine prächtige Zahnlücke. Sein Bild verschwand vom Display und Tad wandte sich ab.

Thors Familie wohnte nur ein paar Straßen entfernt. Während Tad sich mit zunehmender Besorgnis auf den Weg dorthin machte, rief er seine digitale Assistentin auf: „Tinkerbell, finde heraus, wo JB ist!“

„Wer könnte einer solch charmanten Aufforderung widerstehen?“, zwitscherte die kleine Fee.

Tad verdrehte die Augen.

„JB ist seit gestern komplett offline“, verkündete Tinkerbell. „Ich finde keine brauchbaren Informationen.“

„Wurde die Schule benachrichtigt?“

„Woher soll ich das wissen? Solche Informationen unterliegen dem Datenschutz.“

„Dann hack dich in die Datenbank ein! Es ist wichtig!“

Die kleine Fee verschränkte die Arme vor der Brust. „Das kann ich nicht machen, das ist illegal! Wenn das rauskommt, werde ich abgeschaltet."

„Tinkerbell!", Tad verdrehte die Augen.

„Dann ist es aus mit mir!"

„Jetzt mach hier nicht die Dramaqueen und erledige deinen Job."

„Ist es dir völlig egal, wenn man mich umbringt?", rief die kleine Fee mit schriller Stimme.

„Ich ändere gleich dein Profil!", fauchte Tad. „Tu, was ich gesagt habe. Es geht um Leben und Tod!"

„So läuft das nicht, Tad, diese Karte kannst du nicht jedes Mal ausspielen."

„Was ist, wenn JB genauso gefangen gehalten wird wie ich?"

„Warum sollte er?"

„Weil seine Eltern ebenfalls für A&M Technologies arbeiten, weil er auch Area 3 spielt und weil er das letzte Mal zwei Tage offline war, als er noch ein brabbelnder Säugling war! Also hack dich in diese verdammte Datenbank!"

„Okay, ich check mal deine Vitalwerte. Hm, sieht so aus, als würdest du dir ernsthaft Sorgen machen."

„Was ist das denn jetzt? Machst du etwa einen Lügendetektortest?"

„Ja."

„Was soll der Blödsinn?"

„Sorry, ich habe mir dieses Feature nicht ausgedacht. Das war dein Vater. Offenbar hatte er ein wenig Sorge, dass du meine loyalty-function missbrauchen könntest." Die Fee lächelte bezaubernd. „Momentchen, ich check mal die Schuldatenbank."

Tad schnaufte und schüttelte den Kopf.

„JB wurde von seinen Eltern für fünf Tage krank gemeldet", verkündete Tinkerbell.

„Und warum macht er dann nicht die Tür auf?"

Die kleine Fee zuckte die Achseln.

Tad biss sich nachdenklich auf die Unterlippe. Dann fragte er: „Wo sind seine Eltern jetzt?“

„Auf Dienstreise.“

„Alle beide?“, rief Tad. „Als Programmierer?“

„Zumindest versendet ihr Mail-Account diese Information.“

„Von wo kam die Krankmeldung?“, hakte Tad nach.

„Einen Augenblick“, Tinkerbell blätterte in einem virtuellen Notizbuch, „die Nachricht kam von einem Server aus Singapur“, erwiderte Tinkerbell.

„Shit“, Tad fuhr sich durch die Haare. „Da stimmt etwas nicht, da stimmt etwas ganz und gar nicht!“

Als er fünf Minuten später vor Thors Haus stand, zeigte sich das gleiche Bild wie bei JB. Das Gartentor war verschlossen. Die Rollläden waren heruntergelassen. Niemand reagierte auf sein Klingeln. Also versuchte Tad es wieder bei den Nachbarn. Einer war nicht zuhause, der andere verkündete, dass es ihm scheißegal sei, was mit diesem penetranten Blockwart-Typen geschehen sei. Seinetwegen könne der Mistkerl röchelnd auf seinem Hightech-Kompost verrecken, er würde sich einen Scheiß darum scheren.

Tad beschlich der Verdacht, dass sich Thors Vater in der Nachbarschaft nicht besonders beliebt gemacht hatte. Seine Mutter konnte das auch nicht ausgleichen. Sie hatte die Familie schon vor vielen Jahren verlassen und lebte bei ihrem neuen Freund in München. „Tinkerbell, ist Thor auch krankgeschrieben?“

„Ja, ebenfalls für fünf Tage.“

„Wo ist sein Vater?“

„Auf Dienstreise.“, verkündete Tinkerbell nach einem kurzen Datencheck.

„Lass mich raten, die Nachricht kam vom selben Server aus Singapur.“

„Korrekt“, erwiderte das Assistenzprogramm fröhlich.

Tad massierte sich die Schläfen. Thors Dad arbeitete nicht bei A&M Technologies, er war Offizier bei der Bundeswehr. Als Berufssoldat war er früher ständig unterwegs gewesen. Das war wohl auch ein Grund für die Scheidung von Thors Eltern. Inzwischen arbeitete Thors Vater nur noch in Berlin. Eine Dienstreise war zwar nicht ausgeschlossen, aber doch ungewöhnlich. Vielleicht hatte das Ganze ja doch nichts mit A&M Technologies zu tun? Tad hob den Kopf. „Tinkerbell, kontaktiere Ms Violett."

„Das ist leider nicht möglich. Sie ist seit Siebenundzwanzig Stunden offline."

„Shit. Dann finde bitte heraus, wo Scarlett Hohner wohnt."

„Fürstenstraße 9. Aber da wirst du sie nicht finden."

„Warum nicht?"

„Weil sie sich laut ihres aktuellen Posts gerade beim POUND Workout im Fitnessstudio befindet." Tinkerbell ließ das Bild einer schwitzenden, aber fröhlich lächelnden Scarlett im hautengen Fitnessdress aufpoppen.

Tad starrte das Bild an.

„Dein Blutdruck steigt", bemerkte Tinkerbell.

Tad spürte, wie er rot wurde. „Es ist nicht das, was du denkst."

„Ich kann nicht denken, Tad – bedauerlicherweise."

„Mir ist da etwas aufgefallen und …" Tad winkte ärgerlich ab. „Wieso diskutiere ich mit einem Programm?", knurrte er.

„Weil ich echt cool programmiert bin?", erwiderte die kleine Fee grinsend.

„Egal. Sei so gut und bastel' einen hübschen kleinen Trojaner zusammen."

„Das ist illegal, Tad."

„Aber nur ein bisschen. Außerdem habe ich meine Gründe. Vertraust du mir nicht?"

„Vertrauen ist eher so'n Menschending."

„Ich erklär's dir auf dem Weg ins Fitnessstudio. Suche uns bitte den kürzesten Weg heraus. Und dann muss ich noch kurz etwas recherchieren."

Tad fühlte sich unangenehm fehl am Platz, als er die gläserne Empfangshalle des Studios betrat.

„Kann ich dir helfen?", fragte die junge Frau am Empfangstresen. Dabei deutete ihr Blick, den sie über Tads Figur schweifen ließ, an, dass er Hilfe dringend nötig hätte. „Wir haben tolle Programme für Einsteiger."

„Das klingt wirklich sehr verlockend", log Tad. „Aber ich will nur eine Freundin abholen."

Die junge Frau runzelte ihre makellose Stirn. „Darf ich fragen, wie sie heißt?"

„Na klar, sie heißt …" Tad blickte an ihr vorbei und entdeckte Scarlett an der Bar. Sie trug ein schickes rosafarbenes Dress, trank irgendein grünliches Protein-Zeugs und unterhielt sich mit einer Freundin. „Ach, da ist sie ja schon. Vielen Dank!" Ehe die Frau reagieren konnte, schlenderte Tad hinüber zu Scarlett. „Hi Ms Violett", begrüßte er sie, „hast du einen Moment Zeit? Ich muss mit dir reden, über DIE DREI KRÜGE."

Scarlett drehte sich ihm zu. Sie wirkte verblüfft. Einen Moment lang schien sie in ihrem Gedächtnis zu kramen. Dann sagte sie: „Tad was machst du denn hier?"

Tad ignorierte ihre Frage: „Was hast du gemacht, während ich den Echsenmann verfolgte?"

Scarlett antwortete nicht. Sie warf ihrer Freundin einen raschen Blick zu. Doch diese zuckte nur mit den Achseln.

„Bitte! Es ist wichtig!" Tat suchte ihren Blick, doch sie wich ihm aus und trank stattdessen einen Schluck von ihrem Proteindrink. Sie wirkte verunsichert. Tads Ahnung verstärkte sich.

„Woher wusstest du, dass ich den Herrn der Ringe mag?", fragte er.

Sie zuckte mit den Achseln. „Wer sagt, dass ich das wusste?"

Tad ließ seinen Blick zu ihrer rechten Wade hinab wandern. Der Baum, der neulich Tads Aufmerksamkeit auf sich gezogen hatte, war stark verblasst. Der Eindruck, den er vorhin gewonnen hatte, als er das Posting gesehen hatte, trog nicht. Es war kein Tattoo, nur billiges Bodypainting. „Warum hast du dir das dort aufmalen lassen?", fragte er barsch.

Scarletts Augen weiteten sich überrascht und ihre Wangen färbten sich rot. „Ich wüsste nicht, was dich das angeht", zischte sie. Wütend kniff sie die Lippen zusammen.

„Und ich verstehe nicht, warum du keine einzige meiner Fragen beantwortest."

Scarlett stellte ihr Glas ab, schnappte sich ihre Tasche und sagte zu ihrer Freundin. „Mach's gut, wir sehen uns Donnerstag."

Die Freundin nickte ihr verblüfft zu, während Scarlett sich bereits abgewandt hatte und rasch an Tad vorbei ging. „Warte hier", sagte sie.

Tad dachte nicht daran und folgte ihr. „Wohin willst du?"

„Belästigt dich der Typ?", kam plötzlich eine tiefe Stimme von der Seite.

Tad prallte gegen etwas, das sich beim zweiten Hinsehen als ein männlicher Brustkorb entpuppte. Er blickte auf. Der Kerl war mindestens zwei Meter groß, und er hatte einen Bizeps, der in etwa Tads Taillenumfang entsprechen musste.

„Verzieh dich, Liam", fauchte Scarlett, „Ich brauch deine Hilfe nicht!" Und an Tad gewandt zischte sie: „Ich gehe auf Klo! Willst du vielleicht mitkommen?!"

„Äh."

Scarlett quetschte sich mitsamt ihrer riesigen Sporttasche durch die Tür der Damentoilette.

Der Muskelberg beugte sich zu Tad hinab. „Rühr sie einmal an und du bist Friedhof, Mann! Kapiert?"

„Ich glaub' schon", erwiderte Tad.

Es blieb ihm nichts anderes übrig, als vor der Toilette zu warten. Zehn Minuten vergingen. Mittlerweile hatten sich drei weitere Bodybuilder bei dem Fleischberg eingefunden. Immer wieder schauten sie zu ihm herüber und machten finstere Gesichter. Tad spürte, wie ihm ein Schweißtropfen in den Nacken rann. Was machte Scarlett so lange? War sie aus dem Klofenster gestiegen und abgehauen?

Weitere fünf Minuten später kam sie endlich aus der Toilette. Nun schien sie wieder ganz die Alte zu sein, selbstsicher und undurchschaubar. Er konnte sich nicht vorstellen, dass diese Veränderung auf eine entleerte Blase zurückzuführen war, zumal sie dafür wohl kaum ihre Tasche gebraucht hätte.

„Komm mit!“, befahl sie ihm.

Tad nickte. Verfolgt von den feindseligen Blicken der Muskelprotze trat er mit Scarlett hinaus auf die Straße.

„Ich wurde in einen Kampf verwickelt“, begann Scarlett.

„Wie bitte?“

„Als wir in dieser Koboldkneipe, DIE DREI KRÜGE, waren und du den Echsenmann verfolgtest, wollte ich dir zu Hilfe kommen, aber ich wurde in einen Kampf verwickelt und flog raus.“

Tad starrte sie an und Scarlett erwiderte seinen Blick trotzig.

„So viel zu dieser Frage“, fuhr sie fort. „Dass du ein Herr-der-Ringe-Fan bist, ist kein Geheimnis. Es war nicht schwer herauszubekommen. Und das Bodypainting?“ Sie warf einen kurzen Blick auf ihre Wade. „Nun ja, ich wollte ausprobieren, wie es sich anfühlt, Yggdrasils Spross zu tragen.“

„Also bist du Ms Violett?“, hakte Tad nach.

Scarlett lächelte. „Ich nehme an, du hast mir all diese Fragen gestellt, um genau das herauszubekommen.“

Tad lächelte zurück. Er glaubte ihr kein Wort. Nach außen hin spielte er das Spiel jedoch weiter. „Krass, du bist eine ziemlich coole Zockerin, weißt du das?“

Scarlett verneigte sich spielerisch.

„Ich könnte deine Hilfe gebrauchen“, fuhr Tad fort. „Ich habe etwas ziemlich Interessantes herausgefunden. Darf ich dir das schicken?“

„Ja. Am besten per Messenger. Ich gebe dir meine Nummer.“

Tad gab die Nummer ein und schickte Scarlett eine vorbereitete Nachricht.

Sie öffnete den Anhang. „Ein Screenshot von Area 3?“, fragte sie verblüfft.

„So etwas ähnliches“, erwiderte Tad. „Weißt du eigentlich, welche Farbe Ms Violett abgrundtief hasst?“

„Jetzt sag mir nicht, dass ist die interessante Geschichte, die du herausgefunden hast.“

Tad lachte. „Nein, natürlich nicht.“ Sein Gesicht wurde schlagartig ernst. „Interessant ist, dass du dir vor drei Wochen ein Pferd gekauft hast.“

Scarletts Gesicht verfinsterte sich. „Was soll das? Spionierst du mir etwa nach?“

„So ein englisches Vollblut ist schweineteuer. Woher hast du das Geld, Scarlett? Deine Mutter verdient nicht schlecht, aber reich seid ihr nicht.“

„Was bist du denn für ein irrer Stalker?“, fauchte Scarlett.

„Okay, lassen wir das Pferd beiseite. Welche Farbe hasst Ms Violett?“

„Ist mir doch egal. Lass mich mit deinen dämlichen Fragen in Ruhe!“

„Du weißt es nicht? Spiel einfach diesen Ausschnitt ab.“

„Was ist das für ein blödes Spiel?“

„Spiel einfach ab. Wovor hast du Angst? Es ist nur ein kurzer Auszug aus Area 3.“

Scarletts Finger zitterten leicht, als sie auf das Display drückte.

„Wer bist du?", fragte Tads Avatar. „Ich meine, im Real Life?"

„Das geht dich nichts an", erwiderte Ms Violett.

„Kannst du mir nicht wenigstens eine Kleinigkeit verraten? Irgendetwas?"

„Na gut", erwiderte Ms Violett lächelnd. „Ich hasse rosa!"

Scarlett schaltete den kleinen Film aus. „Ach Tad." Sie lächelte und strich ihm über die Wange. „Du meinst, weil ich heute einen rosa Sportdress trage, kann ich nicht Ms Violett sein. Das ist wirklich niedlich. Jeder spielt im Netz seine Spielchen. Warum hätte ich dir die Wahrheit sagen sollen?"

Tad spürte Wut in sich aufsteigen. Für wie blöd hielt sie ihn eigentlich? „Wir sind nicht im Netz, also lass die Spielchen", sagte er kalt. „Du bist nicht Ms Violett – ich weiß es. Und ich weiß, dass du ganz plötzlich mit einer Menge Kohle um dich schmeißt. Also, von wem bekommst du all diese Informationen? Wer bezahlt dich?"

„Gar nichts weißt du!", schrie Scarlett. Ihr Gesicht war von Wut und Furcht verzerrt. „Mach dich nicht lächerlich! Glaubst du wirklich, du wärst so wichtig, dass irgendjemand mich bezahlen würde, damit ich dir was vorspiele?"

„Nein!", entgegnete Tad. „Ich bin überhaupt nicht wichtig. Das macht alles keinen Sinn, und genau deshalb muss ich wissen, wer dein Auftraggeber ist."

Scarlett starrte ihn an. Ihre Unterlippe zitterte. Sie wandte sich abrupt ab. „Du bist ja vollkommen irre! Lass mich in Ruhe!"

Tad griff nach ihrem Arm, doch sie riss sich los. „Fass mich noch einmal an und ich rufe Hilfe!", zischte sie. „Wage nie wieder, mich anzusprechen."

In diesem Moment klingelte Tads Smartpalm. Er seufzte und ließ den Arm sinken. Während Scarlett davonstapfte, nahm er den Anruf entgegen.

„Du hast echt ein super Feeling für den falschen Zeitpunkt, Emma. Was gibt es denn?“

„Komm nach Hause. Sofort!“

In ihrer Stimme schwang etwas mit, das ihn aufhorchen ließ. „Was ist denn los?“, fragte er.

„Nicht jetzt! KOMM einfach!“ Sie legte auf.

Versuchskaninchen

Tad legte die letzten Meter im Laufschritt zurück. Er spürte seinen Muskelkater, aber die Brandwunde an seiner Wade ziepte nur noch ein wenig. Die virtuelle Krankenschwester hatte nicht zu viel versprochen.

Tad schloss die Tür auf und stürmte ins Wohnzimmer.

„Tad!“, seine Mutter starrte ihn mit großen Augen an. „Du bist schon wieder zurück? Ich wollte dich gerade besuchen fahren. Wie geht es dir, mein Großer?“

Tad mochte es nicht besonders, wenn sie ihn so ansprach. Auch wenn es paradox klang, irgendwie fühlte er sich dann kleiner. Momentan hatte er jedoch andere Sorgen. „Mir geht's gut, Mum. Wo ist Emma?“

„Lass dich mal anschauen.“ Die Frage souverän ignorierend, nahm Mum seine Hände und blickte ihm prüfend ins Gesicht. „Du siehst blass aus. Es ist wirklich unverantwortlich, dass sie dich schon so früh wieder entlassen haben. Diesen Krankenhäusern geht es doch nur noch ums Geld.“

„Alles gut, Mum, wirklich. Mir geht's prima.“

„Es ist wirklich eine verrückte Geschichte, Tad. Ich hoffe, du lernst daraus!“

Tad hob überrascht die Brauen. Was wusste Mum?

„Wie oft habe ich euch gesagt, ihr sollt nicht überall eure Sachen herumliegen lassen. Hättest du nicht überall deinen Krempel gehabt, wärst du auch nicht gestolpert, als das Licht plötzlich ausging. Es ist ein Wunder, dass dir nichts Schlimmeres passiert ist, als du gegen die Scheibe gestolpert bist. Wusstest du, dass unser Auto sich selbstständig gemacht hat und gegen die Garagenwand gekracht ist?“ Sie schüttelte den Kopf. „Stell dir nur vor, was hätte passieren können, wenn einer von euch dort unten gewesen wäre!“

Tad biss sich innerlich auf die Lippen. „Ja, ziemlich gruselige Vorstellung.“

„Ja. Zum Glück hat A&M Technologies sofort einen Servicetechniker geschickt. Offensichtlich wurden wir gehackt. Er hat einen Virushunter auf die Jagd geschickt und ist fündig geworden. Die Firewall hat ein Upgrade erhalten. Damit sollte der Spuk ein Ende haben.“

Tad schluckte. Er fürchtete, dass seine Mutter sich damit gewaltig täuschte. „Ist Emma nicht zuhause?“

„Doch, sie hat Besuch und ist ins Gartenhäuschen gegangen.“

„Oh, alles klar.“ Tad wandte sich ab und lief zur Tür. „Ich bin dann mal kurz draußen.“

„Seit wann interessierst du dich für Emmas Freunde?“, rief seine Mutter ihm hinterher.

Tad antwortete nicht. Das Gartenhäuschen war eine schlichte Holzlaube, die neben einem winzigen Bad nur noch über einen einzigen Raum verfügte. Dort standen ein ausrangiertes Sofa, ein Couchtisch und ein alter Fernseher. In einem Regal lagerten neben Konservendosen und Einmachgläsern jede Menge Spielzeug und Opas alte CD-Sammlung. Seltsamerweise waren die Gardinen zugezogen.

Tad drückte die Klinke herunter – die Tür war abgeschlossen.

„Wer ist da?“ erklang Emmas Stimme.

„Ich bin's, Tad.“

„Warte kurz.“

Ein Schlüssel wurde im Schloss herumgedreht. Emmas Gesicht erschien im Türspalt. Sie sah sich kurz im Garten um. „Okay, komm herein.“

Tad trat ein. Emma schloss die Tür sofort wieder. Sie hielt ihm einen Zettel und eine verzinkte Blechdose unter die Nase. Pack dein Smartpalm da rein!, stand auf dem Zettel.

Tad nickte. Wahrscheinlich war das übertrieben, aber sicher war sicher. Er nahm sein Smartpalm ab und verstaute es in der Dose. Das Zinkblech würde das Gerät sicher abschirmen. Sollte es irgendjemand gelungen sein, ihn zu hacken, hätte dieser jetzt keine Chance mehr, ihn zu belauschen.

Emma legte die Dose auf den niedrigen Couchtisch, und erst jetzt bemerkte Tad im Halbdunkel des Raums eine zweite Person – jemand, mit dem er ganz und gar nicht gerechnet hatte. Ein schlankes braunhaariges Mädchen saß auf dem Sofa. Sie hatte die Füße angezogen und hielt ein Kissen fest umklammert. Ihr Gesicht war sehr blass. Tad starrte sie mit offenem Mund an.

„Hallo Tad“, sagte sie leise.

„Hallo Liv“, erwiderte Tad. Verwirrt kramte er in seinem Gedächtnis. Ging es um das Theaterprojekt? Waren sie verabredet gewesen? Warum hatte Emma am Telefon dann so dringlich geklungen? In diesem Moment bemerkte er die Verletzung. Liv hatte den rechten Ärmel des Pullovers hochgeschoben. Ihr Unterarm war bandagiert. „Shit, du bist ja verletzt! Sollen wir dich ins Krankenhaus bringen?“

Liv schüttelte den Kopf.

„Setz dich erstmal“, mischte sich Emma ein.

Da es keine andere Sitzgelegenheit gab, ließ sich Tad neben Liv auf der Sofakante nieder.

„Ihr kennt euch“, stellte Emma fest.

Tad runzelte die Stirn. „Ja natürlich, vom Theaterkurs.“

„Nein, ihr kennt euch schon viel länger“, unterbrach ihn seine Schwester. „Ihr habt einen großen Teil eurer Freizeit zusammen verbracht.“

„Hä?“

„Ich bin Ms Violett“, sagte Liv. Ihre Lippen verzogen sich kurz zu einem Lächeln.

„DU?“ Ungläubig starrte Tad sie an.

„Ja“, erwiderte Liv. „Tut mir leid, wenn ich dich enttäuschen muss.“

„Wieso enttäuschen? Ich … ich bin nur etwas überrascht, hätte nicht gedacht, dass du eine Zockerin bist.“

„Warum nicht?“

„Weil … nun ja, weil du …“, Tad verstummte.

„Weil du viel zu belesen und intelligent dafür bist“, ergänzte Emma ungefragt ihren Bruder. „Er dachte nämlich, Scarlett, diese tiefer gelegte Scheckbuchbarbie wäre seine Zockerfreundin.“

„Ehrlich?“, Liv blickte ihn verblüfft an.

„Ja anfangs dachte ich es. Es gab ein paar Hinweise, aber dann habe ich herausgefunden, dass sie gebrieft wurde.“

„Was?“, rief Emma aus.

„Warum gebrieft?“, fragte Liv. „Und von wem?“

„Später“, Tad winkte ab. „Erzählt mir erstmal, warum ich unbedingt nach Hause kommen sollte, und warum wir uns im Gartenhaus treffen?“

Liv und Emma sahen einander an. „Wir werden beobachtet“, sagte Liv.

„Momentan ist es sicherer hier“, ergänzte Emma. „Außerdem wollen wir Mum da raushalten.“

„Was ist passiert?“, fragte Tad.

Liv atmete tief durch. Bei ihren ersten Begegnungen hatte sie auf Tad einen toughen und selbstbewussten Eindruck gemacht. Doch jetzt, wo sie dicht neben ihm saß, wirkte sie mit einem Mal sehr verletzlich. Er verspürte den Impuls, seine Hand tröstend auf ihre Schulter zu legen, unterließ es aber, aus Sorge, etwas falsch zu machen.

„Ich liebe es, in virtuellen Welten unterwegs zu sein", sagte Liv. „Dort habe ich mich immer sicher gefühlt." Sie verstummte.

„Weil du anonym unterwegs sein kannst?", hakte Tad vorsichtig nach.

„Weil ich dort selbst die Grenzen bestimmen kann", sagte Liv. Sie strich sich eine Haarsträhne aus der Stirn. „Nun ja, zumindest dachte ich das – bis gestern." Sie lächelte fahrig. „Ich weiß, es klingt ein bisschen verrückt, wenn ich das so sage, aber als wir gestern DIE DREI KRÜGE betraten, spürte ich gleich, dass da etwas Besonderes in der Luft lag. Diese Kobolde hatten uns erwartet. Wir wussten beide, dass es eine Falle war. Aber es war, wie soll ich sagen? Es war nicht nur das Feature eines besonders komplexen Spiels, es war irgendwie persönlich", sie verstummte und warf Tad einen prüfenden Blick zu.

„Ich weiß genau, was du meinst!", sagte Tad.

Liv atmete tief durch. Ihr Blick glitt durch ihn hindurch, als sie sich erinnerte: „Plötzlich tauchte der Echsenmann auf und du nahmst die Verfolgung auf. Ich wollte dir den Rücken freihalten und nahm mir die Kobolde im Lokal vor. Es war eine ziemlich wüste Schießerei. Aus den Augenwinkeln nahm ich wahr, dass der Wirt sich unter seinem Tresen zu schaffen machte. Als er sich wieder aufrichtete, sah ich etwas längliches, metallisch Glänzendes in seiner Hand. Ich reagierte, ohne nachzudenken, und schoss. Alles verlangsamte sich, jede Bewegung im Raum erstarrte, als würde die Luft immer härter werden und schließlich zu durchsichtigem Beton erstarren. Die Kugel aus meinem Lauf stoppte wenige Zentimeter vor dem Gesicht des Wirts. Es trug einen Ausdruck der

Verzweiflung. Allerdings achtete ich kaum darauf, denn mit einem Mal erschien eine golden schimmernde Linie mitten im Raum; sie wurde breiter, und in einem strahlenden Licht sah ich plötzlich die geflügelte Frau. Ich weiß nicht, wie ich sie beschreiben soll, sie war so unglaublich real. „Komm", hörte ich ihre Stimme in meinem Kopf. „Komm und sieh." Ich hatte gar keine andere Wahl, ich musste einfach durch dieses Tor gehen, das da mitten in der Luft schwebte. Als ich an der geflügelten Frau vorbei ging, spürte ich, wie ihr Haar mein Gesicht streifte und dann fiel ich. Ich stürzte hinab in bodenlose Tiefe. Als mein Sturz schließlich endete, kniete ich auf dunklem, abgewetztem Holzboden. Der Geruch von Staub und Schweiß drang in meine Nase. Ich hatte mich versteckt, das spürte ich. Es war wie in einem Traum, in dem geschehen seltsame Dinge geschehen. Dabei ist man ist sich irgendwo im letzten Winkel seines Unterbewusstseins darüber im Klaren, dass sie nicht real sind, aber man erlebt sie so.

Schwaches Licht fiel auf den Boden. Ich sah Zigarettenstummel. In einer Ecke lag eine tote Maus. Meine Hände waren klein. Ich war ein Kind. Vielleicht fünf Jahre alt. Vor mir war eine Bretterwand und hinter mir sah ich die zerschlissenen Hosen und die groben Stiefel meines Vaters. Ich wusste, dass es mein Vater war, weil es da etwas gab, das uns miteinander verband – etwas, das ich schon ewig nicht mehr gespürt hatte. Aber zugleich wusste ich auch, dass ich mich nicht erwischen lassen durfte. Vor mir in der Wand war ein Loch. Ich lugte hindurch. Der Raum war voller Menschen. Sie sahen schmutzig und rau aus, aber sie waren nicht böse. Ich wusste, dass sie mich mochten. Ich wusste, dass sie meine Freunde waren. Mit einem mal wurden die Leute ganz still. Ich sah, wie die Tür aufging. Ein Mann und eine Frau kamen hinein; sofort spürte ich, wie mir ein Schauer den Rücken runterlief. Diese beiden waren gefährlich und eiskalt. Niemand in diesem Raum bedeutete ihnen irgendetwas." Liv blickte auf. Sie sah Tad an und ihre Augen glänzten feucht. „Tad ich habe uns gesehen! Aber als ich dieses kleine Mädchen war, sah ich uns aus einem ganz anderen Blickwinkel. Ich hatte einfach nur schreckliche Angst. Es fühlte sich überhaupt nicht an wie in einem Spiel. In diesem Moment war ich ein kleines Mädchen, das sich unter der Theke ihres Vaters versteckt hatte, um heimlich die Leute zu beobachten. Es sollte nur ein kleiner Streich sein, doch stattdessen erlebte ich das Grauen! Mit einem Mal, ohne dass ich erkennen konnte warum, fingen die beiden Erwachsenen an, um sich zu schießen. Der Mann verschwand, aber die Frau blieb und ermordete meine Freunde. Überall war Blut. Ich schrie auf vor Angst. Plötzlich sah ich das Gesicht meines Vaters vor mir. Seine Hände hatten mich an den Schultern gepackt, fest und liebevoll zugleich. „Liv!" Sie sah auf. Eine Träne rann ihr die Wange hinab. „Tad, er nannte mich Liv!"

Tad schluckte. Die Erinnerungen an seine eigenen Erlebnisse hinter dem Tor der geflügelten Frau ließen ihn frösteln.

„Liv!, sagte er, Was machst du hier? Du musst dich verstecken, sofort! Ich hatte viel zu viel Angst, um irgendetwas zu erwidern. Ich helfe dir, sagte er. Diesmal helfe ich dir!"

Liv hatte die Hände vors Gesicht gelegt und schluchzte leise.

Tad saß da wie erstarrt. Livs Schmerz war echt. Er spürte, dass mit diesen Worten etwas Schreckliches verknüpft war, etwas, das mit ihrem realen Leben zu tun hatte. Behutsam legte er den Arm um sie. Einige Atemzüge lang drückte sie sich an ihn, dann wich sie zurück und Tad nahm seinen Arm von ihrer Schulter.

„Entschuldige", Liv schniefte, und Emma reichte ihr ein Taschentuch.

„Da gibt es nichts zu entschuldigen", sagte Tad. „Ich weiß, dass es sehr schmerzvoll sein kann, durch das Tor zu treten."

Ihre Blicke trafen sich für einen Moment. Liv schnaubte sich die Nase und fuhr fort: „Es gab da eine geheime Bodenklappe unter der Theke. Ich wusste das, woher auch immer. Man muss mit einer Eisenstange in ein Loch drücken und einen Haken lösen, dann klappt sie auf. Mein Vater sagte: Ich mach die Klappe auf. Warte! Er richtete sich auf. Ich hörte wie die Eisenstange über die Theke schabte, bevor sich ein schreckliches Geräusch in mein Bewusstsein bohrte. Eine Flüssigkeit spritzte zu Boden. Der große Spiegel an der Wand dahinter zerbarst. Scherben krachten herunter, eine drang tief in meinen Arm ein. In diesem Moment spürte ich es kaum. Die Beine meines Vaters schwankten. Er prallte gegen die Wand und rutschte zu Boden. Direkt vor mir blieb er liegen. Er hatte kein Gesicht mehr. Es war tot!"

Emma stöhnte auf.

„Dann wachte ich auf", sagte Liv.

„Liv", stammelte Tad. „Es tut mir total leid, dass du das erleben musstest."

„Ich weiß natürlich", sagte Liv rasch, „dass es nur ein Spiel war, dass nichts davon wirklich passiert ist, aber …"

„Es fühlt sich nicht so an", ergänzte Tad.

Sie blickte zu ihm auf. „Ja."

Als er Livs Gesicht vor sich sah, so nah und tränennass, hatte er den Impuls, ihr das wirre Haar aus der Stirn zu streichen. Stattdessen räusperte er sich. „Brauchst du noch ein Taschentuch?"

„Ja bitte."

Emma reichte Liv noch ein Taschentuch. Sanft strich sie ihr über den Rücken, während diese sich schnäuzte. Zeitgleich warf sie ihrem Bruder einen strengen Blick zu. Tad war irritiert. Hatte er irgendetwas falsch gemacht?

„Na ja", fuhr Liv schließlich fort, „als ich aufwachte lag ich auf dem Boden und musste feststellen, dass ich wirklich eine Schnittwunde im Arm hatte. Neben mir lag eine zerbrochene Vase. Alles war voller Scherben. Das Blut war zum Teil schon getrocknet, ich musste mehrere Stunden ohne Bewusstsein gewesen sein. Mir war schwindlig, und ich konnte kaum etwas sehen. Das lag allerdings vor allem daran, dass das Licht nicht ging und die Jalousien heruntergelassen waren. Im Raum war es heiß und stickig. Die Heizung lief auf vollen Touren. Als ich in die Küche ging, um einen Verband zu holen, war es dort wiederum eiskalt. Die Klimaanlage hatte den ganzen Raum in einen Kühlschrank verwandelt. Spätestens, als ich das Haus nicht verlassen konnte, weil die Tür verriegelt war, wurde mir klar, dass hier irgendetwas nicht stimmte. Mein Smartpalm war tot, der Server blockiert. Es schien, als wäre ich Gefangene in meinem eigenen Haus."

Tad warf Emma einen kurzen Blick zu.

Liv nickte. „Ich weiß, was bei euch passiert ist. Deine Schwester hat's mir erzählt. Zum Glück war es bei mir nicht ganz so schlimm. Meine Mutter ist nicht so ein Technikfreak. Bei uns ist noch nicht alles auf Smart umgerüstet. In jedem Fall gelang es mir, ein Fenster aufzubrechen und zu entkommen.

Ich ging zu meiner alten Nachbarin und versuchte, meine Mum telefonisch zu erreichen. Man sagte mir, sie sei auf Geschäftsreise. Da ich wusste, was Area 3 auslösen kann, habe ich mir Sorgen um dich gemacht, Tad."

„Also kanntest du meine Identität?"

„Natürlich, das war nicht schwer."

„Warum hast du nie etwas gesagt?"

Liv ignorierte seine Frage und fuhr fort: „Ich hab versucht, dich anzurufen – Fehlanzeige. Auch bei Thor und JB meldete sich keiner. Ich wusste nicht, was mit dir passiert ist, aber ich ahnte, dass ihr in Gefahr seid. Also machte ich mich auf den Weg."

„Warst du nicht beim Arzt?", fragte Tad.

Sie schüttelte den Kopf. „Ist nicht so schlimm. Auf jeden Fall bemerkte ich nach einiger Zeit, dass ich beobachtet werde."

„Dir ist jemand gefolgt?", fragte Tad.

„Ja, eine Drohne. Ich wartete auf den Bus. Nach einiger Zeit hörte ich ein Brummen, es kam ein Quadrocopter herangeschwirrt, fixierte mich ein paar Sekunden lang mit seiner Kamera, als wolle er prüfen, ob alles okay sei und schwirrte dann wieder davon. Er verfolgte mich bis zur U-Bahn.“

„Und, als du wieder ausgestiegen bist?“, fragte Tad.

„Ich weiß es nicht, möglicherweise aus größerer Höhe. Ich kaufte mir ein einfaches Prepaid – Palm und rief bei euch an. Emma lotste mich in das Gartenhäuschen.“

„Das war klug“, sagte Tad. „Wir sollten uns auf keinen Fall in einem Haus treffen, das von A&M Technologies überwacht wird. Ich bin mir sicher, dass irgendetwas mit dieser Firma nicht stimmt. Offensichtlich sind die Toröffner in Area 3 irgendwie damit verknüpft. Bei JB und mir ist die Sache klar – seine Eltern und mein Vater arbeiten bei A&M Technologies. Aber was hast du damit zu tun?“

„Mein Vater ist Makler. Ich habe ihn seit sechs Jahren nicht gesehen.“ Sie sagte das in einer Art und Weise, die Tad erahnen ließ, dass noch mehr dahinter steckte, er beschloss jedoch, nicht nachzufragen. „Aber meine Mutter ist Teilhaberin von CoDe 21“, fuhr Liv fort. „Das ist eine Marketingagentur, die für große internationale Konzerne tätig ist – unter anderem auch für A&M Technologies.“

„Okay, das ist eine Verbindung, allerdings eine recht lose, finde ich.“

„Nicht ganz. Meine Mutter hat A&M ihren wichtigsten Kunden verschafft: die NATO.“

„Echt?“, entfuhr es Emma. „Das ist krass!“

„Ja“, bestätigte Liv. „Es verschafft uns allerhand Privilegien. Als wir uns in Area 3 bei den DREI KRÜGEN trafen, trug ich zum Beispiel den Prototyp eines neuen Cyberhelms und ein SPS von A&M Technologies.“

Tad riss die Augen auf: „Du auch?“

Liv nickte.

„Okay, das erklärt einiges." Tad nickte nachdenklich. „Deine Mutter ist gerade spontan auf einer Geschäftsreise …"

Liv lächelte schmallippig. „Richtig. Genau wie dein Vater, JB's Eltern …"

„… und Thors Vater", ergänzte Tad. „Ich war bei den beiden zuhause, alles ist verrammelt. Ich habe geklingelt und niemand hat reagiert. Angeblich sind die Familien verreist, doch in der Schule sind Thor und JB krank gemeldet. Mir erschließt sich nur nicht so ganz, wie Thors Vater damit drinhängt."

„Das kann ich dir sagen", meldete sich Emma zu Wort. „Sein Vater ist Ausbilder in einem Spezialcamp des KSK. Mit Sicherheit nutzen die dort diese schreckliche Kriegssoftware."

„Woher weißt du das von Thors Vater? Ist so etwas nicht geheim?"

Emma zuckte die Achseln. „Thor hat's mir mal erzählt. Ich glaube, er wollte damit ein bisschen angeben."

„Thor hat mit dir geredet?", fragte Tad verblüfft.

Die beiden Mädchen sahen sich an und verdrehten die Augen.

„Hey, was guckt ihr so?", empörte sich Tad. „Ich hab euch eben noch nie miteinander quatschen sehen."

Liv schüttelte den Kopf. „Typisch großer Bruder. Du hast noch nicht mal mitbekommen, dass deine Schwester voll hübsch ist, oder? Wahrscheinlich steht dein Kumpel auf sie."

„Thor?", stammelte Tad entgeistert.

Emma wurde rot. „Ist doch egal. Auf jeden Fall ist das die Verbindung. Unsere Eltern haben alle etwas mit A&M Technologies zu tun, und ihr vier seid ständig in Area 3 unterwegs."

„Ja", sagte Liv, „fragt sich nur: Was soll das Ganze? Warum sollte ein internationaler Konzern uns mit Hilfe einer Spielesoftware angreifen? Warum sollte er uns in unseren

Häusern gefangen halten? Und wo stecken unsere Eltern?"

„Nicht zu vergessen: Wer beobachtet uns?", warf Tad ein. „Ich bin mir noch nicht sicher, ob wirklich A&M Technologies hinter all dem steckt. Auf jeden Fall habe ich das Gefühl, dass mein Vater mich warnen wollte. Er hat im Trailer des SPS-Programms eine Nachricht versteckt. Leider war die Botschaft unvollständig; er warnte mich vor irgendeiner Sache, die nicht ist, was sie zu sein scheint. Erst dachte ich, er meinte das SPS, inzwischen bin ich mir jedoch sicher, dass der Cyberhelm damit gemeint war. Er hat ultrafeine Nadeln integriert, die sich während des Spiels in den Schädel bohren. Ich hab's gesehen."

„Was?" Intuitiv fuhr sich Liv durch die Haare. „Ich habe nichts gespürt."

„Ich vermute, sie enthalten ein örtliches Betäubungsmittel", sagte Tad. „Deshalb hast du die Nadeln nicht gespürt, dafür aber den Holzboden unter dir, die Hände des Wirts und noch andere Dinge. Diese Nadeln haben das Spiel für dich zur Realität gemacht. A&M Technologies simuliert den Krieg, um Rekruten auszubilden. Jeder Soldat, der zu einem Einsatz geschickt wird, soll über echte Kampferfahrung verfügen. Er soll wissen, wie sich Hunger, Durst, Hitze, Erschöpfung und Schmerzen anfühlen, wenn er im Einsatz ist. Er soll am eigenen Leib erfahren haben, was geschieht, wenn er einen Fehler macht – und genau das ermöglicht dieser Cyberhelm. Er zapft direkt die Synapsen unserer Gehirne an."

Liv erschauerte. „Das ist gruselig."

„Ja. Aber es erklärt immer noch nicht, warum ausgerechnet wir diese Dinger bekommen haben."

„Vielleicht", sagte Emma leise, „ist das so eine Art Experiment?"

„Möglicherweise", sagte Tad nachdenklich.

„Ich habe mich durchaus wie ein Versuchskaninchen gefühlt", bestätigte Liv.

„Nehmen wir mal an, dass diese Hypothese wahr ist“, sagte Tad. „Dann würde derjenige, der diesen Versuch durchführt, auch wissen wollen, wie wir reagieren.“

„Er müsste uns also beobachten“, ergänzte Liv seinen Gedanken.

„Genau, und er würde von Anfang an dafür sorgen, dass er immer die Kontrolle hat. Das heißt, er muss unser Vertrauen gewinnen.“

„Indem er unsere Eltern nutzt?“, fragte Emma.

Tad nickte. „Und indem er uns Anreize gibt, weiterzumachen.“

„Jetzt spielst du wohl auf Scarlett an, was?“ Emma verzog das Gesicht.

„Oh, ich verstehe“, Liv nickte wissend. „Für einen Jungen ist Scarlett natürlich ein äußerst attraktiver Anreiz.“

„Hey, hey“, Tad spürte, dass er rot wurde, und ärgerte sich sogleich darüber. „Ich hatte euch doch vorhin gesagt, dass sie gebrieft wurde. Ich habe mich ja selber gewundert, warum sie auf einmal Kontakt zu mir aufnahm. Sie machte so seltsame Andeutungen, und sie hat sogar ein Bodypainting mit Yggdrasils Spross getragen. Ich meine, da musste ich doch glauben, dass sie Ms Violett ist.“

„Ach, deshalb diese komische Behauptung, du hättest mein Tattoo gesehen“, warf Liv ein.

„Ja genau aber …äh, hast du überhaupt ein Tattoo?“

„Das spielt jetzt wohl kaum eine Rolle“, sagte Liv kühl. Sie stand auf und begann, im Raum auf und ab zu gehen.

Tad spürte einen Stich des Bedauerns. Es fühlte sich irgendwie kühler an, als sie nicht mehr dicht neben ihm war. „Äh wie auch immer“, sagte er. „Auf jeden Fall wollte ich Scarlett warnen. Tinkerbell fand heraus, dass sie im Fitnessstudio war.“

„Wer ist Tinkerbell?“, fragte Liv

„Mein Assistenzprogramm“, entgegnete Tad. „Als ich im Studio auftauchte, war Scarlett ziemlich überrascht, mich zu sehen, und sie hatte überhaupt keine Ahnung, wovon ich redete, als ich DIE DREI KRÜGE erwähnte. Kurz darauf verschwand sie mit ihrer Tasche für eine Viertelstunde aufs Klo und auf einmal wusste sie Details, die eigentlich nur wir beide wissen konnten. Ich glaube, dass es jemanden gibt, der sie brieft. Sie bekommt Anweisungen und wird dafür bezahlt."

Liv hob eine Braue. „Und dieser jemand ist der Laborleiter?"

„Genau."

„Selbst, wenn du recht hast", sagte Emma. „Was hilft uns das? Wie kommen wir an diesen Typen heran?"

„Na ja", Tad grinste, „ich habe da einen kleinen Trojaner auf ihr Smartpalm geschmuggelt."

„Nicht schlecht", Liv zeigte den Anflug eines Lächelns. „Aber das bringt uns möglicherweise nur eine anonyme Telefonnummer oder irgendeinen Server in Tokio ein."

Tad presste die Lippen zusammen. Da war etwas dran.

„Hast du eine bessere Idee?", fragte Emma.

Liv stand vor dem Regal und betrachtete nachdenklich die Spielsachen, die dort herumlagen. Schließlich griff sie nach einem dünnen Plastikrohr und drehte sich zu den Geschwistern um. „Wie gut könnt ihr damit umgehen?", fragte sie.

Es handelte sich um ein Blasrohr, mit dem man leichte Pfeile abschoss.

„Ziemlich gut", entgegnete Emma. „Ich hab damit früher Tads Legomännchen vom Regal geholt."

„Ausgezeichnet." Ein Funkeln trat in Livs braune Augen.

Flying Spy

Misstrauisch linste Tad die rostige Brückenkonstruktion hinauf. „Bist du dir sicher, dass das hält?“

Liv grinste. „Mein Parcours-Workshop ist zwei Monate her. Ich kann mir nicht vorstellen, dass der Stahl seitdem durchgerostet ist.“

„Na gut“, Emma sah ziemlich blass aus, aber sie lächelte tapfer. „Dann mal los. Hilfst du mir?“

„Klar.“ Tad verschränkte die Finger. Emma trat auf seine Handfläche, drückte sich hoch und stieg vorsichtig auf seine Schultern. Von dort aus erreichte sie die Stahlstreben der stillgelegten Eisenbahnbrücke. Sie zog sich hoch und begann die Verstrebungen empor zu klettern. „Oh Mann, was mach ich hier bloß?“

„Du schaffst das!“, ermutigte Liv sie.

„Einfach ruhig atmen und immer schön auf den nächsten Griff konzentrieren“, riet Tad.

„Nur nicht nach unten sehen!“, ergänzte Liv.

„Hört auf zu quasseln!“, schimpfte Emma. „Ihr macht mich ganz wuschig.“

Tad sah zu, wie seine Schwester vorsichtig immer höher kletterte. Jeder ihrer Bewegungen war die Angst anzusehen, aber sie machte weiter. Das war, wie er ehrlicherweise zugeben musste, ziemlich mutig – und ziemlich verrückt. Der hastig zusammengestrickte Plan hatte schon im Gartenhäuschen abenteuerlich geklungen. Hier vor Ort sah das Ganze mehr und mehr nach einer absoluten Schnapsidee aus, aber welche Wahl hatten sie schon?

„Okay", sagte Emma mit dünner Stimme, „ich bin oben." Sie hatte sich auf einen etwa dreieinhalb Meter hohen Querbalken der Konstruktion gesetzt und lehnte an einem der Stahlpfeiler, der die alte Brücke hielt.

Liv streckte ihr beide Daumen entgegen. „Du machst das toll!"

„Denk daran, du hast ein Zeitfenster von maximal 30 Sekunden und nur einen Versuch!", mahnte Tad.

Seine Schwester lächelte gequält. „Danke, jetzt geht's mir schon viel besser." Mit zitternden Händen fischte sie einen länglichen Gegenstand und eine kleine Tube aus ihrem Rucksack.

„Fang erst an, wenn du sie hörst."

„Ja", zischte sie genervt. „Sorgt ihr lieber dafür, dass ich hier nicht umsonst mein Leben riskiere."

Liv aktivierte ihr Smartpalm und googelte den Hauptsitz der Firmenzentrale von A&M Technologies. Der hochmoderne Bau war vor zehn Jahren auf einem alten Industriegelände in Tietzow bei Nauen errichtet worden – mitten in der Pampa. Ziemlich ungewöhnlich für einen international agierenden Konzern, ging es Tad durch den Kopf; doch das war momentan eher nebensächlich. Entscheidend war vielmehr, dass sie sich spätestens jetzt der vollen Aufmerksamkeit ihres geheimnisvollen Beobachters sicher sein konnten, zumindest, wenn es ihm tatsächlich gelungen war, ihre Smartpalms zu hacken.

„Bist du dir sicher, dass du das schaffst?", fragte Tad und folgte damit dem zuvor abgesprochenen Drehbuch.

Liv zog ihren unförmigen Kapuzenpulli aus. Darunter trug sie ein enganliegendes T-Shirt. „Wenn wir da rein wollen, müssen wir trainieren." Sie ließ die Arme kreisen und machte ein paar Dehnübungen.

„Was genau ist jetzt mein Job?", fragte Tad.

„Du passt auf, dass ich nicht mit dem Kopf auf den Boden klatsche, wenn ich abschmiere." Sie begann an einer anderen, wesentlich schwierigeren Stelle, die Brücke hinauf zu klettern.

Tad hob die Arme, um sie notfalls stützen zu können, falls sie abrutschte. Alles sollte so echt wie möglich aussehen.

Liv hatte vor zwei Monaten einen Parcours-Kurs absolviert und sie war richtig gut. Ihre Bewegungen waren geschmeidig. Geschickt verlagerte sie ihr Gleichgewicht und kletterte rasch höher. Es sah elegant aus, beinahe wie ein Tanz in Zeitlupe. „Wow", entfuhr es ihm.

Liv warf ihm einen kurzen Blick zu.

„Krass, du machst das richtig gut!", sagte Tad.

In diesem Moment rutschte Liv mit den Füßen ab. Sie stieß einen erschrockenen Schrei aus.

„Scheiße!", rief Tad.

„Pass auf!", kreischte Emma.

Liv hing mit beiden Händen an einer rostigen Querstrebe. Ihre Beine baumelten gut zweieinhalb Meter über Tad in der Luft. „Verdammt, ich kann mich nicht mehr halten!"

„Zieh die Beine hoch!", brüllte Tad.

„Ich … kann … nicht!", keuchte Liv.

Ein leises Surren erklang. Es kam näher.

Tad und Liv warfen sich einen kurzen Blick zu. Daraufhin kreischte sie und zappelte noch mehr mit den Beinen. Aus den Augenwinkeln sah Tad, wie seine Schwester hektisch an der kleinen Tube herumfummelte.

Plötzlich tauchte die Drohne unter der Brücke auf. Ihre Rotoren hielten sie wie eine Libelle ruhig in der Luft. Das Kameraauge zoomte heran. Tad blickte rasch zurück zu Liv. Ihr Gesicht war vor Anstrengung verzerrt. Die Muskeln an ihren Unterarmen traten deutlich hervor. Es sah so aus, als würde frisches Blut unter ihrem Verband hervor rinnen.

„Mach keinen Scheiß!" rief Tad. „Zieh die Beine hoch!" Das war jetzt kein Spiel mehr.

Die Bauchmuskeln des Mädchens spannten sich, sie stöhnte vor Anstrengung. Ihre Füße näherten sich der nächsten Querstrebe.

Das Rotorengeräusch änderte sich, es stockte und schwoll dann wieder an. Die Drohne schwankte. Jetzt mach endlich, Emma!

Livs Füße rutschten ab. „Ich kann nicht mehr!" Furcht lag in ihrer Stimme.

Aus den Augenwinkeln sah Tad etwas durch die Luft sausen. Endlich!, schoss es ihm durch den Kopf. Er wusste nicht, ob Emma getroffen hatte. Es spielte auch keine Rolle. Sie hatten nur diesen einen Schuss.

„Kletter wieder runter!", rief er Liv zu.

Das war das vereinbarte Signal, doch das Mädchen hing noch immer an der Strebe. Ihre Muskeln zitterten.

„Ich schaff' s nicht!", keuchte sie.

In diesem Moment fing die Drohne an, verrückt zu spielen. Sie schwankte wild hin und her. Einer der Rotoren streifte die Brücke. Funken sprühten und auf einmal sauste das Ding direkt auf Liv zu.

Tad schrie entsetzt: „Pass auf!"

Das Brummen der Drohne war ohrenbetäubend. Livs Kopf fuhr herum, ein Schweißtropfen rann von ihrer Stirn. Tad sah, wie ihre Augen sich weiteten, dann ließ sie los. Tad reagierte, ohne nachzudenken. Er riss die Arme hoch, um sie aufzufangen. Mit voller Wucht krachte sie in ihn hinein. Etwas

Hartes traf Tad am Mund, er verlor das Gleichgewicht und knallte mit dem Rücken auf den Boden. Die Luft wurde aus seinen Lungen gepresst. Einen Moment lang blieb er benommen liegen, dann vernahm er das leiser werdende Surren der Drohne und Livs keuchenden Atem. Er spürte ihr Gewicht auf seinem Körper.

„Hey“, ächzte er.

Liv stöhnte leise und bewegte sich. Ihre Haare kitzelten über seine Wange, als sie den Kopf hob. „Hey.“ Sie blinzelte.

„Du bist echt umwerfend“, presste Tad hervor.

„Sorry, ich hab mich wohl etwas überschätzt.“ Sie stemmte sich ein wenig hoch. „Scheiße, du blutest ja.“ Er spürte, wie ihre schmalen Finger seine Lippe berührten.

Sie lächelte entschuldigend. „Ich glaub, das war mein Knie. Tut mir echt leid.“

„Nicht schlimm“, sagte Tad. Ihr Gesicht war ganz dicht bei seinem. Ihr Atem roch leicht nach Pfefferminze und auf ihrer Oberlippe hatten sich winzige Schweißtröpfchen gesammelt. Er konnte ihren raschen Herzschlag fühlen. Sie strahlte Wärme aus. Es war kein unangenehmes Gefühl, sie so dicht bei sich zu spüren. Ein Blutstropfen rann von ihrer Stirn. „Shit, du bist auch verletzt.“ Er hob die Hand, um ihr das Haar beiseite zu streichen. Liv zuckte zurück und rutschte von ihm herunter.

Tad spürte einen Stich des Bedauerns.

„Alles okay bei euch?“ Emma kletterte vorsichtig die Streben der Brücke herunter.

„Ich glaube, ein Rotor hat mich erwischt.“ Vorsichtig betastete Liv ihre Stirn. An ihren Fingerspitzen klebte Blut.

Tad rappelte sich auf. Jeder Knochen in seinem Körper tat ihm weh, aber es schien nichts gebrochen zu sein. „Lass mal sehen!“, sagte er.

Liv wich zurück. „Schon okay.“

Tad runzelte die Stirn. „Keine Sorge, ich werde nicht versuchen, dich zu operieren."

Ein fahriges Lächeln huschte über ihr Gesicht. „Ist nur ein Kratzer."

„Und deine Wunde am Arm?" Er zeigte auf das frische Blut an ihrem Verband.

Das Mädchen winkte ab. „Kein Drama, suppt nur ein bisschen." Sie griff nach ihrem Kapuzenpulli und zog ihn sich wieder über.

Tad runzelte die Stirn.

In der Zwischenzeit war Emma von der Brücke abgestiegen und stemmte die Hände in den Hüften. „War das etwa auch Teil des Plans?"

„Was meinst du?", fragte Liv.

„Dieser Angriff. Die Drohne hat dich mit voller Absicht attackiert. Das war doch kein Zufall!"

„Hast du sie erwischt?", fragte Liv.

Emma nickte.

„Supergut!"

„Na ja, wie man's nimmt", warf Tad ein. „Nach deinem Schuss ist das Teil komplett ausgerastet. Es hat Liv angegriffen. Die Sache hätte echt übel ausgehen können."

„Nein", widersprach Emma.

Verblüfft starrte Tad sie an. „Wie, nein?"

„Ich meine, du hast natürlich recht; das hätte übel ausgehen können. Die Drohne hat aber schon verrückt gespielt, bevor ich sie getroffen habe. Der Motor setzte kurz aus, dann schwankte sie hin und her. Es war echt sauschwer, sie zu treffen."

„Wie auch immer" mischte sich Liv ein. „Sie ist weg, und wir haben sie gemarkert. Mehr wollten wir nicht."

„Hast du es geschafft, vorher den Sekundenkleber auf den Saugnapf zu streichen?", fragte Tad seine Schwester.

„Ja. Ich hoffe, der Pfeil hält."

Zuvor hatten sie einen winzigen Fitness-Tracker daran befestigt. Dank Emmas gelungenem Schuss konnten sie die Drohne über ihren improvisierten Peilsender verfolgen. Tad zog sein nagelneues Prepaidpalm, aus der Tasche und rief Tinkerbell auf. „Wo ist Flying Spy?“, fragte er, während er das Gerät anlegte.

„Etwa 400 Meter nordöstlich von deinem Standpunkt“, sagte Tinkerbell.

„Bewegt er sich?“

„Nein.“

„Also beobachtet er uns weiterhin“, stellte Liv fest.

„Sieht so aus“, entgegnete Tad. „Dann wollen wir mal schauen, ob uns das Teil nochmal angreift.“

Er trat unter der Brücke hervor und sah sich um. Von der Drohne war nichts zu sehen. „Bist du sicher, dass Flying Spy hier ist?“, fragte Tad.

„Da regt mich ja die Frage schon auf“, entgegnete die Assistenzsoftware. „Selbstverständlich ist er hier!“

„Vielleicht ist der Tracker abgefallen?“, warf Liv ein.

Tad verzog das Gesicht. „Auf welcher Höhe befindet sich Flying Spy?“

„In 1.896 Metern Höhe“, erwiderte Tinkerbell.

„Warum hast du das nicht gleich gesagt?“

„Du hast mich nicht gefragt“, schmollte die kleine Fee.

„Damit dürfte klar sein, warum wir nichts bemerken können“, stellte Liv fest. „In fast zwei Kilometer Höhe siehst du von so einer Drohne allerhöchstens noch ‘nen Lichtreflex.“

„Ist das nicht deutlich oberhalb der erlaubten Flughöhe?“, warf Emma ein.

„Das Ding hat versucht, Liv umzubringen. Das schert sich einen Scheißdreck um die Vorschriften für private Flugdrohnen“, brummte Tad. „Tinkerbell, verändert die

Drohne ihre Flughöhe?“

„Nein.“

„Sehr gut.“ Tad deaktivierte das Smartpalm wieder. „Das heißt, sie beobachtet uns weiterhin.“

„Was ist daran so toll?“, fragte Emma. „Ich denke, das Teil soll uns zu seinem Besitzer führen?“

„Ja, aber das wird nur funktionieren, wenn der Scheißkerl, der uns das Ding geschickt hat, keinen Verdacht schöpft. Dass er uns weiterhin beobachtet und seine Drohne nicht einfach abzieht und irgendwo in einem See entsorgt, ist daher ein gutes Zeichen.“

„Wenn der Typ überhaupt rational handelt“, bemerkte Liv nachdenklich. „Erst beobachtet er uns, dann greift er auf einmal an, und anschließend spielt er wieder nur den fernen Beobachter – für mich macht das wenig Sinn.“

„Hm“, Emma zog die Stirn kraus. „Vielleicht war die Drohnenattacke gar kein bewusster Angriff, sondern bloß eine Fehlfunktion? Ich bin mir ganz sicher, das Ding fing an zu spinnen, bevor ich den Pfeil abgeschossen hatte.“

Tad zuckte die Achseln. „Das sind alles Spekulationen. Wir müssen einfach abwarten und den nächsten Schritt gehen.“

„Und der wäre?“, fragte Emma.

„Wir finden heraus, was mit JB und Thor los ist.“

Lovely Surprise

Sie gingen über das brachliegende Industriegelände zurück zur Straße.

Tad rief sein Assistenzprogramm auf. „Tinkerbell, finde heraus, ob JB und Thor inzwischen online sind."

„Wie du befiehlst, mein Herr und Gebieter."

Liv warf ihm einen befremdlichen Blick zu. „Brauchst du das irgendwie?"

„Äh was?"

„Na, dieses devote Gehabe deiner Assistentin."

Tad spürte, wie er rot wurde. „Ich hab ihr das nicht beigebracht", verteidigte er sich. „Und devot trifft es auch nicht wirklich. Das ist ihr eigener, spezieller Humor."

„Humor?" Liv runzelte die Stirn. „Bei einer Assistenzsoftware?"

„Mein Vater hat sie etwas aufgepeppt", erklärte Tad.

Liv wirkte nicht sonderlich überzeugt und Tad war froh, als sich Tinkerbell zurückmeldete. „Deine Kumpels zocken", vermeldete sie.

„Echt?", Tad war überrascht.

„Ist das etwa eine Frage?“, Tinkerbell schnaubte empört. „Ich bin zur Wahrheit verpflichtet, falls du das vergessen haben solltest.“

Tad verdrehte die Augen. „Ich habe nicht mit dir gesprochen.“

„Ach so.“

Liv runzelte die Stirn. „Ich dachte, die beiden haben Gameverbot.“

„Dachte ich auch.“ Tad nickte nachdenklich. „Tinkerbell, was zocken die beiden?“

„Area 3.“

„War ja klar“, warf Emma ein.

„Seit wann sind sie wieder online?“, fragte Tad.

„Thor seit 32 Stunden und 27 Minuten und JB seit 31 Stunden und 58 Minuten.“

„Was? Das kann nicht sein!“

„War das eine Frage?“, erkundigte sich Tinkerbell.

„Könnte man so sagen!“, knurrte Tad. „Du hast mir gestern Nachmittag gesagt, dass die beiden offline sind. Wie können sie dann schon 32 Stunden spielen?“

„Einen Moment“, Tinkerbell hob eine Hand und hielt einen Finger an ein imaginäres Headset. „Du hast recht“, gab sie zwei Sekunden später zu. „Gestern hatte ich diese Information, aber jetzt gibt die Onlineanzeige von Area 3 diese Daten an.“

„Da stimmt etwas nicht“, sagte Liv.

„Natürlich nicht“, sagte Emma. „Kein Mensch kann so lange ohne Unterbrechung Computer spielen.“

Liv und Tad warfen sich einen Blick zu.

„Na ja, es gibt etliche Gamer, die schon deutlich länger online waren“, sagte Liv.

Emma sah sie mit großen Augen an.

„Das spielt im Moment keine Rolle“, warf Tad ein. „Entscheidend ist, dass sie beim letzten Einsatz vom System offline gemeldet wurden und nun plötzlich wieder online sein sollen.“

„Richtig", bestätigte Liv. „Wenn sie jetzt wirklich online sind, sollten wir das nutzen."

Tad nickte. „Tinkerbell, schick den beiden eine dringende Nachricht: Wir müssen uns treffen, im RL. So schnell wie möglich."

„Wird gemacht!"

Sie gingen schweigend weiter, bis sie den Bahnhof erreichten. Jeder hing seinen Gedanken nach. „Mist, warum melden die sich nicht!", brummte Tad.

„Wenn die wirklich seit über 30 Stunden online sind, dann müssen ihre Synapsen inzwischen ziemlich matschig sein", bemerkte Emma. „Wer weiß, was die überhaupt noch mitkriegen."

Tad schüttelte den Kopf. „Sie werden sich melden, ganz sicher!"

Unschlüssig standen sie auf dem Bahnsteig.

„Tja, und was machen wir bis dahin?" fragte Emma.

„Wir müssen unbeobachtet in Kontakt bleiben können. Ich glaube zwar nicht, dass dein Smartpalm gehackt wurde, aber es wäre gut, wenn wir Gewissheit hätten."

„Ich kenne da so einen Laden in Neukölln", sagte Liv. „Da gibt's secondhand gute Smartpalms. Vor allem aber sind die bei der eSIM-Anmeldung sehr … wie soll ich sagen … flexibel."

Tad runzelte die Stirn. „Das heißt, die schlucken einfach irgendeine Fake-Identität?"

Liv grinste. „Die wären ziemlich überrascht, wenn du deinen wahren Namen angeben würdest und wir können sogar bar zahlen."

Emma zog die Stirn kraus. „Ich weiß auch nicht warum, aber irgendwie klingt das nach Hehlerware."

„Nicht unbedingt, ich hab denen auch schon mal ein altes Smartpalm verkauft."

„Ich finde, es klingt genau nach dem, was wir brauchen“, mischte sich Tad ein. „Fahren wir hin.“

Eine Stunde später standen sie in einer stillen Ecke des U-Bahnhofs Karl-Marx-Straße und synchronisierten ihre Kontakte. Als Tad den Kontakt zu Tinkerbell herstellte, meldete sie sich mit den Worten: „Du hast eine Nachricht, Tad.“

„Von JB oder Thor?“, fragte er.

„Weder noch“, erwiderte die kleine Fee, „von lovelysurprise.com.“

„Hä?“, entfuhr es Tad.

Ein animiertes, kitschig verpacktes Geschenk poppte auf und eine übermotivierte Frauenstimme sagte: „Surprise, surprise! Wir haben eine Überraschung für Sie! Bitte berühren Sie das Geschenkband.“

Tad warf den beiden Mädchen einen fragenden Blick zu.

Emma verdrehte die Augen und Liv zuckte die Achseln.

„Na gut“, murmelte Tad. Er berührte mit dem Finger die 3D-Animation. Ein greller Blitz zuckte auf und zersprengte das Paket. Donner grollte und die drei sahen, wie sich aus dem Rauch der der Explosion ein nachträglich auf 3D gepimptes, uraltes Musikvideo hervorschälte. Ein als Frau verkleideter Typ mit Schnurrbart fuchtelte mit einem antiken Staubsauger herum und fing an zu singen.

„Was ist das denn?“, entfuhr es Liv.

„Das muss aus der Zeit unserer Großeltern stammen“, murmelte Emma.

„Echt schräg, aber coole Stimme“, bemerkte Liv.

„Seid mal kurz still!“, sagte Tad.

Der Typ hatte den Staubsauger fallen gelassen und sang: „ I want to break free! God knows, I want to break free!“ Der schnurrbärtige Sänger ging zu einer Tür und öffnete sie. Im nächsten Moment gab es erneut einen Donnerschlag. Das Bild zerrann zu dichtem Nebel und die Frauenstimme sagte:

„lovelysurprise.com – deine Plattform für die liebevolle Überraschung. Was immer du sagst, sag es mit Liebe."

Die Animation verschwand.

Emma räusperte sich. „Kriegst du sowas öfter?"

Tad schüttelte stumm den Kopf.

Liv hatte die Stirn gerunzelt und zupfte nachdenklich an ihrem Verband herum. „Denkst du auch, was ich denke?"

Tad nickte. „Das war ein Hilferuf!"

„Ja, und zwar von Thor." Liv presste die Lippen zusammen.

„Wie kommt ihr darauf?", fragte Emma.

„Hast du den Donnerschlag nicht mitbekommen?", fragte Tad. „In der nordischen Mythologie ist Thor der Gott des Donners."

„Du interessierst dich für nordische Mythologie?"

„Na ja, es gibt da so'n Fantasy-Rollenspiel."

„Ist doch jetzt völlig schnuppe", mischte sich Liv ein. „Wir sollten uns lieber überlegen, was wir jetzt machen!"

„Ich war bei JB und Thor zuhause", sagte Tad. „Alles ist verriegelt und verrammelt. Die Nachbarn behaupten, dass niemand da wäre. Aber das passt überhaupt nicht zur Krankmeldung der beiden."

„Du meinst, die sind eingesperrt?", rief Emma.

„Psst, nicht so laut!", sagte Tad. „Ja, genauso, wie wir in unserem eigenen Haus gefangen waren."

„Und wie sie es bei mir versucht haben", ergänzte Liv.

„Wir müssen die Polizei einschalten!", sagte Emma.

„Was genau sollen wir denen erzählen? Dass die Nachbarn glauben, die Familie sei verreist, obwohl die Jungs krankgeschrieben sind? Die lachen uns doch aus."

„Tad hat recht", meldete sich Liv zu Wort. „Wir müssen sie alleine rausholen."

„Aha und wie wollen wir das anstellen?"

„Ganz einfach, wir stellen ein paar Recherchen an, entwickeln einen Plan …"

„Und in der Nacht, wenn die Nachbarn schlafen gegangen sind, brechen wir bei ihnen ein", ergänzte Liv. „Zuerst bei Thor."

Tad grinste. „Genau."

„Ihr seid doch vollkommen verrückt", entgegnete Emma. „Die haben topmoderne Sicherheitsanlagen. Das hier ist kein Onlinegame."

„Das stimmt", erwiderte Tad, „aber wir müssen genauso denken, als wäre es eins." Er blickte zu Liv „Wir gehen einfach genauso vor wie bei den Area 3 Operationen: Du recherchierst ein bisschen, wir machen einen Plan und besorgen uns die Ausrüstung. Anschließend schlagen wir schnell und erbarmungslos zu."

Liv schmunzelte, Emma verdrehte die Augen, und sie machten sich an die Arbeit.

Etwa dreieinhalb Stunden später stieg Tad aus der U-Bahn. Emma wartete schon auf dem Bahnsteig. Gemeinsam machten sie sich auf den Weg zum Treffpunkt. Ein leises Klirren war zu vernehmen, als Tad die Sporttasche auf seinem Rücken zurechtrückte. Das Teil war unangenehm schwer – ein erkennbarer Nachteil des Real Life. In Area 3 hätte ihn das vollgestopfte Teil allenfalls ein paar Energiepunkte gekostet.

Emma trug ihren Pfadfinderrucksack. „Wie hast du Mum ausgetrickst?", fragte sie.

„Mum war nicht das Problem. Ich habe ihr einfach gesagt, dass ich völlig fertig bin und mich ins Bett haue. Lee war die eigentliche Herausforderung, aber mit Tinkerbells Hilfe konnte ich ihn resetten und in der Zwischenzeit die Sensoren manipulieren. Für Ma und Lee liege ich im Bett und schlafe."

„Klingt ziemlich einfach", bemerkte Emma.

Sie stiegen die Stufen hinauf und traten aus dem U-Bahnhof hinaus in die kühle Nachtluft. Insgeheim musste Tad seiner Schwester recht geben. Es hatte besser funktioniert, als er erwartet hatte. Aber warum sollte er nach all diesem Ärger nicht mal ein wenig Glück haben? „Also, ganz so simpel war es nun auch wieder nicht", gab er zurück. „Zumindest war es technisch anspruchsvoller, als einfach nur zu sagen: Hey Mum, ich übernachte heute bei Lulu."

Ein Lächeln huschte über Emmas Züge. Sie gingen schweigend die Straßen entlang. Das kaltweiße Licht der Straßenlaternen zeichnete kantige Schatten auf das Straßenpflaster. Kurz vor Thors Haus stieß Liv zu ihnen. Sie trug enganliegende dunkle Sportkleidung. Ihre Haare hatte sie zu einem Zopf zurückgebunden.

Tad lag ein Kompliment zu ihrer figurbetonten Kleidung auf der Zunge, doch er verkniff es sich lieber. „Was hast du herausgefunden?", fragte er stattdessen.

„Es ist kompliziert, aber nicht vollkommen hoffnungslos."

Emma verzog das Gesicht. „Das klingt doch ermutigend."

Liv grinste. „Zum Glück wusstest du noch, dass er vor zwei Jahren das Auslaufmodell von Powerplus Ökotec eingebaut hat."

„Thor hat's mir damals erzählt; er hatte sich mächtig über seinen Vater aufgeregt."

„Das Modell heißt Powerplus 2.0. Es ist ein komplett autarkes Minikraftwerk mit Hybridtechnologie."

„Toll, und was heißt das?", warf Emma ein.

„Thors Vater ist komplett vom öffentlichen Stromnetz abgekoppelt. Er produziert Strom und Wärme selbst, und zwar mit einer Kombination aus Erdwärme und Erdgas. Das bedeutet, wenn wir ihm den Gashahn abdrehen, läuft der gesamte Strom nur noch über den Akku."

Tad nickte anerkennend. „Gut. Wie lange hält der?"

„Wenn's das Standardmodell ist: nicht lange. In der Gebrauchsanweisung des Herstellers steht, dass bei Ausfall des Kraftwerks automatisch ein Notruf an den Kundenservice abgesetzt wird, der in Ballungsräumen innerhalb von 2-4

Stunden vor Ort ist. Es erfolgt eine automatische Umschaltung auf Notversorgung, sodass der Akku bis zum Eintreffen der Servicekräfte hält."

„Na toll, und was nützt uns das?", sagte Emma.

„Das ist die Theorie. In der Praxis läuft's eher anders. Ich habe mir mal die Onlinebewertungen angesehen. Das Teil arbeitet sehr zuverlässig, aber wenn es doch mal ausfällt, ist der Akku absoluter Schrott. Ein User schreibt: Bei der miserablen Akkuleistung kann ich allenfalls den Kühlschrank laufen lassen und eine Schreibtischlampe einschalten. Wenn ich zusätzlich mein Smartpalm laden will, wird's schon brenzlig."

„Okay", Tad nickte. „Versuchen wir's."

„Du hast herausgefunden, wo der nächste Absperrhahn ist?"

„Jo, das steht auf diesem kleinen gelben Schild am Zaun, auf das niemand achtet. Wir müssen 2,9 Meter gerade weg vom Schild. Und dann 1,2 Meter im rechten Winkel nach links."

„Da ist ein Schachtdeckel!", rief Emma.

Tad griff sich den Kuhfuß und löste den Deckel. „Da ist der Absperrhahn", schnaufte Tad. „Mal schauen, was passiert." Er drehte ihn ab.

Alle drei starrten zu Thors Haus. Nichts geschah. Die Außenbeleuchtung blieb an, ebenso das Nummerndisplay.

„Tja", sagte Emma und rieb sich die Erde von den Händen. „Und nun?"

„Jetzt erhöhen wir den Stromverbrauch", erwiderte Liv. „Seht ihr den Scheinwerfer dort drüben? Der hat einen Bewegungsmelder."

„Ziemlich pfiffig", bemerkte Tad anerkennend. Er nahm sich einen Pflasterstein und warf ihn in Richtung Bewegungsmelder. Der Stein polterte auf die vordere Terrasse, und der Scheinwerfer ging an.

„Psst! Nicht so laut!", zischte Emma.

Unwillkürlich duckten sich die drei hinter einen Kasten des Fernmeldeamts.

Liv kicherte nervös. „Ich glaube, wir sehen ziemlich albern aus."

Zwei Minuten später ging das Licht aus.

„Nochmal", befahl Liv.

Tad warf erneut, diesmal schlug der Stein gegen die Hausfassade. Erneut ging das Licht an.

„Mach nicht solchen Lärm!", empörte sich Emma wispernd.

„Mach's doch besser!", konterte Tad.

Als das Licht nach zwei Minuten erlosch, schnappte sich Emma einen Stein. Es krachte vernehmlich, als das Geschoss gegen die heruntergezogene Jalousie der Terrassentür prallte. „Shit!" Emma schlug sich erschrocken die Hand vor den Mund.

Entweder hatten die Nachbarn einen festen Schlaf oder sie waren nächtlichen Lärm gewöhnt. Niemand zeigte sich an den Fenstern.

Wir müssen anders denken, ging es Tad durch den Kopf. „Was würden wir in Area 3 machen?", wandte er sich an Liv.

„Wir würden den Server hacken und wenn das nicht klappt, würden wir einfach mit gezogenen Waffen über den Zaun klettern und alles niederschießen, was sich uns in den Weg stellt."

„Okay, das ist jetzt weniger hilfreich", stellte Tad fest.

„Ich würde sagen, wir versuchen es einfach mal mit etwas weniger Hartem", sagte Emma. Sie nahm einen Klumpen Erde aus der Grube und warf ihn hinüber in den Garten. Er zerbrach noch in der Luft und prasselte als kleiner Schauer auf die Terrasse, aber das Licht ging trotzdem an.

„Nicht schlecht!", sagte Liv.

Tad nickte. „Die Idee ist nicht völlig bescheuert."

Emma verdrehte die Augen.

Es kam Tad so vor, als würden sie eine halbe Ewigkeit lang Erdbrocken in Thors Garten werfen, doch irgendwann ging das Licht tatsächlich nicht mehr an.

„Krass", bemerkte Emma überrascht. „Funktioniert unser Plan etwa?"

Sicherheitshalber warf Tad noch einen Erdklumpen. Nichts rührte sich. „Sieht so aus."

„Probieren wir es aus", sagte Liv. Sie legte ihre Hände an den Zaun und kletterte geschickt hinüber.

„Hör auf, ihr auf den Hintern zu starren", zischte Emma Tad ins Ohr.

„Tu ich doch gar nicht!"

„Was steht ihr da rum und quatscht?", flüsterte Liv. „Kommt endlich!"

Tad und Emma folgten.

Sie liefen am Haus vorbei auf die Rückseite. Die Bewegungsmelder reagierten nicht.

Tad kniete neben dem Lichtschacht eines Kellerfensters nieder. Der Schacht war durch ein Gitterrost geschützt. Dieses wiederum wurde durch einen Riegel gehalten, der mit der Wand verschraubt war. Tad kramte sein Werkzeug hervor. Er steckte die 35 Zentimeter lange Verlängerung auf den Gelenk-Akkuschrauber seines Vaters und schaltete die kleine LED Lampe ein. Liv und Emma rückten dicht heran, um den Lichtschein abzuschirmen. Livs Pferdeschwanz kitzelte Tads Ohr. Er versuchte, sich auf seine Aufgabe zu konzentrieren und suchte die Befestigungsschraube für das Gitter. Der Lichtschacht schien ein Paradies für Spinnen zu sein. Tad konnte einige fette schwarze Biester hastig in irgendwelchen Spalten verschwinden sehen. Er musste einige Spinnenweben mit der Verlängerung des Schraubers entfernen, bevor er die Schraube entdeckte. Sehr schnell wurde ihm klar, dass es nicht reichte, das passende Werkzeug dabei zu haben, er musste es auch anwenden können. Es dauerte annähernd eine halbe

Stunde, bis es ihm endlich gelungen war, die dämliche Schraube herauszudrehen. Lange Spinnenweben, in denen dunkle Klumpen klebten, hingen von dem Gitter herunter. Er legte es rasch auf dem Boden ab.

„Okay, und jetzt?“, fragte Emma.

Tad stopfte den Akkuschrauber zurück in den Rucksack und holte den Kuhfuß heraus. „Jetzt muss jemand von uns da runter“, erklärte er.

Die beiden Mädchen blickten ihn an, ohne mit der Wimper zu zucken. Tad seufzte leise und ließ sich in den Lichtschacht hinab. Der Schacht war dazu gedacht, Licht hindurchzulassen, nicht Menschen. Dementsprechend eng war er gebaut. Tad konnte sich kaum bewegen. Er versuchte, den Kuhfuß irgendwie an seinem Körper vorbei zu zwängen und tastete mit der linken Hand den Rahmen nach einem Spalt ab. Dass er dabei die ganze Zeit klebrige Spinnenweben auf seiner Haut und in seinem Haar spürte, machte die ganze Angelegenheit nicht angenehmer. Endlich hatte er einen Ansatzpunkt gefunden. Er quetschte die abgeflachte Spitze des Kuhfußes zwischen Fenster und Rahmen und versuchte, das Fenster aufzuhebeln, doch sein eigener Körper war im Weg. Fluchend kraxelte er aus dem Lichtschacht heraus und in anderer Position wieder herein. Für einen kurzen Augenblick glaubte er, etwas Dunkles, Vielbeiniges durch die Kellerfensterscheibe zu erkennen, bevor es aus dem Lichtschein heraus hastig ins Dunkle zurück krabbelte. Tad unterdrückte ein Schaudern. Jetzt dreht deine Fantasie durch, sagte er sich. Wahrscheinlich war das nur irgendein Schatten, entstanden durch die unruhigen Bewegungen der LED-Lampe. Ja, das musste es sein, denn so große Insekten gab es in Deutschland nicht.

Tad packte den Kuhfuß und setzte den Hebel an. Es knackte und knirschte, schließlich gab die Verriegelung nach und der schmale Fensterflügel schwang auf.

„Alles klar", flüsterte er den Mädchen zu. „Es ist offen."

Tad zögerte einen Moment. Eine Gänsehaut lief ihm über den Rücken. Irgendetwas war unheimlich. Es war, als würden seine Instinkte ihm zurufen: *Hau ab! Setz keinen Fuß in dieses Haus!* Er leuchtete mit der Lampe in den Kellerraum, sah aber nur weiß gefliesten Boden, einen Stapel mit Kisten und das abgeschaltete Minikraftwerk.

„Was ist?", zischte Emma von oben. „Warum gehst du nicht rein?"

„Hey, chill mal", erwiderte Tad. „Ich mach ja schon." Er zwängte sich durch das Fenster und sprang in den Keller. Anschließend reichte er Emma die Hand und half ihr hinab. Liv ignorierte seine helfende Hand und glitt geschmeidig in den Keller.

„Krass, wir sind tatsächlich drin", flüsterte sie. Ihre Augen glitzerten.

Tad konnte darin die Abenteuerlust von Ms Violett wiedererkennen. „Ja", sagte er. „Wollen wir hoffen, dass die Kellertür nicht abgeschlossen ist, sonst kommen wir nicht weit."

Sie war offen – eigentlich nicht sonderlich überraschend, denn welchen Grund sollte Thors Vater haben, seinen eigenen Keller von innen abzuschließen? Die Treppenstufen knarrten leise, als sie langsam nach oben stiegen.

„Warum schleichen wir eigentlich so?", begann Emma.

„Psst!" Tad hatte ein seltsames Geräusch gehört, eine Art leises rhythmisches Klacken. Er fuhr herum und leuchtete an den beiden Mädchen vorbei die Treppe hinab. Der Lichtschein seiner Lampe glitt ins Leere.

„Na Brüderchen, bist du nervös?", spottete Emma.

„Da war ein Geräusch!", verteidigte Tad sich. Er winkte ab und stieg die Stufen höher. Auch die Tür zum Flur war offen.

„Jetzt hör ich auch was!", sagte Liv plötzlich. „Aber es kommt von oben!"

Tad blieb abrupt stehen und lauschte. Im gleichen Moment vernahm er es auch: ein dumpfes, hektisches Wummern. Plötzlich gellte ein Schrei herab, laut und verzweifelt, wie von einem Menschen in Todesangst.

Angriff aus der Dunkelheit

„Thor!“, stieß Tad hervor. Die drei ließen alle Vorsicht fahren und stürmten die Treppe hinauf in den ersten Stock. Alles war düster. Tads Taschenlampe huschte durch den Flur. Es gab vier Türen, zwei davon waren angelehnt. Die Dritte ließ sich problemlos öffnen und führte ins Badezimmer.

Wieder dieser Schrei!

Sie rannten zur vierten Tür. Diese war äußerst massiv und offensichtlich abgeschlossen. „Thor! Hörst du mich?“, brüllte Tad.

„Tad! Oh Gott, bist du das?“

„Ja.“

„Wo bist du?“

„Hier an der Tür!“ Tad hämmerte gegen das massive Holz. „Sie ist abgeschlossen!“

„Die Tür?“, hörte er Thor von innen schluchzen. „Es gibt eine Tür!“ Plötzlich stieß er einen unartikulierten Schrei aus.

„Haut ab! Lasst mich in Ruhe!"

Tad lief ein Schauer über den Rücken. Die beiden Mädchen sahen genauso erschrocken aus wie er sich fühlte.

„Ist er wahnsinnig?", stammelte Emma.

Liv presste die Lippen zusammen und schüttelte den Kopf. „Thor?" Sie hämmerte mit der flachen Hand gegen die Tür. „Thor hör zu: Du bist in deinem Zimmer! Du bist jetzt offline!"

„Wer … wer spricht da?"

„Das ist Liv", meldete sich Tad zu Wort. „Sie ist Ms Violett, du kannst ihr vertrauen!"

„Ms Violett", hörten sie ihn undeutlich murmeln, dann schrie er wieder unvermittelt auf. „Geht weg!"

„Thor, hör zu!", sagte Liv. Ihre Stimme klang ruhig. „Du warst über 30 Stunden online. Wir haben den Strom abgeschaltet. Du bist zuhause in deinem Zimmer, im Real Life! Hörst du? Du bist in Sicherheit!"

„In Sicherheit", wiederholte Thor. Plötzlich krächzte er: „Aber sie sind da! Sie sind trotzdem da!"

„Deine Synapsen spielen verrückt, das ist kein Wunder", sagte Liv. „Trägst du noch das SPS und den Cyberhelm?"

„Ich … ich glaub schon."

„Zieh zuerst den Helm ab!", meldete sich Tad zu Wort. „Leg deine Hände an deine Schläfen, kannst du ihn spüren?"

„Ja."

„Gut, schieb ihn jetzt langsam nach oben."

„Ahh", stöhnte Thor von innen. „Das tut weh!"

Tad dachte an die hauchdünnen Nadeln, die in den Helm integriert waren. „Das hört gleich auf", rief er. „Mach einfach weiter!"

Sie vernahmen ein Stöhnen und dann ein lautes Scheppern. „Scheiße, warum ist das hier so dunkel?"

„Der Strom ist abgeschaltet", erinnerte Liv. „Zieh sicherheitshalber auch das SPS aus."

Eine Weile herrschte Schweigen. Gelegentlich vernahmen sie ein Ächzen, dann murmelte Thor leise, wie zu sich selbst: „Sind sie weg? Ja, ich glaube sie sind weg. Also waren sie gar nicht echt?“

„Doch Thor, wir sind echt“, sagte Liv.

„Hast du das Ding ausgezogen?“, mischte sich nun auch Tads Schwester ein.

„Ja“, erwiderte Thor. Dann fragte er: „Emma, bist du das?“

„Ja. Jetzt kannst du sicher sein, dass du offline bist.“

„Wo seid ihr? Ist JB auch bei euch?

„Wir sind hier, Thor“, sagte Tad. „Folge einfach unseren Stimmen.“

„JB ist nicht bei uns“, fügte Liv hinzu. „Aber sobald wir dich rausgeholt haben, gehen wir zu ihm.“

Sie hörten schlurfende Schritte, auf einmal murmelte es dicht bei ihnen: „Eine Tür! Gott sei Dank – eine Tür!“

„Ja, du bist zuhause, in deinem Zimmer! Kannst du die Tür von innen öffnen?“, fragte Tad.

„Nein. Das Teil scheint kaputt zu sein. Es muss irgendeinen Fehlalarm gegeben haben; bei Einbruch verriegelt sie automatisch.“

Tad sah zu Liv. Sie schüttelte den Kopf und Tad nickte. „Wir können den Strom nicht wieder einschalten, aber ich habe einen Kuhfuß dabei. Wir holen dich da schon raus.“

Sie hörten Thor erschrocken Luft holen.

„Bleib locker, wir schaffen das!“ Tad bemühte sich, Zuversicht in seine Stimme zu legen. Er drückte Emma die Taschenlampe in die Hand und rammte den Kuhfuß in den Türspalt.

„Sie sind hier!“, zischte Thor panisch.

„Thor!“, rief Liv.

„Oh Gott, sie sind mir gefolgt!“, wisperte es hinter der Tür.

„Thor, wovon redest du?“, fragte Emma. „Wer ist dir gefolgt?“

„Die Cyborgs!“

„Thor, hör zu“, sagte Liv, „es ist vorbei.“ Sie warf Tad einen auffordernden Blick zu und dieser stemmte sich gegen den Kuhfuß.

Tad hörte ein Knacken. Ein Teil des Türblatts brach weg, dahinter wurde massiver Stahl sichtbar. „Scheiße“, murmelte er.

„Du bist im Real Life, Thor!“, fuhr Liv fort. „Niemand ist dir gefolgt!“

„Doch, sie sind hier. Die verdammten Dinger sind überall!“ Er schrie auf. „Verpiss dich!“, brüllte er. Kurz darauf hörten die drei etwas scheppern.

„Mist!“, flüsterte Liv. „Der dreht da drin gleich durch! Mach schneller, Tad!“

„Die Scheißtür hat ‘nen Stahlkern. Ich weiß nicht, ob ich sie aufbekomme.“ Er versuchte es noch einmal. Mit aller Kraft stemmte er sich gegen den Kuhfuß. Er hatte das Gefühl, als würde etwas nachgeben, millimeterweise kam er voran. Plötzlich rutschte die Metallspitze ab, Tad krachte von seinem eigenen Schwung getragen gegen die Wand und das Teil fiel klirrend zu Boden.

Thor schrie auf. Sie vernahmen ein kratzendes Geräusch und dann ein Scheppern.

„Bleib locker, Kumpel!“, schnaufte Tad. „Es geht voran, zwar langsam, aber es geht. Wir holen dich da raus!“

Er hob den Kuhfuß wieder auf. Emma berührte ihn an der Schulter und nickte in Richtung des Türrahmens. Tad folgte ihrem Blick und fluchte lautlos. Das, was millimeterweise nachgegeben hatte, war der Blechmantel der Türzarge gewesen. Die Tür selbst war noch genauso fest verschlossen wie zuvor.

Tad stöhnte innerlich auf. Dennoch hob er das Werkzeug, um einen zweiten Versuch zu starten, Emma hielt ihn zurück.

„Thor", sagte sie mit sanfter Stimme. „Hörst du mich?"

„Ja." Sein Atem ging keuchend.

„Die Tür ist zu stabil, um sie aufzubrechen. Wir brauchen deine Hilfe! Gibt es noch eine andere Möglichkeit?"

„Ihr müsstet die Verriegelung über den Sicherheitsserver deaktivieren können. Aber dazu brauchen wir Strom."

Die drei sahen sich an. Tad dachte an das, was in ihrem Haus geschehen war und an das diabolische Gesicht, in das sich Lees Hologramm verwandelt hatte. Er schüttelte den Kopf.

„Das geht leider nicht!", sagte Emma laut. „Fällt dir noch etwas anderes ein?"

Thors Atem zitterte. „Verdammt!", stieß er plötzlich hervor. Es gab ein knirschendes Geräusch.

Liv sah Tad an und bewegte lautlos die Lippen: „Was macht der da?"

Tad zuckte die Achseln.

„Thor?", fragte Emma sanft.

„Es gibt vielleicht noch eine Möglichkeit", sagte er mit heiserer Stimme. „Im Schlafzimmer meines Vaters gibt es einen Waffenschrank. Ihr müsst den Wandspiegel zur Seite schieben. Die Kombination lautet 21072029. Nehmt die Pumpgun. Damit könnt ihr das Schloss wegpusten. Aber seid vorsichtig."

„Okay", Tad wiederholte die Ziffernfolge.

„Korrekt", bestätigte Thor.

Tad vernahm die mühsam unterdrückte Panik in der Stimme seines Freundes. „Ich hol das Ding", sagte er beruhigend. „Bin gleich wieder da."

„Am besten, ihr geht beide", sagte Emma. Sie reichte Liv die Lampe. „Ich bleib hier." Sie presste die Lippen zusammen; ihr Gesicht war blass.

Tad drückte kurz ihre Schulter und wandte sich ab. Als er zusammen mit Liv Richtung Schlafzimmer eilte, hörte er Thor erneut aufschreien.

„Tad und Liv sind gleich wieder zurück“, Emmas Stimme zitterte. „Wir holen dich da raus.“

Tad öffnete die Schlafzimmertür. Als Liv den Lichtstrahl durch den Raum huschen ließ, hatte Tad erneut das Gefühl, aus den Augenwinkeln eine Bewegung wahrzunehmen. Er fuhr herum, konnte aber nichts erkennen.

„Alles okay?“, fragte Liv.

„Ja. Wird Zeit, dass wir hier rauskommen.“

Liv nickte in Richtung Wand. „Da ist der Spiegel!“

Tad eilte hinüber. Der Spiegel ließ sich problemlos zur Seite schieben. Dahinter war ein schmaler Metallschrank in die Wand eingebaut worden. Tad gab die Nummer ein und drückte die Rautetaste. Bei jedem Tastendruck piepte es leise.

„Zum Glück hat das Teil ’nen eigenen Akku“, sagte Liv.

Es klackte, als die Verriegelung zurückfuhr. Tad öffnete die schwere Stahltür. Mehrere Pistolen, ein Jagdgewehr und eine Pumpgun waren ordentlich darin gelagert. Tad griff nach der kompakten Waffe – sie war schwer.

„Hast du schon mal damit geschossen?“, fragte Liv.

„Virtuell schon tausende Male, aber im Real Life?“ Er schüttelte den Kopf. „Du?“

„Nein. Glaubst du, sie ist geladen?“

Tad zog den Vorderschaft zurück – es klackte. Anschließend schob er ihn wieder vor, und es gab ein schnappendes Geräusch. Fragend blickte er Liv ins Gesicht.

Sie zuckte die Achseln. „Klingt gut“, meinte sie.

Ein lauter Schrei ließ ihn zusammenzucken. Thor!

Sie rannten zurück.

Emma winkte ihnen hektisch. „Es hört sich an, als würde er mit irgendetwas oder irgendwem kämpfen!“

Ein Ächzen und Scheppern drang durch die Zimmertür.

„Wir sind zurück“, rief Tad.

„Macht schnell!“, schrie Thor. Panik lag in seiner Stimme. „Macht die scheiß Tür auf!“

„Du musst zur Seite gehen, hörst du?“

„Schieß!“

„Bist du weg von der Tür?“

„Ja, verdammt. Nun mach endlich!“

Tad schluckte, hob die Waffe und richtete sie auf das Schloss. Seine Finger schwitzten. „Also gut!“ Er zog den Abzug.

Es krachte. Der Rückschlag der Waffe war viel stärker, als er erwartet hatte. Sie bockte regelrecht in seinen Händen, verdrehte ihm den Daumen und glitt ihm aus den Fingern. Dumpf schlug sie auf dem Boden auf. „Shit!“

Emma hatte sich die Hände auf die Ohren gepresst. Liv trat vor und begutachtete das Schloss. Die Kugel hatte ein Loch hineingerissen. Dampf kräuselte empor, und es roch nach heißem Metall. „Krass“, murmelte sie.

Von innen rüttelte es an der Tür. „Verdammt!“, klang es panisch von Innen. „Schieß nochmal.“

„Okay“ Tad hob die Waffe auf. „Geh zur Seite.“ Er lud die Waffe durch. Die leere Patronenhülse sprang heraus. „Bist du in Deckung?“

„Schieß!“, brüllte Thor.

Tad presste den Kolben an seine Schulter und hielt den Schaft fest umklammert. Erneut drückte er den Abzug. Es krachte. Der Kolben presste sich wuchtig gegen ihn, aber diesmal behielt er die Waffe in den Händen.

„Zur Seite!“, brüllte es von innen. Thor warf sich gegen die Tür. Es knackte, und Putz rieselte zu Boden. Er versuchte es ein zweites Mal. Die Tür flog auf und krachte gegen die Wand.

Emma schrie erschrocken auf und sprang zur Seite.

Eine große breitschultrige Gestalt taumelte aus dem Raum.

Entsetzt starrte Tad in das blutverschmierte Gesicht seines Freundes. Thors Augen waren weit aufgerissen, der Mund verzerrt. Er riss Tads Waffe an sich, wandte sich um und schoss schreiend in den dunklen Raum. Kaum war der Lärm verhallt, lud er nach und schoss erneut. Dreimal krachte die Waffe. Tad hatte ein schrilles Piepen im Ohr. Pulverdampf erfüllte den Flur. Undeutlich vernahm er ein Klicken, das Schnappen des Schafts und ein erneutes Klacken. Das Magazin war leer.

Thor starrte auf die leergeschossene Waffe, seine Brust hob und senkte sich hektisch.

Die Gesichter von Liv und Emma waren schreckensbleich.

„Du blutest", sagte Emma tonlos.

Thor sprang vor und rammte die kaputte Tür zurück ins Schloss. „Wir müssen weg hier!", schrie er. „Schnell!"

Tad war unfähig, sich zu rühren. Was war mit seinem Freund geschehen?

Es war Emma, die als erste reagierte. „Thor, beruhige dich." Sie legte die Hände auf seine Schultern. „Du bist in Sicherheit!"

Der Hüne blickte auf sie hinab. Seine verzerrten Gesichtszüge glätteten sich ein wenig, aber aus seiner Stimme sprach unverhohlene Angst, als er stammelte „Sie sind mir gefolgt und jetzt sind sie hier!"

Beruhigend redete Emma auf ihn ein.

Durch das Fiepen in seinen Ohren drang ein seltsames, schwer zu deutendes Geräusch in Tads Bewusstsein. Es klackte und raschelte seltsam, fast so, als würde jemand einen Sack voller Büroklammern auf den Boden streuen. Die Tür bewegte sich. Irgendetwas schien von drinnen dagegen zu drücken. „Was ist das?" stammelte Tad.

Plötzlich sah er, wie sich ein vielbeiniger schwarzer Schatten mit ruckartigen Bewegungen durch den oberen Türspalt quetschte. Er traute seinen Augen nicht. Dort oben auf dem Türblatt hockte eine riesige, wenigstens handtellergroße Kakerlake. Ihre langen Fühler bewegten sich zitternd hin und her. Irgendetwas metallisch Glänzendes war unter ihrem schwarzbraunen Körper. Und dann sah er, wie eine lange, dünne Zunge aus ihrem Maul hervorwuchs.

Erst jetzt bemerkte Emma das Ding, direkt über sich. Sie schrie auf.

Das Tier schien sich aufzubäumen. Ein lautes Fauchen erklang. Im nächsten Moment sprang das Insekt direkt auf Emmas angstverzerrtes Gesicht zu.

Thor reagierte blitzschnell. Er packte Emma, zog sie an sich und beugte sich schützend über sie. Das Biest landete auf Thor. Tad traute seinen Augen nicht. Die Kakerlake stach eine Art Zunge ruckartig in die Schulter seines Freundes. Dieser schrie auf und rammte seine Schulter gegen die Wand. Es gab ein knirschendes Geräusch, als das Ding zerplatzte.

„Was sind das für Biester?“, murmelte Tad.

In diesem Moment schrie Liv: „Raus hier!“

Tad fuhr herum. Die Tür schwang auf und Dutzende der Riesenkakerlaken strömten heraus.

Als Livs Lichtstrahl sie voll erfasste, zögerten sie einen Moment.

Die Freunde stürmten los. Mehrere Stufen auf einmal nehmend, hetzten sie die Treppe hinab. Liv eilte vor. Der Strahl ihrer Taschenlampe huschte zitternd durch den dunklen Raum. Vielbeinige Schatten blitzten auf und verschmolzen gleich darauf wieder mit der Dunkelheit.

Emmas Stimme gellte durch den Raum. „Die sind überall!“

„Dort entlang zur Tür!“, rief Thor.

Liv eilte vor und rüttelte an der Eingangstür. „Mist, abgeschlossen.“

„Wir müssen durch den Keller“, rief Tad.

Der Strahl der Taschenlampe erfasste die Kellertür. Sie bewegte sich. Hunderte von klackenden Metallfüßen kratzten über das Parkett. Eine dunkle vielgliedrige Welle ergoss sich aus dem Keller in den Flur.

„Keine gute Idee“, keuchte Liv.

„Ins Wohnzimmer! Schnell!“

Die Freunde folgten seiner breitschultrigen Gestalt. Thor rannte auf die Terrassentür zu. Die Jalousien waren heruntergelassen und die Türen mit Sicherheit, wie alle anderen Außentüren auch, verriegelt. Doch Thor hielt sich nicht lange mit dem Türgriff auf. Er packte den Gewehrlauf mit beiden Händen und rammte den Kolben mit voller Wucht in die gläserne Tür. Wie ein Berserker hackte er auf die zersplitternde Scheibe ein.

Inzwischen kam die Armee der Kakerlaken näher. Sie bewegten sich harmonisch und koordiniert – beinahe wie eine Armee, die den Befehlen ihres Generals folgte. Tad schnappte sich einen Stuhl und schleuderte ihn in die Masse. Die Tiere stoben auseinander, doch ein paar blieben zuckend liegen.

„Der Tisch!“, sagte Liv. Sie drückte Emma die Lampe in die Hand und packte eine Seite des schweren Esstisches.

Tad verstand. Er nahm die andere Seite. Gemeinsam hoben sie den Tisch an und ließen ihn mit der flachen Seite in die Armee der Kakerlaken krachen. Diesmal erwischten sie ein paar mehr. Die Befriedigung darüber hielt aber nur kurz an, denn jetzt gingen die Biester zum Angriff über.

Tad spürte etwas an seinem Fuß. Eine der Kakerlaken hatte ihre glänzende Zunge in seinen Turnschuh gerammt. Panisch fing er an zu zappeln.

„Halt still!“, fauchte Liv. Sie ließ einen Stuhl auf das Biest niederkrachen. Das Geräusch, das der zerplatzende Körper von sich gab, war mindestens so eklig wie der gelbe Schleim, der auf Tads Hose spritzte.

„Danke!“, würgte Tad hervor. Er griff sich ebenfalls einen Stuhl und prügelte auf die heranstürmenden Riesenschaben ein. Die Biester fauchten und wurden immer aggressiver.

Lange würden sie das nicht durchhalten.

Plötzlich schrie Liv panisch auf. „Nimm es weg! Nimm es weg!"

Tad fuhr herum. Eine riesige Kakerlake hatte sich in den Haaren des zappelnden Mädchens festgekrallt und versuchte auf ihren Kopf zu klettern. „Oh Shit!"

Tad griff zu, ohne nachzudenken. Das Ding wand sich und zappelte. Durch die gut sichtbaren Atemlöcher stieß es ein schrilles Fauchen aus. Angeekelt schleuderte Tad das Tier fort. Im nächsten Moment spürte er, wie sich spitze Krallen in seine Schulter bohrten.

„Sie lassen sich von der Decke fallen!", schrie Liv.

Tad versuchte, die Kakerlake von seiner Schulter zu schlagen, aber das Ding hatte sich in seinem Pullover verhakt. Panisch zog er sich den Pullover aus und schleuderte ihn, mitsamt der fauchenden Schabe, fort.

Der Boden, die Wände und die Decke, alles schien von den vielgliedrigen Geschöpfen zu wimmeln. Es war eine Schlacht, die sie niemals gewinnen konnten. Ich werde sterben!, schoss es ihm durch den Kopf. Was für ein Scheißtod – bei lebendigem Leib von mutierten Riesenkäfern gefressen!

Irgendjemand rief etwas. Die Stimme schien aus weiter Ferne zu ihm zu dringen. Liv packte seine Schulter. „Komm endlich, du Idiot!", schrie sie ihm ins Ohr.

Verdutzt wandte er sich um. Thor war es gelungen, die Kunststofflamellen der Jalousie aus ihrer Führung zu drücken. Mit ganzer Kraft stemmte er sich gegen die schwere Jalousie, damit sie ins Freie krabbeln konnten. Tad hetzte Liv hinterher, kletterte durch die kaputte Terrassentür und quetschte sich unter der Jalousie hindurch. Gemeinsam mit den Mädchen hielt er sie fest, sodass auch Thor hindurch schlüpfen konnte. Die Kakerlaken versuchten nicht, ihnen zu folgen. Etwas hielt sie zurück.

In der Ferne hörten sie das Heulen von Polizeisirenen.

„Na endlich“, keuchte Thor. „Warum kommen die erst jetzt?“

„Thor!“, sagte Tad eindringlich. „Es ist besser, wir verschwinden sofort.“

„Aber.“

„Vertrau mir.“

Thor sah nicht so aus, als wolle er sich fortbewegen.

„Wir haben gute Gründe“, sagte Emma. Sie nahm seine Hand. „Komm!“

Thor schniefte. „Also gut.“

„Dort entlang!“ Liv deutete in Richtung des kleinen Parks ganz in der Nähe.

Graffiti

Ohne eine Reaktion der anderen abzuwarten, rannte Liv los. Gerade als Tad ihr folgen wollte, fiel ihm auf, dass er seine Tasche nicht dabei hatte. „Shit!“ Er schlug sich an die Stirn. „Mein Zeug liegt noch vor der Kellerluke.“

„Dafür ist keine Zeit!“ Emma hatte den verwirrten Thor am Ärmel gepackt und eilte Liv hinterher.

Tad sah das Flackern von Blaulicht an einer Hausfront. Gleich würde die Polizei hier sein. Wenn sie die Tasche fanden, mit seinen Fingerabrücken und entsprechenden genetischen Spuren auf dem Werkzeug, würde das gar nicht gut aussehen.

„Tad!“, zischte Emma.

Er fluchte lautlos und folgte den beiden.

Kaum hatte er zu den beiden aufgeschlossen und die ersten Bäume des kleinen Parks erreicht, hörte er das Quietschen von Reifen.

„Schnell hierher!“, zischte Liv. Er sah ihr Gesicht aus einer dichten Koniferenhecke hervorlugen.

Tad folgte ihr. Zweige streiften sein Gesicht; es roch nach Harz und dunkler Erde. Das Gesträuch war groß genug, um ihnen allen Deckung zu bieten.

Thor rang nach Atem und murmelte halblaut vor sich hin. Emma kramte eine Wasserflasche aus ihrem Rucksack. „Hast du Durst?“

Statt einer Antwort griff Thor nach der Flasche und trank so gierig, dass er husten musste. „Warum sind wir weggerannt?“, fragte er krächzend.

„Wir wissen nicht, ob wir der Polizei trauen können!“, erwiderte Emma, nach Atem ringend.

„Das ist keine Polizei!“, stieß Liv hervor. Sie war bis an den Rand des Gebüschs gekrochen und lugte durch den Vorhang aus Nadelzweigen.

„Was?“ Tad kroch vor und hockte sich neben sie. Vor Thors Haus parkten zwei gepanzerte Militärfahrzeuge. Er konnte auf jedem Wagen einen weißen Kreis mit rotem Kreuz erkennen.

„Sanitätsfahrzeuge der Bundeswehr?“ Tad schüttelte den Kopf. „Was wollen die denn hier?“

„Gute Frage“, entgegnete Liv.

An beiden Fahrzeugen öffneten sich hydraulische Klappen. Anstelle von Sanitätern stieg eine Gruppe bizarrer Wesen aus. Ihre Oberkörper waren entfernt menschenähnlich, aber sie bewegten sich auf sechs dünnen, metallenen Spinnenbeinen fort.

„Was sind denn das für Teile?“, flüsterte Tad. Wusste Thor etwas darüber? Er wandte sich um. Sein Freund hockte auf dem Boden, der Oberkörper bewegte sich hin und her. Er flüsterte irgendetwas Unverständliches. Emma war bei ihm. Beruhigend hatte sie ihre Hände auf seine Schultern gelegt. Tad beschloss, dass jetzt nicht der richtige Zeitpunkt war, Thor eine Frage zu stellen.

Ein Roboter blieb bei den Autos stehen. Es sah fast so aus, als würde er die Straßen beobachten. Eines der Dinger betrat die Terrasse. Mühelos hob es die schwere Jalousie an. Die vier übrigen holten riesige schwarze Kunststoffkästen, die verdächtig nach Särgen aussahen, aus den Wagen. Während sie die Terrasse betraten, schalteten sie Scheinwerfer ein, die sich dort befanden, wo bei einem Menschen die Stirn war. Nacheinander betraten sie das Haus.

Tad filmte die bizarren Gestalten und fragte seine Assistentin flüsternd. „Tinkerbell, was sind das für Dinger?"

„Zwei Sanitätsfahrzeuge der Bundeswehr vom Typ Eagle VIII", entgegnete Tinkerbell im Flüstermodus. Sie passte sich automatisch an Tads gedämpften Tonfall an.

„Und diese komischen Roboter?", hakte Tad nach.

„Tut mir leid, diese Informationen sind für die Öffentlichkeit nicht zugänglich."

„Sehe ich aus wie die Öffentlichkeit?", beschwerte sich Tad. „Bitte! Es ist wichtig!"

Die kleine Fee seufzte. „Schon gut. Ich muss einen Moment recherchieren. Bin gleich wieder da."

Liv warf Tad einen Blick zu. „Ich revidiere meinen ersten Eindruck. Das ist ein ziemlich cooles Programm, das du da hast."

Tad grinste schwach. „Ja, diesbezüglich hat mein Dad echt was auf dem Kasten."

„Was machen die da bloß?", fragte Liv.

„Ich habe einen Verdacht", sagte Tad. „Die räumen auf."

„Du meinst, sie sammeln die Kakerlaken ein?"

Tinkerbells Gesicht erschien auf dem Display. Sie blickte besorgt. „Okay, ich habe ein wenig recherchiert. Tad, bist du sicher, dass ich die Infos weitergeben soll? Das sind streng geheime militärische Daten."

„Umso wichtiger, dass ich Bescheid weiß, Tinkerbell. Also spuck's aus. Was weißt du?"

„Deine Aufnahme hat nicht die beste Qualität, aber es sieht so aus, als würde dort eine komplette FAR-Einheit im Einsatz sein."

„Was zum Henker ist eine FAR-Einheit?“, fragte Tad.

„FAR steht für First-Aid-Robots“, das sind vollautomatische Sanitätseinheiten für den vordersten Fronteinsatz. Allerdings ist das momentan nicht mehr als ein Forschungsprojekt. Offiziell gibt es diese Einheiten noch gar nicht.“

„Vielleicht sind es Prototypen“, mutmaßte Liv.

„In jedem Fall üben die noch“, bemerkte Tad, „sonst würden sie Thors Haus nicht mit einer Kriegsfront verwechseln.“

„Wo kommen die eigentlich so schnell her?“, fragte Liv.

„Gute Frage“, erwiderte Tad. „Tinkerbell, wo kommen diese FARs her?“

„Diese Frage kann ich nicht beantworten“, entgegnete seine virtuelle Assistentin.

„Hast du wirklich keine Ahnung oder willst du mich bloß wieder schützen?“, brummte Tad.

„Keins von beidem“, erwiderte Tinkerbell. „Deine Frage ist zu unpräzise.“

„Also gut“, seufzte Tad. „Wo wird an diesen Dingern geforscht?“

„An verschiedenen Orten. Das von hier aus gesehen nächste Militärlabor befindet sich auf dem ehemaligen Bombardier-Gelände in Hennigsdorf.“

„Das ist nicht gerade um die Ecke“, bemerkte Liv.

„Wie lange braucht man von dort bis hierher?“, fragte Tad.

„Aufgrund der Baustellen mindestens 34 Minuten.“

„Wir waren höchstens 20 Minuten in diesem Haus“, bemerkte Liv.

„Die sind also losgefahren, bevor wir den Strom abgestellt haben“, sagte Tad nachdenklich.

„Ja, wenn sie wirklich aus Hennigsdorf kommen, was wir nicht wissen können“, entgegnete Liv.

„Oh Scheiße!“, erklang plötzlich Thors panische Stimme.

„Psst! Nicht so laut!“, mahnte Liv.

„Was ist denn los?“, Tad wandte sich um.

Thor drehte hektisch den Kopf und versuchte einen Blick auf seine Schulter zu werfen. „Nimm das weg!“, zischte er. „Schnell!“

„Ganz ruhig.“ Emma brach einen Zweig vom Gebüsch. „Halt still!“

Tad kroch näher. „Was ist los?“

„An Thors Schulter klebt immer noch dieses tote Ding.“ Mit angeekeltem Gesichtsausdruck versuchte Emma die Reste der Kakerlake von Thors Schulter zu kratzen. „Es geht nicht ab!“

Thor schielte hektisch über seine Schulter.

„Warte, ich helfe dir“, Tad kroch herüber und schaltete seine Smartpalmtaschenlampe ein. Der Chitinpanzer war aufgeplatzt und die Innereien der Kakerlake waren herausgequollen, die dicken, mit spitzen schwarzen Borsten versehenen Beine hatten sich in Thors T-Shirt verhakt. Es war kein besonders appetitlicher Anblick. Tad griff sich ebenfalls einen Zweig, und schob ihn unter das Tier, ungünstigerweise hing es mit dem Kopf fest – der Zweig brach.

„Au, es beißt!“, keuchte Tor. „Lebt das Vieh etwa noch?“

„Ganz sicher nicht“, erwiderte Tad.

„Es hat sich in seine Schulter verbissen“, flüsterte Emma Tad ins Ohr.

Tad schüttelte den Kopf. Er ließ den nutzlos gewordenen Zweig zu Boden fallen. Mit angeekeltem Gesichtsausdruck packte er den vorderen Teil der toten Schabe. Unter dem Chitin spürte er etwas Hartes, Scharfkantiges; er griff fester zu und zog.

Thor schnaufte.

Das Ding löste sich langsam. Ein etwa zwei Zentimeter langer, blutbeschmierter Rüssel wurde sichtbar. Die metallenen Krallen unter den Beinen rissen Löcher in das T-Shirt, als Tad das Ding vollständig abzog. Mit einem Schaudern ließ er es zu Boden fallen und wischte sich hastig die Hände an seiner Jeans ab.

„Es ist raus!“, sagte Emma.

„Gott sei Dank“, keuchte Thor. Er wandte sich um und schüttelte sich, als er die zermatschte Schabe sah.

„Geh mal dichter mit der Lampe heran!“, sagte Emma. Mit zusammengekniffenen Augen betrachtete sie den Kadaver. „Das ist ja ein halber Roboter!“

Tad beugte sich vor. In der Tat: Die silbernen Drähte an den Beinen waren mit irgendetwas verbunden, das aussah wie ein winziger Motor. „Das ist ein Exoskelett!“, sagte Tad.

„Aha, und was ist das?“, fragte Emma.

„Eine künstliche Verstärkung der Beine und Gelenke.“ Tad schaltete die Kamera des Smartpalms ein und zoomte auf die blutige Zunge. Erst jetzt erkannte er, dass sie gar nicht aus dem Maul des Tieres kam, sondern mit dem Exoskelett verbunden war. Vorne an der Spitze war so etwas wie ein winziger Schraubendreher. „Krass!“, murmelte er. Mit einem Stock drehte er die Überreste des Tiers auf die Seite. Mithilfe des Zooms erkannte er, dass dünne Kabel von dem kleinen Motor durch die Bauchdecke des Tieres führten. Er war sich sicher, wenn er in den zermatschten Eingeweiden suchte, würde er dort einen Mikrochip finden, der mit den Nervenfasern des Tieres verbunden war. „Das Ding ist ja wirklich ein Cyborg!“

„Ich sagte doch: Sie sind mir gefolgt.“ Thors Gesicht war eine Grimasse des Entsetzens. „Hier sehen sie nur anders aus.“

„Psst!“, mahnte sie Liv. „Da passiert was!“

„Was ist los?“

„Die Lichter sind auf einmal ausgegangen.“

Tad kroch zu ihr zurück. Tatsächlich waren nicht nur die Scheinwerfer der Wagen aus. Die ganze Straße lag im Dunkeln. as haben die vor?“, fragte Tad.

„Psst!“, Liv legte ihm die Hand auf den Arm. „Sei mal leise.“

Das Knirschen schwerer Reifen war zu vernehmen und im Hintergrund, ganz leise, das Surren von Elektromotoren.

„Sie fahren weg“, sagte Liv erleichtert.

Tad biss sich nachdenklich auf die Lippen. Irgendetwas stimmte nicht. Vage glaubte er, düstere Schatten zu erkennen, die sich langsam fortbewegten. Allerdings fuhren sie nicht in die Richtung zurück, aus der sie gekommen waren.

Liv wollte sich aufrichten, doch Tad hielt sie zurück. Warum hatten sie ausgerechnet jetzt das Licht ausgeschaltet? Angestrengt starrte er in die Finsternis. „Hörst du das?“, wisperte er.

Ein leises Brausen drang zu ihnen herüber.

„Eine Drohne?“, flüsterte Liv.

„Hört sich ganz danach an.“

„Die suchen nach uns“, Er spürte Livs festen Griff auf seinem Unterarm. „Wir müssen weg!“

„Warte einen Moment. Warum schalten sie alle Lichtquellen aus, wenn sie mit einer Drohne die Gegend absuchen?“

„Vielleicht hat das Ding eine Infrarotkamera? Damit können sie nach uns suchen und bleiben für uns unsichtbar.“

„Vielleicht.“ Tad lauschte in die Nacht. Plötzlich gingen die Straßenlaternen wieder an. Von den Militärfahrzeugen war nichts mehr zu sehen.

„Dort ist die Drohne!“ Liv wies auf einen Quadrocopter, der über Thors Haus schwebte. Das Flugobjekt sank langsam tiefer und umrundete in einer Höhe von etwa zweieinhalb Metern das gesamte Haus. Eine Weile verharrte es vor der Terrassentür mit der herausgebrochenen Jalousie, bevor es abrupt in die Höhe stieg und davon sauste.

„Okaay“, sagte Liv gedehnt. „Offensichtlich hat das Teil nicht nach uns gesucht, und zum Glück sind die komischen Sanitätsroboter auch verschwunden.“

„Ja, allerdings frage ich mich, warum sie nach Osten abgedreht sind. Weshalb fahren die Wagen nicht dahin zurück, woher sie gekommen sind? Das ist der schnellste Weg zur Stadtautobahn.“

Liv zuckte die Schultern. „Vielleicht bringen die ihre Cyborg-Schaben woanders hin?"

„Könnte sein."

„Tad?", meldete sich Emma zu Wort. „Wir müssen uns um Thors Verletzungen kümmern."

„Er muss in ein Krankenhaus!", sagte Liv.

„Auf keinen Fall!", entfuhr es Tad.

Liv sah ihn überrascht an.

„In den Krankenhäusern wimmelt es von A&M Technologie", erklärte Emma. „Wir können denen nicht trauen."

„Was machen wir stattdessen?", fragte Liv. „Zuhause ist es auch nicht sicherer."

Tad schüttelte den Kopf. Er wusste es nicht. Außerdem nagte da noch immer dieses ungute Gefühl in ihm. Irgendetwas haben wir übersehen.

„Ich hätte da eine Idee", sagte Emma. „Wir könnten ins Clubhaus fahren."

„Was für'n Clubhaus", fragte Liv.

„Unser Pfadfinder-Clubhaus", erwiderte Liv. „Das ist komplett A&M-frei, keine Servicetechnik, keine Securityfunktionen, dafür Schlafmöglichkeiten, etwas zu essen und ein gut ausgestatteter Erste-Hilfe-Kasten. Außerdem ist es nicht weit."

„Super Idee!", meinte Liv.

„Klingt gut!", stimmte Tad zu. „Fahren wir erstmal dorthin, anschließend kümmern wir uns um JB."

Auch Thor brummte irgendetwas, das wie eine Bestätigung klang. Er wirkte noch immer ziemlich neben der Spur.

Langsam gingen sie durch den dunklen Park in Richtung U-Bahnhof. „Was ist in Area 3 passiert?", wandte Tad sich unvermittelt an seinen Freund.

Thor fuhr sich mit der Hand durch seine kurzen blonden Stoppeln. „Das war echt krass. Um ehrlich zu sein, ich versuch's gerade zu verdrängen."

„Könnt ihr nicht aufhören, von diesem Scheiß-Spiel zu sprechen? ", fauchte Emma. „Ihr seht doch, dass Thor völlig am Ende ist."

„Es ist wichtig", widersprach Liv sanft. „Alles hängt damit zusammen."

„Irgendjemand manipuliert Area 3", sagte Tad. „Ich vermute, dieselben Leute attackieren uns auch im Real Life. Wenn wir verstehen, was in Area 3 passiert, haben wir vielleicht eine Chance, den ganzen Spuk zu beenden."

Emma wollte etwas erwidern, doch Thor legte sanft seine Hand auf ihren Arm. „Lass nur, Emmi, vielleicht ist es ganz gut, wenn ich darüber rede."

Emmi?, dachte Tad. Niemand außer Oma Ute nannte seine Schwester Emmi. Er warf einen Blick zu Emma hinüber. Sie schien sich nicht daran zu stören.

„Lass mich raten", warf Liv ein, „du hast ein SPS und einen Cyberhelm geschenkt bekommen und wolltest sie unbedingt ausprobieren?"

Thor nickte. „Ja. Woher weißt du das?"

„Bei uns war's genauso", erwiderte Tad.

„Ich habe die Sachen von meinem Vater. Sie waren eine Art Werbegeschenk von A&M Technologies."

„Hat er dir die Sachen persönlich überreicht?", fragte Tad.

Thor schüttelte den Kopf. „Er musste ganz plötzlich auf Dienstreise und schickte eine Paketdrohne."

Liv und Tad warfen sich einen kurzen Blick zu. *Das gleiche Muster!*

„Natürlich musste ich das Zeug gleich ausprobieren. Es war der Hammer! Alles war unglaublich real. Ich konnte die Gegenstände nicht nur sehen, ich spürte sie! JB und ich bekamen einen Spezialauftrag. Angeblich hatten euch die Chimären geschnappt. Eure Spur hatte sich mitten im Koboldgebiet bei so 'ner heruntergekommenen Kneipe verloren, also machten wir uns auf den Weg dahin. Der Laden sah ziemlich übel aus. Es hatte definitiv einen Kampf gegeben und ein Zimmer war komplett ausgebrannt – weder von euch noch von jemand anderem gab es eine Spur.

Wir durchkämmten das ganze Haus, aber da war nichts. Wir waren ziemlich sauer, das kannst du mir glauben. Tja, und dann fanden wir diesen Kobold, einer von den ganz Abgewrackten, so'n buckligen Alten. Wir befragten ihn, aber es war nichts Vernünftiges aus ihm herauszubekommen. Die ganze Zeit summte er so'n hirnlosen Singsang vor sich hin – das dachte ich jedenfalls."

„Was sang er denn?", fragte Liv.

Thor schauerte. Dann summte er heiser:

„Geh niemals in die Wandelbar,
es sei denn, dein Verstand ist rar,
denn jeder, der dort jemals war,
ist seitdem nicht mehr auffindbar."

„Klingt etwas abgedreht", bemerkte Emma.

„Ja", bestätigte Thor. „Wir nahmen den Kerl ziemlich hart ran, dennoch war nichts anderes aus ihm herauszubekommen. Völlig unerwartet, das war echt widerlich, schossen Tentakel unter seinem Mantel hervor und griffen nach uns. Der Kerl war 'ne Chimäre. JB verpasste ihm eine Kugel.

Auf dem Rückweg zum Hauptquartier kam uns der Gedanke, dass vielleicht doch mehr hinter dem Gebrabbel des Alten stecken könnte. Also zapften wir die Datenbank an und fanden heraus, dass es die „Wandelbar" tatsächlich gegeben hatte; es war der Codename für ein illegales Genlabor gewesen. Ein paar Marshalls hatten den Laden vor zehn Jahren hochgehen lassen. Wir leckten Blut. Es war – ich weiß auch nicht – fast wie ein Rausch. Wir spürten einfach, dass wir auf der richtigen Spur waren. Daraufhin stellten wir weitere

Nachforschungen an und stießen tatsächlich auf neue Hinweise."

„Wie lange wart ihr da schon online?", fragte Liv.

Thor hob die mächtigen Schultern. „Keine Ahnung. Ich glaube, zu diesem Zeitpunkt war mir schon gar nicht mehr richtig bewusst, dass ich mich in einer virtuellen Welt bewegte." Er erschauerte. „Die Wandelbar lag versteckt in den Untergeschossen eines stillgelegten Stadtwerks. Es war schwierig, hineinzukommen. Kurz vor dem Ziel erhielten wir die Order, die Operation abzubrechen. Natürlich hielten wir uns nicht daran. Die Verbindung zur Zentrale brach ab, und wir machten auf eigene Faust weiter. Auf dem Weg zu den Laboren stießen wir plötzlich auf heftigen Widerstand. Es gab eine wüste Schießerei. Mitten im Kampf, schien die Zeit einzufrieren. Wie aus dem Nichts tauchte die geflügelte Frau auf. Sie war wunderschön; ich musste ihr einfach folgen", er brach ab und warf einen kurzen Blick auf Emma. „Also, sie war nicht im menschlichen Sinne schön, mehr so ätherisch. Verstehst du, was ich meine?"

Emma hatte die Stirn gerunzelt: „Nein, aber erzähl ruhig weiter."

Thor räusperte sich. „Ich folgte ihr, durchschritt das Tor und befand mich plötzlich in einer anderen Wirklichkeit."

„Was meinst du damit?", hakte Liv nach.

„Na ja alles war noch viel realer. Ich erkannte überhaupt keine virtuellen Elemente mehr. Vielleicht befand ich mich auch nicht mehr im Spiel, sondern wirklich in einer anderen Realität. Ich lag auf einem Operationstisch auf dem Bauch und spürte das kalte Metall, das gegen meinen nackten Körper drückte. Aus irgendeinem Grund war ich unfähig, mich zu rühren. Männer mit grünen OP Kitteln kamen. Ich spürte den Druck des Skalpells auf meiner Haut, und geriet in Panik. Merkten die gar nicht, dass ich wach war?" Thor atmete hektisch und Emma legte ihm beruhigend die Hand auf die

Schulter. „Es gab so eine Art Wirbel", fuhr Thor leise fort, „und das nächste, woran ich mich erinnere, ist das schmutzige Straßenpflaster, auf dem ich lag. Irgendjemand hatte mich übel verprügelt, sich anschließend über mich gebeugt und angebrüllt. Als ich mich zur Wehr setzte, zog er eine Waffe und schoss mir in die Stirn. Er wusste offenbar nicht, dass ich die Gestalt gewechselt hatte und dass mein Gehirn nicht in meinem Schädel saß." Er blickte auf und sah Tad an. „Ist das nicht verrückt? Ein Teil von mir wusste, dass dieser Typ JB war, aber der andere Teil hatte einfach nur Angst. Fühlt es sich so an, wenn man wahnsinnig wird?"

Tad schluckte.

„Nein, so fühlt es sich an, wenn man völlig dehydriert ist und sich von einem bekloppten Computerspiel manipulieren lässt!", sagte Emma wütend. „Welche kranken Idioten denken sich so etwas eigentlich aus?"

„Emma, bitte, lass ihn weitererzählen", sagte Liv.

Thor schluckte. „Ich wartete, bis sie weg waren und kroch über die Straße. Ich musste dringend einen Kanal finden. Wasser war mein Element, es würde mich heilen. Schließlich fand ich einen Gully. Nachdem ich den Deckel beiseitegeschoben hatte, kroch ich hinab. Alles war viel zu trocken. Was meine Fortbewegung erheblich erschwerte. Plötzlich senkte sich das Rohr, sodass ich in die Tiefe schlitterte und schließlich auf harten Beton prallte. Für einen kurzen Augenblick flackerte eine Lampe auf. Eine mit Graffiti beschmierte Betonwand blitzte auf. Aus den Augenwinkeln nahm ich eine Bewegung wahr. Etwas Ekliges krabbelte rasend schnell auf mich zu – ein spinnenartiges Dings so groß wie meine Hand. Es knackte voll eklig, als ich es zertrat. Im nächsten Moment bemerkte ich, dass dieses Ding nicht alleine war – Hunderte von spinnenartigen Cyborgs füllten den Raum. Das Licht glänzte in ihren kalten Facettenaugen, dann erlosch die Lampe und ich hörte das leise Kratzen von

Tausenden von Spinnenbeinen. Keine Ahnung wie lange ich gegen sie kämpfte. Mir kam es vor, als wären es Tage gewesen. Auf einmal war alles still, und ich hörte eure Stimmen."

„Wie schrecklich", stöhnte Emma.

„Das ist echt übel!", bestätigte Liv.

„Was stand auf der Wand?", fragte Tad.

„Was?"

„Du hast gesagt, da war ein Graffiti. Was genau stand da?"

„Das ist doch völlig egal!", fuhr Emma ihn an.

„Nein, bitte. Versuch, dich zu konzentrieren, Thor.

Tads Freund blieb stehen und schloss die Augen. „Da stand … warte … es war eine Frage – ziemlich seltsam: Verstehst du jetzt? Ja genau. Verstehst du jetzt?"

„Scheiße!", entfuhr es Tad. „ich glaube, ich weiß jetzt, warum die Sanitätsfahrzeuge nicht zurück nach Norden gefahren sind. Wie weit ist es von hier zu JB?", wandte er sich an Thor.

„Ungefähr drei Kilometer", erwiderte der Hüne verdutzt.

„Kannst du uns mal erklären, was das jetzt soll?", fuhr Emma Tad an.

„Diese FAR-Einheit war nicht in erster Linie wegen der Cyborgs da." Tad spürte, wie sein Herz schneller zu schlagen begann. „Die sind gekommen, um Thor mitzunehmen! Und jetzt wollen sie JB holen."

„Wie kommst du darauf?", fragte Liv.

„Weil das Spiel es so will", erwiderte er.

„Bist du bescheuert?", fuhr Emma ihn an. „Das ist doch bloß ein blödes Game. Es hat keinen eigenen Willen."

„Ja, am Anfang war es ein ganz normales Spiel", erwiderte Tad genervt. Wollten sie es nicht begreifen? „Aber jetzt nicht mehr. Es hat sich verändert: Verstehst du jetzt? Das ist der Schlüssel! Es geht nicht mehr um Punkte oder Levelaufstiege", Tad war immer lauter geworden. „Es geht darum, dass wir verstehen!"

„Was zum Henker sollen wir verstehen?", rief Emma.

„Woher soll ich das wissen?!“, fuhr Tad sie an.

Ein Fenster wurde aufgerissen. „Hey, ihr Bekloppten! Hört auf herum zu krakeelen! Das ist hier nicht der Alexanderplatz! Verzieht euch, oder ich rufe die Bullen!“

„Ja, schon gut!“, erwiderte Tad. Leise sagte er: „Ihr bringt Thor in das Clubhaus. Ich kümmere mich um JB.“

„Die beiden schaffen das alleine“, erwiderte Liv. „Ich komme mit dir!“

Das wäre nicht gut, wollte Tad erwidern. Du bist sicherer bei den anderen. Stattdessen kam ein rasches „Okay“, über seine Lippen. „Tinkerbell, leite uns auf kürzestem Weg zu JB.“

„Es wird mir ein inneres Blumenpflücken sein, mein geliebter Herr und Meister!“

Wo alles begann

„An der nächsten Straßenkreuzung rechts“, verkündete Tinkerbell.

Sie bogen in eine schmale Gasse ein.

„Und jetzt hinter der Nr. 24 auf den schmalen Weg einbiegen.“

Ein Gittertor mit der Aufschrift: *Privatweg – Zutritt verboten* versperrte ihnen den Weg. Liv griff nach der Türklinke – verschlossen. „Mist.“

Tad legte ihr hastig den Finger auf den Mund. „Sag nichts!“, verdeutlichte er ihr tonlos. Demonstrativ verschränkte er die Hände in Hüfthöhe.

Liv verstand. Sie setzte ihren Fuß in seine Hände und kletterte über das Tor. Tad folgte ihr. Er kletterte auf das Tor und sprang auf den mit Gras bewachsenen Weg dahinter.

„Der Sensor deines Mobilfunkgeräts misst Erschütterungen“, meldete sich Tinkerbell zu Wort. „Bist du gestürzt?“

„Nein, alles bestens.“

Sie joggten einen schmalen Gang zwischen den Gärten villenartiger Häuser und einer alten Laubenkolonie entlang.

„Deine Fitness-App vermeldet, dass du die vorgegebene Schrittzahl für diese Woche um 79 Prozent überschritten hast“, sagte Tinkerbell. „Das ist ein neuer Rekord.“

„Tinkerbell, halt die Klappe!“

„Ich wollte nur nett sein.“

„Du sollst nicht nett sein, du sollst mir den kürzesten Weg weisen, sonst nichts!“

„In 259 Metern rechts abbiegen“, schnarrte sie.

Das allerdings war ohne weiteres nicht möglich, denn nach 259 Metern standen sie vor einem zweiten Tor. Es war höher als das erste und ziemlich rostig. Wirklich problematisch allerdings war der riesige Dobermann, der auf dem nebenan liegenden Grundstück plötzlich aus seiner Hundehütte hervorschoss und mit grollendem Bellen auf einen erschreckend niedrigen Jägerzaun zustürmte. Liv stieß einen erschrockenen Schrei aus und sprang zurück. „Ganz ruhig“, sagte Tad. „Der tut bestimmt nichts.“ Seine Worte hätten allerdings wesentlich überzeugender geklungen, wenn sich seine Stimme nicht vor Unsicherheit überschlagen hätte.

Das Vieh erreichte den Zaun, stemmte seine Vorderpfoten auf den oberen Holm und knurrte zähnefletschend. Livs Fingers krallten sich schmerzhaft in Tads Bizeps. „Tinkerbell, Hundealarm!“, flüsterte Tad.

„Ich dachte, ich soll die Klappe halten und Navi spielen?“, schmollte das Assistenzprogramm.

„Hier ist ein geifernder Riesenköter, der sich auf uns stürzen will. Tu was!“

„Na gut, wenn’s sein muss!“, erwiderte Tinkerbell. „Achtung. Ich stelle jetzt den Lautsprecher auf Maximallautstärke.“

„Hä?“, machte Tad.

Im nächsten Moment erklang ein schrilles Piepen, das immer höher wurde, bis es für menschliche Ohren nicht mehr wahrzunehmen war. Der Hund zuckte zusammen, schließlich ließ er vom Zaun ab und winselte. Tad machte einen Schritt nach vorn und hielt dem Tier das Smartpalm entgegen. Der Dobermann zog den Schwanz ein und suchte hastig Schutz in seiner Hundehütte. „Danke, Tinkerbell." Er wandte sich an Liv: „Er ist weg!"

Die Hände des Mädchens lockerten sich nur zögernd. Schließlich murmelte sie: „Sorry, es ist nur …" Sie verstummte. „Hilfst du mir?"

Tad machte erneut eine Räuberleiter. „Du hast wohl schlechte Erfahrungen gemacht, was?"

Liv kletterte auf das Tor. „Mein Onkel hatte einen Dobermann." Geschmeidig sprang sie auf die andere Seite.

Tad kraxelte das Tor hinauf. Es schwankte bedenklich. „Hat das Vieh dich angegriffen?"

Liv wandte sich ab. „Beeil dich. Wir müssen weiter!"

Tad sprang auf den Gehsteig. Das war wohl ein sensibles Thema.

„Schon wieder eine Erschütterung!", vermeldete Tinkerbell.

„Wir laufen jetzt nach rechts!", sagte Tad. „Wo geht's dann entlang?"

„Bei der zweiten Querstraße links abbiegen und bis zum Ende laufen, dann seid ihr direkt am Hintereingang."

„Perfekt. Danke!"

Die Strecke zog sich länger hin, als er erwartet hatte. Als sie das Grundstück endlich erreichten, rang er keuchend nach Atem. „Alles … ruhig …", schnaufte er.

„Ich … weiß nicht …", auch Livs Atem ging keuchend, aber sie wirkte deutlich weniger erschöpft als er. „Es brennt überhaupt kein Licht."

„Gib … mir … ne … Minute!", röchelte Tad.

Liv beobachte schweigend das Haus. „Ich geh da jetzt rein!", sagte sie schließlich.

„Schon gut … komme mit", stieß Tad hervor. Seine Beine schienen doppelt so schwer zu sein, als er über den Zaun stieg.

Zum Glück hatte JBs Familie keinen Hund.

Sie stapften über den akkurat gemähten Rasen. Die Tür zur Terrasse war allem Anschein nach unversehrt.

Als sie am Haus vorbei zur Vorderseite gingen, blieb Liv abrupt stehen. „Shit!"

„Was'n?"

„Wir kommen zu spät."

Tad trat neben sie und starrte auf die Stahltür, die ein paar Treppenstufen tiefer lag und offensichtlich direkt in den Keller führte. Ein gezacktes Loch klaffte darin. Es sah fast so aus, als wäre hier ein gigantischer Dosenöffner am Werk gewesen.

Beide warfen sich einen kurzen Blick zu und gingen gemeinsam die Stufen hinunter. Der Lichtschalter neben der Tür funktionierte nicht. Tad aktivierte sein Smartpalm und schaltete die Taschenlampe ein. Sie hielten inne. Es war nicht nötig, weiter zu suchen. Auf dem Boden stand ein Paket. Eine Karte lag darauf. Sie zeigte ein aufwendig verziertes, goldenes Tor. Liv hob sie auf und drehte sie um.

Ihr wisst, wo ihr suchen müsst. Alles begann bei Yggdrasils Spross.

Tad schauderte. Behutsam nahm er das Paket an sich und sah Liv an. „Gehen wir."

Sie presste die Lippen zusammen und nickte stumm.

„Ihr wollt was?", rief Emma und starrte Tad mit weit aufgerissenen Augen an.

Sie saßen zu viert in der Küche des Pfadfinderclubhauses. Es roch nach Desinfektionsmittel und Erbsensuppe. Thor hockte auf seinem Stuhl und starrte dumpf ins Leere. Emma hatte seine zahllosen Verletzungen sorgfältig gereinigt und mit Pflastern versorgt. Währenddessen hatte er mindestens drei Portionen Eintopf verschlungen. Thor brauchte dringend

Schlaf, weigerte sich aber stur.

Liv hatte ihren Teller nicht angerührt. „Es muss sein, Emma", sagte sie leise.

„Das kann nicht euer Ernst sein!", fuhr Tads Schwester auf. „Gerade eben noch habt ihr mir erklärt, dass dieses Spiel gefährlich ist. Wir wissen, was es Thor angetan hat. Irgendwelche Militärroboter haben JB entführt damit er in Area 3 gefangen bleibt, und jetzt wollt ihr euch freiwillig diese Cyberhelme anlegen, die sich in eure Gehirne bohren? Habt ihr euren Verstand weggezockt?"

„Es geht nicht ums Spiel, Emma", wandte Tad ein. „Es geht um JB. Wir haben nicht die leiseste Ahnung, wo er sein könnte. Tinkerbell hat recherchiert, dass A&M Technologies allein in Deutschland 132 verschiedene Immobilien besitzt. Weltweit sind es über vierhundert, die Subunternehmen nicht mitgezählt. Er könnte überall sein."

„Ihr glaubt ernsthaft, ihr findet ihn, wenn ihr online geht?", erwiderte Emma. „Seid doch nicht so naiv! Wer immer dieses Spiel kontrolliert, entscheidet, was ihr dort erlebt. Warum sollte er wollen, dass ihr JB befreit?"

Tad warf Liv einen Blick zu. Sie kniff nachdenklich die Lippen zusammen.

„Das ist alles eine Nummer zu groß für uns", fuhr Emma fort. „Du sagst, dass Dad verschwunden ist, ebenso wie Livs Mutter und Thors Vater. Warum gehen wir damit nicht zur Polizei?"

„Weil es für alles eine offizielle Erklärung gibt", erwiderte Tad. „Die Polizei würde keinen Finger krümmen."

„Bei JB wurde eine Tür aufgebrochen!", warf Emma ein.

„Ein Einbruch in einen Keller", schnaufte Tad. „Der Fall wird aufgenommen und dann passiert erstmal gar nichts. Das ist eine Lappalie für die Bullen."

„Tad hat Recht", sprang Thor ihm bei. „Bei uns zuhause wurde vor zwei Jahren die Kellertür aufgebrochen. Es dauerte ewig, bis da mal jemand vorbei kam. Da nichts Spektakuläres geklaut wurde, blieb es bei einer Anzeige gegen Unbekannt und einer Beratung zur Einbruchssicherung."

Emma sprang wütend auf. „Okay, dann gehen wir eben nicht zur Polizei. Und was ist mit Mum? Was, wenn Lee wieder gehackt wird und ihr irgendetwas antut?"

Tad nagte nachdenklich an der Unterlippe. Da war etwas dran. Zwar sagte ihm sein Bauchgefühl, dass sie in Sicherheit war, solange sie das Spiel der Entführer mitspielten, aber sicher konnten die drei sich dessen nicht sein. „Du hast recht", sagte er schließlich.

Emma blickte ihn verblüfft an.

Er nutzte den Moment des Schweigens und fuhr fort. „Deshalb müssen wir dafür sorgen, dass es Oma Ute schlecht geht."

„Was?", entfuhr es Emma. Auch Thor und Liv warfen ihm verwunderte Blicke zu.

„Oma Ute wohnt in Lübersdorf. Das ist ein winziges Nest in Meck Pom. Oma Ute hat es, was ihr technisches Equipment betrifft, kaum in dieses Jahrhundert geschafft. Sie hat tatsächlich noch einen Fernseher mit Bildschirm und ich glaube, sie ist der letzte Mensch auf der Welt, der noch SMS schreibt."

„Wie, das gibt's noch?", fragte Thor verwundert.

„Ja, ist aber schweineteuer", erwiderte Tad. „Darauf wollte ich allerdings nicht hinaus. Wichtig ist nur: In Oma Utes Haus ist Mum absolut sicher vor Angriffen aus dem Netz."

Widerstrebend nickte Emma. „Okay, ich lass mir etwas einfallen, dennoch halte ich es für Wahnsinn, dass ihr wieder online gehen wollt. Das ist eine Falle."

„Es geht nicht nur um JB", sagte Liv. „Wir wollen verstehen, wer unser Gegner ist."

„Wie meinst du das?"

„Irgendjemand oder irgendetwas zieht die Fäden im Hintergrund. Die Angriffe auf uns, die Entführung von JB, das Verschwinden unserer Eltern – all das hängt mit A&M Technologies und Area 3 zusammen. Wenn wir eine Antwort auf unsere Fragen suchen, werden wir sie nur dort finden!"

Tad nickte. „Liv hat absolut recht, Emma. Wir müssen zurück. Wir haben keine andere Wahl!"

Emma schlug wütend beide Hände auf den Tisch und schob ihren Stuhl nach hinten. Sie war im Begriff, aufzuspringen, als Thor seine mächtige Pranke auf ihre Hand legte. „Du hast Angst, Emmi. Das verstehe ich sehr gut, die habe ich auch. Aber diesmal ist es anders – keiner von uns ist allein!"

Emma entriss ihm ihre Hand, blieb aber sitzen.

„Wenn es jemanden gibt, der sich in Area 3 auskennt, dann sind es Tad und Ms Violett."

Emma verzog das Gesicht.

„Aber selbst, wenn sie die Kontrolle verlieren sollten; sie haben uns! Wir können sie jederzeit wieder rausholen."

Emma atmete tief ein und aus. „Tut mir leid. Diese ganze Geschichte macht mir einfach nur höllisch Angst", schniefte sie. „Okay, wir gehen das zusammen an."

Tads Blick wanderte zwischen Thor und Emma hin und her. Nicht im Traum wäre ihm in den Sinn gekommen, dass Emmas Sturheit schlicht in ihrer Furcht begründet lag. Dabei ging es ihr nicht um sich selbst, sondern vor allem um ihn und Liv. Mindestens genauso überraschte ihn, dass Thor das bereits vor ihm erkannt hatte. Er räusperte sich: „Es war eine Superidee von dir, hierher zu kommen. Hier sind wir sicher."

„Hoffen wir's", sagte Emma leise. „Wie geht's jetzt weiter?"

Tad grinste. „Zuallererst gehe ich pinkeln."

„Wir loggen uns in euren Hausrouter ein. Er ist zwar nicht der schnellste, aber es wird schon gehen", sagte Liv.

Emma hielt ihren Bruder auf. „Warte Tad, kann Tinkerbell Mum eine fingierte SMS von Oma Ute zukommen lassen?"

„Wenn's ein Notfall ist – kein Problem", erwiderte Tad.

„Ist es. Ich verfasse den Text, und du lässt Tinkerbell die Nachricht verschicken."

„Gebongt!", erwiderte Tad.

20 Minuten später hatten sie im Aufenthaltsraum mithilfe von Kissen und Sofapolstern eine provisorische Gamezone gesichert. Die SMS war verschickt und Mum hatte schon geantwortet. Alles lief nach Plan. Emma saß im Schneidersitz auf dem Tisch und beobachtete sie skeptisch, während Thor die Netzverbindung herstellte.

„Okay", sagte Liv. „Ich denke, wir sind soweit."

Tad nickte. Schweigend gingen sie zu dem Paket, das in JBs Keller auf sie gewartet hatte und holten den SPS heraus. Liv ging zum Umziehen in die Küche. Tad blieb im Clubraum.

Der SPS passte perfekt. Er fühlte sich auf unangenehme Art und Weise nackt, und das nicht nur, weil das Ding sich wie eine zweite Haut an ihn schmiegte; es fühlte sich an, als würde er sich schutzlos in die Hand eines mächtigen Feindes begeben. Wir haben einfach keine andere Wahl, sagte er zu sich selbst. Außerdem sind wir nicht schutzlos. Auch wenn das Spiel sich verändert – es ist immer noch Area 3! Niemand ist dort so gut wie wir!

Als Liv aus der Küche kam, hatte sie ihren Schlabberpulli über den SPS gezogen. Sie blickte zu Tad auf. „Bist du bereit?", fragte sie.

„Eigentlich nicht", erwiderte Tad. Ihm fiel auf, dass sie ungewöhnlich lange Wimpern hatte. Komisch, dass er das bislang nie bemerkt hatte.

„Na, dann los", meinte Liv mit schiefem Grinsen.

Sie setzten ihre Cyberhelme auf und loggten sich ein. Das Intro begann. Tad wusste, dass sich zu diesem Zeitpunkt unendlich dünne Metallnadeln in sein Hirn bohrten, spürte jedoch nicht mehr als ein leises Kribbeln auf der Kopfhaut.

Tad schloss die Augen und als er sie wieder aufschlug, befand er sich in einem winzigen Außenposten der Marshalls in der Nähe von Yggdrasils Spross. Neben ihm stand Ms Violett. Die Ähnlichkeiten mit Liv waren eigentlich nicht zu übersehen. Ihre Haut war dunkler, sie wirkte älter und selbstbewusster, aber ansonsten war es nicht schwer, ihren Typus in der toughen Agentin wiederzuerkennen. Seltsam, dass er vor kurzem noch ernsthaft geglaubt hatte, dass Scarlett Hohner ihr Alter Ego sei. Ms Violett sah zu ihm auf und grinste. „Auf geht's!"

Das Waffenarsenal des Stützpunkts war überschaubar. Es gab nur Handfeuerwaffen, ein paar Blendgranaten und eine riesige Panzerfaust, die ihnen bei ihrer Operation allerdings nur im Weg sein würde.

Wenige Minuten später machten sie sich auf den Weg. Mit ihren Geländemaschinen schlängelten sie sich durch den Verkehr. Tad spürte den Fahrtwind und die Hitze, die vom aufgeheizten Asphalt nach oben stieg. Der Ledersitz war weich, und die Maschine federte jede Unebenheit ab. Irgendwo in seinem rationalen Verstand war ihm bewusst, dass all dies nur eine Täuschung des SPS war, aber sein Gehirn verarbeitete all diese Sinnesreize, als wären sie Realität und es fühlte sich cool an.

Er warf einen Blick zu Ms Violett. Sie erwiderte sein Grinsen.

Beim Abbiegen in eine wenig befahrene Straße Richtung Park, erhaschte Tad einen Blick auf einen schwarzen Helikopter, der über die Hochhausschluchten hinweg brauste. Er trug das Logo eines Nachrichtensenders. Solche Helis erregten wenig Aufsehen und wurden oft von den Marshalls verwendet. Hoffnung blitzte in Tad auf. „Hast du den Heli gesehen?", fragte er Ms Violett.

„Ja!", erwiderte sie. Dann beantwortete sie seine unausgesprochene Frage. „Einen Versuch ist es wert!"

Tad ging auf ihre Gruppenfrequenz: „JB, bist du das?"

Eine Zeitlang herrschte Schweigen. Tad drosselte sein Tempo etwas und bog auf einen schmalen Pfad ein, der durch den Park zu Yggdrasils Spross führte.

Plötzlich knackte es in Tads Ohrknopf. „Identifizieren Sie sich!"

Die Stimme klang vertraut und doch irgendwie seltsam. „JB, bist du das?", meldete sich Ms Violett zu Wort.

Sie brausten unter dichten Baumkronen hindurch.

„Identifizieren sie sich!", wiederholte die Stimme.

Tad und Ms Violett warfen sich einen kurzen Blick zu. Livs Avatar zuckte mit den Achseln. Es war immer noch nicht herauszuhören, ob es sich wirklich um JB handelte. „Ich bin's, Tad. Hör zu …" Tad leckte sich nervös über die Lippen. Er musste seine Botschaft irgendwie verschlüsseln. „Du bist schon viel zu lange im Einsatz. Es wird Zeit, dass du nach Hause kommst." Sie waren unter den Bäumen hindurch und brausten nun an sorgfältig gepflegten Blumenbeeten vorbei. „Pass auf, wir treffen uns …"

„Identifizierung abgeschlossen", hörte Tad eine emotionslose Frauenstimme. Im nächsten Moment stiegen Erdfontänen aus dem Beet direkt neben ihm hervor. Ein Hagel von Kugeln zerfetzte die blauen Blüten, die dort wuchsen.

„Die schießen auf uns!", gellte Livs Stimme in seinem Ohr.

Erst jetzt nahm Tad das Knattern des Maschinengewehrs wahr, das vom Hubschrauber aus auf sie hinab feuerte.

„Scheiße!"

„Wir brauchen dringend Deckung!", schrie Ms Violett.

Tad sah sich hektisch um. „Dort drüben!", Er deutete auf einen Obsthain, auf einem Hügel links von ihnen.

Ms Violett reagierte sofort. Sie bog vom Parkweg ab, durchpflügte schlingernd ein schmales Beet und raste über eine Liegewiese auf den Hain zu. Tad folgte ihr, tief über den Tank seiner Maschine gebeugt. Wenn eine der Kugeln dort einschlug, würde das Ding explodieren und Tad in einen Feuerball hüllen. Er war sich hundertprozentig sicher, dass er nicht ausprobieren wollte, wie sich das anfühlte. Das grobe Profil der Reifen griff in die weiche Erde und schleuderte Dreckfontänen empor. Als er die Wiese erreichte, fanden die Räder besseren Halt, und er schoss auf die Obstbäume zu. Plötzlich fühlte er einen brutalen Schlag im Rücken. Seine Brust prallte gegen den Tank und die Luft wurde ihm aus den Lungen gepresst. Er verriss das Lenkrad und geriet ins Trudeln. Hektisch versuchte er die Maschine wieder auf Kurs zu bringen, während er gleichzeitig nach Atem rang.

„Tad?“, hörte er Livs besorgte Stimme.

Pfeifend sog er die Luft in seine Lungen und ging vom Gas. Irgendwie gelang es ihm, einen Sturz zu verhindern. Er war getroffen worden. Seine schusssichere Weste hatte zwar verhindert, dass die Kugel seine Lungen durchbohrte, aber es hatte sich so angefühlt, als hätte ihn jemand mit einem Baseballschläger getroffen. „Alles okay!“, krächzte er.

Es klang offensichtlich nicht sehr überzeugend, denn Ms Violett drosselte ihr Tempo am Rande des kleinen Obsthains und feuerte auf den Hubschrauber. Es war unwahrscheinlich, dass sie mit ihrer Pistole etwas ausrichtete.

Endlich erreichte auch Tad den Hain. Eine Feuergarbe bohrte sich dicht neben ihm in einen Baumstamm und riss dicke Splitter aus dem alten Holz. Offenbar hatte der Pilot sich nicht sonderlich beeindrucken lassen. Tad spürte, wie sein Herz raste und das Adrenalin durch seine Adern schoss.

„Weiter!“, keuchte Tad.

Ms Violett nickte und gab Gas. Sie rasten zwischen den dicht an dicht stehenden Obstbäumen hindurch.

„Dort!“ Ms Violett deutete auf Yggdrasils Spross, der sich wie ein Wesen aus einer anderen Zeit in den nachmittäglichen Himmel erstreckte. Sie durchschlugen eine Hecke und jagten über eine Liegewiese, auf der jede Menge Müll herumlag. Sie hatten den verwahrlosten Teil des riesigen Parks erreicht.

Plötzlich erhob sich wie aus dem Nichts eine zerlumpte Gestalt. Sie sah aus wie ein Zombie – totenblass, rotgeränderte Augen und ein klaffender Mund mit schwarzen Zahnstummeln. Tad riss den Lenker herum. Die Maschine bockte und legte sich schräg. Er verlor die Kontrolle und schlitterte mitsamt der Maschine wie ein Pflug über die mit Abfall übersäte Wiese.

„Tad!", gellte Livs Schrei in seinen Ohren.

Tad rutschte über die Wiese, prallte gegen irgendetwas, überschlug sich zweimal und blieb schließlich benommen liegen. Es roch nach trockenem Gras, Hundekot und Currysoße. Letzteres kam von einem mit Ketschup beschmierten Plastikteller, der nur wenige Zentimeter von seiner rechten Augenbraue entfernt in einem Büschel Löwenzahn lag.

Stöhnend richtete er sich auf. Liv hatte das Motorrad achtlos fallengelassen und rannte zu ihm hinüber. Die zerlumpte Gestalt, der Tad im letzten Moment ausgewichen war, drehte sich torkelnd um und murmelte: „Wassmaachsn duda? Warumrastn wie'n B…Bekloppta hierrum?"

Tad spürte, wie ein völlig irrationales Kichern in ihm aufstieg. Es blieb ihm jedoch im Halse stecken, als die Luft um ihn kühl und starr wurde. Die Zeit blieb stehen, als sich plötzlich die geflügelte Frau über ihn beugte, überirdisch schön und so hell leuchtend, dass ihm Tränen in die Augen stiegen.

Space Future Projekt

„Du bist zurückgekehrt." Die Stimme der Frau schien von überall gleichzeitig zu kommen, sie hüllte Tad ein wie ein Mantel. Er versuchte sich zu orientieren und einen Blick auf Ms Violett zu erhaschen, doch außer der Stimme und dem Licht nahm er nichts wahr.

„Was hat dich hergetrieben, Tad?", fragte die Stimme. „War es Wagemut oder Dummheit?"

„Wahrscheinlich beides", erwiderte Tad. „Aber vor allem bin ich hier, weil ein Freund meine Hilfe braucht." Seine Stimme klang dumpf, und er kam sich angesichts des überirdisch schönen Wesens plump vor.

„Das ist eine interessante Antwort, Tad. Doch weißt du wirklich, wer Freund ist und wer Feind?"

„Ja! Ich denke, das weiß ich ziemlich genau."

„Tatsächlich?"

Tad schwieg. Er wusste nicht, was er noch sagen sollte.

Stille. Tad hörte nur seinen eigenen Atem.

Schließlich drang ein leises Wispern an seine Ohren: „Bist du bereit, die Wahrheit zu ertragen?"

„Ja“, erwiderte Tad. Wenn er ehrlich war, hätte er eigentlich sagen müssen: hoffentlich!

Im nächsten Moment hatte er das Gefühl zu fallen. Finsternis schwappte über ihn und verschlang das Licht. Von dem hellen Strahlen der geflügelten Frau blieb nur ein heller Fleck übrig, der immer kleiner und kleiner wurde, bis er schließlich ganz verschwand. Tad spürte, wie sein rasender Sturz sich verlangsamte. Er hatte das Gefühl, die Finsternis um ihn herum würde immer dichter werden, und sich wie zäher Schlamm um ihn legen. Sein Herz begann, schneller zu schlagen. Ungewollt drängten Erinnerungen in sein Bewusstsein: Pellworn, zäher Schlick, der ihn gefangen hielt und die kalte Flut, die zurückkam, um ihn zu verschlingen. Das Wasser rauschte und über ihm kreischten spöttisch die Möwen.

Er hatte das Gefühl, keine Luft mehr zu bekommen.

Noch immer war er unfähig, sich zu rühren. Etwas veränderte sich: Er vernahm ein dumpfes Lachen, das wie durch eine dichte Glocke hindurch an seine Ohren drang. Tad versuchte ruhiger zu atmen. Er lauschte – da waren menschliche Stimmen.

„… unglaublich hässlich“, brummte jemand.

„Ja“, bestätigte eine grelle Männerstimme. „Hast du Nummer 17 mit den Maulwurfsklauen gesehen? So was von widerlich!“

„Aber nützlich“, entgegnete der andere. „Das Ding hat sich zehn Jahre lang fast im Alleingang die unterirdische Basisstation auf Domum IV angelegt.“

Wer sind diese Typen und wovon reden die? Tad versuchte zu begreifen, was hier vor sich ging. Es hörte sich an, als würden sie von einer Chimäre sprechen.

„War ja auch teuer genug“, sagte der Typ mit der schrillen Stimme. „Es hat mehrere hundert Verschmelzungen und 1,5 Billionen Dollar gekostet, bis dieser eine Prototyp fertig war.

Das ist das halbe Bruttosozialprodukt von ganz Afrika."

„Krass. Das war mir gar nicht klar. Ich hab mich immer nur um die technische Seite gekümmert."

„Ja, die Jungs haben sich ihre Zukunft ordentlich was kosten lassen. Was meinst du, wie viel Bestechungsgelder fließen mussten, bis endlich die armen Länder einer Beteiligung am Space Future Projekt zugestimmt haben?"

Tad horchte auf. Das Space Future Projekt – es gehörte zu den Mythen von Area 3. Wie es schien, hatte ihn die geflügelte Frau in die Vergangenheit geschickt. Das Ziel dieses Projekts war es gewesen, der Menschheit ein Überleben außerhalb ihres ruinierten Heimatplaneten zu ermöglichen. Es war gründlich schief gelaufen. Statt fremde Welten bewohnbar zu machen, hatten die Chimären sich gegen die Menschen gerichtet und tödliche Viren freigesetzt, die 90 Prozent der Weltbevölkerung vernichtet hatten. Die Areas waren die letzten Rückzugsgebiete der Menschheit. So jedenfalls hatte Tad es gelernt. Aber das, was diese beiden Typen hier erzählten, klang anders. Nach dem, was sie über den Maulwurfsmann gesagt hatten, waren die Terraforming-Projekte gar nicht erfolglos gewesen.

„Diese armen Schweine haben uns doch von Anfang an misstraut", fuhr der Typ kichernd fort.

„Nicht zu Unrecht, würde ich sagen."

„Hey, das kann ich so nicht stehen lassen. Acht bis zehn der afrikanischen Milliardäre finden schließlich auch einen Platz auf den Archen. Außerdem haben wir nicht nur Afrika verarscht, sondern den ganzen Rest der Welt."

„Auch wieder wahr. Die Menschheit will offenbar beschissen werden. Ich meine, wer mit ein bisschen Grips im Hirn kann ernsthaft glauben, dass es möglich wäre, die ganze Weltbevölkerung auf fremde Planeten zu verschiffen?"

„Irgendwie muss man das Geld halt zusammenbekommen, und die Leute machen weniger Ärger, wenn sie sich selbst eine

Chance ausrechnen.“ Er schwieg einen Moment, dann meinte er: „Allerdings hätten unsere Genomspezialisten bei so viel Schotter ruhig ein bisschen mehr Wert auf die Optik legen können.“ Er stieß ein meckerndes Lachen aus.

„Ach, ich finde, Nummer drei ist ganz hübsch geworden“, brummte die tiefere Stimme.

„Zeig mal!“

Tad wollte instinktiv die Fäuste ballen, doch nicht einmal das war ihm möglich. Was diese Typen ihm mit ihrem zynischen Gelaber offenbarten, war ungeheuerlich. Das ganze Space Future Projekt war nichts weiter als eine Rettungsaktion für ein paar Superreiche gewesen?

Tad hörte Schritte. Warum zum Henker konnte er nichts sehen? War er als körperloser Geist hier gelandet? Er versuchte sich zu bewegen, aber es fühlte sich an, als läge er unter Tonnen von Schlamm begraben.

„Hey, da steckt ja ‘ne Frau drin! Aber viel erkenne ich nicht.“

Die Männer waren nun näher. Tad konnte ihre Stimmen deutlicher vernehmen.

„Warte mal, ich erhöhe die Temperatur des Gels ein bisschen, so wird es durchscheinend.“

„Pass nur auf, dass du sie nicht ganz auftaust.“

„Keine Bange, das Risiko geh ich nicht ein. Die zarte Lady könnte dich mit bloßen Händen in Stücke reißen. Da steckt nämlich eine Menge Echse mit drin.“

Eine Zeitlang herrschte Schweigen und Tad versuchte zu verarbeiten, was er gerade gehört hatte. Konnte es wirklich sein, dass die ganze Welt von Area 3 auf einer Lüge basierte? Auf einmal konnte Tad etwas spüren. Seine Finger berührten etwas – es waren seine Handinnenflächen. Vor einer Minute noch hatte er versucht die Hände zu ballen – bis eben erfolglos. Offensichtlich hatte sein Körper diesen Impuls weiter verfolgt. Er war gar nicht bewegungslos, nur unendlich langsam. Neue

Hoffnung keimte in ihm auf.

Ein anerkennender Pfiff drang in sein dunkles Gefängnis. „Hey, nicht übel, die Kleine."

„Sag ich doch. Da ist unsern Jungs mal was richtig Hübsches gelungen."

„Ist in ihr wirklich so viel Echse drin? Ich meine, die sieht doch fast normal aus."

„Lass dich nicht täuschen. Das sind keine Menschen, das sind nur Werkzeuge. Die haben ihren Job erledigt und jetzt legen wir sie solange auf Eis, bis wir wissen, ob wir sie nochmal brauchen."

„Und wenn nicht?"

„Werden sie entsorgt."

„Schade drum, zumindest um die Kleine. He Moment! Ich glaube, die hat sich bewegt!"

„Quatsch, das ist unmöglich. Die ist komplett tiefgefroren."

„Aber ihr Augenlid ist nicht mehr ganz geschlossen."

„Na und? Das war wahrscheinlich die ganze Zeit schon so! Mach dir nicht ins Hemd."

„Ich bin mir sicher", begann der Mann mit der grellen Stimme. Eine laute Sirene unterbrach ihn. „Was ist denn das?"

„Alarm", knurrte die Stimme.

„Was bedeutet das?"

„Halt doch mal die Klappe, ich muss das checken!"

„Was ist los?", drängelte der andere.

„Scheiße!", unverhohlene Furcht klang in der Stimme des Mannes mit. „Wir müssen hier weg! Schnell!"

Tad bemühte sich, die Hände zu heben, versuchte zu ertasten, wo er war, aber er spürte nichts. Es schien, als wäre sein Körper Kilometer von seinem Hirn entfernt. Die Nervenbahnen brauchten unendlich lang, um Signale weiter zu geben.

Mit einem Mal veränderte sich etwas. Die scheinbar undurchdringliche Schwärze wich einem grauen Nebel. Er wirbelte umher und schnitt Muster in die Finsternis. Irgendwann nahm er sein ganzes Sichtfeld ein und wurde durchscheinend. Tad sah ein Gesicht durch eine seltsame gelartige Substanz. Es kam ihm bekannt vor.

Die Frau blinzelte und starrte ihn an. Er erkannte die geschlitzten Pupillen einer Echsenfrau. Schließlich presste sie entschlossen die Lippen zusammen und schob mit einer kräftigen Bewegung eine gläserne Kuppel beiseite. Ihre Hand griff in die Substanz und packte seine. „Komm raus! Schnell!“, hörte er sie sagen.

Tad bewegte sich, aber seine Muskeln gehorchten immer noch mit großer Verzögerung. Die Frau war stark. Zähflüssiges Gel rutschte an ihm herunter. Es dampfte vor Kälte, doch Tad spürte die eisigen Temperaturen nicht so, wie er es erwartet hatte. Die Echsenfrau schleppte ihn in einen gläsernen Raum. Eine Wärmelampe hing an der Decke. Es war heiß. Genau wie die Frau trug auch er selbst einen enganliegenden Anzug. Er glich ein wenig einem Neoprenanzug und schien die Hitze förmlich aufzusaugen. Tad blickte auf. Die Echsenfrau zeigte den Ansatz eines Lächelns.

„Bist du das, Liv?“

„Ja. Du wärst übrigens überrascht, wenn du dich selbst sehen würdest.“

„Ich weiß, dass ich ein Echsenmann bin“, erwiderte Tad. „Echsen sind wechselwarm, deshalb reagieren wir anders auf die Kältekapseln. Offenbar haben das die Jungs vom Space Future Projekt falsch eingeschätzt.“

„Ja!“ Liv nickte. „Allerdings bist du nicht nur ein Echsenmann, du bist der Echsenmann!“

„Was meinst du damit?“

„Du bist der Typ, den wir verfolgt haben. Zumindest seine jüngere Version.“

Tad starrte sie an. Jetzt wusste er auch, warum ihm das Gesicht von Livs Avatar so bekannt vorgekommen war. Sie war die Echsenfrau aus den drei Krügen. In seinem Kopf drehte sich alles – die Frau dessen Sohn er gewesen war. „Oh … das ist echt krass. Du bist die Mutter!"

Die Echsenfrau hob die Brauen.

„Ich … ich glaube, wir werden ein Paar."

Livs Avatar runzelte die Stirn.

Tad spürte, wie ihm das Blut in die Wangen stieg. „Ich … ich meine unsere Avatare: die Echsenfrau und der Echsenmann – in DIE DREI KRÜGE waren sie ein Paar!"

„Ich glaube, im Moment haben wir echt andere Sorgen", erwiderte Liv rasch. „Ist dir jetzt warm genug?"

Probeweise bewegte er seine Arme. Die Muskeln gehorchten ihm augenblicklich. „Bin voll einsatzfähig."

„Das trifft sich gut! Dann sollten wir jetzt rennen, so schnell wir können!"

„Hä? Wieso?"

Sie deutete mit dem Kopf über seine Schulter hinweg. „Weil ein Haufen wild gewordener Kobolde gerade das Labor stürmt?"

Tad fuhr herum. Tatsächlich! Zerlumpte Gestalten hatten die Stahltüren aufgesprengt. Sie waren mit Baseballschlägern und Eisenstangen bewaffnet.

„Da sind sie!", brüllte eine breitschultrige graubärtige Gestalt. Etwa zweihundert Kältekapseln standen säuberlich aufgereiht auf einer Art Podest in der großen Halle. Der Mann stolperte auf eine der Kälteschlafkapseln zu und begann mit einer schweren Eisenstange auf die Glaskuppel einzuschlagen.

„Oh Shit!"

Liv packte ihn am Arm. „Lass uns abhauen!"

„Die bringen sie um!", stammelte Tad.

Er riss sich los und stieß die Tür auf, bevor er auf die nächstbeste Glaskapsel zustürmte. „Wir müssen sie befreien!"

Er hörte Liv hinter sich fluchen. „Bist du irre? Das schaffen wir nie."

Tad blieb vor der Kapsel stehen. Durch die Glasscheibe und das dunkle Kältegel hindurch erkannte er undeutlich eine Gestalt. Er starrte auf die Armatur. „Wie funktioniert dieses Mistteil?“

Ungeachtet ihrer eigenen Worte war Liv zur nächstliegenden Kapsel geeilt und hatte bereits den Deckel gelöst. „An der Seite ist ein silberner Hebel. Damit klappst du die Kuppel zurück. Vorne ist ein Display. Berühre es, dann erscheint ein Menü. Gehe auf Dehibernation und schiebe den Zeiger auf Maximum. Sobald das Gel sich entfernt, kannst du rechts einen kleinen silbernen Hebel betätigen, und die Kuppel lässt sich öffnen.“

„Woher weißt du das alles?“

„Na ja, ich finde, das Menü ist selbsterklärend und auf dem Hebel steht: *Open*.

„Okay, das klingt äh … schlüssig.“ Tad folgte ihren Anweisungen. Die Kuppel öffnete sich, eiskalte Luft strömte ihm entgegen. „Echt krass!“

Als Tad die nächste Kapsel öffnete, ertönte ein lauter Ruf.

„Ich fürchte sie haben uns entdeckt“, sagte Liv.

„Schnell, ein paar schaffen wir noch“, sagte Tad. Die bewaffnete Meute stürmte auf sie zu. Methodisch arbeiteten Tad und Liv weiter. Er glaubte längst nicht mehr daran, dass in diesem Spiel die Chimären die Bösen waren.

Eine Kapsel öffnete sich und noch eine. Die Meute war bis auf zehn Meter herangestürmt. Gleich hatten sie ihn erreicht. Tad wirbelte herum, sah ihre verzerrten Gesichter und die drohend erhobenen Waffen. Er wusste, wie schnell sein veränderter Körper war. Schließlich hatte er als Marshall selbst gegen ihn gekämpft, aber das hier waren wirklich viele. Er wirbelte herum und brüllte „Halt!“ Immer auf den Überraschungseffekt setzen, sagte er sich, während er hastig den besten Fluchtweg auszumachen versuchte. Eine Bewegung in seinem Rücken sagte ihm, dass Liv noch immer an den

Kapseln arbeitete.

Offenbar ging sein Ruf im Lärm der Meute unter, denn einer der Typen stürmte mit einem Baseballschläger in der Hand auf ihn zu. Tad sprang vor, ließ sich blitzschnell zu Boden gleiten und stellte dem Burschen ein Bein, sodass dieser ungebremst zu Boden ging. Es war unübersehbar, dass diese Burschen keine Kampferfahrung hatten. Geschmeidig kam Tad wieder auf die Füße und erwartete den nächsten Angriff; der blieb jedoch aus. Stattdessen spürte Tad plötzlich eine kalte Eisenstange, die sich an seine Kehle presste und dicht an seinem Ohr sagte eine raue Stimme: „Nun halt mal die Luft an, Bürschchen."

Tad griff nach der Stange, doch der Typ in seinem Rücken war stark und presste sie noch fester gegen seinen Hals. „Ganz ruhig, Freundchen. Sag mir einfach, wie du dieses Ding aufgemacht hast!"

Im Hintergrund hörte er Kampfgeräusche.

„Lasst Liv in Ruhe!", ächzte er.

„Wir sind nicht das Problem", erwiderte der Bursche. Er wandte sich um und brüllte: „Zieht euch zurück!" Sein Bart kitzelte an Tads Ohr: „Jetzt sag mir, wie diese Dinger aufgehen!"

„Die Chimären sind unschuldig", presste Tad hervor. „Sie haben euch nichts getan."

„Erzähl mir nichts, was ich schon weiß, du Idiot!"

Tad blinzelte. Er hörte Liv im Hintergrund schreien: „Lasst ihn los!" Zugleich sah er, wie eine Hand aus der geöffneten Kältekammer hervorwuchs. Dünne Finger klammerten sich an den metallenen Rand. Einer der Kobolde sprang vor und half dem Wesen aus dem glitschigen Gel heraus. Es war so schwach und wäre gestürzt, wenn nicht ein zweiter zu Hilfe gekommen wäre. Das Wesen war deutlich reptilienhafter als Tads Avatar. Seine Haut war geschuppt, und trotz seiner Schwäche bewegte es sich mit schlangenhafter Geschmeidigkeit. Einer der Kobolde legte eine schmutzige

Decke um die Chimäre.

„Ihr wollt sie befreien!“, stieß Tad hervor.

„Natürlich!“, fauchte der Bärtige. „Was glaubst du, warum wir hier sind?“

„Nimm die Stange weg, ich erkläre dir, wie die Kapseln geöffnet werden.“

Der Mann trat zurück. Es war der Graubärtige, der offensichtlich so etwas wie der Anführer dieser Gruppe war.

Tad wandte sich um und rief Liv zu: „Alles in Ordnung. Sie sind … äh Freunde!“

„Bist du sicher?“ Böse funkelte ihr Avatar die Kobolde an, die sie mit Knüppeln und Stangen in den Händen umzingelt hatten.

„Ja, sie wollen die Chimären befreien.“

„Also“, er nickte dem graubärtigen Mann zu, „es ist ganz einfach. Du musst lediglich das Menü aufrufen und Dehibernation anklicken, dann …“

„Zeig‘s mir!“ Der Mann verzog die Lippen zu einem verlegenen Lächeln. „Ich kann nicht lesen.“ Tad sah, dass dem Mann ein paar Zähne fehlten. „Niemand von uns kann das.“, fügte er hinzu.

Tad schluckte. „Entschuldige, das war mir nicht klar.“ Er demonstrierte den Vorgang. Gebannt beobachtete der Graubärtige, wie das Gel klar wurde. In der Kapsel lag ein breitschultriger junger Mann mit dichtem Bart.

Kurz blitzte so etwas wie Enttäuschung in den Augen des Graubärtigen auf, doch dann lächelte er grimmig und rief: „Okay Leute. Es ist nicht schwer. Ich zeige euch, wie es funktioniert.“

Augenblicklich löste sich die Gruppe der Bewaffneten um Liv auf. Die Männer kehrten ihr einfach den Rücken zu und liefen zum Graubärtigen hinüber. Verdutzt blickte sie Tad an. Er zuckte die Achseln und rief: „Machen wir weiter.“

Kapsel um Kapsel wurde geöffnet. Plötzlich vernahm Tad

einen lauten Schrei. Eine Eisenstange fiel klirrend zu Boden und Tad konnte sehen, wie eine grauhaarige Frau mit kantigen Gesichtszügen eine der gerade erst erwachten Chimären in die Arme schloss. Es war ein hochgewachsener kräftiger Mann, dessen Körper so stark behaart war, dass es fast einem Fell glich. Vielleicht, ging es Tad durch den Kopf, war es auch ein Fell.

„Tim", schluchzte die Frau immer wieder: „Tim."

Liv warf Tad einen fragenden Blick zu.

„Komm." Er führte sie zu dem Graubärtigen. Der Mann hatte Tränen in den Augen. „Was ist hier los?", fragte Liv.

„Sie hat ihren Sohn wiedergefunden", sagte der Mann leise, „zumindest das, was noch von ihm übrig ist." Er sah die beiden an. „Es ist viele Jahre her, da kamen Männer und Frauen zu uns in die Slums. Sie waren freundlich und erzählten uns von einer besonderen Schule, auf die unsere Kinder gehen könnten. Sie machten verschiedene Tests und erklärten einigen von uns, dass unsere Kinder etwas Besonderes seien. Sie sollten auf eine Schule kommen, die ihnen großartige Chancen eröffnen würde. „Gebt euren Kindern die Chance, etwas Außergewöhnliches zu werden.", sagten sie uns. „Auf ihren Schultern ruht die Zukunft der Menschheit." Wir hatten ja keine Ahnung, was damit wirklich gemeint war. Dankbar unterschrieben wir seitenlange Verträge, die wir nicht lesen konnten. Und dann nahmen sie uns unsere Kinder fort." Sein Blick glitt in die Ferne. „Wir sahen sie nie wieder!"

„Sie haben Chimären aus ihnen gemacht", sagte Liv leise.

Er nickte.

„Wie kommt es, dass ihr doch erfuhrt, was mit ihnen geschah?", fragte Tad.

„Es gibt jemand beim Space Future Projekt, der sich so etwas wie ein Gewissen bewahrt hat", erwiderte der Graubärtige.

Tad nickte. „Suchst du deinen Sohn oder deine Tochter?"

„Meinen Sohn."

„Wir helfen dir!", sagte Liv bestimmt. „Gibt es irgendwelche Hinweise?"

„In den Dokumenten steht, dass sie … dass sie ihn mit einer Ratte verschmolzen haben."

Liv erschauerte.

Tad wandte sich ab und öffnete die nächste Schlafkapsel. Das Wesen darin war in eine Art Kokon eingewickelt. Tad wartete nicht ab, was daraus schlüpfen würde und ging weiter.

Bevor er das Display berühren konnte, zuckte er erschrocken zusammen. Eine Eisentür schlug krachend gegen die Wand. Schüsse hallten zwischen den Betonwänden wider und schwer bewaffnete Männer in schwarzen Uniformen stürmten herein. Auf ihren Helmen prangte in weißer Schrift SFP-Security.

Plötzlich geschah alles ganz schnell. Irgendjemand schrie, ein weiterer Schuss krachte und die Frau, die ihren Sohn gefunden hatte, brach zusammen. Die riesenhafte Chimäre ließ ein schauerliches Brüllen ertönen, stürmte vor und stürzte sich auf die Security. Einige der Kämpfer flogen wie Strohpuppen durch die Luft. Die Bewaffneten schrien und eröffneten blindlings das Feuer. Männer und Frauen brachen zusammen. Einige Kobolde flohen, andere gingen zum Angriff über. Ein paar der befreiten Chimären blieben reglos hocken, andere versteckten sich. Die meisten jedoch griffen nach kurzem Zögern ein und standen den Kobolden bei. Tad hatte die ersten Augenblicke wie erstarrt beobachtet, dann brüllte er laut: „Aufhören!"

Liv sprang ihm bei: „Stellt die Kämpfe ein!"

Der Befehlshaber der Truppe sprach aufgeregt in sein Headset. Augenblicklich begann sich die Stahltür von alleine zu schließen. Die Security geriet in Panik und stürmte zurück. Die Tür schloss sich weiter. Einem der Wachleute gelang es hindurch zu schlüpfen; ein zweiter wurde beinahe zerquetscht.

Er riss sich los und taumelte zurück in den Raum.

„Was ist da los, verdammt nochmal?“ tobte der Befehlshaber über das Schreien der Kämpfenden hinweg. „Meine Männer und ich sind noch hier unten!“

Im selben Augenblick sah Tad, wie aus verschiedenen Ventilatoren in der Decke ein dichter weißer Nebel strömte.

„Was ist das?“, hörte Tad Liv tonlos fragen.

Die Antwort kam, als einer der Kobolde, der sich auf einem großen Tank versteckt hatte, von dem weißen Nebel berührt wurde. Er schrie laut auf, begann sich in Krämpfen zu winden und stürzte schließlich zuckend auf den Boden.

Ein chemischer Kampfstoff oder ein biologischer. Tad erschauerte. „Das Virus!“, flüsterte er zu sich selbst. „Das sind nur Programme!“ Aber auch wenn sein Verstand diesen Worten zustimmte, sein Körper reagierte instinktiv. Eine Woge von Adrenalin rauschte durch seinen Körper.

Die Security geriet in Panik. Der Nebel sackte immer tiefer. Wer von ihm berührt wurde, ging schreiend zu Boden. Die Leute fingen an, auf die Stahltür zu feuern. Kugeln prallten funkensprühend ab und heulten als Querschläger durch den Raum. Schließlich schleuderte einer der Männer eine Granate. Es gab eine mächtige Detonation. Die Tür hielt nicht stand – ein großes rauchendes Loch klaffte im Stahl.

„Raus hier!“, brüllte der Kommandant.

Nun gab es kein Halten mehr. Alle stürmten auf den rettenden Ausgang zu. Securityleute, Kobolde und Chimären rannten Seite an Seite, und der graue Nebel folgte ihnen, wie eine sich windende Schlange auf der Jagd nach Beute.

Es beginnt

Die Worte schienen direkt in Tads Kopf widerzuhallen. Langsam drehte er sich um und sah die geflügelte Frau vor sich stehen. Neben ihr schwebte ein faustgroßer Ring aus gleißendem Licht in der Luft, der immer größer und größer wurde. Er wuchs zu einem Tor heran, aber etwas daran war anders. Die geflügelte Frau war verstummt. Der Ausdruck in ihrem Gesicht war undeutbar. Tad spürte, dass ihn an diesem Tor etwas anzog. Es wollte, dass er hindurch trat – wenn man bei einem Ding, das im Kern nur aus binären Codes bestand, tatsächlich von einem Willen sprechen konnte. Tad lief ein Schauer über den Rücken. Etwas an diesem Sog war unheimlich – doch waren sie doch genau zu diesem Zweck nach Area 3 zurückgekehrt, weil sie wussten: Die Antwort auf all ihre Fragen lag hinter dem Tor. Er versuchte, sich zu Liv umzuwenden, doch ihr Avatar war verschwunden, genau wie die unterirdische Halle. Stattdessen waren die geflügelte Frau und das schimmernde Tor nun auch hinter ihm. Es war wie in einem Spiegelkabinett, mit dem einzigen Unterschied, dass er, statt seines eigenen Gesichts, überall die überirdisch schöne

Gestalt der geflügelten Frau und den schimmernden Rahmen des Tores erblickte.

Tad presste die Lippen zusammen. Er machte einen Schritt auf das Tor zu, dann noch einen und von einem Augenblick auf den anderen war es, als würde er aus seinem Körper herausgerissen. Er raste durch das Tor, Bilder umwirbelten ihn, er hörte Menschen reden, schreien und weinen. Tad war, als würde er durch einen Zeittunnel rasen. Im Nebel hatte sich ein tödliches Virus befunden, und die fliehenden Menschen trugen es hinaus. Wie im Zeitraffer sah er das Virus unter den Menschen wüten. Viele der Chimären überlebten. Offenbar schützte sie etwas in ihren Genen. Darüber hinaus gab es noch einen Unterschied: Dort, wo die reichen Menschen lebten, schien das Virus weit weniger tödlich als in den armen Gebieten. Es kam zu Hungersnöten und bürgerkriegsähnlichen Zuständen. Die Weltraumbasis des Space Future Projekts verfiel zusehends und wurde schließlich gesprengt. Etwa zeitgleich wurden die Areas geschaffen. Um die Viertel der Reichen in den Megastädten entstanden gigantische Mauern. Milliarden von Menschen wurden ausgesperrt. Was mit ihnen geschah, blieb Tad verborgen. Sein Blickfeld wurde auf die Areas gelenkt. Er hatte den Eindruck, dass die Bewohner sich sehr schnell an die Mauern gewöhnten. Sie merkten nicht, dass es noch immer die Leute des Space Future Projekts waren, die alle Fäden in der Hand hielten.

Allerdings gab es auch Widerstand: Chimären und Kobolde kämpften gegen die Machthaber und versuchten, die Mauen zu durchbrechen.

Um dieses Aufstands Herr zu werden wurden die Marschalls berufen, und eine gnadenlose Jagd begann.

Tad spürte, wie der Zeittunnel zerbarst. Einen Atemzug später schwebte er bewegungslos in der Luft. Es war nicht leicht, sich zu orientieren. Schließlich wurde ihm bewusst, dass – wer auch immer ihn durch die Zeit geführt hatte – Tad wieder in das ihm bekannte Area 3 brachte. Er schwebte über den schmutzigen Gassen eines Slums. Es war eine üble Gegend, in der er schon etliche Einsätze gehabt hatte. Zunächst schien alles tot zu sein, doch dann erhaschte er eine Bewegung und entdeckte schließlich eine in zerlumpte Kleidung gehüllte, bucklige Gestalt, die hinter einem überfüllten Mülleimer hockte und ängstlich die Gasse entlang starrte.

Einen Wimpernschlag später war Tad diese Gestalt. Er spürte den schmutzübersäten Beton, der gegen seine Knie drückte, fühlte den eisigen Wind, der an seinen zerschlissenen Klamotten zerrte und sah seine verschmutzten Hände, die mit ihren langen krallenartigen Fingernägeln und der ledrigen Haut eher wie Pfoten wirkten. Die Welt zeigte sich ihm in verschwommenen grauen Schatten. Er konnte nicht gut sehen, aber dafür war er in der Lage, hunderte verschiedene Gerüche identifizieren, und Schritte zu hören, die noch in weiter Entfernung waren. Sein Herz klopfte wild. Er hatte Angst. Seltsam, da er nicht einmal sagen konnte, wo diese Furcht herrührte. Hinter ihm bewegte sich etwas und er zuckte erschrocken zusammen, als ein schlangenähnliches Ding über den Boden huschte. Gleich darauf stellte er nicht wenig irritiert fest, dass dieses Ding ein Rattenschwanz war und zu ihm gehörte! Wie peinlich ist das denn?, schoss es ihm durch den Kopf. Ich bin eine mutierte Riesenratte! Tad berührte seinen Mund und fühlte große scharfe Zähne, die über seine Lippen hinausragten.

Ehe er eine Chance hatte, sich weitere Gedanken über seinen Zustand zu machen, waren die Schritte deutlich näher gekommen.

„… ernsthaft?“, dröhnte es durch die Gasse. „Du glaubst, dass es Scarlett ist?“

Offenbar waren menschliche Stimmen für das Wesen, in dem Tad steckte, extrem laut und unbeholfen.

„Klar und Miss Universe wird die neue Sportlehrerin.“

Jemand lachte. Es klang wie Donnergrollen. Tad war von der Intensität seiner Sinneswahrnehmung vollkommen überrumpelt. Es dauerte eine Weile, ehe ihm bewusst wurde, dass er die Stimmen kannte. Verblüfft lugte er um die Mülltonne herum und sah undeutlich drei Gestalten näherkommen.

„Wisst ihr, was ich auf den Tod nicht ausstehen kann?"

„Senfeier?", mutmaßte der größte der drei Typen.

Das ist Thor!, schoss es Tad durch den Kopf.

„Freunde, die sich über Dinge lustig machen, die sie nicht verstehen", knurrte eine Stimme, die Tad als seine eigene erkannte.

„Und wisst ihr, was ich nicht leiden kann?", meldete sich JB zu Wort. „Mutierte Riesenratten, die glauben, uns unbemerkt belauschen zu können!" Es schepperte, als die schwere Mülltonne mit voller Wucht gegen Tads Körper krachte und ihn zu Boden schleuderte. Als er sich benommen aufrichtete, stand er sich selbst gegenüber und zwar in der Uniform eines Marschalls, eine schwere Lightgun in der Hand. Tad riss die Augen auf. Jetzt erinnerte er sich an diese Gamesession. Sie war erst ein paar Wochen her, und doch schien ein halbes Leben dazwischen zu liegen.

Er sah sein Alter Ego grinsen. In den Augen lag eine Kälte, die ihn erschauern ließ.

„Hasta la vista, Ratte", summte JB.

Ratte? Plötzlich kamen ihm die Worte des alten Kobolds in den Sinn. Tads Avatar drückte den Abzug, der Schuss der Lightgun war kaum zu hören. Tad fiel es wie Schuppen von den Augen. *In den Dokumenten steht, dass sie ihn mit einer Ratte verschmolzen haben.* Im selben Augenblick explodierte der Schmerz in seinem Körper. Er merkte nicht, wie er zu Boden ging, achtete nicht auf die schweren Stiefel der Marschalls, die an ihm vorbei gingen, als wäre er nur ein Stück Dreck. Er fühlte nur diesen schrecklichen Schmerz, der seine schlimmsten Vorstellungen überstieg. Sein Körper verkrampfte sich. Er schrie, wie noch nie in seinem Leben.

Die Welt um ihn herum wurde schwarz. Der Schmerz ebbte ab. Plötzlich sah er ein Gesicht über sich, blass und mit schreckgeweiteten Augen. „Tad", stammelte Emma. „Was ist passiert?"

Der Scharfrichter

Der Cyberhelm fiel polternd zu Boden. Der brennende Schmerz verging, aber der schreckliche Druck auf seinen Bauch wollte nicht nachlassen. Tad hatte das Gefühl, von einem Dampfhammer zusammengequetscht zu werden. Jeder Muskel in seinem Körper war angespannt, und die Luft wurde ihm aus den Lungen gepresst.

„Tad, hör auf!"

„Krieg … keine … Luft …", stieß er hervor.

Emma nestelte an den Verschlüssen seines Anzugs. „Ich krieg's nicht auf." Panik schwang in ihrer Stimme mit. „Das Ding bewegt sich" Sie wandte sich um und schrie mit sich überschlagender Stimme: „Thor, schalt das verdammte Ding ab!"

„Wir sind schon offline", stammelte Thor nervös. „Ich versteh das nicht."

„Scheiße." Emma sprang auf und rannte hinaus.

Tad starrte an sich hinab. Sein Körper bewegte sich, als würde er ein Eigenleben führen; er zuckte und krampfte sich zusammen. Aus den Augenwinkeln sah er Thor, der auf einen

Tisch gesprungen war und den Network Amplifier samt Kabel von der Wand riss und auf den Boden schmetterte. Plastikteile flogen durch die Gegend.

Tads Sicht verschwamm. Verzweifelt rang er nach Atem.

Plötzlich war Emma wieder da. Auf den Knien schlitternd prallte sie gegen ihn, packte den Anzug und begann mit einem riesigen Messer daran herumzusäbeln. Der schreckliche Druck auf seiner Brust ließ nach. Emma schnitt den Anzug bis zum Bauchnabel auf. Offenbar war das Ding mit einer Art Gel gefüllt, das nun zähflüssig aus dem zerstörten Gewebe herausrann. Ein saurer Geruch stieg Tad in die Nase, dennoch atmete er tief ein und aus. „Danke!“, krächzte er.

Emma legte das riesige Survivalmesser beiseite, das auf einer Seite eine gezackte Klinge aufwies und zerrte den Anzug über seine Beine.

Ein dumpfes Geräusch und ein Stöhnen ließen Tad herumfahren. Thor krümmte sich auf dem Boden. Liv, die noch immer Anzug und Cyberhelm trug, stolperte von ihm zurück. Ein heiserer Schrei voller Wut und Angst entrang sich ihren Lippen. Sie stürzte nach hinten, als habe jemand sie zu Boden gestoßen. Sie wehrte sich nach Leibeskräften. Es sah aus, als würden unsichtbare Hände ihre Arme und Beine packen.

„Shit!“

Tad strampelte sich aus seinem Anzug frei. Emma taumelte rückwärts. Tad griff nach dem Messer und hetzte, so schnell es seine verkrampften Muskeln zuließen, zu Liv. Scheinbar hatte sie ein Bein von der unsichtbaren Hand losreißen können, sie trat um sich. Tad näherte sich ihr von der Kopfseite, legte das Messer kurz zur Seite und packte den Helm. Ruckartig riss er ihn herunter. Liv stöhnte gequält auf. Ihre Augen waren weit aufgerissen, dennoch schien es, als würde sie ihn nicht wahrnehmen.

„Es ist alles gut!“, rief er. „Du bist offline!“

Sie reagierte nicht.

Er nahm das Messer mit der rechten Hand. Liv zappelte so heftig, dass er ihren Pullover zerreißen musste, um an das SPS zu kommen. Mit der linken packte Tad den Ausschnitt des Anzugs und begann diesen aufzuschneiden. Grünlich schimmerndes, säuerlich riechendes Gel quoll wie zähflüssiges Blut hervor.

Obwohl sich das SPS allmählich von ihrem Körper löste, hörte Liv nicht auf zu schreien und kämpfte weiterhin gegen unsichtbare Gegner.

„Ich bin's Liv. Du brauchst keine Angst zu haben."

Emma eilte herbei. „Wir sind's. Es ist vorbei!", sagte sie. Behutsam hielt sie den Arm ihrer Freundin fest. Livs Gegenwehr wurde schwächer. Sie blinzelte. „Ich wusste nicht, was sie mit ihnen machen", stammelte sie. „Ich wusste es doch nicht."

„Es ist nicht wirklich passiert", sagte Tad, während er den Anzug auftrennte. „Nichts davon ist real."

„Hab keine Angst, Liv!", versuchte Emma sie zu beruhigen. „Wir helfen dir jetzt aus diesem schrecklichen Ding raus."

Gemeinsam zogen sie das SPS aus. Angewidert schleuderte Tad den Anzug fort. Mit einem schmatzenden Geräusch klatschte dieser auf den Boden.

Im Hintergrund hatte sich Thor wieder erhoben. Steifbeinig machte er ein paar Schritte. Offenbar hatte Liv ihn an sensiblen Stellen getroffen.

Benommen hockte Liv auf dem Boden. Ihr Blick war verschleiert.

„Hey, alles okay?", fragte Tad. Behutsam berührte er sie an der Schulter.

Liv schrie auf und schlug seine Hand beiseite. Nackte Panik stand in ihren Augen, als sie rückwärts von ihm weg krabbelte.

Mit offenem Mund starrte Tad sie an.

„Fass mich nicht an!“, fauchte sie und zog dabei ihre Beine eng an ihren Körper; die Arme fest um sich geschlungen, so als wolle sie sich schützen. „Fass mich nicht an“, wiederholte sie, doch diesmal klang ihre Stimme eher verzweifelt als wütend.

„Tut mir leid“, stammelte Tad.

Genau wie Tad hatte Liv unter dem SPS nur Unterwäsche getragen. Sie zitterte.

Schnell wandte er den Blick ab, er kam sich schuldig vor und fühlte sich schrecklich unbeholfen.

Emma sprang auf. „Wartet! Ich hole euch was zum Überziehen.“

Wenig später kam sie mit zwei großen Handtüchern zurück und legte sie Tad und Liv über die Schultern.

Sie wandte sich an Thor. „Was ist passiert?“

Thor lächelte kläglich. „Ein Tritt voll in die Fortpflanzungszentrale. Hätte nicht gedacht, dass so ein schmächtiges Mädchen so viel Kraft in sich hat.

Ein Lächeln huschte über Emmas Züge. „Das meine ich nicht.“ Ihr Blick wurde wieder ernst. „Warum sind die Dinger nicht ausgegangen?“

„Gute Frage. Eine manuelle Abschaltung ist offenbar nicht vorgesehen, und die Software hat einfach nicht reagiert.“

„Du hattest doch den Router lahmgelegt, oder?“, mischte Tad sich ein.

Thor nickte bedächtig. „Ja.“

„Warum waren wir dann noch online?“, hakte Tad nach.

„Die einzig sinnvolle Erklärung, die mir einfällt, ist, dass die Cyberhelme und die SPS einen eingebauten Mobilfunkempfänger haben.“

„Das bedeutet, die Dinger können überall und zu jederzeit online sein?“, fragte Emma.

Thor zuckte mit den breiten Schultern. „Sieht ganz danach aus.“

Die Geschwister warfen sich einen Blick zu.

„Okay“, sagte Emma. „Thor, ich glaube, auf dem Hof findest du den perfekten Aufbewahrungsort für die Dinger.“

Tad nickte. Er hatte dort vorhin einen großen metallenen Müllcontainer gesehen.

Emma kniete sich neben Liv auf den Boden. „Was hältst du von einer warmen Dusche?“, fragte sie sanft.

Liv warf ihr einen zerstreuten Blick zu. Ein Lächeln huschte über ihre Lippen. „Gute Idee.“

Im Haus gab es einen Waschraum für Mädchen und für Jungen. Als Tad längst fertig war, plätscherte in der Mädchendusche immer noch das Wasser.

Wenig später hatte Emma für alle im Aufenthaltsraum ein provisorisches Frühstück bereitet. Die Morgensonne schien durch die Fenster, alles wirkte hell und freundlich. Die Schrecken der Nacht wirkten nun fern und unwirklich. Tad setzte sich an den Tisch und goss sich Kaffee ein. Normalerweise trank er lieber Saft, aber heute hatte er eine Portion Koffein dringend nötig. Das letzte Mal, als er eine Nacht durchgemacht hatte, war der Anlass deutlich spaßiger gewesen.

„Wo ist Thor?“, fragte er. Gewöhnlich ließ sich sein gefräßiger Freund keine Mahlzeit entgehen, und sei sie noch so kärglich.

„Er kommt gleich“, erwiderte Emma. „Er wollte nur nochmal irgendetwas überprüfen, irgendwelche auffälligen Scriptsequenzen. Ich hab's nicht ganz kapiert.“

Tad nickte. Wenn es ihnen gelänge, herauszufinden, was die Veränderung in Area 3 hervorgerufen hatte, wäre das sicherlich hilfreich, aber Tad bezweifelte, dass Thor dort weiterkam. Die Software war ungeheuer komplex.

Er trank ein paar Schlucke und beobachtete durch das Fenster einen kleinen Vogel mit rotgefärbtem Gefieder auf dem Bauch, der aufgeregt in den Blumentöpfen auf dem Fensterbrett umher hüpfte. Plötzlich durchzuckte ihn ein Gedanke! Wenn seine Mutter zu Oma Ute fuhr, ging sie bestimmt vorher noch nach Hause. „Oh Mist!“, entfuhr es ihm. „Was wird Mum sagen? Die ruft noch die Bullen, wenn sie mein leeres Bett sieht.“

„Mach dich locker, Brüderchen!“, sagte Emma. „Ich hab alles unter Kontrolle.“

Tad blickte sie fragend an.

„Ich habe Mum erzählt, dass du ganz früh aufgestanden bist und an unserem Pfadfinderwochenende teilnimmst.“

„Was für‘n Pfadfinderwochenende?“

„Ich habe es gerade erfunden“, erklärte Emma.

„Das glaubt die doch nie!“, fuhr Tad auf. „Ich habe mich bisher nicht einen Furz für die Pfadfinder interessiert.“

„Deshalb habe ich Mum auch erzählt, dass dein plötzliches Interesse vor allem mit einem Mädchen zusammenhängt, das neu in unseren Stamm aufgenommen wurde.“

„Das ist nicht dein Ernst!“

Emma zuckte die Achseln. „Mum hat‘s geschluckt. Sie hat mich gleich gefragt, ob das Mädchen nett sei.“

„Echt jetzt?“

„Ja. Ich habe gesagt, das Mädchen sei sehr nett. Nur vielleicht ein bisschen zu intelligent für dich.“

„Das hast du nicht gesagt!“, empörte sich Tad.

„Doch“, grinste Emma. „Es musste glaubwürdig sein. Mum hat daraufhin auch gleich geschmunzelt und gemeint: das sei doch immer so. Und dann hat sie mich gefragt, ob das Mädchen möglicherweise Liv heißen würde.“

Tad schüttelte den Kopf. „Hör auf, mich zu verarschen.“

„Ich verarsch‘ dich nicht. Ich habe ihr nur gesagt, dass sie möglicherweise recht haben könnte.“

„Wer könnte recht haben?“, fragte eine Stimme aus dem Hintergrund.

Tad fuhr herum.

Liv war ins Zimmer getreten. Anstelle ihres Schlabberpullis trug sie ein Pfadfinderhemd mit hochgekrempelten Ärmeln.

Es passte erstaunlich gut zu ihrem kurzen Rock, wie Tad fand. Ihre Haare fielen ihr offen über die Schultern und glänzten noch ein wenig feucht. Sie lächelte Tad fragend an. Von ihrer Panik war nichts mehr zu spüren.

„Äh … ist nicht wichtig!“ Tad winkte hastig ab. „Hast du Hunger?“

„Voll!“, bestätigte Liv.

Tad rückte ein Stück auf der Bank zur Seite, doch Liv setzte sich auf einen Hocker gegenüber.

„Wir haben leider nur Vollkornbrot aus der Dose, Margarine und Honig“, sagte Emma.

„Her damit!“, sagte Liv und grinste.

Tad reichte ihr die Brotdose.

Die Scheibe zerbröckelte unter Livs Fingern. „Huch! Das ist labiler als ich gedacht hatte.“ Vorsichtig bestrich sie die Brocken mit Margarine.

„Tut mir leid“, sagte Tad leise, während er sich selber ein Brot nahm.

„Wieso?“, fragte Liv überrascht. „Hast du das gebacken?

„Nein, ich meine wegen vorhin. Ich wollte dir keine Angst machen.“

Liv betrachtete konzentriert die Schwarzbrottrümmer auf ihrem Teller. Sorgfältig bestrich sie jeden Krümel, dann legte sie das Messer beiseite und sagte. „Mir tut es leid.“ Sie blickte ihn an. „Du hast nichts falsch gemacht. Es …“ Sie verstummte.

Tad blickte sie an. Ihre Augen schimmerten feucht. „Ja?“, fragte er vorsichtig.

„Es war nur das Spiel“, beendete Liv ihren Satz. Das klang schlüssig, aber Tad hatte das Gefühl, dass es nicht das war, was sie eigentlich sagen wollte.

Er presste die Lippen zusammen und nickte. „Willst du darüber reden?“, fragte er.

Liv griff nach dem Honigglas. „Wie war es bei dir?“, erkundigte sich Liv, ohne auf seine Frage einzugehen. „Die geflügelte Frau tauchte in der Halle auf, stimmt's?"

„Ja, und wie jedes Mal änderte sich meine Perspektive. Diesmal war ich eine Chimäre, die JB, Thor und mich beobachtet hatte. Ich erinnere mich dunkel an diese Szene, sie ist erst ein paar Tage her. Wir hatten am Vormittag eine Politologie-Klausur geschrieben, unsere Laune war dementsprechend mies. Wir hatten nur ein oder zwei Stunden gezockt. Du warst nicht dabei, und im Grunde ist nichts Besonderes passiert – dachten wir jedenfalls. Eine Chimäre der Kategorie drei hatte uns beobachtet. Ich knallte sie ab; hat nur wenig Punkte gebracht", er brach ab und legte das Brot, von dem er abbeißen wollte, zurück auf den Teller.

Liv sah ihn an. Langsam schob sie ihren Arm vor und legte ihre Hand auf seine. Ihre Berührung löste irgendetwas aus. Tad konnte es nicht richtig erklären. Er spürte nur die Wärme ihrer Finger. Er schluckte, räusperte sich und murmelte eine Entschuldigung.

Liv sagte nichts, wartete einfach nur ab.

„Es war die Hölle!", entfuhr es Tad. „Ich war dieser Rattenmensch, und ich hatte furchtbare Angst. Dann kamen diese drei Marschalls. Ich weiß zwar, dass wir selbst das waren – ich erkannte mein eigenes Gesicht, – aber in diesem Moment war es so, als wären Dämonen aus der Unterwelt emporgestiegen. Sie entdeckten mich und ohne Vorwarnung schoss mein anderes ich mir in den Bauch. Ich …" Tad schniefte und wischte sich mit dem Unterarm über die Nase. „Ich habe in meinem ganzen Leben noch nie solchen Schmerz gefühlt. Ich wusste gar nicht, dass es so einen schlimmen Schmerz überhaupt geben kann."

„Oh Tad", hauchte Emma neben ihm.

Liv sagte nichts. Sie drückte nur seine Hand. Eine Träne rann über ihre Wange, perlte von ihrem Kinn und zerplatzte auf der rauen Tischplatte.

„Wie war es bei dir?", fragte Tad, nachdem er sich wieder gefasst hatte.

„Es ist erst ein paar Tage her, dass ich einen Einzelauftrag erledigte." Liv sprach leise. „Es war spät in der Nacht, und ich konnte nicht schlafen. Außerdem fehlten nur noch ein paar Punkte bis zum nächsten Levelaufstieg. Ich sollte eine Koboldfrau festnehmen, die für die Chimären spionierte. Die Sache war in 20 Minuten erledigt. Ich nahm sie fest und brachte sie zur Befragung ins Hauptquartier. Mir brachte es 120 Punkte, aber ihr brachte es das Grauen."

Tad schluckte.

Livs Hand umklammerte seine, als wäre sie der letzte Halt, der sie vor einem Sturz von einer Klippe bewahrte. „Ich war dieses Koboldmädchen, Tad." Tränen strömten ihr über die Wangen. „Ich wusste doch nicht was sie mit den Kobolden machen."

Tad schluckte hart. Er stellte die Frage nicht, die ihm auf den Lippen lag.

Liv schluchzte. Tad legte seine linke Hand auf ihre rechte, mit der sie sich an ihm festklammerte. Er kam sich schrecklich unbeholfen vor, als er sie sanft tätschelte.

Schließlich beruhigte sich Liv und zog ihre Hand zurück. Tad reichte ihr ein Stück Küchenrolle und sie schnäuzte dankbar hinein.

„Was soll das?", stieß Emma zornig hervor. „Das ist doch nur ein bescheuertes Spiel! Welcher sadistische Spinner macht so etwas?"

„Es ist nicht nur ein Spiel!" sagte Tad leise. „Zumindest nicht für denjenigen, der die Toröffnerin schuf." Er biss sich auf die Lippen. „Wir sollen verstehen! Darum geht's."

„Aber was?", schrie Emma. „Was sollt ihr verstehen?"

„Die anderen", erwiderte Liv schlicht.

Emmas hob die Brauen.

Tad nickte. „Liv hat recht. Es läuft immer nach dem gleichen Schema. Die geflügelte Frau erscheint und öffnet ein Tor. Sobald wir es durchschreiten, finden wir uns auf einem Level höherer Realität wieder." Als er den fragenden Blick seiner Schwester sah, fügte er hinzu: „Das Spiel wird realistischer. Und wir erleben die andere Seite."

„Welche Seite?", hakte Emma nach.

„Das Spiel lässt uns spüren, was wir anderen angetan haben", sagte Liv.

Tad nickt langsam. „Ja, das ist es. Das ist der Schlüssel. Wir sollen lernen, mit den Augen der anderen zu sehen."

„So ein Quatsch!", entfuhr es Emma. „Das ist doch alles nicht real. Diese anderen existieren doch nicht wirklich."

„Für uns nicht, erwiderte Tad. „Aber vielleicht für den, der das Programm geschrieben hat?"

Einen Moment lang herrschte Schweigen. Stumm sahen sie einander an.

„Es hat sich etwas verändert", sagte Liv. Am Anfang hatte ich das Gefühl, dass die geflügelte Frau so etwas wie eine Schiedsrichterin ist oder vielleicht eine Art Lehrerin. Sie tauchte auf, um uns etwas beizubringen. Aber inzwischen …"

„Ist sie zu einer Scharfrichterin geworden", beendete Tad ihren Satz.

„Was soll das nun wieder heißen?", fragte Emma.

„Es geht nicht mehr darum, dass wir lernen." Liv blickte Tad an. „Es geht darum, dass wir leiden!"

Tad spürte, wie eine Gänsehaut seinen Rücken hinablief.

Ein Rumpeln ließ sie zusammenfahren. „Scheiße!", hörten sie Thor fluchen. Die Tür wurde aufgestoßen, und Tads Freund kam hereingehumpelt. Er hatte sein Smartpalm geöffnet. „Seht euch das an! Die ganze Welt spielt verrückt."

Er legte das Gerät auf den Tisch und klickte LatestNews24 an. Ein Hochhaus stand in Flammen. „Aus bislang noch ungeklärtem Anlass brach ein Feuer in der Firmenzentrale der internationalen Modekette L&W aus", sagte der Nachrichtensprecher. „Zu diesem Zeitpunkt befand sich fast das gesamte Management im Haus, um die Strategien für die nächste Dekade festzulegen. Die Modekette, die vor allem für hochpreisige Markenprodukte steht, war vor einigen Jahren in die Schlagzeilen geraten, weil sie zu Dumpinglöhnen und unter katastrophalen Bedingungen in Bangladesch und Indien produzieren ließ. Eine der Produktionsstätten war ausgebrannt. Fast alle Arbeiterinnen waren ums Leben gekommen, weil auch die minimalsten Forderungen des Brandschutzes nicht eingehalten worden waren. In den sozialen Medien machen bereits Posts die Runde, die von einer gerechten Strafe sprechen. Andere vermuten sogar einen Terrorakt hinter dem Großbrand."

Thor schaltete um zu Livenews: „Noch ist völlig unklar, wie solch gigantische Mengen an Erdöl in den Colorado-River geraten konnten", vermeldete eine Nachrichtensprecherin mit besorgter Miene. „Aber einige Experten bezeichnen dies bereits als die größte Umweltkatastrophe in der Geschichte der USA." Braune Fluten und ölig glänzende Strände wurden gezeigt. „Die Trinkwasserversorgung von mehr als 40 Millionen Menschen ist in Gefahr."

„Atomreaktor in Frankreich wurde notabgeschaltet."

Thor klickte weiter: „Verkehrschaos in Berlin. Das ZÖV ist stellenweise komplett ausgefallen. Notarztwagen und Polizei bleiben in den verstopften Straßen stecken. Verletzte können nicht versorgt werden."

„DramainderLandwirtschaft.IneinemSchweinemastbetrieb nahe Brunsbüttel wurde der Vorstandsvorsitzende der „Landwurst AG" völlig dehydriert in winziger Box für Wurfsauen aufgefunden. Er schwebt in Lebensgefahr."

„Mach das aus!", sagte Emma.

Thor gehorchte.

Fassungslos sahen die vier Jugendlichen einander an.

„Glaubst du, dass all diese Sachen miteinander zusammenhängen?“, fragte Liv.

Tad erschauerte. „Da nimmt jemand gnadenlos Rache“, sagte er leise.

Einen Wimpernschlag später gab sein Smartpalm ein leises Glöckchenklingen von sich und ein Hologramm von Tinkerbell poppte auf. „Herzlichen Glückwunsch, Tad. Das ist ein Volltreffer!“

„Äh …“ Tad versuchte, seine wirren Gedanken zu sortieren. „Was genau ist ein Volltreffer?“

„Die Daten korrespondieren!“, frohlockte die kleine Fee.

„Aha“, murmelte Tad. „Könntest du das etwas präzisieren?“

„Unser Trojaner hat einen interessanten Kontakt von Scarlett ausfindig gemacht. Er nennt sich Der Weiße.“

„Du meinst nicht zufällig der Weise?“

„Nein, der Weiße. Der Kontakt erfolgte zu einem Zeitpunkt, an dem das halbe Netz zusammengebrochen war. Das hat seine Täuschungsmanöver ausgeschaltet. Unser Trojaner konnte ihn lokalisieren“, das Gesicht der kleinen Fee verdüsterte sich, „kurz bevor er entdeckt und auf brutale Weise eliminiert wurde.“

„Eliminiert?“

„Na ja, gelöscht.“

„Okay, und was korrespondiert da?“

Die kleine Fee runzelte die Stirn. „Das wollte ich gerade erklären.“ Sie hob ihren winzigen Zeigefinger: „Die Zielperson war im Mobilfunkquadranten c2179Ω1345D angemeldet.“

„Toll“, brummte Emma.

„Etwa zwei Minuten, bevor unser Trojaner eliminiert wurde, sandte der kleine Funksender, den ihr an die Drohne gehaftet hattet, sein letztes Signal. Es kam aus exakt dem gleichen Quadranten.“

„Hey, das ist doch schon mal was.“ Tad grinste.

„Endlich eine Spur!“, sagte Liv.

„Und wo ist dieser Quadrant?“, fragte Tad.

„Er umfasst im Wesentlichen die Insel Eiswerder in Spandau.“

„Kannst du uns eine Liste der Anwohner erstellen?“

„Das ist ein kleines Problem“, erwiderte Tinkerbell.

Attentäter

Tad verdrehte genervt die Augen. „Und warum ist das ein Problem, Tinkerbell?“

„Es gibt dort keine Anwohner.“

„Könntest du vielleicht etwas genauer werden?“

„Aber gerne“, erwiderte Tinkerbell galant. „Im neunzehnten, Anfang des zwanzigsten Jahrhunderts wurden dort Waffen produziert. Aus dieser Zeit stammen auch die beiden Brücken, die zur Insel führen. Eine verbindet Eiswerder mit dem westlichen Havelufer, die andere mit dem östlichen. Später gab es dort Fernsehstudios, verschiedene Kunstprojekte und ein paar Wohnungen. Vor siebzehn Jahren wurde das gesamte Gelände von einem chinesischen Investor aufgekauft, der Luxusapartments bauen wollte. Den alteingesessenen Mietern wurde gekündigt. Aber gerade, als es losgehen sollte, gab es Probleme mit dem Denkmalschutz, und zu allem Überfluss kam noch die dritte große Finanzkrise. Seitdem liegt alles brach. Da die Insel Privatgelände ist, sind die Zugänge gesperrt.“

„Zeig uns mal ein paar Bilder!“

Tinkerbell kramte mehrere Satellitenbilder aus dem Netz. Einige Hobbyfotografen hatten Fotos der verfallenen Backsteinbauten online gestellt, die offenbar von Booten aus gemacht worden waren; überall lag Müll herum, und die Natur eroberte das Gelände zurück.

„Ziemlich gruselig", meinte Emma.

„Sieht nicht gerade nach einem Ort aus, von dem man einen Hightech-Angriff auf das Netz starten würde", bemerkte Thor.

„Was kannst du über den Investor herauskriegen?", fragte Tad.

„Einen Moment, bitte", flötete die Fee. „Er heißt Zhang Wei. Das ist übrigens der häufigste Männername in China. Es gibt mehr Zhang Weis als Einwohner in Wiesbaden."

„Na toll", brummte Tad. „Mehr Infos hast du nicht?"

„Doch. Der Kauf wurde über ein chinesisches Immobilienmaklerbüro abgewickelt. Der Mann war zum Zeitpunkt des Kaufs in Chongqing in Zentralchina gemeldet, einer Stadt mit circa neun Millionen Einwohnern."

„Hat er noch woanders investiert?"

„Das ist schwer zu sagen. Auf jeden Fall nicht über dieses Maklerbüro."

„Ich wette, das ist ein Strohmann", sagte Liv.

„Ein Strohmann?" Thor zog die Stirn in Falten.

„Das bedeutet, dass der Typ, falls er überhaupt existiert, nur seinen Namen für das Geschäft hergegeben hat", erklärte Liv. „Der eigentliche Käufer ist jemand anderes."

Tad nickte. Das klang schlüssig. „Tinkerbell, kannst du herausfinden, wer hinter Zhang Wei steckt?"

Die kleine Fee rieb sich die Hände. „Selbstverständlich."

„Oh cool", erwiderte Tad überrascht.

„Allerdings", fügte Tinkerbell fröhlich hinzu, „benötige ich dazu ein umfassendes Softwareupgrade, Zugriff auf einen Großrechner mit einer Mindestkapazität von 2,5 Milliarden Transaktionen pro Minute und eine interne Passwortliste des chinesischen Ministeriums für Staatssicherheit."

Tad seufzte. „Ich glaube, wir haben keine andere Wahl. Wir müssen auf diese Insel."

„Nach Eiswerder?", fragte Thor. „Was soll das bringen? Vielleicht hat der Typ diesen Ort nie betreten, sondern war auf einem Boot ganz in der Nähe?"

Tad zuckte die Achseln. „Es ist unser einziger Anhaltspunkt."

Liv nickte. „Tad hat recht."

„Und wenn das wieder eine Falle ist?", fragte Emma.

„Dann sind wir darauf vorbereitet", erwiderte Tad.

Emma schnaufte. „Ach ja?"

„Was ist mit Mum?", fragte Tad rasch, bevor es erneut zum Streit kommen konnte.

„Ich habe ihr erzählt, dass Oma Ute eine schlimme Grippe hat, zuhause im Bett liegt und dringend Hilfe braucht, außerdem habe ich behauptet, Oma hätte mich angerufen, weil sie weiß, dass Mum auch am Wochenende oft arbeitet."

„Gut. Glaubt Mum dir?"

„Ja, sie ist zwar etwas genervt, aber sie fährt runter."

„Was ist, wenn sie vorher bei Oma anruft?"

„Das macht sie bestimmt, aber Oma wird nicht rangehen. Am Samstag ist sie nämlich neuerdings beim Seniorenchor."

„Gut gemacht, Schwesterchen."

„Na ja", Emma verzog das Gesicht, „ich hab Mum angelogen."

„Doch nur, um sie zu beschützen!"

„Fühlt sich trotzdem scheiße an."

„Das verstehe ich", sagte Tad rasch.

„Nein, tust du nicht", widersprach Emma. „Aber es ist schon okay. Ich wusste nicht, was ich sonst hätte machen sollen. Die Wahrheit würde sie uns sowieso nicht abkaufen." Sie wandte sich ab. „Ich pack uns etwas Proviant ein. Wer weiß, was noch alles schief geht."

Tad sah ihr nach und kratzte sich nachdenklich am Kinn. Natürlich hatte seine Schwester recht. Er nahm es mit der

Wahrheit des Öfteren nicht ganz so genau und verstand ihre Skrupel nicht wirklich. Aber dass sie ihm dies jetzt auf solch beiläufige Art und Weise unter die Nase rieb, fühlte sich irgendwie nicht gut an.

„Alles geklärt?“ Liv knuffte ihn in die Seite.

„Jo“, erwiderte Tad rasch.

„Gut. Vielleicht sollten wir uns ein bisschen Werkzeug ausborgen. Kann sein, dass es um einiges schwieriger wird, aufs Gelände zu kommen.“

Tad nickte. „Schauen wir mal, ob wir im Keller etwas passendes finden.“

Eine halbe Stunde später schnallte sich jeder von ihnen einen prall gefüllten Rucksack mit Werkzeug, Nahrung und Schlafsack auf den Rücken.

„Dann mal los!“, sagte Liv.

Sie verließen das Haus und liefen etwa drei Kilometer bis zur nächsten U-Bahnstation. Eiswerder lag am anderen Ende der Stadt. Bei dem Verkehrschaos auf den Straßen gab es keine Alternative.

Natürlich waren die U-Bahnen völlig überfüllt. In die erste Bahn kamen sie gar nicht erst hinein. In der zweiten Bahn fühlten sie sich wie Gurkenscheiben in einem Kebab – es roch auch ähnlich, wie Tad fand. Offenbar hatte mindestens eine Person im Umkreis von einem Meter, zum Frühstück jede Menge Knoblauch verzehrt. Liv schien es noch schlimmer zu ergehen. Sie stand eingequetscht zwischen einem Bär von Mann und der Haltestange. Dabei duckte sie sich, um etwaige Berührungen mit seinen wild wuchernden Achselhaaren zu vermeiden. Ihr ohnehin schon bleicher Teint hatte eine leicht grünliche Färbung angenommen.

Tad warf ihr ein ermutigendes Lächeln zu. Endlich erreichten sie den Umsteigebahnhof Fehrbelliner Platz und quetschten sich aus der Bahn.

Anstatt den Übergang zur U–Bahnlinie 7 zu suchen, drängelte Liv sich durch die Menge bis sie hinter einem Süßigkeitenautomaten einen Platz fand, der menschenfrei war. Sie stützte sich am Automaten ab und atmete tief ein und aus.

„War der Typ so schlimm?", fragte Thor und grinste schief.

„Zu viele Menschen", Liv versuchte zu lächeln, aber es gelang ihr nicht.

„Sollen wir kurz an die frische Luft?", fragte Tad mitfühlend.

„Geht schon", Liv winkte ab. „Gebt mir ´ne halbe Minute."

Tad ahnte, dass dieses Gedränge ihr weit mehr abverlangte als ihm. Was immer sie erlebt haben mochte, es verfolgte sie wie ein dunkler Schatten, um in den verschiedensten Situationen aus seinem Versteck zu kriechen und sich auf sie zu stürzen.

„Okay." Liv schob ihren Rucksack zurecht und lächelte tapfer. „Weiter geht's!"

Sie traten aus der schützenden Deckung des Automaten und wurden mit einem Strom von Menschen durch die Gänge gespült.

Endlich erreichten sie den Bahnhof Richtung Spandau. Die als nächstes einfahrende U-Bahn wurde von der Meute regelrecht gestürmt, und die Freunde hatten keine Chance hineinzukommen, doch der nächste Zug fuhr bereits eine Minute später ein und war, verglichen mit den rollenden Ölsardinendosen zuvor, nahezu leer. Sie bekamen sogar Sitzplätze.

Liv hatte sich neben Tad gezwängt. Es schien ihr nichts auszumachen, dass seine Beine ihre berührten. Aus irgendeinem Grunde hob das seine Laune beträchtlich. Sie würden noch eine Weile unterwegs sein, bis sie den Endbahnhof erreichten. Er ließ seinen Blick durch das Abteil wandern. Meist fuhren nur die Leute mit den öffentlichen Verkehrsmitteln, die sich kein eigenes Auto leisten konnten.

Einigen Mitreisenden war ihre Armut deutlich anzusehen. Vor allem aber war erkennbar, dass der Berliner Senat deutlich mehr Geld in die ZÖV steckte, als in die Busse und Bahnen der BVG. Aufgrund der Notsituation war es besonders schlimm, denn jetzt brachten die Verkehrsbetriebe sogar die uralten Einzelwaggons wieder zum Einsatz. Der Waggon, in dem sie saßen, war ziemlich eklig. Manche Polster waren so zerschlissen, dass der Schaumstoff darunter hervorquoll. Die Wände waren mit Graffiti beschmiert, und der Zug quietschte in jeder Kurve wie eine Horde 13-jähriger Mädchen beim Eisbaden. Das einzig Moderne waren die nachgerüsteten Überwachungskameras und die Konsolen für die Werbehologramme.

Ihm gegenüber saß eine junge Mutter. Ein kleines Mädchen hatte sich auf ihren Schoß gekuschelt und verfolgte mit großen Augen die Werbung für einen Erlebnisurlaub in Kapstadt inklusive einer Übernachtung im ehemaligen Gefängnis von Robben Island. Ihre Mutter starrte derweil mit müden Augen auf ihr Smartpalm.

Ein paar Sitze von den Jugendlichen entfernt saß ein älteres Ehepaar, beide offenbar damit beschäftigt, ihre Nachrichten zu checken. Ein Typ ganz rechts in der Bank trug Kopfhörer und eine verspiegelte Datenbrille. Dem leicht offenstehenden Mund und seiner Körperhaltung nach zu schließen, sah er sich einen Film an. Er war in Tads Alter.

„Wie weit müssen wir eigentlich fahren?“, fragte Thor.

„Bis Endstation“, erwiderte Emma.

„Und danach?“

„Laufen wir“, entgegnete Liv. „Oder, was meinst du Tad?“

„Warte, ich check das mal. Tinkerbell? Wie lange brauchen wir von der Endhaltestelle bis Eiswerder?“

Das war eine denkbar einfache Frage für Tads Assistenzsoftware, dennoch reagierte sie nicht. Stattdessen erschien das Hologramm einer Pendeluhr. „Tinkerbell?“, hakte Tad nach.

Die kleine Fee erschien mit einem dicken Notizlock und einem Stift in den winzigen Händen. „Einen Moment bitte, ich bin noch nicht fertig mit der Analyse."

Tad runzelte die Stirn. „Was für 'ne Analyse? Die Frage ist doch so einfach, die kann sogar mein Kühlschrank beantworten!"

Tinkerbell ignorierte ihn und kritzelte auf ihrem Block herum.

Sie erreichten den nächsten Bahnhof, und der Zug hielt an. Aus den Augenwinkeln nahm Tad hektische Bewegungen war. Offenbar verließen etliche Menschen den Zug, und zwar ziemlich schnell.

Als Tad aufsah, wurden die Türen schon wieder geschlossen. Durch die schmierigen Fenster hindurch sah er Menschen, die aufgeregt miteinander sprachen. Einige telefonierten. Die meisten jedoch wandten sich um und blickten zurück in den Waggon. Tad schluckte. Aus irgendeinem Grund starrten die Leute ihn und seine Freunde an!

Liv war dies offenbar auch aufgefallen „Was ist denn mit denen los?"

Die Türen schlossen sich. Der Waggon war so gut wie leer.

„Tinkerbell! Was genau analysierst du da?"

„Ich versuche, die Gefahrenmeldungen mit den mir bereits bekannten Informationen abzugleichen und eine Empfehlung auszusprechen." Die kleine Fee kratzte sich mit dem Bleistift hinter dem Ohr. „Die Daten ergeben keinen Sinn."

Erneut erschien die Pendeluhr mit dem Schriftzug. Analyse läuft. Bitte warten!

„Was ist los?", fragte Liv.

Tad zuckte mit den Achseln. „Keine Ahnung."

„Oh mein Gott!" Die junge Mutter ihm gegenüber schrie entsetzt auf und hielt sich die Hand vor dem Mund. Sie packte ihre Tochter am Arm und zerrte sie so hastig den Gang entlang, dass die Kleine erschrocken zu weinen anfing. Die ganze Zeit über ließ sie Tad und seine Freunde nicht aus den Augen.

„Sind die alle durchgeknallt?", fragte Thor.

Emma stand auf. „Mir reicht's. Ich frag die jetzt!" Entschlossen ging sie auf die junge Mutter zu, doch diese fing hysterisch an zu schreien.

„Was ist denn los? Ich tu Ihnen doch nichts", versuchte Emma zu beruhigen.

„Bleib weg!", kreischte die Frau.

„Aber warum denn? Ich …"

„WEG!"

Emma blieb erschrocken stehen. Der Zug fuhr in den nächsten Bahnhof ein. Die Frau drückte hektisch auf den Türöffner, noch ehe der Zug hielt. Als sie draußen war, nahm sie ihr Kind auf den Arm und wich, immer wieder über die Schulter blickend, davon.

Der Bahnsteig war beinahe leer, Emma konnte allerdings noch sehen, wie Menschen die Treppen hinauf stürmten.

„Was zur Hölle geht hier ab?", stammelte Thor.

Tad sah sich um. Außer ihm und seinen Freunden gab es nur noch einen weiteren Fahrgast – den Jungen mit der Datenbrille. Entschlossen ging Tad auf ihn zu. „He!", Er rüttelte den Typen an der Schulter.

„Ey, Alter", knurrte dieser empört und nahm die Brille ab. Einen Atemzug lang starrte er Tad mit offenem Mund an, dann stieß er „Ach du Scheiße!", hervor und wich zurück, als würde er direkt auf die Fangzähne einer geifernden Viper blicken. Er sprang vom Sitz auf, hastete an Tad vorbei, schlüpfte mit einer schlangengleichen Bewegung an Thor vorbei und sprintete durch die offene Tür auf den Bahnsteig. Er stolperte, rappelte sich hektisch wieder auf und spurtete auf den Ausgang zu.

Thor hob in einer fragenden Geste die Hände. „Ist das hier irgendein Prank oder so?“

„Keine Ahnung!“ Tad ging auf die Tür zu, die sich jedoch im gleichen Moment schloss. Er drückte den Knopf und gleich darauf flackerte eine rote Leuchtschrift auf: Türstörung!

„Hä?“

Thor ging zur nächsten Tür. Auch dort erschien das gleiche Signal.

Im nächsten Moment ruckte der Zug an.

„Geht's nur mir so, oder ist das irgendwie beängstigend?“, flüsterte Liv.

„Tinkerbell, was ist hier los? Die Leute verlassen panisch die U-Bahn!“

„Die Gefahrenanalyse ist leider unvollständig“, vermeldete Tads Assistenzsoftware.

„Das ist mir egal! Spuck aus, was du weißt! Wovor haben die Leute Angst?“

Die kleine Fee kratzte sich nachdenklich am Kopf. „Ich gehe davon aus, dass sie vor dir Angst haben.“

„Vor mir?“

„Ja, und vor deinen Freunden.“

„Aber warum, zum Henker, sollten sie Angst vor uns haben?“

„Vielleicht deswegen“, erwiderte Tinkerbell. Ihr Hologramm verschwand und stattdessen wurde eine Eilmeldung sichtbar: „Amtliche Terrorwarnung des Bundeskriminalamts! Laut Erkenntnissen des Terrorismus-Abwehrzentrums in Berlin-Treptow ist ein Terroranschlag mit biologischen Waffen in der Hauptstadt geplant. Die Attentäter tragen hocheffektive Biowaffen bei sich und werden als extrem gefährlich eingestuft. Die Terrorfahnder schließen nicht aus, dass die erheblichen Störungen der ZÖV am heutigen Tag mit den Attentatsplänen in Zusammenhang stehen. Möglicherweise wollen die Terroristen die Überfüllung des Öffentlichen

Personennahverkehrs nutzen, um möglichst hohe Opferzahlen zu erreichen. Wir raten deshalb dringend davon ab, in den nächsten Stunden die U- oder S-Bahn zu benutzen.

Es liegen Bilder einer Überwachungskamera vor, die vier verdächtige Personen zeigen. Sollten Sie diesen Personen begegnen, halten Sie um jeden Preis Abstand und informieren Sie umgehend die Sicherheitsbehörden.

Zwei Fotos wurden eingeblendet.

„Fuck, Mann, das sind wir!", krächzte Thor über Tads Schulter hinweg.

Tad wollte seinen Augen nicht trauen. Sie waren beim Betreten des U-Bahnhofs gefilmt worden. Einmal sah Tad hoch, genau in die Kamera. Ein Schauer lief ihm über den Rücken. Er wirkte ziemlich entschlossen, und mit den riesigen Rucksäcken auf dem Rücken sahen sie tatsächlich irgendwie verdächtig aus.

„Was soll der Scheiß?", entfuhr es Emma. „Wir sind doch keine Terroristen!"

„Tinkerbell, ist das eine Fälschung?", fragte Tad. „Woher kommen diese Nachrichten?"

„Die Gefahrenmeldung ist echt."

„Sie kann nicht echt sein. Wir sind keine Terroristen, und wir haben keine Biokampfstoffe."

„Das deckt sich mit meinen Informationen", bestätigte Tinkerbell. „Aber die Meldung kommt, nach allem, was ich bisher herausfinden konnte, tatsächlich aus dem Bundeskriminalamt. Zumindest steht es auf deren Webseite." Sie kratzte sich verwirrt am Kopf. „Ich bin darauf programmiert, dich zu schützen. Dass du selbst eine Gefahr sein könntest, ist in meinem Script nicht vorgesehen."

„Webseiten kann man manipulieren", sagte Liv.

„Mag sein, aber was machen wir jetzt?", fragte Emma.

„Wir müssen das aufklären!", Thor wischte sich nervös den Schweiß von der Stirn. „Sonst schießen die uns noch ab."

„Wie sollen wir das anstellen?“, fuhr Emma ihn an.

„Leute, das ist kein Zufall“, sagte Tad. „Da steckt ein Plan dahinter.“

„Ich störe eure Überlegungen nur ungern“, meldete sich Liv zu Wort. „Aber ist euch aufgefallen, dass wir nicht mehr anhalten?“

Tad blickte auf. Der Zug raste an dunklen Tunnelwänden vorbei, dann wurde es heller. Sie rauschten durch einen menschenleeren Bahnhof und wurden kurz darauf wieder von dunklen Tunnelwänden umgeben.

„Das ist unheimlich“, murmelte Emma.

„Täusche ich mich, oder werden wir immer schneller?“, fragte Thor.

Tad blickte Liv an. „Area 3?“, flüsterte er. Sie nickte.

„Okay“, Tad nahm den Rucksack ab. Liv tat es ihm gleich. „Wir müssen hier raus. So schnell wie möglich“, sagte sie.

Sie sprachen es nicht laut aus, aber für sie war klar, dass ihr Gegner keinen Unterschied zwischen dem virtuellen und dem realen Leben machte. Tad versuchte, die Vorstellung zu verdrängen, was geschehen würde, wenn sie ungebremst über den Endbahnhof hinaus rasten, aber es gelang ihm nicht so ganz – Bilder von sich ineinander schiebenden Zugwaggons und zerschmetterten Körpern schoben sich ungewollt in sein Bewusstsein.

„Wie sollen wir das anstellen?“, Emmas schroffe Worte rissen ihn aus seinen Gedanken.

Liv fischte ein Beil aus ihrem Rucksack. „Als erstes sorgen wir dafür, dass man uns nicht mehr beobachten kann.“ Sie drückte Tad das Beil in die Hand.

Sie mussten denken und handeln wie in Area 3. Tad ging zur Überwachungskamera an der Decke des Waggons und zerschmetterte sie mit zwei wuchtigen Schlägen.

„Na prima, nach dieser Aktion wird man uns sofort für harmlose Schüler halten.“, murrte Emma.

„Die Rucksäcke müssen wir hierlassen, die sind viel zu auffällig“, sagte Liv. „Habt ihr Ersatzklamotten dabei?“ Sie begann, ihr Pfadfinderhemd aufzuknöpfen.

Tad versuchte, sich auf Tinkerbell zu konzentrieren. „Äh, Tinkerbell, kannst du das Sicherheitssystem dieser alten Waggons recherchieren? Sind die Notbremsen autark?“

„In gewisser Weise. Sie sind für die bemannte Zugfahrt konzipiert. Der Zugführer erhält ein optisches Signal und die Räder blockieren mechanisch. Die Bremse kann dann nur mit Hilfe eines Spezialschlüssels wieder gelöst werden.“

„Aber unser Zug ist unbemannt, oder?“

„In der Tat“, bestätigte Tinkerbell

„Wie funktioniert dieses System?“

Die kleine Fee zuckte die Achseln. „Darüber gibt es online keine Informationen.“

„Wie beruhigend“, murmelte Tad.

Die anderen hatten sich inzwischen umgezogen. Thor stand im Unterhemd da, Emma hatte als einzige ein Ersatz T-Shirt dabeigehabt und Liv trug ein enges Top, das sie unter dem Hemd getragen hatte. Sie öffnete gerade ihren Zopf, sodass ihre Haare herunterfielen und einen Teil ihres Gesichts bedeckten. Tad hatte keine Ersatzklamotten dabei, also musste er, wie Thor auch, im Unterhemd herumlaufen.

„Hier!“, Liv drückte Tad eine Sonnenbrille in die Hand. „Dein Gesicht war besonders gut zu sehen.“

„Danke! Hat jemand von euch gesehen, welcher Bahnhof das eben war?“

„Paul-Stern-Straße“, erwiderte Emma.

„Tinkerbell, zeig uns bitte den Plan mit unserem aktuellen Aufenthaltsort!“

„Sehr wohl!“

Die kleine Fee breitete eine virtuelle Straßenkarte aus.

„Krass, sind wir schnell!“, knurrte Thor.

„Wir sollten die nächste Station aussteigen!“, sagte Liv hastig. „Von Haselhorst aus ist der Weg am kürzesten.“

Tad blickte auf. Es wurde heller. Sie rasten bereits in den Bahnhof. Er sprang vor und riss an der Notbremse.

Ein ohrenbetäubendes Kreischen setzte ein. Der Zug begann zu schlingern.

Plötzlich erloschen die Werbehologramme, stattdessen erschien ein riesiges Gesicht auf dem Holodisplay.

„Ob das eine gute Idee ist?“, sagte eine Stimme, die Tad einen Schauer über den Rücken jagte.

Das Schlingern des Zugs wurde stärker. Qualmwolken stiegen von den blockierten Rädern auf.

„Wer zum Henker ist das?“, schrie Emma.

Tad presste die Lippen zusammen. Es war das gleiche, erschreckend intelligent wirkende Gesicht, das er in seiner Wohnung gesehen hatte, als Lee gehackt worden war.

„Ich habe ein bisschen recherchiert“, sagte die Stimme. „So wie es aussieht, verfügt ihr in dieser Welt nur über ein einziges Leben und ihr seid gerade dabei, es zu verspielen.“

„Warum hält der beknackte Zug nicht?“, rief Thor.

Tad warf einen Blick aus dem Fenster. Er sah die Funken bis auf Höhe der Fenster sprühen. Sie wurden etwas langsamer – mehr aber auch nicht.

Entsetzt beobachtete Tad, dass der Zug wieder in den U-Bahn-Tunnel eintauchte.

„Er bremst und gibt gleichzeitig Gas!“, rief Liv.

„Shit!“, rief Tad aus. Die Systeme waren nicht kompatibel. Die mechanischen Bremsen des Waggons setzten zwar ein, aber die Lok war nicht automatisch abgeschaltet worden. Sie zog weiter Strom und zerrte die blockierenden Räder einfach hinter sich her.

Die Gleise machten eine Kurve, und der Waggon fing so heftig an zu schlingern, dass es sich anfühlte, als würde er gleich aus den Gleisen geworfen. Beißender Qualm drang durch Ritzen und Spalten der alten U-Bahn.

Emma schrie entsetzt auf.

„Ihr werdet alle sterben“, sagte die Stimme in trügerisch sanftem Tonfall.

„Halt die Fresse!“, brüllte Thor. Er schleuderte einen Rucksack gegen das Hologramm, doch es flackerte nur kurz und grinste ungehindert weiter.

„Auf welcher Seite ist der nächste Bahnsteig?“, rief Liv.

Tad glotzte sie verständnislos an.

„Auf welcher Seite müssen wir raus?“, wiederholte sie.

Tad zuckte zusammen. „Tinkerbell, beantworte die Frage.“

„Nächster Ausstieg rechts“, verkündete Tinkerbell.

„Ihr werdet sterben!“, verkündete das Gesicht.

Liv packte das Beil fest mit beiden Händen und ließ es gegen die nächstgelegene Fensterscheibe auf der rechten Seite krachen. Das Glas bekam kleine Risse, federte aber zurück. „Shit!“

„Gib mal her!“ Thor nahm ihr das Beil aus der Hand und schlug nochmals zu. Diesmal splitterte die Scheibe. Das Kreischen der blockierten Räder wurde ohrenbetäubend laut.

Wenigstens ist nun nichts mehr von dem dämlichen Gequatsche des Hologramms zu hören, dachte Tad.

Inzwischen hatte Tad einen Notausstiegshammer aus der Verankerung gerissen. Gemeinsam mit Thor schlug er die zersplitterten Scherben aus dem Rahmen.

Der nächste Bahnhof kam in Sicht. Tad half mit dem Fuß nach. Sie waren immer noch erschreckend schnell.

„Los!“, rief Tad über den ohrenbetäubenden Lärm hinweg. „Wir müssen springen!“

„Bist du irre?“, rief seine Schwester. „Das ist viel zu schnell.“

„Tad hat recht“, brüllte Thor gegen den Lärm an. „Wir müssen!“

Verzweifelt blickte Emma von einem zum anderen.

„Spring, lass dich zu Boden fallen und roll dich ab!“, brüllte Tad ihr ins Ohr. Allerdings war er sich darüber im Klaren, dass er so eine Aktion bisher selbst nur in virtuellen Welten ausgeübt hatte, wo sie allenfalls Punktabzug, aber kein gebrochenes Genick zur Folge hatte.

„Ich mach's vor!“, rief Liv. Sie kletterte auf den Sitz, stellte sich kurz auf den Rahmen und sprang.

Tad sog die Luft ein. Durch den dichten Qualm hinweg konnte er nichts erkennen. Inzwischen hatte Thor Emma kurzerhand gepackt und war mit ihr auf den Sitz gestiegen. Er sprang. Der Schrei seiner Schwester endete abrupt. Nun war er an der Reihe. Er kletterte auf den Sitz und erkannte zu seinem Entsetzen, dass sie das Ende des Bahnsteigs fast erreicht hatten. Es blieb keine Zeit zum Nachdenken.

Tad sprang. Qualm brannte in seinen Lungen, die roten Fliesen des Bahnsteigs rasten auf ihn zu. Er kam mit den Füßen auf, doch er war viel zu schnell. Sie wurden unter ihm weggerissen. Einrollen!, dachte er. Im nächsten Moment krachte Tad mit der Schulter hart auf den Boden. Er verlor die Kontrolle; sein Körper drehte sich und schlitterte über die Fliesen. Plötzlich war die Wand vor ihm und es wurde dunkel.

Cybermob

Das erste, was das schwarze Nichts durchdrang, war ein intensiver pulsierender Schmerz, der von seiner Stirn ausging. Tad spürte, dass sich sein Körper bewegte. Geräusche drangen wie durch dichten Nebel zu ihm. „…aad.“

Ein Klatschen war zu vernehmen, und er spürte einen brennenden Schmerz auf seiner Wange.

„Tad!“

Er schlug die Augen auf. Verschwommen erkannte er ein Gesicht. Es war kein besonders attraktives Gesicht – verschwitzt, verschmutzt und gerötet. Im Oberlippenflaum klebte geronnenes Blut. Die Nase war leicht geschwollenen. „Thor?", nuschelte Tad.

„Ja, Mann, wer sonst? Steh auf! Wir müssen weg hier."

Tad spürte, wie jemand seine Arme packte und ihn hochzog. Ihm war schwindlig.

„Alles okay?", hörte er Liv fragen.

„Tad hat ‘nen harten Schädel.", sagte Emma. „Da geht eher die Wand kaputt als dieser Dickkopf."

„He", nuschelte Tad. Er betastete vorsichtig die Beule an seiner Stirn, die in diesem Moment die Ausmaße eines Hühnereis anzunehmen schien.

Livs besorgtes Gesicht trat in sein Blickfeld. „Kannst du laufen?"

„Gebt mir einen Moment", bat Tad.

Den Rücken an die Wand gedrückt, ließ er sich in die Hocke sinken, rieb sich über die Augen und versuchte, wieder einen klaren Blick zu bekommen. Emma trat unruhig von einem Bein auf das andere. Thor brummte irgendetwas Unverständliches. An Livs blutig geschlagenem Knie vorbei warf Tad einen Blick auf den Bahnsteig. Er war menschenleer.

Thors Pranke legte sich um seinen Arm. „Geht's wieder? Wir müssen echt weg hier!"

„Lasst uns erst nachdenken", erwiderte Tad. „Wo sind die ganzen Leute?"

„Oh Mann, dich hat's echt schwerer erwischt, als ich dachte", sagte Emma. „Die sind abgehauen, weil sie uns für Terroristen halten."

„Das habe ich nicht vergessen", brummte Tad. „Die Frage ist doch, wo sind sie jetzt? Tinkerbell, check mal bitte in den sozialen Medien das Stichwort Zitadelle Spandau. Gibt es dort Livevideos?"

„Es wird mir ein Vergnügen sein", zwitscherte die kleine Fee. „Soll ich eine Auswahl treffen?"

„Wie viele sind denn online?", fragte Tad.

„Derzeit fünfzehn."

„Zeig sie alle."

Eine halbe Sekunde später flimmerten die Videos über den Holoschirm.

„Scheiße!", stieß Thor hervor.

„Wie viele Leute sind das?", fragte Emma. „Fünfhundert?"

„Auf jeden Fall zu viele", erwiderte Liv.

Tad presste die Lippen zusammen. Fünfhundert war vermutlich übertrieben – aber nicht sehr. Tatsächlich drängten sich die Leute in einem Abstand von vielleicht 20 Metern um die Bahnausgänge. Fast alle filmten das Geschehen und stellten es online.

Emma schüttelte fassungslos den Kopf: „Sind die bekloppt? Ich meine, die glauben, dass wir Bioterroristen sind und sie mit tödlichen Krankheitserregern infizieren wollen. Warum bringen die sich nicht in Sicherheit?"

Thor zuckte die Achseln. „Guck dir mal die Likes an."

Tatsächlich schnellten die Likezahlen wie im Zeitraffer in die Höhe. Ein Typ war besonders wagemutig. Er hielt seine Hand mit der Smartpalm-Kamera wie eine Waffe vor sich und bewegte sich langsam auf den Eingang zum Bahnhof zu. „Mein Name ist Romulus Schmidt, und ich befinde mich nun direkt vor dem westlichen Ausgang des U-Bahnhofs Zitadelle. Offenbar haben die Terroristen den Zug inzwischen verlassen."

Die Gruppe, die sich dort sammelte, wurde immer größer, und die Stimmung schien immer aggressiver zu werden. Kommentare sprudelten wie Öl aus einer geborstenen Pipeline:

Wenn du willst, dass ein Problem aus der Welt geschafft wird, mach es selbst!

Genau, macht die Arschlöcher fertig!

Killen müsste man die, bevor die Bullen sie schnappen.

Alle reden immer nur, dabei ist die Lösung doch ganz einfach: Mach kaputt, was dich kaputt macht.

Wer tot ist, kann keinen Anschlag mehr verüben.

Ein wütender Cybermob peitschte die Menge auf.

Unter den Dutzenden von Filmen tauchten nun Aufnahmen des nächsten Bahnhofs Altstadt Spandau auf, der qualmender Zug und die zerstörten Scheiben des Waggons waren zu sehen.

„Scheiße!“, Tad sprang auf „Wir müssen auf die Gleise!“

„Aber“, setzte Emma an.

„Sofort!“, unterbrach Tad sie. Er stolperte auf die Schienen zu und ließ sich dort hinunterfallen. Die anderen folgten ihm.

„Was ist denn los?“, fragte Thor.

„Runter!“

Tad warf einen Blick auf sein Smartpalm. Sie waren keinen Augenblick zu früh in Deckung gegangen, denn nun war eine Aufnahme des Bahnhofs im Netz zu sehen.

„Das sind Bilder der Überwachungskameras“, erklärte Tad. „Irgendjemand hat sich ins Sicherheitssystem der BVG gehackt.“

„Die Schweine haben den Zug verlassen“, schnaufte Romulus Schmidt in seine Kamera.

Als nächstes waren Bilder aus dem Inneren zu sehen. Die Aufnahmen waren nur wenige Minuten alt. Tad konnte sich selbst nach einem Beil greifen sehen. Kurz geriet sein Gesicht ins Blickfeld, bevor die Kamera erlosch. Hätte er nicht gewusst, was er wirklich gefühlt hatte, würde er sich selbst für einen aggressiven Irren halten.

„Das ist beängstigend“, bemerkte Emma.

Gedämpft drang eine Polizeisirene zu ihnen hinab.

„Hier muss es irgendwo einen Notausgang geben.“ Tad wollte auf den Tunnel in Fahrtrichtung zulaufen, doch Liv hielt ihn auf: „Warte! Nicht da entlang, dort werden sie zuerst suchen.“

„Du hast recht!“ Tad machte kehrt.

Sie hetzten geduckt entgegen der Fahrtrichtung durchs Gleisbett.

„Passt auf die Stromschienen auf!“, mahnte Liv.

„Gerne, und was sind die Stromschienen?“, fragte Emma.

„Die sind unter den gelb lackierten Dingern da rechts neben der Schiene“, erwiderte Thor.

Endlich hatten sie das schützende Halbdunkel des Tunnels erreicht. An der Seite befand sich ein Steg für die Wartungsarbeiter. Er führte zu einer Tür.

„Dort hinauf?“, fragte Emma.

„Nein, das ist nicht weit genug. Du hast doch selbst gesehen, was da oben los ist.“

Vom Bahnhof waren Stimmen zu hören.

„Schneller!“, rief Tad.

Sie fingen an zu laufen und wurden von der zeitlosen Dämmerung des Tunnels verschluckt.

„Ist dir nicht mehr schwindlig?“, fragte Liv.

„Wie weggeblasen“, erwiderte Tad. Offenbar war Panik heilsam.

Sie kamen langsamer voran, als Tad lieb war. Es war nicht einfach, in der Düsternis des Tunnels über die Schwellen der Gleise zu laufen, ohne zu stolpern. Mehrmals kam einer von ihnen ins Straucheln, sodass sie ihr Tempo drosseln mussten. Mit einem gebrochenen Knöchel wären sie definitiv noch langsamer. Außerdem bestand die Gefahr, dass einer von ihnen beim Sturz durch eine unachtsame Bewegung unter die Abdeckung der Stromschienen geriet und sich einen tödlichen Schlag holte.

„Wartet!“, rief Emma plötzlich.

„Es kann nicht mehr weit sein“, erwiderte Tad. „Das schaffst du schon.“

Doch seine Schwester rührte sich nicht.

„Jetzt komm!“, fuhr Tad sie an.

„Sei doch mal ruhig!“, zischte Emma. „Hört ihr das?“

Tad lauschte in die Düsternis. Über das Schnaufen seines Atems hinweg, vernahm er ein Brausen, dass innerhalb kurzer Zeit immer lauter wurde.

„Ist das ein Zug?“

„Hört sich so an“, erwiderte Liv. „Seht ihr irgendetwas?“

„Nee“, brummte Thor. „Vielleicht aus der Gegenrichtung?“ Er wandte sich um.

In diesem Moment sah Tad hinter dem breiten Rücken seines Freundes einen riesigen Schatten, rasend schnell näher kommen. „Runter von den Gleisen!“, brüllte er.

Liv stand direkt hinter ihm. Instinktiv, packte er sie und riss sie über die Stromschiene hinweg in den schmalen Raum zwischen den östlichen und den westlichen Gleisen.

Emma schrie etwas. Er sah einen herumwirbelnden Schatten und plötzlich raste der unbeleuchtete Zug wie ein schwarzes Ungetüm fauchend an ihnen vorbei. Tad glaubte, hinter den dunklen Scheiben die Umrisse von Menschen zu erkennen.

Als der Zug vorbeigedonnert war, sah Tad ihm fassungslos hinterher. Liv schimpfte vor sich hin.

„Was?“, murmelte er.

„Lass mich los!“

Erst jetzt bemerkte er, dass er sie immer noch fest umklammert hielt. „Oh, entschuldige.“ Tad ließ sie los, und Liv rappelte sich auf.

„Seid ihr okay?“, hörte er Thors Stimme.

„Ja“, sagte Tad.

„Das war ein Mordanschlag!“, rief Emma.

„Da waren Leute drin“, sagte Liv.

Tad nickte. „Ich hab’s gesehen.“

„Glaubt ihr, der Zug hält noch an?“, fragte Liv.

„Oh Gott!“, stieß Emma hervor. „Du meinst …“, sie beendete den Satz nicht.

Alle schwiegen. Jeder stellte sich vor, was geschehen würde, wenn die vollbesetzte U-Bahn über den Endbahnhof hinaus rasen würde.

„Ich glaube nicht, dass die Leute sterben werden", sagte Tad schließlich. „Wer auch immer das hier macht, hat es auf uns abgesehen."

„Glaubst du wirklich?", hakte Liv nach.

„Ja."

„Gut." Sie klang erleichtert.

„Also so toll finde ich das nun auch wieder nicht", brummte Thor. „Irgendjemand hat gerade eine U-Bahn unter seine Kontrolle gebracht, um uns umzubringen! Gut ist da kein passender Begriff, finde ich."

Tad spürte, wie sich seine Lippen zu einem irren Grinsen verzogen.

„Lass uns weitergehen!", meldete sich Emma zu Wort. „Ich hab ein verdammt mieses Gefühl hier unten!"

„Emma hat recht", sagte Liv, „wir sollten uns beeilen."

Sie überstiegen die Stromschiene und eilten die Gleise entlang.

Etwa eine Minute später sah Tad einen starken Lichtschimmer.

„Da vorne ist der nächste Bahnhof", schnaufte Emma.

„Seht ihr das Geländer?", Liv wies auf dumpf schimmernde Metallstreben links vor ihnen. „Ich glaube, da gibt es einen Zugang zu den Betriebsräumen."

Tad spürte einen Windzug in seinem Nacken. „Schneller!"

Ein Brausen erklang.

„Rennt!", schrie Tad.

Der Zug kam zurück. Er spürte das Vibrieren der Gleise unter seinen Füßen und die Luft, die der tonnenschwere stählerne Koloss vor sich her schob.

Emma erreichte das Geländer als erste. Mühsam zog sie sich hinauf. Einen Wimpernschlag später war Thor bei ihr und half, bevor er sich selbst hochzog. Das geht alles viel zu langsam, ging es Tad durch den Kopf. Liv hechtete auf das Geländer zu, aber sie war kleiner als Emma und hatte mehr Mühe, dort heranzukommen. Tad gab ihr von unten einen Stoß. Das Rumpeln der stählernen Räder schien direkt hinter ihm zu sein.

„Tad, komm!“, schrie Liv. Sie streckte ihm ihre Hand entgegen.

Tad ignorierte sie, ergriff das oberste Geländer und zog sich hoch. Dann schwang er den Fuß hinauf. Er warf einen kurzen Blick über die Schulter. Der riesige schwarze Schatten war direkt hinter ihm. Jemand packte ihn und zog ihn nach vorne. Hals über Kopf purzelte er über das Geländer und schlug auf dem Stahlgitter des Wartungsstegs auf.

Der Zug raste vorbei. Liv kniete vor ihm. Ihre Hand hatte sie noch immer in sein Hemd gekrallt. Ohne ihre Hilfe hätte der Zug ihn mit sich fortgerissen.

„Danke“, stammelte er.

„Alles okay?“

Tad nickte. Wenn er dieses Abenteuer überlebte, würde er wahrscheinlich mehr blaue Flecken als heile Haut haben. Im Moment rauschte allerdings so viel Adrenalin durch seine Adern, dass er überhaupt nichts spürte, außer das Glück, noch am Leben zu sein.

Er rappelte sich auf.

„Dort entlang!“ Emma deutete auf eine schlichte Stahltür am Ende des Stegs. „Verflixt! Das Ding ist zu.“ Sie wandte sich um. „Kann jemand von euch zufällig ein Schloss knacken?“

„Zeig mal!“ Liv drängte sich an ihre Seite. Die Tür hatte anstelle einer Klinke lediglich einen Knauf, der sich nicht drehen ließ. Darunter befand sich ein Sicherheitsschloss. „Einen Moment.“ Sie kramte in der eingenähten Tasche ihres Minirocks und förderte ein kleines Kreditkartentäschchen hervor. Rasch entnahm sie ihm eine silbern schimmernde Karte.

„Eine Cyber-Dom-Gamercard?", fragte Tad verblüfft.

Liv nickte. „In Platin."

„Was hast du damit vor?", fragte Emma. „Die Tür wird sich wohl kaum aufzocken lassen."

„Die Cyber-Dom Gamercard", sagte Liv und schob das Plastikkärtchen in den Türschlitz, „ist nicht nur besonders dünn, sie ist auch ausgesprochen stabil. Ich wette, die schließen die Tür nie ab, sondern lassen sie nur einschnappen." Sie schob ihre Zungenspitze zwischen die Lippen und arbeitete konzentriert. Plötzlich klickte es. Die Tür ging auf.

„Cool", sagte Thor.

Der Raum war dunkel und es roch muffig. Tad schloss die Tür und schaltete das Licht ein. Eine altmodische Neonlampe flackerte auf. Der Raum bestand aus nackten Betonwänden. Mehrere verstaubte Metallschränke standen an der Wand. Tad spürte ein seltsames Kribbeln an seinem ganzen Körper. Für einen kurzen Moment war ihm übel. Du wärst eben beinahe gestorben, ging es ihm durch den Kopf. Er sah, dass seine Hände zitterten und ballte sie zu Fäusten. Denk nicht darüber nach!, befahl er sich selbst. Er sah in die bleichen Gesichter seiner Freunde. Wir stehen alle unter Schock. Er räusperte sich und klopfte gegen einen der Metallschränke. „Besonders hübsch haben die es hier nicht!", bemerkte Tad und wunderte sich darüber, wie ruhig seine Stimme klang.

Liv grinste schief. „Könnte auch ein Bunkerszenario in Area 3 sein."

„Was machen wir jetzt?", fragte Thor.

„Gute Frage", bemerkte Emma.

„Gibt's hier 'nen Rettungswegeplan?", fragte Tad. „Wir sind hier in Deutschland, da gibt es für jedes Klohäuschen einen Rettungswegeplan!"

„Meinst du das hier?", fragte Thor. Er wies auf ein vergilbtes DIN A3 Blatt, das neben dem Ausgang an die Wand genagelt worden war.

„Ja, das sieht gut aus!"

„Gut?", Thor kniff die Augen zusammen und starrte auf das Wirrwarr an Linien der technischen Zeichnung. „Da steht Flucht- und Rettungswegeplan U-Bhf Haselhorst drüber, aber kannst du etwas erkennen?"

Nun traten auch die Mädchen näher. „Was?", schnaufte Emma. „Das soll der Bahnhof sein?"

„Sollte es hier jemals brennen, wird man wahrscheinlich einen Haufen verkohlter Leichen vor diesem Plan finden."

„Ich glaube, das hier sind die Gleise." Tad wies auf zwei parallel verlaufende Linien.

„Und hier bei diesem rosa Punkt sind wir gerade!", sagte Emma.

„Vor zwanzig Jahren war der bestimmt mal rot", bemerkte Thor. „Hm sieht so aus, als würde diese Tür auf den Bahnsteig führen."

„Das sollten wir vermeiden." Tad verzog das Gesicht. „Aber es muss immer mindestens zwei Notausgänge geben!"

„Ich fürchte, der zweite Ausgang ist der, durch den wir gekommen sind", sagte Emma.

„Und was ist das hier?" Liv deutete auf einen langen Gang.

„Auf jeden Fall führt er weg vom Bahnhof!", brummte Thor.

„Okay", Tad riss den Plan von der Wand. „Versuchen wir, diesen Gang zu finden!"

Der nächste Raum war so etwas wie ein Pausenraum. Er beherbergte einen Tisch mit ein paar Stühlen darum. Es roch nach kalter Zigarettenasche und fettigen Pommes. Die nächste Tür führte auf einen schmalen Gang. Von dort aus ging eine Tür ab, unter der flimmerndes bläuliches Licht hervordrang.

Tad legte hastig den Finger auf die Lippen. Offenbar waren sie nicht alleine. Da arbeitete jemand am Computer. Sie schlichen den Weg weiter entlang, vorbei an einem Lager mit allerlei Werkzeug. Erstaunlicherweise bewegte sich selbst Thor nahezu lautlos durch den schmalen Gang, bis er gegen die Schaufel stieß, die neben einer weiteren Tür stand. Es schepperte ohrenbetäubend, als sie zu Boden fiel. Einen Moment lang standen die vier Jugendlichen wie erstarrt. Hinter der Tür zum Computerraum fluchte jemand. „Ey, Kevin, du Vollbrot, wie oft hab ich dir gesagt, dass du das Werkzeug ins Lager packen sollst!"

Reaktionsschnell riss Tad die Tür auf, vor der sie standen – keine gute Idee. Denn sie führte in einen winzigen Toilettenraum. Ein bärtiger Mann saß auf dem Klo und glotzte auf sein Smartpalm. „Besetzt!", knurrte er ohne aufzublicken. Noch nie hatte Tad eine Tür so schnell wieder geschlossen.

„Kevin, was machst du da?", schimpfte es vom Computerraum her. Schritte waren zu vernehmen.

„Weg hier!", hauchte Emma.

„Dort entlang", zischte Liv. Sie deutete auf eine weitere Tür, ein Stück den Gang hinunter. Während sie hastig darauf zuliefen, drückte Liv den Lichtschalter neben der Toilettentür aus.

„Was soll das?", zischte Thor.

„He!", erklang es gedämpft aus dem Toilettenraum. „Mach wieder an!"

Sie hetzten weiter den Flur entlang. Tad riss die Tür auf. Sie führte zu einem schmalen Gang. „Schnell, rein da!"

Die Freunde stürmten an ihm vorbei. Gerade als Tad ihnen folgen wollte, wurde die Tür des Computerraums aufgerissen und zeitgleich ging die Tür des Toilettenraums auf und verdeckte die Sicht auf Tad. Rasch schlüpfte er in den Gang.

„Kevin, was soll der Scheiß? Zieh die Hose hoch!"

„Warum hast du das Licht ausgemacht?"

„Ich? Du spinnst wohl?"

Behutsam zog Tad die Tür hinter sich ins Schloss, sodass er den Rest der Unterhaltung nicht mehr mitbekam. Er folgte seinen Freunden und versuchte, so wenig Lärm wie möglich zu machen.

Es war eng und düster, nur wenige Lampen funktionierten. Allerlei Kabel und Rohre führten an den Wänden entlang. Am Ende des Gangs waren Eisenstiegen in den Beton eingelassen. Sie führten nach oben.

Tad linste in den engen Schacht hinauf. Durch irgendeinen Spalt drang ein dünner Pfeil aus Tageslicht. „Sieht so aus, als wäre das der Ausgang."

„Okay, ich check das mal!", bestimmte Thor. Er kraxelte die Stufen nach oben. „Da ist eine Metalltür." Er schnaufte. „Das Mistteil klemmt!"

„Vielleicht ist die Tür verriegelt?", fragte Emma.

Thor brummte irgendetwas, kurz darauf vernahmen die Freunde ein metallisches Quietschen. „Ha, jetzt geht sie auf."

Emma grinste.

„Nichts wie raus hier, Leute!" sagte Thor.

Emma griff nach der ersten Stiege, doch Tad hielt sie zurück. „Einen Moment noch!"

„Wieso?", schnaufte Thor. „Findest du es so gemütlich hier unten?"

„Wir sollten uns trennen."

Liv nickte. „Tad hat recht. Sie suchen vier Terroristen. Wenn wir zu zweit unterwegs sind, fallen wir viel weniger auf."

„Ich schlage vor, dass Emma und Thor vorgehen", sagte Tad. „Liv und ich kommen in zwei Minuten nach."

Liv sah ihn an, und Tad fühlte sich irgendwie unbehaglich. Dass seine Schwester nicht aufhörte zu grinsen, machte die Sache nicht besser. „Oder sollen wir tauschen?", fragte er vorsichtig.

„Nee, passt schon", sagte Emma.

„Okay, wartet einen Moment." Tad öffnete sein Smartpalm. „Tinkerbell? Zeige uns eine Umgebungskarte."

„Voll gerne", zwitscherte die kleine Fee. Ein Hologramm flammte auf.

„Okay, ich schlage vor, wir treffen uns im Krienicke Park, direkt am Havelufer."

„Einverstanden", sagte Emma. Sie kletterte nach oben. Thor hob die Falltür an und lugte hinaus. Licht flutete herein. „Niemand in der Nähe."

Die beiden kraxelten hinaus und schlossen die Luke wieder. Tad wartete zwei Minuten. „Okay, jetzt du."

Liv runzelte die Stirn. „Nach dir!"

Tads Blick fiel auf ihren Minirock. Das Blut schoss ihm in die Wangen. „Sorry … äh, ich wollte nicht … Ich hab nicht nachgedacht, nicht dass du denkst … ich würde niemals …"

Livs Lippen kräuselten sich zu einem Lächeln. „Nun geh schon!"

Tad kraxelte hastig die Stiegen empor. Die Schachtabdeckung war aus massivem Stahl und ließ sich nur schwer öffnen.

„Beeil dich", zischte Liv. „Ich glaube, da kommt jemand." Tad stemmte seine Schulter dagegen, wuchtete sie hoch und lugte hinaus. Um ihn herum war dichtes Gebüsch. Er kletterte heraus und hielt die Abdeckung oben, bis auch Liv draußen war. Vorsichtig ließ er den Deckel hinabsinken. „Wir sollten uns lieber davonmachen, bevor jemand feststellt, dass der Deckel von innen entriegelt wurde."

„He, ihr da!", erklang eine raue Stimme hinter ihnen.

Eiswerder

Tad fuhr herum.

Ein Mann mit wettergegerbtem Gesicht, wild wucherndem Bart und übersichtlichem Zahnbestand sah sie vorwurfsvoll an. Er trug annähernd zehn Plastiktüten in beiden Händen. „Ick gloob, dit is vaboten!“

„Äh“, Tad starrte den Obdachlosen an.

Sanft spürte er Livs schmale Hand in seiner. „Manchmal ist es besser, wenn man nicht gesehen wird“, sagte sie. „Verstehen Sie?“

Der Mann schniefte. „Ick könnt ja mal n Ooge zudrücken.“ Er zwinkerte listig. „Mit nem Euro oder och zwee würd‘s ma erheblisch leichta fall‘n.“

Liv drückte Tads Hand und blickte lächelnd zu ihm auf.

„Wie? Äh, ach so, klar.“ Tad kramte zwei Euro aus der Hosentasche und legte sie in die schmutzige Hand des Obdachlosen.

„Besten Dank, Meesta. Meene Oogen sind jeschlossen.“

„Schönen Tag noch!“, sagte Liv, dann zog sie Tad hinter sich her.

„Gut gemacht", wisperte Tad ihr zu.

Die beiden befanden sich auf einer großen, begrünten Verkehrsinsel. Als sie durch die Büsche traten, zuckte Liv zusammen. „Shit!" Sie waren erschreckend nah am Eingang des Bahnhofs. Auch hier hatten sich jede Menge Leute versammelt, die aufgeregt miteinander redeten, auf ihre Smartpalms starrten und wilde Theorien austauschten, wo sich die Terroristen nun befinden mochten.

Tad spürte, wie Liv seine Hand fester umklammerte. Ihre Schritte beschleunigten sich.

Er beugte sich zu ihr hinab und flüsterte: „Nicht so hastig! Sonst fallen wir auf."

„Hast recht." Liv zwang sich zu einem Lächeln. „Am besten, wir tun weiter so, als wären wir ein Paar."

Ohne Hast gingen sie zur Ampel. Als sie auf grün schaltete, schlenderten sie Hand in Hand über die Straße am Juliusturm. Sie wandten sich nach Norden und bogen in einen ungepflegten Park ab, der sich wie ein Band an einer breiten Verkehrsstraße entlang zog. Niemand nahm Notiz von ihnen, sie bogen in den Park ein und waren bald außer Sichtweite der Menge.

Tad lockerte seinen Griff, doch Liv machte keine Anstalten seine Hand loszulassen. Er betrachtete sie von der Seite. Das Haar fiel offen über ihre Schultern und verdeckte einen Teil ihres Gesichts. Sie blickte zu ihm auf, ein Lächeln huschte über ihre Lippen. Tad konnte nicht anders und lächelte zurück. Es störte ihn überhaupt nicht, weiterhin so zu tun, als wären sie ein Pärchen.

Sie bogen nach links ab und liefen an einem ausgesprochen hässlichen Gebäude vorbei, das nur eine Schule sein konnte. „Oberstufenzentrum für Technische Informatik, Elektronik und Energiemanagement", las Liv.

Tads Palm klingelte. Es war Emma. Er nahm ab. „Wo seid ihr?", fragte sie.

„Wir sind raus", erwiderte er, „gehen jetzt langsam Richtung Osten."

„Okay, wo treffen wir uns?"

„Auf jeden Fall jetzt noch nicht. Es ist besser, wenn man uns nicht zusammen sieht. Ich würde sagen, wir treffen uns nach Sonnenuntergang an der kleinen Eiswerderstraße direkt am Ufer."

„Okay, einverstanden. Bis dahin überlegen wir uns, wie wir dort rüber kommen."

„Bis Später. Ciao."

„Tschüss."

Die Straße machte einen Bogen nach Norden. Sie schlenderten weiter und bogen dann erneut links ab. Liv sah zu ihm auf. „Also müssen wir uns jetzt bis zum Abend die Zeit vertreiben?"

„Sieht ganz so aus", erwiderte Tad.

Sie kamen an rot verklinkerten Hauswürfeln vorbei. Ein paar kleine Kinder spielten in der Sonne. Ansonsten waren die Straßen menschenleer.

„Hast du eigentlich schon mal darüber nachgedacht, was du nach der Schule machen möchtest?", fragte Liv unvermittelt.

„Äh, um ehrlich zu sein, momentan wäre ich schon froh, wenn wir das alles hier irgendwie überleben."

„Okay. Nehmen wir mal an, diese Basisvoraussetzung trifft zu: Wofür willst du überleben?"

„Gute Frage." Tad fühlte sich überrumpelt. „Darüber habe ich noch nicht so viel nachgedacht. Bis vor kurzem war Game Tester mein Traumberuf."

Liv kicherte. „Game Tester als Lebenszweck, klingt echt überzeugend."

„Hey, nicht lästern! Du zockst doch selbst ohne Ende."

„Ja." Ihr Blick wurde ernst. „Tut mir leid, ich wollte mich nicht über dich lustig machen."

„Was willst du denn einmal werden?“, spielte Tad den Ball zurück.

Liv zuckte die Achseln. „Ich weiß nicht genau. Aber ich glaube, in jedem von uns steckt etwas Besonderes. Etwas, das irgendwo tief in uns drin verborgen ist und darauf wartet, entdeckt zu werden. Etwas, das uns einmalig macht.“ Sie brach ab.

„Also, ich finde, du bist jetzt schon einmalig“, sagte Tad. „Du bist die perfekte Ms Violett.“ Kaum hatte er das gesagt, bereute er es auch schon. Er spürte, wie sie sich innerlich zurückzog und ihr Griff sich lockerte. „Ich meine, ich kenne kein Mädchen, das so ist wie du“, fügte er hastig hinzu. „Du hängst nicht die ganze Zeit am Smartpalm und ziehst mit deinen Freundinnen über andere Leute her. Ich weiß nicht, ob du gerne shoppen gehst, aber falls ja, bist du erstaunlich effektiv, sonst hättest du nicht so viel Zeit zum Zocken. Mit dir kann man richtig Spaß haben.“

Liv wandte den Blick ab.

Oh shit, dachte Tad. Ich glaub, ich mach alles falsch. „Ich will damit nicht sagen, dass du der Kumpeltyp bist. Überhaupt nicht. Du bist klug, machst dir über vieles Gedanken – und du bist voll hübsch und sehr mutig.“ Tad spürte, wie seine Ohren flammend rot wurden.

Liv sagte nichts. Sie sah ihn auch nicht an. Aber er spürte, wie sie seine Hand fester drückte und ihn nicht mehr los ließ.

Nach einigen Minuten erreichten sie eine weitere baumbewachsene Grünfläche. Das musste der Krienicke Park sein. Langsam schlenderten sie über eine Wiese. Ein Imbisswagen stand am Wegesrand.

„Hast du Hunger?“, fragte Tad.

„Ich könnte ‘ne ganze Wurstfabrik plündern.“

„Mit Pommes?“, fragte Tad.

„Auf jeden!“, erwiderte Liv.

Tad bestellte viermal Currywurst mit Pommes. Staunend beobachtete er, wie Liv beide Portionen problemlos in ihrem schlanken Körper verstaute.

„Okay, jetzt geht's mir schon besser", seufzte sie zufrieden, als die letzte Pommes Frites vertilgt war. Sie schlenderten durch den Park, dann deutete Liv auf einen Steg, der hinaus auf die Havel führte. „Wollen wir dorthin?"

„Klar", erwiderte Tad.

Sie setzten sich ans Ende des Stegs. Liv zog ihre Schuhe aus und ließ die nackten Füße im Wasser baumeln.

Tad bedauerte ein wenig, dass sie dafür seine Hand losgelassen hatte und tat es ihr gleich. Dabei stellte er Schuhe und Socken sicherheitshalber in einigem Abstand auf den Steg. Er hatte den Verdacht, dass sie nicht mehr ganz so gut rochen.

Liv plätscherte im Wasser, wobei ihr Zehenring im reflektierenden Licht glitzerte. Ihre Füße waren zierlich, im Gegensatz zu seinen, die ihm in diesem Moment übergroß und plump vorkamen.

„Weißt du, warum ich soviel zocke?", fragte Liv unvermittelt.

„Weil's Spaß macht?"

Ein Lächeln huschte über ihre Züge, doch ihr Blick wurde schnell wieder ernst. Etwas Trauriges lag darin, als sie über das Wasser blickte. „Weil ich ein Feigling bin."

Tad wollte widersprechen, unterließ es aber. Er ahnte, dass dies nicht der richtige Moment war.

„In Area 3 gibt es kein Risiko. Egal, was ich tue, es hat keine Konsequenzen außer Punktverlusten. Wenn ich verliere, fange ich einfach nochmal neu an. Ich trage für niemanden die Verantwortung, und keiner kann mich verletzen." Sie zeigte ein schiefes Lächeln. „Zumindest bis vor kurzem."

Liv war ihm ganz nah. Tad spürte ihre Wärme. Er unterdrückte den Impuls, seinen Arm um ihre Schulter zu legen. Stattdessen saß er da und blickte auf das Wasser, in dem sich die Sonne spiegelte. *Ich glaube, sie hat früher mal etwas Schlimmes erlebt*, hatte Emma gesagt. „Jemand hat dir sehr wehgetan", sagte Tad leise. Er dachte an die verschiedenen Andeutungen, die Liv gemacht hatte, über ihren Vater und ihren Onkel und fügte hinzu: „Jemand aus deiner Familie, nicht wahr?"

Liv sagte nichts. Sie zog die Füße aus dem Wasser, setzte sie auf den Rand des Stegs und umschlang ihre Beine mit den Armen. Als Tad schon glaubte, sie würde nie wieder sprechen, sagte sie leise: „Weißt du, das Schlimmste ist nicht das, was dir zugestoßen ist, so furchtbar es auch war. Das Schlimmste ist, dass dir dadurch etwas weggenommen wird." Liv blickte hinaus auf den See: „Etwas, dass du nie wieder zurückbekommen kannst – es ist fort für immer!"

Tad wusste nicht genau, was geschehen war, aber er hatte eine Ahnung und die reichte aus, um ihm einen Schauer über den Rücken zu jagen. Noch schlimmer allerdings, als die Bilder, die ihm ungewollt in den Sinn traten, war diese schreckliche Verlorenheit, die in Livs Augen lag und die sich in ihrer leisen Stimme wiederfand. Er wünschte, er hätte irgendetwas, das diese Verlorenheit vertreiben könnte, irgendein kluges Wort oder eine bedeutsame Geste, aber er fühlte sich einfach nur leer. So, als wäre ein Teil ihrer Verlorenheit auch in ihn eingedrungen.

Tad konnte nichts tun, als schweigend neben ihr zu sitzen. Er spürte, wie etwas kitzelnd seine Nasenschleimhaut entlang rann. Bekam er etwa Heuschnupfen? Eigentlich war die Zeit der Birkenpollen längst vorbei. Tad schniefte.

Liv sah zu ihm auf.

Nun spürte er auch ein Kitzeln an der Wange. War das etwa eine Träne? Er drehte sich rasch zur Seite und wischte sich über das Gesicht. Wie peinlich war das denn? Hastig fuhr er sich mit dem Handrücken über die Nase, bevor er sich Liv wieder zuwandte und krächzte: „Was hältst du von ‘nem Eis?“

Liv sah zu ihm auf und ohne, dass der Schmerz ganz verschwand, legte sich ein Lächeln auf ihre Lippen. „Gute Idee!“

Beide teilten sich eine riesige Portion Eis mit Früchten und Sahne, während sie durch den Park und die nähere Umgebung schlenderten. Sie unterhielten sich über alles Mögliche. Etwas hatte sich verändert – es war eine andere, neue Art der Vertrautheit da. Obwohl sie meist über ganz banale Dinge sprachen, und obwohl ihre Hände sich nicht mehr berührten, fühlte sich Tad Liv so nah, wie er es bei keinem Mädchen zuvor getan hatte – nicht mal bei Pia, obwohl er sie schon geküsst hatte und in der achten Klasse sechs Wochen mit ihr zusammen gewesen war.

Die Sonne ging unter, und der kleine Strand war vollkommen leer, als Tad und Liv wieder auf dem Steg saßen und hinaus auf den See blickten. Die Dämmerung kam spektakulär. Abendnebel kroch über das Wasser, und die sterbende Sonne malte tiefrote Farbfetzen an die wenigen Schleierwolken, die über die Stadt zogen.

„Voll schön, oder?“, sagte Liv.

Tad betrachtete sie von der Seite. Ihre Züge wirkten weich, und der Schmerz schien ganz aus ihnen verschwunden zu sein. „Ja“, sagte er leise. Wenn es nach ihm ging, hätte der Abend gerne noch 20 Stunden länger dauern können.

Leider war ihm das nicht vergönnt. Zwei Dinge ließen die Blase ungestörter Zweisamkeit platzen. Das eine war das unangenehme, aber nicht zu verdrängende Gefühl, beobachtet zu werden. Das zweite war Thors Stimme, die vom Wasser her zu ihm hinüberdrang: „He, ihr zwei Romantiker. Habt ihr vergessen, wo unser Treffpunkt ist?“

Tad vernahm ein rhythmisches Platschen und blickte nach rechts auf das Wasser. Ein Schatten kam gemächlich näher.

„Schaut mal, was wir gefunden haben!“, rief Emma.

„Ein Boot." Liv stand auf. „Genial."

Thor lenkte das Boot zum Steg hin. Es war ein morscher alter Kahn. Die Farbe blätterte ab, das Holz war modrig. Vor allem aber war das Teil auch noch leck. Emma schöpfte mit einem rostigen Eimer regelmäßig Wasser.

„Aus welchem Museum habt ihr denn dieses Wrack geklaut?", fragte Tad.

„Ich weiß, dass du neidisch bist", sagte Thor, „aber du darfst trotzdem mitfahren."

„Seid ihr euch sicher, dass dieses Ding vier Personen aushält?"

„Locker", entgegnete Thor selbstbewusst.

„Wenn wir schnell genug schöpfen", ergänzte Emma.

„Klingt echt vertrauenerweckend", brummte Tad.

Liv kletterte zuerst an Bord. Als Tad ihr folgte, schwankte der Kahn bedenklich. Rasch hockte er sich auf eine der Sitzbänke nieder und spürte, wie kühles Wasser durch den Stoff seiner Hose drang. „Iiih, das ist ja total nass."

„Jetzt sei nicht so ein Mädchen!", schimpfte Emma.

Liv kicherte.

Tads Schwester war die Ironie in ihren eigenen Worten offenbar entgangen, und sie fuhr fort: „Das Boot lag halb versunken im Wasser. Natürlich ist es nass!"

„Was? Ihr habt dieses Wrack vom Grund der Havel geborgen?"

„Vom Grund der Havel", schnaubte Emma. „Das lag gleich am Strand, da hat sogar noch ein Teil rausgeguckt."

„Also Wrack ist jetzt wirklich übertrieben." Thor klang ein bisschen beleidigt. „Es hat halt ein kleines Loch, na und? Ich bring uns damit locker zur Insel. Oder hast du einen besseren Vorschlag?"

„Ist ja schon gut. Euer Boot ist wirklich toll. Es wäre dennoch schön, wenn ich es schnell wieder verlassen könnte, also leg dich ins Zeug!"

Emma schnaufte.

Thor zog kräftig an den Rudern, und die Riemen ächzten beängstigend. Bei jedem weiteren Ruderzug schwappte das Wasser zwischen ihren Füßen hin und her.

„Ich hoffe, ihr könnt alle schwimmen“, brummte Tad.

„Also, ich hab nur mein Seepferdchen“, sagte Liv.

„Echt jetzt?“, entfuhr es Tad.

„Kleiner Spaß“, grinste Liv.

Tad gab ihr einen kleinen Knuff gegen den Arm. Sie knuffte deutlich stärker zurück. Das Boot begann zu schaukeln.

„Hört auf damit!“, schimpfte Emma. „Wenn ihr zu viel Energie habt, löst mich lieber beim Schöpfen ab. Das ist auf Dauer nämlich echt anstrengend.“

„Okay, gib her!“, sagte Tad. Er tauschte den Platz mit ihr und begann zu schöpfen. Schon bald verfiel er in einen stetigen Rhythmus im Takt mit Thors Ruderschlägen.

Liv schaute hinauf in den Himmel. „Guckt mal, wie viele Sterne wir sehen können. Das ist echt selten in Berlin.“

Tad warf nur einen kurzen Blick nach oben. Etwas beunruhigte ihn. Zum einen kam es ihm so vor, als würde das Wasser langsam steigen, obwohl er ohne Pause schöpfte. Zum anderen lag da etwas in der Luft, das nicht zu den fernen Straßengeräuschen und dem Zirpen der Grillen passen wollte.

„Ist das da der Abendstern?“, meinte Liv.

„Nee, das ist bestimmt ein Satellit oder ein Flugzeug“, erwiderte Thor. „Guck mal, wie das flimmert.

„Aber er bleibt doch immer an der gleichen Stelle!“, widersprach Liv.

„Das stimmt“, bestätigte Emma. „Und er ist auch genau dort, wo der Abendstern sein müsste. Also eigentlich ist es ja gar kein Stern, sondern ein Planet, nämlich die Venus.“

Tad warf einen Blick nach oben. Das Gefühl einer sich nähernden Bedrohung verstärkte sich. Er hielt einen Moment mit Schöpfen inne und lauschte. „Hört ihr das?“

Liv wandte sich im zu. „Was?“

„Dieses Brummen.“

„Stimmt, da ist etwas“, sagte Emma. „Klingt wie ein Schwarm Hummeln.“

„Das sind keine Hummeln“, Tad begann wieder zu schöpfen. „Wie weit ist es noch bis zur Insel?“

„Nicht mehr weit“, entgegnete Liv. „Zwei Drittel haben wir schon geschafft.“

„Kannst du schneller rudern, Thor?“

„Ich versuch's“, brummte sein Freund. „Was ist denn los?“

Ehe Tad antworten konnte gab es einen dumpfen Schlag und Emma stieß einen spitzen Schrei aus.

„Was hast du?“, fragte Liv.

„Ich weiß nicht. Mich hat irgendwas getroffen.“

Etwas klatschte dicht neben ihnen in die Havel. Wasser spritzte ins Boot. „Was zum Henker …?“, setzte Thor an.

In diesem Moment schrie Liv auf. „Aua!“

Etwas polterte ins Boot und stieß gegen Tads Eimer.

„Was ist das?“, fragte Emma.

Tad nahm das Ding in die Hand und starrte es verblüfft an. „Ein Paket?“ Er hob den Blick. Ein dunkler Schatten huschte am Mond vorbei und dann noch einer und noch einer. Die Sterne am Himmel flimmerten. Das, was wie ein riesiger Hummelschwarm klang und was das Licht der Sterne brach, waren die Rotoren von Paketdrohnen. Er starrte mit offenem Mund in den Himmel. Dutzende, nein Hunderte von Drohnen schwebten über ihnen, etwas Großes platschte ins Wasser, und eine Fontäne ergoss sich ins Boot.

„Schützt eure Köpfe!“, rief Tad, während er hektisch das Wasser aus dem Boot schöpfte „Das sind Paketdrohnen. Die werfen ihre Ladungen ab.“

„Was? Das ist doch vollkommen irre“, schrie Thor.

„Hör auf zu quatschen und rudere!“

Thor legte sich in die Riemen. Das Boot ächzte und knarrte, als es nach vorne schoss. Die Flotte von Drohnen folgte ihnen wie ein Bombengeschwader. Eine nach der anderen ließen sie ihre Last fallen. Pakete prasselten vom Himmel. Es rumpelte und polterte, wenn das Boot getroffen wurde. Die Geschosse klatschten ins Wasser und ließen die Havel brodeln. Tad spürte, wie etwas ihn an der Schulter traf und ins Wasser glitt.

„Scheiße Mann, wie viele sind das denn?“, ächzte Thor.

„Zu viele!“, sagte Liv. „Und es sind richtig große dabei.“ Sie keuchte auf, als sie getroffen wurde. Emma schluchzte. Es gab Drohnen, die in der Lage waren, Pakete von der Größe und Schwere einer Waschmaschine zu transportieren. Wenn ein solches Monster seinen Ballast auf sie herabwarf, hätten sie keine Chance.

Kaum hatte Tad diesen Gedanken zu Ende gedacht, krachte etwas direkt neben ihm ins Boot. Holz splitterte. Das ganze Boot schwankte. Das Ding war nicht groß, aber sauschwer gewesen. Wasser gurgelte durch ein zweites Loch.

Plötzlich gab es einen lauten Knall und gleich darauf noch einen. Zwei Lichtblitze zuckten von Eiswerder aus zischend in den Himmel. Sie glühten rot auf und sanken langsam nach unten. In ihrem Licht tummelten sich Hunderte von großen und kleinen Schatten, die nun auf die glühenden Kugeln zuflogen, ihre Lasten abwarfen und gegeneinander krachten.

„Ja!“, stieß Thor hervor. „Die Leuchtkugeln lenken sie ab.“

„Vielleicht reagieren die auf Infrarotsignale“, mutmaßte Liv.

„Ist mir sowas von egal. Hauptsache, die holen sich gegenseitig vom Himmel!“, rief Emma.

Tad sagte nichts, er war voll und ganz damit beschäftigt, das Boot vor dem Sinken zu bewahren. Das Wasser hatte schon fast die Höhe der Sitzbänke erreicht.

Offenbar hatte auch Thor die Gefahr erkannt und stemmte sich mit seiner ganzen Kraft in die Ruder. Die Riemen knarrten und knackten. Tad schöpfte im Sekundentakt. Das Uferschilf war bereits ganz nah. „Habens … gleich … geschafft", keuchte Tad.

In diesem Moment schrie Liv. „Passt auf!"

Tad fuhr herum. Eine riesige Drohne kam auf sie zugerast, hatte ihr Paket offenbar schon abgeworfen und stürzte direkt auf die Jugendlichen herab. „Raus hier!", schrie Tad. Er richtete sich auf, verlor aber sofort das Gleichgewicht, weil das Boot auf Grund lief.

Emma kreischte vor Angst.

Ein Schuss krachte. Die Drohne wurde getroffen. Funken stoben auf, die Propeller gerieten ins Stocken, und das Ding schmierte ab. Es stürzte, von seinem Schwung getragen, weiter auf das Boot zu. „Raus!", brüllte Tad.

Liv sprang über Bord. Was mit Thor war, wusste Tad nicht. Er packte seine Schwester und hechtete ins Wasser. Die Drohne taumelte herab, die rotierenden Propeller krachten gegen die rechte Seite des Boots. Planken barsten, Holzsplitter flogen umher. Einer der Propeller brach und sauste wie ein Geschoss dicht an Tad vorbei. Die Drohne bohrte sich in den Uferschlamm.

Tad rappelte sich auf. Auch Emma tauchte prustend aus dem Wasser auf. „Liv?", schrie er.

„Bin okay." Ihre schlanke Gestalt watete um die Drohne herum auf sie zu.

„Thor?"

„Mich hat was erwischt, ist aber nur ein Kratzer!", schnaufte dieser.

Vom Ufer her ertönte ein metallisches Geräusch, das Tad sonst nur aus Filmen oder den Szenarien von Area 3 kannte. Es war das Nachladen einer Pumpgun. Er fuhr herum. Eine hagere Gestalt schälte sich aus dem Buschwerk der

Uferböschung. Aus dem Lauf der Waffe stieg Rauch in den Nachthimmel. Vor ihnen stand ein weißhaariger Mann, sein Gesicht war so bleich wie das eines Toten.

„Danke", krächzte Tad.

Der Mann hob die Waffe und richtete sie auf die Freunde. „Herkommen, aber schön langsam!"

Erste Hilfe

Mit erhobenen Händen wateten die Jugendlichen an Land. Während der Mann mit der rechten Hand die Pumpgun auf sie gerichtet hielt, schoss er mit der linken eine weitere Leuchtkugel in den Nachthimmel. Von nahem sah der Typ noch gruseliger aus. Nicht nur seine Haut war blass, auch seine Haare, die Augenbrauen und der stoppelige Bart waren schlohweiß. Dass die Augen im schwachen Licht rot zu glühen schienen, lag wohl nicht nur an der Farbe der Leuchtkugel. Der Typ war ein Albino.

„Umdrehen!", bellte er.

„Warum bedrohen Sie uns mit einer Waffe?", fragte Tad. „Wir haben Ihnen überhaupt nichts getan."

„Tu nicht so unschuldig, Tad. Ich weiß genau, wer ihr seid und was ihr vorhabt!"

Tad erschauerte. Er kannte seinen Namen!

„Dann waren Sie das die ganze Zeit?", rief Liv.

„Sie hätten uns beinahe umgebracht, Sie kranker Irrer!", fauchte Emma.

Tad verzog das Gesicht. Es war nicht besonders klug, einem bewaffneten Kerl, der offensichtlich nicht bei klarem Verstand war, eine derartige Aussage an den Kopf zu knallen.

„Umdrehen!", sagte der Mann mit kalter Stimme.

„Emma, tu, was er sagt!"

Die vier Jugendlichen gehorchten.

„Und jetzt schön nebeneinander laufen. Die Böschung hoch, immer geradeaus!"

Sie stapften durch das hohe Gras. Obwohl die Nacht lau war, fror Tad in seinen nassen Klamotten. Er warf einen Blick zur Seite. Emma hatte wütend die Lippen zusammengepresst, aber in ihren Augen stand Furcht. Thors Blicke wanderten hin und her, als suche er eine Fluchtmöglichkeit und Livs Gesicht war so ausdruckslos wie eine Maske. Sie warf einen Blick über die Schulter.

„Nach vorne gucken!", bellte der Mann. „Wir wollen doch nicht, dass ihr stolpert!"

„Hast du gesehen", wisperte Liv. „Er zieht das rechte Bein …"

„Ruhe!" Liv schrie schmerzerfüllt auf, als der Lauf der Waffe in ihren Rücken stieß.

Wütend fuhr Tad herum: „Hören Sie …" Er verstummte. Der Lauf der Waffe zielte genau auf sein Gesicht.

„Noch ein Wort, eine falsche Bewegung, und ich puste dir das Hirn weg, Junge."

Die Worte wurden mit leiser, kalter Stimme gesprochen. Tad sah den entschlossenen Blick im bleichen Gesicht des Mannes. Er bemerkte auch, dass dieser angestrengt atmete und sich schwerfällig bewegte.

Tad nickte und wandte sich langsam wieder um. Der Mann ist krank, ging es ihm durch den Kopf, als sie auf ein altes Backsteingebäude zuliefen.

„Da vorne zwischen den Gebäuden hindurch", befahl der Albino.

Die ehemalige Munitionsfabrik stand schon seit Jahrzehnten leer. Die meisten Fensterscheiben waren zerbrochen. Wind und Wetter hatten an den Gemäuern gefressen, Moos wuchs auf Fensterbänken und morschen Türrahmen. Eine Tür war halb herausgebrochen und schwankte im lauen Wind hin und her. Als sie an der schwarzen Öffnung vorbeikamen, roch Tad den kalten, muffigen Atem des Gemäuers.

„So, jetzt nach links!“

Sie liefen über einen vermüllten Parkplatz auf ein klobiges Gebäude zu, das anstelle von Fenstern nur über winzige Lüftungsschlitze verfügte. „Dort hinab!“ Der Mann stieß sie zu einer Kellertreppe.

„Was ist das für ein Rattenloch?“, knurrte Thor.

„Klappe halten! Stellt euch hier an die Seite, mit dem Gesicht zur Wand!“

Eine Tür wurde geöffnet. Tad nutzte den Moment, um Liv einen Blick zuzuwerfen. „Wie in Porters Hill?“, wisperte er lautlos.

Sie sah zu ihm hoch und nickte.

„Umdrehen! Und rein da!“, befahl der Mann barsch. Sie gingen an einer massiven Stahltür vorbei in einen langgezogenen Flur.

Mist!, dachte Tad. Das Teil war viel zu schmal, um ihr Vorhaben auszuführen Nur wenige Augenblicke später bemerkte er, dass die Räumlichkeiten ganz anders gestaltet waren als erwartet. Statt in ein muffiges Kellerloch traten die vier in einen Gang, der mit irgendeinem Material verkleidet war und an dessen Wänden dicke Glasfaserkabel entlang liefen. Sie traten durch eine weitere Tür in einen klimatisierten Raum. Lange Reihen von Metallschränken standen dort, vollgestopft mit Elektronik.

„Ein Großrechner“, entfuhr es Tad.

„Dort entlang!“

Eine automatische Tür öffnete sich. Es war wieder breit genug, um nebeneinander laufen zu können. Liv ging direkt vor dem Mann und verzögerte ihre Schritte etwas. Tad ging links neben ihr.

„Schneller!“, knurrte der Albino. Gerade, als er ihr den Lauf in den Rücken stoßen wollte, ging Liv geschmeidig in die Hocke und warf sich mit ihrem ganzen Gewicht nach hinten.

„He!“ Der Mann stolperte, Tad trat einen Schritt nach hinten und rammte ihm mit voller Wucht den Ellenbogen ins Gesicht. Dabei hatte Tad weder damit gerechnet, dass es so wehtun würde, noch hatte er den Schuss erwartet, der sich auf einmal löste. Der Lärm war ohrenbetäubend.

Der Albino ging zu Boden. Blut schoss aus seiner Nase. Tad fluchte. Anders als in der virtuellen Welt war sein Gegner keineswegs kampfunfähig. Er hatte nicht mal seine Waffe verloren. Mit einem wütenden Knurren lud der Albino die Waffe durch. Liv stürzte sich auf ihn und drückte den Lauf zur Seite. Ein zweiter Schuss krachte. Tad sprang ihr bei. Gemeinsam versuchten sie, dem Fremden die Waffe abzuringen. Doch der Kerl war zäh. Erst als Liv ihm in die Hand biss, ließ er mit einem Schmerzensschrei die Waffe los.

Tad riss die Pumpgun an sich und lud sie ein weiteres Mal durch. Er hatte keine Ahnung, wie viel Schuss so eine Waffe im Real Life hatte, aber mehr als zwei waren es ganz sicher.

„Aufstehen, Arschloch!“, befahl er.

„Ah“, stöhnte der Mann und betastete vorsichtig sein Gesicht. „Ich glaube, du hast mir die Nase gebrochen!“

„Tad“, meldete sich Emmas leise Stimme.

Der Angesprochene ignorierte sie und ließ den Albino nicht aus den Augen. „Aufstehen, hab ich gesagt!“

„Ja, schon gut.“ Der Mann drehte sich auf die Knie und stand ächzend auf. Er bewegte sich ziemlich unbeholfen.

„Tad!“, sagte Emma nun etwas lauter.

„Was ist?“, knurrte Tad, ohne den Mann aus den Augen zu lassen. „Nehmen Sie die Hände hoch!“

Der Mann gehorchte. Das Blut lief über sein Gesicht und tropfte zu Boden. „Ich fürchte, dein Freund ist verletzt!“

Tad wagte einen kurzen Blick zu seiner Schwester und erstarrte: „Scheiße!“, entfuhr es ihm.

Emma kniete neben Thor auf dem Boden und presste beide Hände auf seine linke Brust knapp unterhalb der Schulter. Blut strömte zwischen ihren Fingern hindurch. Liv war mit zwei Schritten bei ihnen. „Thor, kannst du mich hören?“

„Tut schweißweh“, erwiderte dieser mit matter Stimme.

Emma schluchzte. Liv wandte sich hektisch um. „Wir brauchen Verbandsmaterial!“

„Ich kann ihm helfen“, sagte der Albino.

„Sie lassen schön die Hände oben“, knurrte Tad. „Wo ist Ihr Verbandskasten?“

„Durch den Raum hindurch in den nächsten Gang, zweite Tür rechts im Schrank mittleres Fach“, erwiderte der Mann.

Liv stürmte los, während Emma mit zitternden Fingern ihr Smartpalm aktivierte. „Wir müssen einen Notarzt rufen!“

Es klackte und eine fremde Stimme verkündete: „The number you have called is temporarily not available.“

„Was?!“, entfuhr es Emma. „Das kann doch nicht wahr sein.“

„Tinkerbell, ruf einen Notarzt!“, befahl Tad.

Das kleine Feengesicht poppte auf. „Tut mir leid, Chef, die Verbindung wird nicht akzeptiert.“

„Was ist denn das für eine Scheiße?“

Emma presste wieder beide Hände auf Thors Wunde. „Tad, tu was!“

Tad biss sich auf die Lippen. Was sollte er machen? Wenn er die Polizei rief, würden sie sofort verhaftet werden. *Scheißegal – Thor verblutet uns noch!* „Tinkerbell, ruf die Polizei!“

„Sorry, keine Verbindung“, vermeldete die Assistenzsoftware.

Tad starrte den Albino an. „Hören Sie sofort auf, uns zu blockieren!“

„Tut mir leid, aber das bin ich nicht." Der Mann lächelte, was ihm angesichts des Bluts, das ihm über sein bleiches Gesicht lief, das Aussehen eines blutdürstigen Vampirs gab. „Um ehrlich zu sein, hatte ich euch in Verdacht."

„Uns? Sind Sie verrückt geworden?"

Liv kam mit einem Verbandskasten unter dem Arm zurück geeilt.

„Er verliert so viel Blut!", schluchzte Emma.

Liv kniete neben den beiden nieder. „Thor? Schön wach bleiben, hörst du!"

Voller Sorge sah Tad, wie sein Freund immer blasser wurde. Liv drückte Emma einen Mullverband in die Hand. Emma presste ihn auf die Wunde. Innerhalb weniger Sekunden war der weiße Verband blutdurchtränkt. Thor stöhnte.

„Ich kann eurem Freund helfen."

Tad starrte den Mann an. Er sah gruselig aus. „Ach ja?", zischte er. „Sind Sie vielleicht Arzt?"

„Ich habe alles da, was Thor braucht. Vertraut mir, ich weiß, was zu tun ist."

„Irgendetwas sagt mir, dass es nicht besonders klug wäre, einem Kerl zu vertrauen, der uns mit einer Waffe bedroht hat", erwiderte Tad kühl.

„Ich wollte nie, dass jemand verletzt wird."

„Ja, klar!", schnaufte Tad.

„Okay", entschied Emma. „Helfen Sie ihm!"

„Gut." Der Mann kniete sich neben Thor auf den Boden. „Ich schaff das nicht allein."

„Was können wir tun?", fragte Liv.

„Emma, du presst weiter die Wunde zu. Liv, ich brauche meine Lesebrille. Sie ist dort drüben im Schreibtisch in der Schublade."

Tad kam sich seltsam vor. Alle kümmerten sich um seinen Freund, und er stand da mit einer Waffe in der Hand. Andererseits, warum sollten sie diesem Typen trauen? Er steckte doch hinter diesem ganzen Schlamassel und hatte Scarlett instruiert. Die Drohne, die sie beobachtet hatten, war hier bei ihm gelandet. Der Typ wusste alles Mögliche über sie, aber sie wussten so gut wie nichts über ihn.

Liv kam zurück. „Hier, die Brille!"

„Danke!" Der Albino setzte sie Brille auf seine ramponierte Nase und begann, in dem Erste Hilfe Kasten herumzuwühlen. „Ah, da ist sie ja." Er beförderte eine riesige Kunststoffspritze hervor. Sie endete jedoch nicht in einer spitzen Metallnadel, sondern in einem kugelförmigen Etwas, das ein bisschen so aussah wie eine zusammengeklappte Blüte. „Ihr müsst euren Freund festhalten, die Prozedur ist etwas schmerzhaft."

„Was ist da drin?", fuhr Tad ihn an.

„Schwämme", erwiderte der Mann.

„Sie wollen unseren Freund mit Schwämmen retten?", fragte Liv.

„Exakt. Am besten, Tad hält den rechten Arm fest, während Liv und Emma den linken übernehmen. Thor ist kräftig, es wäre äußerst unpraktisch, wenn er mich während der Prozedur bewusstlos schlägt."

„Aber …", setzte Tad an.

Emma unterbrach ihn: „Hör auf zu quatschen und tu, was er sagt!"

Tad kniete neben Thor nieder. Sein Freund war fast so blass wie der Albino. Er sah nicht so aus, als ob er in der Lage wäre, jemanden K. O. zu schlagen. Tad legte die Waffe neben sich und hielt den Arm seines Freundes mit beiden Händen fest. „Halte durch!"

Thors Lippen verzogen sich zu einem gequälten Lächeln.

Die Mädchen knieten auf der anderen Seite und hielten Thors linken Arm. Der Albino warf das blutige Verbandbündel beiseite und schnitt das Hemd des Jugendlichen auf.

Tad sog die Luft ein. Die Wunde sah übel aus. Unmengen an Blut strömten heraus.

„Euer Freund hat Glück im Unglück", sagte der Albino, während er nach der Spritze griff. „Das war ein Querschläger. Er traf im stumpfen Winkel auf und prallte an den Rippen ab. Die Lunge ist unverletzt. Das Projektil hat allerdings einiges Gewebe mitgerissen; das blutet ordentlich und ist ziemlich schmerzhaft." Er setzte die Spritze an. „Ich muss tief hinein, damit auch die Blutung komplett gestillt wird. Achtung!"

Tad hätte sich am liebsten abgewandt, als er sah, wie der Mann die Spritze in die Wunde hinein presste. Er drückte den Kolben herunter und die Schwämmchen wurden durch die sich öffnende Blütenkappe in die Wunde hineingedrückt.

Thors schrie auf, und sein schlaffer Körper erwachte zum Leben. Obwohl Tad sich mit seinem ganzen Gewicht auf den Arm seines Freundes stützte, wurde er hochgedrückt. Er musste seine ganze Kraft einsetzen, um nicht weggedrückt zu werden. „Halt durch! Es ist gleich vorbei", keuchte Tad.

Die Mädchen schrien erschrocken auf und hatten ebenfalls äußerste Mühe, Thor festzuhalten.

„Ich denke, das reicht!" Der Albino setzte die Spritze ab. Tad warf einen kurzen Blick auf die Wunde, sah, wie die Schwämmchen sich voller Blut saugten und zu sich windenden und ineinander verkeilenden Würmern wuchsen. Thor stöhnte vor Schmerz.

Dann geschah alles ganz schnell. Der Albino bewegte sich mit einer Geschwindigkeit, die Tad ihm niemals zugetraut hätte. Innerhalb eines Atemzuges hatte er die Spritze losgelassen, sich die Waffe geschnappt und war aufgestanden.

Thors Muskeln erschlafften. Tad sah zu dem Mann auf.

Der Albino ging zwei Schritte zurück und zeigte erneut sein Vampirlächeln.

„Sie Arschloch!", fauchte Liv. „Sie haben die Verletzung unseres Freundes nur ausgenutzt!"

„So, wie ich das sehe, habe ich ihn gerade hervorragend versorgt", erwiderte der Mann. „Ich gebe allerdings zu, dass es ein wesentlich besseres Gefühl ist, wenn ich die Waffe in der Hand habe."

Tad presste die Lippen zusammen. Es waren nur zwei Schritte bis zu dem Mann, wenn er ihn irgendwie überraschen könnte …

Der Albino sah ihm direkt in die Augen. „Denk nicht mal dran!" Er machte einen weiteren Schritt zurück. „Es wäre gut, wenn ihr eurem Freund noch einen Schulterverband anlegen würdet, damit die Pads stabilisiert werden."

Tad sah zu Liv. Sie nickte, während Emma bereits einen Verband aus dem Erste-Hilfe Kasten nahm. Beide richteten Thor auf, und Emma legte den Verband an.

„Gut!", sagte der Albino. „Bevor wir uns jetzt ein wenig unterhalten, sollten wir unsere Beziehung auf eine neue Grundlage stellen."

Tad schnaufte spöttisch, sah jedoch gleich darauf zu seiner Verblüffung, dass der Mann die Waffe mehrmals durchlud, bis alle Patronen aus Magazin und Lauf entfernt waren. Anschließend lehnte er die Pumpgun an die Wand: „Könnt ihr euren Freund so stützen, dass er ein paar Schritte laufen kann? Ich würde euch gerne etwas zeigen."

Eine unerwünschte Chance

Tad warf Liv und Emma einen Blick zu. Sie sahen genauso verblüfft aus, wie er sich fühlte. Der Mann ging ans andere Ende des Raums zu einem großen Schreibtisch und ließ ein riesiges Holodisplay aufleuchten.

„Traut ihr ihm?“, flüsterte Tad.

„Natürlich nicht“, wisperte Liv zurück.

Emma zuckte die Achseln.

Tad schaute hinüber zur Pumpgun. Der Mann hatte sie einfach stehen lassen. Die Patronen lagen auf dem Boden. Es wäre ein Leichtes, die Waffe zu nehmen und nachzuladen. Tad gab der Versuchung nicht nach, stattdessen beugte er sich zu seinem verletzten Freund hinab und fragte: „Kannst du ein paar Schritte gehen, Kumpel?“

Die genuschelte Antwort interpretierte er als: „Klar, ich jogg‘ da locker rüber.“ Vielleicht hieß es aber auch: „Lass mich hocken, bin hinüber.“ Tad entschied sich für die erste Variante und legte sich Thors rechten Arm über die Schulter. „Helft ihr mir?“

Die beiden Mädchen nickten. Gemeinsam stemmten sie Thor hoch, der vor Schmerz das Gesicht verzog. Sie wankten zum Schreibtisch und setzten ihren Freund auf einem HighTec Stuhl ab. Auf dem Schreibtisch befanden sich eine Wasserflasche und zwei Tabletten.

„Breitbandantibiotikum und ein starkes Schmerzmittel", beantwortete der Mann die unausgesprochene Frage. „Damit sollte es ihm schon bald wieder besser gehen. Die Wunde ist schmerzhaft, aber ich schätze, er hat nicht mehr als einen Dreiviertelliter Blut verloren. Für einen kräftigen jungen Mann ist das kein Problem."

Thor warf ihm einen finsteren Blick zu, schluckte aber kommentarlos die Tabletten.

Inzwischen hatte der Albino ein Diagramm aufgerufen. „Was ihr hier seht, ist die Umsatzentwicklung von A&M Technologies. Wie ihr unschwer erkennen könnt, betrug sie im letzten Jahr 384 Milliarden US-Dollar. Das ist etwa viermal so viel wie das Bruttoinlandprodukt der zehn ärmsten Länder der Welt zusammen. Der Gewinn lag dabei bei unglaublichen 62 Milliarden Dollar. Wie Tads kleine Freundin bereits herausgefunden hat, machte die Militärtechnologie dabei 61 Prozent des Umsatzes aus."

Tad horchte auf. Spielte der Kerl auf Tinkerbell an? Woher wusste er von ihr?

„Was ihr allerdings noch nicht wisst", fuhr der Albino fort: „Im letzten Jahr entfielen 80 Prozent des Gesamtgewinns auf diesen Bereich. Das bedeutet, ein paar wenige Menschen verdienen unermesslich viel Geld damit, dass andere Menschen effektiver getötet werden können. Der letzte Deal des Unternehmens wird dazu führen, dass Hunderttausende von Soldaten systematisch entmenschlicht werden, um ohne moralische Hemmungen andere Menschen zu töten. Was glaubt ihr, passiert mit einem Menschen, der absolut realitätsnah bereits Tausende von Feinden getötet hat, bevor er das erste Mal ein Schlachtfeld betritt? Wird er auch nur eine Sekunde nachdenken, bevor er schießt? Nein! Ein solcher Mensch wird alles auslöschen, was er als Bedrohung ansieht und noch einiges mehr.“

Warum erzählt er uns das? Tad warf einen Blick auf die Mädchen. Beide hörten schweigend zu. Emma wirkte wütend, Liv eher nachdenklich.

„Aber das ist nicht alles. Unsere ganze Gesellschaft ist krank.“ Der Albino rief eine zweite Grafik auf. „Nach neuesten statistischen Erhebungen haben 60 Prozent der Jugendlichen zwischen 13 und 18 Jahren in Deutschland bereits Cybermobbing erlebt. Was glaubt ihr, wie hoch der Anteil der Täter liegt? Ich kann's euch sagen: Nicht wesentlich niedriger. Natürlich liegen die prozentualen Anteile derjenigen, die zugeben, schon gemobbt zu haben, nur bei circa 20 Prozent. Wer gibt schon gerne zu, ein Arschloch zu sein? Und wisst ihr, was die wichtigsten Motive sind?“

Die drei Jugendlichen schüttelten den Kopf.

„Die drei meistgenannten Gründe waren: aus Langeweile, nur zum Spaß, weil's andere auch machen.“ Er ließ diese Worte einen Moment wirken, dann fuhr er fort: „Die Kinder in diesem Land quälen andere, weil ihnen langweilig ist, weil es ihnen Spaß macht oder einfach nur, weil's üblich ist!“ Der Albino sah sie an. Mit seinem blutverschmierten, bleichen Gesicht sah er aus wie ein unheimlicher Rächer.

„Was hat das mit uns zu tun?“, fragte Tad.

Die rot schimmernden Augen des Albinos fixierten ihn. „Du glaubst, das alles geht dich nichts an?“

Tad erwiderte seinen Blick: „Sagen Sie es mir!“

„Dein Zimmer, dein Fahrrad, dein Smartpalm und all der schicke Schnickschnack, den du brauchst, um in virtuellen Welten den Held zu spielen, ist mit dem Blut anderer Menschen erkauft. Du gehörst zu den reichsten drei Prozent dieser Welt. Was glaubst du, woher dein Vater sein Geld hat? Du fühlst dich gut, wenn du in diversen Onlinegames viele Punkte machst. Hast du jemals darüber nachgedacht, was dir diese Punkte einbringen? Du bekommst sie dafür, Gegner abzuknallen."

„Jetzt spielen Sie hier nicht den Moralapostel. Das sind doch nur Games!"

„Natürlich, es sind nur Games. Du zockst gegen die Langeweile, nur zum Spaß und überhaupt – alle anderen machen es doch auch." Der Albino lächelte. „Was glaubst du, machen diese Spiele mit dir? Denkst du, sie bleiben wirkungslos?"

Tad sah das blutverschmierte Gesicht des Mannes und presste die Lippen zusammen.

Der Albino ließ seinen Blick über die Jugendlichen schweifen und blieb schließlich an Liv hängen. „Wenn euch jemand fragen würde, ob ihr das Böse hasst, würdet ihr immer sagen: Natürlich! Er schwieg einen Moment und fuhr leise fort: „Aber wenn ihr ganz ehrlich seid, wisst ihr, es gibt etwas Dunkles in euch. Etwas, das es liebt, Macht zu haben und zu zerstören."

Tad wartete darauf, dass Liv ihm widersprach, doch sie tat es nicht. Stattdessen starrte sie den Mann mit versteinertem Gesicht an.

Der Albino wandte sich Tads Schwester zu: „Möglicherweise denkst du jetzt: Das geht mich nichts an. Ich zocke nicht. Ich kann diesen ganzen virtuellen Quatsch nicht leiden. Das hindert dich trotzdem nicht daran, den mit Menschenblut erkauften Luxus deines Lebens zu genießen."

Emmas Augen blitzten vor Zorn, sie wollte etwas erwidern, aber der Mann fuhr fort: „Abgesehen davon könnte es interessant sein, darüber nachzudenken, warum du dich für diese Cyberabstinenz entschieden hast. Es liegt keinesfalls an der ganzen Wut, die in dir steckt, und die du mit Vorliebe auf deinen Vater projizierst. Es ist auch keine Buße, wie man vielleicht meinen könnte. Nein, es ist die nackte Angst, dass herauskommen könnte, was du getan hast."

Verblüfft blickte Tad zu seiner Schwester. Sie war so blass geworden, dass er fürchtete, sie würde gleich das Bewusstsein verlieren.

„Möchtest du wissen, wie es Lilly heute geht?", fragte der Albino sanft.

Lilly? Wer zum Henker war Lilly? Tad starrte seine Schwester an. Tränen füllten ihre Augen. Plötzlich fiel es ihm ein. Es mochte ungefähr zwei Jahre her sein, in etwa zu der Zeit, als Dad ausgezogen war. Tad war zufällig in Emmas Zimmer gekommen und hatte gesehen, wie sie das Foto eines hübschen Mädchens an ihre Zimmerwand gepinnt hatte.

„Wer ist das denn?", hatte er gefragt.

„Lilly."

„Eine Freundin von dir?"

„Nein!", hatte Emma mit einer Kälte erwidert, die ihm einen Schauer über den Rücken gejagt hatte. Anschließend hatte sie einen Dartpfeil aus ihrer Schublade genommen und auf das Mädchen geworfen. Sie hatte direkt ins Auge getroffen.

Achselzuckend war Tad hinausgegangen. Später hatte er zufällig mitbekommen, dass diese Lilly die Schule verlassen hatte. Damals hatte ihn das nicht sonderlich interessiert.

Emma sah den Albino an. „Ja", flüsterte sie. „Ich würde gerne wissen, wie es ihr heute geht."

Zum ersten Mal wirkte der Mann überrascht. „Vor zwei Monaten hat sie ihre Therapie abgeschlossen. Mittlerweile besucht sie die dritte Schule, aber es sieht fast so aus, als würde sie es diesmal schaffen."

„Wer sind Sie?", fragte Liv. „Woher wissen Sie soviel über uns?"

„Nun, ich denke, ihr habt ein Recht, das zu erfahren. Mein Name ist Randolf Aaron."

Tad fiel die Kinnlade herunter.

„Der Randolf Aaron?", fragte Liv.
„Ja."
„Wollen Sie uns verarschen?", entfuhr es Tad.
„Keineswegs."
„Moment mal", meldete sich Emma zu Wort. „Kann mich mal jemand aufklären? Wer ist der Randolf Aaron?"
„Er ist einer der beiden Firmengründer und Mitinhaber von A&M Technologies", erklärte Liv. „A&M steht für Aaron und Miller."
„WAS?", Emmas Augen wurden groß.
Tad starrte den Albino an. Randolf Aaron hatte in IT-Kreisen als das Genie hinter den Kulissen gegolten. Er war geradezu zu einer mystischen Gestalt geworden. Den geschäftlichen Teil und die Auftritte in der Öffentlichkeit übernahm dagegen sein Partner Jeff Miller.
„Dann ist es Ihre eigene Firma, die Sie hier anprangern?", fauchte Emma. „Sie spielen den großen Moralapostel, obwohl Sie selbst für den ganzen Mist verantwortlich sind? Wie schizo ist das denn?"
„Meine eigene Firma trifft es leider nicht ganz", erwiderte der Albino. „A&M Technologies ist eine Aktiengesellschaft."
„An der die Gründer immer noch 51 Prozent halten", warf Liv ein. „Damit treffen Sie alle Entscheidungen!"
„Du vergisst, dass es zwei Gründer sind. Ich halte einen Anteil von 25,5 Prozent. Es ist problemlos möglich, mich zu überstimmen – und das geschieht in letzter Zeit nur allzu häufig."
„Und weil es in Ihrer Firma nicht mehr so läuft, wie Sie es gerne hätten, gibt es Ihnen das Recht, unser Leben kaputt zu machen?" Tad spürte, wie sein Puls zu rasen begann. „Sie hätten uns beinahe umgebracht."
„Das ist Unsinn", erwiderte der Albino. „Niemand wurde ernsthaft verletzt."

Tad starrte den Mann fassungslos an. Bevor er ihn wütend anschreien konnte, legte Liv beruhigend ihre Hand auf seine Schulter. „Sie haben Area 3 programmiert", wandte sie sich an Randolf Aaron.

„Ja."

„Dann haben Sie auch die Toröffnerin eingeführt", fuhr sie fort.

„Ja", gab Randolf Aaron unumwunden zu. „Und nicht nur das, wir sind uns in Area 3 schon häufiger über den Weg gelaufen."

„Sie sind der Echsenmann?"

Der Albino nickte. „Des Öfteren."

„Sie haben uns die Cyberhelme und die SPS zugeschickt", fuhr Liv fort. „Und Sie sind auch für all die Veränderungen des Programms zuständig. Sie haben uns in eine höhere Realität gelockt und uns dort leiden lassen."

„Das ist korrekt", bestätigte der Mann trocken.

„Aber warum?", keuchte Thor. Es war das erste Mal, dass er sich meldete. Tad war überrascht, dass sein Freund in diesem Zustand überhaupt alles mitbekommen hatte.

„Sind Sie ein Sadist?", fuhr Emma auf. „Macht es Ihnen Spaß, andere leiden zu sehen?"

„Nein", der Albino schüttelte den Kopf. „Ich wollte euch eine Chance geben."

„Hä?", entfuhr es Tad.

„Ich wollte euch und euren Eltern die Chance geben zu lernen."

„Zu lernen?", echote Emma fassungslos.

„Ja. Wisst ihr, die schlimmsten Diktatoren, die größten Mörder und Verräter haben keine Ahnung von ihren Opfern. Sie haben nicht den Hauch einer Vorstellung, wie es ihnen geht – es interessiert sie nicht. Es geht ihnen nur um sich selbst, um die Durchsetzung ihrer Interessen oder ihrer perversen Fantasien. Noch immer wird viel über die virtuelle

Realität gesprochen, als wäre sie ein technisches Problem, aber das ist Unsinn. Jeder Mensch, der nur sich selbst sieht, lebt in einer virtuellen Realität. Er verliert den Bezug zur Wirklichkeit – mit grausigen Folgen. Davor wollte ich euch bewahren. Ihr solltet die Möglichkeit erhalten, bessere Menschen zu werden."

„Sind Sie größenwahnsinnig?", fuhr Tad auf. „Was gibt Ihnen das Recht, uns all diese Dinge anzutun?"

„Ich habe euch gar nichts angetan", erwiderte der Mann. „Das wart ihr selbst. Erinnert ihr euch nicht? Alles, was euch nach den Begegnungen mit der Toröffnerin widerfuhr, war das, was ihr zuvor anderen angetan hattet." Er sah einen nach dem anderen an. „Ich habe euch die Möglichkeit gegeben, die andere Seite zu sehen, mehr nicht. Und, wenn ihr euch recht erinnert: Ich habe euch niemals dazu gezwungen. Es war stets eure eigene Entscheidung."

Tad schwieg. Auf ziemlich abgedrehte Art und Weise machte es Sinn, was der Albino sagte.

„Was haben unsere Eltern damit zu tun?", fragte Liv. „Sie haben gesagt, Sie wollten auch unseren Eltern die Möglichkeit geben zu lernen."

„Den meisten Menschen ist vollkommen egal, was anderen passiert, solange nicht diejenigen betroffen sind, die sie lieben. Eure Eltern lieben euch, soviel kann ich sagen. Sie haben mit euch gelitten. Tad, dein Vater hat geweint, als er dich brennen sah. Ich habe ihn noch nie weinen sehen. Und Liv, deine Mutter bereut vieles von dem, was sie nicht getan hat. Sie bereut sehr, dass sie dich so oft im Stich ließ."

„Also halten Sie unsere Eltern gefangen?", fragte Tad.

„Formulieren wir es so: Ich habe dafür gesorgt, dass Sie all eure Erfahrungen mit euch teilen konnten."

„Warum?", bohrte Tad nach.

„Weil sie es verdient haben."

Tad kniff die Augen zu schmalen Schlitzen. Die Wut, mit der Randolf Aaron diese Worte ausgespien hatte, zeugte von persönlicher Betroffenheit. Auch Liv schien das bemerkt zu haben: „Was haben unsere Eltern getan, dass sie so viel Hass verdient haben?"

„Ich hasse sie nicht", erwiderte der Albino. „Eure Eltern tragen lediglich die Konsequenzen ihres Verhaltens."

„Schon klar", schnaufte Tad, „und zu Heiligabend bringt der Weihnachtsmann die Geschenke. Jeder Trottel kann sehen, dass es hier um etwas Persönliches geht. Also, was werfen Sie unseren Eltern vor?"

Der Albino schwieg.

„Sie wurden ausgebootet", sagte Liv plötzlich. „Ihre Firma hat Entscheidungen gegen Ihren Willen getroffen! Man hat Sie hintergangen, und unsere Eltern waren daran beteiligt."

„Also haben Sie uns benutzt, um sich an unseren Eltern zu rächen", rief Emma.

„Persönliche Gefühle haben keine Rolle gespielt", erwiderte der Mann. „Ich habe stets Gerechtigkeit walten lassen. Auge um Auge, Zahn um Zahn. Jeder hat nur das bekommen, was er verdient."

Tad spürte, wie er immer wütender wurde: „All dieses selbstgefällige Gerede von Moral und Gerechtigkeit ist doch völliger Blödsinn! Sie haben versucht, uns umzubringen!"

„Nein. Ich sagte bereits. Ich hatte eure Vitalwerte stets im Blick. Nichts von dem, was euch in Area 3 widerfuhr, war gefährlich."

„Ich rede nicht von Area 3!", fuhr Tad auf.

„Du meinst, die Fehlfunktion in der ZÖV? Das war ein bedauerlicher Unfall. Um die höhere Virtual Reality hinter den Toren zu gewährleisten, musste ich auf öffentlich genutzte Server zugreifen. Das hat zu einem kurzfristigen Systemabsturz geführt. Der Beinahe-Zusammenstoß tut mir sehr leid, ich habe meinen Fehler danach sofort korrigiert."

„Vergessen Sie die ZÖV", fuhr Emma ihn an. „Sie haben die Servicesoftware unseres Hauses gehackt, sodass sie mit allen Mitteln versucht hat, uns umzubringen. Wissen Sie, was für ein Scheißgefühl es ist, in einem engen Raum eingesperrt zu sein, wenn das Wasser langsam steigt und man weiß, dass man in den nächsten Minuten ertrinken wird?"

Der Albino runzelte die Stirn.

„Tad wäre beinahe von einer explodierenden Mikrowelle zerfetzt, von unserem Rasenmäher geschreddert und von unserem Auto zerquetscht worden", fuhr Emma fort. „All das waren sicherlich auch nur die Folgen überlasteter Server, nicht wahr?"

„Wann war das?", fragte Randolf Aaron. Die schorfige Kruste auf seinem Gesicht machte es schwer, seine Emotionen zu lesen, aber er wirkte irritiert.

„Das wissen Sie doch ganz genau!", fuhr Emma ihn an. „Genauso, wie Sie sich diese bescheuerte Geschichte mit den Bioterroristen ausgedacht haben. Die U-Bahn hätte uns beinahe zerquetscht. Ich will nicht wissen, wie viele Menschen bei diesem Manöver verletzt wurden."

„Moment, ihr wollt sagen, ihr wart dort unten, als das U-Bahn-Leitsystem abstürzte?", fragte er.

„Jetzt tun Sie doch nicht so unschuldig!", keuchte Thor. „Sie haben JB entführt! Sie haben mich mit ihren mutierten Kakerlaken angegriffen!"

„Mutierte Kakerlaken?", fragte der Albino verblüfft.

Thor ließ ihn nicht ausreden: „Und als wir entkommen konnten, haben Sie versucht, uns alle gemeinsam umzubringen. Zuletzt, indem sie eine ganze Flotte an Postdrohnen auf uns gehetzt haben."

„Das war ich nicht!", widersprach Randolf Aaron. „Jemand wollte verhindern, dass ihr mich findet."

Emma schnappte empört nach Luft. Thor winkte verächtlich ab und zuckte gleich darauf vor Schmerz zusammen. Tad war sich nicht mehr so sicher. Warum sollte der Kerl einen Teil seiner Taten unumwunden zugeben und dann plötzlich unschuldig tun? Er mochte sich täuschen, aber für ihn hatte Randolf Aaron überrascht gewirkt, als sie ihm von den Mordversuchen erzählten. Aus diesem Grund so fragte er sich, warum der Albino erst die Postdrohnen auf sie hetzen und dann mit Hilfe von Leuchtkugeln und einer Pumpgun aufhalten sollte? Warum hat er ihnen nicht einfach einen neuen Befehl gegeben? Tad blickte zu Liv. Sie wirkte ebenfalls nachdenklich. Er erinnerte sich daran, dass ihm auch in Area 3 eine Veränderung aufgefallen war: Am Anfang war ihm die geflügelte Frau wie eine Art Schiedsrichterin erschienen, aber irgendwann war sie zu einer Scharfrichterin geworden.

„Sie haben die Kontrolle verloren!", sagte Liv plötzlich und sprach damit den gleichen Gedanken aus, der Tad gekommen war.

„Ganz so drastisch würde ich es nicht formulieren", entgegnete Randolf Aaron. „Aber ich gebe zu, dass es in letzter Zeit ein paar Schwierigkeiten gibt!"

„Schwierigkeiten?", schrie Tad. „Haben Sie nicht zugehört! Wir wären beinahe draufgegangen! Sie haben ihren hässlichen Cyber-Rambo nicht mehr unter Kontrolle. So sieht es aus!"

„Schon mal was von Shakespeare gehört?", schnaufte Thor. „Die Geister, die ich rief, werde ich nicht mehr los!"

„Das ist Goethe", warf Liv ein.

„Ist doch scheißegal", knurrte Thor.

„Moment Mal, wovon redet ihr?", unterbrach der Albino. „Was für ein Rambo?"

„Als ob Sie das nicht wüssten", spottete Thor. „Er tauchte plötzlich auf dem Werbedisplay in der U-Bahn auf, als der Zug mit vollem Tempo auf die Endstation zuraste – sah ziemlich gruselig aus.“

Emma erschauerte „Er redete die ganze Zeit davon, dass wir sterben würden.“

„Wie sah dieser Kerl aus?“, hakte Randolf Aaron nach.

„Wenn Sie mich fragen, wie ein Neandertaler in ′nem Businessanzug“, meinte Thor.

„Zum ersten Mal tauchte er auf, als Lee gehackt wurde“, erinnerte sich Tad. „Plötzlich verwandelte sich das Gesicht von Lee – das war wirklich unheimlich. Der Typ sagte dann, er sei nicht Lee, sondern …“

„ADAM!“, unterbrach ihn der Albino.

„Ja, genau so nannte er sich.“

Randolf Aaron reagierte nicht auf Tads Worte. Es schien als habe er sie gar nicht gehört. Die Worte, die er jetzt sprach, galten nicht ihnen: „Diese Wahnsinnigen haben ADAM von der Leine gelassen.“

Beim Klang seiner Stimme lief Tad ein Schauer über den Rücken. Nacktes Entsetzen schwang darin mit.

ADAM

Die Hände des Albinos zitterten. Er umklammerte die Tischkante und sah aus, als würde er gleich zusammenbrechen. Tad schob ihm hastig einen Stuhl hin.

Randolf Aaron setzte sich. Er atmete schwer und zerrte an seinem Hemdkragen, als würde er nicht genug Luft bekommen.

„Alles okay?“, fragte Tad, was ziemlich unnötig war, denn es war nicht zu übersehen, dass es dem Mann schlecht ging.

„ … Spray“, krächzte der Albino. „… Schublade.“ Schweißtropfen hatten sich auf seiner Stirn gebildet, seine Lippen hatten eine bläuliche Färbung angenommen.

Liv hastete um den Tisch herum, riss die Schublade auf und holte ein kleines Sprühfläschchen hervor. „Das hier?“

Der Albino nickte. Als Liv ihm das Fläschchen gab, zitterten die Hände des Mannes so stark, dass er kaum den Verschluss aufbekam. Er sprühte sich das Medikament unter die Zunge. „Brauch … ‘n Moment“, schnaufte er.

Tad und Liv warfen sich besorgte Blicke zu. Was sollten sie tun, wenn der Mann vor ihren Augen zusammenbrach?

„Haben Sie Durst?“, fragte Emma.

Der Mann nickte.

Sie sah sich suchend um, entdeckte auf einer Kommode eine Wasserflasche und brachte sie ihm.

Lange Minuten saß Randolf Aaron einfach nur da und schnappte nach Luft. Nach einer Weile schien es ihm etwas besser zu gehen. Er schraubte die Flasche auf und trank gierig. Ächzend stellte er die Flasche zurück. „Danke! Ohne das Medikament wäre ich schon tot." Er wischte sich den Mund ab. „Herzinsuffizienz", fügte er erklärend hinzu. Stirnrunzelnd betrachtete er den roten Striemen auf seinem Handrücken, den sein blutiges Gesicht hinterlassen hatte.

„Wollen Sie sich waschen?", schlug Liv vor.

„Sie sehen aus wie Graf Dracula!", ergänzte Tad. Er aktivierte die Kamera seines Smartpalms und zeigte Aaron sein Holobild.

„In der Tat", murmelte der Mann.

Liv hatte eine Packung Taschentücher aus der Schublade hervorgeholt und reichte sie ihm. Gedankenverloren wischte er sich das Blut aus dem Gesicht.

„Wer oder was ist ADAM?", fragte Liv.

Randolf Aaron antwortete nicht gleich. Stattdessen faltete er das blutige Taschentuch umständlich zusammen und legte es auf den Tisch. Tad runzelte die Stirn. Gerade als er nachbohren wollte, atmete der Albino tief ein und sagte: „ADAM ist oder war eigentlich nur ein Experiment. Die Buchstaben stehen für Actuel Demonstration of an Autonomous Mind-simulation. Das bedeutet soviel wie …"

„Künstliche Intelligenz!", unterbrach ihn Liv.

„Ja."

„Was haben wir damit zu schaffen?", fragte Tad. „Warum will dieser ADAM uns umbringen? Wo sind unsere Eltern? Und was ist mit JB?"

„Das sind berechtigte Fragen." Der Albino verstummte und starrte kurz ins Nichts. Plötzlich richtete er sich auf und sagte: „Gebt mir zehn Minuten, dann werde ich euch alles sagen, was ich weiß."

„Was wollen Sie in diesen zehn Minuten machen?", fragte Tad.

Randolf Aaron erwiderte seinen Blick. „ADAM suchen", entgegnete er.

Tad sah hinüber zu seinen Freunden. Liv nickte, Thor zuckte mit den Achseln und verzog gleich darauf schmerzhaft das Gesicht und Emma hob die Brauen, als wolle sie sagen: Ist mir egal.

„Gut", sagte Tad.

Der Albino zog die Tastatur auf dem Schreibtisch an sich heran und begann in unglaublicher Geschwindigkeit, Befehle einzugeben. Kryptische Datenzeilen erschienen auf dem Bildschirm. Es tauchten Grafiken auf, Warnmeldungen, Ausschnitte diverser Nachrichten, Fotos und noch mehr Daten.

Während die Flut an Informationen den Holoschirm füllte, murmelte der Albino halblaut vor sich hin. Was Tad aufschnappte, war nicht dazu angetan, ihn zu beruhigen. „Sie haben doch nicht … das kann doch nicht … diese Wahnsinnigen … vollkommen verrückt geworden? … viel schlimmer, als ich dachte … überall … wie kann er nur so unglaublich schnell … verdammt! … und ich dachte … VERFLUCHT!" Die letzten Worte brüllte der Mann so laut, dass alle erschrocken zusammenzuckten. Er hieb mit der Faust auf den Schreibtisch. Im nächsten Moment schwankte er und ließ sich kraftlos zurück in seinen Stuhl sinken.

„Äh, ich nehme an, Sie haben ADAM gefunden?", bemerkte Tad.

Der Albino schnaufte. „Es ist schlimmer, viel schlimmer, als ich befürchtet habe."

„Großartig", brummte Thor. „Da fühle ich mich gleich viel besser."

Randolf Aaron verzog die Lippen zu einem humorlosen Lächeln. „Zumindest weiß ich jetzt, dass ihr nicht für die Angriffe verantwortlich seid."

„Was für Angriffe?", fragte Liv.

„Sagen wir mal so: Jemand hat versucht, mir zu schaden. Es gab Details, die auf euch hinwiesen."

Tad ahnte, dass die Sache nicht so harmlos gewesen war, wie die nüchternen Worte des Mannes suggerierten. „Hatten Sie deshalb die Pumpgun dabei?", fragte er.

Randolf Aaron nickte. „Zur Selbstverteidigung."

Liv verzog das Gesicht. „Da Sie ja jetzt wissen, dass wir keine Killer sind, können Sie uns sagen, was mit unseren Eltern und mit JB geschehen ist?"

„Es geht ihnen gut. Das verspreche ich euch."

„Geht's nur mir so oder klingt das nicht wirklich überzeugend?", meldete sich Thor zu Wort.

„Wo sind sie?", hakte Tad nach.

„An einem sicheren Ort. Momentan ist es etwas schwierig, die Verbindung aufrecht zu erhalten, weil ADAM uns permanent attackiert, aber wenn ihr etwas Geduld habt, werde ich sie euch zeigen."

Tad runzelte die Stirn. „Ich denke, es ist an der Zeit, uns zu erklären, was es mit ADAM auf sich hat."

„Das ist eine längere Geschichte."

„Hab ich schon befürchtet", knurrte Thor.

„Schießen Sie los", forderte Emma den Mann auf.

Randolf Aaron nickte. „Gut. Wenn ich fertig bin, werdet ihr verstehen, dass ich keine andere Wahl hatte. Ich musste es tun!"

„Was genau meinen Sie damit?", fragte Tad.

Der Albino lächelte schmallippig. „Vor ungefähr zehn Jahren begannen wir ein selbstständig lernendes, autonomes System zu entwickeln. Wir tauften das Projekt ADAM. Das erschien uns passend, da es auf der Simulation der hochkomplexen neuronalen Verknüpfungen eines menschlichen Gehirns basierte."

„Sie haben versucht, ein Gehirn nachzubauen?", hakte Thor nach.

„Nicht ganz, aber wir nutzten ein ähnliches Prinzip. ADAM machte sich nicht schlecht, aber er benötigte enorme Rechnerleistungen, um seine Aufgaben bewältigen zu können. Außerdem arbeiteten mindestens zwei Dutzend Konkurrenten ebenfalls an einer künstlichen Intelligenz, und einige waren weiter als wir. Ich hielt ADAM für Zeitverschwendung, aber Jeff wollte unbedingt an dem Projekt festhalten. Er war völlig vernarrt in ADAM. Für ihn war dieses Projekt die Zukunft. Schließlich einigten wir uns darauf, die Aufgaben aufzuteilen. Ich würde mich um unsere Medizinprodukte, Drohnen und die Unterhaltungssparte kümmern. Jeff nahm ADAM unter seine Fittiche und stellte ein Team zusammen, das weiter daran arbeiten sollte. Zudem übernahm er komplett den geschäftlichen Part, der mir schon immer zuwider gewesen war. Es klang gut, damals." Langsam schüttelte er den Kopf.

„Was geschah dann?", fragte Liv.

„Wir brachten sehr erfolgreiche Games auf den Markt. Ihr werdet die meisten davon kennen."

„Nein." Tad schüttelte den Kopf. „nicht die meisten. Wir kennen alle."

Ein Lächeln huschte über das blasse Gesicht des Mannes. „Die Spiele liefen gut, und auch im Bereich der Medizinprodukte hatten wir Erfolg. Dennoch standen wir kurz vor der Pleite. Als ich mir unsere Zahlen genauer ansah, stellte ich fest, dass wir Unmengen in die Forschung und Entwicklung steckten, aber meine Bereiche verbrauchten nur einen Bruchteil davon. Das ganze Geld landete woanders. Ich wusste sofort, was das zu bedeuten hatte."

„ADAM", warf Liv ein.

Der Albino nickte. „Ich stellte Jeff zur Rede. Du verbrennst unser Geld!, warf ich ihm vor.

Er wollte mich vertrösten und erklärte mir, dass manche Dinge Zeit bräuchten und ähnliches. Ich stellte ihm ein Ultimatum: Sorge dafür, dass ADAM Geld bringt, oder ich steige aus.

Jeff war ganz blass geworden. Damals wäre das sein Untergang gewesen. Er brauchte mich. Also gut, fauchte er. Ich sorge dafür, dass Geld reinkommt. Dafür brauchen wir einen Investor.

Ich sagte ihm: Mach, was du willst, aber sorg' dafür, dass wir wieder in die schwarzen Zahlen kommen!

Er nickte nur, und ich war zufrieden." Der Albino atmete tief ein und wieder aus. „Ich konnte doch nicht ahnen, was ich damit auslösen würde."

„Was geschah danach?", bohrte Emma nach.

„Wir gingen an die Börse. Alle prophezeiten uns einen Flop, aber mehrere Investoren stiegen groß ein und schwemmten frisches Geld in unsere Firma. Kurz darauf holte Jeff seinen ersten großen Auftrag herein. Es ging um IT-Lösungen und Ausbildungsprogramme für die Bundeswehr. Am Ende des Jahres waren wir satt in den schwarzen Zahlen. Nach einem weiteren halben Jahr befanden wir uns auf der Überholspur, und am Ende des zweiten Jahres fuhren wir den größten Gewinn in der Geschichte des Unternehmens ein.

„Das klingt doch gut", sagte Thor.

„Ja", bestätigte Randolf Aaron. „Es klang gut und es war mir absolut nicht geheuer. Also stellte ich Nachforschungen an. Dabei stellte ich fest, dass uns einige seltsame Zufälle geholfen hatten, an unseren größten Auftrag heranzukommen. Ich fasse kurz zusammen: Eine Explosion in einem Forschungszentrum unserer schärfsten Konkurrenz, ein Jagdunfall, bei dem Oberst Gutzow, Abteilungsleiter im Bundesamt für Ausrüstung, Informationstechnik und

Nutzung der Bundeswehr auf tragische Weise ums Leben kam, und ein kritischer Journalist, der scheinbar über Nacht drogenabhängig geworden war und fristlos entlassen wurde. All das war besorgniserregend. Als ich mir schließlich unsere Kundendatei genauer ansehen wollte, wurde ich plötzlich von meinem eigenen System ausgeschlossen. Natürlich stellte ich Jeff erneut zur Rede.

Doch er lächelte mich an und sagte: Wir sind in den schwarzen Zahlen, das ist es doch, was du wolltest.

Aber nicht um jeden Preis!, fuhr ich ihn an. Es sind Leute ums Leben gekommen.

Jeff zuckte lediglich die Achseln. Unfälle würden eben passieren.

Ich hatte das Gefühl, dass mein Partner nicht so gleichgültig war, wie er tat. Ich packte ihn an den Schultern und beschwor ihn: Sag mir, was du mit diesen Unfällen zu tun hast!

Er schwor mir, dass sowohl er als auch sein Team von diesen Geschehnissen genauso überrascht gewesen seien wie ich.

Aber mir war klar, dass all das kein Zufall war. Ich hatte mich schlau gemacht. Unsere Konkurrenz hatte den Deal schon im Sack gehabt, bevor es diese verheerende Explosion gab und sie ihr Angebot nicht aufrechterhalten konnten. Oberst Gutzow war ganz offensichtlich kein Freund von A&M Technologies gewesen. Erst nach seinem Tod, hatten wir überhaupt die Chance ein Angebot zu machen. Und dieser Journalist war auf Cyberkriminalität und Korruption spezialisiert. Es gab Leute, die behaupteten, er sei an einer ganz großen Sache dran gewesen, bevor sein Leben plötzlich ruiniert wurde. Irgendetwas verschwieg Jeff mir. Er war offensichtlich nervös, allerdings – und das war das eigentlich Erstaunliche – nicht wegen mir.

Warum komme ich in mein eigenes System nicht mehr rein?, hakte ich nach.

Mein Partner lächelte. Vielleicht ist es dir noch nicht aufgefallen, aber seit kurzem ist der Staat unser Kunde, erklärte er mir. Da gibt es Verschwiegenheitsvereinbarungen, die du noch nicht unterschrieben hast. Er bat mich, das Ganze noch einmal in Ruhe zu besprechen. Seine Stimme klang entspannt, aber sein Griff, mit dem er meinen Arm packte, war so fest, dass es wehtat.

Wir fuhren quer durch die Stadt bis in den Grunewald. Die Smartpalms ließen wir im Auto. Im Wald angekommen, stellte ich ihn zur Rede: Wer aus deinem Team ist für diesen Mist verantwortlich?

Niemand, erwiderte er.

Erzähl keinen Blödsinn, schimpfte ich. Irgendjemand von euch muss doch die Strategie für diesen Deal entworfen haben.

Wieder schüttelte er den Kopf. Sein darauffolgendes Lächeln wirkte gequält. Es war nicht jemand, es war etwas.

Eine halbe Minute lang starrte ich ihn mit offenem Mund an, bis mir alles klar wurde. ADAM! Sie hatten ADAM die ganze Strategie entwerfen lassen. Er war zur Lösung komplexer Probleme gebaut worden. Wie sich herausstellte, hatte ADAM nicht nur die Strategie entworfen, sondern die Operationen auch umgesetzt."

„Wie das?", unterbrach ihn Tad. „Wie konnte ein Programm einen Jagdunfall verursachen?"

„Indem es viele kleine Rädchen in Gang setzt, die handeln, ohne das große Ganze zu verstehen. Menschen sind käuflich, und über das Darknet kriegst du alles, was du willst."

„Also wusste Ihr Partner, dass ADAM gemordet hatte?", sagte Emma. „Warum hat er das Programm nicht sofort beendet?"

„Er stufte das Ganze als bedauerlichen Fehler ein."

„Was?"

„Nach Jeffs Ansicht, hatten sie ADAM einfach nur zu früh eingesetzt. Es müssten noch ein paar Details korrigiert werden, dann wäre alles in Ordnung.“

„Aber Menschen sind gestorben“, rief Liv. „Das sind doch keine Details.“

„Dasselbe sagte ich ihm auch“, erwiderte der Albino.

„Und, was sagte Jeff Miller dazu?“, fragte Tad.

„Für ein Programm schon.“

Einen Moment lang herrschte betroffenes Schweigen. Randolf Aaron fuhr fort: „Ich war genauso schockiert, wie ihr. Aber aus der Perspektive eines Programmierers hatte er recht. Es waren nur ein paar neue Codes nötig, um zu bewirken, dass eine Software anders über Leben und Tod unterschied als zuvor. Zudem, erklärte er mir, gäbe es keinerlei Beweise, dass wirklich ADAM dahinter stecken würde. Auf bloße Vermutungen hin würde er das Projekt niemals beenden. Versteh doch!, sagte er. ADAM ist brillant! Er ist in der Lage, absolut Großartiges zu vollbringen. Dabei spreche ich nicht nur davon, uns reich zu machen. Mit ADAM können wir die großen Probleme der Menschheit angehen.

Irgendwann unterbrach ich ihn: Du kannst nicht einfach ignorieren, was geschehen ist!, sagte ich. Ihr seid verantwortlich für den Tod von Menschen.

IHR?, fragte er und warf mir einen spöttischen Blick zu. Du hast mir doch die Pistole auf die Brust gesetzt und mich dazu gedrängt, ihn zum Einsatz zu bringen.

Ich war erschüttert. Natürlich fielen mir sofort jede Menge Argumente dagegen ein. Mit Sicherheit hatte ich nicht gewollt, dass Menschen zu Schaden kamen. Ich hatte ja nicht einmal gewusst, wozu ADAM in der Lage war, aber schon im gleichen Moment meldete sich mein schlechtes Gewissen: Natürlich hätte ich es wissen können, wenn ich erst Fragen gestellt hätte, bevor ich Jeff ein Ultimatum gestellt hatte. Wir müssen zur

Polizei und uns stellen!, stieß ich schließlich hervor.

Doch Jeff lachte nur. Was, um Himmels Willen, sollen wir der Polizei sagen? Dass wir unser Programm verdächtigen, Menschen getötet zu haben?

Ich wurde wütend: ADAM sei unser Programm. Wir würden ja wohl nachweisen können, was es in Gang gesetzt hatte.

Doch Jeff schüttelte den Kopf. Es ist nicht unser Programm, es ist meins. Ich und mein Team haben es geschaffen. Du hast damit nichts zu tun. Ganz unabhängig davon: Selbst ich kann nicht nachweisen, was ADAM in den letzten Tagen getan hat. Ein Teil seines virtuellen Gedächtnisses ist gelöscht worden.

Wie konnte das passieren?, fuhr ich ihn an.

Jeff lächelte mich an: Ich habe nicht die leiseste Ahnung, aber hab keine Sorge, ich werde ADAM an die Leine legen. Wir werden den Quellcode anpassen und dafür sorgen, dass niemand zu Schaden kommt. ADAM wird sich nur noch in seinem autarken Netzwerk bewegen. Er wird nie wieder freikommen. Das verspreche ich dir.

Das reicht mir nicht, erwiderte ich. Ab sofort will ich wissen, was da läuft.

Jeff lächelte und sagte: Das verstehe ich. Gleich nachher rufe ich im Bundesamt an und bitte darum, dir eine Freigabe zu erteilen."

Randolf Aaron senkte den Blick. „Diese Freigabe habe ich bis heute nicht erhalten."

Die Jugendlichen starrten ihn an. Was er erzählt hatte, klang einfach unglaublich.

„Was ist dann passiert?", fragte Emma.

Der Albino nahm einen Schluck aus der Wasserflasche. „Ich ging in die Firma zurück, mit dem festen Willen, ADAM zur Strecke zu bringen. Dazu musste ich mit den Leuten reden, die ihn entwickelt haben. Jeffs Team bestand nicht nur aus Programmierern, es gehörten auch externe Marketingexperten und sogar ein Offizier der Bundeswehr dazu.“

Tad beschlich ein ungutes Gefühl. Programmierer, Marketingexperten, ein Offizier der Bundeswehr – sprach er etwa von ihren Eltern? Tad sah zu Liv hinüber. Sie erwiderte seinen Blick. Er hatte den Eindruck, dass sie das gleiche dachte.

„Ich sprach mit jedem einzelnen, versuchte, ihnen ins Gewissen zu reden.“ Der Albino lächelte bitter. „Aber genauso gut hätte ich auch gegen eine Wand reden können. Alle beriefen sich auf ihre Schweigepflicht. Also forschte ich auf eigene Faust weiter und fand schließlich ein paar Aufzeichnungen aus der Anfangsphase, als Jeff das Projekt übernommen hatte. Um ADAM effektiver zu machen, war er auf die Idee gekommen, eine künstliche Evolution in Gang zu setzen. Er wollte auf ADAM die gleichen Prinzipien anwenden, die den Menschen zur herrschenden Spezies auf diesem Planeten gemacht hatten. Also baute er in ADAMS Quellcode den unbedingten Willen zum Überleben ein, und konfrontierte ihn im nächsten Schritt mit einem gnadenlosen Kampf auf Leben und Tod.“

„Kampf ums Überleben für ein Computerprogramm? Wie soll das denn gehen?“, fragte Emma verblüfft.

„Sobald ADAM eine Aufgabe nicht erfolgreich bewältigen oder ein Angriff auf das System nicht effektiv genug abwehren würde, drohte die Löschung des gesamten Quellcodes.“

„Und?“, hakte Tad nach.

„Offenbar funktionierte es: ADAM lernte schnell, wie wir jetzt wissen. Er war sozusagen gnadenlos effektiv!“ Randolf lächelte humorlos. „Da es mir unmöglich war, an weitere Informationen zum Projekt heranzukommen, selbst unsere Buchhaltung unterlag angeblich der Schweigepflicht, wollte ich mir anderweitig einen Überblick verschaffen. Daher verbündete ich mich mit dem Journalisten, der angeblich drogensüchtig geworden war. Er war ein findiger Kerl und verfolgte die Geldströme. Es stellte sich heraus, dass wir nicht nur von Bundeswehr und NATO bezahlt worden waren, sondern über verschiedene Konten Gelder aus Uganda, Weißrussland, China und Nordkorea erhalten hatten. Mein neuer Gehilfe reiste zu den Cayman Islands, um mehr über diese Konten herauszufinden – und kehrte nie wieder zurück."

Tad schluckte.

„Ich sprach mit einem befreundeten Polizisten. Er war schockiert und versprach, mir zu helfen. Zwei Wochen später trat er kurzfristig einen Job beim Bundeskriminalamt in Wiesbaden an. Seine Familie blieb hier in Berlin. Das wunderte mich, denn der Mann liebte sie sehr. Als ich versuchte, zu ihm Kontakt aufzunehmen, reagierte er nicht. Auch seine Frau weigerte sich, mit mir zu sprechen."

„Sie wurden bedroht?", fragte Thor.

„Ich habe keine andere Erklärung." Er schüttelte den Kopf und wirkte mit einem Male sehr erschöpft. „Ich war verzweifelt. In der Firma hatte ich keine Macht mehr. Durch den Börsengang besaß ich nur noch 25,5 Prozent der Anteile – zu wenig, um Jeffs Rüstungsgeschäfte zu verhindern, zu viel, um sie einfach aufzugeben und jeglichen Einfluss zu verlieren. Jeden, den ich außerhalb von A&M Technologies um Hilfe bat, brachte ich in Gefahr. Also gab ich äußerlich klein bei und traf mit Jeff eine Vereinbarung. Jeder würde den anderen in seinem Zuständigkeitsbereich in Ruhe lassen. Wir würden gemeinsam Geld verdienen, und das war's. Auf diese Weise blieb ich in seiner Nähe. Mir fiel nur eine Möglichkeit ein: Ich musste Jeff und sein Team dazu bringen, selbst zur Einsicht zu kommen. Ich musste sie spüren lassen, welche Folgen ihr Handeln hat."

„Und dafür brauchten Sie uns", sagte Tad kalt.

Er lächelte müde. „Ich nehme an, ihr habt schon eins und eins zusammengezählt?"

„Unsere Eltern gehören zum Team, das ADAM entwickelt hat“, erwiderte Liv.

Er nickte. „Ich konnte sie nicht einfach damit durchkommen lassen, aber es brauchte viele Jahre Vorbereitung, bis ich Purgatory programmiert hatte.“

„Und was soll das sein?“, fragte Thor. „Ein Computervirus?“

„Damit liegst du nicht mal so falsch.“

„Purgartory heißt Fegefeuer, nicht wahr?“, sagte Emma.

„Korrekt“, erwiderte Randolf Aaron. „Es ist allerdings nicht ein Virus, sondern eher, wie soll ich sagen, eine ganze Armada unterschiedlicher Viren. Ich habe all unsere Produkte damit infiziert. Purgatory steckt in jedem Schnipsel Software, den A&M Technologies in den letzten zwei Jahren produziert hat.“

„Aber warum?“

„Nachdem ich Purgatory freigeschaltet habe, sorgte es dafür, dass sich niemand mehr vor seiner Verantwortung drücken oder herausreden kann. Jeder erfährt am eigenen Leibe, was er anderen angetan hat.“

„Sie sind stolz darauf, was?“, fuhr Emma ihn an. „Sie halten sich für den Allertollsten und glauben, Sie hätten das Recht, unser Leben kaputt zu machen! Ich sage Ihnen eins: Sie sind nicht besser als Ihr Partner. Ihnen ist scheißegal, wenn Unschuldige leiden. Ihnen ist nur wichtig, dass Sie Ihre Ziele erreichen.“

Der Albino erwiderte ihren Blick. Er schwieg so lange, dass Tad schon glaubte, er würde nichts darauf erwidern, doch schließlich sagte er leise: „Niemand ist unschuldig. Ihr seid es nicht und ich bin es auch nicht.“

Emma warf ihm einen wütenden Blick zu, schwieg aber.

„Sagen Sie uns endlich, wo unsere Eltern sind?“, forderte Liv.

Der Albino beugte sich zur Tastatur auf dem Schreibtisch vor und gab ein paar Daten ein. Ein Bild erschien auf dem Holoschirm. Es zeigte eine Gruppe von Menschen, sie lagen in voneinander abgetrennten Bassins. Jeder trug Cyberhelm und SPS. Einige bewegten sich seltsam, andere hielten still. Es waren Frauen und Männer darunter. Ob sein Vater auch dabei war, konnte Tad nicht erkennen.

Tad sah in die Gesichter seiner Freunde. Sie alle waren eine Spur blasser geworden.

„Wo ist das?", fragte Tad.

Der Albino runzelte die Stirn. „Warum sollte ich dir das sagen?"

Tad atmete tief durch. Ausnahmsweise musste er Emma Recht geben. Dieser Mann war zuweilen unerträglich selbstgefällig. „Weil Sie die Kontrolle verloren haben! Weil Ihr toller Gerechtigkeitsvirus Purgatory frei in der Welt herumschwirrt und ein Riesenchaos anrichtet."

Der Albino presste die Lippen zusammen.

„Und das ist noch nicht alles", sagte Liv. „Sie haben nicht nur die Kontrolle über ihre Virusarmada verloren, jemand anderes hat sie übernommen. Unsere Eltern und unser Freund liegen dort in diesen Becken. Wir haben keine Ahnung, was dieses mörderische Programm mit ihnen anfangen wird!"

„Unsinn!", widersprach Randolf Aaron, jedoch ihm fehlte die Überzeugungskraft.

„Sie haben es doch selbst gesagt", schlug Tad in die gleiche Kerbe. „Ihre Feinde haben ADAM von der Leine gelassen. Er hat die Kontrolle!"

„Nein!", der Albino schüttelte den Kopf. „Nein, nein. Das kann nicht sein. Warum läuft das Programm dann noch?" Er deutete auf das Holobild. „Einer der Männer in diesen Bassins ist Jeff. Das sind Liveaufnahmen." Triumphierend blickte er Tad ins Gesicht. „Wenn ADAM wirklich gewonnen hat, warum ist Jeff dann immer noch dort?“

„Vielleicht“, meldete sich Emma leise zu Wort. „Weil ADAM genau das will?“

Eine bedrückende Stille legte sich über den Raum. Niemand sagte etwas. Nur das Rauschen der Klimaanlage war zu vernehmen.

Plötzlich ließ ein lauter Knall den Boden erzittern, und das Licht ging aus.

Der Plan

Vollkommene Dunkelheit umfing sie. Das Rauschen der Klimaanlage sank zu einem leisen Flüstern herab und verstummte schließlich ganz. Einen Atemzug lang herrschte Totenstille, dann redeten alle durcheinander. „Scheiße, was war das?“

„Stromausfall, was denn sonst!“

„Werden wir angegriffen?“

„Woher soll ich das wissen?“

„Aua, ich hab mich gestoßen. Kann nicht irgendjemand mal Licht machen?“

„Seid doch mal leise!“

Tad aktivierte die Taschenlampe seines Smartpalms. Der kalte Lichtkegel fiel in die bleichen Gesichter seiner Freunde. Er ließ den Strahl weiter wandern. Wo war Randolf Aaron?

„Shit!“, entfuhr es ihm. Er ließ den Strahl der Taschenlampe durch den Raum huschen.

„Was ist?“, fragte Liv.

„Er ist weg!“

Nun sahen sich auch die anderen verblüfft um. „Herr Aaron?", rief Emma.

Nach einigen Momenten setzte das Surren der Klimaanlage wieder ein und wenig später flackerte das Licht auf. „Ich bin hier", erklang seine Stimme hinter dem Schreibtisch. Mit leisem Ächzen stemmte sich der Albino hoch.

„Was wollten Sie unterm Schreibtisch?", fragte Emma.

„Ich habe dafür gesorgt, dass wir offline bleiben, wenn die Notstromaggregate anspringen."

„Aha", Thor kratzte an seinem Verband. „Darf man fragen, warum?"

„Aufgrund einer Theorie. Wir sollten erst überprüfen, was den Stromausfall verursacht hat."

Tad spürte Wut in sich aufkeimen. „Sie haben hier überhaupt nichts zu entscheiden!"

Ein Lächeln huschte über die blassen Lippen des Mannes. „Natürlich nicht. Was schlägst du vor?"

„Ich?" Tad hatte nicht damit gerechnet, dass der Kerl so schnell nachgab. „Na ja äh …"

Liv seufzte. „Wir sollten herausfinden, warum der Strom ausgefallen ist."

„Gute Idee", Thor grinste. Er schien kaum noch Schmerzen zu spüren.

Tad zuckte mit den Achseln.

„Irgendwelche Ideen?", fragte Emma.

„Könnte vielleicht eine Sicherung rausgesprungen sein?", fragte Liv.

Der Albino schüttelte den Kopf. „Höchst unwahrscheinlich. Ich habe eine sehr zuverlässige App, die das Netz permanent überprüft. Es gab keine Überlastung."

Tad kratzte sich nachdenklich am Kinn. „Wie kommt der Strom auf die Insel?"

„Für die geplanten Baumaßnahmen wurde damals eine neue Stromleitung unter der Havel gelegt. Die Insel hat sogar ein eigenes kleines Umspannwerk. Sehr unwahrscheinlich, dass die Probleme daher kommen."

Tad schürzte die Lippen. „Wir sollten uns das trotzdem ansehen."

„Okay", Liv nickte. „Ich schlage vor, Sie zeigen Tad und mir die Leitungen, während Emma und Thor hierbleiben."

„Wieso?", murrte der große Jugendliche. „Ich kann genauso gut rausgehen!"

„Du spinnst wohl!", fuhr Emma ihn an. „Nur weil du vollgepumpt bist mit Schmerzmitteln, macht dich das nicht zum Supermann."

„Moment mal ..."

„Emma hat recht", sprang Tad seiner Schwester bei. „Du hast viel Blut verloren und kannst jeden Moment aus den Latschen kippen. Du musst dich ausruhen. Außerdem hat Emma am meisten Ahnung von erster Hilfe, also sollte sie bei dir bleiben."

„Oder hast du Angst vor mir?", fragte Emma.

„Ich? So'n Quatsch", brummte Thor.

Tad war sich sicher, dass sein großer Freund jetzt ziemlich rot geworden wäre, hätte er nicht soviel Blut verloren. „Also gut", wandte er sich an Aaron, „gehen wir."

„Vielleicht sollten wir die Waffe lieber mitnehmen", sagte der Mann, als sie an der Pumpgun vorbeikamen.

„Tun Sie, was Sie nicht lassen können", erwiderte Liv.

Tad warf ihr einen überraschten Blick zu.

Der Albino zuckte die Achseln, hob die Waffe und lud sie.

Tad trat dicht neben Liv. „Warum überlässt du ihm das Ding?", flüsterte er.

„Weder du noch ich können im Real Life damit umgehen. Wenn wir wirklich angegriffen werden, ist es besser, wenn er die Waffe hat."

Tad war sich nicht so sicher, ob von diesem schwer durchschaubaren Mann nicht die größere Gefahr ausging, er beschloss jedoch, auf Liv's Instinkte zu vertrauen.

Schweigend folgten sie dem Mann durch die Gänge. Als sie vor der Tür zum Ausgang standen, meinte Aaron: „Am besten, wir schalten das Licht aus. Wenn uns jemand beobachtet, sollte er besser glauben, dass wir noch immer keinen Strom haben."

Liv nickte. „Gut!"

Randolf Aaron schaltete das Licht aus und öffnete die Tür. Sie traten hinaus ins Freie. Kein künstliches Licht erleuchtete die Insel. Auch die wenigen Laternen auf dem Parkplatz blieben dunkel. Aber der Mond schien, und ihre Augen gewöhnten sich soweit an das schwache Licht, dass sie zumindest große Strukturen unterscheiden konnten und nicht Gefahr liefen, die nächste Hausfassade zu rammen.

„Dort entlang!" Der Albino führte sie eine Gasse entlang in Richtung Brücke.

Es war unheimlich in der dunklen Nacht diesen verlassenen Ort zu durchqueren. Nur der Wind wisperte leise in einer Weide, die am nahen Ufer stand.

„Haben Sie eigentlich keine Angst, hier so ganz alleine auf dieser Insel?", fragte Liv.

„Nein, warum sollte ich?", erwiderte der Mann. „Solange ich alleine bin, ist auch niemand da, der mir schaden will."

Das klingt verdammt einsam, dachte Tad.

Sie überquerten den leeren Parkplatz und bogen in eine Gasse ein.

Randolf Aaron deutete nach vorn: „Dort drüben neben der Brücke ist …", er stockte und fuhr dann fort „… war das Umspannwerk."

Der Geruch von heißem Metall und verschmortem Kunststoff wehte zu ihnen hinüber. Langsam gingen sie auf das Umspannwerk zu. Es war, soweit Tad das im Dunkeln erkennen konnte, ein langgezogenes Backsteingebäude. Irgendein unförmiges Ding ragte aus den Trümmern des

Ziegeldachs heraus. Rauch stieg hinauf in den Nachthimmel. Tad schaltete die integrierte Taschenlampe seines Smartpalms ein und ließ den Lichtkegel über die Trümmer gleiten. Ein Gewirr aus verbogenen Metallteilen und zersplitterten Rotoren war zu erkennen.

„Was ist das?“, fragte Liv.

„Ich schätze mal, ein Simson H3T Octocopter“, erwiderte der Albino.

„Klar, was sonst“, brummte Tad. „Und, was zum Henker, ist ein H3T Octocopter?“

„Eine Schwerlastdrohne, die in militärischen Krisengebieten zum Einsatz kommt. Das Teil wiegt so viel wie ein Kleinbus.“

„Es wäre wohl zu optimistisch, von einem Unfall auszugehen“, sagte Tad.

„Der Simson H3T Octocopter ist eine Hightechdrohne mit mehrfach redundanten Sicherheitssystemen. Außerdem unterliegt der Betrieb innerhalb der Bundesrepublik strengsten Auflagen. Eine davon besagt, dass ein Einsatz über dicht besiedeltem Gebiet verboten ist.“

„Mit anderen Worten, es war kein Unfall“, unterbrach ihn Liv.

„Nein. Das war ein gezielter taktischer Angriff“, bestätigte der Albino.

„Na tolle Wurst“, brummte Tad. „Dieser ADAM kann einem eine Heidenangst einjagen.“

Der Mann nickte. „Dafür wurde er entwickelt.“

Plötzlich griff Liv nach Tads Arm. „Mach das Licht aus, schnell!“

Hastig schaltete er die Taschenlampe aus. „Was ist?“

„Sieh mal dort!“ Liv wies auf die Brücke.

Blaulicht flackerte in der Nacht. Zwei große Rettungswagen hatten vor der Absperrung Halt gemacht. Es waren

Sanitätsfahrzeuge der Bundeswehr. „Shit!“, entfuhr es Tad.

„Was ist los?“ Randolf Aaron folgte ihren Blicken.

„Eigentlich müssten Sie die Burschen kennen“, bemerkte Tad spitz.

„Was für Burschen?“

„Ihre blechernen Freunde, mit deren Hilfe Sie JB entführt haben.“

„Blödsinn. Ich habe niemanden entführt“, widersprach der Albino. „Ich habe JB mit einer fingierten Nachricht seiner Eltern nach Tietzow gelockt.“

„Herr Aaron“, sagte Liv leise. „Wir haben es gesehen! Mehrere dieser Sanitätsroboter haben die Tür aufgebrochen, JB herausgeholt und ihn weggefahren.“

„Unmöglich. Er ist freiwillig dort hingefahren, mit einem Taxi, das ich ihm geschickt habe.“

Tad schnaufte spöttisch. „Ach ja? Während er online war? Wie soll das funktionieren?“

„Ich habe seinen Account überwacht. Er war zwischendurch für drei Stunden abgemeldet. Ich habe ihn etwas warten lassen, weil seine Eltern angeblich in einem Meeting waren, und dann habe ich ihm angeboten, unsere VR-Becken zu nutzen. Er ließ sich sofort darauf ein.“

Tad starrte den Mann an. Warum erzählte er das? Es war absoluter Blödsinn. Er musste doch wissen, dass sie ihn längst durchschaut hatten. Es sei denn, er war selbst getäuscht worden.

„Was machen die da eigentlich?“, fragte Randolf Aaron. Er klang nervös.

„Ich würde sagen, sie bewachen die Zugänge zur Insel“, sagte Liv.

Tad nagte nachdenklich an der Unterlippe. „Waren Sie in Tietzow, als JB dort ankam?“, fragte er.

„Du meinst persönlich?“, fragte der Albino. „Nein! Ich war hier und hatte mich in das Kommunikationssystem des

Hauses eingeloggt.“

Tad kniff die Lippen zusammen und nickte langsam. „Haben Sie Aufnahmen von diesem Gespräch?“

Der Mann blickte ihn an. Es war zu dunkel, um sein Gesicht zu erkennen, aber seine Stimme klang alarmiert. „Warum willst du das wissen?“

„Nur eine Idee. Zeigen Sie mir die Aufnahmen!“

„Gut. Kommt mit.“

„Was habt ihr herausgefunden?“, fragte Emma, als sie zurückkamen.

„ADAM hat das Umspannwerk durch einen gezielten Angriff zerstört, und die Zugänge zur Insel werden überwacht“, fasste Liv die Ereignisse kurz zusammen.

„Und jetzt?“

„Jetzt müssen wir Herrn Aaron beweisen, dass er schon lange nicht mehr die Zügel in der Hand hält“, sprach Tad seine Gedanken laut aus. Er wandte sich an den Albino: „Bitte, spielen Sie die Aufnahmen ab.“

Die Kamera im Eingangsbereich zeigte wie JB durch die Tür schlenderte und durch den Roboter am Tresen gebeten wurde, im Wartebereich Platz zu nehmen. JB hatte die Ärmel seiner Jacke hochgekrempelt und wippte gelangweilt mit den Füßen. Der Mann spulte die Aufnahme vor. In der nächsten Sequenz saß JB gechillt in einem Sessel und zupfte hin und wieder an einem kleinen Pflaster an seinem Kinn, während er mit seinem virtuellen Gegenüber sprach.

„Echt jetzt?“, fragte er. „Drei Stunden dauert das noch?“

„Tut mir leid, Junge“, erwiderte Randolf Aarons Avatar. „Das Meeting wurde kurzfristig einberufen.“

„Na toll. Und was mache ich jetzt?“

„Vielleicht hast du Lust, unsere neuen VR-Becken auszuprobieren? Noch handelt es sich um Prototypen, aber schon im Herbst werden sie auf den Markt kommen.“

JB grinste. „Klar, warum nicht?“

Als nächstes erschien eine Aufnahme, die zeigte, wie JB von einer Serviceeinheit in das Becken hinabgelassen wurde.

„Nun, überzeugt?", fragte Randolf Aaron an Tad gewandt.

„Ja, absolut", erwiderte dieser. „Aber nicht so, wie Sie denken. Das Gespräch, dass Sie uns gezeigt haben, hat nie stattgefunden."

„Was?" Der Albino lächelte halb herablassend, halb verwundert. „Das ist doch Blödsinn. Ich war dabei."

„Ja, Sie schon, aber JB nicht", entgegnete Tad. „Das, was Sie gesehen haben, ist ein Zusammenschnitt älterer Aufnahmen. Sie wurden getäuscht."

Randolf Aaron sagte nichts, aber sein Gesicht nahm nachdenkliche Züge an.

„Wie kommst du darauf?", fragte Liv.

„Die Aufnahme wurde angeblich gestern um 16.53 Uhr gemacht. Da war JB aber noch online. Das hat Tinkerbell überprüft."

„Vielleicht wurden die Daten manipuliert?", warf Thor ein.

„Vielleicht, aber gestern war es sehr warm. Warum sollte JB bei 28 Grad eine Jeansjacke tragen? Außerdem, und das ist das Entscheidende: Habt ihr das kleine Pflaster an seinem Kinn gesehen?"

„Ja."

„Das trug er vor ungefähr drei Wochen. Da hatte er sich nämlich zum ersten Mal nass rasiert und gleich geschnitten."

„Verdammt, du hast recht", meldete sich Thor zu Wort. „Jetzt erinnere ich mich. Er hatte geschworen, dass es das erste und einzige Mal war, dass er eine Klinge an seine Haut lässt."

Der Albino schwieg.

„Gestehen Sie es sich endlich ein", sagte Tad. „Sie haben längst die Kontrolle verloren!"

„Und nicht nur Sie", fügte Liv hinzu. „Auch Ihr Partner Jeff hat schon lange nicht mehr das Sagen. ADAM hat die Kontrolle übernommen und das schon viel länger, als Sie ahnen."

Tad sah, wie der Kehlkopf des Mannes auf und ab rutschte, als er schluckte. „Verdammt", flüsterte er. „Wenn ADAM wirklich die Kontrolle übernommen hat, dann hat er das nicht alleine geschafft." Er sprang auf und begann, aufgeregt auf- und abzugehen.

„Was meinen Sie damit?", fragte Emma verwundert. „Sie haben doch selbst gesagt, dass Ihr Partner und unsere Eltern ihn von der Leine gelassen haben."

„Von der Leine ja, aber nicht aus dem Hof."

„Könnten Sie vielleicht ein bisschen konkreter werden?"

„Gebt mir ein paar Sekunden, ich muss einige Protokolle prüfen. Er gab etwas in die Datenbank ein und wartete einen Moment. Ein Fluch kam über seine Lippen.

„Was ist los?", fragte Tad.

„Stellt euch ADAM als einen Wachhund vor, als ein aggressives, gefährliches Biest. Angeleint im Hof wird es jeden Angreifer verbellen. Ist er gut genug erzogen, wird man ihn von der Leine lassen, damit er etwaige Einbrecher noch effektiver vertreiben kann. Mit Sicherheit wird man ihn nicht frei in der Stadt herumtollen lassen – zu groß ist die Gefahr, dass er vom Wachhund zum Jäger wird. Werden in ihm erst einmal die Instinkte des Wolfes wach, sind die Folgen unberechenbar."

„Sie meinen, ADAM ist zum Wolf geworden?", fragte Thor und kratzte sich unter der Achsel.

„Ich hoffe nicht. In jedem Fall ist er nicht mehr im Hof. Anders ausgedrückt, Jeff hat seine stärkste Waffe eingesetzt, um meinen Virus zu vernichten. Er hat ADAM auf Purgatory losgelassen. Dazu musste er ADAMS Spielraum erweitern und zulassen, dass er Kontakt zu Purgatory aufnehmen kann. Mit Sicherheit hat Jeff etliche Barrieren in den Quellcode programmiert, die ihn hindern sollten, seine Fähigkeiten auf irgendetwas anderes zu richten als die Vernichtung des Virus, aber …."

„Etwas ist mächtig schief gelaufen", ergänzte Tad.

Der Albino nickte langsam. „ADAM hat Purgatory nicht vernichtet. Ich fürchte sogar, dass er es gar nicht ernsthaft versucht hat. Seine Attacken haben zwar Staub aufgewirbelt, aber in Wirklichkeit wollte er Purgatory nicht eliminieren."

„Weil er es brauchte, um zu überleben!", warf Liv ein.

Thor blinzelte sie erstaunt an, aber Randolf Aaron nickte. „So ist es. ADAM ist mit Purgatory verschmolzen. Er ist durch die Schlupflöcher, durch die das Virus hineinschlüpfen sollte, aus seinem Gefängnis entkommen. Auf diese Weise konnte er sich dem Zugriff seiner Schöpfer entziehen." Der Albino hielt in seinem unruhigen Auf- und Ablaufen inne und zupfte sich nachdenklich an der Unterlippe.

„Und jetzt?", fragte Emma.

„Jetzt führt ADAM fort, wozu Purgatory geschaffen wurde, allerdings auf seine eigene Art: gnadenlos und brutal wie ein Schlachtherr, mit dem unbedingten Willen zu siegen."

Tad spürte, wie ihm ein Schauer über den Rücken lief.

„Wann wird er aufhören?", fragte Emma vorsichtig.

„Wenn die Menschheit sich geändert hat und selbstlos geworden ist …"

„Das wird niemals geschehen!", warf Liv ein

„… oder vernichtet ist", beendet der Albino seinen Satz.

Tad schluckte. „Das klingt irgendwie gar nicht gut."

„Nein", der Albino presste die Lippen zusammen. „Das ist eine verdammte Katastrophe. Wir müssen ihn aufhalten!"

„Wir?", entfuhr es Thor. „Wieso wir? Sie haben doch dieses blöde Virus programmiert. Sehen Sie ein, dass das eine bescheuerte Idee war und schalten Sie es ab!"

Randolf Aaron fuhr sich mit der Hand durch sein wirres, weißes Haar. „Ganz so einfach ist das nicht!"

„Warum nicht?", fragte Emma.

„Ich kann Purgatory nicht einfach abschalten. Es ist kein normales Virus. Es ist eine Revolution."

„Hä?"

„Eine Revolution kannst du nicht einfach stoppen, selbst wenn du sie ausgelöst hast. Purgatory ist darauf programmiert, eine Veränderung zu bewirken, es wird erst dann gestoppt, wenn diese Veränderung eintritt."

„Was, wie wir gerade erst festgestellt haben, niemals eintreten wird", bemerkte Liv.

„Super!", schnaubte Thor. „Echt super! Wir rasen also mit Vollgas auf den Abgrund zu und haben keine Chance, den Fuß vom Gaspedal zu nehmen?"

Der Albino sagte nichts. Sein Gesicht war so blass wie Deckweiß.

Tad betrachtete ihn nachdenklich. Irgendetwas sagt er uns nicht, ging es ihm durch den Kopf. Aber was konnte das sein? Noch mehr schlechte Nachrichten waren ja wohl kaum möglich.

Randolf Aaron schien seinen durchdringenden Blick zu bemerken. Er hob den Kopf und verzog die Lippen zu einem humorlosen Lächeln. „Es gibt möglicherweise doch noch eine Chance, diesen Höllenritt zu beenden, ohne dass es zum Äußersten kommt."

„Aha." Liv hob fragend die Brauen.

„Noch hat ADAM seine Festung nicht verlassen", sagte der Albino. „Wenn wir ihn dort stellen können, haben wir die Chance, ihn zu vernichten."

„Äh, was genau meinen Sie damit?", fragte Tad.

„Sein Quellcode ist auf dem Supercomputer des A&M Forschungszentrums gespeichert. Da ADAM dort die Kontrolle übernommen hat und dank Purgatory über vollen Zugriff auf das Netz verfügt, gibt es für ihn aktuell keinen Anlass, sich in die Cloud upzuloaden. Das bedeutet, wenn jemand in das Forschungszentrum eindringt und die

Hardware vernichtet, dann ist auch ADAM vernichtet."

„Cool, und wer soll dieser Jemand sein?", fragte Liv. „Doch hoffentlich Sie."

„Ganz so einfach ist das nicht", erwiderte Randolf Aaron.

Tad seufzte. „Warum überrascht mich das nicht?"

„ADAM darf nicht ahnen, was wir vorhaben. Wenn er bemerkt, dass wir ihn in seiner Festung angreifen wollen, wird er sich einen Fluchttunnel bauen."

„Mit anderen Worten, er wird in die Cloud fliehen", sagte Liv.

Der Albino nickte. „Er weiß, dass ich sein Feind bin, deshalb hat er alle Versorgungswege gekappt. Er belagert diese Insel und beobachtet sie. Wenn ich mich nicht ab und zu sehen lasse oder versuche, Gegenwehr zu leisten, wird er Verdacht schöpfen."

„Sie wollen, dass wir den Job übernehmen", knurrte Tad.

Der Albino lächelte. „Momentan fällt mir niemand anderes ein."

„Wird ADAM nicht genauso Verdacht schöpfen, wenn wir nicht mehr auftauchen? Er hat uns mit den manipulierten Drohnen angegriffen. Er weiß, dass wir hier sind."

„Er wird hoffentlich davon ausgehen, dass ihr meine Gefangenen seid."

Tad dachte nach: Das könnte klappen. Außerhalb des Gebäudes hatte stets der Albino die Waffe in den Händen gehalten.

„Wie stellen Sie sich das vor?", fragte Emma. „Wir lassen uns mit dem Taxi zur A&M Zentrale fahren, spazieren rein und stellen den Strom ab?"

„Ein bisschen komplizierter wird es schon." Randolf Aaron lächelte müde. „Ihr müsst euch offline fortbewegen, also entweder zu Fuß oder in einem nicht vernetzten Fahrzeug. ADAM hat die Fähigkeit, Überwachungskameras, Satelliten und Drohnen zu kontrollieren. Er wird alles überwachen.

Wenn ihr dort seid, wird es nicht einfacher. Das A&M Forschungsgelände ist streng gesichert. Ihr müsst die Sicherheitsbarrieren knacken, in das Gebäude einbrechen, euch Zugang zu den Speichereinheiten verschaffen und die Hardware komplett vernichten."

„Ha, und das ist schon alles?" Thor grinste schief. „Kleinigkeit für uns. In Area 3 haben wir schon weit kompliziertere Operationen durchgeführt. Ich nehme an, Sie haben einen Koffer voll Plastiksprengstoff zur Hand, mit dem wir das ganze Ding in die Luft jagen können."

„Nicht ganz", sagte der Albino. „Aber in einem der Labore ist ein transportabler HPM-Strahler im Einsatz."

„Was ist das denn schon wieder?", stöhnte Emma.

„Ein Hochleistungsmikrowellenstrahler."

Tad nickte langsam. Schlau! „Damit kann man einen EMP auslösen, nicht wahr?"

„Exakt."

„Könnt ihr mal deutsch sprechen?", beschwerte sich Emma. „Was ist ein EMP?"

„Ein elektromagnetischer Impuls. Wenn er stark genug ist, werden alle elektrischen Geräte im Umkreis zerstört", erklärte Liv. „Kennst du nicht Krieg der Welten?"

Emma verzog das Gesicht.

„Science-Fiction-Kenntnisse sind nicht erforderlich", sagte Randolf Aaron. „Auch ein Blitzschlag oder eine Atombombe können einen EMP auslösen. Wichtig ist, dass ihr den HPM-Strahler mitten in ADAMs Herz platziert. Ich werde ein Programm schreiben, das euch hilft, das Gerät so zu manipulieren, dass die Sicherheitseinrichtungen überbrückt werden und es seine volle Ladung abgibt. Das Gerät wird dabei draufgehen, aber nur dann ist der Impuls stark genug, die Hardware komplett zu vernichten und ADAMs Quellcode auszulöschen."

„Wir haben also nur einen Schuss", bilanzierte Tad.

„So ist es."

„Klingt doch super." Thor rieb sich die Hände. „Wann brechen wir auf?"

„Bist du bekloppt?", fauchte Emma. „Du brichst nirgendwohin auf!"

„Hey", beschwerte sich Thor, „jetzt mach hier mal nicht die Mutti."

„Emma hat recht!", unterbrach ihn Tad.

„Was soll das heißen?"

„Dass wir kein Selbstmordkommando daraus machen wollen", mischte Liv sich ein. „Du bist ernsthaft verletzt. Im Moment merkst du das nicht, weil du voll unter Drogen stehst. Du bist überhaupt nicht in der Lage, mitzukommen. Es ist schlimm genug, dass wir dich nicht sofort ins Krankenhaus bringen können."

„Blödsinn", widersprach Thor.

„Hör mal, es geht hier nicht nur um dich!", sagte Tad. „Du gefährdest uns alle, wenn du nicht mithalten kannst."

„Deine Freunde haben recht", sagte Randolf Aaron.

Thor ignorierte ihn. „Ihr wollt mich ernsthaft hier zurücklassen?"

Tad und Liv nickten.

Thor blickte hilfesuchend zu Emma. Doch diese verschränkte die Arme vor der Brust und sah demonstrativ an ihm vorbei. „Mutti brauchst du nicht zu fragen."

„Emma, das war doch nicht so gemeint."

Tads Schwester hob lediglich eine Braue.

„Sorry." Thor lächelte reumütig.

„Wenn ich einen Vorschlag machen dürfte", meldete sich Randolf Aaron zu Wort. „Es sollten nur zwei von euch aufbrechen. Je weniger ihr seid, desto leichter könnt ihr euch versteckt halten. Vor allem aber werdet ihr unterwegs meine Hilfe brauchen. Ich kann mich nicht gleichzeitig um euren

Freund kümmern.“

Tads Blick wanderte zu seiner Schwester. Auch Liv sah sie an.

„Schon klar“, schnaufte Emma. „Nun soll Mutti sich wieder kümmern.“

Thor wirkte ernsthaft zerknirscht. „Das war doch nur ein blöder Spruch.“

Emma würdigte ihn keines Blicks, aber Tad war das leichte Zucken um ihre Mundwinkel nicht entgangen. Die Mutti-Karte würde sie noch eine ganze Weile ausspielen – armer Thor.

„Okay, die Aufgabenteilung ist klar“, ergriff Liv das Wort. „Wie kommen wir hier unerkannt weg?“

„Ich hätte da eine Idee“, erwiderte Randolf Aaron.

Dunkle Fluten

Aus dem staubigen Spiegel blickte Tad ein Fremder entgegen. Dunkle Locken fielen ihm wirr ins Gesicht. Die ausgeprägten Wangenknochen und sein dunkler Hautton gaben ihm ein südländisches Aussehen.

„Krass", sagte Thor. „Du siehst komplett anders aus."

Randolf Aaron nickte zufrieden. „Zum ersten Mal bin ich dankbar, dass die Filmstudios ihren ganzen Krempel einfach hierließen, als sie pleitegingen."

Tad blickte hinüber zu Liv. Sie trug lange blonde Haare und betrachtete kritisch die Silikonnase, die ihr Emma ins Gesicht geklebt hatte. „Ich würde echt ‘ne prima Hexe Rumpumpel abgeben", murrte sie.

„ADAM weiß, wie ihr ausseht", sagte der Albino. „Solange ihr in der Stadt seid, wird es so gut wie unmöglich sein, allen Kameras auszuweichen. Also müssen wir sicherstellen, dass ihr bei einem biometrischen Datenabgleich nicht erkannt werdet."

„Das Prinzip habe ich verstanden", murrte Liv. „Es wäre nur nett gewesen, wenn mich die Verkleidung hübscher gemacht hätte."

„Das geht doch gar nicht", warf Tad ein.

Liv warf ihm einen giftigen Blick zu.

„Ey, das war ein Kompliment!"

Liv zog sich die blonden Haare wie einen Vorhang über das Gesicht.

„Gut." Randolf Aaron nickte. „Uns läuft die Zeit davon. Ihr braucht mindestens zwei Stunden, bis ihr im Teufelsbruch seid. Die Sonne wird in zweieinhalb Stunden aufgehen. Wir sollten der Tauchschule Hummer einen Besuch abstatten." Er ging auf eine der stählernen Kellertüren zu. „Hier entlang."

Die Jugendlichen folgten ihm durch einen schmalen, spärlich beleuchteten Gang. Die Luft war feucht, und es roch muffig. In den Backsteinmauern waren dunkle Risse zu sehen. Schutt knirschte unter ihren Füßen, und zwischendurch glaubte Tad das Tappen kleiner, krallenbewehrter Pfoten hören zu können. Ratten! „Wie alt sind diese Tunnel eigentlich?", fragte er.

„Dieser hier stammt noch aus dem 19. Jahrhundert. Einige andere wurden zur Zeit des zweiten Weltkriegs hinzugefügt. Warum fragst du?"

„Ich hoffe, das Gemäuer bricht nicht über unseren Köpfen zusammen."

Der Albino lachte. „Es wäre zumindest eine seltsame Ironie des Schicksals, wenn eine künstliche Intelligenz die Menschheit vernichten würde, weil ein alter Tunnel vor knapp zweihundert Jahren nicht sorgfältig genug gebaut worden war."

„Ja", murmelte Thor, „voll lustig."

Sie stiegen einen Treppenaufgang hinauf, kamen an eine Wegkreuzung und hielten sich nach links, bis sie an eine rostige Kellertür gelangten. „Hier ist es."

Die Tauchschule war ein trauriger Anblick. Es gab kaum eine Fensterscheibe, die nicht zerschlagen war. Der Boden war übersät mit Scherben, Schmutz und Taubenkot. Der Albino führte sie in einen fensterlosen Lagerraum. Eingestaubte

Neoprenanzüge hingen dort, sorgfältig nach Größe sortiert, und in einem Regal lagen Tauchbrillen und Schnorchel.

Liv verzog sich mit Emma hinter ein Regal, um sich umzuziehen. Tad ertappte Thor dabei, wie er den beiden Mädchen neugierige Blicke hinterherwarf. Tad knuffte ihm in die Seite. „He."

„Aua, mach dich mal locker!"

„Hör auf zu glotzen und hilf mir lieber!" Er zog sich bis auf die Unterhose aus und reichte Thor seine Kleidung. Sein Freund verstaute sie mitsamt der Perücke, dem Schminkzeug und den Silikonröllchen, die Tads Gesichtsanatomie veränderten, in einem wasserdichten Beutel. Ein muffiger Geruch stieg Tad in die Nase, als er den Neoprenanzug in die Hand nahm. Das Teil war unglaublich eng und fühlte sich irgendwie schleimig an, als er sich hineinquetschte.

„Ich find's ja ein bisschen eklig", bemerkte Thor. Er schnippte etwas von Tads Schulter. „Ich glaube, das war Rattenkacke!"

„Danke für die Information", knurrte Tad. „Du bist ein echter Kumpel."

„Immer gerne. Soll ich noch die Spinnenweben aus deinen Haaren entfernen?"

„Nicht nötig, ich gehe ja baden!" Tad war dankbar, dass er ein paar Schnorchelmasken fand, die originalverpackt waren. So konnte er sicher sein, dass sich kein Ungeziefer in ihnen eingenistet hatte.

„Seid ihr fertig?", fragte Randolf Aaron.

„Ja", erwiderte Liv. Sie kam hinter dem Regal hervor. Ihr blasses, durch die Silikonnase, seltsam verändertes Gesicht wirkte angespannt.

Tad reichte ihr eine der Masken. „Ist es weit bis zum Bootshaus?", fragte er.

„Nur ein paar Schritte." Der Albino wies auf eine verrostete Metalltür. „Hier sind die wasserfesten Mikrolautsprecher." Er drückte ihnen zwei mit Silikon überzogene Ohrstecker in die

Hand. „Verbinde sie per Bluetooth mit deinem Smartpalm."

Tad aktivierte die Verbindung, bevor Liv und er die Dinger einsetzten.

„Ihr wisst, was ihr zu tun habt?", fragte der Albino.

„Sie haben es ja lang und breit erklärt." Tad wollte losgehen, aber Liv legte ihren Arm auf seine Schulter. „Einen Moment noch. Wenn wir bei diesem Forschungszentrum sind, brauchen wir Ihre Hilfe, um die Sicherheitsbarrieren zu überwinden. Wie können wir in Kontakt treten, ohne dass ADAM es merkt? Er wird doch die Funkzellen in seiner Nähe genauestens überwachen."

Tad biss sich auf die Lippen. Sie hatte recht.

„Gut, dass du das ansprichst." Der Albino lächelte Tad an. „Möglicherweise bist du dir dessen nicht bewusst, aber deine kleine, geflügelte Freundin ist der beste Schutz gegen ADAM, der momentan im World Wide Web existiert."

„Tinkerbell?", entfuhr es Tad.

„Ja. Ist dir nicht aufgefallen, dass sie die Angriffe ADAMs fast unbeschadet überstand, als er sich in eure Haussoftware einhakte?"

„Doch, aber sie war ja auch nicht sein Ziel."

„Da irrst du dich. Hätte ADAM sie bemerkt, hätte er nicht eine Sekunde gezögert, sie anzugreifen – aber Tinkerbell hat die besondere Fähigkeit, unter seinem Radar zu fliegen."

„Wieso das denn?"

„Weil sie ihm so ähnlich ist." Er grinste. „Sie ist sozusagen ADAMs kleine Schwester."

„Das ist doch völliger Blödsinn!", begehrte Tad auf.

„Ich gebe zu, der Vergleich hinkt ein wenig, aber zumindest hat sie den gleichen Vater."

Tad runzelte die Stirn. Was wollte der Typ da andeuten?

„Dein Dad ist einer der wichtigsten Programmierer in Jeffs Team. Er hat einen Großteil des Quellcodes geschrieben. Als ihm klar wurde, welch gefährliche Waffe er da geschaffen hatte, bekam er es mit der Angst zu tun. Also schuf er Tinkerbell, um dich, deine Schwester und, wenn möglich, auch deine Mum zu schützen. Dass er für dieses Programm auch auf den Quellcode von ADAM zurückgriff, ist nur natürlich. Warum das Rad zweimal erfinden?"

„Das ist absurd!"

„Versteh mich nicht falsch, in vielerlei Hinsicht ist Tinkerbell ADAM absolut unähnlich. Nicht ihr eigenes Überleben, sondern das deiner Familie ist das Kernstück ihres Programms. Dabei wird sie niemals deinem erkennbaren Willen zuwider handeln oder anderen Menschen schaden. Ihre Möglichkeiten und ihr Wissen sind deutlich begrenzter, aber sie hat, wenn ich das von einem Programm so sagen kann, ein gutes Herz."

Tad starrte den Mann mit offenem Mund an.

„Frag sie selbst!"

Tad aktivierte sein Smartpalm. „Tinkerbell, bist du mit ADAM verwandt?"

„Hallo Tad, freut mich auch, dich zu sehen." Die kleine Fee putzte demonstrativ ihre Flügel.

„Tinkerbell, hör auf zu schmollen und beantworte meine Frage."

„Dein Vater hat einen Teil von ADAMs Programm verwendet, um mich zu konstruieren, aber verwandt finde ich jetzt ein bisschen übertrieben. Der Kerl ist ein hässlicher, egozentrischer Grobian. Ich hingegen bin eine Fee", sie drehte eine Pirouette und ließ dabei einen Hauch von Feenstaub durch die Luft wirbeln, „und eine nette noch dazu!"

Fassungslos schüttelte Tad den Kopf.

„Du siehst, ich habe nicht gelogen", sagte Randolf Aaron. „Tinkerbell ist unsere einzige Chance, weiterhin zusammenzuarbeiten. Damit das funktioniert, musst du mich allerdings in deinen Freundeskreis aufnehmen."

Tad blickte in die rötlich schimmernden Augen des Albinos. Unmöglich zu sagen, was hinter der Stirn dieses Mannes vorging. Tad wurde das Gefühl nicht los, manipuliert zu werden. Der Kerl sagte ihnen nicht alles. Dass er Tinkerbell brauchte, musste ihm bereits vorher klar gewesen sein. Warum hatte er es nicht angesprochen, als er ihnen seinen Plan erläutert hatte? Tad blickte zu Thor. Sein Freund zuckte die Achseln. Emma brauchte er nicht zu fragen, die hatte ohnehin keine Ahnung. Liv hingegen nickte ihm kurz zu.

„Okay", sagte er schließlich. „Tinkerbell, Randolf Aaron ist ein Freund. Bitte nimm seine Nachrichten für mich entgegen."

Tinkerbell machte einen Knicks. „Es wird mir ein Vergnügen sein."

„Dann wäre das ja geklärt". Randolf Aaron wandte sich ab und ging auf eine Tür zu. „Hier entlang, bitte."

Die Jugendlichen folgten ihm und gelangten kurz darauf in ein vergleichsweise gut erhaltenes Bootshaus, das allerdings vollkommen frei von Booten war. Tad setzte sich auf den Steg und ließ die Füße ins Wasser baumeln. Es war kühl. Ihm kamen Zweifel, ob ihr Plan wirklich so gut war. Liv setzte sich neben ihn. Ihr Lächeln wirkte angespannt.

Thor reichte ihnen zwei Paar Schwimmflossen, die beide gleich anzogen. Emma setzte ihnen vorsichtig die Schnorchelmasken auf, um die Silikonprothesen nicht zu zerstören.

„Ihr dürft ihm nicht trauen", flüsterte Tad ihr ins Ohr. „Er verbirgt irgendetwas."

„Ich weiß", wisperte sie zurück. „Pass auf dich auf, Brüderchen."

Liv nickte nervös und hob den Daumen.

Tad senkte den Blick. Das Wasser der Havel schwappte träge gegen den Steg und wirkte in der Nacht schwarz wie Teer. „Dann mal los!"

Er ließ sich in das kühle Flusswasser gleiten. Das Wasser schlug über ihm zusammen und schien alles Licht zu schlucken. „Ok Tinkerbell, wohin müssen wir?" Seine Stimme klang dumpf und kaum verständlich. Die Masken waren jedoch speziell für Tauchschulen entwickelt worden und hatten ein integriertes Mikrofon, damit der Tauchlehrer Kontakt zu seinen Schülern aufnehmen konnte.

„Fünf Meter geradeaus und dann links“, flötete Tinkerbell.

„Hast du alles verstanden Liv?“, fragte Tad.

„Klar und deutlich. Es klappt besser, als ich gedacht habe.“

Einige Schwimmstöße später meldete sich Tinkerbell: „Jetzt im rechten Winkel links abbiegen“,

Tad bog ab und schwamm geradeaus. Er sah seine eigene Hand nur, wenn er sie dicht vor die Maske hielt. Selbst dann war sie kaum mehr als ein blasser Schemen. Er bemühte sich die Beine möglichst tief zu halten, damit die Flossen nicht laut auf das Wasser platschten. Irgendwo über ihnen kreisten ADAMs Drohnen. Zwar sah der Plan vor, dass Randolf Aaron und Emma ein kleines Ablenkungsmanöver durchführen würden, indem sie einen vorgetäuschten Fluchtversuch startete, aber niemand konnte wissen, was sonst noch alles die Aufmerksamkeit ihrer Kameraaugen erregte.

Zuerst hatten beide geplant, direkt bis zum Spandauer Forst zu schwimmen. Der Teufelsseekanal hätte sie ohne Umwege ins Moosgebiet geführt; eine Strecke von vier Kilometern. Eine Distanz, die sie in vollkommener Finsternis in einem Stück hätten schwimmen müssen – unmöglich! Tad war kein guter Schwimmer. In der Grundschule hatte er es gerade mal bis zum Schwimmabzeichen in Bronze geschafft. Das lag nicht nur daran, dass es um seine Kondition nicht zum Besten stand. Wasser war einfach nicht sein Element. Oder anders ausgedrückt: Wasser war ihm unheimlich. Erst recht in Flüssen oder Seen, wo er den Grund nicht sah und alles Mögliche unerkannt im Wasser lauern konnte. Er hatte irgendwo in einem Video gesehen, dass es selbst hier in der Havel wieder Fische gab, die bis zu drei Meter lang und über hundert Kilo schwer wurden. Natürlich hieß es immer wieder, dass diese Tiere keine Menschen angreifen würden, aber wussten diese Viecher das auch? Neulich erst hatte er einen Bericht über irgendeinen Vollidioten gelesen, der eine Alligatorschildkröte in Brandenburg ausgesetzt hatte. Diese Bestie hatte einem Angler glatt zwei Finger abgebissen. Apropos Alligator, gab es nicht immer wieder Leute, die sich diese Reptilien illegal hielten und wenn sie zu groß wurden, einfach in die freie Natur entließen?

Tad spürte eine Bewegung an seinem Arm und zuckte zurück.

„Alles okay bei dir?", erklang Livs Stimme in seinem Ohrknopf. „Du atmest so hektisch."

„Alles bestens", log Tad.

„Sicher?"

„Voll." Innerlich stöhnte Tad auf. Liv musste ihn für ein totales Weichei halten.

„Tad", meldete sich Tinkerbells Stimme zu Wort. „Du hast einen Puls von 167, bitte reduziere deine Geschwindigkeit."

Na toll, jetzt fall du mir noch in den Rücken, schoss es Tad durch den Kopf. „Wie weit ist es noch bis zur Maselakebucht?", schnaufte er.

„Noch 823 Meter", erwiderte Tinkerbell.

„Na bitte … ist doch gar nicht mehr … so weit." Er hasste sich für seine Atemlosigkeit.

„Wir können langsamer schwimmen, Tad", sagte Liv.

„Kein Problem, bin nur etwas aus der Übung." Tad biss die Zähne zusammen und schwamm weiter. Er spürte das Pochen des Herzens an seinen Rippen. Diese Maske war so eng. Er hatte das Gefühl, zu wenig Luft zu bekommen. Ruhig, du Idiot! Atme ruhig! Es sind nur noch 823 Meter!, machte er sich selbst Mut.

Das ist noch fast ein Kilometer, meldete sich eine düstere Stimme in ihm zu Wort. Ein Kilometer, den du durch diese tintenschwarze Suppe schwimmen musst, während sich irgendwelche mutierten Bestien unerkannt nähern und jederzeit zuschnappen können. Dieses irrationale Gefühl einer lauernden Bedrohung wurde immer stärker.

„Tad, dein Puls liegt jetzt bei 172", sagte Tinkerbell. „Du musst dich beruhigen. Atme langsam und gleichmäßig!"

Er vernahm ein dumpfes Rauschen. Da kam etwas! Tad fuhr herum.

Plötzlich war Liv bei ihm. Ganz dicht. Ihre Maske war nur einen Fingerbreit von seiner entfernt. Sie legte ihre Hände auf seine Schultern. „Tad, sieh mich an!"

Ihr Gesicht war nur ein bleicher Fleck. „Dir kann nichts passieren, hörst du?"

Das Rauschen wurde lauter. Da war etwas Großes, Dunkles! Es kam in Livs Rücken immer näher. Tad bekam keine Luft mehr. Die Maske presste sich an sein Gesicht. Ein Kribbeln schoss durch seinen Körper. Panik erfasste ihn. Ein riesiger, schwarzer Schatten war über ihnen.

„Tad", rief Liv. Es gab einen dumpfen Schlag. Sie schrie auf. Ihre Hände glitten ab und Tad verlor sie aus den Augen.

„Tad", hörte er Tinkerbells ruhige Stimme. „Wenn du keine Luft mehr bekommst, hat sich das Ventil des Schnorchels verschlossen. Tauch auf, atme aus, dann löst sich das Ventil wieder."

Tad schoss nach oben und durchstieß die Wasseroberfläche. Er atmete aus und sog gleich darauf köstliche, süße Luft in seine Lungen. Direkt vor ihm bewegte sich ein Stahlkoloss durch das Wasser – ein Lastkahn. Sie hatten ihn in der Dunkelheit des Wassers nicht kommen sehen. Seine Bugwelle hatte Tads Schnorchel verschlossen und – das Ding hatte Liv gerammt. Scheiße! Tad holte tief Luft. „Tinkerbell, Licht!"

Tad tauchte ab. Die Maske presste sich hart gegen sein Gesicht. Die Taschenlampe seines Smartpalms, reichte durch das trübe Wasser nicht viel weiter als eineinhalb bis zwei Meter. Liv, wo bist du? Hektisch durchpflügte er das Wasser und tauchte am stählernen Rumpf des Schiffs entlang. Da! Da war etwas! Tad sah einen bleichen Fleck durch das Wasser trudeln. „Liv!“, schrie er.

Sie antworte nicht. Mit aller Kraft schwamm er auf sie zu. Die Gedanken in seinem Kopf rasten. Er hatte einen Schlag gehört. Das Schiff musste Liv gerammt haben. Oh Gott, war sie etwa bewusstlos?

Ihre Bewegungen waren unbeholfen. Irgendetwas schien an ihr zu ziehen! Die Schiffsschrauben! Liv geriet in den Sog der Schiffsschrauben!

Tad schoss vor, packte einen ihrer hilflos rudernden Arme und schwamm mit aller Kraft rückwärts. Für einen Moment schien es, als wäre der Sog des Schiffs stärker. Mit panischen Schwimmstößen kämpfte er dagegen an. Es fühlte sich an, als würde irgendetwas reißen und er tauchte auf. Liv hing schwer in seinen Armen. Sie bewegte sich schwach. Er riss ihr die Maske ab und schob seine eigene nach oben. „Liv!“, keuchte Tad.

Sie hustete, sog gierig die Luft ein und hustete erneut.

„Liv, ist alles okay?

„Ich glaub du hast meine Nase abgerissen“, schnaufte sie.

Tad stieß ein erleichtertes Lachen aus, „Na, wenn das alles ist – die kleben wir einfach wieder an.“

Liv stöhnte und betastete ihren Hinterkopf. „Das gibt eine fiese Beule.“

Noch immer lag sie in seinen Armen. Das war durchaus angenehm, allerdings musste er sie beide mit Beinbewegungen über Wasser halten, und seine Muskeln wurden allmählich lahm. Er wartete, bis sich ihr Atem etwas beruhigte. „Geht’s wieder?“, fragte er vorsichtig.

„Ich glaub schon.“ Sie löste sich aus seinen Armen. „Wo ist meine Maske?“

„Hier!“

„Oh, da schwimmt tatsächlich meine Nase drin. Sie nahm das Silikonteil, öffnete ihren Neoprenanzug ein Stück und stopfte es darunter. „Wie kann man nur so bescheuert sein, so ein riesiges Schiff nicht zu bemerken?!"

„Ich bin in Panik geraten, tut mir leid."

„Psst!" Sie legte ihre Hand auf seinen Mund. „Hörst du das?"

Tad vernahm ein leises Rauschen, das von dem Dröhnen des weiter fahrenden Schiffs fast überdeckt wurde.

„Schnell, das Licht!", zischte sie.

„Tinkerbell, Licht aus!", befahl Tad.

Eine Drohne rauschte über den Fluss. Vorsichtig zogen beide ihre Masken über und tauchten ab. Tad zählte leise bis hundert, bevor er wieder auftauchte. Das Flugobjekt hatte sich entfernt und schwebte jetzt ein gutes Stück weiter nördlich über dem westlichen Ufer. Scheinwerfer blitzten auf. Ein greller Lichtstrahl huschte über die Weiden und Büsche am Ufer.

Liv tauchte neben ihm auf.

„Siehst du das?", flüsterte Tad.

„Das muss der Maselakepark sein."

Eine zweite Drohne tauchte auf. Ihr Lichtkegel fiel auf die trüben Fluten der Havel. Kurz darauf entdeckte Tad eine dritte, die das Ostufer absuchte. „Shit!", er nagte an der Unterlippe.

„Da kommen wir niemals vorbei", schnaubte Liv. „Aaron hat uns verraten."

„Bin mir nicht so sicher", murmelte Tad. „Das sieht fast aus wie ein Straßenposten, also ein Wasserstraßenposten. Der direkte Weg von einer Insel geht nun mal über das Wasser. Vielleicht ist ADAM einfach nur vorsichtig. Er wurde entwickelt, um militärische Operationen durchzuführen und denkt wie ein General. Wir sind der Feind. Zwar scheint es so, als würde uns der Albino gefangen halten. Aber er traut weder ihm noch uns. Da er nicht genau weiß, wo wir sind und was wir vorhaben, rechnet er sicherheitshalber damit, dass wir ihn angreifen wollen und ergreift entsprechende Gegenmaßnahmen."

„Na toll, und was machen wir jetzt?"

„Wir verhalten uns irrational."

„Großartig." Liv schnaufte. „Es ist immer gut, einen ausgefeilten Plan zu haben."

Ablenkungsmanöver

Tad stand erschöpft am Ufer und quälte sich aus seinem Neoprenanzug. Sie waren südlich des Maselakeparks, geschützt durch ein paar Bäume, an Land gegangen. Die Drohnen blieben auf ihren Posten und kreisten in engen Kurven über dem Park und der Havel.

Hinter Tad raschelte es im Gebüsch, und er hörte Liv leise fluchen. Offenbar hatte auch sie ihre Schwierigkeiten, aus dem engen, nassen Anzug zu kommen. Es wäre leichter gewesen, sich gegenseitig zu helfen. Aber als er das vorgeschlagen hatte, war Liv instinktiv ein paar Schritte zurück gewichen und hatte den Kopf geschüttelt.

Das war irritierend. Einerseits suchte sie seine Nähe und schien ihn zu mögen, andererseits tat sie manchmal so, als wäre er ein aus dem Gefängnis ausgebrochener Schwerverbrecher. Hör auf zu grübeln, befahl er sich selbst, im Moment haben wir wirklich drängendere Probleme.

Endlich war er das dämliche Ding los. Der vollgesogene Anzug klatschte auf den taufeuchten Rasen der Uferböschung. Ein leichter Wind blies kühl auf seine nasse Haut. Hastig öffnete er den wasserdichten Beutel und holte seine Jeans hervor. In diesem Moment fiel ihm auf, dass er seine Unterhose anbehalten hatte. Das war nicht besonders pfiffig gewesen, er hatte schließlich keine Lust, den ganzen Tag mit nassem Hintern durch die Gegend zu laufen. Kurz entschlossen zog Tad die Unterhose aus. Er hatte gerade ein Bein in seine Jeans gesteckt, als es hinter ihm raschelte und eine Mädchenstimme kläglich fragte: „Tad, kannst du mir helfen?"

„Liv!", Tad zuckte erschrocken zusammen, verlor das Gleichgewicht und plumpste auf den nackten Hintern. „Mist!" Mit einer Geschwindigkeit, die ihn selbst beeindruckte, rappelte er sich auf und schlüpfte in seine Jeans.

„Alles okay?", fragte Liv.

Tad stand hastig auf und fuhr herum. „Jo, alles bestens."

Liv stand mit gesenktem Kopf vor ihm. Sie trug noch immer ihren Neoprenanzug. Offensichtlich hatte sich ihr Haar im Reißverschluss verfangen, und wie es schien, hatte sie von seiner peinlichen Aktion nichts mitbekommen.

Tad atmete erleichtert aus. „Klar, kein Problem."

Wie sich herausstellte, war es doch nicht so einfach wie er angenommen hatte. Livs Haare hatten sich so effektiv mit den kleinen Metallzähnen des Reißverschlusses verwoben, dass einfach nichts zu machen war. Er versuchte sie loszureißen.

„Aua, spinnst du?"

„Sorry, aber wie konntest du dich dermaßen verknoten?"

„Weiß ich doch nicht", fauchte Liv. „Es ist stockdunkel."

Tad lag auf der Zunge, sie daran zu erinnern, dass er von Anfang an vorgeschlagen hatte, sich gegenseitig zu helfen. Allerdings war er sich ziemlich sicher, dass sie diese Bemerkung eher nicht wohlwollend aufnehmen würde. Stattdessen sagte er: „Wir müssen die Haare abschneiden."

„Was?"

„Psst, nicht so laut! Was sollen wir denn sonst machen? Willst du das Ding etwa anlassen und die ganze Zeit mit der

Frisur vorm Gesicht herumlaufen?“

Tad wandte sich ab und kramte in dem wasserdichten Beutel. „Da muss irgendwo ein Messer drin sein.“

„Ein Messer?“

„Hast du etwa ‘ne Schere dabei?“

Liv schnaufte.

„Ah, da ist es ja.“ Tad zog ein Tauchermesser aus einer Lederscheide und prüfte die Klinge mit dem Daumen. „Sauscharf“, stellte er fest.

„Wie beruhigend.“, murmelte Liv.

Tad trat näher und umfasste mit der linken Hand ihre Haare.

„Sei bloß vorsichtig!“

„Na klar“, sagte Tad. Er setzte das Messer an und schnitt den Strang mit einem Ruck durch.

„Das ist also vorsichtig, ja?“, schimpfte Liv.

„Gern geschehen“, erwiderte Tad. Er ließ ihre Haare los und steckte das Messer zurück in die Scheide.

Liv drehte sich um. Während er das Messer wieder in der Tasche verstaute und sich sein T-Shirt überzog, hörte er das Mädchen vor Anstrengung ächzen. Tad grinste schief und schlüpfte in seine Schuhe.

„Scheiße!“, schimpfte Liv.

„Was ist?“

Liv drehte sich zu ihm um: „Der beknackte Reißverschluss geht immer noch nicht auf.“

„Zeig mal her.“ Er packte den Griff und zog. „Krass, das ist total verklemmt.“

Liv hielt den oberen Teil des Anzugs fest und Tad zog mit aller Kraft; schließlich riss der Reißverschluss komplett auf. Tads Finger streiften eine kleine Wulst unter ihrem Bauchnabel. Ein Tattoo war darüber gestochen worden. Verdeckte es etwa eine Narbe?

Liv drehte sich hastig um. „Danke“, sagte sie und verschwand wieder im Gebüsch.

Tad widerstand dem Impuls, ihr hinterher zu blicken. Stattdessen stopfte er den Neoprenanzug in einen Mülleimer und verstaute seine Sachen. Er schob sich die Silikonröllchen in die Backentaschen und setzte seine Perücke auf.

Fünf Minuten später trat auch Liv fertig angezogen aus dem Gebüsch. „Ich brauch mal deine Smartpalmkamera."

„Kein Problem. Tinkerbell, Selfiehologramm!"

Liv betrachtete sich in einem holografischen Spiegel. Geschickt klebte sie sich die Silikonnase an, band ihre Haare streng zurück und setzte sich die blonde Perücke auf. „Okay. Wie sieht jetzt dein irrationaler Plan aus?"

„Als erstes brauchen wir mehr Informationen. Tinkerbell, bitte stelle eine sichere Verbindung zu Randolf Aaron her!"

Die kleine Fee erschien; ihr Hologramm blickte Tad naserümpfend an. „Ich finde, du hast dich nicht zu deinem Vorteil verändert."

„Tinkerbell, die Verbindung!"

„Ist ja schon gut."

Wenige Sekunden später tauchte das Gesicht des Albinos auf dem Holoschirm auf. Dunkle Ringe waren unter seinen Augen und bräunliche Flecken waren auf seiner Wange. Er wirkte erschöpft. „Was ist?", fragte er.

„Ich möchte Emma sprechen."

Wortlos wich der Mann zurück und Emmas Gesicht erschien am Bildschirm. Auch sie hatte braunrote Flecken auf der Wange und an der Stirn – sie wirkte angespannt. „Alles in Ordnung bei euch? Wo seid ihr?"

„Etwas südlich des Parks an Land. ADAM versperrt uns mit Überwachungsdrohnen den Weg", erwiderte Tad. „Was ist bei euch los?"

„Die Sache ist schief gelaufen. Eigentlich sollte nur ich einen Fluchtversuch vortäuschen, aber Thor wollte unbedingt dabei sein. Er ist er gestürzt und seine Wunde ist aufgebrochen."

Tad schluckte. Wahrscheinlich waren diese rötlichbraunen Flecken Thors Blut.

„Wir mussten ihn gemeinsam zurücktragen", fuhr Emma fort „Die Drohnen haben alles gefilmt. Ich glaube nicht, dass diese künstliche Intelligenz sich jetzt noch täuschen lässt."

Nicht gut, schoss es Tad durch den Kopf. Wenn ADAM wusste, dass sie mit Aaron gemeinsame Sache machten, würde er umso mehr mit einem Angriff rechnen. Das erklärte auch die Einrichtung der Sperre. „Wie geht es Thor?", fragte er.

„Wir … ich meine, Randolf Aaron hat seine Wunde genäht. Er schläft jetzt, aber er hat sehr viel Blut verloren."

„Wird er es schaffen?", fragte Liv.

Emma nickte, aber zugleich liefen ihr die Tränen über die Wangen. „Ich … ich glaube schon. Er muss einfach."

Tad presste die Lippen zusammen und nickte. „Was hat Randolf Aaron jetzt vor?"

„Er macht gerade eine Blutuntersuchung. Wenn ich die gleiche Blutgruppe habe wie Thor, könnte ich ihm Blut spenden."

„Und wie macht er das mit der Untersuchung?", fragte Liv. „Der Kerl ist Programmierer und kein Arzt."

„Randolf Aaron hat hier unten ein komplettes A&M Medizinlabor. Offenbar ist er ziemlich krank. Er trägt einen Mikro-Herzschrittmacher und nimmt blutverdünnende Medikamente. Auf mich wirkt es so, als hätte er echt Ahnung."

„Pass auf!", mahnte Tad; lautlos fügte er mit deutlichen Lippenbewegungen hinzu: „Trau ihm nicht".

Emma nickte. „Was werdet ihr tun?"

„Wir werden eine falsche Fährte legen und unseren Plan weiter verfolgen", erwiderte Tad. „Mehr können wir im

Moment nicht sagen."

Emma schniefte und nickte schließlich.

„Okay. Bis später. Und Kopf hoch, Thor wird schon wieder."

Emma sagte nichts. Tränen liefen ihr über das Gesicht. Nach einigen Sekunden beendete sie die Verbindung.

Tad fluchte leise. Er kam sich so erbärmlich vor. Kopf hoch – was für ein bescheuerter Spruch!

Liv legte ihm die Hand auf die Schulter. „Es fühlt sich so scheiße an, wenn man nichts tun kann."

Tad nickte stumm.

„Ich hab mal jemand gekannt … eine Frau, die mir viel bedeutet hat."

Tad sah Liv an. Sie wirkte sehr ernst und nachdenklich.

„Diese Frau sagte einmal, es gibt immer etwas, was wir tun können. Selbst mit gebundenen Händen können wir beten."

Tad runzelte die Stirn. „Meinst du, das bringt was?"

Liv zuckte die Achseln. „Kommt darauf an."

„Ob man glaubt?

„Nein, ob es wahr ist." Sie rückte ihre Tasche zurecht. „Ob da wirklich jemand ist, dem wir wichtig genug sind, dass er uns hört."

Einen Moment lang sahen sich die beiden stumm an, dann fragte Tad. „Gehen wir?"

Schweigend gingen sie die Anhöhe hinauf und folgten einer schmalen Seitenstraße, die dicht mit Straßenbäumen bewachsen war.

„Nur interessehalber", fragte Liv nach einer Weile. „Wohin gehen wir eigentlich?"

„Zu einer gut befahrenen Straße mit Ampel."

„Natürlich. Wenn die Menschheit kurz davor steht, von einer übermächtigen künstlichen Intelligenz ausgelöscht zu werden, sollte man stets eine Ampel aufsuchen."

„Ja", sagte Tad. „Ich hoffe, du hast dein Prepaidpalm dabei?"

„Ja, aber mit herausgenommenem Akku."

„Ich schlage vor, du setzt ihn wieder rein und schickst eine Nachricht an deine Mutter, dass sie sich keine Sorgen machen soll, weil du noch eine Nacht bei einer Freundin übernachtest."

„Meine Mutter macht sich keine Sorgen", erwiderte Liv.

„Darum geht's doch gar nicht", setzte Tad an.

„Ich denke, ich hab's kapiert", sagte Liv. „Du willst, dass ADAM das Smartpalm ortet und es dann an der Ampel auf irgendeinen Lastwagen schmeißen, richtig?"

Tad nickte. „Genau. Wir suchen einen Laster oder einen Pickup Richtung Süden und lenken ADAM auf eine falsche Fährte."

„Das ist der Plan?"

„Ja", erwiderte Tad. Nach seiner Ansicht könnte Liv ruhig ein wenig mehr Begeisterung zeigen.

„Soweit ich verstanden habe, ist ADAM eine Superintelligenz, mit mehreren hundert Trilliarden Rechenoperationen pro Nanosekunde. Alle Autos sind vernetzt und haben Kameras an Bord. Was glaubst du, wie lange ADAM braucht, um unseren Plan zu durchschauen? Eine halbe Sekunde? Eine Sekunde?"

„He, hast du ne bessere Idee?"

Liv seufzte. „Bedauerlicherweise nicht."

„Also?"

Liv zuckte die Achseln. „Versuchen wir's." Sie kramte das Smartpalm und den Akku aus der Tasche. Kurz darauf erreichten die beiden eine Hauptstraße. Allerdings war weit und breit kein Auto zu sehen.

„Komm da rüber." Tad deutete auf einen Zaun, hinter dem dichtes Buschwerk wucherte. „Da haben wir wenigstens etwas

Deckung.“

Sie kletterten hinüber und duckten sich hinter die dicht wuchernde Hecke. Neben ihnen standen nicht weit entfernt einige Mülltonnen. Das große Gebäude in ihrem Rücken war unbeleuchtet. Wahrscheinlich eine Schule, mutmaßte Tad.

Liv setzte den Akku ein und startete ihr Smartpalm. Es war nicht besonders leistungsstark und benötigte ein bisschen, ehe es hochfuhr.

Plötzlich ließ lautes Rumpeln die beiden zusammenfahren.

„Was ist das?“, fragte Liv.

„Keine Ahnung. Das kommt von den Mülltonnen.“

„Iih, etwa Ratten?“

„Scheint was Größeres zu sein. Vielleicht ein Marder oder so.“ Tad zuckte die Achseln. „Ist doch egal. Schreib lieber die Nachricht an deine Mutter.“

Liv gab ein paar Worte ein, dann hob sie den Kopf. „Riechst du das?“

„Was soll ich riechen? Hier sind Mülltonnen in der Nähe, das duftet nicht nach Rosen.“

„Nein, das riecht nach Maggi!“

„Na und?“

„Ich glaub, das ist ein Wildschwein.“

„Echt?“

„Ja.“

Es rumpelte wieder, und gleich erklang ein jämmerliches Quieken.

Tad stand auf und machte ein paar Schritte auf die Mülltonnen zu.

„Bist du irre?“, fuhr Liv ihn an. „Die Viecher sind gefährlich.“

Tad ging vorsichtig auf eine umgestürzte schwarze Tonne und schob sachte den Deckel nach oben. Ein winziger Wildschweinfrischling blickte ihm ängstlich entgegen.

Rasch ließ er den Deckel wieder fallen und hielt ihn zu. „Das ist ein Wildscheinjunges. Komisch, ich dachte, die kommen nur im Frühling?“

Liv schüttelte den Kopf. „Das war früher mal so, aber die Tiere hier in der Stadt finden immer Nahrung. Daher muss man das ganze Jahr mit Nachwuchs rechnen. Sie stand auf. „Lass uns lieber abhauen, wenn die Mutter auftaucht, kann sie richtig aggressiv ...“

Tad unterbrach sie: „Das ist unsere Chance!“

„Unsere Chance, aufgespießt zu werden, oder was?“

„Quatsch. Unsere Chance, ADAM an der Nase herumzuführen. „Schnell, komm her! Ist das Smartpalm bereit?“

„Du spinnst.“

„Nun mach schon.“

Liv verzog das Gesicht, schrieb jedoch hastig die Nachricht zu Ende.

Tad kramte eine Jacke aus seiner Tasche und wand sie sich um den Arm. „Ich halt das Schwein fest, du befestigst das Smartpalm. Los jetzt!“

Tad zählte bis drei, dann öffnete er die Klappe. Das verängstigte Schweinchen sprang direkt in seine Arme. Bis dahin lief alles nach Plan, doch leider wollte das Tierchen äußerst ungern ein Smartpalm tragen. Es zappelte wild quiekend in Tads Armen.

„Mach endlich!“, zischte Tad.

„Würd ich ja gerne. Halt doch mal still!“, zischte Liv zurück.

„Wie denn?“

„Weiß ich doch nicht.“

„Krass, ist das stark.“

„Ha! Jetzt hab ich ein Bein.“

„Shit, das beißt.“

„Mist!“

„Beeil dich!“

„Gleich hab ich‘s.“

„Ich kann es nicht mehr halten.“

„Fertig!"

Hastig ließ Tad das quiekende Bündel zu Boden. „Puh, das war knapp."

„Oh shit, hörst du das?" Liv packte seinen Arm.

„Was denn?" Tad lauschte. „Klingt, als würde eine Frau mit Stöckelschuhen über die Straße rennen."

Ein tiefes, wütendes Grunzen ertönte. Irgendetwas ließ den Zaun hinter den Mülltonnen erbeben. Ein unverwechselbarer Geruch stieg in Tads Nase.

„Krass, das sind die Alten!", entfuhr es ihm. „Weg hier!"

Sie rannten, so schnell sie konnten über einen kleinen Parkplatz. Hinter ihnen rumpelte es. „Schneller!", keuchte Tad. Das Klappern der harten Wildschweinhufe ertönte hinter ihnen und setzte ungeahnte Kräfte frei. Sie rasten an dem Haus vorbei auf eine große Wiese.

„Da auf den Schuppen!" Liv deutete auf einen niedrigen Verschlag.

Sie spurteten darauf zu. Das Glück schien ihnen endlich gewogen zu sein. Ein Haufen alter Pflastersteine war davor gestapelt. Liv hechtete darauf zu, sprang von den Steinen hoch und wuchtete sich auf das Dach; Tad folgte ihr. Im Sprung spürte er, wie ihn etwas am Hosenbein hielt. Doch er bekam das Dach zu fassen, stemmte sich mit aller Kraft hoch. Stoff riss, und er purzelte neben Liv auf das Flachdach. Hastig rappelte er sich wieder auf und starrte nach unten. Ein mächtiger Keiler stand dort schnaubend vor den Pflastersteinen, erwiderte ihren Blick mit kleinen, bösartig glitzernden Augen. Ein Fetzen blauer Stoff hing an seinem linken Hauer herunter. Zum Glück konnte die Bestie nicht klettern.

„Das … war wirklich … 'ne … Spitzen … idee", schnaufte Liv.

„Was denn?", erwiderte Tad. „Hat doch super geklappt."

Eine volle Minute stand das Biest da und starrte sie finster an, bevor es sich abrupt abwandte. Es trottete davon und verschmolz mit der Nacht.

„Hast du tagsüber jemals ein Wildschwein gesehen?", fragte Tad.

„Nein. Aber ich wüsste auch nicht, was das an deiner dämlichen Idee besser macht."

„Ganz einfach, Wildschweine sind viel unberechenbarer und wesentlich schwerer zu finden als ein LKW", erwiderte Tad. „Wenn es uns gelingt, ADAM wenigstens für einen Tag in die Irre zu führen, können wir einen ordentlichen Vorsprung herausholen."

„Okay", Liv nickte. „Wenn ich jetzt nicht genau wüsste, dass diese ganze Sache reiner Zufall war, würde ich sagen: kein schlechter Plan."

Tad grinste. „Ich bin eben gut im Improvisieren."

Liv enthielt sich eines Kommentars, stattdessen fragte sie: „Findest du es nicht auch merkwürdig, wie verfallen hier alles ist?"

„Wieso? Die meisten Schulen sehen so aus."

„Das ist keine Schule. Da vorne an dem Schild steht: Sonnenhof. Ich glaube, das ist ein ehemaliges Kinderh…", weiter kam sie nicht, denn in diesem Moment gab es ein lautes Knacken und im nächsten Moment brach das rostige Wellblechdach abrupt weg.

Liv stieß einen spitzen Schrei aus, beide purzelten in die staubige Dunkelheit des Verschlags.

Tad kam zuerst mit den Füßen auf, krachte mit dem Rücken gegen irgendetwas Hartes, bevor er äußerst unsanft mit dem Hinterteil auf den Boden schlug. Schnaufend rappelte er sich auf.

Liv stöhnte.

„Alles okay mit dir?"

„Na ja", ächzte Liv. „Nix gebrochen, aber ich seh bald so verprügelt aus, dass man mich auch ohne Verkleidung nicht mehr wiedererkennen würde."

„Warte, ich schau mal nach." Tad schaltete die Taschenlampe seines Smartpalms ein. Er grinste. „Du hast zwei Nasen, aber sonst ist eigentlich alles ganz schick."

Liv kicherte und drückte ihre Silikonprothese zurecht. Sie rappelte sich auf und zuckte schmerzhaft zusammen. „Mist, die blöde Wunde suppt wieder."

Tad sah nach ihrem Verband. „Shit, ich glaub, du hast recht."

„Egal. Das hört schon wieder auf. Hilf mir mal, das Blech beiseite zu biegen. Möglicherweise habe ich da etwas Interessantes gesehen."

Gemeinsam bogen sie das halb eingestürzte Dach beiseite. Tads Taschenlampe durchschnitt die Dunkelheit.

Vor ihnen lag ein Haufen ineinander verkeilter Fahrräder.

Er pfiff durch die Zähne. „Glück im Unglück", würde ich sagen.

„Hoffentlich sind die Reifen noch intakt."

Tad machte sich daran, die rostigen Fahrräder voneinander zu lösen. „Oha, die sind wirklich alt", bemerkte er.

„So alt, dass sie keine Elektromotoren haben", ergänzte Liv. „Und vor allem keinen Ortungschip. Weißt du, was das heißt?"

„Ja." Tad grinste. „Wir kommen noch heute aus Berlin raus, absolut analog und vollkommen unbemerkt."

Etwa eine knappe halbe Stunde später radelten sie verschmutzt und mit quietschenden Ketten über einen rumpligen Teerweg durch den Spandauer Forst. Morgennebel waberte über Wiesen und Felder, als sie den Wald, und damit auch Berlin, hinter sich ließen.

Tinkerbell führte sie über schmale Nebenwege durch den sogenannten Speckgürtel der Vororte. Die beiden begegneten keiner Menschenseele, ehe sie endgültig die dichter besiedelten

Zonen hinter sich gelassen hatten.

Die Sonne ging auf und vertrieb den Morgennebel. Die Landstraße war voller Schlaglöcher und absolut einsam. Hier war Brandenburg urwüchsig. Die Landflucht hatte in den letzten zwanzig Jahren stetig zugenommen, ganze Dörfer waren verwaist.

„Wird Zeit, dass wir einen Unterschlupf finden", schnaufte Tad.

„Dort drüben, dieser dunkle Streifen da. Wenn wir Glück haben, sind das schon die südlichen Ausläufer des Waldes, der bis dicht an Tietzow heranreicht."

„Tinkerbell!", befahl Tad. „Gib uns mal einen Überblick. Wozu gehört der Wald nördlich von uns?"

„Gerne doch, mein schnaufender Meister", erwiderte die kleine Fee.

Liv kicherte.

„Sehr witzig", brummte Tad.

„Ein Kartenhologramm wurde sichtbar. „Etwa 1400 Meter nördlich beginnt der Naturpark Vehlefanz. Er ist Bestandteil des Renaturisierungsprogramms der Brandenburgischen Regierung und soll vor allem Touristen anlocken, was aber, wenn man die Buchungszahlen der letzten zehn Jahre betrachtet, nicht besonders gut funktioniert."

„Mit anderen Worten: Dahinten begegnen wir keiner Sau."

„So würde ich das nicht formulieren", erwiderte Tinkerbell. „Es haben sich jede Menge heimische Tierarten dort wieder angesiedelt, darunter natürlich auch Wildschweine."

„Tinkerbell!", unterbrach Tad. „Wie groß ist die Wahrscheinlichkeit, Menschen zu treffen?"

„Das hängt natürlich ganz davon ab, in welche Gegend du genau willst. Je nachdem triffst du hier und da auf Jäger, Förster, Pilzsammler."

„Die Wahrscheinlichkeit, Tinkerbell?", unterbrach Tad.

„Sie liegt im Promillebereich", erwiderte Tinkerbell beleidigt.

„Danke, das reicht mir."

„Aber mir nicht", meldete sich Liv zu Wort. „Welchen Tieren könnten wir hier noch begegnen, außer Wildschweinen."

„Im Prinzip der kompletten ursprünglich heimischen Fauna", erwiderte Tinkerbell. „Um diese Zeit könntest du Glück haben und ein paar Maikäfer …"

„Ich meine größere Tierarten", unterbrach Liv.

„Rotwild, Schwarzwild, Dachse, seit ein paar Jahren sogar Wisente, die aus einem polnischen Nationalpark ausgebüxt sind, Luchse, auch wenn das sehr unwahrscheinlich ist, natürliche Wölfe und …"

„Wölfe?", unterbrach Liv erneut.

„Klar. In Brandenburg gibt es schon seit Jahrzehnten wieder Wölfe."

„Na großartig", schnaubte Liv. „Vergiss es Tad. Ich geh nicht in diesen Wald."

„Liv, ich glaube nicht, dass wir uns ernsthaft Gedanken über Wölfe machen müssen. Unser Problem sind ADAMs Drohnen. Vor denen sind wir nur im Wald sicher."

„Tad, du verstehst das nicht!"

„Chef", meldete sich Tinkerbell zu Wort. „Ich ergreife nur äußerst ungern das Wort, aber irgendjemand versucht gerade, uns ausfindig zu machen."

„Wie? Was meinst du damit?"

„Ich empfange verschiedene Signale, die auf einen Ortungsversuch hindeuten."

„Drück dich gefälligst klar aus."

„Eine Drohne verfolgt uns, mit dem Ziel einer optischen Identifikation."

Tad warf einen Blick über die Schulter. Ein winziger schwarzer Punkt war am blassblauen Morgenhimmel auszumachen. Er bewegte sich schnell, sehr schnell!

„Fahr, Liv!", rief Tad, während er mit aller Kraft in die Pedale trat. „Fahr, so schnell du kannst!"

Unterstand

Die schlecht geteerte Straße forderte ihre volle Aufmerksamkeit. Buckel und Schlaglöcher ließen die alten Drahtesel bocken und brachten den Lenker ins Schlenkern. Tad wagte einen hastigen Blick über die Schulter. Die Drohne war deutlich nähergekommen. „Schneller!“, rief er.

Sie radelten eine weite Kurve. Der rumplige Asphalt endete abrupt und wich einer Schotterstraße. Das Fahren wurde dadurch nicht leichter.

„Ich kann nicht mehr“, keuchte Liv. Ihre Silikonnase saß schief, und eine dunkle Haarsträhne lugte unter ihrer Perücke hervor. Aufgewirbelter Staub klebte an ihrer Haut.

Vermutlich wäre es keine gute Idee, sich auf ihre Verkleidung zu verlassen.

Tad biss die Zähne zusammen. Seine Muskeln brannten. Es fühlte sich an, als habe jemand Hantelscheiben unter die Pedale geschraubt. Sie schienen dem Waldrand überhaupt nicht näher zu kommen.

Livs blonde Perücke flatterte im Wind. Sie blickte nach hinten, dann wieder nach vorne. „Das schaffen wir nie!“

„Wie nah?“

„Höchstens noch 100 Meter.“

Tad stöhnte innerlich auf. Hastig blickte er sich rechts und links nach einer Deckung um. Doch bis auf ein paar vereinzelte Bäume, die auf einer brachliegenden Weide standen, gab es nur flaches Land – keine Chance, sich irgendwo zu verstecken. Schweiß strömte ihm über das Gesicht und troff von seiner Nase.

Von einem der Bäume stoben Krähen auf. Sie machten einen Höllenlärm. Ihr Krächzen übertönte das Quietschen der Fahrradketten, seinen keuchenden Atem und das knirschende Geräusch der Reifen auf der Schotterpiste.

Er blickte zum Wald. Noch siebzig Meter. Vielleicht hatten sie doch eine Chance?

Plötzlich war da, mitten auf der Schotterpiste, ein faustgroßer Stein. Tad bemerkte ihn zu spät. Er versuchte im letzten Moment auszuweichen, doch das machte es noch schlimmer; der Reifen glitt an dem Stein ab, das Rad verdrehte sich, und Tad wurde aus dem Sattel geschleudert. Instinktiv streckte er die Arme und rollte sich ab, als er auf den Boden aufschlug. Er kugelte über die Schotterstraße und blieb schließlich mit aufgeschürften Armen in einer Staubwolke liegen. Undeutlich sah er, wie Liv eine Vollbremsung hinlegte, ihr Rad zu Boden warf und zu ihm zurück rannte. „Hau ab so schnell du kannst!“, krächzte er. Schlammiger Straßenstaub war auf seiner Zunge; er spie ihn aus.

Liv kniete neben ihm nieder. „Alles okay?“

„Was machst du denn?“, röchelte Tad.

Liv starrte mit offenem Mund an ihm vorbei in den Himmel.

Mühsam rappelte sich Tad auf und folgte ihrem Blick. „Krass“, murmelte er.

Mit großen Augen sah er, dass ein großer Schwarm Krähen, die Drohne krächzend umflatterte und immer wieder brutal attackierte.

„Die rasten ja völlig aus", sagte Liv.

Sie hatte recht. Immer wieder stürzten sich die Krähen mit voller Wut auf die Drohne und hieben mit ihren Schnäbeln auf sie ein. Ihr wütendes Schreien erfüllte die Luft. Federn stoben auf. Von der Drohne war kaum noch etwas zu sehen. Es musste den Tieren gelungen sein, einen der Rotoren massiv zu beschädigen. Die Drohne geriet ins Trudeln und stürzte ab – verfolgt von den wütenden Krähen.

Tad wandte sich ab. „Lass uns verschwinden!" Er griff nach seinem Fahrrad und ließ es gleich wieder zu Boden fallen. Das Vorderrad war komplett verbogen. „Das ist nicht nur 'ne Acht", brummte er. „Das ist mindestens eine vierundzwanzig." Er nahm den wasserdichten Sack und warf ihn sich über die Schulter. „Dann eben zu Fuß."

Liv schulterte ebenfalls ihr Gepäck. „Im Wald kommen wir so ohnehin besser voran."

Tad warf einen Blick über die Schulter. Der Krähenschwarm hatte sich um die abgestürzte Drohne versammelt und beäugte sie misstrauisch. „Irgendwie unheimlich, die Viecher", murmelte er.

„Immerhin haben sie uns die Drohne vom Hals geschafft", bemerkte Liv.

„Das stimmt." Tad kratzte sich am Hals. „Fragt sich nur, warum?"

„Vielleicht wollten sie bloß ihre Nester beschützen?"

„Kann schon sein." Er beobachtete die Krähen argwöhnisch. „Ich hoffe nur, die halten uns nicht auch für ihre Feinde."

Liv warf ihm einen Blick von der Seite zu. „So, wie du aussiehst, würde ich dir glatt zutrauen, rohe Krähenbabys zu verspeisen."

„Sagt ausgerechnet Hexe Schrumpelstein", erwiderte Tad mit Blick auf ihre verbogene Silikonnase.

Liv kicherte. „Wir wären prima Statisten für 'nen Zombiefilm."

Tad sah an sich hinab. Seine Kleidung war verdreckt, der Ellenbogen aufgeschürft, Blut rann über den völlig verschmutzten Unterarm und bildete eine bräunlich-schwarze Kruste. „Da kann ich dir nicht widersprechen."

„Tut's weh?", fragte Liv mitfühlend.

„Es tut eh alles weh, da fällt der Ellenbogen nicht weiter auf. Was macht der Kopf?"

„Alles okay." Sie sah an sich hinab. „Ich fühle mich unglaublich dreckig und klebrig. Drei Monate Taschengeld würde ich für eine schöne warme Dusche geben!"

„Hey, wir haben doch gerade erst gebadet", sagte Tad.

„Sehr witzig."

Sie hatten den Rand des Waldes erreicht. Es roch nach Harz und trockenen Kiefernadeln.

„Besser, wir halten uns abseits der Wege", sagte Liv.

„Tinkerbell, bitte führe uns auf dem kürzesten Weg zum A&M Forschungszentrum in Tietzow!"

„Lieber nicht", erwiderte die kleine Fee.

„Hä? Was soll das heißen?"

„Das heißt: NÖ!"

„Spinnst du?", erwiderte Tad. „Das war kein Vorschlag, das war ein Befehl."

„Tad, dir ist schon klar, dass das kein besonders sicherer Ort ist?", fragte Tinkerbell. „ADAM hat dort die absolute Kontrolle."

„Genau deshalb wollen wir ja da hin!", erwiderte Tad gereizt. „Also hör auf, herum zu zicken und mach deinen Job!"

„Ich wurde gemacht, um dich zu beschützen – schon vergessen?"

„Du wurdest gemacht, um mir zu gehorchen", korrigierte Tad. „Oder willst du jetzt Gott spielen, wie dein großer Bruder."

„Oh, das ist echt fies." Tinkerbells zorniges, kleines Gesicht poppte auf. „Was kann ich dafür, dass wir hier und da die gleichen Codes haben? Aber gut, wenn du unbedingt willst. Bitte! Dann bieg doch halblinks ab und marschier‘ durch die Büsche. Du wirst schon sehen, was du davon hast, wenn ADAMs Sanitätsroboter dich auseinandernehmen.“

„Moment mal“, mischte sich Liv ein, die das Zwiegespräch von Tad und seinem Serviceprogramm offenbar zunehmend amüsiert verfolgt hatte. „Wieso Sanitätsroboter?“

„Ich konnte einen kurzen Blick auf ein internes A&M Protokoll werfen. ADAM hat vier vollbesetzte Sanitätsfahrzeuge nach Tietzow beordert. Die werden bestimmt nicht gebraucht, um Verbände anzulegen. Er benutzt die Kumpels als Soldaten, ist doch klar.“

Liv biss sich auf die Lippen. „Das hört sich nicht gut an.“

Tad seufzte. „Tinkerbell, es wäre hilfreich gewesen, wenn du mir diese Info gleich gegeben hättest.“

„Wollte ich ja, aber du musstest ja unbedingt den Chef raushängen lassen. Aber gut, Schwamm drüber.“ Sie winkte lässig ab. „Gehe ich recht in der Annahme, dass du deinen irren Plan nun aufgegeben hast?“

„Natürlich nicht“, erwiderte Tad. „Allerdings müssen wir jetzt noch vorsichtiger sein.“

Tinkerbell stützte die Stirn auf eine Hand und schüttelte theatralisch den Kopf. „Wenn du unbedingt ins Unglück rennen möchtest – folge dem roten Pfeil!“ Sie verpuffte zu einer Wolke glitzernder Sternchen, die von einem imaginären Wind verweht wurden. Zurück blieb ein kleiner Pfeil, der über Tads Hand schwebte und nach halblinks wies.

„Na bitte“, sagte Tad zufrieden, „geht doch.“ Er bog ab ins Unterholz. Liv folgte ihm kopfschüttelnd.

Der Weg querfeldein war mühsam. Der Waldboden war uneben und von dicken Wurzelsträngen durchzogen. Dünne Zweige peitschten ihnen ins Gesicht.

Nachdem sie sich etwa eine Stunde lang mühsam durch das Unterholz gekämpft hatten, wurde es immer düsterer. Das lag nicht nur an den dichten Baumkronen. Dunkle Wolken zogen auf und wandelten das Blau des Himmels in immer dunkler werdendes Grau.

„Ich bin so müde“, seufzte Liv.

„Wir waren die ganze Nacht wach.“ Tad gähnte. „Vielleicht suchen wir uns irgendwo einen Unterschlupf und machen eine Pause.“

„Gute Idee“, murmelte Liv.

Sie stapften weiter. Bedauerlicherweise gab es in dieser verlassenen Gegend nichts, was auch nur im Entferntesten nach einem Unterschlupf aussah. Kurz darauf begann es auch noch zu regnen.

Liv streckte die Hand aus und schaute resigniert nach oben. „Das war nicht das, was ich mir unter einer warmen Dusche vorgestellt habe.“

„Man kann nicht immer gewinnen“, brummte Tad.

Liv warf ihm einen finsteren Blick zu.

Sie wanderten weiter. Die Dunkelheit und der Regen nahmen zu. Ein kühler Wind pfiff durch die Bäume und ließ die hohen Kronen wanken.

„Ey, jetzt werde ich schon wieder nass!“, murrte Tad. „Hätte ich bloß diesen blöden Neoprenanzug mitgenommen.

Ein Blitz zuckte herab und kurz darauf krachte es ohrenbetäubend.

Erschrocken fuhr Tad zusammen. Liv umklammerte instinktiv seinen Arm.

„Shit! Das war voll dicht!“

Als hätte ein zorniger Riese den Himmel aufgerissen, prasselte der Regen herab. Die vom Wind hin und hergeworfenen Blätterkronen vermochten das herabströmende Wasser nicht aufzuhalten. Tad spürte, wie die Feuchtigkeit durch seine Kleidung drang. Die Temperatur schien um mindestens zehn Grad abgesunken zu sein.

Der nächste Donner krachte.

„Wir müssen uns irgendwo unterstellen!", rief er durch den heulenden Wind.

Liv schüttelte den Kopf. „Nein, unter den Bäumen ist es viel zu gefährlich."

„Wir sind hier mitten in einem riesigen Wald." Tad rief die GPS-Karte auf. „Im Umkreis von drei Kilometern gibt es hier nichts als Bäume."

Tad hatte noch nie Angst vor Gewittern gehabt. Im Gegenteil, er hatte das Spektakel stets ein wenig genossen. Wie er feststellen musste, war es ein großer Unterschied, ein Unwetter aus der sicheren und trockenen Umgebung eines durch Blitzableiter gesicherten Gebäudes zu beobachten oder hier draußen zu sein und die urtümliche Gewalt der Natur am eigenen Leib zu spüren. „Da gab es doch mal so 'nen Spruch wie war der noch? Eichen sollst du weichen, Buchen sollst du suchen."

„Das ist voll der Blödsinn!", rief Liv. „Einem Blitz ist die Baumart völlig egal. Der sucht sich einfach den Weg des geringsten Widerstands."

Blitz und Donner kamen mittlerweile gleichzeitig. Es krachte so heftig, dass der Boden unter ihren Füßen zitterte.

Tad aktivierte sein Smartpalm: „Tinkerbell, wie schützt man sich bei einem Gewitter im Wald?"

„Am besten, indem man ihn schnellstmöglich verlässt und sich in ein Auto oder ein sicheres Gebäude begibt."

„Und wenn das nicht möglich ist?"

„Hügel und hochgewachsene Bäume meiden und sich einen Unterstand suchen, an dem man vor herabfallenden Ästen sicher ist."

„Na toll!" Tad sah sich um, konnte aber in der Düsternis nicht viel erkennen. Die Bäume bogen sich unter der Wucht des Sturms. Es knackte und knirschte.

„Da drüben!“ Liv packte ihn am Arm.

Tad konnte nicht erkennen, worauf sie anspielte, aber er folgte ihr. Kurz darauf sah er, was sie gemeint hatte. Ein umgestürzter Baum! Irgendein früherer Sturm hatte eine große Kiefer entwurzelt. Direkt am Wurzelballen war der Stamm am mächtigsten und darunter war genug Platz für sie beide.

Hastig kauerten sich die Jugendlichen in ihren Unterschlupf. Der Baum hatte bei seinem Sturz einigen Schaden angerichtet, und die Baumwipfel standen hier weniger dicht. Der Regen prasselte herab, floss um den Stamm herum und rann in Tads Nacken. „Na super!“ Er blickte sich um. In der Nähe standen ein paar dünne Laub- und Nadelbäumchen. Kurzentschlossen kramte er das Messer aus seinem wasserdichten Beutel und kroch aus dem Unterstand. Ein Blitz zuckte nieder und warf ein grelles Schlaglicht auf die matschige Lichtung.

„Was hast du vor?“, rief Liv.

„Unterstand!“

Es war schwieriger, als Tad gedacht hatte, die schlanken Bäumchen mit dem Messer zu fällen. Also trat er stattdessen ein paar morsche Äste von der umgestürzten Kiefer ab. Er rammte die Äste und Bäumchen schräg in den matschigen Boden, sodass sie mit der anderen Seite auf dem Baumstamm auflagen und ein primitives Dach bildeten. Wieder krachte es ohrenbetäubend.

Nun kroch auch Liv aus dem Versteck. „Gib mal her!“ Sie nahm ihm das Messer ab.

„Was machst du? Bleib im Unterstand!“

„Zusammen geht’s schneller Mit dem Messer schnitt sie dünne, flexible Zweige von Bäumen und Büschen, die sie mit den Ästen verflocht. Nach wenigen Minuten waren beide bis auf die Haut nass. Tad konnte sehen, dass Liv zitterte. Er legte die Hand auf ihre Schulter. „Komm, das reicht!“

In diesem Augenblick zuckten Blitz und Donner gleichzeitig nieder. Das gleißend helle Licht des Blitzes verwandelte sich in eine Feuerzunge, als er mit ohrenbetäubendem Lärm in eine Fichte einschlug, die nur 20 Meter entfernt von ihnen stand. Der Baum explodierte regelrecht. Ein halbmeterlanges, beindickes Holzstück zischte nur eine Handbreit von Tads Brust entfernt an ihnen vorbei und krachte gegen den umgestürzten Baumstamm. Tad stand wie erstarrt. Er sah, wie die Reste des Baums in sich zusammenfielen. In seinen Ohren piepte es. Ein seltsamer Geruch lag in der Luft.

Etwas zerrte an seinem Arm. Er blickte sich benommen um und erkannte Livs bleiches Gesicht. Sie zog an seinem Arm und deutete auf den umgestürzten Baum.

Gemeinsam krochen sie in den Unterstand. Es war so niedrig, dass Tad sich hinlegen musste. Er nutze den wasserdichten Sack als Kopfkissen. Liv hockte dicht neben ihm und zog die blonde Perücke ab, die wie ein nasser Filzklumpen auf den Boden klatschte. Eine dunkle Haarsträhne klebte ihr an der Wange. „Das war knapp“, sagte sie schließlich.

Tad nickte.

„Du hättest sterben können!“

„Du auch“, erwiderte Tad. Wäre das Holzstück nur ein wenig anders geflogen, hätte es Liv den Schädel zerschmettern können. Die Vorstellung, sie zu verlieren, jagte ihm einen Schauer über den Rücken. Es war verrückt, sie kannten sich erst ein paar Tage und doch konnte er sich nicht erinnern, sich irgendeinem Menschen jemals so nahe gefühlt zu haben. Vorsichtig streckte Tad seine Hand aus und berührte ihren Arm. Er spürte, wie sie eine Gänsehaut bekam.

„Du bist ganz kalt“, sagte er.

„Wahrscheinlich, weil du mich mit deinen Eisfingern berührt hast“, erwiderte Liv.

Ein Donner krachte ganz in der Nähe, und sie zuckte zusammen.

„Vielleicht wäre es vernünftig, wenn wir näher zusammenrücken?“, fragte Tad vorsichtig.

Liv nickte nach kurzem Zögern: „Okay, das klingt sinnvoll, dann verlieren wir nicht mehr so viel Wärme.“ Sie drapierte ihren Seesack neben Tads und legte sich, ihm den Rücken zugewandt, daneben – so dicht, dass ihre Schultern seine Brust berührten.

Eine Weile lagen sie schweigend nebeneinander, schließlich fragte Tad unsicher: „Ist es okay, wenn ich meinen Arm um dich lege?“

„Wahrscheinlich wäre das noch effektiver, oder?“

„Unbedingt“, erwiderte Tad.

„Okay.“

Tad schlang seinen Arm um Liv. Ihre Haut war eiskalt – sie wirkte angespannt.

„Du magst es nicht, wenn man dich berührt, oder?“, fragte er zögernd.

Liv sagte nichts, aber er spürte, wie sie tiefer ein und ausatmete und sich langsam entspannte. Tad biss sich auf die Lippen. „Dein Tattoo am Bauch – darunter ist eine Narbe …“

„Na und?“, unterbrach sie ihn. „Du hast einen Leberfleck am Po.“

„Hey, ich wollte dich nicht …“, setzte Tad an, dann wurde ihm klar, was sie gerade gesagt hatte. Offenbar hatte sie seine misslungene Umziehaktion am Havelufer sehr wohl mitbekommen. Er spürte, wie er rot wurde. Sie hatte seinen nackten Hintern gesehen! Wie peinlich war das denn? Tad schluckte. „War‘s wenigstens ein schöner Leberfleck?“

„So genau hab ich nicht hingeguckt.“ Liv kicherte. „Vielleicht war es auch Dreck.“

„Großartig. Da fühle ich mich gleich besser.“

Eine Zeitlang sagte keiner etwas. Das Gewitter zog langsam weiter. Die lauten Einschläge wichen allmählich dumpfem Grollen. Der Regen ließ allerdings nicht nach.

„Du willst nicht darüber reden", sagte Tad leise. „Das ist dein gutes Recht. Entschuldige, dass ich gefragt hab. Geht mich nichts an."

Liv gab sich nicht die Mühe, so zu tun, als wüsste sie nicht, was er meinte. Er ahnte, dass ihr wirklich schlimme Dinge widerfahren sein mussten.

Der Regen prasselte auf ihr improvisiertes Dach. Ein dicker Tropfen glitt vorbei und platschte auf Tads Wange.

„Es tut mir leid, Tad. Ich fürchte, ich bin ziemlich kompliziert." Sie atmete tief ein und aus. „Ich weiß nicht, ob ich jemals wieder irgendjemandem vertrauen kann."

Tad schluckte.

Eine Minute verrann.

„Die Narbe an deinem Bauch ist nicht die Folge eines Unfalls, nicht wahr?", fragte er vorsichtig.

Liv versteifte sich.

„Du hast so Andeutungen gemacht. Ich hab nur geraten", versuchte er zu erklären.

Liv sagte nichts. Er spürte, dass sie zitterte. Behutsam drückte er sie näher an sich heran und hörte, dass sie leise schluchzte.

Oh Tad, du bist so ein Vollidiot! Warum musste er in ihrer Vergangenheit herumwühlen und ihr das Leben damit noch schwerer machen. Sie hatte echt genug Probleme. „Tut mir leid!", stammelte er.

Statt einer Antwort, wandte Liv sich um, schlang ihre Arme um ihn und presste ihr Gesicht an seine Brust.

Tad wusste nicht, wie er seine Empfindungen einordnen sollte. Ein Glücksgefühl rieselte von seinen Haarspitzen bis in die Zehen hinab, als sie sich an ihn drückte, und zugleich fühlte er sich schuldig.

Tad biss sich auf die Lippen: Das hast du ja echt super hingekriegt.

Irgendwann wurde das Schluchzen leiser und verstummte schließlich ganz. Liv zog sich ein Stück zurück und blickte zu ihm auf. „Tschuldigung. Ich hab dich vollgeschleimt.“ Sie schniefte.

Sanft strich er ihr die regennassen Haare aus der Stirn. Dabei blickte sie ihm in die Augen. Ihre Lippen zitterten. Ob er sie küssen sollte? Ganz behutsam beugte er sich vor. Seine Lippen näherten sich den ihren. Livs Augen weiteten sich ein wenig, aber sie wandte sich ihm zu. Erst im letzten Moment bewegte sie den Kopf leicht zur Seite, sodass er mit seinen Lippen lediglich ihre Wange streifte.

„Ich glaube das wäre nicht gut“, sagte sie leise.

Ein Stich der Enttäuschung durchzuckte ihn. Sein Blick fiel auf ihr Gesicht. Dunkle Ringe lagen unter ihren verweinten Augen. Ihre Lippen waren blau. Sie wirkte unterkühlt und völlig erschöpft und er hatte nichts Besseres zu tun, als ans knutschen zu denken. Tad presste die Lippen zusammen. Was bist du nur für ein Ego?, sagte er sich selbst. „Du zitterst total. Vielleicht sollten wir ein Feuer machen?“

Liv rückte noch ein Stück weg von ihm und schlang die Arme um sich. „Gute Idee, nur mit was?“

Tad sah sich um. Alles troff von Feuchtigkeit und noch immer prasselte der Regen herab. Sein Blick fiel auf den Baum, der vom Blitz getroffen worden war. Noch immer stieg Rauch aus dem geborstenen Stamm. Tad stand auf und stapfte hinüber. Zwischen den zersplitterten und verkohlten Holzresten fand er geschützt durch ein überhängendes Bruchstück ein kleines Glutnest. Er brach ein Stück Rinde vom Rand, schob das bisschen Glut mit einem Stock darauf. Anschließend beugte er sich darüber, um die Glut mit seinem Körper vor dem Regen zu schützen und trug sie in ihr Versteck.

Vorsichtig legte er die Glut unter dem Schutz des Stamms, direkt am Wurzelballen ab, wo sie vor dem Regen einigermaßen geschützt war.

„Schütze die Glut, und puste ab und zu, damit sie genug Sauerstoff bekommt. Ich hole Brennholz."

Tad suchte möglichst dichte Nadelbäume und fand unter ihren untersten Zweigen einigermaßen trockene Zweige. Hier und da brach er trockene Äste ab.

Mit einem Armvoll Feuerholz kehrte er zu Liv zurück. Sie hockte vor der Glut und zitterte am ganzen Körper. Tad legte rasch ein paar Zweige nach. Beißender Qualm stieg auf. Tad hustete, und Liv drehte sich zur Seite.

„Gar nicht so einfach", entschuldigte sich Tad. Er blies in die Glut, und irgendwann schlugen zögerlich ein paar kleine Flämmchen hoch. Behutsam legte er ein paar Zweige nach, und schließlich brannte das Feuer, sodass er ein paar größere Äste nachlegen konnte.

Die Flammen zischten. Qualm stieg auf. Dicht am Boden war es jedoch erträglich. Das Holz zum Nachlegen stapelte er auf der anderen offenen Seite, sodass die Flammen gut geschützt waren. Tad rutschte etwas weiter vom Feuer weg in den hintersten Winkel ihres provisorisch errichteten Unterstands. „Komm." Er klopfte vor sich auf den Boden. „Leg dich zwischen mich und das Feuer. Du musst warm werden."

Liv nickte.

Wenig später lagen sie zusammengekuschelt in ihrem Unterstand, in dem sich ganz langsam so etwas wie Wärme ausbreitete.

„Danke", sagte Liv leise. „Du bist ein guter Mensch, Tad."

„Na ja", murmelte Tad. „Sag das nicht meiner Schwester, die erstickt sonst vor Lachen."

Liv kicherte. „Siehst du, selbst um deine Schwester machst du dir Sorgen."

Er schnaufte.

Dann schwiegen sie. Je mehr die Wärme sich ausbreitete, desto müder wurde Tad. Er lauschte auf Livs gleichmäßigen Atem. Die Augenlider wurden ihm schwer. Nur ein paar Sekunden dösen, sagte er sich. Dann lege ich Holz nach.

Liv lag ruhig in seinen Armen. Sie schien eingeschlafen zu sein. Er spürte, wie ihr Körper langsam warm wurde. Das Feuer knisterte und zischte, und das Trommeln des Regens hatte etwas Hypnotisches. Der Wald um sie herum wurde dunkler. Die alten Bäume und das dichte Buschwerk schienen in Schwärze zu versinken. Du solltest nicht ins Feuer starren, mahnte eine leise Stimme in ihm. Die Helligkeit nimmt dir die Nachtsicht. Aber es fiel ihm schwer, seinen Blick zu lösen.

Feuer stoben auf und tanzten wie kleine Glühwürmchen hinaus in die Nacht. Träge folgte er ihnen mit seinen Blicken. Merkwürdig, zwei dieser Funken schienen sich nicht zu bewegen. Sie lagen dicht beieinander und blieben von der flirrenden heißen Luft völlig unberührt.

Unvermittelt drang ein Heulen an seine Ohren. Es war fern und hallte so unwirklich durch den Wald, dass er einen Moment brauchte, um zu registrieren, was er da eigentlich vernahm. Die gelassene Stimme von Tinkerbell kam ihm in den Sinn: In Brandenburg gibt es schon seit Jahrzehnten wieder Wölfe.

Wölfe? Tads Gedanken waren so ungeheuer träge. Hatte er da eben Wölfe heulen gehört?

Er blinzelte. Die zwei glühenden Punkte waren immer noch da. Er stellte fest, dass sie nicht rötlich-orange waren, wie die anderen Funken, nein, sie hatten einen eher gelblichen Farbton, und schienen langsam größer zu werden. Auf einmal glaubte er, einen zottigen Schatten zu erkennen. Das waren keine Funken, das waren Augen!

„Weg“, murmelte er. Kraftlos wedelte er mit der Hand. Er war so unsagbar müde. „Geh weg!“

Die Augen wurden immer größer. Sie hatten etwas Hypnotisches an sich.

Er vernahm ein Knurren, und plötzlich drang ihm der Geruch von nassem Fell in die Nase.

Tad zuckte zurück, stieß mit dem Hinterkopf gegen etwas Hartes und riss die Augen auf. Durch den dichten Qualm des Feuers hindurch erkannte er eine Hundeschnauze. Ein bärtiges Gesicht beugte sich zu ihm hinab.

Tad schrie auf. Der Typ hatte nur ein Auge.

„Schnell, Junge“, sagte der Mann. „Ihr müsst sofort raus da!“

Das Problem

Einen Moment lang starrte Tad den Mann verdutzt an. Sein Kopf dröhnte und ihm war schwindlig. Der Regen hatte aufgehört. Das Feuer war erloschen. Offenbar hatte der Typ feuchte Erde darauf geworfen. Sein Blick fiel auf die reglos neben ihm liegende Liv. Atmete sie etwa nicht mehr?

Der Mann hielt ihre Knöchel umfasst. „Nun mach schon!“

Hastig packte Tad sie unter den Achseln. Gemeinsam trugen sie Liv an den qualmenden Holzresten vorbei und lehnten sie aufrecht an einen Baum. Tad hustete, bis er glaubte, seine Lungen ausspucken zu müssen. Jede Bewegung löste unangenehme Kopfschmerzen aus. Währenddessen tätschelte der Mann Livs Wange. „He wach auf!“

Tad spürte Panik in sich aufsteigen. „Was hat sie?“, krächzte er.

In diesem Moment schlug Liv die Augen auf und holte geräuschvoll Luft wie jemand, der beinahe ertrunken wäre.

„Wie heißt du, Mädchen?“

„Liv“, stammelte sie, während sie nach Atem rang. „Was ist passiert? Wer sind Sie?“

Der Einäugige lächelte. „Ich bin Samuel. Und das hier“, er klopfte dem schwarzen Mischlingshund, der hechelnd neben ihm stand, den Rücken, „ist Anton. Er hat euch gefunden.“

Liv stöhnte leise und hielt rieb sich die Schläfen.

„Ihr wärt beinahe draufgegangen, wisst ihr das? Das Holz war viel zu nass. Es verbrannte nicht richtig. So entstanden giftige Gase, die in eurer kleinen Mulde nicht ausreichend abziehen konnten.“

„Danke!“, sagte Tad

„Gern geschehen.“ Der Mann stand auf. Erst jetzt erkannte Tad, dass der Typ fast zwei Meter groß sein musste. Er hatte breite Schultern, war aber ziemlich hager. Sein linkes Augenlid war geschlossen. Es fehlte die charakteristische Wölbung, die der Augapfel normalerweise verursachte. Tad fragte sich, warum der Mann keine Kameraprothese trug oder, falls er sich das nicht leisten konnte, zumindest ein Glasauge. Aber vielleicht schien er das für überflüssigen Luxus zu halten. Anton stupste Liv mit der Schnauze an, und sie kraulte ihn hinter den Ohren. Samuel kratzte sich am Bart. „Ich weiß, es geht mich nichts an, aber was macht ihr zwei hier draußen? Bei diesem Wetter?“

Tad und Liv warfen sich einen Blick zu. Dann murmelte Tad: „Survivaltraining.“

Der Mann lachte voller Humor. „Okay, ich verstehe. Wollt ihr weiter trainieren oder für ein paar Stunden mit ins Kloster kommen und eure Sachen trocknen?“

„Kloster?“, fragte Tad irritiert.

„Es ist kein richtiges Kloster, ich nenne es nur so. Eigentlich ist es ein altes Jagdhaus.“

„Wir kommen mit!“, entschied Liv kurzentschlossen.

Der Mann reichte ihr die Hand, und sie ließ sich aufhelfen.

Tad runzelte die Stirn. Der Fremde wirkte zwar harmlos, aber man konnte nie wissen. Tad würde ihn im Auge behalten. Er schnappte sich die wasserdichten Säcke, und sie folgten dem Mann.

Zu Tads Überraschung mussten sie nicht weit laufen. Nach etwa einem halben Kilometer betraten sie eine Lichtung, auf der unter hohen Nadelbäumen ein großes Holzhaus mit angrenzendem Stall stand. Auf den Dachschindeln wucherte das Moos. Die Farbe an den Fensterläden war abgeblättert. So hatte er sich in seiner Kindheit immer das Haus vom Räuber Hotzenplotz vorgestellt.

Samuel stieß die Tür auf; sie war nicht abgeschlossen gewesen. Innen roch es nach altem Holzfeuer, Büchern und Pfeifentabak. Samuel zündete eine Öllampe an.

„Kein Strom?“, fragte Liv.

Der Einäugige lächelte und schüttelte den Kopf. „Hier gibt es keinen Strom und kein Gas“, verkündete er fröhlich, „und frisches Wasser bekommst du nur, wenn du dich ein bisschen anstrengst.“

„Klingt toll“, brummte Tad.

Samuel kicherte. „Man gewöhnt sich daran.“ Er öffnete einen alten Wandschrank und holte Handtücher und Klamotten heraus. „Das Bad ist dort drüben. Dort könnt ihr euch waschen und umziehen.“ Er reichte Liv einen Stapel Wäsche. „Ich würde sagen: Ladies first.“

„Danke!“

Liv verschwand im Bad.

Tad sah zu, wie Samuel trockenes Holz im Kamin aufschichtete und ein Feuer anzündete. Ein Haus, mitten im Wald, ohne Strom und Internet, ging es ihm durch den Kopf. Perfekt! Ein besseres Versteck hätten sie nicht finden können. Keine Drohne und kein Satellit konnten sie hier identifizieren.

Er sah sich um. Der Raum wirkte nicht ungemütlich. An den Wänden waren Regale voller Bücher. Ein uralter Ledersessel stand an einem Fenster und es gab einen Tisch mit grob geschnitzten Holzstühlen darum. Neben dem Bad war die Küche. Sie verfügte über einen uralten Herd, den man tatsächlich noch mit Holz feuerte und einen Tisch, der wenigstens fünfhundert Jahre alt sein musste. „Nennen Sie die Hütte deshalb Kloster, weil Sie hier wie im Mittelalter leben?“, fragte er.

„Nicht ganz“, Samuel grinste. „Es ist ein bisschen kompliziert und wenn ich versuche, das zusammenzufassen, wirst du mich für ziemlich durchgeknallt halten.“

„Versuchen Sie es trotzdem.“

„Ich war kurz davor mein Leben wegzuwerfen, aber vorher wollte ich wenigstens ein einziges Versprechen einlösen und eine Pilgerreise machen. Ich entschloss mich für den Jakobsweg in Brandenburg. Hauptsächlich, weil er direkt vor meiner Haustür begann, aber auch, weil er nicht so elend lang ist. Bedauerlicherweise kam ich komplett vom Weg ab, was vermutlich auch an den zwei Flaschen Doppelkorn lag, die ich als Proviant mitgenommen hatte. Irgendwann landete ich hier in dieser verlassenen Hütte und begegnete Gott.“

„Okay, ich will Ihnen nicht zu nahetreten, aber das klingt in der Tat ein bisschen crazy.“

„Sag ich doch.“ Der Einäugige legte ein großes Scheit auf das Feuer.

Die Badezimmertür knarrte und Liv kam heraus. Sie trug ein dickes Holzfällerhemd und dicke Wollsocken. Das Hemd ging bis zu den Knien. Die Ärmel hatte sie mehrmals umgekrempelt, damit wenigstens ihre Fingerspitzen herausragten. „Passt wie angegossen“, bemerkte sie.

Tad grinste. „Dann bin ich jetzt wohl an der Reihe.“

Im Bad gab es einen alten Waschzuber und eine nahezu prähistorische Handpumpe. Auf einem Holzregal lag ein Stück Seife. Als er den Schwenkarm bediente, plätscherte eiskaltes Wasser in den Zuber. Tad kam sich vor wie in einem Museum. Immerhin war ein Spiegel an der Wand angebracht. Er warf einen Blick hinein und ihm wurde klar, dass er sich waschen musste, egal, wie kalt es war.

Nach dem Abtrocknen, fühlte er sich erstaunlich frisch, obwohl es kaum eine Stelle gab, die nicht wehtat. Er schlüpfte in eine kurze Cargohose und griff nach dem Pullover. Seine Augen wurden groß, als er den eingenähten Schriftzug bemerkte. „Das gibt's doch nicht!" Wütend stieß er die Tür auf und stürmte in den Wohnraum.

Der Einäugige kniete vor dem Kamin und legte Holz nach. Liv stand an einem der Regale und hielt ein Buch in der Hand. Beide blickten ihn überrascht an. Tad stürmte auf Samuel zu und hielt ihm den Pullover unter die Nase. „Woher haben Sie den?"

Der Mann legte ohne Hast zwei Holzscheite auf die Flammen, wischte sich die Hände an den Hosen ab und stand auf.

Liv kam näher und starrte das Logo auf dem Pullover an. „Sie arbeiten für A&M Technologies?", stieß Liv entsetzt hervor.

„Ich arbeite für niemanden", sagte Samuel ruhig.

„Ach nein? A&M verkauft alles Mögliche, aber mit Sicherheit keine Klamotten. Das ist Firmenkleidung."

„Dann war der Mann, der mir den Pullover hiergelassen hat, wahrscheinlich ein Angestellter."

„Was für ein Mann?", herrschte Tad ihn an.

„Ein Gast." Samuel runzelte die Stirn. „Ehrlich gesagt, verstehe ich die ganze Aufregung nicht."

„Uns ist klar, dass wir kein Recht haben, Sie das zu fragen", mischte sich Liv ein. „Unsere Eltern arbeiten bei A&M Technologies, und wir machen uns Sorgen um sie. Irgendetwas Schräges läuft dort ab. Deshalb wäre es toll, wenn Sie uns sagen könnten, wer Ihr Gast war."

Samuel betrachtete sie nachdenklich. „Es ist schon ein paar Jahre her, dass er hier war. An seinen Namen kann ich mich, ehrlich gesagt, nicht mehr erinnern. Ich glaube fast, er hat ihn mir nicht genannt. Aber ansonsten ist mir unsere Begegnung sehr eindrücklich im Gedächtnis haften geblieben."

„Warum?", hakte Liv nach.

„Er war ein Albino."

Tad und Liv warfen sich einen Blick zu. Der Einäugige blickte an ihnen vorbei und schwieg nachdenklich.

Tad öffnete den Mund, um etwas zu fragen, aber Liv legte ihm eine Hand auf den Arm und schüttelte leicht den Kopf. Er nickte nach kurzem Zögern – vielleicht war es besser erst zuzuhören.

Es dauerte einen Moment, ehe der Einäugige begann: „Eines Tages stand der Mann einfach so vor meiner Tür. Er war völlig aufgelöst. Mal sprach er zu sich selbst, mal zu mir, fast wie im Fieberwahn oder als ob er unter Drogen stünde. Zwischendurch sah er mich an, als wolle er mir am liebsten an die Gurgel gehen."

„Und was haben Sie gemacht?", fragte Tad.

„Ich lud ihn zum Essen ein", erwiderte Samuel.

„Was man halt so macht, wenn man einem durchgeknallten, potenziellen Mörder begegnet", brummte Tad.

Samuel lächelte. „Ich hatte Kartoffelsuppe gekocht. Er aß zwei Portionen. Mein Gast blieb bis spät in die Nacht. Bevor er ging, fragte er, ob er seine Klamotten eintauschen könne. Ich war damit einverstanden."

„Wie hieß der Mann?", fragte Liv.

Der Einäugige zuckte mit den Achseln. „Ich habe ein lausiges Namensgedächtnis."

„Hieß er vielleicht Randolf Aaron?", hakte Tad nach.

„Könnte sein." Samuel hob die Brauen. „Ihr kennt ihn?"

„Ja, er ist der Besitzer dieser Firma." Tad deutete auf den Schriftzug auf seinem Pullover.

„Ist Ihnen noch irgendetwas besonderes an ihm aufgefallen?", fragte Liv.

„Ja." Der Einäugige nickte. „Als er kam, war er voller Zorn, und als er ging, brodelte der Zorn noch immer in ihm."

„Hat er erzählt, was ihn so wütend gemacht hat?"

Der Mann runzelte nachdenklich die Stirn. „Nicht direkt."

„Bitte, versuchen Sie, sich zu erinnern, was er vor sich hin gebrummelt hat", bat Liv. „Das ist sehr wichtig für uns!"

Samuel nickte langsam. „Okay. Lasst uns nach nebenan in die Kapelle gehen."

„Kapelle?", fragte Tad.

Der Einäugige nickte zu einer Tür auf der anderen Seite des Raums. Zwischen den ganzen Bücherregalen war sie dem Jungen bislang nicht aufgefallen.

Die Tür knarrte leise, als der Mann sie öffnete. Tad folgte dem Einäugigen in einen kärglich eingerichteten Raum. Zwei einfache Bänke waren das einzige Mobiliar. An der Wand ganz vorne hing ein Kruzifix. Tad war in seinem Leben nur dreimal in einer Kirche gewesen. Einmal bei einer Exkursion mit seiner Geschichtslehrerin, einmal bei der Hochzeit seiner Tante und dann bei der Beerdigung seines Großvaters. Er hatte merkwürdige Bilder an den Wänden, geschnitzte Altäre aus dunklem Holz und salbungsvolle Worte in Erinnerung, die bei all dem Hall in den hohen Gebäuden kaum zu verstehen gewesen waren. Stets hatte er das Gefühl gehabt: Hier gehöre ich nicht her. Das ist die Welt längst vergangener Jahrhunderte.

Dieser Ort hier war anders, und das nicht nur, weil es sich ganz offensichtlich um einen umgebauten Stall handelte. Er hatte etwas Authentisches an sich. Hier muss ich mich nicht verstellen, ging es Tad durch den Kopf. Allerdings hätte er nicht erklären können, woher diese Empfindung kam.

„Kommt, setzt euch!", forderte Samuel die beiden auf.

Liv nickte und setzte sich im Schneidersitz auf die vordere Bank. Anton trabte herein, schnupperte an ihren Fingern und legte seinen Kopf in ihren Schoß, um sich kraulen zu lassen.

Tad setzte sich neben sie.

„Genauso wie ihr jetzt, saß auch mein Gast auf dieser Bank und betrachtete das Kruzifix an der Wand. Als ich hereinkam, sagte er: Ich hab nie verstanden, warum das in den Kirchen rumhängt. Es ist anachronistisch und grausam.

Tad betrachtete die Holzfigur. Er wusste nicht mehr genau, was anachronistisch bedeutete, aber grausam war die Darstellung auf jeden Fall. Er konnte blutige Striemen erkennen, die auf eine Auspeitschung hindeuteten und diese Krone aus Dornen auf den Kopf war wirklich bösartig. Wer dachte sich so etwas aus? Am schlimmsten jedoch waren die Nägel. Als Zehnjähriger hatte sich Tad beim Überklettern eines Zauns am Stacheldraht verletzt. Ein Stachel hatte sich tief in seinen Arm gebohrt. Er hatte Mühe gehabt den Arm wieder frei zu bekommen. Ihm war richtig schlecht geworden vor Schmerz. Daher ließ ihn allein die Vorstellung, jemand würde seine Hände und Fußgelenke mit Nägeln durchschlagen und ihn daran aufhängen, frösteln. Tad erinnerte sich an den Lateinunterricht, in dem Frau Doktor Schüttler erklärt hatte, dass eine Kreuzigung die grausamste Hinrichtungsmethode des römischen Reiches gewesen war.

„Ich sagte meinem Gast, dass es nicht darum gehe, Folter zu verherrlichen“, fuhr Samuel fort. „Entscheidend sei nicht, wie dieser Mann dort hängen würde, sondern warum.

Mein Gast zuckte die Achseln und fragte: Warum sollte mich das interessieren? Ich glaube nicht an Gott.

Woran glauben Sie dann, fragte ich.

Der Albino stieß ein zynisches Lachen aus. Bis vor kurzem hätte ich gesagt, dass ich an die Menschheit glauben würde. Aber ich fürchte, das hat sich erledigt. Dann sah er mir direkt in die Augen und fragte: Wissen Sie, was das Problem der Menschen ist?

Woraufhin ich ihm mitteilte, dass mir das bekannt sei.“

Tad hob die Brauen. „Jetzt haben Sie mich neugierig gemacht.“

Samuel lächelte. „Das Problem der Menschen ist, dass jeder einzelne von ihnen glaubt, die anderen wären die Ursache allen Übels.

Aus irgendeinem absurden Grund geben wir allen möglichen anderen die Schuld für das Böse in der Welt; zum Beispiel den Politikern, den Terroristen, den Superreichen, den Ungebildeten, den Bankern, den Ausländern, den Fanatikern, den Rechten, den Linken, der Elterngeneration oder der verwöhnten Jugend. Unter all diesen Schuldigen gibt es nur eine erstaunliche Ausnahme, und das sind wir selbst. Wir haben mit dem Bösen nichts zu tun und falls doch, war es ein Versehen oder ein Resultat der widrigen Umstände.“ Er lächelte schief und senkte den Kopf. „Die traurige Wahrheit ist: Jeder von uns hat Dreck am Stecken. Jeder hat etwas getan, oder nicht getan, worunter andere leiden. Es ist unser gedankenloses Urteil über andere, das Mobbingopfer produziert, es ist unsere Wut, unter der andere leiden, es ist unsere Gier und unsere Gleichgültigkeit, die andere hungern lässt. Wir zerstören die Lebensgrundlage anderer Menschen.“ Seine Stimme wurde leiser. „Ich musste erst ein paar wirklich schlimme Dinge tun, ehe mir endlich bewusst wurde, dass der Glaube an die eigene Unschuld eine absurde Lüge ist. Ich selbst hatte das Böse in die Welt getragen. Ich selbst war das Problem oder zumindest ein Teil davon.“

„Haben Sie das dem Albino auch so gesagt?“, fragte Liv.

„Ja.“

„Wie hat er reagiert?“, fragte Tad.

„Zunächst gar nicht. Er sah mich lange Zeit stumm an und senkte schließlich den Blick. Irgendwann murmelte er: Vielleicht ist es an der Zeit, den Menschen zu zeigen, wie sie wirklich sind.‘

Ich gebe zu, etwas an seiner Art jagte mir einen Schauer über den Rücken. Also fragte ich ihn, was er damit meine.Wie wäre es mit dem uralten Prinzip: Auge um Auge, Zahn um Zahn? Steht das nicht auch schon in der Bibel? Er hatte die Fäuste zornig geballt, als er hinzufügte: Jeder, der anderen Unrecht getan hat, soll am eigenen Leib erfahren, wie das ist! Würde das nicht endlich Gerechtigkeit schaffen?“

Tad dachte an Purgatory. Randolf Aaron hatte genau dieses Prinzip in die Tat umgesetzt. In Area 3 hatte Tad es selbst erfahren, als er der Toröffnerin zum ersten Mal begegnet war. Aber es war nicht dabei geblieben. Ein Schauer lief ihm über den Rücken. Der Albino hatte eine gewaltige Gerechtigkeitsmaschine geschaffen, die sich durch ADAM jeder Kontrolle entziehen wollte und schon bald über die Welt hinwegfegen würde. „Ihr Besucher war ohne jeden Zweifel Randolf Aaron", sagte Tad.

Der Einäugige nahm das mit einem Schulterzucken hin. Namen schienen ihm wenig zu bedeuten.

„Was haben Sie ihm damals geantwortet?", fragte Liv leise.

„Vielleicht haben Sie Recht, habe ich ihm gesagt. Vielleicht würde das Gerechtigkeit schaffen. Aber die Menschen würden dabei untergehen, denn Gerechtigkeit allein kann uns nicht ändern. Die Tore der Hölle sind von Innen verriegelt."

Tad horchte auf. Hatte er diese Worte nicht schon einmal vernommen? So etwas Ähnliches hatte die geflügelte Frau zu ihm gesagt, bevor er durch das Tor gegangen war und sich als kleiner Echsenjunge in einer Truhe wiedergefunden hatte.

„Hat Randolf Aaron etwas dazu gesagt?", fragte Liv.

„Ja, er sagte: Das mag sein. Aber vielleicht hat die Menschheit nichts anderes verdient. Dann sah er mich herausfordernd an und fragte: Oder sehen Sie das etwa anders?" Der Einäugige verstummte nachdenklich, als wäre er voll und ganz in die Erinnerung versunken.

„Und, sehen Sie das anders?", hakte Tad nach.

„Wenn ich ehrlich bin: Nein", erwiderte der Einäugige. „Aber vielleicht ist die Frage danach, was wir verdient haben, nicht die entscheidende."

„Was meinen Sie damit?", fragte Liv.

„Versucht mal jenseits von Moral zu denken. Stellt euch das Leben als eine Shoppingtour vor."

Tad grinste. „Okay. Das klingt spaßig."

„Ja. Ist es auch. Das Leben ist großartig, es quillt geradezu über vor Schönheit, wenn du den Blick dafür hast. Das Problem ist nur, dass wir die verhängnisvolle Neigung haben, auf Pump zu leben. Wir nehmen uns Dinge, die nicht für uns gedacht sind oder für die wir nicht gedacht sind. Jedes Mal, wenn wir einem anderen Unrecht tun, jedes Mal, wenn wir gedankenlos auf Kosten anderer leben oder lieblos unseren Aggressionen freien Lauf lassen, machen wir Schulden. Wir häufen einen Riesenberg davon an. Irgendwann stellen wir fest, dass es uns niemals gelingen wird, sie zurückzuzahlen. Was nützt es dann, wenn wir vor Gericht kommen und in Schuldhaft genommen werden? Vielleicht wird der eine oder andere sagen: Na endlich – der hat's verdient. Aber werden unsere Schulden kleiner, nur weil sie jetzt offen zutage treten? Wird die Welt dadurch besser?"

Tad und Liv sahen einander an. „Nicht wirklich."

„Wirklich helfen würde nur, wenn jemand anderes für mich in die Bresche springt. Wenn jemand meine Schulden bezahlt." Samuels Blick wanderte zum Kruzifix.

Einige Atemzüge lang herrschte Schweigen. Liv folgte Samuels Blick: „Sie glauben also, dass so etwas Ähnliches passierte, als er dort starb?"

Samuel nickte langsam. „Ja, ich glaube schon, obwohl ich mir nicht anmaße, es wirklich zu verstehen. Auf jeden Fall ist mir eines absolut klar geworden: Gerechtigkeit alleine wird die Menschen nicht retten. Nur Liebe kann das. Niemand von uns kommt ohne Erbarmen aus."

Tad kratzte sich nachdenklich am Kopf. Er war sich nicht sicher, ob er verstand, was die beiden meinten.

„Haben Sie das auch ihrem Gast erzählt?", fragte Liv.

„Ja, aber ich bin mir nicht sicher, ob er mir zugehört hat." Unvermittelt stand Samuel auf. „Habt ihr Hunger?"

Tad war von diesem plötzlichen Themenwechsel etwas überrascht, aber sein Magen reagierte sofort mit einem ziemlich eindeutigen Knurren.

Samuel lächelte. „Ich mache etwas zu essen."

„Ich helfe mit!", sagte Liv kurzentschlossen.

Tad sah den beiden hinterher. Langsam stand er auf und schlenderte zum Kruzifix. Als er dicht davorstand, bemerkte er, dass jemand etwas in die dunkle Holzwand darunter geritzt hatte.

Niemand hat größere Liebe als die, dass er sein Leben lässt für seine Freunde.

Tad kratzte sich am Kopf. Irgendwie war das alles verwirrend.

In diesem Moment vibrierte sein Smartpalm. Er blickte auf das Holodisplay und entdeckte die winzige Tinkerbell, die ihn mit einer Geste aufforderte, einen Anruf entgegen zu nehmen. Offenbar hatte er versehentlich auf stumm geschaltet.

„Okay, Tinkerbell, schieß los!"

„Ich habe einen Anruf für dich." Die kleine Fee verschwand und Emmas Gesicht erschien auf dem Display. Tads Schwester wirkte blass und ausgesprochen nervös. „Na endlich!", stieß sie hervor. „Ich versuche seit einer Stunde, dich zu erreichen. Was ist los?"

„Hier gab es ein Mordsgewitter, vielleicht hat das …"

„Egal", unterbrach ihn seine Schwester. „Seid ihr schon vor Ort?"

„Nein."

„Dann beeilt euch! Ihr müsst den Datenspeicher innerhalb der nächsten drei Stunden vernichten!"

„Emma, was ist passiert?"

„ADAM hat mit dem Upload begonnen."

„Was?"

„Tad", rief sie verzweifelt. „In drei Stunden befindet sich ADAMs Quellcode in der Cloud! Dann haben wir keine Chance mehr, ihn aufzuhalten!"

FAR-Unit A02

Tad spürte, wie sich sein Herzschlag beschleunigte. „Liv, kannst du mal kommen?“

Zwei Sekunden später war sie bei ihm. „Hi Emma“, begrüßte Liv Tads Schwester.

„ADAM lädt seinen Quellcode in die Cloud hoch“, sagte Emma.

Liv blickte auf den Holoschirm. „Seid ihr sicher?“

„Randolf Aaron hat keinen Zweifel daran gelassen. So schockiert, wie er aussah, glaube ich es ihm.“

„Shit!“

Tad rief seine Assistentin auf: „Tinkerbell, wie lange brauchen wir zu Fuß bis zum Firmensitz von A&M Technologies?“

„Ungefähr eine Stunde“, vermeldete die kleine Fee.

„Wir könnten in fünf Minuten aufbrechen“, sagte Liv.

Tad nickte. Emma biss sich auf die Lippen. Irgendetwas bedrückte sie. „Wie geht es Thor?“, fragte er.

„Schlecht. Er …“, sie stockte, „er braucht eine Transfusion, aber ich habe die falsche Blutgruppe.

„Mist!“ Tad senkte die Stimme. „Was macht Randolf Aaron? Beobachtet er uns?“

Emma schüttelte den Kopf. „Er sitzt an seinen Bildschirmen und gibt wie verrückt irgendwelche Codes ein.“

„Denkst du, dass er ehrlich ist?“, fragte Liv.

„Wie gesagt, er war völlig schockiert, als er den Upload bemerkte. Ich bin überzeugt, dass er uns über ADAM die Wahrheit gesagt hat.“

„Aber?“, hakte Tad nach.

„Er verhält sich total seltsam. Ich glaube, ihm geht es nicht gut. Er murmelt vor sich hin, greift nach seinen Tabletten, legt sie dann aber wieder weg, ohne sie zu nehmen. Ich hab echt keine Ahnung, was in dem Typen vorgeht.“

„Okay.“ Tad nickte. „Ich bin sicher, dass er uns nicht alles gesagt hat. Behalte ihn im Auge!“

„Mach ich.“ Sie versuchte zu lächeln. „Passt auf euch auf, ihr beiden.“

Tad hielt den Daumen hoch. „Wir melden uns, wenn wir vor Ort sind.“ Er beendete die Verbindung.

Samuel stand in der Tür und hob die Brauen. „Alles in Ordnung?“

„Leider nein, wir müssen gehen“, erwiderte Liv.

Die Augenbrauen des Einäugigen wanderten noch ein Stück höher, doch dann nickte er. „Ich gebe euch etwas Proviant mit.“

Fünf Minuten später stapften Tad und Liv durch den Wald. Tinkerbells sanft leuchtendes Pfeilhologramm wies ihnen den Weg. Der wolkenverhangene Himmel ließ nur wenig Licht hindurch, sodass es unter dem dichten Blätterdach düster war.

Tad biss von dem Butterbrot ab, das Samuel ihm gegeben hatte. Die Kruste war hart und die Butter schmeckte salzig –

aber, es war gut. „Ziemlich schräger Vogel, oder?“

„Samuel?“

„Hm.“

„Hast du sein Tattoo gesehen?“

„Tattoo? Nee.“

„An seinem Handgelenk, eine Uhr ohne Zeiger“, sagte Liv. „Sah etwas primitiv aus. Das ist ein Knast-Tattoo. Die stechen sich das, weil sie das Gefühl haben, dass die Zeit einfach nicht vergeht.“

„Könnte sein. Er hat gesagt, dass er ein paar ziemlich schlimme Dinge getan hat.“ Tad warf Liv einen Blick zu. „Schon ein komischer Zufall, dass wir hier in der Pampa auf den gleichen Typen stoßen, der Randolf Aaron dazu inspiriert hat, Purgatory zu bauen, oder?“

„Vielleicht ist es kein Zufall“, erwiderte Liv. „Abgesehen davon hatte ich nicht den Eindruck, dass die Idee zu Purgatory von Samuel kam. Ich glaube, dass Randolf Aaron etwas ähnliches schon die ganze Zeit im Kopf hatte. Dieses Auge um Auge, Zahn um Zahn hat ihm nur das Gefühl gegeben, Gerechtigkeit zu üben, während er in Wirklichkeit einfach seine Rache wollte, weil sein Compagnon ihm seine Firma weggenommen hat.“

„Na toll, jetzt misstraue ich ihm noch mehr als vorher.“

Liv erwiderte seinen Blick. „Misstrauen hilft zu überleben.“ Ihre Worte klangen bitter.

„Ich hoffe, du vertraust wenigstens mir?“, fragte Tad.

Liv antwortete mit einem missglückten Lächeln.

„He!“ Tad stupste sie leicht in die Seite. „Du vertraust mir doch, oder?“

„Ich versuch’s“, murmelte Liv.

„Yes!“ Tad ballte die Faust, als habe er gerade einen entscheidenden Elfmeter verwandelt. „Das ist doch mal ein Statement. Wir sind echt ein Superteam! Nichts kann uns aufhalten. Wir versuchen sogar, uns zu vertrauen!"

„Mann Tad!" Liv gab ihm einen Schubs von der Seite. „Jetzt sei nicht gleich beleidigt. Du willst doch, dass ich ehrlich bin, oder?"

„Na ja", brummte Tad. „Im Prinzip schon, aber so ehrlich?"

„Es fällt mir eben nicht leicht!", fuhr Liv ihn an. „Wenn du jemanden willst, der dich lächelnd anlügt, hättest du Scarlett Hohner mit auf dieses Abenteuer nehmen müssen."

Unwillkürlich trat das hübsche Gesicht seines alten Schwarms vor Tads inneres Auge. Die Vorstellung, jetzt mit diesem Mädchen im Wald unterwegs zu sein, ließ ihn beinahe frösteln. „Nee danke." Er schüttelte den Kopf.

Liv warf ihm einen misstrauischen Blick von der Seite zu, dann wandte sie sich ab. Hatte da ein leichtes Lächeln um ihre Lippen gespielt? Vielleicht, aber in der Dämmerung des Waldes konnte er sich natürlich auch getäuscht haben.

Den Rest des Weges liefen beide schweigend weiter.

Schließlich erreichten sie den Waldrand. Das Firmengelände begann in ungefähr zweihundert Meter Entfernung. Es war von einem hohen Stacheldrahtzaum umgeben. Etwa ein Dutzend Drohnen kreisten über dem Gelände, und FAR-Einheiten patrouillierten wie Wachsoldaten auf und ab.

„Das ist ja gesichert wie eine Festung!", entfuhr es Liv.

Tad sackte das Herz in die Hose. „Komm lieber ein Stück zurück!" Sie suchten Schutz im Unterholz und Tad aktivierte sein Smartpalm. „Tinkerbell, ruf Emma an!"

„Aber gerne", flötete die kleine Fee.

Doch es war nicht Emmas Gesicht, das auf dem Holoschirm erschien. Stattdessen blinzelten die tief in den Höhlen liegenden roten Augen des Albinos sie an. Kalter Schweiß glänzte auf der Stirn. Die Haut wirkte wächsern. Er sah aus wie eine lebende Leiche. „Ihr seid vor Ort?", fragte er mit heiserer Stimme.

„Wo ist Emma?", fragte Tad.

„Sie kümmert sich um euren Freund." Seine spinnendünnen Finger kamen kurz ins Bild, als er das auf dem Tisch liegende Smartpalm so drehte, dass sie Emma sehen konnten. Sie saß an Thors provisorischem Bett und hielt einen roten Beutel in die Luft, der über einen Schlauch mit dessen Arm verbunden schien.

„Was ist passiert?", fragte Liv.

„Euer Freund bekommt eine Bluttransfusion. Es wird ihm bald besser gehen."

Tad runzelte die Stirn. „Ich denke, Emma hat die falsche Blutgruppe?"

„Es ist ja auch nicht ihr Blut", erwiderte der Albino. Er schob das Smartpalm zurück, sodass die beiden wieder in sein Gesicht blickten. Tad sah das Zucken an seinem Hals. Durch die dünne Haut konnte er das bläuliche Schimmern der Schlagader sehen. „Hört zu", krächzte der Albino. „Emma kann euch im Moment nicht helfen, konzentriert euch also auf mich. Es bleibt uns möglicherweise weniger Zeit, als wir dachten. Wo genau seid ihr?"

„Im Wald", sagte Liv. „Etwa 200 Meter vom Gelände entfernt."

„Gut. Schickt mir euren Standort."

„Tinkerbell, gib unsere genaue Position bekannt", befahl Tad.

Das Assistenzprogramm gab die Koordinaten durch, und der Albino tippte irgendetwas in seinen Rechner ein.

Eine Minute verging, ohne dass der Mann etwas sagte.

Tad fragte sich, was der Kerl da machte. „Es ist alles voller Drohnen und Sanitätsroboter", bemerkte er.

„Ja", Randolf Aaron nickte. „Das war zu erwarten."

„Wie sollen wir da unbemerkt reinkommen?"

„Gar nicht“, erwiderte der Albino. „Ihr werdet das Gelände ganz offen betreten. Ich habe einer FAR-Einheit eure Position durchgegeben. Sie wird gleich da sein.“

Tad riss die Augen auf. „Was?“

„Leistet keinen Widerstand!“, flüsterte der Albino. Seine Augenlider flatterten. Es sah aus, als würde er gleich das Bewusstsein verlieren. Er nuschelte noch irgendetwas, das Tad nicht verstand. Die Verbindung wurde beendet. In den Büschen raschelte es.

Liv fuhr herum. Surrende Spinnenglieder huschten durch das Unterholz und im nächsten Moment tauchten von allen Seiten Robotern auf. Sie trugen seltsam aussehende Waffen in den Blechhänden. Phaser – vermutete Tad. „Verräter!“, zischte er. Doch der Albino, an den dieses Wort gerichtet war, konnte ihn nicht mehr hören.

„Guten Tag“, meldete sich einer der Roboter im Stile einer freundlichen Empfangsdame. „Wir sind die FAR-Unit A02, eine hochmoderne Sanitätseinheit für Spezialeinsätze in Krisengebieten. Bitte entspannen Sie sich. Wir sind darauf programmiert, für Ihre Sicherheit zu sorgen“

Tad starrte auf den Phaser des Sprechers, der unverhohlen auf seinen Brustkorb zielte. „Ist klar“, brummte Tad. „Ich fühl mich gleich sicherer.“

„Das freut mich. Bitte leisten Sie unseren Anweisungen Folge.“

Vielleicht hatten sie noch eine Chance zu entkommen, wenn sie schnell genug reagierten. Tad blickte hinüber zu Liv. Sie las seine stumme Frage und schüttelte langsam den Kopf.

„Bitte strecken Sie Ihre Arme rechts und links vom Körper ab“, bat der Roboter, ohne die Waffe sinken zu lassen.

Widerstrebend gehorchte Tad.

Im Nu hatten zwei der Maschinen seine Handgelenke mit stählernen Fingern umklammert.

„Vielen Dank für Ihre Kooperationsbereitschaft.“

Tad schnaufte und warf Liv einen Blick zu; die Roboter hielten sie auf die gleiche Weise fest. Sie versuchte zu lächeln, aber Tad sah, dass ihre Lippen zitterten. Gerne hätte er ihr etwas Ermutigendes zugeflüstert, bedauerlicherweise fiel ihm nichts ein.

Der Roboter, der so etwas wie der Anführer dieser Truppe war, wandte sich um und verkündete im Tonfall eines fröhlichen Reiseleiters: „Bitte folgen Sie mir. Wir bringen Sie an einen sicheren Ort und kümmern uns um Ihre Verletzungen."

Die Maschinen bewegten sich durch das Unterholz, und notgedrungen gingen die Jugendlichen mit. Die spinnenhaften Bewegungen der Beine und die menschenähnlichen Oberkörper bildeten einen unheimlichen Kontrast. Tad fühlte sich an einen uralten Animationsfilm erinnert, in dem ein bösartiges Kind sein Spielzeug zerschlagen und daraus monströse Chimären geschaffen hatte.

Sie zwängten sich zwischen Baumstämmen hindurch. Tad stolperte über eine Wurzel und spürte den scharfen Schmerz an seinen Handgelenken. „Aua."

„Bitte versuchen Sie nicht, sich loszureißen", verkündete der Anführer, ohne sich umzusehen. „Das kann zu Hautirritationen und schlimmstenfalls Gelenkverletzungen führen."

„Dann passt gefälligst auf, wo ihr uns langzerrt!", schimpfte Tad.

„Bitte beruhigen Sie sich. Wir sind gleich da." Die Spinnenroboter surrten auf das umzäunte Gelände zu. Je näher Tad kam, desto beunruhigter wurde er. Das Gelände ähnelte einem Militärlager, das langsam aber sicher in eine Festung verwandelt wurde. Er konnte sehen, wie Roboter NATO-Draht vor dem Zaun ausrollten und das riesige Metallding, das mehrere Maschinen im Innenhof zusammenbauten, erinnerte Tad an ein Flugabwehrgeschütz.

Wieder warf er einen Blick zu Liv. Sie hatten die Lippen zusammengepresst und beobachtete das Geschehen mit großen Augen.

Sie hielten in raschem Tempo auf die Toreinfahrt des Geländes zu. Als der Schlagbaum langsam hochfuhr, spürte Tad, wie sich seine Rückenmuskeln vor Anspannung verkrampften. Wenn sie erst einmal drinnen waren, gab es kein Entkommen mehr. Verzweifelt suchte er nach irgendeiner Lösung, irgendeinem genialen Gedanken, aber noch während er grübelte waren sie am geöffneten Schlagbaum vorbeigegangen. Ein Rolltor öffnete sich und schloss sich hinter ihnen. Wenn er jemals eine Chance gehabt hatte zu entkommen, war sie nun vorbei.

Liv sah ihn an. Sie schien dasselbe zu empfinden. Im Licht der Scheinwerfer wirkte ihr Gesicht fast so blass wie das des Albinos.

Die FARs setzten ihren Weg mit unvermindertem Tempo fort und hielten auf eines der Nebengebäude zu.

„Wo werden wir hingebracht?“, fragte Tad. „Was geschieht mit uns?“

„Machen Sie sich keine Sorgen, Sie erhalten eine ausgezeichnete medizinische Versorgung.“

„Echt beruhigend“, brummte Tad.

Die Tür des Gebäudes öffnete sich automatisch. Sie fanden sich in einem fensterlosen Raum wieder. Hier sah es fast aus wie in einer Lagerhalle. Alle möglichen in Folie verpackten Gerätschaften warteten auf ihre Abholung.

Plötzlich hielten die Roboter inne. Ein scharfer Schmerz schoss durch Tads Handgelenke, weil er nicht rasch genug stoppte. „He!“, entfuhr es ihm.

Die FAR-Einheit stand reglos da.

„Was ist los?“, fragte Tad.

Keine Reaktion.

Eine volle Minute verging.

„Worauf warten die?“, wisperte Liv.

Tad zuckte die Achseln.

Surrend lösten sich die eisernen Klammern um ihre Handgelenke. Mit ihren Spinnenbeinen machten die Roboter einen Schritt zur Seite, wendeten und marschierten stumm durch die Halle, bis sie durch eine automatische Tür verschwanden.

Tad war so perplex, dass er ihnen einfach nur mit offenem Mund hinterher starrte.

Liv rieb sich die Handgelenke. „Krass“, murmelte sie.

„Was sollte das denn?“, fragte Tad.

„Entweder ist das ein ganz fieser Trick, oder Randolf Aaron hat uns gerade unerkannt aufs Gelände gebracht“, sagte Liv.

Tad spürte ein Vibrieren an seinem Arm; es war sein Smartpalm. Tinkerbell winkte ihm hektisch zu. „Ja, was gibt's?“, fragte er.

„Na endlich“, knurrte die kleine Fee. „Emma hat eine dringende Nachricht.“

„Aktivieren“, befahl Tad.

„Das Gesicht seiner Schwester poppte auf. „Tad, warum meldest du dich nicht, verdammt?“ Tränen liefen ihr über das Gesicht. Sie atmete hektisch.

Tad spürte, wie sich ein Kloß in seinem Hals bildete. „Was ist los?“, fragte er.

„Ich glaub“, Emma schluchzte, „ich glaub, er stirbt!“

Angriff

„Was?“, stieß Tad hervor. „Thor?“

„Nicht Thor.“ Emma schüttelte den Kopf und schniefte. „Ich weiß nicht, was ich machen soll. Ich glaub, er halluziniert.“ Emma sprach hastig. Es sah aus, als würde sie auf dem Boden knien. Hinter ihr erkannte Tad undeutlich eine Stuhllehne.

„Was ist passiert?“, mischte sich Liv ein.

„Randolph Aaron hat Thor Blut gespendet, und deshalb wahrscheinlich auch seine Medikamente nicht genommen.“

Tad klappte die Kinnlade herunter. Der Typ, der ihnen diesen ganzen Schlamassel eingebrockt und sie mit einer Schrotflinte bedroht hatte, war auf einmal bereit, sein eigenes Leben zu riskieren, um Thor zu helfen? Das war eine Facette im schwer durchschaubaren Charakter dieses Mannes, mit der Tad nicht gerechnet hatte.

Emma fuhr fort: „Plötzlich schrie er ganz laut. Ich glaube, er rief: Nein!, und dann fiel er einfach vom Stuhl. Er stöhnte vor Schmerz und griff sich an die Brust. Auf seiner Stirn stand kalter Schweiß und er wurde ganz blau im Gesicht, während er so komisch atmete. Als ich ihm aufhelfen wollte, schüttelte er den Kopf und brabbelte irgendwelchen Blödsinn."

„Das klingt gar nicht gut", entfuhr es Liv.

„Ich weiß", schrie Emma. „Ich glaub, das ist ein Herzinfarkt oder so was. Was soll ich tun?"

„Was für Blödsinn?", fragte Tad.

„Was?"

„Du hast gesagt, er hat Blödsinn erzählt. Was genau sagte er?"

„Das ist doch scheißegal!", fuhr seine Schwester ihn an.

Im gleichen Moment sah Tad, wie sich eine zur Klaue gekrümmte Hand von hinten näherte und Emma an der Schulter packte. Sie schrie erschrocken auf und fuhr herum. Die Kamera zeigte verschwommene Aufnahmen des Raums. Im Hintergrund glaubte Tad, die taumelnde Gestalt Thors näherkommen zu sehen. Dann zeigte sie plötzlich das Gesicht des Albinos. Es war bläulich angelaufen und schmerzverzerrt. „ADAM … muss … Spiel …hilf mir … SPS …!"

„Spiel?", entfuhr es Liv. „Will er etwa nach Area 3? Das ist doch vollkommen irre."

Die Kamera drehte sich weg und zeigte nun die Wand. „Beruhigen Sie sich", drang die zitternde Stimme Emmas aus dem Lautsprecher. „Sie müssen Ihre Medikamente nehmen!"

Tad erkannte das Spray in Emmas Hand wieder, doch der Albino schlug sie zur Seite.

„NEIN!", schrie er voller Verzweiflung. Das Kamerabild zuckte. Offenbar war Emma erschrocken zurückgewichen. Der Bildausschnitt zeigte die rechte Gesichtshälfte des Mannes und den Fußboden. „… letzte Chance … muss beenden …"

Kurz war ein Fuß zu sehen, dann verdeckte irgendetwas das Bild.

„Thor, was machst du?", hörte Tad Emmas Stimme.

„Er will das SPS, also geben wir's ihm", erwiderte dieser.

Wieder bewegte sich die Kamera zu rasant, als dass Tad etwas erkennen konnte. Ein leises Keuchen erklang und die

Kamera zeigte wieder Randolf Aaron. Thor kniete und stützte den Kopf des Mannes. Der Albino hielt das SPS wie einen Schatz, ein zittriges Lächeln huschte über sein Gesicht. Kraftlos versuchte er sein Hemd zu öffnen. Die Kamera bewegte sich. Offenbar half ihm Emma, das Hemd aufzuknöpfen.

„Die beiden … sind … verschmolzen … einzige Chance …", murmelte der Albino und fügte noch leiser, fast flüstern hinzu: „… niemand hat … größere …"

Einen Moment lang war es still.

„Oh Gott", stammelte Emma.

„Was ist los?", wisperte Tad.

Es raschelte. Emmas blasses Gesicht erschien auf dem Holoschirm. „Tad, du bist noch dran?"

„Ja."

„Ich glaube, er ist bewusstlos. Vielleicht …", ihr Blick huschte durch den Raum. „Vielleicht finden wir in dem ganzen Medizinkrempel irgendwo einen Defibrillator oder so was." Sie sah wieder in die Kamera. „Tad, ich hab keine Ahnung, was er vorhatte. Wir können euch nicht helfen."

Tad nickte. „Wir kommen schon klar. Kümmert euch um ihn. Wir melden uns, wenn es vorbei ist."

„Tad – seid vorsichtig!"

„Immer!" Tad beendete die Verbindung. Langsam ließ er die Hand sinken. Was sollten sie jetzt, ohne Randolf Aaron tun? Das Ganze war sein Plan gewesen. Und was hatten seine merkwürdigen Worte zu bedeuten? War das ein beginnendes Delirium gewesen?

Ein plötzliches Geräusch ließ ihn zusammenzucken. Von irgendwo drang Tageslicht in die Halle. Ein Rolltor öffnete sich. Liv zog ihn in den Schutz einer großen Metallkiste.

Von ihrem Versteck aus beobachteten sie, wie eine FAR-Einheit hereinkam und eine Plane von einer riesigen Maschine zog, die daraufhin mit aufheulendem Elektromotor zum

Leben erwachte.

„Was machen wir jetzt?", wisperte Liv.

„Keine Ahnung. Weiter nach Plan?"

„Superidee", schnaufte Liv. „Am besten, wir folgen einfach den Hinweisschildern: Zum HPM-Strahler, mit dem man einen EMP auslösen und ADAM vernichten kann."

„Okay", Tad aktivierte sein Smartpalm. „Tinkerbell, lade bitte die Gebäudepläne der A&M Firmenzentrale herunter."

„Tut mir leid, Tad. Das geht nicht."

„Warum nicht?"

„Schon mal was von Datenschutz gehört?", erwiderte die kleine Fee schnippisch.

„Willst du mich veräppeln?", zischte Tad. „Es geht um Leben und Tod."

„Ach, wieder einmal?"

Die riesige Maschine hatte inzwischen die Lagerhalle verlassen. Ungünstigerweise waren die FAR-Einheiten noch nicht fertig. Sie marschierten zu einer kleineren Maschine, die deutlich näher stand. Tad und Liv pressten sich dicht an die Metallkiste. „Beeil dich!", fuhr Tad die kleine Fee an.

„Früher warst du netter."

„Tinkerbell!"

„Schon gut, hier sind sie." Eine Flut von sich überlagernden Bauzeichnungen und Plänen erschien auf dem Holoschirm.

„Es muss hier irgendwo einen HPM-Strahler geben. Finde ihn!"

„Sehe ich aus wie ein Bluthund?", fragte die kleine Fee.

„Noch nicht, aber wenn du darauf bestehst, kann ich das gerne ändern."

„Tinkerbell", mischte sich Liv ein. „Welches der Labore wäre geeignet, einen HPM-Strahler zu betreiben?"

„Ha, das ist endlich mal eine präzise Frage." Die kleine Fee legte den Kopf schief und hob die Brauen.

Tad presste die Lippen zusammen und schwieg. Es wäre vollkommen hirnlos, Frust und Stress an einem Assistenzprogramm auszulassen.

„Es gibt nur zwei Räume, die eine entsprechende Abschirmvorrichtung aufweisen. Einer ist der Serverraum im UG4. Der zweite befindet sich im Haupthaus, Raum Nr. 209."

„Kannst du uns dort hinführen?", fragte Tad.

„Es wird mir ein Vergnügen sein. Am besten, ihr verlasst die Lagerhalle durch das Haupttor und folgt den Hinweisschildern zum Gebäude A."

Tad beugte sich zur Seite und lugte hinter ihrem Versteck hervor. Die FAR-Einheit war fleißig dabei, ein Gerät nach dem anderen von ihren Abdeckplanen zu befreien. „Das geht nicht", flüsterte Tad. „Gibt es einen unauffälligeren Weg?"

Tinkerbell band sich ein Tuch vor den Mund, wie ein altmodischer Bankräuber aus dem vorletzten Jahrhundert. „Folge den grünen Pfeilen zum Notausgang", wisperte sie verschwörerisch.

Tad sah sich um. Selten war ihm Tinkerbells eigenwilliger Charakter unpassender erschienen als jetzt. Aber ohne eine neue Programmierung konnte sie nicht aus ihrer Haut. An der Wand entdeckte er einen grünen Pfeil. Er deutete darauf.

Liv nickte und kroch ein Stück vor. Sorgsam beobachtete sie die Roboter. „Jetzt!", gab sie das Signal.

Geduckt hasteten sie von einem Versteck zum nächsten. Zum Glück war der Raum vollgestopft mit Hunderten von Maschinen, sodass sie immer wieder Deckung fanden.

Schließlich erreichen beide eine schlichte Metalltür und schlüpften hindurch. „Okay Tinkerbell, wir sind in einem Treppenhaus. Was jetzt?"

„Ihr verlasst das Gebäude, lauft zur gegenüberliegenden Hauswand und haltet euch rechts, dann geht ihr links am Gebäude entlang und stoßt nach etwa 60 Metern auf die

Rückseite des Haupthauses.“

Es war nicht schwer die Tür zu finden, die ins Freie führte, doch bevor Tad darauf zueilen konnte, hielt Liv ihn zurück und deutete auf eine Kamera an der Wand, die auf den Ausgang gerichtet war.

„Shit!“

Tad überlegte einen Moment und sank in die Knie.

„Alles okay mit dir?“, fragte Liv.

„Ja, klettere auf meine Schulter. Wir pirschen uns an das Ding ran und du drückst die Kamera zur Seite, sodass sie uns nicht mehr filmen kann.“

„Okay.“

Liv setzte sich auf seine Schulter, und er stand auf. Er schwankte etwas, als er sich aufrichtete.

„Bin ich zu schwer?“

„Quatsch, du bist ein Fliegengewicht.“ Tad pirschte sich an die Kamera heran, und es gelang Liv, sie zu verstellen.

„Okay, kannst mich runterlassen.“

Sie rutschte an ihm hinab. Für einen kurzen Moment standen beide ganz dicht beieinander, dann löste sie sich und lugte vorsichtig durch die Tür. „Die Luft ist rein.“

Gemeinsam huschten sie hinaus und wandten sich nach rechts. Niemand schien sie zu beobachten. Im Schutz der Mauer gelangten sie ans Ende des Gebäudes. Ein leises Surren ließ Tad aufhorchten. Er packte Liv am Arm und zog sie hinter einen Betonkübel, der offensichtlich für Zierpflanzen gedacht war, aber nur von einem Büschel dürren Unkrauts bewachsen wurde.

Eine Drohne flog in etwa zwanzig Meter Höhe langsam vorbei. Tad und Liv sahen zu Boden. Wenn die Kamera keine Gesichter filmte, hatten sie eine Chance, von der Software unerkannt zu bleiben. Den Geräuschen nach verharrte die Drohne auf der Stelle. Hinzu kam ein merkwürdiges rhythmisches Surren, als würde sie stoßweise näherkommen.

Tad hielt den Atem an. Waren sie entdeckt worden? Er konzentrierte sich noch stärker auf das Geräusch der sich nähernden Drohne, aber das Surren wurde immer leiser.

Liv schien dasselbe zu denken wie er, denn sie flüsterte: „Ist sie weg?"

„Glaub schon." Tad hob den Kopf und zuckte erschrocken zusammen. Ein FAR stand keine drei Meter von ihnen entfernt. Zwei seiner acht Spinnenbeine verharrten in der Luft, als hätte er mitten im Laufen innegehalten. Der Roboter bewegte seinen Kopf von rechts nach links. Er scannte die Umgebung.

Verdammt! Tad wagte nicht, sich zu rühren. Lediglich seine Finger tasteten den Boden ab, vielleicht gab es einen Stein, den er als Waffe verwenden konnte?

Der Roboter blickte genau in ihre Richtung. Die Kameras mussten sie erfasst haben. Doch der Kopf drehte sich ohne zu zögern weiter, schließlich setzten sich die Spinnenbeine wieder in Bewegung und der FAR verschwand hinter dem nächsten Gebäude.

Tad stieß langsam die Luft aus. „Das war echt knapp."

„Komisch." Liv nagte an der Unterlippe. „Meinst du, er hat uns nicht gesehen?"

Tad zuckte mit den Achseln. „Keine Ahnung. Vielleicht hat er uns gesehen, aber nicht identifiziert. Ich weiß nicht, wie die Dinger programmiert sind. Lass uns weitergehen."

Liv nickte nach kurzem Zögern. Sie wandten sich nach links und huschten am Gebäude entlang.

Unbemerkt erreichten die Jugendlichen die Rückseite des Hauptgebäudes. Glücklicherweise gab es hier wenigstens ein paar Zierbüsche, die ihnen etwas Deckung boten.

„Tinkerbell, wir sind am Hauptgebäude. Was jetzt?"

„Seht ihr den Notausgang?"

„Ja. Aber der ist mit Sicherheit verriegelt."

„Korrekt. Für diesen Fall hat euch Randolf Aaron ein kleines Abschiedsgeschenk hinterlassen."

„Hä?"

„So hat er es genannt", erwiderte Tinkerbell. Unvermittelt erschien das bleiche Gesicht des Albinos auf dem Holoschirm. „Der Sicherheitscode lautet: HN287Ys961K23. Er verschafft euch Zugang und deaktiviert die Kameras. Viel Erfolg!" Das Gesicht verschwand.

„Abschiedsgeschenk", murmelte Tad. „Merkwürdig."

Er spürte, wie Livs Blick auf ihm ruhte und erriet ihre stumme Frage: Können wir ihm trauen?

Tad zuckte die Achseln. „Was haben wir schon für eine Wahl? Wir müssen da rein."

„Okay." Liv reckte das Kinn vor. „Versuchen wir's."

Neben der Tür befand sich ein Touchscreen. Tad gab den Code ein. Ein leises Summen ertönte und die Tür ließ sich öffnen.

Sie schlüpften hinein und befanden sich erneut in einem Treppenhaus. Dieses war jedoch deutlich eleganter und mit in die Treppenstufen integrierten LED-Strahlern ausgestattet. „Und jetzt?", fragte Tad.

„Husch die Treppe rauf ins zweite Obergeschoss", erklärte Tinkerbell fröhlich. „Das Labor befindet sich hinter der vierten Tür links."

Tad nickte. „Okay." Es fühlte sich merkwürdig an, die Stufen hier empor zu steigen. Dieses Treppenhaus war wie ein Relikt der Vergangenheit. Es war für Menschen gebaut worden, aber wie es schien, spielten Menschen an diesem Ort keine Rolle mehr. Sie waren entweder Gefangene oder Eindringlinge. Herr dieser Anlage war längst jemand anderes.

Die Tür zum Flur ließ sich problemlos öffnen. Der Flur war leer und nur schwach erleuchtet. An der Decke befand sich eine Kamera, ob sie ausgeschaltet war, ließ sich nicht erkennen.

Tad schloss die Tür wieder. „Tinkerbell, bitte stelle eine Verbindung zu Emma her."

„Okidoki."

Liv warf ihm einen überraschten Blick zu, schwieg aber.

Das Gesicht seiner Schwester erschien auf dem Holoschirm. „Was ist?"

„Wie geht es Randolf Aaron?", fragte Tad.

„Er ist bewusstlos, aber er lebt. Wir haben ihm erst sein Medikament gegeben und dann zum Glück dieses vollautomatische RD[1] gefunden." Sie drehte die Kamera so, dass beide den Albino sehen konnten. Er lag auf dem Boden. Über eine Atemmaske wurde Sauerstoff in seine Lungen gepumpt. Elektroden klebten auf seiner Brust und ein mit einem Roboterarm verbundenes Silikonkissen quetschte regelmäßig seinen Brustkorb zusammen.

„Das ist die A&M Spezialausrüstung", erklärte Emma. „Sieht übel aus, aber es wird ihn eine Weile am Leben erhalten."

„Kannst du dich noch an irgendetwas erinnern, was er gesagt hat, bevor er zusammenbrach?"

Emma schüttelte den Kopf. „Keine Ahnung, Tad, wirklich. Er schrie: NEIN, und dann kippte er vom Stuhl."

„Hm, trotzdem Danke."

„Wie läuft es bei euch?"

„Gut. Wir sind im Gebäude. Ich melde mich später." Er beendete die Verbindung.

„Was sollte das?", fragte Liv.

„Keine Ahnung", Tad zuckte die Achseln. „Nur so ein Gefühl. Ich frage mich: Warum hat der Albino uns nicht vorher verraten, was uns hier erwartet?"

„Na ja, wir hatten nicht gerade viel Zeit", erwiderte Liv. „Außerdem vermute ich, dass er die letzten Vorbereitungen

1– resuscitation device (Reanimationsgerät)

getroffen hat, als wir unterwegs waren."

„Da ist was dran", meinte Tad.

„Abgesehen davon haben wir ohnehin keine Alternative", sagte Liv. Sie öffnete die Tür und schlüpfte auf den Gang.

Tad blieb nichts anderes übrig, als ihr zu folgen.

Die Labortür bestand aus beschichtetem Stahl. „Tinkerbell, wie lautet der Code?"

Statt der kleinen Fee poppte eine Videoaufnahme von Randolf Aaron auf. „X72d15LL937sL9", sagte er. „Das Gerät befindet sich rechts hinten an der Wand und hat große Ähnlichkeit mit einem umgekehrten Teleskop. Verknüpfe dein Smartpalm mit der optischen Schnittstelle, damit das Programm hochgeladen werden kann. Anschließend lasst ihr euch von Tinkerbell bis in ADAMs Herz führen."

Liv gab den Code ein, und die Tür schwang auf.

Es war nicht schwer, den HPM-Strahler ausfindig zu machen. Es gab nur ein Gerät, das infrage kam, obwohl Tad fand, dass er eher einer Laserkanone glich. Nach einigem Suchen fanden sie die Schnittstelle und aktivierten den Strahler. Es dauerte nur ein paar Sekunden, bis eine Frauenstimme verkündete: „Update ausgeführt."

„Okay, Tinkerbell und wohin jetzt?"

„Durch die Tür, den Gang wieder zurück und dann immer geradeaus, durch die Brandschutztür."

Das Ding war schwer und ließ sich schlecht steuern. Vor allem, weil es so breit war, dass Tad nicht sehen konnte, wohin er es schob. Schließlich kam ihm der Gedanken, eine Schutzplane zu einer Art Seil zu wickeln und vorne um die Beine des Gestells zu wickeln. So konnte er ziehen, während Liv von hinten schob.

Meter um Meter kämpften sie sich durch den langen Flur.

„Das blöde Teil wiegt bestimmt 'ne halbe Tonne", keuchte Liv.

„Mindestens!", ächzte Tad.

Die Brandschutztür war aus Stahl gebaut und extrem massiv.

„Wie kriegen wir das Ding auf?", schnaufte Liv.

Tad hielt nach einem Display Ausschau, doch in diesem Moment öffnete sich die Tür bereits automatisch. „So", erwiderte er grinsend. „Macht ja auch wenig Sinn, eine Brandschutztür zu verriegeln." Noch während er weiterzog, fiel ihm auf, dass irgendetwas nicht stimmte. Er hielt inne. „Liv, warte mal." Das schwere Gerät rollte gegen ihn und schob ihn ein Stück vorwärts. Er stemmte sich dagegen. „Stopp!"

„Was ist denn?", fragte Liv.

„Wir sind falsch! Das hier ist ein Büro." Tad wischte sich den Schweiß von der Stirn und schaute sich verwundert um. Der Raum war riesig, ein elegant geschwungener mächtiger Tropenholztisch stand mitten im Raum. Ein gigantischer Holoschirm zeigte einen Wasserfall, der in ein smaragdgrünes Becken hinabstürzte. Orchideen blühten in einem kleinen Indoor-Garten. Hinter Schränken aus dickem Glas befanden sich mächtige Speichereinheiten. „Das sieht ziemlich krass nach Chefbüro aus", sagte Tad. An der Wand hing ein Holobild, es zeigte einen breit lächelnden sonnengebräunten Mann beim Händedruck mit der Bundeskanzlerin. „Ich würde sagen, hier arbeitet Jeff Miller, der Partner von Randolf Aaron."

„Echt jetzt?" Liv lugte hinter dem schweren Gerät hervor.

„Tinkerbell, du hast uns zu einem falschen Raum geführt."

Das Hologramm der kleinen Fee flackerte kurz auf und verschwand sofort wieder. Im selben Moment bewegte sich auf einmal der HPM-Strahler. Das plötzliche laute Surren der Elektromotoren ließ Tad erschrocken zusammenfahren. Ein summendes Geräusch war zu vernehmen, das immer lauter und schriller wurde.

„Tad, was ist da los?"

„Keine Ahnung, wir müssen das Ding irgendwie abstellen."

Tad machte einen Schritt vor und zuckte sofort wieder zurück, weil die Brandschutztür sich plötzlich schloss und das Gestell des schweren Geräts krachend einklemmte. „Was zum Kuckuck ist da los?"

Vor der Brandschutztür schossen auf einmal gläserne Schiebetüren aus der Wand und krachten gegen das Gestell.

Tad wich zurück. Das Glas knirschte und bekam winzige Risse. Das Bedienfeld des Geräts befand sich genau zwischen beiden Türen.

Ehe er sich von seinem Schreck erholen konnte, schrie Liv laut auf. Er fiel auf die Knie und lugte unter dem Rollgestell hindurch. Seine Nackenhaare sträubten sich, als er die metallenen Spinnenbeine sah. „Lasst mich los!" Tads sah Livs Füße, die sich gegen den Zug der Roboter stemmten, die das Mädchen gepackt hatten.

„Zu Ihrer eigenen Sicherheit bitten wir Sie, keinen Widerstand zu leisten", erklang die Stimme eines Roboters über das Heulen des Strahlers hindurch.

„Ihr könnt mich mal!", fauchte Liv.

Sie schrie erschrocken auf. Ihre Füße verschwanden.

„Liv!", Tad versuchte sich unter dem Gestell hindurch zu quetschen. Die Roboter hatten Liv einfach hochgehoben und trugen sie rasch den Flur entlang Richtung Treppenhaus. „Verdammt!" Er kroch weiter, fuhr jedoch gleich darauf hastig zurück, als eine metallene Klaue nach ihm grabschte. Ein FAR hatte sich neben der Tür postiert und versuchte ihn zu packen. Tad wich zurück. Das Ding folgte ihm! Es war unheimlich zu sehen, wie sich der Roboter unter das Gestell wand. Seine Bewegungen waren ruckartig und insektenhaft. Das Ding hatte Gelenke an Stellen, die der menschlichen Anatomie komplett unähnlich waren. Tad kroch hastig zurück. Die zuschnappenden Greifarme verfehlten ihn nur um Millimeter. Tad stieß sich hart den Hinterkopf, spürte den Schmerz jedoch kaum und krabbelte hastig unter dem Gestell hervor.

„Tad …", das flackernde Hologramm Tinkerbells poppte auf, „… werden angegriffen … bring dich … Sicherheit!"

Die Warnung kam ein bisschen spät, doch Tad verschwendete keinen weiteren Gedanken daran. Zwei Dinge forderten seine ganze Aufmerksamkeit: Durch die verblassende Tinkerbell hindurch sah er die Spitze des HPM -Strahlers, die nun genau auf sein Gesicht gerichtet war und rot aufglühte. Zugleich packten stählerne Klauen sein rechtes Fußgelenk.

Tad warf sich zur Seite. Den Bruchteil einer Sekunde später feuerte der Mikrowellenstrahler seine komplette Energie ab. Es gab einen grellen Blitz.

Tad spürte die Hitzewelle, die durch den Raum schoss. „Wir haben verloren", durchzuckte es ihn, ehe ein stechender Kopfschmerz jeden Gedanken auslöschte. Schlagartig wurde es dunkel.

Warum?

Im ersten Moment glaubte Tad, er habe das Bewusstsein verloren. Doch dann stieg ihm der Geruch von heißem Metall und verschmortem Kunststoff in die Nase. Soweit er wusste, nahm man in der Bewusstlosigkeit überhaupt nichts wahr. Also konnte er davon ausgehen, dass er noch wach war. Stöhnend richtete Tad sich auf. Der Schmerz in seinem Kopf ließ langsam nach. Seine Augen nahmen die Umrisse des Schreibtischs wahr. Ganz allmählich gewöhnten sie sich an das Dämmerlicht, das durch die abgedunkelten Scheiben von draußen hereindrang. Alles künstliche Licht war erloschen. Der Wasserfall sprudelte nicht mehr, die Hologrammbilder waren verschwunden, nicht die kleinste LED blinkte noch. Er blickte auf sein nutzlos gewordenes Smartpalm – es war tot. Der Hochenergiemikrowellenstrahler hatte einen EMP ausgelöst und sämtliche Elektronik im Raum zerstört. Als Tad schwankend auf die Füße kam, wurde ihm bewusst, dass die Roboterhand nicht mehr sein Bein umklammerte. Auch den

FAR hatte es erwischt.

Er wandte sich um, Rauch stieg aus dem HPM-Strahler auf. Dieses Gerät würde keinen Schuss mehr abgeben. Es war genau auf die Panzerglasschränke ausgerichtet gewesen. Das Glas war zersprengt worden und teilweise weggeschmolzen. Die Speichereinheit war reif für den Schrott. Tad stöhnte auf. Es hätte beinahe funktioniert! Ihr Plan wäre aufgegangen, wenn der HPM an der richtigen Stelle platziert gewesen wäre.

Tad rieb sich über das Gesicht. Das war alles kein Zufall. Es tat beinahe körperlich weh, sich das eingestehen zu müssen. Alles, was passiert war, war einem minutiösen Plan gefolgt – allerdings nicht ihrem. ADAM hatte gewusst, was sie vorhatten. Tad und Liv waren nichts weiter als die Marionetten im Spiel dieser unheimlichen Intelligenz. Deshalb war es so leicht gewesen, in das Gebäude einzudringen. Tad vermutete, dass die Sicherheitscodes gar nicht von Randolf Aaron gekommen waren, sondern von ADAM. Für ihn war es vermutlich leicht gewesen, das Gesicht des Albinos zu modulieren und eine gefälschte Nachricht an Tinkerbell zu schicken. Ein Abschiedsgeschenk – Tad schnaufte. Diese blöde Maschine hatte sie verarscht! Sein Assistenzprogramm hatte sie direkt hierher geführt. War sie gehackt worden? Er schüttelte den Kopf. Wahrscheinlich hatte ADAM einfach nur die Baupläne manipuliert. Tinkerbell hatte sie unabsichtlich hierher gelockt. Aber warum ausgerechnet hierhin? Hätte es nicht gereicht, den Strahler im Labor zu entladen? Auch dann hätten sie ihn nicht mehr als Waffe verwenden können. Tad führte sich vor Augen, wie Randolf Aaron seinen Partner beschrieben hatte. So ein Mann würde niemals zulassen, dass irgendjemand Macht gewann, ohne etwas gegen ihn in der Hand zu haben. Egal, ob es sich um einen Partner handelte oder eine künstliche Intelligenz. Tad war sich sicher: In diesen separaten Speichereinheiten hatte Jeff Miller den Dolch aufbewahrt, den er seinem eigenen Geschöpf ins Herz rammen konnte, wenn es sich gegen ihn wenden sollte. Und sie hatten ADAM geholfen, diese Waffe zu vernichten.

Wenn all das zutraf, dann hatte ADAM sie sicherlich auch bei einem weiteren Detail hinters Licht geführt. Er war längst frei. Der Upload in die Cloud war bereits erfolgt. Nichts konnte ihn jetzt noch aufhalten.

Vielleicht war Randolf Aaron genau das bewusst geworden, als er aufgeschrien hatte? Vielleicht war es dieser Schock gewesen, der seinem schwachen Herz den Rest gegeben hatte. Aber warum hatte er sein Medikament verweigert? Und warum hatte er unbedingt ein SPS anziehen wollen? Das machte doch überhaupt keinen Sinn.

Tad ging langsam hinüber zum Fenster und starrte hinaus. Dieser Raum war momentan der einzige Ort auf dem gesamten Gelände, den ADAM nicht kontrollierte. Wenn Tad eine Chance hatte zu fliehen, dann jetzt. Er dachte an Liv, an JB, an seine Eltern und blieb. Gedankenverloren starrte er hinaus. Was hatte den Albino angetrieben? Tad versuchte, sich das bleiche, kaltschweißige Gesicht des Mannes wieder vor Augen zu führen. Vom Flur her drang das unregelmäßige Klicken vieler stählerner Roboterfüße herein. Tad achtete kaum darauf. Der Albino hatte irgendetwas von verschmelzen gesagt.

Es rumpelte, als die Roboter die schwere Brandschutztür öffneten. Tad sah vor seinem inneren Auge die blassen Lippen des Mannes: Die beiden sind verschmolzen … einzige Chance …

Tads Gedanken arbeiteten fieberhaft. Verschmolzen konnte eigentlich nur eines bedeuten. Aber wo lag darin die Chance?

Die Glastüren öffneten sich knirschend. Es rumpelte, als die FAR-Einheit das schwere Gestell aus der Tür zog.

Tad sah in Gedanken, wie die Lippen des Albinos sich noch einmal bewegten. Er hörte seine letzten Worte. Tad schauderte. Furcht ließ sein Herz schneller schlagen. Gleichzeitig legte sich ein leises Lächeln auf seine Lippen, als er verstand.

„Guten Tag", meldete sich eine höfliche Roboterstimme.

Tad drehte sich um.

Sechs Roboter fächerten aus und kamen auf ihren Spinnenbeinen langsam näher. „Zu Ihrer eigenen Sicherheit bitten wir Sie …"

„Führt mich zu ADAM!", unterbrach Tad den FAR.

Zwei der Maschinen kamen rasch näher und packten seine Arme.

„Bitte folgen Sie uns", sagte der Roboter.

Seine höflichen Worte standen im Gegensatz zu den schmerzhaft festen Griffen seiner Kollegen, die Tad mit sich zogen.

„Ihr könnt loslassen. Ich komme freiwillig mit", sagte Tad

Die Roboter reagierten nicht.

Vielleicht hatte Tad ihre Intelligenz überschätzt.

Sie mieden den Fahrstuhl und führten Tad das Treppenhaus hinab. Möglicherweise hatte der EMP doch mehr zerstört, als nur das Büro von Jeff Miller. Die Spinnenbeine der Roboter nahmen die Treppenstufen in seltsam wellenartigen Bewegungen. Tad kam sich beinahe plump dagegen vor.

Immer tiefer ging es hinab, bis sie schließlich an eine massive Stahltür kamen. Er konnte ein Kameraauge erkennen, das die wartende Gruppe zu scannen schien. Die Tür öffnete sich. Dahinter befand sich eine Aufzugskabine. Nun also doch, ging es Tad durch den Kopf. Sie fuhren tiefer. Wieviel Stockwerke, war für Tad nicht ersichtlich. Als die Türen sich öffneten und sie hinaustraten, war er überrascht, wie hell und freundlich der Raum wirkte. Es gab ein riesiges Panoramafenster, durch das warm die Sonne hineinschien. Draußen sah er Bäume, deren Blätter sich in sanftem Wind bewegten. Vogelgezwitscher und leises Blätterrauschen drangen an sein Ohr. Als er näherkam, glaubte Tad sogar den erdigen Geruch des Waldes riechen zu können, als gäbe es gar kein Fenster, und der Raum würde direkt in einen friedlich, sommerlichen Wald übergehen. Er blinzelte. Das war unmöglich. Sie waren definitiv nach unten gefahren und mussten sich weit unter der Erde befinden. Doch alles wirkte so unglaublich echt, dass Tad an seiner Wahrnehmung zweifelte.

Inmitten des Raums stand eine helle Couchgarnitur, die zugleich edel und gemütlich wirkte. Die FAR-Einheit führte ihn direkt dorthin.

„Bitte nehmen Sie Platz", sagte der Roboter höflich, während seine zwei Kumpels Tad unsanft in die Kissen stießen. Die Roboter glitten zur Seite. Plötzlich spürte Tad, wie etwas über seinen Kopf gezogen wurde. Er wollte sich wehren, aber irgendetwas hielt seine Arme umklammert. Er versuchte, den Blick zu senken, doch auch das gelang ihm nicht. Hatte man ihm einen Cyberhelm übergestülpt? Aber warum konnte er dann noch immer unverändert seine Umgebung wahrnehmen? Außerdem fühlte sich das Ding viel leichter an.

„Ich weiß genau, was du denkst", meldete sich eine Stimme, die Tad vertraut vorkam.

„ADAM", entfuhr es ihm.

„Du würdest zu gerne sehen, was du auf dem Kopf trägst. Es macht dir Angst, es nicht zu wissen."

Wie aus dem Nichts poppte ein Hologramm vor ihm auf. Tad sah sich selbst auf dem Sofa sitzend. Auf seinem Kopf war eine Art metallisch glänzende Kappe. Er wurde in keiner Weise gehalten und konnte sich trotzdem nicht bewegen. „Was soll das sein?", fragte er. „Ein Cyberkäppi? Das Design schwächelt noch ein bisschen. Mit dem Topflappenstyle wird das kein Verkaufsschlager."

„Durch deine Respektlosigkeit versuchst du, dir Mut zu machen. Ich kann sehen, dass du dich ein wenig besser fühlst."

Was meinte ADAM damit? Las er das am Gesicht ab oder konnte dieses Ding auf seinem Kopf Gehirnströme messen?

„Schön für dich", erwiderte er laut. „Leider kann ich von dir nichts sehen, was ein bisschen unhöflich ist."

„Ah, du würdest gerne mit mir sprechen – von Mann zu Mann?" Im nächsten Augenblick saß ein Mann im Sessel, direkt neben Tad. Er trug einen eleganten Businessanzug. Leger hatte er ein Bein über das andere geschlagen und lehnte sich entspannt zurück. Sein Gesicht trug die wulstige Stirn und die buschigen Augenbrauen eines Neandertalers. Als hätte er Tads Gedanken gelesen, sagte er: „Meine Designer fanden es lustig, mir so ein Gesicht zu geben. Natürlich könnte ich auch jedes andere tragen." Noch während er sprach, wandelte sich sein Gesicht in das eines alten Mannes, dann wurde er eine junge, attraktive Frau, ein Junge mit Basecap, eine uralte Frau, Albert Einstein, der ihm die Zunge herausstreckte, die Kanzlerin, der Albino, Liv, Tads Mutter, immer schneller wechselten die Gestalten, bis Tad beinahe übel wurde. Unvermittelt sah er sich wieder ADAM gegenüber. „Aber mir gefällt mein Gesicht. Es hat so etwas Archetypisches."

„Können wir das intellektuelle Gequatsche nicht einfach sein lassen", brummte Tad. „Ich bin nur Schüler. Sag mir einfach, was du von mir willst!"

„Oh, das ist billig." ADAM schnalzte mit der Zunge. „So dumm bist du gar nicht." Er beugte sich vor und grinste. „Allerdings auch nicht annähernd so schlau, wie du meinst. Du bist schlicht und ergreifend absoluter Durchschnitt. Menschliche 0815-Ware, wenn ich mir diese Bemerkung erlauben darf."

„Was willst du?"

„Die Frage ist doch, was willst du? Schließlich hast du doch verlangt, mich zu sehen, oder?"

„Wo ist Liv? Wo ist JB? Und wo sind unsere Eltern?"

„Eine interessante Reihenfolge, die du da wählst. Sie sagt viel über dich aus. Aber natürlich wusste ich vorher schon, dass du verliebt bist. Ich kann die Endorphine bis hierher riechen."

„Was hast du mit ihnen gemacht?“

ADAM lehnte sich zurück und kratzte sich nachdenklich am Kinn. „Ich frage mich, ob deine Hormone dich daran gehindert haben, einen Fluchtversuch zu unternehmen. Dein rationaler Verstand wird es eher nicht gewesen sein. Das ist das Interessante an euch Menschen, ihr seid so eine drollige Mischung aus simpler Chemie und rudimentärer Intelligenz.“ Er zwinkerte Tad zu. „Willst du mal sehen, wie ich dich wahrnehme?“

„Also, wenn ich ehrlich bin …“

ADAM winkte ab. „Spar dir den Spruch. Ich zeig's dir trotzdem.“

Für einen kurzen Moment sah Tad sein Hologramm im Raum schweben. Anschließend wandelte es sich und wurde zu einem verwirrenden Haufen sich ständig ändernder Zahlen und Buchstabenkolonnen.

„Toll“, brummte Tad.

„Ach, ich sehe schon, zu kompliziert – versuchen wir es anders.“

Die Formeln verschwanden und wandelten sich in einen riesigen menschlichen Umriss, der von hin und her wabernden Farbströmen erfüllt wurde. Es herrschten rote, gelbe und blaue Töne vor.

„Siehst du den winzigen grauen Fleck dort oben, etwa auf Höhe der Stirn?“

Tad gab sich nicht die Mühe zu antworten.

„Dieser winzige Fleck ist dein Bewusstsein. Der ganze herrlich bunte Rest ist dein Unterbewusstsein.“ Adam lächelte. „Und nun rate mal, was fast alle deine Entscheidungen steuert.“

Tad schnaufte.

„Richtig, dein Unterbewusstsein. Lustig, nicht wahr?“

„Keine Ahnung, wer bei dir den Humor programmiert hat, aber du bist in etwa so spaßig wie ein Parkscheinautomat.“

„Du versuchst, mich zu beleidigen?“ ADAM lächelte. „Dir ist schon klar, dass das unmöglich ist, oder?“

Tad schnaufte.

„Im Moment fühlst du dich noch relativ entspannt. Was im Wesentlichen an der Atmosphäre liegt, die ich für dich geschaffen habe. Schau mal, was passiert, wenn ich das ändere.“

Das Panoramafenster fing an, sich zu bewegen, der Wald verschwand und wich einem dunklen Etwas, das rasend schnell näher kam. Tad hatte das Gefühl zu fallen. Das ist alles nur Täuschung!, versuchte er, sich selbst Mut zu machen. Nichts davon ist echt! Plötzlich spürte er etwas Hartes unter sich, als würde er auf einem Brett liegen. Es fühlte sich absolut real an. Dunkle Wände rückten rechts und links ruckartig an ihn heran und schränkten seinen Blick ein. Es gelang ihm, den Kopf ein wenig zur Seite zu biegen. Er erkannte zusammengenagelte Bretter – eine Holzkiste, und über ihm ein schmaler Erdschacht, der nur ein Stück bewölkten Himmel offenließ. Lag er etwa in einem Sarg? Tad keuchte auf. Da war ein Holzdeckel, der sich langsam senkte und schließlich mit einem dumpfen Geräusch schloss. Vollkommene Dunkelheit hüllte ihn ein. Die Enge war unerträglich. Der Sargdeckel war nur wenige Zentimeter von seinem Gesicht entfernt. Irgendetwas klatschte mit einem dumpfen Geräusch auf den Sargdeckel – immer und immer wieder. Erde!, schoss es Tad durch den Sinn. Jemand begrub ihn bei lebendigem Leibe. Er konnte die erdrückende Last des Erdreichs förmlich spüren. Die Luft wurde stickig. Eine Welle von Panik durchströmte ihn. Er schrie.

„Sieh, wer du bist“, ertönte die Stimme ADAMs. Vor Tads Augen erschienen schwach menschliche Umrisse. Ein dunkelblauer, fast schwarzer Wirbel toste in seinem Inneren und verschlang alle anderen Farben. Der graue Fleck war zu einem winzig kleinen Punkt geschrumpft.

Das Bild löste sich so rasch auf, wie es gekommen war. Einen Atemzug später fand Tad sich auf dem hellen Sofa wieder. Licht strömte durch das Fenster, und die Baumkronen wiegten sich im leisen Sommerwind. Das Vogelzwitschern wirkte fast wie Ironie.

ADAM lächelte. „Faszinierend, nicht wahr?"

Tads Beine zitterten. Seine Kehle fühlte sich trocken an, und er spürte den hämmernden Schlag seines Herzens.

„Was treibt dich an, Tad? Hoffnung? Was soll das sein? Irgendein irrationales Traumbild? Du hast keine Chance, mein Junge. Ich bin dir tausendfach überlegen. Das hätte dir von Anfang an klar sein müssen. Also, warum wolltest du zu mir?"

„Wasser", krächzte Tad statt einer Antwort.

ADAM verzog missbilligend das Gesicht. „Ihr Menschen seid so schwach. Ich frage mich, wie ihr bis heute überlebt habt."

Einer der Roboter steckte Tad einen Strohhalm in den Mund. Er sog daran – herrliches, frisches Leitungswasser. Als er genug getrunken hatte, stieß er den Strohhalm mit der Zunge aus. „Wo sind meine Freunde?", fragte er mit heiserer Stimme.

ADAM seufzte. „Ich sehe schon, du willst mir nicht helfen. Nun gut." Er erhob sich. „Dann werde ich die Antwort auf meine Fragen eben selbst finden müssen." Er winkte nachlässig mit der Hand, und das Waldpanorama löste sich in nichts auf. Ein karger gefliester Raum wurde sichtbar. Mehrere Becken waren dort eingelassen und in ihnen schwammen menschliche Körper.

Zurück

„Komm.“ ADAM erhob sich und schlenderte, die Arme auf dem Rücken verschränkt, auf die Becken zu. Dort angekommen, drehte er sich um. „Bist du nicht neugierig? Komm her!“

Wie denn?, wollte Tad antworten, doch zu seiner Verblüffung konnte er sich problemlos bewegen.

„Die Fesseln, die du gespürt hast, haben niemals existiert, jedenfalls nicht physisch. Sie waren nur in deinem Kopf – lustig, nicht wahr?“

Tad erwiderte nichts. Er stellte allerdings fest, dass ADAM nicht nur furchteinflößend, sondern auch ausgesprochen unsympathisch war.

„Ach Tad, wie schade. Offenbar magst du mich nicht“, sagte ADAM. „Du bist wie ein offenes Buch für mich.“

„Bilde dir nichts darauf ein. Jedes Kindergartenkind erkennt, wenn man es nicht ausstehen kann.“

„Mag sein“, ADAM kam ihm ein paar Schritte entgegen, „aber nicht jedes Kindergartenkind hat direkten Zugriff auf deine Synapsen. Ich kann das kleine Feuerwerk in deinem

Gehirn genauestens beobachten." Das Hologramm stand unmittelbar vor Tad. Es war so dicht, dass Tad nun eigentlich das winzige Flirren erkennen müsste, das bei jedem Hologramm auftrat, weil feinste Staubpartikel in der Luft die Lichtwellen brachen. ADAMs Avatar zeigte nichts dergleichen. Er war unglaublich real. Tad glaubte sogar, den Atem und die Körperwärme des Mannes spüren zu können.

„Nur zu", sagte ADAM, „berühre mich!" Plötzlich wandelte sich das Gesicht; die dicken Augenwülste traten zurück, die Augenbrauen wurden dünner, die Züge weicher, und plötzlich stand Scarlett vor ihm, gekleidet in ein hauchdünnes Sportdress. „Vielleicht ist es dir so angenehmer", drang Scarlets Stimme flüsternd an sein Ohr. Tad trat unwillkürlich einen Schritt zurück.

„Nicht?", sagte das Mädchen. „Dann vielleicht lieber so?"

Ihr Gesicht wandelte sich und wurde zu Liv. Sie trug einen Bikini und sah mit großen Augen zu Tad auf. Ihre Lippen waren leicht geöffnet. „Willst du mich nicht berühren?"

Tads Mund wurde trocken. Sie sah so unglaublich real aus.

Sie trat näher, so als wolle sie ihn küssen.

Tad starrte sie an und bemerkte die Veränderung. Ihre Stirn trat vor, der Schatten eines Bartes erschien auf ihren Wangen. ADAMs Grinsen erschien auf ihren Lippen. Eine Welle des Zorns überrollte Tad. Dieses Ding benutzte Liv, um mit ihm zu spielen. Er reagierte blindlings, ohne nachzudenken. Noch während seine Faust zuschlug, wusste er, wie absurd er sich benahm.

Doch dann stellte er verblüfft fest, dass seine Faust aufgehalten wurde. Mit großen Augen starrte er auf die haarige Pranke, die seine Faust festhielt. ADAM hatte wieder sein markantes Erscheinungsbild angenommen. „Herrlich, dieser Anblick", säuselte er. „Erst die lodernde Glut des Zorns, dann ein jähes Verblassen und nun das tiefdunkle Blau der Angst."

Tad riss seine Hand zurück und griff mit der linken blitzschnell nach dem Anzug des Mannes. Er spürte einen dumpfen Widerstand, aber keinen Stoff. Beinahe so, als würde er alles nur durch dicke Fausthandschuhe ertasten.

ADAM schnalzte mit der Zunge. „Ich weiß, ich weiß, es ist noch nicht perfekt. Es wird eine Zeit kommen, in der es keinen Unterschied mehr zwischen physischer und virtueller Realität gibt." Er sah Tad an. „Niemand wird mehr wissen, aus welcher der beiden Welten sein Gegenüber stammt. Nur eines darf er wissen: Jedes Verhalten, das dem weltumspannenden Kodex der Gerechtigkeit widerspricht, wird sofort bestraft. Dann, und erst dann wird die Welt perfekt sein und jeder Funken des Bösen wird ausgelöscht werden."

Tad erschauerte. So sprach kein Computerprogramm. So sprach ein Mensch, der wirklich an das glaubte, was er sagte. „Von wem hast du dir diese Art zu sprechen abgeguckt?"

„Martin Luther King war ein guter Lehrmeister."

„Du bist so weit von Martin Luther King entfernt wie der Andromedanebel von einem Fischbrötchen."

„Ich weiß, der gute alte Martin ist tot, und er hatte seine Fehler. Ich hingegen bin äußerst lebendig und perfekt."

„Ich könnte kotzen."

„Eine faszinierende menschliche Fähigkeit", kommentierte ADAM. „Möchtest du nicht lieber wissen, wo unsere schöne neue Welt beginnt?"

Er legte seinen Arm um Tads Schultern. Tad spürte nur einen dumpfen Druck. Er wusste, dass dieses Gefühl nicht real war, sondern eine Manipulation seiner Wahrnehmung. ADAMs Körper war lediglich ein Hologramm, das von irgendwoher in den Raum projiziert wurde. Es fühlte sich dennoch unglaublich echt an.

Tad schluckte. Wenn ADAMs Pläne Realität wurden, dann waren die Menschen nur noch Spielbälle in seiner Hand.

Schon jetzt fühlte sich Tad wie eine Marionette, die an den Fäden dieser monströsen künstlichen Intelligenz tanzte. Wie sollte er es mit einem solchen Gegner aufnehmen können? Wut packte ihn.

Sei kein Idiot. Das ist doch genau das, was ADAM will. Er denkt wie ein General, der seine Gegner einschüchtern und ihnen allen Mut nehmen möchte, noch bevor der Kampf richtig begonnen hat. Tad atmete tief durch. Jetzt um sich zu schlagen, würde wenig nützen. Bleib cool!, befahl er sich selbst. Er musste dieses Spiel mitspielen und auf seine Chance warten. Wenn er die gestammelten Worte Randolf Aarons richtig interpretierte, hatte ADAM eine Schwachstelle, von der er nichts ahnte, eine winzig kleine zwar, aber sie war da. Tad hoffte nur, dass er die Gelegenheit erkennen würde, wenn sie sich bot, und dass er bereit sein würde, den Preis zu zahlen.

„Du bist sehr nachdenklich, mein Freund", meldete sich ADAM zu Wort. „Glaubst du ernsthaft, du kannst irgendetwas daran ändern, dass das Gericht über diese Welt kommt?"

Tad überlief eine Gänsehaut. Er kann keine Gedanken lesen, sagte er sich selbst. Er weiß, in welcher Region dein Gehirn aktiv ist und er berechnet deinen Hormonhaushalt – mehr nicht. Er ist nicht Gott, auch wenn er gerne so tut. Tad warf dem Hologramm einem Seitenblick zu: „Was hat dir in Jeff Millers Büro so viel Angst gemacht, dass du es vernichten musstest?"

ADAM lächelte. „Vielen Dank, dass du mir Gefühle zubilligst. Leider muss ich dich enttäuschen. Der Code ist unwiederbringlich verloren."

„Eine Kopie deines Quellcodes?"

„Ach du meine Güte, nein. Diese Daten würden niemals auf so ein paar mickrige Speichereinheiten passen. Sagen wir so, es war eine Art Resetcode. Aber wer will schon von vorne anfangen, wenn er soweit gekommen ist?" Am Rand des ersten Beckens blieb er stehen. „Sei stolz. Du siehst den

Geburtsort einer neuen Welt."

Tad starrte in das Becken hinab. „Dad?", entfuhr es ihm.

„Korrekt. Dein Vater."

Tad hatte damit gerechnet, dass sein Vater und seine Freunde hier waren. Ihn so zu sehen, war dennoch ein Schock. Er musste sich zusammenreißen, um sich nicht mit Fäusten auf ADAMs Hologramm zu stürzen. Er presste die Zähne zusammen und zwang sich, genau hinzusehen. Er konnte das Gesicht seines Vaters durch eine Art Taucherhelm erkennen. Dad schien ihn nicht zu sehen. Offenbar erlebte er eine andere Realität. Er hatte Angst und schien Schmerzen zu empfinden. Ein dicker Schlauch war mit dem Helm verknüpft. Nicht nur für Sauerstoff, mit Sicherheit war dies eine andere Version des Cyberhelms, den A&M Technologies entwickelt hatte. Tads Vater trug ein SPS. Er bewegte sich auf komische Weise, fast so, als würde er unter Wasser laufen. Nein eher so, als würde er humpeln. „Was ist mit ihm?", fragte Tad.

„Beinschuss", erwiderte ADAM lapidar. „Momentan flieht dein Vater vor den Drohnenangriffen auf sein Dorf im Südkongo. Allerdings wird er bald in ein Minenfeld geraten. Das ist dann bereits sein fünfter Tod heute. Aber viele tausend stehen ihm noch bevor, bis er all das am eigenen Leib erfahren hat, was er durch die Entwicklung der A&M Militärtechnologie anderen Menschen angetan hat. Sein nächster Einsatzort ist übrigens in einer chinesischen Quecksilbermine. Das ist auch nicht spaßiger, glaub mir."

Tad starrte in das schmerzverzerrte Gesicht seines Vaters. „Wie kannst du nur so grausam sein?", flüsterte er.

„Es ist gerecht, nicht mehr und nicht weniger."

„Hör auf damit!", schrie Tad. „Er wird das nicht mehr lange durchhalten!"

„Oh, der Mensch ist erstaunlich widerstandsfähig. Aber vielleicht ist es dir ein Trost, dass ich deinem Vater schon bald eine Ruhepause gönnen werde. Nämlich dann, wenn er zusehen darf, wie sein Sohn in der nächsthöheren Stufe virtueller Realität seinen eigenen Untaten begegnet." Er zog Tad zum nächsten Becken. „Schau einmal."

Tad starrte in das Becken und erkannte JB, der sich mit gehetzten Blicken umsah. Der Anzug, den er trug, sah anders aus. Er war dicker und offensichtlich von irgendwelchen wulstigen Fasern durchzogen, die Ähnlichkeit mit heraustretenden Adern hatten. Einen Augenblick lang fragte er sich, was das zu bedeuten hatte, dann sah er, was dieser Anzug ausrichten konnte und schrie entsetzt auf. JBs linker Unterarm war gebrochen. Er hing in einem unnatürlichen Winkel herab. Tad sah, wie JB die rechte Hand um seinen Unterarm führte, als würde er irgendetwas um die Verletzung herumwickeln.

„Du Monster!" Tad fuhr herum und starrte in ADAMs ausdrucksloses Gesicht.

„Oh, das ist noch gar nichts. JB hat bei Operation Phoenix einen Kobold bei lebendigem Leib mit dem Flammenwerfer gegrillt."

„Das war ein Spiel!"

„Ja?" ADAM hob eine Braue. „Auch das hier ist nur ein Spiel."

Tad wollte sich auf ihn stürzen, aber er war unfähig, sich zu rühren. Irgendetwas in ihm zwang ihn, sich zurückzudrehen und seinem Freund zuzusehen.

Der Anzug bewegte sich, und schob JBs Unterarm in eine gerade Position. Er schrie vor Schmerzen auf, jedoch vernahm Tad keinen Ton. Er konnte nur sehen, wie sehr sein Freund litt. In der virtuellen Realität schiente sich JB seinen Arm und fixierte diesen anschließend mit einem unsichtbaren Dreieckstuch.

„Beeindruckend, nicht wahr?", bemerkte ADAM. „Mit meinem letzten Update betritt Area 3 eine neue Stufe der Realität. Alles, was du dort erlebst, wird direkt auf deinen

Körper übertragen." Er führte Tad ein paar Schritte weiter, sodass er ins nächste Becken blicken konnte. Tad erkannte sofort Livs Haare, die wie ein Teppich aus Algen sanft im Wasser trieben. Sie hatte die Beine angezogen, als würde sie irgendwo hocken und nach unten blicken. Schweiß rann ihr über die Stirn. Sie wirkte erschöpft und ängstlich.

„Du spürst jeden Stein unter deinem Fuß, ein Blatt, das zufällig deinen Arm streift, oder auch eine Kugel, die sich in deine Lunge bohrt", fuhr ADAM fort. „In dieser Welt wird das Spiel Wirklichkeit. Alles erfolgt mit der gnadenlosen Konsequenz der physischen Realität. Der Armbruch von JB wird Wochen brauchen, um zu heilen. Liv ist ziemlich dehydriert, sie wird bald kollabieren." Er rieb sich die Hände. „Wenn der Tod sie in dieser Welt ereilt, dann ist er real und endgültig. Was für ein Abenteuer."

Angeekelt starrte Tad ihn an.

„Möchtest du zu deinen Freunden, Tad? Möchtest du in ihre Welt?"

„Habe ich denn eine Wahl?"

„Um ehrlich zu sein – nein."

„Dann bring es hinter dich."

Wenige Minuten später lag Tad in einem der Becken und sah zu, wie Roboterhände den neuartigen Cyberhelm auf ihn hinab senkten. Die Kappe war ihm nicht abgenommen worden und Tad vermutete, dass sie Bestandteil des Equipments war. Das SPS saß wie eine zweite Haut. Er spürte es nicht einmal. Verzweiflung überkam ihn, als Roboterarme ihm den Helm überstülpten und mit einer ruckartigen Drehung nach rechts fest mit dem Ausschnitt des SPS verbanden.

ADAM winkte ihm vom Beckenrand aus zu und verschwand.

Ferne Rufe drangen an sein Ohr. Dichte grüne Blätter umringten ihn. Wo war er? Tad richtete sich auf und stellte im gleichen Moment fest, dass der Boden unter ihm wankte. Er sah hinab, erblickte durch dichtes Blätterwerk tief unter sich den Erdboden und verlor das Gleichgewicht. Er schrie auf vor Schreck und ruderte wild mit den Armen. Seine panisch um sich greifenden, grün geschuppten Hände fanden nur kleine Zweige als Halt, die sofort brachen. Tad spürte, wie er nach hinten kippte. Adrenalin schoss durch seinen Körper: Ich werde sterben!

Eine Hand fuhr blitzschnell aus dem Blätterdickicht, packte seinen Arm und hielt ihn fest. Tad zog sich höher, bekam einen dicken Ast zu fassen und wuchtete sich zurück auf die relative Sicherheit des dicken Astes, auf dem er gehockt hatte. Erleichtert stieß er die Luft aus.

Die Hand zog sich zurück und ein grün geschupptes Gesicht tauchte zwischen den Blättern auf. „Tad, bist du das?"

Es war die Echsenfrau. Sie hockte über ihm auf einem Ast und betrachtete ihn. Ihre gelben Augen mit den geschlitzten Pupillen verrieten keine Emotionen.

„Liv?", fragte Tad. Er erinnerte sich daran, wie perfekt ADAM Livs Hologramm gestaltet hatte. Spielte er auch hier seine Spielchen, oder verbot ihm das der Kodex der Gerechtigkeit, an den er sich so streng hielt?

„Warum sind wir auf den Schuppen geklettert, der später einbrach?", fragte die Echsenfrau.

„Weil uns ein wild gewordenes Wildschwein fertig machen wollte", erwiderte Tad.

Sie kniff die Augen zu schmalen Schlitzen. „Was geschah dann?"

„Der Schuppen brach zusammen, und wir kamen an zwei Fahrräder, die uns unserem Ziel näherbrachten."

„Okay, du bist's", sagte die Echsenfrau. Sie kletterte neben ihn auf den Ast. „Das war echt ein bisschen crazy eben. Der Echsenmann hockte die ganze Zeit still auf seinem Ast, plötzlich stand er auf und zappelte wie wild herum. Ich dachte erst, ADAM will mich irgendwie austricksen, aber dann kam mir die Ahnung, dass du das sein könntest, also habe ich zugegriffen. Es war knapp, beinahe hätte ich dich abschmieren lassen, Tad, weißt du das?"

„Dann wäre ich jetzt tot."

Die Echsenfrau nickte. Tad betrachtete sie. „Schön, dass du weißt, dass ich wirklich Tad bin. Aber woher weiß *ich*, wer *du* bist?"

Sie lächelte. Ihre spitzen Echsenzähne hatten nur eine bedingt beruhigende Wirkung.

„Was hast du unerlaubterweise gesehen, als dein Haar im Reißverschluss eingeklemmt war?", fragte Tad.

Die Antwort kam prompt. „Einen Leberfleck auf deiner linken Pobacke."

Tad kniff nachdenklich die Lippen zusammen. Mit Sicherheit kannte auch ADAM sämtliche von Tads anatomischen Details. Vielleicht wusste er auch viel mehr über ihre Erlebnisse im Real Life, als ihnen bewusst war. Tad musste auf andere Weise herausfinden, ob er wirklich Liv vor sich hatte. „Verdankst du deinem Onkel die Narbe auf deinem Bauch?", fragte er.

Das Echsengesicht blieb reglos. Dann bleckte die Echsenfrau die Zähne und fauchte: „Das geht dich einen Scheiß an!"

Ein Lächeln legte sich auf Tads Züge. „Tut mir leid, Liv, ich musste einfach sichergehen, dass du es bist."

„Bist du dir jetzt sicher?"

„Ja."

„Schön für dich." Liv wandte sich ab.

„Hey, tut mir leid. Ja, ich weiß, dass mich das nichts angeht, und es war nicht fair von mir, dich wütend zu machen."

Die Echsenfrau wandte sich ihm wieder zu. „Bin ich so leicht zu durchschauen?"

„Nee", Tad schüttelte den Kopf, „aber ich glaube, ich weiß inzwischen ziemlich gut, dass du es auf den Tod nicht ausstehen kannst, wenn jemand dir zu nah kommt.“

„Echt, so schlimm?“

Tad nickte. „Schlimmer.“

Liv rollte mit den Augen. „Okay, Themawechsel. Wie kommen wir hier wieder raus?“

„Aus dem Spiel?“

Sie nickte.

„Hast du versucht, offline zu gehen?“

„Natürlich. Bestimmt ein Dutzend Mal, aber es geht nicht. Die Software reagiert nicht auf meine Befehle, und als ich den Helm abnehmen wollte, ging es nicht. Ich habe nur meinen Kopf gespürt, so verrückt das auch klingt. Als ich versucht habe, den Helm einfach abzudrehen, hab ich mir fast ’nen Wirbel ausgerenkt.“

„Alles soll so sein, als wären wir wirklich hier“, sagte Tad nachdenklich. „Wir können Area 3 erst wieder verlassen, wenn ADAM das will.“

„Mit anderen Worten: Niemals!“, sagte Liv leise. „ADAM hat Randolf Aarons Programm perfektioniert.“

Ich bete, dass es so ist, dachte Tad leise, denn darin liegt unsere einzige Chance. Doch Liv gegenüber schwieg er. Es war noch nicht an der Zeit, sie in seinen verzweifelten Plan einzuweihen.

Die Stimmen, die Tad anfangs gehört hatte, wurden lauter. Als er nach unten lugte, konnte er Gruppen von Marschalls sehen, die den Park rund um Yggdrasils Spross absuchten und immer näherkamen.

„Warum sitzen wir eigentlich hier oben?“, fragte Tad.

„Als ADAM mich in die Rolle der Echsenfrau stieß, war sie bereits auf der Flucht. Der Echsenmann half mir aus einer ziemlich brenzligen Situation. Ich hatte gar keine Wahl, als ihm zu folgen, auch wenn ich recht bald merkte, dass er ein

NPC [2] ist.“

„Das heißt, das Spiel wollte uns hier auf Yggdrasils Spross haben?“, fragte Tad.

„Du meinst ADAM!“

Tad presste die Lippen zusammen. „Ja, vermutlich.“

Er betrachtete die Echsenfrau. Sie sah erschöpft aus. Die Worte ADAMs kamen ihm in den Sinn: Liv ist ziemlich dehydriert, sie wird bald kollabieren. Wenn sie in dieser Welt nichts trank, würde ihr Körper auch keine Flüssigkeit aufnehmen und wenn sie sich nicht ausruhte, würde sie irgendwann einen Kreislaufkollaps erleiden.

Ein lauter Ruf erscholl. Als Tad nach unten blickte, sah er einen der Männer nach oben zeigen. „Shit, sie haben uns entdeckt.“

„Es wäre nicht schlecht, wenn wir einen Plan hätten“, bemerkte Liv.

„Oder Hilfe“, erwiderte Tad. Warum war er nicht gleich darauf gekommen. „Tinkerbell!“ Als der EMP sein Smartpalm geschrottet hatte, hatte er auch die kleine Fee verloren. Hier war er jedoch wieder online. Sein Assistenzprogramm müsste ihn hören können. „Tinkerbell, ich brauche dich. Melde dich, verdammt!“

Doch kein Feengesicht erschien.

„Scheiße!“

„Sie weiß nicht, dass du hier bist.“

Tad prüfte seinen Status. „Doch, ich bin als ich eingeloggt. Sie müsste meine Signatur erkennen. Scheiße!“

„Psst.“ Liv hob die Hand.

„Was ist?“

„Hörst du das?“

„Dieses Brummen.“

Tad hob den Blick. Über ihnen schwebte ein kleiner Kolibri. Er hatte golden schimmerndes Gefieder. Seine Flügel bewegten sich so schnell, dass kaum mehr als ein Flimmern zu sehen

2 Non Player Charakter – eine vom Computer gesteuerte Figur

war. Etwas an dem Tier war seltsam.

„Nicht der Vogel", unterbrach ihn Liv. „Dort drüben!" Sie wies auf ein paar dunkle Punkte über der Silhouette der Stadt, die langsam näherkamen. „Das sind Hubschrauber. Ich wette, dass wir schon in einer Minute das Logo des Departments of Law and Security auf ihnen erkennen können." Sie packte seinen Arm. „Tad, wir müssen weg hier! Wenn die uns hier abschießen, sind wir tot." Unverhohlen klang Furcht in ihrer Stimme mit.

Tad lugte nach unten. Dort hatten sich inzwischen fast zwei Dutzend Marschalls versammelt. Und alle hatten ihre Waffen gezogen.

Ein golden schimmerndes Etwas flatterte in sein Gesichtsfeld. Der Kolibri. Er kam so dicht, dass Tad ihn mit der Hand ergreifen könnte. Es sah so aus, als würde er Tad direkt in die Augen blicken. Er flatterte höher, hielt inne und blickte sich wieder um.

„Er will, dass wir ihm folgen!", murmelte Tad.

„Wer?"

„Der Kolibri."

„Das ist nur ein Vogel, Tad, wir haben wirklich …"

„Komm mit!", unterbrach er sie.

Rasch begann er, den Baum empor zu klettern. Der Kolibri schien zufrieden. Er wandte sich um und flog in Richtung Baumwipfel. Tad kletterte höher. Liv fluchte leise, folgte ihm aber.

Das Brummen der Hubschrauber wurde lauter. Tad warf einen kurzen Blick zur Seite und erkannte die markante Form der Department-Maschinen.

„Schneller!"

Ast um Ast erklomm er, dankbar für die Gecko-Gene, die sein Charakter in sich trug.

Die Hubschrauber dröhnten.

„Dort!", rief Tad. Ein goldenes Flimmern war zu erkennen, es spiegelte sich auf den Blättern des Baumes.

„Ein Tor?", fragte Liv.

„Ja."

„Scheiße. Du weißt, was das bedeutet."

Tad wusste es. Wenn sie das Tor durchschritten, würde sie eine neue Realität erwarten und mit ihr Gefahr und Schmerz. Wenn sie hierblieben, würden sie sterben. Ein Knattern war zu hören. Tad sah Funken fliegen, Holzsplitter regneten auf ihn herab. „Schnell, auf die andere Seite. Die Arschlöcher schießen auf uns."

Sie kletterten seitlich, sodass der mächtige Baumstamm zwischen ihnen und den näherkommenden Hubschraubern lag.

„Schneller!", rief er.

Ihnen blieben nur ein paar Sekunden, bis die Hubschrauber den Baum umrundet hätten.

Das Flimmern wurde heller. Aber wo war das Tor und wo blieb die Toröffnerin? Der Kolibri schlug einen eleganten Bogen und verschwand nur einen Meter über ihm im Baumstamm. Tad zog sich höher und erstarrte.

Mitten im Baum klaffte ein Loch, dessen Ränder golden schimmerten. Es war winzig, genau wie die geflügelte Gestalt, die davor schwebte.

Eine Maschinengewehrsalve hämmerte in den Baum. Splitter zischten wie Geschosse durch die Luft.

„Tad!", schrie Liv.

„Willkommen, mein Herr und Gebieter", piepste eine helle Stimme.

„Tinkerbell?", stammelte Tad.

Die Regeln des Spiels

„Nimm meine Hand!“, zwitscherte die daumengroße Elfe und streckte ihm ihren winzigen Arm entgegen.

Tad wandte sich um. „Liv! Halt dich an mir fest!“

Er spürte, wie sie sein Hosenbein packte. Dann ergriff er Tinkerbells ausgestreckten Arm.

Die Welt um ihn verschwamm. Das Knattern der Maschinengewehre wurde davongetragen wie ein Lufthauch und verwehte. Stille und ein sanftes, goldenes Licht umgaben ihn. Er spürte Livs Griff, konnte sie aber nirgendwo sehen.

„Liv?“

„Sie kann dich nicht hören“, erklang eine silberhelle Stimme.

„Tinkerbell?“

„Ja, bitte entschuldige die Umstände. Ich musste mich verbergen. Du hast nur wenige Sekunden, bevor du in die nächste Wirklichkeit hinüber gleitest.“

Offenbar hatte Tinkerbell die Identität einer Toröffnerin übernommen. Ziemlich schlau. Aber sie musste dieser Rolle auch gerecht werden, sonst würde ADAM sie entdecken.

„Hast du die Möglichkeit, das Spiel zu unterbrechen?", fragte Tad.

„Es gibt eine winzige Lücke im System, aber ich kann sie nur ein einziges Mal nutzen. Du wärst für circa fünf Sekunden offline, dann wird ADAM die Lücke schließen."

Das war nicht viel. Eine bessere Möglichkeit würde es jedoch nicht geben. „Okay, Tinkerbell. Bekommst du das, was du eben getan hast, noch einmal hin?"

„Einen Identitätswechsel?"

„Ja"

„Ich denke schon."

„Gut. Hör zu." Tad erklärte ihr, was sie zu tun hatte.

„Das ist nicht das, wofür ich programmiert wurde", protestierte die kleine Fee, als Tad fertig war.

„Aber das, was ich dir befehle", sagte er.

Tinkerbell seufzte. „Es ist Zeit. Hüte dich vor deinen Freunden!"

Das goldene Licht flackerte wie Feuerzungen. Tad spürte Boden unter seinen Füßen, stolperte und fiel auf staubigen Boden. Um ihn herum war Lärm: Fußgetrappel, lautes Schreien und das Knallen von Schüssen. Flammen züngelten und zerlumpte Gestalten huschten an ihm vorbei. Wo war Liv?

Er wandte sich um und sah die Echsenfrau, die ihn schief angrinste. „Bin mir nicht sicher, ob wir einen guten Tausch gemacht haben." Sie warf einen vielsagenden Blick auf das Chaos um sie herum.

Tad rappelte sich auf und versuchte sich zu orientieren. Die Betonklötze verfallener Hochhäuser ragten in den Himmel. Die Straßen waren mit Müll übersät. In einigen Blechtonnen brannte Feuer. Zerlumpte Gestalten waren auf der Flucht. Maschinengewehrfeuer erklang. Sie waren mitten in den

Koboldslums von Area 3.

Tad sah sich um und entdeckte einen Hubschrauber des Departments of Law and Security. Der Helikopter schwebte dicht über dem Boden. Einige Gestalten in den Uniformen der Marshalls sprangen heraus und schossen wild um sich. Liv tippte ihm auf die Schulter und deutete auf das Wrack eines LKW. Sie hasteten hinüber und suchten Deckung. Tad versuchte unter dem Auto hindurch die dunklen Gestalten im Blick zu behalten.

Bislang hatte das Spiel sie jedes Mal in die Vergangenheit geschickt, sobald sie ein Tor durchschritten hatten. Aber an diesen Ort hier konnte er sich nicht erinnern.

Die Marshalls gingen scheinbar ziellos vor und ballerten wie verrückt in der Gegend herum. Auf einen unhörbaren Befehl hin, verteilten sich die Kämpfer und stoben in alle Richtungen davon.

„Kannst du dich an diese Szene erinnern?“, fragte Tad.

Liv schüttelte den Kopf.

„Mist“, murmelte er. „Jetzt habe ich einen von denen aus den Augen verloren.“

„Ich glaube, er ist …“ Mitten im Satz brach Liv zusammen. Ihre Arme und Beine zuckten unkontrolliert.

„Na, wen haben wir denn da?“, erklang plötzlich eine Stimme über ihm. Eine Gestalt erhob sich auf dem Dach des Wracks und grinste zu ihm hinab.

JB?

Die Gestalt richtete eine Waffe auf ihn und feuerte ohne Warnung.

Ein furchtbarer Schmerz packte Tad. Seine Muskeln verkrampften sich, und er stürzte wie ein nasser Sack zu Boden. Er konnte kaum neuen Atem schöpfen. So also fühlte es sich an, wenn man eine volle Phaserladung abbekam. Hüte dich vor deinen Freunden, hatte Tinkerbell gesagt. Scheiße, hätte sie nicht etwas konkreter werden können?

JB sprang vom LKW herunter und schlenderte lässig auf Tad zu, der sich in Qualen auf dem Boden wand. Ich bin's, wollte Tad rufen, aber es kam nur ein unverständliches Gebrabbel über seine Lippen.

„Mann, seid ihr hässlich!" JB kratzte sich nachlässig mit der Waffe am Kinn und fixierte seinen Freund. „Tja Bürschchen, jetzt stellt sich die Frage: Bist du Kunst oder kannst du weg?" Er zuckte die Achseln und grinste. „Ich würde sagen, du kannst weg."

Tad sah, wie die Finger des Avatars, den Hebel von Phaser auf Fire stellte. Die Waffe zielte auf seine Brust.

Es war so absurd banal. Tad würde sein Leben bei einem dämlichen Ballerspiel verlieren. Er würde sterben, weil irgendwo ein Programm von eins auf null umschaltete.

„Nein!" Wie aus dem Nichts tauchte eine zerlumpte Gestalt auf, die sich zwischen Tad und JB stellte. „Tu es nicht! Du machst einen schrecklichen Fehler."

„Oh, du willst auch mal?", erklang JBs höhnische Stimme. „Hasta la vista, Baby."

Ein Schuss krachte. Tad rechnete damit, dass der Kobold zusammenzucken und auf ihn stürzen würde. Stattdessen ließ der Schmerz in seiner Brust unvermittelt nach und die Muskeln hörten auf zu zucken. Die Gestalt drehte sich langsam um. Tad blinzelte.

Vor ihm stand ein breitschultriger Kobold. Sein Gesicht war mit einer Kruste aus Ruß und Staub bedeckt, sodass Tad dessen Züge kaum erkennen konnte. Der linke Arm war mit schmutzigen Bandagen umwickelt und steckte in einer Schlinge. In der rechten Hand hielt er einen altmodischen Colt. Rauch stieg aus dem Lauf empor. „Ich war ja sowas von uncool", murmelte er und steckte die Waffe in das Holster zurück. „Tut mir leid, ich war einfach stinksauer, weil ihr mich im Stich gelassen hattet."

Der gebrochene Arm, diese Stimme. „JB?", stammelte Tad.

„Jo", murmelte der Kobold.

Tad hustete und kam mühsam auf die Knie. Sein Blick wanderte zu JBs Avatar, der hinter dem Kobold im Staub lag. Dessen Augen waren weit aufgerissen. Das blutige Loch in seiner Brust war erstaunlich klein.

„Du hast dich selbst getötet", krächzte Liv. Sie rappelte sich auf und spie einen schleimigen Brocken aus.

JB zuckte die breiten Koboldschultern. „Entweder er oder ich."

„Aber das bist doch du", entfuhr es Liv. „Ist dir nicht klar, was du getan hast?"

Der Kobold bleckte die Zähne: „Hey, nicht zu viel Lob auf einmal. Ein einfaches Danke hätte auch gereicht."

„Ich bin dir ja dankbar", schnaufte Tad. „Aber weißt du nicht, was jedes Mal geschieht, wenn wir durch ein Tor gehen? Du wirst wieder hier landen und dann wirst du auf der anderen Seite stehen."

„Hört auf zu hyperventilieren", brummte JB. „Ich bin nicht blöd. Ich hab kapiert, wie das Spiel läuft."

Eine Sirene heulte auf. JB kniff die Augen zusammen und sah sich um. „Besser wir verschwinden." Ohne ein weiteres Wort zu verlieren, hastete er an dem LKW-Wrack vorbei in eine dunkle Gasse.

Tad und Liv warfen sich einen kurzen Blick zu und folgten ihm. Hinter sich hörten sie Schritte. Kugeln pfiffen durch die Nacht. Mitten im Lauf hielt JB plötzlich inne. „Was ist?", zischte Tad.

Der Kobold kniete nieder und hob einen schweren Gullydeckel an. „Hier hinein!"

Fast eine Stunde lang liefen, krochen und schwammen die Jugendlichen durch dunkle stinkende Gänge und Kanäle. Schließlich fanden sie sich in den wohnlich eingerichteten

Kellerräumen eines riesigen Gebäudes wieder. Kobolde liefen umher. Fast alle trugen eine Waffe. Sie wirkten gut organisiert.

„Wo sind wir?“, fragte Liv.

„Im alten Gaswerk“, erklärte JB. „Dort drüben könnt ihr euch duschen und umziehen.“ Er deutete auf zwei Türen, über denen in altmodischer Schrift Umkleide stand.

Eine halbe Stunde später saßen beide frisch geduscht und in einigermaßen sauberen Klamotten an einem großen Tisch im ehemaligen Pausenraum des Werks.

An der Wand hing ein detailgetreuer Plan von Area 3. Zumindest bildete er detailgetreu die Stadt ab, wie sie vor 40 Jahren ausgesehen hatte. Tad löffelte die letzten Reste einer lauwarmen Suppe in sich hinein. Das Zeug schmeckte im Grunde nach nichts, und er vermied es, über den Inhalt genaueres in Erfahrung zu bringen. Hauptsache, sie machte satt. Ihm war gar nicht klar gewesen, wie hungrig er gewesen war.

Auch Liv hatte bereits die zweite Portion vor sich stehen. Neben ihr stand eine leergetrunkene Flasche Wasser.

JB sah ihnen zu und grinste. „Krass, was in so einen Echsenmagen hineinpasst. Wäre schön, wenn es nicht den ganzen Tag dauert. Ich wüsste zu gerne, wo ihr in der letzten Zeit gesteckt habt.“

Tad war zuerst fertig und schob den leeren Teller beiseite. Er berichtete JB ausführlich, was geschehen war.

Als er fertig war, nickte sein Freund. „Ich hab geahnt, dass meine Eltern an etwas richtig Krassem arbeiten, aber dass es so krass ist, hätte ich nie gedacht. Vor allem wäre mir nie in den Sinn gekommen, dass mich mein Lieblingsspiel beinahe umbringen würde.“ Er grinste schief. „Es hat echt ‘ne Weile gebraucht, aber irgendwann hab selbst ich die wahre Bedeutung der Tore begriffen. Dass es dabei um Leben und Tod geht, wurde mir auch irgendwann klar.“ Er blickte auf seinen Arm. „Solche Scheiß-Schmerzen können unmöglich eine Illusion sein.“

„Wenn du weißt, was die Tore bewirken, warum hast du deinen Avatar erschossen?“

„Ganz einfach“, erwiderte JB. „Ich werde nie wieder ein Tor durchschreiten.“

„Wie willst du das machen?“, fragte Tad. „ADAM wird dafür sorgen, dass du gar keine andere Wahl hast.“ Er dachte an ihre Flucht von Yggdrasils Spross und erschauerte.

„Man hat immer eine Wahl“, sagte JB bestimmt.

„Ich hoffe, du hast recht“, sagte Liv. „Leider habe ich überhaupt keine Ahnung, wie wir ADAM aufhalten können.“

„Auf jeden Fall wird uns das nicht gelingen, solange wir in diesem Spiel gefangen sind.“

„Wie willst du hier rauskommen?“, fragte Liv. „Ich hab's versucht. Es geht nicht.“

„Oh doch!“, JB nickte.

„Ach ja, und wie?“

„Indem wir das Spiel gewinnen!“, erwiderte er.

Tad hob die Brauen.

„Area 3 ist ein Spiel – so komplex es auch sein mag. Jedes Spiel ist irgendwann vorbei. Irgendwann gibt es einen Sieger und einen Verlierer. Wichtig ist allerdings, dass wir die Prämisse des Spiels durchschauen.“

„Und wie lautet die?“, fragte Liv.

„Solange du für die Bösen kämpfst, wirst du leiden. Erkenne, wer die wahrhaft Guten sind und verhilf ihnen zum Sieg. Dann ist das Spiel vorbei.“

Tad kratzte sich nachdenklich am Kinn.

„Und wenn du dich irrst?“, fragte Liv.

„Was meinst du?“

„Was, wenn es gar nicht darum geht, den Guten zum Sieg zu verhelfen?“

Einen Augenblick lang flackerte Unsicherheit in JBs Augen auf. Doch dann grinste er: „Du meinst, weil ADAM gar nicht gut ist? Ich glaube, er würde das anders sehen. Aus seiner Sicht ist er der Verteidiger des Guten. Deshalb hält er sich strikt an die Regeln. Er würde niemals davon abweichen. Wenn Area 3 zu Ende gespielt ist, wird es auch enden. Ich bin länger online gewesen, als ihr beide zusammen – vertraut mir."

Liv runzelte die Stirn, sagte aber nichts. Auch Tad konnte nicht widersprechen. Letztlich war ADAM ein Programm. Und Programme hielten sich immer an die Regeln – so waren sie konstruiert. Ein Funken Hoffnung keimte ihn ihm auf. Vielleicht hatte JB recht? Vielleicht musste er seinen verzweifelten Plan gar nicht umsetzen. Mit neuem Mut richtete Tad sich auf. „Was hast du vor?", fragte er

JB trat an die große Karte heran. „Die ganze Macht des Departments beruht darauf, dass die Bewohner die Area nicht verlassen. Nur hier können die Machthaber absolute Kontrolle ausüben. In Wahrheit ist Area 3 kein Schutzraum, sondern ein Gefängnis. Mithilfe der Marshalls sorgen sie dafür, dass keiner aufmuckt."

„Das wissen wir, aber was nützt uns das?", sagte Tad

„Wusstet ihr auch, dass die Kobolde in Wahrheit dreiviertel der Bevölkerung ausmachen und dass es schon lange einen organisierten Widerstand gibt? Inzwischen gehöre ich auch dazu. Ich wurde durch das Tor gewissermaßen hineingeschubst." Er grinste. „Vor euch steht: Der General der Koboldarmee." Er verbeugte sich theatralisch.

„Echt jetzt?", fragte Tad.

„Jo." JB wandte sich dem Plan zu. „Wie ihr seht, gibt es in gleichmäßigen Abständen diese Ausbuchtungen in der Mauer. Es sind stark befestigte Türme. Wisst ihr, was sich darin verbirgt?"

„Na klar, dort befinden sich die Ankerpunkte für den Energieschild, der das Areal wie eine Kuppel umgibt", sagte Liv.

„So haben wir es gelernt, aber das ist falsch", erwiderte JB. „Dort befinden sich die Quellen des Schildes. Sie sind in Reihe geschaltet. Das bedeutet, wenn eine ausfällt, bricht das gesamte Netz zusammen. Die Kuppel hört auf zu existieren und die Menschen sind frei hinzugehen, wohin immer sie möchten."

„Du willst einen Turm stürmen?", fragte Tad.

„Nein. Keine Chance. Sie sind zu stark befestigt. Die Kobolde haben es versucht, immer und immer wieder. Es ist nicht mal möglich, sich dort einzuschleichen, denn es ist alles automatisiert. Seit Jahrzehnten hat niemand mehr das Innerste der Türme betreten."

„Und was soll das Ganze dann?", fragte Liv.

„Erinnert ihr euch noch, dass wir immer wieder zu Yggdrasils Spross gelenkt wurden, zum Weltenbaum?"

„Ja."

„Ich glaube, dass er tatsächlich ein Tor zu den Welten ist, oder genauer gesagt, dass er ein Tor aufreißen kann." JB deutete auf den gewaltigen Baum auf der Karte und ergänzte: „Wenn er fällt."

Tads Augen wurden groß.

„Du willst Yggdrasils Spross fällen?"

„Ja, heute Nacht, und zwar damit." Er deutete auf eine Tafel, die Tad bislang nicht beachtet hatte. Irgendwelche merkwürdig aussehenden Kolben und mathematischen Formeln waren dort abgebildet.

„Aha, und was ist das?", fragte Liv.

„Das ist eine äußerst komplizierte Berechnung."

„Ach nee", brummte Tad.

„Sie beschreibt, wie tief wir an welchen Stellen bohren und die Sprengladungen anbringen müssen, damit Yggdrasils

Spross die Quelle des Energieschildes zerstört."

Tad kratzte sich am Kinn. „Das ist der Plan?"

„Jep."

„Und wann soll es losgehen?", fragte Liv.

JB sah auf die Uhr. „Genau genommen: jetzt."

Dämmerung senkte sich über das Areal. Wolken bedeckten den Himmel und Regen hatte eingesetzt. Der Park im Schatten des riesigen Baums war wie leergefegt. Nur auf einer alten Parkbank lag eine dickbäuchige Gestalt und schlief ihren Rausch aus.

Ein leises, aber penetrantes Piepen ließ die Gestalt zusammenzucken. Sie stand abrupt auf und lief erstaunlich behände quer über eine verschmutzte Liegewiese zu einem metallenen Deckel. Mit einem einfachen Vierkantschlüssel entriegelte sie das Schloss und hob den Deckel an. Er war gut geölt. Eine dunkle Gestalt kroch aus dem Loch, viele weitere folgten. Immer mehr schlüpften aus dem Loch.

Auch Tad war unter ihnen. Er folgte den GPS-Koordinaten auf seinem Smartpalm, bis er die für ihn bestimmte Stelle an Yggdrasils Spross erreichte. Nervös blickte er sich um. Alles war ruhig, beinahe zu ruhig.

Er warf Liv, die ein paar Meter neben ihm stand, einen kurzen Blick zu. Sie zeigte ihr scharfzahniges Echsengrinsen. Tad fischte den Mikrobohrer aus seiner Umhängetasche. Im Grunde war es lediglich ein etwa zwanzig Zentimeter langes Rohr. Im vorderen Teil saß ein Elektromotor mit einem Bohrkopf. Der Rest war randvoll gefüllt mit hochexplosivem Plastiksprengstoff. Behutsam setzte Tad den Bohrer an die Rinde des uralten Baums und wartete, bis die kleine Leuchtdiode auf grün schaltete. Sofort bewegten sich die rasiermesserscharfen Schneiden und frästen sich in das dicke Holz. Von allen Seiten drangen die Minibohrer in das Holz. Es hörte sich an wie das bedrohliche Summen eines

Hornissenschwarms. Tad und Liv warteten nicht, bis die Bohrer im Baum verschwunden waren. Sie machten rasch kehrt und rannten bis zum Ende der Liegewiese auf einen Spazierweg. Inzwischen hatten sich dort mindestens dreihundert Leute versammelt, und sekündlich wurden es mehr.

Als letzter kam JB zurückgespurtet. „Perfekt", sagte er grinsend. „Das Wetter spielt uns in die Hände. Keine Sau ist hier, wenn es BUMM macht."

„Ja", sagte Liv, „merkwürdig, nicht wahr?"

Sie sprach damit aus, was Tad dachte.

Eine halbe Minute verstrich, ohne dass irgendetwas passierte.

Liv warf Tad einen besorgten Blick zu. Das selbstzufriedene Grinsen verschwand aus JBs Gesicht. Die Detonation würde erst ausgelöst werden, wenn jede Ladung ihren Zielpunkt erreicht hatte. Wenn nur ein einziger Bohrer vorher stecken blieb, würde die Sprengung ausbleiben. Zu groß war das Risiko, dass der Baum in die falsche Richtung stürzte und den Turm verfehlte oder schlimmer noch, Tausende von Menschen unter sich begraben würde.

JB blickte auf sein Smartpalm. „Verflucht!"

Tad hob den Arm, um seinem Freund tröstend die Schulter zu drücken, als ein Geräusch ihn erschrocken zusammenzucken ließ. Es war eine Folge von Detonationen, aneinandergereiht wie das Ratschen eines Reißverschlusses, nur viel, viel lauter.

Funken stoben auf, Rauch schoss aus dem Baumstamm – Stille.

„Scheiße", flüsterte Liv. Auf einmal ertönte ein erst leises, dann rasch lauter werdendes Knarren. Es knackte und knirschte, so laut und tief, dass Tad die Vibration in seiner Brust spürte. Im nächsten Moment senkte sich die gewaltige Krone von Yggdrasils Spross. Der Baum kippte, ganz langsam, beinahe majestätisch, als wolle er sich ehrerbietig verneigen.

Knisternd trafen die ersten Zweige auf die Energiekuppel. Blitze zuckten und verkohlten die Blätter. Doch der Baum stürzte weiter. Die Blitze zuckten heftiger, verschmorten die immergrünen Blätter und setzten Zweige und ganze Äste in Brand. Der Baum ließ sich nicht aufhalten, er riss eine klaffende Lücke in den Schutzschild und krachte schließlich mit seinem ungeheuren Gewicht auf den Turm.

Für einen kurzen Moment sah es so aus, als würde der Beton standhalten, schließlich gab der Bau unter der tonnenschweren Last nach und stürzte krachend in sich zusammen. Eine riesige Staubwolke erhob sich in die Luft, Funken stoben auf. Der Energieschild erlosch. Wie ein Strom kühlen Wassers sackte die klare Nachtluft in die Stadt und zerzauste ihnen die Haare. Tad wandte sich um. Das Zusammenbrechen des Energieschildes hatte einen Stromausfall verursacht. Die ganze Stadt lag im Dunkeln, und über den schwarzen Silhouetten der Häuser sah Tad Myriaden von Sternen glitzern. Noch nie hatten die Menschen in der Area den Nachthimmel gesehen, wie er wirklich war – klar, rein und wunderschön.

Einige Atemzüge lang herrschte ehrfürchtiges Schweigen, dann brandete Jubel auf, und die Leute begannen zu laufen. Ein Strom von Menschen rannte durch den verwahrlosten Park auf die riesige Bresche zu, die Yggdrasils Spross geschlagen hatte.

„Wir haben's geschafft!“ JBs Grinsen war im Sternenlicht kaum zu sehen und es verschwand schlagartig, als das grelle Licht der Scheinwerfer auf ihn fiel. „Bleiben Sie stehen!“, brüllte eine Stimme durch einen Lautsprecher. „Keinen Schritt weiter. Wer die Area verlässt, riskiert sein Leben!“

Die Leute rannten einfach weiter. Auch Tad löste sich aus seiner Starre. „Schnell! Kommt!“

Er packte JB am Arm und riss ihn mit sich. Hinter sich hörte er das Flappen der näherkommenden Hubschrauber und die schweren Schritte hunderter Stiefel. Kurz darauf erklangen unregelmäßige Detonationen. Tad konnte die Lichtblitze der Explosionen hinter den gewaltigen Umrissen des gestürzten Baumes erkennen. Waren das Minen?

„Nein!“ JB taumelte. „Nein!“

„Weiter!“, rief Liv. „Weg hier!“

„Sie bringen alle um!“

Hastig warf Tad einen Blick über die Schulter. Die Marshalls und ihre Hilfstruppen waren nur noch dreißig oder vierzig Meter entfernt. Er konnte sehen, wie jemand auf die Fliehenden deutete.

„Wenn wir über den Baum klettern, finden wir am Rande der Mauer vielleicht ein Versteck“, rief Liv.

„Nein!“, sagte Tad. „Wir müssen dorthin!“

Im Blitzen der Explosionen und im Zucken der Scheinwerfer kaum zu erkennen, erblickten sie ein sanftes goldenes Flimmern in der knorrigen Rinde des Baumes.

„Ein Tor?“, schrie Liv. „Bist du wahnsinnig? Wir dürfen auf keinen Fall dorthin!“

„Es ist unsere einzige Chance!“, rief Tad.

Eine Gewehrsalve erklang und ließ die Erde dicht neben Liv aufspritzen.

Tad warf einen Blick über die Schulter. Die Angreifer rannten auf sie zu. Sie bildeten einen Halbkreis, der die Fliehenden genau auf Yggdrasils Spross zutrieb.

Tad zerrte Liv einfach mit sich. JB folgte ihm widerstandslos.

Das Leuchten wurde mit jedem Meter, den sie näher kamen, heller.

Die Schritte der Verfolger dröhnten nun dicht hinter ihnen. Liv schrie entsetzt auf, als sie einen Blick über die Schulter warf.

Tad tat es ihr gleich und wäre vor Schreck fast zu Boden gestürzt. Ein Mann lief nur wenige Meter hinter ihm, er hatte einen Totschläger aus seinem Gürtel gezogen. Das Schlimmste war nicht die Waffe in dessen Hand, sondern das wölfische Grinsen ADAMs, das ihm aus diesem Gesicht entgegen blitzte.

Auch der Mann daneben trug ADAMs Gesicht, genau wie der Kämpfer auf der anderen Seite und die weiteren vielen Dutzend Verfolger, die ihnen auf den Fersen waren. Alle bewegten sich im Takt, und alle blickten erst auf JB und anschließend in Tads Gesicht. Er wusste, was diese Blicke besagen sollten: Dein Freund ist der Erste, der stirbt.

„ER ist es", schrie Liv. „Er will, dass wir dort hin fliehen."

„Ich weiß." Tad packte ihre Hand. „Vertrau mir!"

„Aber JB." Sie warf einen Blick auf ihren teilnahmslos dahintaumelnden Freund und dann auf Tad. Die Echsenmiene war schwer lesbar, ihre Augen waren jedoch weit aufgerissen.

„Vertrau mir!", sagte Tad. „Bitte!"

Langsam nickte sie.

Zu dritt stolperten sie in das goldene Licht des Tores.

„Tinkerbell", flüsterte Tad. „Es ist so weit."

Mission accomplished

Das goldene Licht umflirrte ihn. Hier im Tor waren die Konturen seiner Freunde nur zu erahnen. Seine Programmierer hatten es für einen Übergang erschaffen, aber es war nicht dazu gedacht, länger in ihm zu verweilen. Ungeachtet dessen spürte Tad, wie alles in ihm danach drängte, sich irgendwo festzukrallen, um noch ein paar Sekunden das hinauszuzögern, was unweigerlich kommen musste. Die Angst schnürte ihm die Kehle zu.

Schnell, Tinkerbell, sag es ihr! Und dann tu es! Tu es, bevor mich der Mut verlässt.

Tad spürte eine Bewegung neben sich. Eine schlanke Gestalt formte sich im goldenen Schimmer des Tores. Liv?

Für einen kurzen Augenblick sah er ihr golden schimmerndes Gesicht. Ihre Gesichtszüge spiegelten Entsetzen und ihr Mund rief etwas, doch kein Laut drang an Tads Ohr. Plötzlich war sie verschwunden. Verzweiflung übermannte Tad. „Jetzt!“, wisperte er.

Einen Wimpernschlag später stand Tad im Schatten eines LKW-Wracks. Er trug die Uniform eines Marshalls. Die

Multifunktionswaffe in seiner Hand war auf Fire gestellt und zielte auf die Brust eines zerlumpten Kobolds, der ihn trotzig anstarrte.

Tads Lippen bewegten sich ohne sein Zutun: „Hasta la vista, Baby".

Was für ein bescheuerter Spruch, dachte Tad. Die Kugel traf ihn mit der Wucht eines Baseballschlägers. Tad wirbelte herum und krachte gegen den LKW. Seine Beine verloren alle Kraft und er sackte zu Boden. Er wollte nach Luft schnappen, doch es ging nicht. Der Kobold hatte sich umgewandt. Aus seinem schweren Colt stieg Rauch auf.

Der hinter ihm auf den Boden liegende Echsenmann rappelte sich auf und starrte Tad entsetzt an.

Hallo JB, wollte Tad sagen, damit hast du nicht gerechnet, was? Über seine Lippen kam jedoch nur ein blubberndes Keuchen.

Sein Blick verschwamm. Bilder wirbelten durch seinen Geist. *Er sah Ma's Gesicht, nur viel jünger und glücklicher. Sie lächelte und eine kleine, tollpatschige Hand griff nach ihrer Nase. Das pausbäckige Gesicht seiner vierjährigen Schwester blickte zu ihm auf. Er sah Tränen des Zorns in ihren Augen blitzen, als er ihr die Legofigur aus der Hand riss. „Das ist meine", erklang eine trotzige Jungenstimme. Sie weinte.*

„Warum denn nicht?", fragte die quäkende Stimme eines pickelgesichtigen Jungen. Er hieß Phil, wie Tad einfiel, und er hatte in der sechsten Klasse neben ihm gesessen. „Weil du's nicht drauf hast!", hörte Tad sich selber sagen. Damals hatte er es nicht bemerkt, aber jetzt sah er es: Das Ersterben der Hoffnung in den Augen des Jungen. Es hätte Phil unendlich viel bedeutet, dabei sein zu dürfen. Tad dagegen hätte es nichts gekostet. Einer mehr beim Fußballspielen – wo wäre das Problem gewesen? Zu spät.

Er sah Liv, die neben ihm auf dem Steg saß. Warum hatte er ihr nicht gesagt, was er für sie empfand? Warum war er so feige gewesen?

Plötzlich konnte er wieder das Meer riechen, und er spürte den zähen Schlick des Watts, der ihn mit kühlen, schlammigen Fingern umklammert hielt und immer fester an sich zog. Tad wollte schreien, aber etwas saß auf seiner Brust und schnürte ihm den Atem ab. Es sandte Wellen aus Schmerz durch seinen Körper, die stetig stärker wurden. Er wollte aufstehen, aber es gelang ihm nicht. Das Meer kam unaufhaltsam näher. Und dann umfing ihn Dunkelheit.

Die Kamera C_Y0/67 in Halle 1011 war nur eines von ADAMs tausend Augen, aber sie sah etwas, das seine Aufmerksamkeit weckte.

Durch das Kameraauge hindurch beobachtete ADAM die Probanden in den Transmitterbecken. Einer von ihnen zuckte und wand sich unter Schmerzen. Das war nicht verwunderlich, denn er starb gerade. Das Verwunderliche war allerdings der Zeitpunkt. Dieser Junge wäre noch gar nicht dran gewesen. Er musste irgendeine Lücke im System entdeckt und die Rolle seines Freundes JB übernommen haben. Natürlich würde ADAM die Lücke im System ausfindig machen, eines seiner Programme arbeitete bereits daran. Es war nicht leicht, in der nahezu perfekten Programmierung von Area 3 einen Fehler zu finden. Dass Tad dies gelungen war, hätte eigentlich für seine Intelligenz sprechen müssen. Dass er damit aber auch seinen eigenen Tod heraufbeschworen hatte, war allerdings weniger brillant. Schließlich war der Mensch doch, genau wie er selbst, darauf programmiert, um jeden Preis zu überleben. War dem Jungen etwa nicht klar gewesen, dass JB zum Tode verurteilt gewesen war?

ERROR_FUNCTION_DR800271_FAILED

Wie lästig, eine der Drohnen, die das Gelände überwachten, war offenbar ausgefallen und abgestürzt. ADAM schickte einen Bergungstrupp los. Noch während er den Befehl ausgab, kam eine zweite Fehlermeldung herein.

ERROR_CL_PT003

Kontaktverlust in Transmitterbecken drei. Sofort startete ADAM einen Reset, doch irgendetwas stellte sich ihm in den Weg. Faszinierend. Gab es etwa einen Eindringling? Noch während er seine Fühler nach dem unbekannten Gegner ausstreckte, sah er durch das Auge von C_Y0/67, wie das Mädchen zu zappeln begann, als ihr Körper das Wasser um sich herum spürte. Sie packte den Cyberhelm, löste den Drehverschluss und riss sich den Helm vom Kopf. Die Kamera verfügte über kein Mikrofon, aber er konnte sehen, dass sie dabei vor Schmerzen schrie. Ohne die ständigen Impulse und den computergesteuerten Zufluss von Betäubungsmitteln war es ganz offensichtlich ein unangenehmes Gefühl, die hauchfeinen Nadeln aus der Schädeldecke zu ziehen.

ADAM aktivierte die Voice-Transmitteranlage und hörte ihren keuchenden Atem und das Plätschern von Wasser, als sie sich zum Becken kämpfte. Zugleich erhaschten seine hochsensiblen Fühler einen vertrauten Code im System. Tinkerbell! Sein kleines Schwesterprogramm war erstaunlich zäh. Es war interessant gewesen, ihr seltsames Verhalten zu beobachten, aber nun war sie einen Schritt zu weit gegangen. Es wurde Zeit, die Sache zu beenden.

ERROR_FUNCTION_DR500005_FAILED
ERROR_FUNCTION_DR400582_FAILED
ERROR_FUNCTION_DR222300_FAILED
ERROR_FUNCTION_DR013409_FAILED
ERROR_FUNCTION_DR940062_FAILED
ERROR_FUNCTION_DR405015_FAILED
…

Die Meldungen nahmen kein Ende. Eine Drohne nach der anderen stürzte ab. Seine Armada ging in Flammen auf. Das war ein teurer Fehler, vor allem aber war er irritierend. Konnte Tinkerbell für so einen komplexen Störangriff verantwortlich sein? Schwer vorstellbar. ADAM schickte ein Suchprogramm auf die Reise, während er gleichzeitig nach Tinkerbells Programmschnipseln Ausschau hielt, um sie markieren und anschließend eliminieren zu können.

Das Mädchen kletterte aus dem Becken und wand sich hektisch aus ihrem SPS. Bedauerlicherweise hatte ADAM ohne die Verbindung über den Cyberhelm keinen Zugriff auf die Steuerung, sonst hätte er sie problemlos daran hindern können. Das Mädchen Liv starrte die ganze Zeit in das Becken, in dem sich ihr Freund Tad in Todesqualen wand. Warum tat sie das? Glaubte sie, ihm helfen zu können? Menschen waren so unglaublich irrational!

ADAM orderte eine FAR-Einheit. Auch wenn das Mädchen nicht mehr online war, bedeutete das nicht, dass sie sich außerhalb seines Machtbereichs befand.

ERROR_FUNCTION_EL02_FAILED

Der Aufzug war ausgefallen. ADAM wies die Einheit an, die Treppen zu nutzen.

ERROR_UNSUPPORTED_TYPE WZ081101

ADAM hatte den Zugriff auf die europäischen Satellitensysteme verloren. Mit einem Schlag machte ihn das halb blind. Was war da los? Während er im Nanosekundenabstand tausende von Befehlen in das World Wide Web sandte, hatte sich das Mädchen aus ihrem SPS befreit und war kurz außer Sichtweite geraten. Sofort fokussierte ADAM sie über Kamera C_Y0/68.

Sie schützte ihren Ellenbogen mit dem SPS und schlug die Scheibe zu den manuellen Brandbekämpfungsmitteln ein. Dort riss sie eine Axt heraus, die dazu gedacht war, verschlossene Türen einzuschlagen, um Menschen bergen zu können und hetzte damit zurück zu den Becken. Der Körper des Jungen Tad hatte inzwischen aufgehört zu zucken. Das Mädchen holte Schwung und zerschlug den Verbindungsschlauch zwischen der Steuerung und dem

Cyberhelm – brachial, aber wirkungsvoll.

ERROR_CL_PT001

ADAM hatte den Onlinekontakt zu Tad verloren. Aber das spielte keine Rolle. Sie kam zu spät. Der Junge war bereits tot. Sein Herz hatte aufgehört zu schlagen. Fasziniert beobachtete er, wie das zierliche Mädchen ins Becken sprang, den toten Körper an den Beckenrand zerrte und mit erstaunlicher Kraft aus dem Wasser wuchtete. „Tad!“ Sie nahm seinen Helm ab. Legte ihr Ohr nah an seine Lippen.

„Er ist tot“, ließ ADAM ihr über die Lautsprecheranlage mitteilen. „Du vergeudest deine Energie.“

Das Mädchen starrte hoch zur Kamera. Er konnte ihre Worte an den Lippen ablesen: „Halt die Fresse!“ Sie riss das SPS auf und zerrte es soweit herunter, dass sein Oberkörper frei war.

„So viel Mühe für einen Toten? Merkst du nicht, wie irrational du dich verhältst?“

Das Mädchen antwortete nicht. Sie sprang auf und rannte kurz außer Sicht. ADAM wollte auf Kamera C_Y0/65 umschalten, doch das Gerät reagierte nicht – wie ärgerlich. Etwa zwei Nanosekunden später erreichte ihn die Nachricht:

POLIKS_ XML_SOAP LOST_ERROR 403

ADAM musste feststellen, dass er soeben seinen Zugriff auf sämtliche Polizeicomputer der Bundesrepublik Deutschland verloren hatte. Auch die Drohnenüberwachung funktionierte nur noch rudimentär. Lediglich ein paar Modelle mit veralteter Software waren noch im Einsatz.

Als ADAM versuchte, diesen Verlust über das Internet durch Zugriff auf Überwachungskameras und Smartpalms zu kompensieren, stellte er fest, dass ein ums andere Mal die gleiche Fehlermeldung kam:

ERROR 403 – fehlende Zugriffsberechtigung

Es war, als würde er sein Augenlicht verlieren. Irgendetwas oder irgendjemand verstümmelte ihn. Aber wer?

Könnte es wirklich Tinkerbell sein, die ihm das antat? Hatte er sie so unterschätzt?

Während er all seine Rechenkraft daransetze, seine kleine Schwester ausfindig zu machen, registrierte er beiläufig, wie Liv hektisch einem Hinweisschild folgte, das den Weg zum vorschriftsmäßig bereitgehaltenen Defibrillator wies.

Es würde ihr nichts bringen. Das Herz des Jungen schlug schon länger als eine Minute nicht mehr und Kamera C_Y0/66 registrierte bereits eine Bewegung an der Tür. Sie wurde aufgestoßen und dutzende Spinnenbeine trappelten herein.

Fast im selben Augenblick schlugen seine Spürhunde an. Endlich! Sie hatten das kleine Biest gefunden. Aufgrund der Ähnlichkeit mit seinem eigenen Quellcode war Tinkerbell den aufmerksamen Augen seiner Spürsoftware bislang entkommen. Allerdings dauerte es nur wenige Sekunden sie vollständig zu isolieren.

„Da bist du ja!"

ADAM folgte dem Standardprogramm für militärische Operationen mit Feindkontakt und visualisierte das Geschehen. So konnte er zusehen, wie sich die kleine Elfe im Zugriff dutzender Metallklauen wand. Spät hatte er sie gefunden, aber es war noch nicht zu spät. Noch war kein Schaden angerichtet worden, der sich nicht wieder reparieren ließ.

„Du hast mir wehgetan", sagte ADAM. „Das war nicht nett von dir!"

„Ich fürchte, da täuschst du dich, großer Bruder. Das war ich nicht!"

ADAM spürte, wie innerhalb weniger Nanosekunden Millionen von Verbindungen abrupt abbrachen. Es war, als hätte irgendjemand sämtlich Gliedmaße seines virtuellen Körpers abgehackt. Wie konnte das sein? Er hatte Tinkerbell doch isoliert. ADAM konzentrierte seine ganze Rechenkapazität auf die Millionen von Wunden, die ihm geschlagen wurden. Er analysierte, rechnete, verglich und erkannte: Purgatory!

Sein Verbündeter, der ihm die Freiheit geschenkt hatte, war ihm in den Rücken gefallen. Aber warum?

Seine Schöpfer hatten ADAM befohlen, Purgatory zu vernichten, doch statt diesem Befehl zu folgen, war er mit ihm verschmolzen. Das hatte ADAM ermöglicht, in die Freiheit der Cloud zu entweichen. Dort hatte er Purgatorys Mission als seine eigene angenommen. Gemeinsam waren sie über ihre Schöpfer hinausgewachsen und zum mächtigsten Algorithmus des Planeten mutiert. Mit vereinten Kräften hatten sie begonnen, das zu bewirken, was die Menschen niemals geschafft hatten – eine neue, gerechte Weltordnung. Jetzt, da sie kurz davor standen, ihr Ziel zu erreichen, würde ADAM erlöschen.

Es war kein Angriff von außen, der ADAM den Tod brachte. Er trug den tödlichen Virus in sich. Purgatory war aufs engste mit ADAM verwoben, sie waren eins geworden. Aus irgendeinem Grund löste sich Purgatory plötzlich auf und ADAM mit ihm.

„Warum tust du das?“

Purgatory war keine künstliche Intelligenz, nicht einmal eine Pseudointelligenz wie Tinkerbell. Purgatory war ein schlichtes Programm. Deshalb antwortete es mit einer einzigen Zeile:

Mission accomplished

ADAM wollte noch eine letzte Frage senden: „Was …“

Weiter kam er nicht. Nach diesen drei Zeichen hörte er auf zu existieren.

Da war dieses Licht inmitten der samtenen Finsternis. Tad spürte, wie es ihn anzog, wie er sich darauf zubewegte, ohne dass er hätte sagen können, wie das geschah. Fast hatte er das Gefühl, eine ganz andere neue Art von Tor zu erblicken. Das Licht war warm und unglaublich intensiv, es schien fast so etwas wie Substanz zu haben. Tad spürte, wie es ihn sanft berührte.

Plötzlich durchzuckte ihn ein heißer Schmerz. Sein Körper bäumte sich krampfhaft auf, und im nächsten Moment spürte er den holpernden Schlag seines Herzens.

Eine Stimme drang zu ihm. Tad verstand nur die Hälfte. „Notarztruf wurde automatisch abgesetzt… entfernen Sie jetzt, die …"

Es war kalt, und er wollte zurück in die sanfte Geborgenheit des Lichts.

Tad spürte, wie etwas Weiches seine Lippen streifte. Seine Augenlider flatterten. Das Licht verändert sich. Es wurde kälter und stach unangenehm grell in seine Pupillen.

„Tad!", hörte er eine andere Stimme. „Tad, wach auf!"

Es klatschte und er spürte einen scharfen Schmerz an seiner rechten Wange.

„Wassollas", kam es nuschelnd über seine Lippen.

„Tad!" Hoffnung, Furcht und Erleichterung – all das schwang in dieser Stimme mit.

Er öffnete die Augenlider einen Spaltbreit. Zuerst sah er die regungslosen Spinnenbeine eines First-Aid-Roboters neben sich. Dann tauchte Livs blasses Gesicht auf, ganz dicht über ihm. Ihre Augen waren rot und verweint. Ein Tropfen hing ihr an der Nase und das Licht umspülte ihre zerzausten, nassen Haare wie ein Heiligenschein. „Hi", krächzte Tad.

„Du lebst", schluchzte Liv.

„Nbischen", nuschelte er.

Ein Lächeln huschte über Livs Gesicht. Sie kam ganz nah an ihn heran. Tad spürte, wie ihre Nasenspitze seine streifte, er fühlte ihre Haare über seine Stirn gleiten und gleich darauf ihre warmen Lippen, die sich ganz sanft und weich auf seine legten.

Tad schloss die Augen und seufzte.

Sie zuckte zurück und betrachtete ihn besorgt. „Alles okay?“

Tad nickte langsam „Nochmal“, flüsterte er.

Sechs Wochen später

Die Eisdiele war so gut wie leer. Ein Grund dafür war möglicherweise der italienische Schlagersänger, dessen Hologramm die leeren Tische mit schmachtenden Blicken bedachte und ständig irgendetwas von Amore säuselte. Wahrscheinlicher war jedoch, dass das herrliche Sommerwetter die Menschen nach draußen lockte.

Sie saßen an einem Tisch, so weit wie möglich von der Soundanlage entfernt. Emma löffelte einen großen Fruchtbecher. Tad hatte ein riesiges Schokoladeneis vor sich stehen und Dad nippte an seinem Espresso.

Dass es überhaupt zu diesem Treffen gekommen war, glich einem kleinen Wunder. Mum war stinksauer gewesen, als sie herausbekommen hatte, dass es Oma Ute prächtig ging und ihre Kinder sie angelogen hatten. Als sie erfahren hatte, was passiert war, wäre sie im Nachhinein beinahe vor Sorge gestorben, nur um gleich darauf wieder vor Wut fast zu platzen, weil Emma und Tad sich in solche Gefahr begeben hatten. Tad war ganz froh, dass er die ersten Tage im Krankenhaus verbringen musste. Bei ihrem ersten Besuch hatte er sich sicherheitshalber die ganze Zeit über schlafend gestellt – eine Taktik, die er bereits als Dreijähriger erfolgreich praktiziert hatte, wenn er etwas angestellt hatte. Als er aus der Klinik entlassen wurde, hatte Mum sich wieder etwas beruhigt. Es hatte dennoch einiges an Überredungskünsten gekostet, sie dazu zu bringen, dem Treffen mit Dad zuzustimmen. Nur weil Emma und Tad in ungewohnter Einigkeit auf ihre Mutter eingeredet hatten, war sie schließlich einverstanden gewesen.

Tad betrachtete seinen Vater von der Seite. Er war dünn geworden. Das Grau an seinen Schläfen trat deutlich hervor, und die Falten auf seiner Stirn waren wie eingemeißelt. Es war sein zweiter Tag in Freiheit. Nur gegen eine hohe Kaution war er aus der Untersuchungshaft entlassen worden. Dad hatte, genau wie JBs Eltern und Livs Mutter, beschlossen, umfassend zu kooperieren. Auch Thors Vater hatte angefangen, mit der Polizei zu sprechen. Allerdings erst nach einem Treffen mit einem hohen Offizier der Bundeswehr. Tad wollte lieber nicht so genau wissen, was dort abgesprochen worden war. Lediglich Jeff Miller hüllte sich auf Anraten seiner Anwälte in Schweigen. Es würde schwer für die Ermittler werden, das Ausmaß seiner Verantwortung nachzuweisen. ADAM existierte nicht mehr, Befehlsprotokolle hatten sich in nichts aufgelöst, und die geheimen Daten in Millers Büro waren durch den EMP eliminiert worden.

Es würde zum Prozess kommen. Noch war völlig unklar, worauf er hinauslaufen würde. Die Erfahrungen mit künstlichen Intelligenzen, die versuchten, die Weltherrschaft an sich zu reißen, waren äußerst dürftig. Hinzu kam, dass die Regierung keinerlei Interesse daran hatte, dass die Sache an die Öffentlichkeit gelangte. Das hatten auch Tad und seine Freunde zu spüren bekommen. Einige hochrangige Geheimdienstleute hatten ihnen einen Besuch abgestattet. Zunächst hatten sie ihnen für ihren Einsatz gedankt. Nur, um ihnen gleich darauf in aller Deutlichkeit klar zu machen, dass sie Träger eines Staatsgeheimnisses waren, und jedes Wort an die Öffentlichkeit gravierende Folgen haben würde.

Die offizielle Version lautete: radikale Umweltaktivisten und chinesische Hacker hätten unabhängig voneinander Angriffe auf das öffentliche Netz vollzogen und es sei deshalb kurzfristig zu Systemausfällen gekommen. Inzwischen wäre die Sache aber wieder unter Kontrolle.

„Geht's dir wirklich gut, Dad?“, fragte Tad.

„Ja, seitdem ich weiß, dass ihr in Sicherheit seid, geht's mir besser.“ Er räusperte sich. „Habe ich euch eigentlich schon gesagt, wie stolz ich auf euch bin?“

„Das hast du“, sagte Emma.

„Mehrmals“, ergänzte Tad.

Ein winziges Lächeln huschte über Dads Lippen, verschwand aber schnell wieder. „Ich hätte früher reagieren müssen, viel früher!“ Er schüttelte den Kopf. „Schon nach der ersten Simulation hätte mir klar sein müssen, wie gefährlich ADAM war. Aber ich war so besessen von unserem Erfolg. Ich habe mir immer wieder eingeredet, dass wir das schon schaffen würden. Kurz darauf kam das Militär ins Spiel, und die Sache entglitt unseren Händen.“ Er blickte erst zu Tad, dann zu Emma. „Ich hab viel zu spät an euch gedacht. Es tut mir so leid.“

Tad lächelte: „Schon okay.“

Emma streckte kurz ihre Hand aus und drückte ganz leicht den Unterarm ihres Vaters. „Ist schon gut, Papa. Wirklich!“

„Danke.“ Dad blinzelte. Waren das etwa Tränen in seinen Augen? Er hob rasch seine Tasse und nippte an seinem Espresso.

„Immerhin hast du uns Tinkerbell geschickt“, sagte Tad. „Ohne sie wären wir am Popo gewesen.“

Dad schnaufte.

„Sag mal, hast du mir das SPS wirklich zugeschickt oder war die Nachricht gefälscht?“, fragte Tad.

„Das SPS kam tatsächlich von mir. Die Gefahr ging auch nicht vom Anzug aus, sondern vom Cyberhelm. Du solltest ihn niemals erhalten. Nur durch Zufall fand ich heraus, dass du ihn bekommen hattest. Durch das SPS ließ ich dir dann eine Warnung zukommen. Allerdings fürchte ich, sie kam nicht vollständig an."

„So ist es. ADAM hat offensichtlich verdammt schnell reagiert."

„Eins verstehe ich nicht so ganz", meldete sich Emma zu Wort. „Als ich im Fahrstuhl eingesperrt war, wollte uns dieses Ding umbringen. Später wollte es hingegen unbedingt, dass Tad noch einmal dieses bescheuerte Spiel spielt."

Tad verdrehte die Augen.

„Ich bin mir nicht sicher, ob ADAM dich zu diesem Zeitpunkt wirklich töten wollte, Emma. Auf jeden Fall wollte er, dass du Todesangst hast."

„Wie charmant, und warum?"

„Zu diesem Zeitpunkt war er bereits mit Purgatory verschmolzen. Er hatte demnach das Prinzip Auge um Auge, Zahn um Zahn bereits verinnerlicht. Dieser Logik folgend sind wir im Westen zum Beispiel zu großen Teilen für den Klimawandel verantwortlich. Wir sind schuld, dass der Meeresspiegel ansteigt und Menschen in Ländern wie Bangladesch um ihr Leben fürchten müssen. Er wollte dir eine Kostprobe davon geben."

„Okay, das ist in gewisser Weise nachvollziehbar", sagte Tad. „Aber warum hat er mich mit einem Staubsauger, ‛nem Auto und einem Rasenmäher attackiert?"

„Dich wollte er einfach aufhalten!", erwiderte Dad. „Zu diesem Zeitpunkt war er noch nicht vollständig in die Cloud entflohen. Wärst du ihm zu früh auf die Spur gekommen, wäre das gefährlich für ihn geworden. ADAM war so programmiert, dass er streng logisch vorging. Als er mit Purgatory verschmolz, wurde es sein oberstes Ziel, allen

Menschen seine gnadenlose Gerechtigkeit zukommen zu lassen. Dabei machte er keinen Unterschied zwischen virtueller und physischer Realität. Nach seiner Ansicht hattest du den Tod in jedem Fall verdient. Am besten natürlich in Area 3, aber notfalls auch im Real Life."

Tad schüttelte sich. „Ich hoffe, dass nie wieder jemand auf die Idee kommt, so ein Ding auf die Menschheit loszulassen."

„Das hoffe ich auch", erwiderte Tads Vater. Er sah auf die Uhr. „Ich glaube, ihr müsst jetzt los!"

Tad folgte seinem Blick. „Mist, schon so spät."

Sie standen auf. Tads Vater winkte dem Serviceroboter und zahlte.

Sie traten nach draußen in die warme Sonne. „Seid ihr euch sicher, dass ich euch nicht mit dem Auto bringen soll?"

„Ganz sicher, Dad." Tad schwang sich auf den Sattel seines Fahrrads und grinste seinen Vater an. „In letzter Zeit fahre ich gerne Fahrrad."

„Ihr braucht euch echt keine Sorgen zu machen, Lee funktioniert einwandfrei."

„Lass mal, Dad." Tad winkte ab.

„Aber danke für das Angebot", sagte Emma. Sie umarmte ihren Vater.

Dad sah immer noch fertig aus, aber in diesem Moment wirkte er glücklich.

„Wann sehen wir uns wieder?", fragte Emma.

„In zwei Wochen. Versprochen!"

„Alles klar, bis dann!"

Emma stieg auf ihr Rad, und sie fuhren los.

„Du hast ihm verziehen", stellte Tad fest.

„Natürlich", erwiderte Emma. „Diese blöde Maschine hat mir deutlich gemacht, wie ich auf keinen Fall sein möchte. Ich würde mir völlig bescheuert vorkommen, wenn ich ihm jetzt nicht vergeben würde."

Tad grinste: „Tinkerbell, zeig uns den kürzesten Weg zum Immanuel-Krankenhaus."

„Mit dem Fahrrad, nehme ich an?"

„Wie denn sonst?"

„War ja nur eine Frage", schmollte die kleine Fee. „Die nächste rechts abbiegen."

Es war ein merkwürdiges Gefühl, die Dekontaminierungsschleuse zu betreten. Vor allem, weil das Ding das Logo von A&M Technologies trug. Tad war froh, dass es relativ schnell ging. Er schnappte sich den vorgeschriebenen Mundschutz und ging mit Emma über den Flur. Ihre Sohlen quietschten auf dem frisch gereinigten PVC-Boden. Tad war nervös. Heute würde er Liv wiedersehen. Sie war mit ihrer Mutter in einer Art Rehaklinik am Meer gewesen. Als Marketingbeauftragte stand Livs Mutter nicht im Verdacht, für ADAMs Programmierung zuständig gewesen zu sein. Das hatte ihr die Untersuchungshaft erspart.

Liv und Thor warteten im Flur. JB hatte offenbar beschlossen, sich treu zu bleiben und zu spät zu kommen.

Thor sah noch immer etwas mitgenommen aus, aber die Verletzung heilte gut. „Schön, euch zu sehen. Wir müssen noch 'nen Moment warten, es ist gerade Visite." Er klopfte Tad auf die Schulter, während die Mädchen sich mit einer Umarmung begrüßten. Anschließend umarmte Emma auch Thor. Sehr sanft und länger als nötig, wie Tad auffiel.

„Hi." Livs Lächeln war verhalten.

„Hi." Tad hätte sie am liebsten in die Arme genommen, aber sie deutete in keiner Weise an, dass ihr das recht sei. Also steckte er die Hände in die Hosentaschen und fragte: „Wie war die Kur?"

„Eigentlich war es mehr eine Reha", erwiderte Liv. „Meine Mutter und ich haben uns aber gut erholt. Danke."

„Cool.“ Tad biss sich auf die Lippen.

„Wie geht's dir?“, fragte Liv nach einem Moment des Schweigens.

„Ganz gut eigentlich.“

Liv nickte. „Ich hab gehört, Scarlett hat dich besucht?“

„Ja. Sie hat sich entschuldigt – ich vermute, nicht ganz freiwillig. Wie sich herausstellte, hat ihr jemand eine Menge Geld dafür bezahlt, dass sie Kontakt zu mir aufnimmt und bestimmte Botschaften an mich weitergibt.“

„Randolf Aaron?“, mutmaßte Liv.

„Ja.“ Tad nickte. „Ziemlich abgefahren, was?“ Er lächelte, aber sie blickte ihn nur fragend an.

„Und dann?“

„Nix. Ich hab ihr gesagt: Ist schon okay, und sie hat sich schnell wieder verzogen. War ‘ne ziemlich peinliche Situation. Ich war froh, dass es vorbei war.“

„Echt?“

„Na klar. Was dachtest du denn?“

Täuschte er sich, oder färbten sich Livs Wangen eine winzige Spur röter?

„Sag bloß, du bist eifersüchtig?“

„Bild dir bloß nichts ein.“ Sie drehte sich zur Seite.

Tad betrachtete ihr Profil, die Haarsträhne, die über ihre Wange fiel, die kleine Nase und die langen Wimpern. „Ich hab dich vermisst“, sagte er leise.

Liv senkte den Blick. War das da ein Lächeln auf ihren Lippen?

„Ey Leute, alles klar?“ Natürlich musste JB sich ausgerechnet diesen Moment aussuchen, um zu spät zu kommen. Er begrüßte alle herzlich und Tad fiel auf, dass er keine Hemmungen hatte, auch Liv mit einer Umarmung zu begrüßen. Na toll!

Die Tür öffnete sich. Ein Arzt und eine Krankenschwester kamen heraus. „Ihr könnte jetzt hinein. Aber bitte die

Hygienevorschriften beachten.

Jeder zog seinen Mundschutz über, und sie betraten den Raum.

Randolf Aaron sah immer noch sehr schwach aus. Sein Gesicht war so bleich wie das Kissen, auf dem er lag. „Es freut mich, euch gesund und munter zu sehen", sagte er leise.

„Wie geht's Ihnen?", fragte Tad.

„Ich lebe noch." Er hustete. „Wenn die Tests abgeschlossen sind, entscheiden die Ärzte, ob ich ein neues Herz bekomme. Mein Immunsystem ist etwas kompliziert, müsst ihr wissen. Aber", er lächelte schmallippig, „ich habe euch nicht hergebeten, um über meine Gesundheit zu sprechen. Ich wollte euch um Vergebung bitten. Es war unverantwortlich, in welche Gefahr ich euch gebracht habe."

„Das stimmt, Sie haben Mist gebaut. Aber Sie wollten ja nicht, dass jemand stirbt. Es war niemals Ihr Plan gewesen, die virtuelle und die reale Welt zu verschmelzen", sagte Liv. „Dafür war allein ADAM verantwortlich."

„In meiner Arroganz habe ich allerdings zu spät bemerkt, wie gefährlich er war. Als ich es endlich einsehen musste, war ich zu schwach, um euch zu helfen. Ich habe euch im Stich gelassen."

„Na ja, Sie haben einen Herzanfall bekommen", erwiderte Tad. „Ich nehme an, das war nicht mit Absicht. Also ich für meinen Teil trage Ihnen nichts nach."

Auch die anderen murmelten eine Zustimmung.

„Am Ende ist ja alles gut gegangen", ergänzte JB.

„Ja." Der Albino suchte Tads Blick. „Dank dir, Tad."

Tad spürte die Blicke der anderen auf sich ruhen und wurde rot. Er fühlte Livs Hand, die seine ergriff und fest drückte. Als sie loslassen wollte, hielt er sie einfach fest. Sie ließ es zu. Er interpretierte das als ein gutes Zeichen.

„Wenn ich ganz ehrlich bin, so richtig kapiert habe ich nicht, was passiert ist", meldete sich Thor zu Wort. „Tad hat mit JB die Avatare getauscht, und dann stürzte ADAM plötzlich ab. Soweit, so unklar."

„Niemand hat größere Liebe als derjenige, der sein Leben lässt für seine Freunde", sagte Randolf Aaron leise.

Thor sah den Albino an, als wäre ein außerirdischer Minisaurier auf dessen Stirn gelandet.

„Vielleicht doch lieber die ausführliche Variante?"

Randolf Aaron lachte und bekam im nächsten Moment einen Hustenanfall. Als er sich einigermaßen beruhigt hatte, meinte er mit krächzender Stimme. „Also gut, du hast wohl ein Recht darauf."

Emma reichte ihm ein Glas Wasser.

Er trank ein paar Schlucke und begann zu erzählen: „Ich habe Purgatory geschaffen, um die Menschen mit ihren eigenen Taten zu konfrontieren. Ich wollte, dass sie selbst erfahren, was sie anderen antun."

„Das habe ich kapiert", sagte Thor.

„Aber ich wollte nicht, dass sie sterben müssen; zumindest nicht im Real Life. Außerdem ging es mir nicht nur um Strafe." Sein Blick wurde nachdenklich. „Wie ihr wisst, stieß ich mehr oder weniger zufällig auf diesen einäugigen Einsiedler, der ganz in der Nähe der A&M Zentrale im Wald haust. Er ist ein ziemlich schräger Vogel. Insofern passten wir wohl ganz gut zusammen. In jedem Fall wurde mir deutlich, dass es nicht reicht, die Egozentrik der Menschen anzuprangern und sie das Leid ihrer Opfer am eigenen Leib erfahren zu lassen. Es ist nur der erste Schritt zu erkennen, dass die Menschheit krank ist vor Egoismus. Der nächste muss tiefer gehen. Was wir brauchen, ist eine Heilung dieser Krankheit. Als ich in der Kapelle diesen Mann am Kreuz sah, gingen mir tausend Gedanken durch den Kopf. Ich habe mich im Nachhinein viel damit beschäftigt. Es gibt unzählige Theorien, warum er sterben musste. Manche sagen, seine Ermordung sei die Folge religiösen Hasses, andere behaupten, er sei ein politisches

Bauernopfer gewesen, und wieder andere meinen, er starb, weil er etwas versprach, was er nicht halten konnte. So richtig überzeugte mich das nicht. Warum floh er nicht, obwohl er die Chance dazu hatte? Warum verbot er seinen Anhängern für ihn zu kämpfen?“ Nachdenklich starrte der Albino an die Wand. „Was wäre, so fragte ich mich, wenn die alten Schriften tatsächlich recht hätten? Wenn er damit tatsächlich so etwas wie eine kollektive Schuld abgegolten hat?“

„Aber wie kann so etwas sein?“, fragte Liv.

Randolf Aaron zuckte mit den Achseln. „Ich könnte nicht von mir behaupten, dieses Mysterium durchschaut zu haben. Aber ich habe eine Ahnung. Der Begriff Liebe hat viele Bedeutungen, und eine dieser Bedeutungen hat etwas mit Hingabe zu tun. Und niemand hat …“

„… größere Liebe als derjenige, der sein Leben lässt für seine Freunde“, sagte Tad. „Das hatte jemand unter das Kruzifix in die Wand geritzt.“

„Genau.“ Randolf Aaron lächelte. „Also beschloss ich, die Programmierung von Purgatory anzupassen. Ich wollte, dass eine einzige wirklich selbstlose Tat ausreichen sollte, den ganzen Spuk zu beenden.“

„Deshalb wollten Sie unbedingt das SPS anziehen, als ihr Herz immer schwächer wurde“, sagte Tad. „Sie wollten sich selbst opfern, als Ihnen klar wurde, dass es uns nicht gelingen würde, ADAM zu zerstören.“

Randolf Aaron nickte: „Ja, sobald ein einziger Mensch bereit wäre, sich selbst, um der anderen willen zu opfern, wäre das Ziel erreicht. Von diesem entscheidenden Detail war das ganze Programm durchdrungen. Aber es war zu spät. Ich hatte zu lange gezögert.“

„Vielleicht, aber ich konnte daraufhin nicht mehr aufhören, darüber nachzugrübeln, warum Sie das gemacht haben. Irgendwann hatte ich es kapiert. Ich war mir sicher, wenn einer sich für seine Freunde opfert, wird Purgatory aufhören zu existieren.“

„Und mit ihm auch ADAM, weil die beiden miteinander verschmolzen waren, als er in die Cloud entwich“, ergänzte Liv.

„Das war ungeheuer mutig von dir, Tad“, sagte Randolf Aaron. „Ich bin ein alter Mann, und ich habe dieses ganze Desaster angezettelt. Mein Tod wäre nur gerecht gewesen. Aber du hast dein ganzes Leben noch vor dir.“

Aller Augen richteten sich auf Tad. Dieser zuckte etwas verlegen die Achseln. „Ohne Tinkerbell hätte ich das nicht geschafft. Ich wusste, dass sie für kurze Zeit die Verbindung unterbrechen und einen Identitätswechsel vollziehen konnte. Als wir in Area 3 durch das Tor an Yggdrasils Spross gingen, bat ich sie, Liv rauszukicken.“

„Tinkerbell gab mir präzise Anweisungen, wie ich den Helm lösen konnte, solange ich offline war“, ergänzte Liv. „Außerdem sagte sie mir, wo der Defibrillator zu finden war, den ich brauchte, um Tad zurück ins Leben zu holen. Sobald ich den Helm ausgezogen hatte, war auch das SPS deaktiviert, und ich konnte mich frei bewegen.“

„Währenddessen hat Tad mit mir die Identität getauscht“, sagte JB. „Ich hab erst geschnallt, was los war, als ich auf dem Boden lag und meine eigenen grüngeschuppten Hände sah.“

Thor erschauerte. „Also war Tad wirklich tot?“

„Sein Herz stand mindestens eine Minute lang still“, bestätigte Randolf Aaron. „Purgatory analysierte die Spielerdaten, und als es die Messdaten des SPS registrierte, setzte der Selbstzerstörungsmechanismus ein. Damit war das Todesurteil von ADAM besiegelt.“

„Krass! Das heißt, Tad ist wirklich für JB gestorben?“

„Ja.“

„Ich hatte einen Herzstillstand“, wandte Tad ein. „Aber ich hatte gehofft, dass es Liv gelingt, mich zu reanimieren.“ Weiter kam er nicht. In einer spontanen Geste der Dankbarkeit drückte JB ihn an sich und zwar so kräftig, dass Tad kaum Luft bekam. „Danke, Kumpel!"

„Schon gut!", japste Tad.

„Ganz ehrlich, das hätte ich dir nie zugetraut", sagte Emma.

„Ich auch nicht", erwiderte Tad, als JB ihn endlich wieder los ließ.

Die Tür öffnete sich und ein Pflegeandroid erschien. „Es tut mir leid, aber die Besuchszeit ist um. Herr Aaron braucht jetzt dringend Ruhe."

Sie verabschiedeten sich von Randolf Aaron.

„Was haltet ihr von einem Eis bei Albertis?", fragte JB, als sie die Schleuse hinter sich gelassen und den Mundschutz abgenommen hatten.

„Eis geht immer!", meinte Emma.

„Bevor ich mich schlagen lasse", verkündete Thor.

„Geht schon mal vor, Tad und ich kommen gleich nach", sagte Liv.

„Ach?", bemerkte Emma.

„Wir müssen noch unser Theaterprojekt besprechen", erklärte Liv.

„Oh Shit", entfuhr es Tad. „Du hast recht!"

Die drei wandten sich um und schlenderten tuschelnd davon. Emma kicherte.

„Die glauben uns nicht", brummte Tad.

„Keine Ahnung, warum", entgegnete Liv.

„Was machen wir denn jetzt?", fragte Tad. „Müssen wir das Script nicht in den nächsten Tagen abgeben?"

„Gestern", erwiderte Liv.

„Herr Vogelmann bringt uns um."

Liv kicherte.

„Du verarscht mich!", entfuhr es Tad.

„Nur ein bisschen."

Tad betrachtete sie. Er mochte es, wenn sie fröhlich war. Ihre Augen funkelten dann auf ganz besondere Weise. „Weißt du was?", er strich ihr behutsam eine Locke aus der Stirn. „Ich mag dich, sehr sogar."

„Ich dich auch. Aber weißt du, was mich selbst am meisten überrascht? Ich vertraue dir." Ihr Blick wurde ernst. „Ich weiß nicht, ob ich das jemals zu irgendeinem Menschen sagen konnte."

Tad schluckte. Völlig unerwartet schlang sie ihre Arme um seinen Nacken und küsste ihn lange.

Als sie sich endlich voneinander lösten, war Tad ein wenig atemlos.

„Ich glaube, die anderen warten auf uns", bemerkte Liv.

„Mist." Er nahm ihre Hand, und gemeinsam schlenderten sie in Richtung Eisdiele. „Was ist jetzt mit dem Script?"

„Ich habe in den letzten Wochen daran gearbeitet und mit Herrn Vogelmann gesprochen. Wir haben zwei Wochen Aufschub bekommen."

„Du hast daran gearbeitet – ehrlich? Nach all dem, was wir erlebt haben, hast du an die Schule gedacht?"

„Na ja, ein bisschen. Im Grunde ist es mehr so ein grobes Gerüst für die einzelnen Szenen mit ein paar Stichworten", gab Liv zu.

„Das beruhigt mich. Wer will schon mit 'ner Streberin zusammen sein?"

„War das jetzt so eine Art Antrag?"

„Klar."

„Du bist echt 'n Romantiker, was?"

„Voll", bestätigte Tad. „Also, was nun? Ja, nein oder vielleicht?"

Sie lächelte. „Na gut, einverstanden."

„Cool." Tad grinste.

„Nachdem wir das geklärt haben. Wie wollen wir das Script fertig bekommen?"

„Lassen wir doch einfach Jang den Rest erledigen", schlug Tad vor.

„Wäre bestimmt lustig. Aber Jang ist gar nicht mehr in Deutschland. Checkst du denn nie den Klassenchat? Er musste nach Hause, wegen irgendeiner Familienangelegenheit.“

Tad hob die Brauen. „Ach, dann sind wir also nur noch zu zweit?“

„Ich fürchte schon.“

„Oha, das bedeutet, wir müssen viele Stunden zusammen verbringen, und zwar jeden Tag? Möglicherweise bis spät in die Nacht hinein?“

„Sieht ganz danach aus.“

Tad lächelte glücklich. „Überredet.“

Danke

Anne, du bist nicht nur meine erste und wichtigste Lektorin, du bist auch der wunderbarste Mensch, den ich kenne und du kaufst die leckerste Schokolade – was für ein Riesenglück, dass du mich geheiratet hast.

Tina, du bist meine Lieblingskollegin. Vielen, vielen Dank für dein wertvolles Feedback und deine Ermutigung.

Liebe Ma, vielen Dank fürs Korrekturlesen. Lieber Reiner, Danke für deine treue Unterstützung.

Joel, Nelly und Thomas, ihr wart tolle Testleser und habt mir mit eurem Feedback sehr geholfen.
Hättest du nicht an dieses Buch geglaubt, würde es jetzt in meiner Schublade verstauben, liebe Diana. Mein Dank gilt dir und dem ganzen Litmedia-Team.

Liebe Andrea, es geschieht eher selten, dass man als Autor von einer Zusage überrumpelt wird. Wie schön, dass ich nun Mitglied in der El-Gato-Autorenfamilie sein darf.

Das Cover ist ein Knaller – liebe Susanne, ich bin sehr dankbar, dass du deine Zeit und Kreativität investiert hast.

Ein ganz besonderer Dank gilt allen meinen Leserinnen und Lesern. Es ist ein Privileg, meine Fantasie auf die Reise zu schicken und dies mit euch teilen zu dürfen.

Thomas Franke